KNAUR

Über die Autorin:
Asta Müller wurde in Hamburg geboren. Während ihres Designstudiums lebte sie in einer von der Hamburger Kulturbehörde geförderten Künstlervilla mit sechs anderen Künstlern zusammen. Dieses kreative Zusammenleben hat sie bis heute geprägt. Als Creative Director entwickelte sie viele Jahre lang für Hamburger Werbeagenturen Kampagnen und bereiste in dieser Zeit die halbe Welt. Als ihre Tochter 1998 geboren wurde, wandte sie sich langsam von der Werbung ab und arbeitet seit dem als freie Designerin, um sich mehr ihrem zweiten Lebenstraum zu widmen - dem Schreiben von Romanen. Bis heute wohnt sie mit ihrem Mann in Hamburg.

Asta Müller

Kairra
Geschenk der Götter

Roman

KNAUR

Besuchen Sie uns im Internet:
www.knaur.de
Facebook: https://www.facebook.com/KnaurFantasy/
Instagram: @KnaurFantasy

Aus Verantwortung für die Umwelt hat sich die Verlagsgruppe Droemer Knaur zu einer nachhaltigen Buchproduktion verpflichtet. Der bewusste Umgang mit unseren Ressourcen, der Schutz unseres Klimas und der Natur gehören zu unseren obersten Unternehmenszielen. Gemeinsam mit unseren Partnern und Lieferanten setzen wir uns für eine klimaneutrale Buchproduktion ein, die den Erwerb von Klimazertifikaten zur Kompensation des CO_2-Ausstoßes einschließt. Weitere Informationen finden Sie unter: www.klimaneutralerverlag.de

FSC www.fsc.org
MIX
Papier aus verantwortungsvollen Quellen
FSC® C083411

Eigenlizenz April 2023
Knaur Taschenbuch

Ein Imprint der Verlagsgruppe
Droemer Knaur GmbH & Co. KG, München

Covergestaltung: Guter Punkt, München / Kim Hoang
Coverabbildung: Collage unter Verwendung von Motiven von iStock und Adobe Stock
emojis von Cosmic_Design / Shutterstock.com
Satz: Adobe InDesign im Verlag
Druck und Bindung: CPI books GmbH, Leck
ISBN 978-3-426-21733-7

Für die starken Frauen dieser Welt und für die, die es noch werden (wollen).

Mögen die Verdammten in ihren Höhlen
vor den Toren Decta-Verras verrotten.
Mögen sie unter unserem Müll ersticken.
Mögen sie elendig vertrocknen und verhungern,
wenn die Sonnen sie nicht vorher verbrennen.
Wer nicht unter uns geboren wurde, ist es nicht würdig zu sein.
Unsere Stadt ist auserwählt.
Ehren wir unseren Statthalter,
den allwissenden Herrscher, Zekoll Dare!

Kapitel 1

Schmerzerfüllte Schreie drangen vom Platz der Qualen bis zu mir herüber. So schrill und so laut, dass sogar der Sand in der Luft im Takt mit zu vibrieren schien. Diese hohe Stimme hätte ich unter allen Verdammten erkannt. Es war also Elssa, die heute bestraft wurde.

»Macht mich los, verdammte Mörderbande, ich bin unschuldig!«, kreischte sie.

Elssa war ganz sicher nicht unschuldig, keiner von uns Ausgestoßenen war das. Um zu überleben, zwangen uns die Städter, gegen ihre Gesetze zu verstoßen. Aber deshalb musste man uns nicht gleich zu den Sonnen schicken. Doch wenn Elssa bis zum Abend auf dem Platz blieb, würden die Strahlen der zwei Sonnen, Hearre und Nemarre, ihren Rücken durchfressen und sie bei lebendigem Leib verbrennen.

Reglos verharrte ich in meinem Versteck hinter einem der vielen Schutthaufen und dachte nach. Solange ich hier hockte, war ich halbwegs gut verborgen. Doch an öffentlichen Plätzen wie diesen hatten die Wächter des Statthalters überall ihre Augen. Sollte ich versuchen, ihr zu helfen, könnte ich entdeckt werden. Dann würde ich mit Sicherheit selbst auf dem Bestrafungsstein landen und direkt neben Elssa um mein Leben betteln.

Danken würde mir Elssa ohnehin nicht. Die Frau würde mich an den nächsten Sklavenhändler verhökern, ohne mit der Wimper zu zucken, wenn sie die Gelegenheit dazu bekäme. Das einzig Gute an Elssa war ihre Zuneigung zu Lorrin. Wenn es sich mit ihren eigenen Zielen vereinen ließ, schützte sie meinen kleinen Bruder, darauf konnte ich mich immer verlassen. Und das war mehr, als man sonst im Cahchtar erwarten konnte. Statt Freundschaft herrschte hier Rivalität. Für mich selbst gab es nur zwei Ausnahmen, den alten Paddin und Lorrin.

Bis auf Elssas Schreie war es still. Jeder, der es vorzog, nicht lebendig gegrillt zu werden, floh tagsüber in die unteren Ebenen des Cahchtars. Tief in den unterirdischen Gängen war die Hitze erträglicher. Hier oben schützte uns – wenn überhaupt – nur ein grobes Dach vor den schlimmsten Verbrennungen; ein Flickwerk, das aus Blechen, Stoffen, Lederresten und alten Möbelstücken bestand. Alles, was sie in Decta-Verra nicht gebrauchen konnten, entsorgten die Städter vor ihren Toren. Aber ohne ihren Abfall ginge es uns zweifellos noch schlechter.

Vorsichtig spähte ich weiter die nähere Umgebung aus. Der Platz lag eigentlich geschützt unter dem Flickdach. Doch direkt über Elssas Rücken befand sich eine Lücke, durch die die Sonnen ungehindert ihre Strafe verrichten konnten. In ihrem Fall betrug die Öffnung nicht mehr als eine Handfläche. Je nach Vergehen konnten die Löcher größer sein und das Brennen bis zum Tode führen. Der Verurteilte erfuhr vorher nie, wie lange er den Sonnen ausgesetzt wurde. Das wusste ich aus eigener Erfahrung, und diese Ungewissheit hatte ich als besonders grausam empfunden.

Elssas Stimme ging in eine höhere Tonlage über. Sie verfluchte, wen sie nur kannte, auch mein Name fiel.

Ich musste etwas tun, so langsam schwitzte ich mir die Schutzschicht vom Leib. Und dieser Schmierfilm aus Schmutz und Fett war das Einzige, was uns Ausgestoßene für kurze Zeit vor den tödlichen Strahlen der Sonnen schützte.

Damit mich niemand erkennen könnte, müsste ich mich wandeln – und da gab es nur zwei Möglichkeiten. Das kleine Mädchen kam nicht infrage, dafür war Elssa zu schwer.

Bevor ich es mir anders überlegen würde, konzentrierte ich mich auf das Bild der alten Frau. Ich ließ das Alter in meine Knochen kriechen und stellte mir ihre körperlichen Gebrechen vor. Stück für Stück wie ein neues Gewand, das ich mir überzog, veränderte ich mich. Die Feuchtigkeit wich aus meiner Haut, nahm Muskelkraft und Elastizität mit. Dicke bläuliche Adern überzogen meine Hände. Meine Brüste fielen in ihrem Schlangenledergeflecht zusammen und welkten runzlig wie vertrocknete Kakteenfrüchte. Das Einzige, das sich nicht verändern würde, war die kleine sternenförmige Brandnarbe auf meiner rechten Schulter. Die blieb jedes Mal gleich. Sie erinnerte mich immer daran, wie erbarmungslos die Städter selbst einen kleinen Diebstahl bestraften. Dabei hatte ich damals noch Glück gehabt und war den Sonnen nur kurze Zeit ausgesetzt worden.

Jetzt spürte ich die Last des Alters in meinen Knien, die sofort anfingen zu schmerzen. Meine Gelenke knirschten, als ich vorwärtskroch. Selbst meine Augen ließen mich im Stich. Warum musste das Wandeln nur so verflucht real sein? Da ich keinen anderen Wandler kannte, konnte ich niemanden fragen. Nur Paddin und Lorrin wussten von meiner Fähigkeit.

Noch einmal blickte ich mich um, doch ich konnte nichts Auffälliges entdecken. Wer war auch sonst so lebensmüde und robbte hier zu dieser Tageszeit herum? Ich steckte den

Krummdolch in das knappe Oberteil. Sobald ich die Deckung verließ, musste es schnell gehen.

Um Elssa vorzuwarnen, ahmte ich den Pfiff einer Jaccula nach. Von diesen zähen, flinken Wüstenratten gab es Unmengen im Cahchtar.

Leider deutete nichts darauf hin, ob Elssa das Signal gehört hatte. Trotzdem kroch ich aus meinem Versteck. Die Mischung aus Sand, Steinen und Dreck scheuerte schon nach wenigen Augenblicken meine trockene Haut auf.

Inzwischen war ich nah genug an den etwa hüfthohen Stein herangekrochen. Mein Atem rasselte. Die heiße, staubige Luft bekam alten Leuten nicht gut. Ich pfiff noch einmal leise, wenigstens dafür war die nun vorhandene Zahnlücke nützlich.

Elssa schrie immer schriller, obwohl das kaum noch möglich war. Sie lag mit dem Bauch auf der flachen Steinfläche, ihre Hände waren über ihrem Kopf mit Seilen befestigt. Die Beine waren gestreckt und ebenfalls gefesselt. Der Rücken hatte sich mittlerweile in eine Blasenlandschaft verwandelt und sah richtig übel aus. Vor dem Brennen entfernten die Vollstrecker immer die Schutzölschicht vom Körper, so konnten die beiden Sonnen das ungeschützte Fleisch grillen.

Als ich ihren Kopf erreichte, verstummte Elssa. Vielleicht hatte sie den Pfiff gehört oder endlich die Besinnung verloren? Der beißende Geruch verbrannten Fleisches drang in meine Nase. Hektisch zückte ich den Dolch und säbelte an den Seilen herum.

Plötzlich bewegte sich ihr knallroter Haarschopf leicht zur Seite, und sie starrte mich aus verquollenen Augen an. In ihrem fiebrigen Blick flackerte ein Funke der Hoffnung auf, bevor sie kurz darauf wieder das Bewusstsein verlor.

Ich arbeitete schneller und befreite Elssas Füße, als ich eine leichte Berührung an meinem Rücken spürte.

»Pst«, zischte es leise hinter mir. Ich wagte nicht, mich umzusehen, sondern hielt nur den Atem an.

»Dachte mir doch, dass du dich nicht raushalten kannst.« Paddins vertraute Stimme war kaum lauter als ein Windhauch.

»Was machst du hier?«, flüsterte ich erleichtert und säbelte weiter an der letzten Fessel.

»Die schaffst du hier nie allein weg.« Er deutete mit seinem knochigen Finger auf Elssa.

»Das lass mal meine Sorge sein. Verschwinde lieber wieder. Dich könnten sie erkennen.«

»Wenn ich schon mal da bin, lass dir helfen ...«

»Paddin, du bist zu alt für so was.«

Mein alter Freund kicherte und musterte mich mit seinem einzigen gesunden Auge. »Du etwa nicht, Kairra? Siehst doch selbst gerade so aus, als hättest du schon bessere Tage gesehen. Stell dich nicht so an, ich habe ein großes Tuch aufgetrieben. Da können wir sie drauflegen und einen Teil der Strecke ziehen.«

»Warum musst du dich nur einmischen? Wenn sie uns kriegen, hat Lorrin niemanden mehr.«

»Dann sollten wir schnell verschwinden. Du nimmst die Arme, ich die Beine.«

Ich seufzte und packte zu. Kaum hatten wir Elssas Körper auf das Stück Stoff gehievt, hörte ich ein leises Rascheln. Vor Schreck lockerte ich den Griff, und Elssa rutschte unsanft auf den Boden. Aber dann entdeckte ich eine fette Ratte, die sich trotz der größten Hitze auf die Oberfläche verirrt hatte. Ein Blick auf Elssa verriet mir, dass sie von dem Sturz nichts mitbekommen hatte.

Paddin schnalzte mit der Zunge und warf sein Messer. Selbst auf diese Entfernung traf er den kleinen Körper sicher. Sauber fuhr die Klinge in den Rücken der Jaccula. Die Ratte erzitterte und verreckte auf der Stelle.

»Abendbrot.« Er grinste, holte sich das Tier und warf es in seinen Beutel, dann kniete er neben Elssa nieder.

Ich nickte ihm zu und prüfte rasch, ob Elssa noch atmete. »Lass uns verschwinden. Sie ist noch bewusstlos.«

Wir beeilten uns und packten wieder die Enden des Tuchs, um Elssa vom Platz der Qualen zu schleifen. Ich betete zu Nadorr, dass das Material stabil genug war, um den spitzen Steinen am Boden standzuhalten.

Schweißgebadet erreichten wir den Eingang zu den Gängen und zerrten Elssa in den Untergrund. Als wir etwas weiter in die Tiefe vorgedrungen waren, wandelte ich mich zurück in meine normale Gestalt und atmete auf. Langsam beruhigten sich meine angespannten Nerven.

Die meisten Bewohner des Cahchtars verschliefen die heißesten Stunden des Tages in den tieferen Regionen. Erst wenn die Nacht hereinbrach und der kleine Mond Nadorr aufging, würden sie alle aus ihren Verstecken kriechen. Bis dahin mussten wir Elssa in unsere Höhle gebracht haben. Fast jeder der Ausgestoßenen würde uns für ein paar Tropfen Wasser an die Schergen des Statthalters verraten.

Die Gänge hier unten zählten allerdings zu den seltenen Beispielen für Zusammenarbeit im Cahchtar. Jeder sorgte dafür, dass die Wege zu den Behausungen stabil blieben, denn davon hing das Überleben aller ab. Die Wände bildeten ein Flickwerk aus verschiedensten Baustoffen. Alles war so dicht miteinander verwoben, dass nicht die kleinste Lücke zu sehen war, nur so konnte der feine Sand aufgehalten werden.

Manche der unteren Bereiche waren nur über Seile zu erreichen. Das bedeutete, dass wir Elssa über weite Teile abseilen mussten.

Als mir schwindelig von der Anstrengung wurde, gab ich Paddin ein Handzeichen. Obwohl er mindestens dreimal so alt war wie ich, war ihm nichts anzumerken. Er schien unverwüstlich zu sein. Trotzdem mussten wir eine kleine Pause einlegen. Wir zogen Elssa in eine Nische und hockten uns neben sie. Während Paddin der Bewusstlosen die letzten Tropfen Kaktuswasser aus seinem Trinkschlauch einträufelte, beobachtete ich ihn.

Paddin war wohl der Einzige im Cahchtar, der seine Haare pflegte. Sie waren weiß und fielen lang über seine sehnigen Schultern. Die Augenklappe, die er immer trug, verlieh ihm eine verwegene Note.

Vor vielen Jahren war Paddin als Gladiator bei den Spielen in Decta-Verra angetreten, da man nur als Sklave oder Gladiator in die Stadt hineinkam. Er wollte sich an dem Mann rächen, der seine Familie ermorden ließ. Dafür hatte er sogar die Scaparen verlassen, obwohl die Rebellen in Freiheit lebten.

Als Paddin endlich eine Gelegenheit für seine Rache erhielt, wurde er erwischt. Zur Strafe stach ihm der Vater des jetzigen Statthalters das linke Auge aus und ließ ihn anschließend auf dem Platz der Qualen brennen. Paddin war jedoch nicht so leicht umzubringen. Deshalb warfen sie ihn am Ende in die Wüste, die den Rest besorgen sollte, und da hatte ich ihn dann gefunden.

Obwohl ich damals selbst noch ein Kind war und mich um meinen Bruder, einen Säugling, kümmern musste, seit unsere Eltern in der Wüste verschollen waren, nahm ich den fast toten Mann auf und pflegte ihn. Seitdem gehörte er zu unserer kleinen Familie.

»Wir müssen weiter«, sagte Paddin und wickelte ein Seil um Elssas Füße. Kaum war er fertig, blickte er zu mir hoch. »Bereust es wohl, die falsche Schlange befreit zu haben, he?«

»Das werde ich sicher noch bereuen, dafür sorgt sie schon. Hast du mal nachgesehen, ob sie noch lebt?«

»Ihr Herz schlägt noch. Was machen wir mit ihr, Kairra? Willst du sie gesund pflegen?«

Ich blickte mich ratlos um. Darüber hatte ich mir noch keine Gedanken gemacht. »Wird mir wohl nichts anderes übrig bleiben. Aber sowie sie sich wieder rühren kann, schmeiß ich sie raus.«

»Mich hast du auch nicht rausgeworfen …«

»Das war etwas ganz anderes.« Ich schluckte. Das Sprechen fiel mir schwer, inzwischen war mein Hals so trocken wie Wüstensand. Wir mussten unseren Verschlag erreichen und bald etwas trinken.

Kapitel 2

Cesszia eilte durch die Flure des Palasts. Sie fluchte. Wenn Zekoll sie um diese Tageszeit rufen ließ, bedeutete dies meist nichts Gutes. Ihr Cousin war unberechenbar und gefährlich. Dass sie noch lebte, verdankte sie nur ihrer Fähigkeit, in die Zukunft blicken zu können. Zekoll kannte kein Mitgefühl. Ihre Verwandtschaft zählte nichts, angeblich hatte er sogar seinen eigenen Vater töten lassen.

Sie verlangsamte ihr Tempo erst, als sie vor der großen Flügeltür seines Amtszimmers stand. Zittrig holte sie Luft und straffte die Schultern. Dann legte Cesszia die Hand auf eine Fläche, die den Mechanismus auslöste. Als einzige noch lebende Verwandte schien er ihr zu vertrauen. Das aber auch nur, weil ein paar ihrer Visionen sich für ihn als nützlich erwiesen hatten. Solange sie ihn nicht enttäuschte, gewährte ihr Zekoll freien Zutritt.

Die Tür glitt lautlos zur Seite und gab den Blick auf das Zentrum seiner Macht frei. Der Saal war so groß, dass man leicht tausend Leute unterbringen könnte, ohne dass es Gedrängel gab. Die transparente Kuppel brach das Licht der Sonnen in alle Farben des Spektrums und blendete jeden Besucher. Das Dach erinnerte an den Energie-Schild, der ganz Decta-Verra schützte. Zekoll, der Statthalter, demonstrierte damit seine Herrschaft über die Sonnen Hearre und Nemarre.

Nur langsam gewöhnten sich Cesszias Augen an das Licht. Sie fröstelte. Ihr Cousin war größenwahnsinnig. Zum Hohn der Leute, die außerhalb der Stadt im Cahchtar hausten und vor Hitze umkamen, hielt Zekoll hier die Luft so gekühlt, dass man immer ein wenig fror. Das Wort Cahchtar bedeutet *Abfall, Abschaum,* und nichts anderes waren dessen Bewohner für ihn.

Zekoll saß auf seinem Amtssessel, umgeben von Wächtern und Leibsklaven, von denen einige noch sehr jung waren. Er hatte sie auserwählt und vor dem sicheren Tod errettet. Denn die Lebensumstände im Cahchtar waren gnadenlos. Die mörderische Hitze, der Wassermangel und die Brutalität der Verdammten untereinander sorgten allein schon für ein kurzes Leben. Nur wenige Säuglinge überlebten, und kaum ein Kind erreichte das Alter eines Erwachsenen. Ein Großteil der Verdammten starb an kleinsten Verletzungen oder Krankheiten, da es keine medizinische Versorgung gab. Hier in Decta-Verra lebte es sich, zumindest äußerlich betrachtet, besser. Für die angebliche Rettung seiner Leibsklaven erwartete Zekoll allerdings mehr als Dankbarkeit; wer ihm nicht zu Willen war, landete bestenfalls in den Minen oder bei den tödlichen Festspielen, die er regelmäßig abhalten ließ.

Wie immer war Zekoll nach der neuesten Mode gekleidet, die maßgeschneiderte Jacke und Hose glänzten silbrig und betonten seine eher zarte Figur. Einzig beim Schmuck übertrieb er. Beinahe jedes Stück freie Haut war behängt oder beringt, dass es nur so funkelte. Sein zerbrechlich wirkendes Äußeres und sein freundlicher Gesichtsausdruck täuschten jeden. Wer ihn nicht kannte, hielt ihn oft für einfältig, doch das war nur eine Maske, auf die man besser nicht hereinfiel. Wie böse und berechnend er war, bemerkten die meisten viel zu spät.

Cesszias Herz schlug schneller, als sie Zekolls blutverschmierte Finger bemerkte. Er hielt einen Armreif in der Hand. Direkt vor ihm am Boden lag ein lebloser Körper. Zekoll lächelte ihr entgegen und stieß mit seinem spitzen Stiefel das Gesicht der Gestalt zu ihr herum. Cesszia kannte den Mann.

Ihre Beine wurden schwach. Vor Zekoll lag der Ahne, der seit Ewigkeiten sein wichtigster Gefangener gewesen war. Die sonst so wachen Augen wirkten leblos und leer. Ihr Cousin hatte versucht, ihm in all den Jahren Gefangenschaft die Würde zu nehmen. Dennoch glaubte Cesszia, in dem starren Gesichtsausdruck des Ahnen die flüchtige Spur des Triumphs zu entdecken.

»Cesszia, liebste Cousine, komm her!« Zekoll winkte mit dem Armreif. »Ich habe die Geduld verloren. Verzeih mir. Ich weiß, dir lag etwas an diesem Ahnen.« Er verzog sein Gesicht und schnalzte spöttisch. »Wer hat bloß behauptet, dass die Ahnen unsterblich sind? Wenn man sich genügend Mühe gibt, finden auch sie ihren Weg zu den Sonnen. Noch ist ein Funken Leben in ihm. Sollte er das hier überstehen, setze ich ihn bei den Spielen ein. Ich bin guter Hoffnung, dass die ihm den Rest geben.«

Ungläubig sah Cesszia den Ahnen an. Dann hob sie ihren Kopf und blickte Zekoll in die Augen.

»Warum?«, fragte sie. Sie durfte jetzt nicht falsch reagieren. Wenn Zekoll in dieser Stimmung war, konnte es leicht ein weiteres Opfer geben.

Zekoll lächelte milde. »Er wollte nicht mit uns zusammenarbeiten, wir haben alles versucht. Nadorr ist mein Zeuge. Dieser Ahne ist einfach störrisch. Wir müssen jemand anderen finden, der seinen Reif der Reisen bedienen kann. Deshalb habe ich auch nach dir rufen lassen.«

Cesszia spürte, wie die Kälte des Raumes in ihr Herz drang.

Ein verträumter Ausdruck trat in Zekolls Augen. »Bevor er sein Bewusstsein verlor, hat er mir jedoch endlich verraten, was er tatsächlich auf unserer Welt wollte.«

»Und was?«, wagte sie zu fragen und fürchtete sich gleichzeitig vor der Antwort.

Ihr Cousin stieß kurz seine Zungenspitze zwischen seinen schmalen Lippen hervor; eine Geste, die Cesszia kannte und fürchtete. »Stell dir vor. Auf unserer Welt soll es Bastarde der Götter geben. Die hat er gesucht, bevor wir ihn mithilfe deiner Vision erwischt haben. Anscheinend sind diese Abkömmlinge der Götter den Ahnen wichtig. Wenn mich nicht alles täuscht, könnten wir mit ihrer Hilfe unsere Macht ausdehnen. Wir könnten die Ahnen erpressen. Ach, was sag ich, die Götter selbst wären in unserer Hand.« Sein lautes Lachen hallte von den Wänden wider.

Benommen nickte sie ihm zu, konnte aber nicht mehr als ein schwaches »Oh« erwidern.

Zekoll wirkte noch selbstzufriedener, als er fortfuhr: »Schau, meine liebe Cousine. Wir haben den Armreif und sein Blut. Das wird dir helfen, einen Blick in die Zukunft zu werfen. Ich darf dich dran erinnern, dass du es warst, die mich darauf hingewiesen hat, wie wichtig es für uns ist, über unsere Welt hinaus zu denken. Mit deiner Hilfe werden wir sicher hinter das Geheimnis dieser Götterkinder kommen.«

Cesszia war übel. Die Prozedur war grässlich. Um einen flüchtigen Blick in die Zukunft werfen zu können, musste sie sich in Trance begeben. Die Droge, die sie dazu benötigte, brachte sie körperlich und geistig an ihre Grenzen. Sie brauchte tagelang, um sich davon zu erholen. Jedes Mal verlor sie anschließend ihren Bezug zur Wirklichkeit; die sich fächerartig ausbreitenden Visionen überlasteten ihren Verstand. Im Wirrwarr der möglichen Zukünfte reagierte ihr Kopf wie ein Kessel, der kurz vor dem Explodieren stand. Oft war das, was sie dann sah, nicht das, wonach sie suchte. Obendrein bedeutete es nicht, dass diese Zukunft auch eintreffen würde. Das Blut des Ahnen und der Reif der Reisen würden ihre Visionen sicher schärfen, doch das Ergebnis barg ein gewisses Risiko. Wenn das, was sie sah, Zekoll enttäuschte, könnte er die Beherrschung verlieren und sie grausam bestrafen. Trotz der kühlen Luft brach Cesszia in Schweiß aus.

Sie atmete tief ein und erwiderte seinen Blick. »Ich werde es versuchen, aber …«

Ihr Cousin winkte ab. Er beugte sich zu einem der älteren Leibsklaven und flüsterte ihm einen Befehl zu, woraufhin der sofort durch die Hintertür verschwand. Dann erhob sich Zekoll und stieg über den Ahnen hinweg.

Als er sie erreicht hatte, legte er seine Hand auf ihre Schulter und plauderte munter: »Meine Liebe, habe ich schon erwähnt, dass du wieder einmal bezaubernd aussiehst? Ich bin glücklich, dich an meiner Seite zu wissen. Wem sonst könnte ich trauen? Komm, setze dich. Es wird sicher schnell gehen. Wie immer hast du hinterher einen Wunsch frei. Scheu dich nicht, für dich ist mir nichts zu kostbar.«

Mit tänzelnden Schritten begleitete Zekoll sie quer durch den Raum. Dabei drückten zwei seiner Finger unnachgiebig in ihren Rücken. Seine Vorfreude war deutlich zu spüren, verzweifelt suchte Cesszia nach einem Ausweg.

Alles in diesem Saal war hell und wirkte kühl. Zekolls weiße Sitzlandschaft, die er für vertrauliche Momente wie diesen nutzte, bildete da keine Ausnahme. Als sie sich hinsetzte, schauderte Cesszia. Im Innern eines Eiswürfels wäre es sicher ähnlich behaglich gewesen.

Zekoll gab den Befehl, den Saal zu räumen. Cesszia wusste, dass es ihm schon schwer genug fiel, ein paar Geheimnisse mit ihr teilen zu müssen. Mehr als einmal hatte er ihr gesagt, dass niemand sonst seine Pläne kennen dürfe. Eines seiner Ziele war, seinen Einflussbereich auszubauen, indem er das Wertvollste, was diese Welt bot, an sich riss: das Scapara-Erz. Decta-Verra war ihm längst schon zu klein geworden.

Dieses Erz war der Schlüssel zu seiner Macht. Es lieferte all die Energie, um Decta-Verra und den Sonnenschild aufrechtzuerhalten. Es schaffte die Grundlage für ihre Wissenschaft und ihren hohen technischen Standard. Ein winziges Stück Erz versorgte diesen Saal unbegrenzt mit Licht. Ein weiteres kühlte den Raum. Wieder andere erzeugten die Energie für die Gleitbänder. Scapara-Erz war unbezahlbar. Und offenbar gab es dieses Erz auf keiner anderen Welt, das behauptete zumindest der Ahne. Es könnte Zekoll zu Macht und Wohlstand im gesamten Universum verhelfen. Doch zu seinem Bedauern lag der größte Fundort des Erzes mitten im Gebiet der Rebellen.

Der Ahne hatte während seiner langen Gefangenschaft Cesszia davon erzählt, dass es weitere bewohnbare Welten gab. Er konnte, wie auch die anderen Ahnen, mit einem Reif der Reisen auf jede beliebige Welt gelangen. Dazu brauchte er nur das Zeichen der jeweiligen Welt und eine weitere Komponente, die er nicht verraten hatte. Denn die Ahnen waren die Hüter der bewohnten Welten, von den Göttern selbst beauftragt, und sie bewahrten ihre Geheimnisse.

Cesszia blickte zu dem reglosen Ahnen hinüber. Seit ihrer Kindheit hatte er sie fasziniert. Er hatte immer so fremdartig und auf seine Art vollkommen auf sie gewirkt. Sooft es ging, schlich sie sich als Kind in den Kerker und sprach mit ihm. Mit der Zeit begann er, ihr etwas von dem Leben auf der Alten Welt der Ahnen zu erzählen. Von ihm wusste sie, dass die Ahnen beinahe unsterblich waren, da sie über immense Heilkräfte verfügten. Wenn sie das Erwachsenenalter erreichten, alterten sie nicht mehr. Und nun hatte ihr Cousin einen von ihnen gebrochen. Erst jetzt fiel ihr auf, dass sie ihn nie nach seinem richtigen Namen gefragt hatte. Für sie war er immer nur der Ahne gewesen.

Wenn sie jetzt einen Fehler machte, könnte das auch für sie üble Folgen haben. Sie erschauderte.

Der Leibsklave kam mit einem Tablett zurück. Er stellte die Kanne mit dem kochenden Wasser, einen Becher und das verschlossene Gefäß mit der Droge direkt vor ihr ab.

Cesszia sammelte all ihren Mut und suchte nach einem letzten Ausweg. »Zekoll, bei aller Liebe, das wird sicher nicht funktionieren. Der Ahne ist bald tot, er hat keine Zukunft mehr, die ich sehen könnte. Bei den Spielen werden ihn die Echsen in Stücke hacken. Ich glaube, du machst dir falsche Hoffnungen.«

Sie suchte seinen Blick und sprach erst weiter, als sie den Eindruck hatte, dass er ihrem Gedankengang folgte. »Ich kann nicht in die Vergangenheit blicken, meine Gabe funktionierte nur in eine Richtung. Wir müssen uns etwas anderes überlegen.«

Zekoll drehte den Reif in seinen Händen, er schien nachzudenken. Es dauerte einen Moment, bevor Cesszia eine Antwort bekam.

»Möglicherweise geht es auch anders, meine Liebe. Ich glaube, ich habe eine Idee, wie wir so ein Götterkind finden könnten.«

Cesszia entspannte sich. Doch nur für einen winzigen Augenblick, denn bereits im nächsten Moment trat ein kalter Ausdruck in seine Augen. Als er weitersprach, klang seine Stimme boshaft und herrisch.

»Dann nimm mein Blut, Cesszia! Ich möchte endlich meine Zukunft sehen. Werden wir die Sonnenwelt verlassen können? Und vor allem: Werde ich dann noch mächtiger sein?«

Ihr Herz blieb beinahe stehen. Jetzt konnte sie nur noch verlieren. Es sei denn, sie prophezeite ihm, dass alle seine Pläne gelingen würden.

Kapitel 3

Als Nadorrs Horn erklang und die baldige Dämmerung ankündigte, weckte der tiefe durchdringende Ton mich so plötzlich auf, dass ich mit der Stirn gegen das Drahtgeflecht über Lorrins Schlafstätte stieß. Verdammt, ich hatte vollkommen vergessen, dass ich zu ihm ins Bett gekrochen war, nachdem wir die bewusstlose Elssa auf meinem Schlaflager abgelegt hatten.

Mein kleiner Bruder hatte sein Lager seit einiger Zeit vollständig mit Draht umspannt. Scheinbar fühlte er sich in so einem Käfig sicherer, obwohl er niemals zugeben würde, dass er überhaupt vor irgendetwas Angst hatte.

Ein widerlich süßlicher Geruch drang in meine Nase. Mir fiel ein, dass mein Bruder das Drahtgeflecht auch dafür nutzte, alle möglichen Fundstücke darin aufzubewahren. Hastig tastete ich nach der Leuchte und schaltete sie an. Es dauerte nicht lange, und ich fand die Ursache des Gestanks. Direkt neben meinem Kopf verweste das Fell einer Jaccula. Ich hielt mir die Nase zu.

Mein Bruder schien das nicht zu riechen, er reckte sich neben mir und murmelte im Schlaf. Zwei Armlängen von mir entfernt schnarchte Paddin in seiner Hängematte. Normalerweise reagierten wir alle schneller, wenn Nadorrs Horn zum ersten Mal erklang. Aber nach dieser anstrengenden Rettungsaktion waren wir zu fertig gewesen und hatten den Rest des Tages verschlafen.

Ich dachte an den Moment zurück, als wir endlich die Sicherheitsvorrichtung zu unserem Verschlag gelöst hatten. Es grenzte an ein Wunder, dass wir es, ohne aufzufallen, zurückgeschafft hatten. Und obwohl wir kaum noch Kraft zum Atmen fanden, reinigte ich Elssas Wunden notdürftig, während Paddin die erlegte Ratte nach oben zum bewachten Kochplatz brachte. Dort grillten die Sonnen das Fleisch, bis Nadorr aufging.

Jetzt dauerte es nicht mehr lange, und das Horn würde zum zweiten Mal ertönen. Doch zuvor mussten wir noch ein paar Dinge erledigen, damit wir an die Oberfläche konnten – in die kühle Nacht.

Ich beugte mich zu Lorrin herüber und kitzelte ihn hinter seinem Ohr. Wie nicht anders erwartet, schlug er reflexartig nach mir und blickte mich böse, aber hellwach an.

»Lass das!«

Ich zeigte auf die Reste der Ratte im Gitter über mir. »Musst du dieses stinkende Fell unbedingt hier aufbewahren? Davon wird mir übel.«

Lorrin lachte nur und krabbelte eilig über mich hinweg. »Ich hole den Braten, wenn du die Kakteen öffnest«, rief er und war im nächsten Moment schon aus der Höhle gekrochen.

Verdammt, er hatte es wieder geschafft. Wenn es darum ging, unliebsamen Aufgaben zu entgehen, konnte er ziemlich kreativ werden. Ich blickte ihm stolz hinterher. Seine Bastelleidenschaft beschränkte sich nicht nur auf das Bett. Lorrins Ideen und seinem handwerklichen Talent verdankten wir es, dass unsere kleine Behausung über einige nützliche Vorrichtungen verfügte. Wie die Sicherungsfalle am Eingang der Höhle.

Ich kroch aus dem Drahtgeflecht und richtete mich vorsichtig auf. Wenn ich den Kopf ein wenig einzog, war die Höhle gerade so hoch, dass ich in der Mitte aufrecht stehen konnte.

Paddin hatte es da schlechter getroffen, er war mindestens zwei Köpfe größer als ich.

Vorsichtig befestigte ich die Scapara-Leuchte an dem Haken in der Mitte der Decke und stellte sie so ein, dass sie ein sanftes Licht in den engen Raum verteilte. Diese Leuchte war neben meinem Messer das einzig Wertvolle, das wir besaßen. Lorrin hatte sie einem der Städter abgeschwatzt. Erpresst wäre sicher die treffendere Bezeichnung. Dem Dummkopf war nichts anderes übrig geblieben, als sie Lorrin auszuhändigen. Sonst hätte mein Bruder ihm nicht mehr den Rückweg aus dem verzweigten Cahchtar gezeigt. Das war seine Masche. Wenige neugierige Städter wagten sich in den Cahchtar. Wenn sie dann auf meinen Bruder trafen, waren sie meist entzückt über den kleinen Jungen mit den langen, blonden Locken, der so freundlich lächeln konnte. Niemand traute ihm zu, dass er sie absichtlich in die Irre führte, und sie sich am Ende freikaufen mussten.

Ich robbte unter Paddins Hängematte hindurch und kniete mich neben Elssa. Sie lag bäuchlings mit zur Seite gedrehtem Kopf da, genauso, wie wir sie Stunden zuvor hingelegt hatten. Kaum sichtbar flatterte vor ihrem leicht geöffneten Mund eine rote Haarsträhne. Die tiefe Ohnmacht, die sie gefangen hielt, war mir aber lieber als das Gezeter, das sonst von Elssa zu hören gewesen wäre.

Hinter mir seufzte Paddin. »Und? Lebt sie noch?«

»Sieht so aus. Hast du gut geschlafen?«

»Kann mich nicht dran erinnern.«

Ich rutschte ein Stück weiter über den Boden, um an den Sack zu kommen, der die Bogarra-Ernte enthielt. Wenn man an das Fruchtwasser der Kakteen oder der Feigen gelangen wollte, musste man vorher an einer Stelle die Stacheln entfernen. Erst dann konnte man ein Loch hineinschneiden und das kostbare Wasser entnehmen. Das Fruchtfleisch selbst war sehr sättigend und sollte angeblich ein langes Leben in Gesundheit sichern. Allerdings war die Lebenserwartung im Cahchtar im Allgemeinen nicht so hoch, als dass dieses Gerücht jemals hätte bestätigt werden können.

Während ich mir ein Stück Leder um die Hände wickelte, kletterte Paddin aus seiner Hängematte. Er entriegelte den kleinen Luftschacht, um frischere Luft von der Oberfläche in die stickige Höhle zu lassen. Diesen Lüftungsmechanismus verdankten wir auch Lorrin, unserem kleinen Erfinder.

Kaum hatte Paddin für die Belüftung gesorgt, kniete er sich an meine Seite und warf einen Blick in den großen Sack. »Ah, der Kleine war fleißig. Das sind ja richtig viele. Lass mir die reiferen übrig. Dann kann ich diese Woche noch Bogetsh machen.«

Ich warf ihm ein Stück Leder zu. »Hier. Such dir welche aus. Wenn der wieder so gut wie dein letzter Wein wird, können wir damit Tauschgeschäfte machen.«

Paddin nickte. Kurz nach dem Aufwachen, war er meist noch wortkarger als ohnehin schon.

Nachdem er einige aussortiert hatte, half er mir beim Entstacheln. Das war nicht ganz ungefährlich, schon kleine Wunden konnten sich böse entzünden. Ich kannte mal einen Mann hier unten, der hatte auf diese Weise einen Arm verloren. Mit nur einem Arm konnte er nicht mehr für sich sorgen und sich verteidigen. Es hatte nicht lange gedauert, bis die Sonnen ihn holten.

Wir arbeiteten schnell und schweigsam, denn sobald Lorrin zurückkam, würden wir essen und trinken, um dann endlich an die Oberfläche zu können. Die kühlen Nächte waren zu kurz, um sie hier unten zu verschwenden. Wir mussten die Zeit, bis die Sonnen erneut aufgingen, nutzen, um zu jagen, zu sammeln, zu handeln und zu tauschen.

Kapitel 4

Die meisten Ausgestoßenen kletterten beim zweiten Signal nach oben, so schnell sie nur konnten. Ich fluchte, als mir jemand einen Ellenbogen in die Rippen stieß. So etwas passierte schnell im Gedrängel. Zwar gab es unzählige Wege nach oben, aber bei Weitem nicht genug, um alle Bewohner der Höhlen und Tunnel gleichzeitig rauszulassen.

Wir kamen gerade rechtzeitig. Hearre, die große Sonne, war untergegangen, und mit ihr wich die tödlichste Hitze. Die letzten Strahlen der kleineren Sonne, Nemarre, fielen bereits so schräg, dass sie keine Gefahr mehr darstellten.

Wie jeden Abend genoss ich den berauschenden Anblick, wenn das nun schwache Licht durch die Abdeckungen des Cahchtars schimmerte. Die vielen verschiedenen Flächen aus Metallen, Stoffen und Lederresten, die den Cahchtar vor den Sonnenstrahlen schützten, ließen das Licht je nach Beschaffenheit und Struktur unterschiedlich stark hindurch. Am meisten glitzerten die aus Metall, sie wirkten wie kostbare Kristalle.

Noch mehr liebte ich den Sternenhimmel und die Freiheit, für die er stand. Sich unter dem offenen Himmel zu bewegen, statt in den engen Höhlen des stickigen Cahchtars herumzukriechen, das war Nadorrs Geschenk für die Ausgestoßenen. Genau genommen lebte hier jeder für diesen Augenblick. Leider waren die Nächte viel kürzer als die Tage.

Ich quetschte mich an den verschwitzten Körpern der anderen Ausgestoßenen vorbei, um endlich aus der Menge herauszukommen. An den Ausgängen brauchten einige länger, um sich in alle Richtungen zu verstreuen und ihren Geschäften nachzugehen.

»Lorrin, warte«, schrie ich. Zwischen den vielen hochgewachsenen Körpern konnte ich gerade noch seinen strubbeligen Haarschopf erkennen. Er war zu klein; wenn er stolperte, würde die Meute einfach über ihn hinwegstampfen. Kranke und Kinder hatten es um diese Zeit besonders schwer. Paddin, mit seiner Seheinschränkung, wartete deshalb immer, bis sich der erste Ansturm gelegt hatte.

Ich kämpfte mich weiter nach vorn und erwischte Lorrin an seinem Ohr. »Verdammt, Lorrin, bleib bei mir!«

»Autsch, spinnst du? Mir passiert schon nichts.« Er schlug nach meinen Fingern, nahm aber im nächsten Moment doch meine Hand, als ein greller, lang gezogener Alarm aufheulte.

Ich erstarrte. Dieses Signal kannte ich. Die Verraner setzten es nur ein, wenn auf dem Platz vor dem größten Tor der Stadt eine Versammlung ausgerufen wurde. Es musste sich um etwas Wichtiges handeln. Ich konnte mich kaum noch erinnern, wann die Bewohner des Cahchtar zum letzten Mal zusammengerufen wurden. Damals wurde das öffentliche Brennen als Strafe für jedes kleinste Vergehen verkündet. Vorausgesetzt, es war einer der Städter das Opfer. Selbst einen lächerlichen Diebstahl bestraften sie seit jenem Tag mit dem Brennen. Und der Statthalter hatte überall seine Spione, selbst unter den Ausgestoßenen.

Lorrin zog mich mit, immer weiter nach vorn. Doch wir kamen nur schwer voran, da nach dem Signal viele einfach stehen blieben. Wäre mein Bruder nicht gewesen, hätte ich mich lieber weiter nach hinten verdrückt. Die Angst, aufzufallen und gebrannt zu werden, beherrschte die meisten von uns, fast jeder Ausgestoßene fürchtete die grausamen Launen des Statthalters.

Nur leider war mein kleiner Bruder dafür viel zu neugierig. Ehe die Versammlung anfing, standen wir beide nebeneinander in der ersten Reihe auf dem Platz des Rates.

Das Haupttor Decta-Verras lag unmittelbar vor uns. Ich konnte das Energiefeld vibrieren spüren, das nur eine Armlänge von uns entfernt den Platz schützte. Hinter uns drängten sich die Leute, vor uns breitete sich eine sandige, leere Fläche von mindestens zwanzig Schritten aus. Niemand konnte da hinein, ohne von dem Energiefeld getötet zu werden.

Noch war das gewaltige Metalltor geschlossen. Die kleine Sonne Nemarre tauchte die glitzernde Fläche des Tors in ein rötliches Licht.

»Was, glaubst du, wollen die?«, fragte Lorrin leise.

»Ich weiß nicht, aber es bedeutet sicher nichts Gutes.«

»Vielleicht ja doch? Stell dir vor, sie öffnen die Stadt und wir dürfen dort leben. Paddin sagt, dort gibt es sogar Schulen für die Kinder. Und auf einigen Wegen gleiten die Städter, ohne einen Fuß zu heben. Da wird man bewegt! Es gibt Wasser. Und man kann bei Tageslicht raus, ohne zu verbrennen.«

Ich seufzte. »Dort gibt es aber auch einen mordlüsternen Statthalter, dem alle gehorchen müssen.«

Aber Lorrin hielt an seinem hoffnungsvollen Gedanken fest. »Vielleicht stimmt das ja gar nicht. Und man erzählt uns das nur, damit wir nicht reinwollen …«

»Alle wollen rein, Lorrin«, unterbrach ich leise meinen Bruder, »obwohl das mit dem Statthalter stimmt. Denke an

Elssa. Jemand, der so eine junge Frau auf dem Platz der Qualen verbrennen lässt, ist nicht nett. Diese Stadt wird uns niemals aufnehmen, weil sie nicht groß genug ist. Und weil der Statthalter glaubt, wir wären nicht gut genug.«

Als Lorrin schwieg, fügte ich hinzu: »Vergiss nie, was der letzte Statthalter Paddin angetan hat. Was der Jetzige uns allen antut, indem er uns aus der Stadt verbannt. Lorrin, der Mann ist gefährlich.«

Ich merkte meinem Bruder deutlich an, dass er sich verzweifelt wünschte, unserer ausweglosen Situation zu entkommen. Aber es war besser für ihn, wenn er die Stadt nicht als mögliche Rettung ansehen würde. Um unser Leben zu ändern, gab es nur einen Ausweg, wir mussten die Scaparen finden und uns den Rebellen anschließen. Doch dafür war Lorrin noch zu jung. Der lange Weg durch die Wüste war mörderisch.

Als eine Hand meinen Arm berührte, schreckte ich kurz zusammen. Doch dann hörte ich Paddins vertraute Stimme und entspannte mich wieder. Ich war jetzt schon nervös, dabei waren die Tore noch nicht einmal geöffnet.

»Seid ihr lebensmüde? Was sucht ihr denn hier vorn, kommt mit nach hinten. Ich hätte euch fast nicht gefunden.«

»Lorrin wollte das unbedingt sehen. Du kennst ihn ja, er lässt sich nicht aufhalten. Wenn es gefährlich wird, verschwinden wir.«

Paddin verzog missbilligend das Gesicht, wodurch die Schutzschicht bröselte und er noch faltiger wirkte.

Ich blickte mich um. Dicht aneinandergedrängt standen die Ausgestoßenen da, unkenntlich durch die dicke Sonnenschutzbemalung, die ihre beinah nackten, ausgezehrten Körper komplett bedeckte. Die Gesichter wirkten starr, aber dennoch grimmig. Neugier und Furcht hielten sich die Waage.

Ein dumpfer Schlag ließ den Sand auf dem Platz aufwirbeln. Alle Blicke richteten sich auf das Tor, das sich nun langsam und geräuschlos öffnete.

Ich legte meine Hand in Lorrins, gleichzeitig berührte Paddin meine Schulter. Auch wenn es sich nur um eine kleine Geste handelte, es beruhigte mich mehr als jedes Wort. Wir würden aufeinander aufpassen, egal, was kommen würde.

Solange der Schild über dem Platz Energie hatte, konnte niemand auf uns schießen, aber auch keiner von uns Ausgestoßenen konnte mit Steinen oder Messern den Abgesandten des Statthalters erreichen.

Das Tor war nun weit genug geöffnet, um eine Person hindurchzulassen.

Ich drückte Lorrins Hand fester und starrte auf die schmale Erscheinung, die zögerlich auf den Platz trat. Es war eine junge Frau, gekleidet, wie ich es noch nie zuvor gesehen hatte. Ein zartes Gewand umhüllte wie schillernde Schleier ihre schmale Gestalt. Tiefschwarze Locken fielen bis auf ihre Hüfte. Die für Städter übliche Gesichtsbemalung schimmerte metallisch. Kleine farbige Steinchen zierten ihre Haut. Es musste sich um eine ranghohe Frau handeln, denn alles an ihr wirkte kostbar. Direkt hinter ihr traten zwei massige Wächter aus dem Tor.

Lorrin flüsterte: »Sie ist schön.«

Ich verzog das Gesicht und blickte der Erscheinung argwöhnisch entgegen. Die Städter verfügten über Wasser und wuschen sich. Sie schützten ihre Gesichter nicht mit dreckigem Rattenfett, sondern schmückten sie mit schimmernden Metallfarben. Statt spärlich bekleidet durch die Gegend laufen zu müssen, verhüllten sich die Städter mit weichen Stoffen. Wir hier draußen hingegen benötigten alle Materialien, die wir finden konnten, um das Dach über den Cahchtar zu flicken. Das Leben war verdammt ungerecht. Es war keine Kunst, so auszusehen, wenn man die Mittel dazu besaß.

Kapitel 5

Die drückende Hitze, die außerhalb des Schutzschildes von Decta-Verra herrschte, nahm Cesszia kurz den Atem. Die Temperatur wurde hier, jenseits des Tores, kaum gekühlt. Dies war das erste Mal, dass sie sich körperlich im äußersten Ring befand. Nichts und niemand hatte sie auf den Anblick der Verdammten vorbereiten können.

Sie glichen wilden Tieren. Schmutzig, spärlich bekleidet, mit verfilzten Haaren, drängte sich die Masse um den Platz. Jeden Fleck nackter Haut hatten die Verdammten dick mit farbigem Rattenfett eingeschmiert. Der ranzige Geruch, gemischt mit Schweiß, drang in Cesszias Nase und verursachte ihr Übelkeit.

Es kostete sie alle Beherrschung, nicht einfach umzukehren und das Tor wieder von der anderen Seite zu verschließen. Aber das würde Zekoll erzürnen. Cesszia atmete vorsichtig durch den Mund und ignorierte den Schwindel, den der plötzliche Temperaturanstieg mit sich brachte.

Sie versuchte, keine Miene zu verziehen, während sie die ausgezehrte Meute betrachtete. Stumm dankte sie dem kleinen Mond Nadorr, dass sie auf der richtigen Seite des Tores geboren worden war. Dann besann sie sich auf ihre Aufgabe.

Cesszia sah in die Gesichter der Verdammten, während sie an das Gespräch mit ihrem Cousin zurückdachte. Der Blick in Zekolls Zukunft hatte ihr einiges offenbart, aber nicht alles davon hatte Cesszia ihrem Cousin verraten. Sie würde versuchen, ihre Trümpfe auszuspielen, da sie Zekolls Loyalität ihr gegenüber im Ernstfall anzweifelte. Wenn sie klug vorging, konnte sie gewinnen, und ihr eigenes Schicksal entscheidend zu ihren Gunsten verändern.

Ihre Augen blieben an einer jungen Frau hängen. Durch die dicke Schmutzkruste und die Schutzbemalung konnte Cesszia nicht eindeutig feststellen, ob es die Frau aus ihrer Vision war. Aber dass ein kleiner, blonder Junge neben ihr stand, erhöhte die Wahrscheinlichkeit. Kinder waren selten im Cahchtar, die meisten starben bald nach der Geburt, den Rest versklavte ihr Cousin. Doch die Sonnenwelt war groß, und von überall drängten immer neue Bewohner in den Cahchtar. Die Hoffnung, eines Tages in die Stadt zu gelangen, ließ sie ihre Heimat verlassen.

Cesszia konzentrierte sich wieder und lächelte milde. Mit etwas Glück würde sie nur einen einzigen Durchlauf benötigen, dann hätte sie, was sie suchte, und könnte zurückkehren.

Als einer ihrer Leibwächter mit einem Handzeichen die Verdammten zur Aufmerksamkeit ermahnte, sammelte sie sich und verkündete mit klarer Stimme: »Bewohner des Cahchtars, hört mich, die ich den Statthalter Zekoll Dare vertrete, an. Ich habe ein Geschenk für eine Auserwählte unter euch.«

Cesszia ließ sich von ihrem zweiten Wächter eine kleine Truhe reichen, öffnete sie behutsam und entnahm den Reif des Ahnen. Ganz langsam hob sie ihn hoch und beobachtete, wie sich Nemarres letzte Strahlen an ihm brachen. Nach einer kurzen Pause sprach sie weiter.

»Dieser Reif sucht eine neue Herrin. Einer unter euch wird er sich zu erkennen geben und derjenigen ein Leben innerhalb unserer geliebten Stadt erlauben.«

Ein aufgebrachtes Murmeln unterbrach ihren Redefluss. Sie hielt die Hand höher. Aus den Augenwinkeln entdeckte sie dabei, wie die Wächter ihre Schusswaffen aus den Gürteln nahmen. Die Verdammten waren zwar ebenso durch den Schild geschützt wie Cesszia selbst, aber allein diese Geste der Wächter sorgte für Ruhe.

»Hört mich an!«, befahl sie der Menge erneut. »Die Erwählte wird nie wieder Hunger oder Durst leiden, nie mehr muss sie sich vor den Sonnen fürchten. Außerdem wird es ihr gestattet sein, eine weitere Person mitzunehmen, aber nur eine.«

Sie schwieg einen Moment, bevor sie weitersprach. »Ich werde ein paar Frauen unter euch auswählen und sie bitten, einzeln vorzutreten, um den Reif kurz in den Händen zu halten. Er gibt sich seiner neuen Herrin zu erkennen. Der Erwählten wird eine große Ehre zuteil.«

Cesszia konnte die Verzweiflung der Verdammten beinahe riechen. Wie würde sie reagieren, wenn sie unter ihnen wäre?

»Warum nur die Frauen?«, grölte ein Mann von weiter hinten.

»Ja, was ist mit uns?«, schrie ein weiterer.

Der Tumult wurde lauter. Das Gedränge und Geschiebe in den hinteren Reihen führte dazu, dass die erste Reihe gefährlich nahe an den unsichtbaren Schild gequetscht wurde.

Cesszias Lippen zitterten. Sie musste schnell handeln und sich etwas einfallen lassen, bevor die wertvolle Auserwählte den Tod fand.

»Bleibt stehen! Nur die Ruhe! Es gibt auch einen Reif für die Männer. Wir haben Zeit, und dies ist nicht das letzte Auswahlverfahren. Ich bitte um eure Geduld. Die Stadt braucht neue Bewohner, und auf diese Weise werden einige von euch ein Leben in Freiheit erhalten.«

Das war eine Lüge, aber wer wollte sie dafür bestrafen? Cesszia atmete auf, als die Menge sich wieder beruhigte.

»Wer sagt uns, dass das keine Falle ist? Wer sagt uns, ob ihr nicht nur neue Sklavinnen oder Kämpferinnen für eure Spiele sucht?«, rief ein weißhaariger Mann, der hinter der blonden jungen Frau stand.

»Niemand. Ich kann euch nur mein Wort geben. Ich, Cesszia, Cousine und Vertraute des Statthalters, schwöre bei meinem Leben, dass der Erwählten kein Leid geschieht.«

Cesszia wartete. Wenn die Verdammten sich ihr verweigerten, gab es andere Möglichkeiten. Aber sie wollte es zuerst auf die sanfte Art versuchen. Für Gewalt war ihr Cousin zuständig. Sie ließ ihren Blick über die wenigen Frauen streifen, die sich in der ersten Reihe befanden. Niemand sollte mitbekommen, dass sie die Auserwählte bereits zu kennen glaubte.

»Um es euch leichter zu machen, suche ich für heute zehn Frauen aus. Wenn die Auserwählte nicht unter ihnen ist, eröffnen wir in der nächsten Nacht eine weitere Runde. Bis dahin könnt ihr euch untereinander einigen, wer es dann versuchen darf.«

Die Menge entspannte sich sichtlich. Sie schien sie überzeugt zu haben. Cesszia atmete die heiße Luft ein und blickte ungeduldig über den Rand des Cahchtars zum Horizont. Nadorr war aufgegangen, es würde sich nun rasch abkühlen und erträglicher werden. Mit etwas Glück könnte sie diesen unseligen Ort bald verlassen.

Kapitel 6

Ich hatte der Frau aus der Stadt geduldig zugehört, aber jetzt wollte ich so schnell wie möglich weg von hier. Niemand aus Decta-Verra schenkte uns Ausgestoßenen etwas ohne Grund. Diese Frau tat das sicher nicht, weil sie ein gutes Herz hatte. Da steckte etwas anderes dahinter.

Ich packte Lorrin an der Hand und forderte ihn mit einer Kopfbewegung auf, mir zu folgen. Doch er sträubte sich.

»Warte! Ich könnte da zur Schule gehen.« Er zerrte an meinem Arm, als würde sein Leben davon abhängen. »Kairra, du musst hierbleiben, vielleicht wählt der Reif ja dich …«

Paddin unterbrach ihn leise: »Und was, wenn es eine Falle ist? Kairra, was ist, wenn sie dich dabei beobachtet haben, als du Elssa befreit hast? Ich habe kein gutes Gefühl, wir sollten schnell verschwinden. Wenn du erst im inneren Ring bist, kann dir niemand mehr helfen.«

Genau das befürchtete ich auch. Ich beugte mich zu Lorrin herunter und sah ihm fest in die Augen. »Lorrin, hör mir bitte zu! Für uns gibt es eine andere Aufgabe, das weißt du. Wenn du größer bist, gehen wir zu den Scaparen. Wir alle drei zusammen. Überlege doch mal. Selbst wenn kein Verrat dahintersteckt, so darf die Erwählte nur eine weitere Person mitnehmen. Und weder du noch ich könnten Paddin hier zurücklassen.«

Mein Herz tat weh, als ich die Hoffnungslosigkeit in seinen Augen sah. Wie gerne hätte ich ihm jeden Wunsch erfüllt.

Einen Moment lang blieb sein Gesichtsausdruck nachdenklich, dann zuckte er die Schultern: »Versprich mir, bei den Sonnen, dass wir bald zu den Rebellen gehen, Kairra. Ich bin groß genug.«

Er war in etwa halb so alt wie ich. Als ich in seinem Alter war, hatten wir gerade unsere Eltern verloren. Jetzt konnte ich mich nicht mal mehr daran erinnern, wie ich es geschafft hatte, dass aus dem winzigen Säugling von damals so ein toller Junge geworden war.

Ich hob den Kopf und blickte zu Paddin. Mein väterlicher Freund war nicht ohne Grund in Sorge. Es wurde Zeit, dass wir diesen öffentlichen Platz verließen. Doch als ich mich umsah, hatten sich die Ausgestoßenen noch enger zusammengeschoben, dicht hinter uns hatte sich eine undurchdringliche Wand aus Körpern gebildet. Es blieb uns nichts anderes übrig, als zu bleiben, wenn wir nicht auffallen wollten. Ich schickte ein Stoßgebet zu Nadorr, dass mich diese Frau nicht auswählen würde.

Diese Sorge teilte ich wohl mit Paddin. Denn er versuchte, sich vor mich zu stellen. Ich hielt ihn sofort zurück, von meiner Position konnte ich das gewaltige Energiefeld deutlich spüren, wenn Paddin nur einen Schritt vortrat, wäre das sein sicherer Tod. Vorsichtshalber umklammerte ich Lorrins Hand noch fester.

Die Frau aus der Stadt wartete nicht lange. Sie wies mit ihrem Zeigefinger auf eine Ausgestoßene, die nicht weit von uns entfernt stand. Einer der Wächter öffnete mit einem kleinen Gerät einen unsichtbaren Eingang im Schild. Kaum war er fertig, trat die erste Erwählte ihm freiwillig entgegen. Neben dem Wächter wirkte sie wie ein Kind. Wortlos führte er sie zur Cousine des Statthalters.

Alles ging sehr schnell. Die Frau berührte vorsichtig den Reif und wartete. Als nichts geschah, drehte sie ihn hin und her. Wieder passierte nichts. Sie hatte Tränen in den Augen, als der Wächter sie wieder zurückführte.

Gleich danach war die Nächste an der Reihe. Nadorr sei Dank, stand diese noch weiter als die erste von mir entfernt. Mit etwas Glück wendete sich die Frau aus der Stadt nicht wieder in unsere Richtung. Eines war sicher, ich würde hier morgen Abend bestimmt nicht freiwillig stehen.

Die zweite Ausgestoßene reagierte mit einem Wutausbruch darauf, dass sie ebenfalls nicht die Erwählte war. Ich konnte die Hoffnung der Frauen gut verstehen. Eine solche Gelegenheit, diesem elendigen Leben im Cahchtar zu entfliehen, bot sich höchstwahrscheinlich nur einmal im Leben. Im Gegensatz zu mir stand für diese Frauen jedoch nur ihr eigenes Schicksal auf dem Spiel – falls es eine Falle war.

Die Cousine des Statthalters blickte sich erneut unter den Ausgestoßenen der ersten Reihe um. Diesmal ließ sie sich viel mehr Zeit und prüfte jede einzelne Frau genau. Ich atmete erleichtert auf, als sie ein weiteres Mal über mich hinwegsah. Doch dann, nach einer ganzen Weile, drehte sie sich wieder um. Sie hielt in ihrer Bewegung inne und deutete mit ihrer zarten Hand in meine Richtung.

Ich kniff die Lippen zusammen und sah rasch zur Seite, um zu prüfen, ob nicht vielleicht doch eine andere gemeint war. Aber ich war nur von Männern umgeben.

Wie betäubt nahm ich wahr, dass der Wächter direkt vor

mir den Schild öffnete und mich hindurchzog. Ich drehte mich noch einmal zu Lorrin um. Er strahlte über das ganze Gesicht. Dann waren wir getrennt, durch eine unsichtbare, aber tödliche Wand.

Mein Herz schlug so laut, dass ich dachte, Lorrin müsste das hören. Jetzt blieb mir nur noch die Hoffnung, dass der Reif nicht auf mich reagierte.

Kurz darauf stand ich vor der Cousine des Statthalters. Aus der Nähe betrachtet, wirkte sie noch beeindruckender. Durch die Schmuckbemalung erschien ihr Gesicht maskenhaft, aber es wirkte nicht unfreundlich. Die Frau sah nicht nur fremdartig aus, sie roch auch anders. Süß, wie junge Kakteenblüten.

Wortlos reichte sie mir den Armreif.

Ich griff nur zögernd zu. Während sich meine Finger so vorsichtig um den Reif schlossen, als wäre er aus glühendem Metall, ließ mich die Frau nicht aus den Augen. Meine Hände schwitzten, obwohl es hier, hinter dem ersten Schild, deutlich kühler war.

Einen Atemzug später räusperte ich mich und wollte ihr den Reif zurückreichen. »Es tut sich nichts. Ich bin nicht die Richtige.«

Ein kaum merkliches Lächeln huschte über das metallgeschmückte Gesicht, als die Frau antwortete: »Warte noch. Du musst ihn länger halten.«

Sie hatte kaum zu Ende gesprochen, da stach etwas in meine Handfläche. Ich erschrak, nur mit Mühe unterdrückte ich einen Aufschrei. Stattdessen lächelte ich der Frau mit erhobenem Kopf entgegen, als wäre nichts geschehen.

»Nichts«, log ich. »Tut mir leid.« Ich musste diesen Reif so schnell wie möglich loswerden.

Aber die Frau aus Decta-Verra packte meine Hand und drehte sie um. »Und was ist das?«

Ich folgte ihrem Blick und entdeckte einen Blutstropfen. Mir wurde noch heißer. Nur gut, dass die Schutzölschicht die verräterische Röte in meinem Gesicht verbarg. Ich zog die Hand wieder zurück und schüttelte den Kopf.

»Eine kleine Verletzung, vermutlich ein Splitter.«

Die Frau verzog spöttisch den Mund und flüsterte so leise, dass selbst ich sie kaum verstehen konnte: »Warum leugnest du es? Das ist das Zeichen. Er hat dich erwählt.«

Sie nahm meinen Arm und rief für alle anderen laut vernehmbar: »Für heute haben wir eine Auserwählte. Ihr seht, ihr ist nichts passiert. Niemand muss sich fürchten!«

Die Menge hinter dem Schild johlte. Ich wusste, solange die Ausgestoßenen hofften, dass noch einer von ihnen mitgenommen werden könnte, würde es nicht zu gewaltsamen Ausschreitungen kommen. So lange waren Lorrin und Paddin sicher. Es half alles nichts. So, wie es aussah, blieb mir nur noch ein letzter Versuch. Ich wandte mich wieder der Frau aus der Stadt zu.

»Lass mich gehen. Ich will das nicht. Nimm eine andere.«

»Das geht nicht. Dieser Reif reagiert nur auf eine ganz bestimmte Frau, und das scheinst du zu sein. Beruhige dich. Dir wird es in Decta-Verra besser ergehen als hier. Wen willst du mitnehmen? Wähle, wir haben nicht viel Zeit.«

Mein Herz hämmerte, als sich die beiden Wächter an meine

Seite stellten. Ich wandte mich um, blickte zu Paddin und Lorrin, die mich still beobachteten.

Paddin schüttelte unmerklich den Kopf, doch Lorrin freute sich offensichtlich über die Aussicht, in die Stadt zu kommen. Wenn ich wirklich gehen musste, gab es ohnehin nur eine Wahl.

Die Frau sprach leise weiter: »Wenn es dir nicht bei uns gefällt, kannst du wieder zurück. Das verspreche ich dir. Wähle jetzt!«

Ich suchte fieberhaft nach einem Ausweg. Eine Flucht kam nicht infrage. Die Wächter waren bewaffnet. Außerdem, wo sollte ich hin? Vor mir lag der äußere Schild, hinter mir das Tor zum inneren Schild. Ich saß in der Falle. Verdammt, Nadorr hatte heute kein Ohr für mich.

»Kann ich nicht zwei mitnehmen? Ich kann mich nicht entscheiden.«

Die Frau aus der Stadt beugte sich leicht vor. »Entscheide dich jetzt für einen, ich garantiere dir, einen Weg zu finden, den anderen nachzuholen.«

Ich hatte ein ganz flaues Gefühl im Magen. Konnte ich einer Frau aus der Stadt vertrauen? Es war unmöglich, hinter ihre Maske zu blicken. Sie wirkte undurchschaubar mit der dicken Schminke auf ihrem Gesicht, unter der sich ihre Züge fast vollständig verbargen. Trotzdem versuchte ich, mich zu beruhigen. Wenn es eine Lüge sein sollte, würde ich einen Weg finden, wieder aus der Stadt zu verschwinden. Niemals würde ich Paddin allein lassen. Hinein kam man nicht ohne Erlaubnis, aber hinaus ging es sicher leichter.

Tränen traten in meine Augen, als ich Paddin anblickte. Ich formte mit den Lippen, dass ich ihn nicht vergessen und ihn bald nachholen würde. Dann zeigte ich dem Wächter meinen Bruder.

Lorrin strahlte über sein ganzes Gesicht, umarmte Paddin nur flüchtig, dann raste er wie ein Sandsturm zur Öffnung im Schild. Sein größter Traum hatte sich erfüllt. Mir blieb nur die Hoffnung, dass ich ihn in Decta-Verra beschützen konnte.

Kurz darauf hielt ich meinen Bruder in den Armen. Über seinen Kopf hinweg nickte ich Paddin noch einmal zu. Inmitten der sich auflösenden Menge blieb er als Einziger stolz und aufrecht stehen. Er wirkte wie ein Licht in der Dunkelheit mit seinen langen, weißen Haaren, die für einen Ausgestoßenen so ungewöhnlich glatt und gepflegt waren.

Der Blick seines gesunden Auges ruhte auf uns. Das vernarbte, blinde hielt er, wie fast immer, unter einer Klappe aus Reptilienleder verborgen. Er war mein Lehrmeister, Freund und Ziehvater gewesen. Der Abschied nahm mir die Luft zum Atmen. Nur zögerlich hob ich meine Hand und winkte ihm ein letztes Mal zu. Ich schwor mir, alles daranzusetzen, zurückzukehren oder ihn nachzuholen.

Kapitel 7

Wir hatten bereits zwei weitere Tore durchschritten, und mit jedem wurde es spürbar kühler. Jedes Mal erwartete ich die Stadt Decta-Verra zu erblicken und wurde enttäuscht. Bisher befanden sich zwischen den Energiefeldern nur verlassene Flächen, die zwanzig bis vierzig Schritte breit waren. Die Städter besaßen mehr Sicherheitszonen, als ich erwartet hatte. So wie es aussah, würde es nicht leicht werden, die Stadt heimlich zu verlassen. Aber irgendwie musste man doch herauskommen, schließlich liefen manchmal abenteuerlustige Städter bei uns im Cahchtar herum.

Der Sand am Boden wich immer mehr einem glatten Felsuntergrund. Die Städter hatten es offenbar geschafft, nicht nur die unerträgliche Hitze, sondern auch die Wüste auszusperren. Seltsamerweise war es hier taghell, obwohl es längst dunkel sein müsste.

Während die Wächter voranschritten, ging Cesszia schweigend an meiner linken Seite. Rechts von mir klammerte sich Lorrin an meinen Arm. Für seine sonst so vorlaute Art war er erstaunlich still, vermutlich war er ebenso angespannt wie ich. Wir hatten keine Ahnung, was auf uns zukommen würde. Ich spürte, dass er zitterte, entweder vor Aufregung oder vor Kälte. Mir ging es da nicht anders. Ich zog ihn enger an mich heran.

Vor dem dritten Durchgang wandte sich Cesszia uns zu. »Dahinter liegt Decta-Verra. Dort holt man uns ab.«

»Wieso ist es hier so kalt?«, wagte Lorrin nun doch zu fragen.

Cesszia blieb kurz stehen und sah ihn an. »Unsere Stadt wird mit Scapara-Erzen heruntergekühlt, und der Schutzschild hilft zusätzlich, die Hitze draußen zu halten. Ihr werdet euch sicher schnell daran gewöhnen. Es fühlt sich nur so kalt an, wenn man direkt aus dem Cahchtar kommt.«

In diesem Moment öffnete einer der Wächter das nächste Tor. Cesszia ging voran und bat uns, ihr zu folgen. »Habt keine Furcht. Euch wird nichts geschehen.«

Ich drückte Lorrins Hand. Gemeinsam schritten wir durch das riesige Metalltor. Kurz darauf kniff ich geblendet die Augen zu. Vor uns breitete sich ein Lichtermeer aus. Sogar der Himmel leuchtete. Es dauerte einen Moment, bis ich erkannte, dass das Licht aus unzähligen hohen Gebäuden schimmerte. Die Bauwerke reichten so hoch in den Himmel hinauf, dass ich die Dächer nicht mehr erkennen konnte.

Decta-Verra glitzerte verheißungsvoll, als wären alle Sterne vom Himmel gefallen und hätten sich in der Stadt verteilt. Die vielen unterschiedlichen Formen der Bauwerke, die ich in diesem Lichtermeer erkennen konnte, übertrafen mein Vorstellungsvermögen.

So groß und gewaltig hatte ich mir Decta-Verra nicht vorgestellt. Vom Cahchtar aus konnte niemand etwas erkennen, die Energiefelder verbargen alles; nur die Legenden nährten die Einbildungskraft von uns Ausgestoßenen.

Ich blickte zurück. Hinter den Toren lag eine vollkommen andere Welt. Wir hatten es alle geahnt, aber nicht einmal Paddin hatte uns davon berichtet. Vermutlich hatte er es verschwiegen, damit wir unser Schicksal im Cahchtar besser ertragen konnten.

»Die Sehnsucht, in die Stadt zu gelangen, bezahlen viele der Ausgestoßenen mit ihrem Leben.« Das waren seine Worte.

Der Gedanke an Paddin schnürte mir die Kehle zu. Ich schluckte, als Cesszia mich mit der Fingerspitze antippte.

Eine Gruppe von weiß gekleideten Frauen trat uns entgegen. Die beiden Ersten hielten Karaffen in den Händen.

»Willkommen, Auserwählte! Willkommen, kleiner Freund! Trinkt zur Begrüßung unser Quellwasser. Wir begleiten euch gleich in den Palast und stellen euch den Statthalter, Zekoll Dare, vor.«

Etwas so Kostbares wie Wasser gereicht zu bekommen, verwirrte mich. Ich blickte Cesszia fragend an.

Sie lächelte mir aufmunternd zu. »Bitte trinkt, das ist unsere Art, euch willkommen zu heißen.«

Lorrin wartete ihre Antwort kaum ab und trank den Inhalt der ersten Karaffe in einem Rutsch leer. Ich wollte mich zwar beherrschen, aber Wasser, reines Quellwasser hatte ich noch nie getrunken, und meine Kehle war wie immer staubtrocken.

Dankbar nickte ich und nahm die andere Karaffe entgegen. Noch während ich die köstliche Flüssigkeit gierig schluckte, fiel mir aus dem Augenwinkel auf, wie Lorrin langsam zu Boden sackte. Nebelschleier legten sich über meinen Blick, und mir wurde schwindelig. Die noch halb volle Karaffe glitt aus meinen Händen und fiel zu Boden. Dann verschwamm Cesszia vor meinen Augen.

»Du verdammte Verräterin«, stieß ich kraftlos hervor, dann verlor ich die Besinnung.

Kapitel 8

Mein Schädel schien vor Schmerzen zu platzen, als ich langsam zu mir kam. Vor meinen geschlossenen Augen tobte ein Sturm aus Funken. Es kam mir vor, als würden Felsbrocken auf meinen Lidern liegen, denn ich konnte sie nicht öffnen. Als Nächstes spürte ich einen heftigen Stoß gegen meine Rippen, gefolgt von einer höhnischen Stimme.

»Bist du sicher, Cesszia? Ist *das* die Richtige?« Der Mann schnaufte verächtlich, bevor er weitersprach. »Nicht, dass ich diese verdreckten Verdammten irgendwie auseinanderhalten könnte.«

Ich rührte mich nicht, bis ein weiterer Tritt mich auf den Rücken beförderte. Das änderte meinen Plan, mich so lange bewusstlos zu stellen, bis mir etwas Besseres einfiel. Wütend öffnete ich die Augen und blickte in ein hochmütiges Gesicht. Ich wollte aufspringen und mich wehren, doch meine Hände und Füße waren gefesselt. Allmählich kehrte meine Erinnerung zurück. Cesszia hatte uns belogen.

»Wo ist mein Bruder?« Meine Stimme klang wie ein Krächzen.

Panisch versuchte ich, etwas zwischen den Beinen der Umstehenden zu erkennen. Lorrin musste hier irgendwo sein. Der Mann, der gesprochen hatte, verzog seinen Mund verächtlich und bewegte seine mit funkelnden Ringen besetzte Hand, als wollte er ein lästiges Insekt vertreiben.

»Schneidet ihr die Fußfesseln durch und bringt sie zu mir

nach vorn. Aber haltet sie auf Abstand, dieser Gestank ist nicht zu ertragen.« Dann verschwand er aus meinem Sichtfeld.

An seiner Stelle beugte sich nun Cesszia zu mir und flüsterte: »Verhalte dich ruhig, dann ist dein Bruder in Sicherheit. Bisher geht es ihm gut. Was weiter mit ihm geschieht, hängt ganz allein von dir ab.«

Noch bevor ich sie wütend anspucken konnte, war sie wieder aus meinem Sichtfeld verschwunden. Im nächsten Moment griffen grobe Hände nach meinen Beinen. Jemand durchtrennte die Fußfesseln und schnitt mir dabei tief ins Fleisch. Doch der Schmerz wurde von meiner Wut überlagert. Wie hatte ich nur so blöd sein können, einer Städterin zu trauen? Am liebsten hätte ich Cesszia die Metallschminke vom Gesicht gekratzt. Nur die Furcht davor, man könnte sich an Lorrin rächen, und meine auf dem Rücken gefesselten Hände hielten mich zurück.

Einer der Wächter verdrehte meinen Arm und zog mich gewaltsam hoch. Ich nutzte die neue Position, um mich rasch umzusehen. Von Lorrin war nirgends eine Spur. Ich selbst befand mich offenbar in einem unendlichen weißen Raum. Zumindest konnte ich kein Ende sehen. Als ich einen Blick nach oben riskierte, zwang mich das grelle Licht, das durch die hohe Decke fiel, sofort, die Augen zu schließen.

Im nächsten Moment wurde ich vorwärtsgeschubst, bis ich wieder vor dem arroganten Kerl stand, der bisher alle Befehle erteilt hatte. So wie er sich benahm, musste es sich um den Statthalter Zekoll Dare höchstpersönlich handeln. Er saß schräg auf einem großen Sitz, die Beine lässig übereinandergeschlagen. Sein Körper steckte in einem glänzenden engen Stoff, der vom

Halsausschnitt bis zu den Schuhen aus einem einzigen Stück zu bestehen schien. Darüber war er mit so viel Schmuck behängt, wie ich es noch nie zuvor gesehen hatte. Eigentlich war er ein eher schmächtiger Mann, verglichen mit den Männern im Cahchtar, trotzdem ging etwas Machtvolles von ihm aus. Im Gegensatz zu den Städtern, die ich bisher gesehen hatte, waren nur seine Stirn und seine Ohren mit Metallfarben geschmückt. Er stützte das kantige Kinn auf seinem Handrücken ab. Es schien beinahe so, als wollte er nachdenklich wirken. Als wäre das alles nur ein Spiel für ihn.

Der Statthalter wedelte mit seiner gepflegten Hand herum und hüstelte. »Bevor ich mich langweile, lass mich dir etwas erklären. Weder dir noch deinem entzückenden Bruder wird ein Leid geschehen, … wenn du dich fügst. Wir haben große Pläne mit dir.«

Nachdem er mich von oben bis unten prüfend gemustert hatte, verzog er den Mund, als wäre ihm übel. Dann drehte er seinen Kopf scheinbar angewidert weg. »Cesszia, lass den Saal bis auf die Wächter räumen!«

»Wo ist mein Bruder?«, fragte ich ihn erneut, während Cesszia, diese Verräterin, im Hintergrund seine Befehle weitergab.

Widerwillig wandte er sich wieder zu mir und blickte mich dabei so abschätzend an, wie man eine Beute mustert. Statt einer Antwort kamen nur schmatzende Geräusche über seine Lippen.

Der Kerl machte mich unglaublich wütend. Aber ich konnte nicht viel machen, außer ihm vielleicht meinen Kopf in den Bauch zu rammen, da meine Hände noch gefesselt waren. Doch das würden die Wächter ganz sicher nicht zulassen. Mein Zorn hatte nur einen Vorteil, mir wurde etwas wärmer. Hier drinnen war es noch kälter als in den Sicherheitszonen.

Inzwischen kam seine elendige Cousine zurück und warf mir warnende Blicke zu. Was wollte sie? Sie hatte mich schließlich erst in diese Lage gebracht.

Der Statthalter rümpfte erneut die Nase und wandte sich kurz an den Wächter neben mir. »Hol ein Tuch, sie blutet mir hier alles voll. Die nächste Verdammte badet ihr, bevor ihr sie zu mir bringt. Nicht zu glauben, dass dieses stinkende Weib die Auserwählte sein soll.«

Ich witterte eine weitere Chance. »Ich bin es auch bestimmt nicht. Lasst meinen Bruder und mich einfach gehen, dann …«

»Sei still«, unterbrach mich Cesszia schnell. »Sprich nur, wenn du gefragt wirst.« Dann sah sie den Statthalter auffordernd an. »Liebster Zekoll, du wolltest sie sofort sehen. Wir hatten keine Zeit, die bewusstlose Auserwählte vorher zu baden. Wenn du ihr kurz mitteilen magst, was wir von ihnen wollen, können wir sie bald waschen lassen.«

Der Mistkerl spitzte die Lippen und seufzte schließlich. »Meine verehrte Cousine hat einen Blick in die Zukunft geworfen …« Er hob die Hand und den Zeigefinger, ohne dabei viel Kraft einzusetzen. Dann sprach er noch gelangweilter weiter. »Ich weiß, das ist unvorstellbar, aber sie kann das wirklich. Mehr musst du darüber nicht wissen. … Ähm, wo war ich gerade?« Träge schaute er Cesszia an. »Ach ja, wir wissen nun, dass du eine der wenigen auf unserer Welt bist, die diesen *Reif* bedienen können. Er hat dich offensichtlich ausgewählt.«

»Was ist mit diesem Reif …?« Schmerzhaft wurde ich von einem heftigen Schlag gegen meinen Hinterkopf unterbrochen.

Dieser Wächter fackelte nicht lange. Ich warf ihm einen grimmigen Seitenblick zu.

Der Statthalter lächelte milde und gähnte gleich darauf. »Cesszia, erkläre du ihr, was wir von ihr wollen. Ich bin heute zu müde, und mir fehlt die Geduld. Wenn sie alles verstanden hat, bringe sie gewaschen zu mir zurück. Ihren kleinen Bruder lässt du bei meinen Leibsklaven. Dort ist er gut aufgehoben.« Mit einem erneuten Wedeln seiner ringbesetzten Hand entließ er uns.

Cesszia nickte und wirkte erleichtert, als wir den Raum verließen. Die Wächter hakten mich rechts und links unter und schleiften mich einfach hinter ihr her. In mir brodelte ohnmächtiger Zorn, den ich nur mühsam unterdrückte.

Lorrin befand sich also bei den Leibsklaven des Statthalters. Was auch immer das bedeuten mochte. Ich traute dem Kerl und seiner Cousine nicht ein Sandkorn weit. Aber solange ich gefangen war, konnte ich immerhin herausfinden, was diese eingebildeten Städter überhaupt von mir wollten und was es mit diesem merkwürdigen Reif auf sich hatte.

Ich ruckte an meinen Fesseln, um die Aufmerksamkeit meiner Wächter zu erhalten. »Meine Hände sind immer noch gefesselt. Ihr müsst mich nicht mitzerren. Ich kann gut alleine laufen, oder habt ihr Angst vor mir?«

Über meinen Kopf hinweg sahen die beiden sich kurz an. Vielleicht waren sie stumm, da sie sich nur mit Blicken verständigten. Aber sie lockerten ihren Griff und drosselten das Schritttempo. Ich sah das als kleinen Sieg an. Wenn man es genau nahm, waren sie wie ich diesem Statthalter ausgeliefert. Wer weiß, vielleicht fand ich hier unter den Sklaven noch Verbündete? Vielleicht sogar diese beiden Riesen? Ob sie deshalb so schweigsam waren, weil man ihnen die Zungen herausgeschnitten hatte? Darüber wären sie sicher nicht glücklich.

Kapitel 9

Cesszia wartete in ihren Räumen darauf, dass man ihr die frisch gebadete Verdammte bringen würde. Die Visionen hatten ihr gezeigt, wie die Auserwählte unter der Schutzölschicht aussah. Sie besaß ein ansprechendes Äußeres für eine Wilde. Das würde ihr hier sicher helfen. Bis die Sklaven die Dreckschicht abgeschrubbt hatten, blieb Cesszia noch etwas Zeit, um ihre Pläne zu überdenken.

Bisher hatte alles gut geklappt, ihr misstrauischer Cousin hatte den Tee mit dem Beruhigungsmittel höchstpersönlich ausgetrunken. Für den Fall, dass er ihn vorkosten ließ, hatte sie immer das Gegenmittel zur Hand. Diese Methode, ihn außer Gefecht zu setzen, nutzte sie nur sehr selten, aber diesmal war es wichtig, damit sie zuerst allein mit der Auserwählten sprechen konnte. Cesszia lächelte zufrieden. Der Gestank der Wilden hatte ihn dann restlos davon überzeugt, dass er das Gespräch nicht mit ihr führen sollte. So weit, so gut. Jetzt hielt sie die Fäden in der Hand.

Ursprünglich hatte sie die Verdammte einfach zwingen wollen, den Reif des Ahnen für sie nutzbar zu machen, aber nun beschloss sie, es auf die freundliche Weise zu versuchen. Für ihre eigenen Pläne wäre es besser, wenn sie ihr Vertrauen gewinnen konnte. Zumindest machte die Wilde einen intelligenten Eindruck – und sie würde sicher niemals ihren Bruder gefährden wollen. So gesehen, befand sie sich in Cesszias Hand, so wie sie selbst sich in der Hand ihres Cousins befand. Wenn allerdings alles so eintraf, wie sie es in ihrer Vision gesehen hatte, könnte sie selbst zumindest bald ihrem Schicksal entfliehen.

Zuversichtlich trat Cesszia in ihren Garten und setzte sich auf ihre Lieblingsbank, direkt neben dem Springbrunnen. Das Gurgeln und Plätschern des Wassers beruhigte sie und klärte ihre Gedanken. Nicht weit entfernt, unter dem Schatten der ältesten Pflanze, deckten die Diener den Tisch.

Zufrieden mit ihren Plänen, stellte sie sich vor, wie die Auserwählte wohl auf diese köstliche Mahlzeit reagieren würde, als sie eine laute weibliche Stimme vernahm.

»Hört endlich auf, mich so herumzuschubsen. Wir sind alle hier gefangen und müssen uns doch nicht gegenseitig …« Die Frau, die offensichtlich die Auserwählte war, unterbrach sich selbst, als sie Cesszia erkannte, und schien sich losreißen zu wollen, um sich auf sie zu stürzen. Doch Cesszias Leibwächter waren darauf vorbereitet und hielten sie an ihren Armen fest.

Cesszia hob ihre Hände beschwichtigend. Sie musste jetzt ganz behutsam sein, diese Frau war eine Wilde und unberechenbar.

»Meine Liebe, ich weiß, wir hatten keinen guten Start. Aber um es ganz deutlich zu sagen: Ich bin die Einzige, die dir und deinem Bruder helfen kann. Es wäre leichter für unsere zukünftige Zusammenarbeit, wenn du mir vertraust.« Cesszia deutete auf den Platz neben sich. »Setz dich zu mir! Wir sollten offen miteinander reden.«

Doch die Auserwählte ließ sich nicht so schnell beruhigen. »Warum sollte ich dir vertrauen? Du hast uns schon einmal verraten!«

»Glaube mir, ich wurde von meinem Cousin dazu gezwungen und habe es nicht gern getan. Du wirst es verstehen, wenn du mich angehört hast. Bitte, setz dich doch und lass uns reden. Wie nennt man dich? Und wie heißt dein Bruder?«

Offensichtlich konnte die Auserwählte nur schwer ihr Temperament zügeln. Immer wieder versuchte sie, die Leibwächter abzuschütteln. Sie war zwar nicht mehr gefesselt, aber gegen Cesszias Lieblingsleibwächter konnte sie nicht gewinnen. Und genau das schien sie nun auch allmählich einzusehen.

Nachdem die Gefangene tief Luft geholt hatte, antwortete sie schließlich widerspenstig: »Ich bin Kairra, und mein Bruder heißt Lorrin. Du hast kein Recht, uns wie Verbrecher zu behandeln. Wir haben uns nichts zuschulden kommen lassen. Wo ist mein Bruder? Geht es ihm gut? Ich will ihn sofort sehen!«

Cesszia seufzte. Sie wusste durch ihre Zukunftsvision, wie sehr diese Auserwählte ihren kleinen Bruder liebte. Sie würde alles für ihn tun. Genau deshalb hatte Cesszia auch dafür gesorgt, dass er mitgenommen wurde. Er war ein hervorragendes Druckmittel, falls ihre Pläne fehlschlugen.

»Es geht ihm gut. Wir besuchen ihn später. Solange du bereit bist zu kooperieren, ist er sicher. Leider neigt mein werter Cousin zu sinnlosen Gewalttaten. Deshalb habe ich ihm erzählt, dass ich in einer Zukunftsvision gesehen habe, wie er eines furchtbaren Todes sterben würde, sollte dein Bruder verletzt werden. Du siehst, ich tue mein Bestes, ihn zu schützen.« Sie nickte ihren beiden Wächtern zu. »Ihr könnt uns nun allein lassen! Die junge Frau kann sich nicht erlauben, mir etwas anzutun, denn das hätte ganz sicher unangenehme Folgen für ihren Bruder.«

Ihre Leibwächter gehorchten wie immer sofort. Nachdem

sie die Auserwählte losgelassen hatten, senkten sie zum Gruß ihre metallisch schimmernden Schädel. Dann drehten sie sich gleichzeitig um und verließen den Garten. Cesszia liebte die beiden. Sie gehörten zu ihr seit ihrer Kindheit. Auf Grinser und Scitch konnte sie sich bedingungslos verlassen, sie würden sie vielleicht sogar vor Zekoll schützen, wenn es nötig wäre.

Vorerst galt es aber, die Auserwählte für ihre Seite zu gewinnen. »Kairra … Das ist ein schöner Name. Es freut mich, dich nun endlich näher kennenzulernen. Du weißt noch nicht, wie wichtig du bist, und es wird nicht leicht, dir alles zu erklären. Doch was ich dir sagen werde, ist die reine Wahrheit. Auch wenn es unglaublich für dich klingen wird. Komm her und setze dich zu mir. Von mir droht dir keine Gefahr.«

Die Auserwählte schien immer noch wütend zu sein. Es fiel Cesszia nicht schwer, zu erkennen, welche Gedanken in ihr vorgingen. Deutlich konnte sie an ihrem Gesicht ablesen, wann Kairra ihr Dilemma einsah und aufgab.

Schließlich nickte sie widerwillig. »Ich werde dir zuhören, aber vertrauen werde ich dir nie.« So weit wie möglich entfernt, nahm sie neben Cesszia auf der kleinen Bank Platz.

Ohne ihr dabei zu nahe zu kommen, wandte Cesszia sich ihr zu. »Ich hätte dich beinah nicht wiedererkannt, fein gekleidet und ganz ohne die Dreckschicht. Du bist sehr hübsch, Kairra. Aber auf so etwas legt ihr da draußen wohl keinen Wert.«

Die Auserwählte gab ein knurrendes Geräusch von sich. »Hübsch sein macht einen nicht satt, es stillt keinen Durst. Und die sogenannte Dreckschicht schützt uns vor den schlimmsten Verbrennungen durch die Sonnen. Das müsstet sogar ihr hier in eurem feinen Palast mitbekommen haben.«

Geduldig nickte Cesszia und senkte ihre Stimme. »Ich weiß, eure Lebensbedingungen sind anders. Aber ob du es mir glaubst oder nicht, hier drinnen hängt unser Leben auch an seidenen Fäden. Mein Cousin ist gefährlich, wir alle fürchten ihn. Doch ich habe eine gewisse Macht über ihn. Solange ich hinter dir stehe, wird dir nichts passieren. Versuche, dich etwas zu entspannen. Ich habe dir so viel zu erzählen, da ist es gut, wenn du dich einen Moment sammelst. Schau dich hier ruhig um, wenn du magst. Frage mich, was du willst.«

Sie lehnte sich zurück und beobachtete dabei die Auserwählte. Die Sonnen schienen durch das dichte Blätterwerk der Pflanzen direkt auf ihren nackten Arm. Vermutlich war es das erste Mal in ihrem Leben, dass diese Wilde im Sonnenlicht saß. Unter Pflanzen, die es in der Wüste nicht gab. Sie musste ihr Zeit geben, um ihr Vertrauen zu gewinnen.

»Keine Sorge, unser Sonnenschild filtert die Hitze und die tödlichen Strahlen. Dir kann innerhalb Decta-Verras nichts geschehen«, erklärte Cesszia ungefragt.

Die Auserwählte drehte ihre Handfläche und ließ das Sonnenlicht langsam darüber hinwegschimmern. »Diese Sträucher hier«, Kairra deutete auf die Vielzahl an verschiedenen Pflanzen in Cesszias Garten, »wo habt ihr die her? Und woher kommt all das Wasser, das da in diesem Gefäß sprudelt?«

Offensichtlich war sie auf dem richtigen Weg, die Auserwählte ging auf eine Konversation ein. Cesszia verkniff sich einen zufriedenen Gesichtsausdruck. »Wir nennen das Springbrunnen.«

Sie stand langsam auf, trat zum Brunnen und tauchte ihre Hand in das kühle Wasser, um anschließend ruhig weiterzusprechen. »Es gibt eine alte Legende, die wie ein Geheimnis gehütet wird. Ich werde sie dir erzählen, damit du uns besser verstehen kannst.«

Vom Brunnen aus blickte Cesszia in die Augen der Auserwählten. Sie waren ungewöhnlich groß und von einem hellen Braun, dabei schimmerten sie fast wie Gold. Wie viele Sonnenweltler besaß sie lange und dichte Wimpern. Wimpern, die Schatten spenden konnten; die für kurze Zeit vor dem Erblinden durch die Sonnen zu retten vermochten. Ebenso wie die leicht gebräunte Haut der Verdammten waren sie ein Geschenk der Natur.

»Erzähl schon«, verlangte die Auserwählte ungeduldig.

Bevor sie antwortete, setzte sich Cesszia wieder auf die Bank, behielt aber den respektvollen Abstand bei. »Unsere Welt ist sehr alt. Vor Urzeiten umspannte die Wüste nicht die gesamte Sonnenwelt. Es gab einige Orte, an denen sich Leben entwickeln konnte. Unter diesen Gebieten befanden sich riesige unterirdische Seen. Einer davon existiert heute noch unter dem Kaszareh-Gebirge im Rebellengebiet, ein anderer liegt unter dem Tal, auf dem Decta-Verra errichtet wurde.«

»Das erklärt nicht, warum es euch hier so viel besser geht als uns.«

Cesszia nickte und erzählte unbeirrt weiter: »Dieses Tal, Verra genannt, blieb lange fruchtbar, weil es sehr tief lag und dadurch schattiger war. Doch die Sonnenstrahlung wurde im Laufe der Zeit gefährlicher, da unsere Welt Hearre und Nemarre immer näher kommt. Als das Tal allein nicht mehr genug Schutz bot, gruben sich die Bewohner von Verra immer tiefer in den Boden. Genau wie die Scaparen im Kaszareh-Gebirge. Aber anders als im Gebirge gab es hier keine Felshöhlen unter dem Tal, und es war absehbar, dass man sich trotz des Wassers nicht ewig unter der Erde verkriechen konnte.«

Zufrieden beobachtete Cesszia, dass ihr die Auserwählte gespannt zuhörte. Nach einer kurzen dramaturgischen Pause sprach sie weiter. »Als alle verzweifelt waren und keinen Ausweg mehr sahen, erhielt Verra Besuch von den Abgesandten der Götter. Sie schickten Wissenschaftler und zeigten uns, welche Energiequelle in den Scapara-Erzen verborgen lag. Sie halfen, den Schutzschild zu errichten, und lehrten uns, auf Pflanzen und Tiere achtzugeben. Als wir so weit waren, um uns selbst zu schützen, verließen sie uns wieder.«

Wie erwartet starrte die Auserwählte sie ungläubig an. »Abgesandte der Götter? Welcher Götter? Ich glaube nur an Nadorr, unseren Mond, der beschützt uns Nacht für Nacht. Kommen die Götter im Auftrag von Nadorr?«

Cesszia schüttelte den Kopf. »Ich weiß es nicht. Es gibt alte Schriften, aber in keiner wird davon berichtet, woher diese Gesandten kamen. Trotzdem scheint es noch Spuren von ihnen zu geben. Damit kommen wir auch zu dir und deiner Aufgabe.« Sie unterbrach sich, als sie bemerkte, dass ihre Dienerin ihr ein Zeichen gab. Das Essen war bereit. »Kairra, ich sehe, unser Mahl ist angerichtet. Lass uns während des Essens weiterreden. Ich teile mein Wissen gern mit dir.« Sie richtete sich auf und reichte Kairra die Hand.

Doch die Auserwählte wich zurück. Sichtlich aufgewühlt strich sie sich ihre Locken aus dem Gesicht. Jetzt, da sie nicht länger vor Dreck starrte, konnte man die Haarfarbe erkennen. Sie war hell wie die Strahlen der Sonne. »Warum kamen diese

Götterwissenschaftler nicht zu uns? Warum habt ihr euer Wissen nicht mit uns geteilt?«, fragte sie. Ihre Worte klangen erneut zornig.

»Keiner wusste von euch. Vielleicht war es ein Zufall, dass sie uns gefunden haben? Ich weiß es nicht.«

»Aber inzwischen wisst ihr von uns, seit langer Zeit! Wie konntet ihr damit leben, uns da draußen sterben zu lassen? Warum habt ihr uns nicht aufgenommen? Warum habt ihr uns nicht gezeigt, wie man solche Schilde errichtet? Glaubt ihr, ihr seid etwas Besseres?«

Cesszia zuckte zusammen. In Kairras Stimme schwang so viel Hass und Verachtung mit. Sie musste sie beschwichtigen, sonst konnten ihre Pläne scheitern. Und sie musste aufpassen, denn leichtgläubig war die Auserwählte offenbar nicht.

»Glaube mir, wenn es eine Möglichkeit gegeben hätte, euch alle aufzunehmen, hätten wir das getan. Aber unsere Wasservorkommen sind begrenzt. Wir würden den Energieschild für so viele Bewohner nicht aufrechterhalten können. Auch die Nahrung würde nicht reichen. Kairra, ihr habt es ohne uns geschafft zu überleben, auf eine andere Weise, aber ihr habt es geschafft. Darauf könnt ihr stolz sein.«

Die Auserwählte sprang auf und schrie sie an: »So viele sterben im Cahchtar! Jeden Tag. Und ihr seht dabei zu. Und nicht nur das, ihr baut zu eurem Vergnügen solche Wasserbecken, während wir nicht einmal wissen, wie Quellwasser schmeckt.«

Cesszia trat vorsichtshalber etwas zurück. Sie musste dem Gespräch schnell eine andere Wendung geben. Die Unschuldige zu spielen, hatte bei ihrem Gegenüber keinen Zweck. Um die Auserwählte zu überzeugen, musste sie sie wohl oder übel mit der Wahrheit konfrontieren.

»Niemand hat euch dazu gezwungen, unsere Stadt zu umzingeln. Dass ihr im Cahchtar nicht überleben könnt, dürfte euch bewusst sein. Ihr kommt aus den Höhlen und anderen geschützten Gebieten von überallher auf der Sonnenwelt. Ihr erwartet, dass man euch aufnimmt, und geht dafür das Risiko ein, im Cahchtar zu sterben. Ihr selbst tragt die Schuld. Niemand hat euch hierher bestellt. Dort, wo ihr zuvor gelebt habt, hättet ihr würdiger leben können.«

»Ich bin im Cahchtar geboren, Cesszia. Genau wie mein Bruder. Wir hatten nie eine Wahl. Die meisten anderen sind hierhergekommen, weil ihre Heimat verglüht oder es kein Wasser mehr gab. Es wird immer schlimmer auf der Sonnenwelt. Ihr habt keine Ahnung, was außerhalb eurer Stadt geschieht. Decta-Verra ist für uns Ausgestoßene die letzte Hoffnung.« Tränen sammelten sich in ihren Augen.

Cesszia seufzte und lenkte ein. »Vermutlich werden euch genauso viele Lügen über uns erzählt, wie ich über euch gehört habe. Ja, es stimmt, ich weiß nicht viel über eure Lebensumstände.« Sie unterbrach sich und zögerte einen Moment. »Mir wurde immer erzählt, alle im Cahchtar wären Verbrecher oder Mörder. Wir taten alles, um uns vor euch zu schützen. Erst seit ich dich und deinen Bruder getroffen habe, sind mir Zweifel gekommen, dass man uns vielleicht nicht die ganze Wahrheit erzählt hat. Ich möchte euch beiden helfen. Bitte beruhige dich und lass uns einen Weg finden, die Probleme gemeinsam zu lösen. Dann besteht Hoffnung, dass wir alle ein besseres Leben führen können.«

Die Auserwählte schien mit ihrer Fassung zu ringen. So stark und selbstbewusst, wie sie tat, war sie offensichtlich nicht. Ihr feines Kleid war zerknittert. Während des Gesprächs hatten sich ihre Hände immer wieder in den Stoff gekrallt.

Auch wenn es Cesszia schwerfiel, sie würde Mitgefühl mit allen Verdammten vortäuschen müssen, wenn sie das Vertrauen dieser Frau gewinnen wollte. Doch wenn alles so gelang, wie sie es plante, würde sie in nicht allzu ferner Zukunft für ihre Mühe belohnt werden.

Kapitel 10

Etwas Eisiges, Nasses peitschte ihm ins Gesicht. Dass es sich dabei um eine Ladung Wasser handelte, merkte Lorrin erst beim Verschlucken. Wer bei den Sonnen verschwendete so viel Wasser für ihn? Er schnappte nach Luft und rieb sich die kostbare Flüssigkeit aus den Augen. Wo war er? Der Boden war kalt und aus glattem Stein. Voller Verwunderung beobachtete er, wie das Wasser neben ihm in eine kleine runde Vertiefung ablief. Warum hielt es keiner auf? Er versuchte, mit seinen Händen das Loch zu verstopfen, als der nächste kalte Schwall ihn traf.

Während er nach Luft schnappte, rollte er sich herum, um die Ursache dieser Vergeudung herauszufinden. Direkt vor ihm stand ein Junge, nicht viel älter als er selber. Bekleidet war er nur mit einem weißen, windelartigen Stück Stoff.

»Nadorr, bist du verrückt geworden? Für diese Verschwendung wirst du sicher brennen«, fluchte Lorrin.

Doch der Junge antwortete nicht. Er verzog keine Miene, was vielleicht an den seltsamen schwarzen Fäden lag, die um seine Lippen geschlungen waren. Er sah aus, als hätte er in einen Kaktus mit Stacheln gebissen. Bei den Sonnen, das tat sicher weh.

Lorrin hob die Hände. »In Ordnung, ich bin wach. Du kannst aufhören. Wo bin ich? Wo ist meine Schwester?«

Ein leises Lachen hinter ihm lenkte ihn ab. Überrascht wandte sich Lorrin dem Geräusch zu. Ein paar Schritte von ihm entfernt stand ein weiterer älterer Junge, nur mit weißem

Schaum bedeckt, den er über seinen Körper und seine Haare verteilte. Dabei rieselte die ganze Zeit Wasser über ihn. Der Junge legte den Kopf in den Nacken, sperrte den Mund weit auf, sodass das Wasser hineinlaufen konnte, gurgelte damit und spie es wieder aus. So als wäre es nichts Besonders. Erst dann erwiderte er Lorrins Blick.

»Du bist neu hier?«, fragte er schließlich. »Das hier ist die Badehalle der Leibsklaven des Statthalters.«

Lorrin blickte sich erstaunt um. In dieses Bad passten sicher eine Menge Leute. Wie viele Sklaven hielt sich dieser Zekoll denn bloß? Warum hatte man ihn hierhergebracht? Er stand auf, schüttelte das Wasser von seinem Körper und entdeckte, dass seine Schutzölbemalung spurlos verschwunden war. Diese Städter hatten wohl keine Ahnung, wie lange es dauern würde, bis er die Schicht wieder zusammenhatte.

»Sie haben dich gewaschen, als du noch bewusstlos warst. Du warst ziemlich dreckig.«

Lorrin verdrehte die Augen. »Die können froh sein, dass ich das nicht mitgekriegt habe. Denen hätte ich was erzählt.« Er schnaufte verächtlich. »Warum hat der da diese Nähte am Mund?«

Scheinbar war sein Gegenüber fertig mit der Wasservergeudung, denn er nahm ein Tuch und trocknete sich ab. »Wer hier zu viel redet, kriegt seine Strafe. Das da ist die Vorwarnung. Nächstes Mal kann es ihn seine Zunge kosten.«

»Nadorr, wer macht denn so was?«

»Zekoll, der Statthalter, dein neuer Herr. Aber er macht es nicht selbst, er wählt immer einen der Neulinge aus. Einen wie dich zum Beispiel. Damit du gleich weißt, was dich erwartet, solltest du ihm widersprechen.«

Lorrin merkte, dass sein Mund offen stand, und schloss ihn schnell. »Das kann er doch nicht machen.«

Der Junge zuckte mit den Schultern, holte dann in aller Ruhe aus einem Fach in der Wand einen Kamm und fuhr sich damit durch die Haare, dann schlang er sich ein trockenes Tuch um die Lenden. Anschließend wandte er sich wieder Lorrin zu. »Ich will dir lieber nicht erzählen, was der alles tun kann. Das hier sind noch lächerliche Strafen. Pass auf, mit wem du hier sprichst. Hier verrät dich jeder, um die eigene Haut zu retten.«

Lorrin fror immer noch, und was der Junge erzählte, klang nicht gerade hoffnungsvoll. Um zu antworten, versuchte er, das Zähneklappern zu unterdrücken. »Das kann mir auch egal sein. Meine große Schwester wird mich bald abholen. Wir sind nur Gäste, keine Gefangenen. Sie hat das als Preis gewonnen im Cahchtar.«

Kaum hatte er es ausgesprochen, fiel ihm auf, dass sie womöglich doch in eine Falle geraten waren. Genau wie es Paddin befürchtet hatte. War er nun etwa auch ein Sklave? Trotzdem, Kairra würde ihn retten. Das tat sie immer.

»Ah … Frischfleisch aus dem Cahchtar. Mein Beileid.« Der Junge reichte ihm ein weiteres Tuch. »Trockne dich ab und wickle dich damit ein. Dann folge mir zum Schlafsaal. Verhalte dich so unauffällig wie möglich. Du kannst mich Niaff nennen.«

Lorrin blickte an sich herab. Im Cahchtar trugen alle Männer nur einen knappen Fetzen Leder um den Unterleib, aber ohne seine Schutzbemalung fühlte er sich irgendwie nackter. Dankbar nahm er das Tuch an. »Ich bin Lorrin.«

Der Junge mit den zugenähten Lippen hatte inzwischen unbemerkt den Raum verlassen. Fürs Erste war es sicher das Beste, bei diesem Niaff zu bleiben. So lange, bis Kairra ihn holen kam.

Die Badehalle war groß und der Boden so glatt und glitschig, dass er aufpassen musste, um nicht auszurutschen. Trotzdem versuchte Lorrin, mit seinem neuen Bekannten Schritt zu halten.

»Wie lange bist du schon hier?«

»Ein paar Tage … Wochen. Keine Ahnung.«

»Bist du auch aus dem Cahchtar?«

Niaff blieb kurz stehen und sah ihn mit schmalen Augen an. »Habe ich schon erwähnt, dass auch zu viele Fragen einen die Zunge kosten können?«

Lorrin schüttelte den Kopf, ließ sich davon aber nicht beirren.

»Deine Neugier ist hier ziemlich ungesund, Kleiner.« Bevor Niaff weitersprach, blickte er sich vorsichtig um. »Wenn du versprichst, mich dann in Ruhe zu lassen, antworte ich dir.«

»Versprochen!«

Niaff lachte. »Ich komme nicht aus dem Cahchtar.«

»Woher dann?«

»Das war meine Antwort auf deine Frage. Denk an dein Versprechen. Halt jetzt die Klappe. Da vorn ist der Schlafsaal. Die anderen schlafen sicher schon.«

Lorrin knurrte nur kurz. Wenn Niaff dachte, er würde nun Ruhe geben, hatte er sich getäuscht. Morgen war ja auch noch ein Tag. Neugierig blickte Lorrin in den Schlafsaal. Mindestens hundert Betten standen in ordentlichen Reihen. Jedes Bett schien mit einem schlafenden Kind belegt zu sein.

Niaff nickte ihm zu. »Mein Platz ist dort hinten am Ende des Saals, da hat man ein bisschen mehr Ruhe. Neben meinem ist ein Bett frei. Aber denke an dein Versprechen.«

»Sind die alle so alt wie wir?«, flüsterte Lorrin.

»Wir? Du bist doch höchstens zehn Jahre alt. Damit bin ich drei Jahre älter. Und jetzt sei still. Ich bin müde.«

»Ich habe noch nie in einem Bett geschlafen«, murmelte Lorrin mehr zu sich selbst. Leise schritten sie die Betten ab. Die anderen Sklaven waren alle zugedeckt mit weißen Laken und schliefen schon fest. An jedem Kopfende standen kleine Truhen, vermutlich befanden sich darin persönliche Dinge.

Endlich blieb Niaff stehen und wies auf zwei leere Betten, direkt vor der hinteren Saalwand. Sie standen etwas abseits in einer Ecke und lagen, durch eine Säule getrennt, geschützter als die anderen.

»Das linke ist meins. Ich hoffe, du schnarchst nicht wie dein Vorgänger.«

Als Lorrin sich auf das Bett setzte und die weiche Matratze unter sich spürte, dachte er sehnsüchtig an Kairra. Ob sie auch in so einem weichen Bett wie er schlafen durfte? Er legte sich hin und zog das Laken vom Fußende über sich. Es war immer noch verdammt kalt hier. Außerhalb der Stadt und dem Schutzschild wurde es nie so kühl. Die Hitze war nachts zwar erträglich, aber das war kein Vergleich zu der Kälte hier.

Niaff schien das nicht zu stören. Er schlief ein, kaum hatte er sich hingelegt und zugedeckt.

Lorrin lauschte Niaffs gleichmäßigen Atemzügen und den leisen Geräuschen, die im Saal zu hören waren. Er war zwar auch müde, aber er konnte nicht schlafen. Unruhig wandte er sich auf die Seite und starrte in Niaffs schlafendes Gesicht. Viel hatte er nicht gerade über ihn in Erfahrung gebracht. Eigentlich nichts. Aber vielleicht konnten sie Freunde werden. Im Cahchtar gab es kaum Kinder. Er selbst war eine Ausnahme. Hier aber schliefen vermutlich hundert in einem Raum.

Wie viele Leibsklaven brauchte dieser Statthalter eigentlich? Und warum waren sie alle so jung? Was würde ihn morgen erwarten? Sicher würde er irgendwelche Aufgaben für Zekoll erledigen müssen. Auch wenn er sich beim besten Willen nicht vorstellen konnte, welche das sein könnten.

Während er weiter Niaffs Gesicht betrachtete, hatte er das Gefühl, dass der sich veränderte. Die braunen Locken wirkten länger und wilder, die Gesichtszüge waren nicht mehr so weich, sondern eher kantiger. Lorrin rieb sich die Augen. War da etwa ein Bartschatten zu sehen? Das war doch nicht möglich. Niaff sah im Schlaf aus wie ein junger Mann. Auch sein Körper wirkte unter dem Tuch nicht mehr so schmächtig, sondern viel muskulöser. Wurden seine Sinne noch durch Cesszias Betäubungsmittel beeinflusst?

Vorsichtig kletterte Lorrin aus seinem Bett und schlich näher heran. Nein, es gab keinen Zweifel, aus dem jungen Niaff war innerhalb weniger Augenblicke, quasi im Schlaf, ein Mann geworden. Um ihn zu wecken, hielt Lorrin ihm kurz die Nase und den Mund zu. Diesmal würde er ohne Antworten nicht davonkommen.

Niaff reagierte sofort und verdrehte Lorrin schmerzhaft das Handgelenk, um ihn abzuwehren. Dabei ging wieder eine Veränderung in seinem Gesicht vor. Mit dem Öffnen seiner

Augen verwandelte er sich zurück in einen dreizehnjährigen Jungen.

Aber Lorrin wusste, was er gesehen hatte. Noch bevor Niaff richtig wach wurde, flüsterte er: »Du bist wie meine Schwester.«

Niaff blinzelte verwirrt. Es dauerte einen Moment, bis er reagierte und mit fast lautloser Stimme antwortete: »Was ist nur los mit dir? Bist du so sehr darauf versessen, Ärger zu kriegen?«

Lorrin beugte sich noch näher zu ihm und sprach ihm leise direkt ins Ohr. »Du bist ein Gestaltwandler wie meine Schwester.«

Für einen kurzen Moment wirkte Niaff schockiert, dann hatte er sich wieder im Griff. »Du hast geträumt, Kleiner!«

Lorrin schüttelte energisch seinen Kopf. »Ich mag zwar *klein* sein, aber ich bin ganz bestimmt nicht blöd. Wenn du nicht sofort mit mir redest, schreie ich laut und erzähle jedem, dass du dich in einen Mann verwandeln kannst.«

Niaff rollte genervt mit den Augen. »Wieso muss ausgerechnet ich auf so eine neugierige kleine Ratte wie dich treffen? Lass dich warnen, Kleiner, wenn du hier laut schreist, sind wir beide auf dem besten Weg in das Gladiatorenloch und somit näher bei den Sonnen, als du es dir je erträumen könntest.«

»Ich will nur ein paar Antworten, dann bin ich ruhig. Gibt es noch mehr von euch? Ich dachte, meine Schwester ist die Einzige.«

Niaff zog ihn zu sich auf das Bett und sprach noch gedämpfter. »Deine Schwester kann das auch?«

»Ja, schon seit ich denken kann«, flüsterte Lorrin ebenso gedämpft. »Aber nicht so lange wie du. Höchstens zwei bis drei Stunden, dann muss sie wieder in ihre normale Gestalt. Bisher schafft sie auch nur zwei Gestalten. Die alte Frau und das kleine Mädchen. Die Alte ist richtig alt, echt gruselig und superfaltig. Die Kleine ist ganz niedlich und nur halb so alt wie ich.«

»Zwei?« Niaff schien verwundert. »Ich kriege nur den Dreizehnjährigen hin, den dafür aber zur Not auch über Tage. Nur im Schlaf habe ich das nicht ganz unter Kontrolle. Leider.«

»Also, was machst du hier?«, beharrte Lorrin.

Warnend legte Niaff seinen Finger auf die Lippen. »Wenn du auch nur einem anderen davon erzählst, bringe ich dich persönlich um. Und glaube mir, das ist kein leeres Gerede. Es ist verflucht wichtig, dass das geheim bleibt.«

»Glaubst du, ich laufe durch die Gegend und plappere Geheimnisse aus? Wie gesagt, ich bin zwar klein, aber nicht bescheuert. Meine Schwester weiß, dass ich schweigen kann, sonst hätte sie mich nicht eingeweiht.«

Niaff seufzte genervt. »In Ordnung. Aber ich warne dich: Falls du dich verplapperst – auch nur aus Versehen –, sind wir beide dran. Ich bin hier, weil ich versuche, etwas über Decta-Verra herauszufinden.«

»Wenn du nicht aus dem Cahchtar bist, woher bist du dann?«

»Aus dem Kaszareh-Gebirge. Ich bin ein Scapare.«

»Oh. Dann kennst du vielleicht den alten Paddin?«

Niaff sah ihn erstaunt an. »Paddin Avor? Wenn er noch leben würde, müsste er inzwischen schon alt sein. Er ist eine Legende unter den Scaparen. Woher kennst du ihn?«

»Er lebt mit uns im Cahchtar. Kairra hat ihn damals aufgenommen, als er in der Wüste fast gestorben wäre. Der Vater des jetzigen Statthalters hatte ihn zum Tode verurteilt. Seit ich denken kann, ist Paddin schon bei uns. Ich liebe ihn fast so sehr wie meine Schwester.«

Niaff schüttelte den Kopf. »Unglaublich. Paddin lebt? Wir hielten ihn für tot. Ich war noch ein Kind, als er die Scaparen verlassen hat, um seine Familie zu rächen. Als er von uns ging, wusste er, dass er nie zurückkommen könnte. So hat es damals unser Gesetz verlangt. Heute, mit dem neuen Anführer, ist das anders.«

»Er dürfte heute zurück? Wir wollten alle zu euch.« Lorrin verzog genervt das Gesicht. »Aber erst, wenn ich alt genug bin, sagt meine Schwester.«

»Deine Schwester hat recht damit, dass sie darauf wartet. Es gibt schwere Prüfungen, damit wir sicherstellen können, dass niemand *umgedreht* wurde und in Wirklichkeit für Decta-Verra arbeitet. Ähnlich sind auch die Aufnahmeprüfungen. Aber wer die besteht, ist herzlich willkommen. Das Schlimmste ist aber sicher der Weg zu uns. Die wenigsten überleben die Reise.«

»Du aber schon, du bist hier.«

»Ja, ich habe es geschafft, aber ich hatte Hilfe und kenne die Wüste wie fast niemand sonst. Außer vielleicht Paddin. Was er auf seinen Wüstengängen erlebt haben soll, erzählt man sich heute noch.«

»Stimmt es, dass ihr unendlich viele unterirdische Seen habt?«

Eine leise Stimme aus dem Schlafsaal ließ Lorrin innehalten. Niaff musste sie auch gehört haben, denn er blickte sich prüfend um. Lorrin wagte kaum zu atmen, aber es blieb still. Offenbar hatte nur jemand im Schlaf gemurmelt. Erst nachdem sich Niaff sicher zu sein schien, dass keiner der Sklaven aufgewacht war und sie belauschte, sprach er weiter.

»Ja, wir haben viele Seen, und wir baden sehr gerne.« Er lachte leise. »Aber wir sollten jetzt wirklich schlafen. Die Tage hier sind sehr kräftezehrend und lang. Uns dürfen keine Fehler unterlaufen, und die passieren schnell, wenn man übermüdet ist. Leg dich ins Bett. Ich bin ja noch länger hier.«

»Oh, ich wünschte, Kairra wäre hier und würde dich kennenlernen. Ich vermisse sie.«

»Glaube mir, deine Kairra würde ich auch gerne treffen. Es gibt nicht viele Gestaltwandler. Jetzt klettere wieder in dein Bett und denke immer daran: Zu keinem ein Wort! Das gilt auch für deine Schwester, solltest du sie treffen. Die haben hier Möglichkeiten, jeden zum Reden zu bringen …«

Lorrin legte die Hand auf sein Herz. »Ich schwöre es, bei Nadorr!«

»Und wirke vor anderen nicht zu vertraut mit mir. Freundschaften werden hier nicht gerne gesehen. Jetzt schlaf gut!«

Lorrin nickte, inzwischen war er auch todmüde. »Du auch!«

Er hatte Niaffs Worte eingesogen, wie sonst nur die Nachtluft im Cahchtar. Paddin, sein alter Freund, war ein berühmter Scapare. Trotz der Aufregung fielen ihm die Augen zu.

Kapitel 11

Wütend starrte ich auf den verschwenderisch gedeckten Tisch. So viele unterschiedliche Nahrungsmittel hatte ich noch nie zuvor gesehen, und mein letztes Essen lag schon ewig zurück. Aber der Gedanke daran, dass ich tun musste, was diese Frau von mir verlangen würde, verschlug mir nicht nur die Sprache, sondern auch den Appetit. Mir war schlecht. Ich war mir nicht sicher, ob ich überhaupt etwas davon essen konnte. In diesem Moment kämpfte ich nur gegen mein Verlangen an, den Tisch einfach umzustürzen und Cesszia darunter zu begraben.

Paddin hatte ein Mittel gegen solche Wutausbrüche: Luft anhalten und sich über die Folgen klar werden. Das versuchte ich zu befolgen und dachte an Lorrin. Für ihn musste ich mich beherrschen. Aber das war nicht so einfach wie gedacht.

Neben meinem Teller stand ein schmaler Behälter, in dem ein Messer und ein Spieß aus Metall steckten. Schon entstanden in meinem Kopf Ideen, Cesszia damit zu bedrohen und von ihrem Cousin, dem Statthalter, die Freigabe meines Bruders zu fordern. Aber so wie ich diesen Mann einschätzte, würde der nur mit den Achseln zucken und seine Cousine opfern.

»Iss, Kairra! Ich verspreche dir, diesmal ist kein Schlafmittel darin.« Cesszia lächelte mich an. »Du musst doch hungrig sein?«

Luft anhalten, an die Folgen denken …

In meinem verräterischen Bauch grollte es laut. Wie bestechlich doch so ein Körper ist, dachte ich und beobachtete Cesszia, die mit geschickten Fingern Messer und Spieß benutzte, um sich mundgerechte Stücke eines saftigen Bratens abzusäbeln. Mit dem Spieß, der so lang war wie das Messer, führte sie das Stück Fleisch zum Mund und kaute mit offensichtlichem Genuss.

Bevor Cesszia sich ein neues Stück abschnitt, sah sie zu mir hinüber. »Greif zu. Zier dich nicht. Deinem Bruder geht es gut. Auch er bekommt genug zu essen.«

Ich nahm den Spieß in die Hand und prüfte die Spitze mit meinem Finger. Sie war nicht so scharf, wie sie aussah. Aber scharf genug.

Luft anhalten, an die Folgen denken … Verdammt, Paddin, als ob das immer so einfach wäre.

»Was ist das für ein Fleisch?«, erkundigte ich mich beiläufig.

Cesszia schluckte erfreut ihren Bissen herunter und antwortete schnell. »Es ist Jung-Echsenfleisch und deshalb sehr zart. Wir haben hier in Decta-Verra auch noch einen Rest alten Tierbestands, aus einer Zeit, als es hier noch nicht so heiß war. Wir züchten sie weiter in unseren Stallungen. Das Gemüse und die Früchte stammen aus Gewächshäusern. Wenn wir genug Zeit haben, werde ich dir das alles zeigen. Jetzt solltest du lieber essen, es bleibt nicht ewig warm.«

Sie hatten alles, wir nichts. Darüber konnte auch ihre aufgesetzte Freundlichkeit nicht hinwegtäuschen. Aber für den Moment fühlte ich mich sicher, Cesszia wollte etwas von mir und würde mich nicht vergiften, bevor sie es bekam. Ich gab mir einen Ruck und füllte meinen Teller. Dann versuchte ich, mit dem Essbesteck umzugehen. Was mir aber nicht gelang. Wie auch, sonst aß ich immer mit den Fingern. Trotzdem hatte ich schon ein paar Bissen gegessen, als Cesszia wieder ihr lockeres Gespräch aufnahm.

»Ich führe dich gleich durch den Palast, wenn du möchtest. Aber vorher wird meine Dienerin dich mit den verranischen Metallfarben schminken, dann fühlst du dich nicht mehr so verletzlich.«

Ich blickte überrascht auf. Woher wusste Cesszia das? War ich so leicht zu durchschauen? Ohne meine Schutzölbemalung fühlte ich mich tatsächlich unsicher. Im Cahchtar trug jeder Ausgestoßene Tag und Nacht diese dicke Schicht. Sie wurde nur nachgebessert, wenn sie abblätterte. Hier umhüllte mich nur ein hauchdünner Stoff, der zwar bis zum Boden reichte, aber Arme, Schultern und Gesicht unbedeckt ließ.

»Wie kommst du darauf?«

»Ich kenne das von mir selbst, Kairra. Ohne Bemalung wage ich mich nie aus meinen Räumen. Auch wenn wir hier in der Stadt keinen Schutz vor den Sonnen benötigen, so ist es doch angenehm, sich maskieren zu können. Alle Gefühle spiegeln sich im Gesicht. Zu meinem eigenen Schutz möchte ich nicht jede Reaktion öffentlich zeigen.«

Ich zuckte mit den Schultern. Ein merkwürdiger Grund für die Städter, sich die Gesichter zu bemalen. Aber ich hatte nichts dagegen, für mich konnte es überlebenswichtig sein, meine wahren Absichten verbergen zu können.

Ich wandte mich wieder dem Essen zu. Es schmeckte zwar sehr ungewöhnlich, aber lecker. Dazu trank ich reichlich von dem frischen Wasser und kämpfte gleichzeitig gegen mein schlechtes Gewissen an. Wie es Paddin wohl jetzt erging? Er würde sicher zurechtkommen, er war eine Kämpfernatur. Vielleicht schloss sich Elssa ihm an, allein für das Recht, in unserer Höhle bleiben zu dürfen, denn sie besaß selbst keinen festen Unterschlupf. Auf jeden Fall wären sie gemeinsam sicherer.

Als ich so satt war wie noch nie zuvor in meinem Leben, unterdrückte ich ein Seufzen. Dieses Festmahl hatte mich träge werden lassen, und das durfte nicht sein.

Ich beugte mich vor und forderte Cesszia auf: »Gut, dann lass deine Dienerin kommen. Nach der Bemalung würde ich gern meinen Bruder besuchen und mehr von diesem Palast sehen.«

»So machen wir das«, antwortete Cesszia und klang begeistert.

»Aber vorher erkläre mir doch bitte, was es mit diesem Reif und dieser Auserwählten-Geschichte auf sich hat.«

Cesszias freundliche Miene verrutschte trotz ihrer maskenhaften Bemalung. Sie räusperte sich. »Was ich dir erzählen werde, wird für dich unglaublich klingen, aber es ist dennoch wahr.«

»Lass mich das selbst beurteilen.«

»Seit meiner Kindheit hat Zekoll einen Boten der Götter in unserer Gefangenschaft, einen Ahnen. Er kommt von einer anderen Welt und wurde hierhergeschickt, um die verlorenen Kinder der Götter zu finden. Offensichtlich haben die Götter auf unserer Welt Bastarde hinterlassen, die hier heimlich und ohne das Wissen ihrer wahren Herkunft aufwachsen.«

Ich schüttelte den Kopf, das klang wirklich unglaublich. »Sie wissen nicht, wer sie sind?«

»Sie wachsen in fremden Familien auf. Angeblich wissen nicht einmal die Eltern, dass es nicht das eigene Kind ist. Aber das geht jetzt zu sehr ins Detail, und davon kann dir unser

Gefangener später mehr erzählen. Diesem Ahnen in unserem Kerker gehört der Reif, der dich erkannt hat. Deshalb denken wir nun, dass auch du ein Bastard der Götter bist. Entweder ist dein Vater oder deine Mutter göttlich.«

»Meine Eltern sind hier auf Sillnar geboren und waren seit ihrer Jugend zusammen.«

»Vielleicht hatte deine Mutter ein Verhältnis mit einem Gott.«

»Unmöglich, meine Eltern haben sich geliebt.«

»Kairra, es gibt keine andere Erklärung. Warte nur ab, bis wir dir das beweisen können …«

»Was wollt ihr überhaupt von mir?«, unterbrach ich sie ungeduldig. »Warum habt ihr mich und meinen Bruder in die Falle gelockt?«

Cesszia rutschte auf ihrem Stuhl hin und her. »Dieser Reif … wird auch *Reif der Reisen* genannt. Mit ihm konnte der Ahne erst auf unsere Welt kommen. Stell dir vor, Kairra, wir könnten ihn bedienen und mit allen, die wir lieben, auf einer anderen Welt leben. Einer schöneren Welt! Auf der es keinen Hunger und keinen Durst gibt, auf der niemand sich vor den Sonnen fürchten muss. Stell dir vor, wir könnten alle da hinbringen und von vorn anfangen.«

Ich zog die Stirn kraus. Sie musste verrückt sein. Das konnte unmöglich wahr sein. »Wenn das wirklich so wäre, würdest du dann auch deinen Cousin mitnehmen? Wer würde überhaupt entscheiden, wer mitdarf und wer nicht? *Du?*«

»Zekoll denkt natürlich, dass er das entscheiden wird. Aber ich würde ihn nicht mitnehmen. Zekoll wäre auch für jede andere Welt Gift. Deshalb wollte ich mit dir allein reden. Wir beide und vielleicht dein Bruder müssten vorher die andere Welt erkunden und dann überlegen, wie wir nach und nach die guten Bewohner von der Sonnenwelt dort übersiedeln. Kairra, es dauert vielleicht nicht mehr lange, bevor unsere Welt verglüht. Wir kommen den Sonnen immer näher. Vielleicht haben wir noch ein paar Generationen Zeit, wenn überhaupt.«

»Falls das alles wahr ist, wie sollen wir zwischen all den Bewohnern entscheiden, wer gut ist?« Ich musterte sie. »Und was heißt *gut* eigentlich? Ist dir nicht klar, dass alle Ausgestoßenen nur so sind, wie sie sind, weil sie nicht anders überleben könnten? Sie würden nicht rauben und auch nicht so gewalttätig sein, wenn das Überleben im Cahchtar einfacher wäre. Und was ist mit den Wüstenbewohnern? Was ist mit den Scaparen? Die Sonnenwelt ist riesig. Überall gibt es gute und schlechte Lebewesen. Wer kann darüber entscheiden? Was ist mit den Tieren? Traust du dir zu, die Wahl darüber zu treffen, wer überleben darf und wer nicht?«

Cesszia starrte mich an und nickte langsam. »Es ist nicht einfach, ich weiß, aber eine Chance. Vielleicht unsere einzige. Wir müssten auch eine Welt finden, die so viele aufnimmt. Dabei soll uns der Ahne helfen. Ich weiß von ihm, dass es unendlich viele Welten gibt, und nur er weiß, wie man da hinkommt. Meine Hoffnung ist, dass er mit dir, einem der Götterkinder, die er hier gesucht hat, offener spricht. Dass du ihn überzeugen kannst, uns zu helfen.«

Ich schüttelte meinen Kopf. »Entweder bist du geistesgestört oder es ist tatsächlich etwas an deiner Geschichte dran. Um das herauszufinden, werde ich mit diesem Fremden reden.«

Cesszia nickte erleichtert. »Doch vorher sollst du deinen

Bruder sehen – und ich werde dir zeigen, wie grausam Zekoll ist, damit du mir glaubst, dass ich auf keinen Fall gemeinsame Sache mit ihm machen werde. Selbst wenn ich in seiner Anwesenheit so tun muss. Und bitte, sprich mit niemandem über das, was ich dir gerade erzählt habe.«

Ich lachte leise. »Das würde mir ohnehin niemand glauben.« Ich selbst glaubte ihr kein Wort und spielte nur mit, um Zeit zu gewinnen.

»Wir müssen sehr vorsichtig sein. Eine Unachtsamkeit, und wir bezahlen beide mit unserem Leben.« Cesszia erhob sich. »Bist du jetzt bereit für die Bemalung?«

Das war ich, ich brauchte jetzt dringend etwas Zeit, um das alles sacken zu lassen. Statt: *Luft anhalten und an die Folgen denken,* atmete ich nun tief durch und folgte der Cousine des Statthalters.

Von dem Garten, in dem wir gegessen hatten, ging ein weiterer Raum ab. Viele verschiedene Kleidungsstücke hingen dort herum. Hinter einem großen Spiegel stand ein Tisch, übersät mit Tiegeln voller Metallfarben, Pinseln und vielen bunten Schmucksteinen. Ich setzte mich misstrauisch auf einen Stuhl davor und beobachtete im Spiegel, was die Dienerin mit meinem Gesicht und meinen Haaren anstellte.

Die Prozedur selbst ließ ich ungeduldig über mich ergehen. Viel dringender wollte ich zu meinem Bruder. Trotzdem war ich überrascht, wie verändert ich am Ende aussah. Eine Gesichtshälfte schimmerte metallisch, als hätte man flüssiges Silber darüber vergossen. Kleine bunte Ziersteine unterbrachen die Fläche. Meine Wimpern waren mit einer Farbbürste zusätzlich verlängert worden. Selbst meine Haare hatte die Dienerin mit verschiedenen Farben eingestrichen. Am Ende erkannte ich mich selbst nicht mehr. Ob mir das Ergebnis gefiel, konnte ich nicht mit Sicherheit sagen. Cesszia und ihre Dienerin waren jedoch begeistert.

Ich war nur froh, die Behandlung hinter mir zu haben. Die Farbe lenkte von meiner Person ab. Es wirkte wie die Maske einer beliebigen Verranerin. So würde ich niemals auffallen, wenn ich mich hier heimlich umsehen würde. Was auch immer an dieser irren Geschichte dran war, ich musste mit dem Besitzer des Reifs reden. Doch erst, nachdem ich meinen Bruder gesehen hatte und wusste, dass es ihm gut ging. Cesszia gab sich zwar viel Mühe, doch ich traute ihr nicht.

Kapitel 12

Seit ihrer Kindheit kannte und nutzte Cesszia die geheimen Schleichwege durch den Palast. Gänge, in denen man nie auf andere Bewohner traf und nur ganz selten auf einen übereifrigen Dienstboten, zumindest zu dieser frühen Stunde, so kurz bevor die Sonnen aufgingen. Auch Zekoll würde noch einige Zeit schlafen, selbst ohne die Schlafdroge gehörte er nicht zu den Frühaufstehern. Es war nicht das erste Mal, dass er die regelmäßige Zeremonie der Opferung in der Arena verpasst hatte, seine nächtlichen Exzesse überschatteten immer häufiger den Tagesablauf. Allmählich langweilte ihn selbst dieses öffentliche Blutbad. Cesszia hatte freie Hand erhalten, was den Ahnen und Kairra anging. Zekoll war nur noch am Ergebnis interessiert. Jetzt war es ihre Aufgabe, herauszufinden, wie der Reif der Reisen funktionierte.

Neben Cesszia ging schweigend die Auserwählte. Die Müdigkeit durch den veränderten Tag-Nacht-Rhythmus war ihr nun deutlich anzumerken. Ihre Körperhaltung wirkte nicht mehr so kampfbereit. Wenn alles so eintraf, wie sie es in einer ihrer Visionen gesehen hatte, würde sich bald zeigen, ob sie die Auserwählte endgültig von sich überzeugen konnte.

»Wir treffen deinen Bruder in der Arena. So früh am Morgen versammeln sich dort immer Zekolls Leibsklaven. Wenn keine Wettkämpfe stattfinden, können sie da ihrem Bewegungsdrang nachgeben«, erklärte sie, ohne ihr Schritttempo zu drosseln. »Heute ist ein *Opferungstag,* und wir werden auch den Ahnen sehen. Falls nicht zu viele Schaulustige anwesend sind, können wir anschließend mit ihm reden. Aber verrate noch nichts von unseren Plänen, dafür müssen wir ihn erst allein antreffen und sein Vertrauen gewinnen.«

Sie blickte die Auserwählte von der Seite an. Kaum zu glauben, was Kleidung und Schminke ausmachen konnten. Kairra wirkte wie eine Frau von hohem Rang.

»Opferungstag?«

»Ein uraltes Ritual. Es existiert seit der Erbauung des Schildes. Ich hätte es längst abgeschafft, weil es unangebracht und grausam ist, aber mein Cousin will nicht drauf verzichten.«

»Was ist das für ein Ritual?« Die Auserwählte wirkte erschöpft. Das war auch kein Wunder, außer der erzwungenen Ruhe durch die Droge beim Betreten der Stadt hatte sie noch keinen Schlaf bekommen. Ebenso wenig wie Cesszia selbst. Doch im Gegensatz zu Kairra verfügte sie über Mittel, die sie tagelang wach halten konnten. Sie musste oft die Nächte nutzen, um ihre Pläne hinter Zekolls Rücken umzusetzen.

»Jeder kann sich opfern, um den eigenen Ruf wiederherzustellen. Wer Schande über seine Familie gebracht hat, Verrat an unserer Stadt, an dem Statthalter oder irgendein anderes ähnlich schlimmes Verbrechen verübt hat, kann auf diese Weise zumindest die eigene Familie retten, indem man sich freiwillig in der Arena den Riesenechsen stellt.«

Kairra blieb plötzlich stehen und sah Cesszia direkt an. »Den Zhiimbous? Im Cahchtar erzählt man sich, dass manche sie reiten können, um schneller die Wüste zu durchqueren.«

Cesszia nickte. »Wir haben hier auch ein paar Reiter. Eigentlich sollen die die Echsen zumindest im Zaum halten, was ihnen leider nur bedingt gelingt. In einer unguten Zukunftsvision habe ich uns beide mit deinem Bruder, dem Ahnen und noch jemandem, den ich nicht kenne, auch auf so einer Echse durch die Wüste reiten sehen. Auf der Flucht vor Zekoll und seinen Soldaten.«

»Du glaubst also tatsächlich selbst daran, dass du in die Zukunft sehen kannst? Ich dachte, das wäre ein Scherz.«

»Es ist eine Gabe, und ich besitze sie wirklich, allerdings sind die Visionen sehr vage, und sie treffen nicht zwangsläufig ein. Die Zukunft ist immer in Bewegung, und schon die kleinste Abweichung in der Gegenwart kann alles verändern.«

Die Auserwählte schnaufte verächtlich. »Allmählich glaube ich, ihr Verraner seid ein Haufen Spinner.«

»Was denkst du denn, wie ich dich so schnell unter all den Verdammten im Cahchtar gefunden habe? Ich wusste, wie du aussiehst, und ich wusste, dass der Reif auf dich reagieren wird. Deinen Bruder kannte ich auch aus der Vision.«

»Wenn das tatsächlich wahr ist, müsstest du doch einen leichteren Ausweg aus diesem Albtraum gesehen haben, einen, wie du Zekoll absetzen kannst oder so.«

Cesszia seufzte. »Kairra, den leichteren Weg habe ich dir vorhin erklärt. Einen besseren, als mit dir die Welt zu verlassen und eine neue Heimat zu finden, habe ich bisher nicht entdeckt.«

Die Auserwählte stöhnte genervt.

Cesszia trat noch näher zu ihr, nahm sanft ihre Hand und drückte sie. Zufrieden merkte sie, dass Kairra diese Geste, fast ohne sich zu sträuben, zuließ. Ihr war bewusst, wie viel die Auserwählte verarbeiten musste, aber es nützte nichts, sie hatten nicht viel Zeit. »Vertrau mir, wir sind gleich in der Arena. Da sollten wir nicht mehr über solche Dinge reden. Danach bringe ich dich wieder in meine Räume, da kannst du schlafen und in Ruhe alles verarbeiten. Bei mir bist du in Sicherheit. Du bist mein Gast. Jetzt freue dich erst einmal darauf, deinen Bruder zu sehen.«

***

Während der langen Wanderung durch die Gänge des Palasts, der um diese Zeit wie verlassen wirkte, hatte ich mein Gefühl für Zeit verloren. Mein Kopf dröhnte, und ich war todmüde. Das viele und ungewohnte Essen lag mir schwer im Magen. Alles, was mir Cesszia erzählt hatte, verwirrte mich. Ich wusste nicht mehr, was ich davon glauben sollte und was nicht. Ich nahm mir vor, darüber nachzudenken, wenn ich ausgeruht war. Im Cahchtar schliefen wir am Tag, doch selbst das war bei mir zu kurz gekommen, weil wir Elssa gerettet hatten. Nur die Aussicht, bald meinen Bruder in die Arme schließen zu können, hielt mich aufrecht.

Mir kam dieser Weg durch den Palast unendlich vor. Wie sich Cesszia hier überhaupt zurechtfand, war mir unerklärlich. Die Flure sahen alle gleich aus. Weiß, schmal und leer bis auf unzählige Türen und kleine Flächen an den Wänden, in denen man sich spiegeln konnte wie auf einer blanken Metallfläche, konnte ich keine auffälligen Merkmale feststellen.

Von einem der größeren Gänge führte eine schwere Tür in einen Bereich, der überdacht und ungefähr so hoch wie zwei erwachsene Männer übereinander vom Boden der Arena entfernt lag. Den vielen bequemen Sitzplätzen und edlen Tischen nach war das die Tribüne, von der aus Zekoll und seine Vertrauten den jeweiligen Veranstaltungen beiwohnen konnten – den Gladiatorenkämpfen oder Opferungen, nahm ich an.

Die Arena selbst war riesig und wie ein Trichter gebaut. Unzählige leere Sitzreihen schraubten sich wie eine Spirale nach oben. Hier passten problemlos einige Tausend Schaulustige rein. Aber noch war die Arena leer. Nur fast schwarzer Sand bedeckte den Boden. Es war das erste Mal, dass ich wieder Sand sah, seit ich in Decta-Verra angekommen war.

»Ich hoffe, du hast starke Nerven, meine liebe Kairra. Die wirst du gleich brauchen.« Cesszias Gewand raschelte, als sie sich auf einen der vorderen Stühle niederließ. Sie nickte mir lächelnd zu und bot mir den Platz neben ihr an.

Trotzdem blieb ich einen Moment stehen und blickte mich um. Abgesehen von dem kleinen Dach der Tribüne, befanden wir uns hier fast unter freiem Himmel. Noch konnte ich den kleinen Mond, Nadorr, am Himmel sehen. Doch am oberen Rand der Arena zeigten sich bereits Hearres erste Strahlen. Im Cahchtar wäre es spätestens jetzt Zeit, um schnell wieder in unsere Höhlen zurückzukehren, denn auf das Erscheinen der großen Sonne folgte unweigerlich die tödliche Hitze. Aber statt meinem Fluchtinstinkt zu folgen, setzte ich mich. Wenn Cesszia dem Schild über uns vertraute, konnte ich das auch.

Es war seltsam still hier, wie die bedrohliche Ruhe vor einem Wüstensturm. In der Luft hing ein leicht süßlicher Geruch. Er erinnerte mich an die verweste Ratte über Lorrins Bett. Beunruhigt blickte ich mich um. Die Arena war umrandet von einem hohen Metallzaun. In der Mitte standen sechs hohe, glänzende

Pflöcke, von denen Ketten herabhingen. Ich schluckte, als ich mir vorstellte, wofür diese Vorrichtung verwendet wurde. Sie waren bestens geeignet, um daran Gefangene anzuketten.

Cesszias Stimme lenkte mich von meinen schrecklichen Vorstellungen ab. »Siehst du, da gegenüber, auf der anderen Seite der Arena, liegt der Ausgang für die Gladiatoren. Da, ich sehe sie kommen.«

Ich folgte ihrem Blick und entdeckte hinter einigen bewaffneten Wächtern eine Gruppe von jungen Sklaven, die mit geduckten Köpfen, fast nackt hintereinander in einen breiten, extra umzäunten Bereich neben dem Arenaboden stolperten. Mein Herz klopfte laut, als ich zwischen ihnen Lorrin erkannte. Er war der Einzige, der den Kopf nicht gesenkt hielt.

»Lorrin!«, rief ich laut und sprang auf, aber Cesszia hielt mich fest.

»Er kann dich nicht hören, und so wie du aussiehst, wird er dich nicht mal erkennen. Aber keine Sorge, ihnen passiert dort nichts. Sie sind wie wir nur Zuschauer. Mit jeder Opferung erinnert Zekoll sie daran, was mit ihnen geschehen könnte, wenn sie ihm nicht gehorchen«, erklärte Cesszia. »Einige haben das sicher schon zig Mal miterlebt.« Sie seufzte. »Es werden gleich noch mehr Zuschauer aus dem Palast und der Stadt kommen. Wie man sich freiwillig an dem Leid und Schmerz anderer so ergötzen kann, werde ich wohl nie verstehen.«

Obwohl ich Lorrin nun nicht mehr aus den Augen ließ, nahm ich nebenbei wahr, dass sich die Zuschauerreihen füllten. Dann hörte ich, wie jemand hinter uns die Tür öffnete, und zuckte zusammen.

»Das sind Grinser und Scitch, meine Lieblingsleibwächter.

Sie gehören seit meiner Kindheit zu mir. Ich passe auf sie auf, und sie beschützen mich. Sie sind ein Paar und teilen alles miteinander, niemand darf sie trennen.«

Ich drehte mich zu ihnen herum und nickte ihnen zu. Die beiden verzogen keine Miene, senkten aber ihre metallisch glänzenden Schädel.

»Grinser«, sie deutete auf den Größeren der beiden, »hat eine Narbe an der linken Oberlippe. Ich habe ihn so genannt, weil er damit aussieht, als würde er immer ein bisschen lächeln.«

Für mich sah es eher so aus, als hätte man ihm das spöttische Lächeln aufgenäht. Ich schwieg aber und hörte ihr weiter zu.

»Scitch hingegen verdankt seinen Namen der Energiewaffe, die hier alle Palastwächter tragen. Er zückt sie bei jeder Gelegenheit und würde ganz sicher nicht zögern, sie abzufeuern«, erklärte Cesszia stolz, während sie auf ihn zeigte.

Ich kannte diese Strahlenwaffe nur vom Hörensagen. Ich wusste jedoch, dass man mit ihr betäuben, aber auch töten konnte. Scitchs Körperbau war eher drahtig im Gegensatz zur massigen Gestalt seines Kameraden. Während Grinser immer leicht zu lächeln schien, konnte man Scitchs Gesichtsausdruck nur als grimmig beschreiben. Diese beiden Riesen würde ich sicher nie dazu bringen, ihre Herrin zu verraten.

»Man kann die engsten Leibwächter von Zekoll und mir immer daran erkennen, dass man ihnen auf die Kopfhaut eine Silberkappe implantiert hat«, redete sie weiter.

Ich verzog das Gesicht. »Ist das nicht schmerzhaft?«

Cesszia lachte. »Ich glaube, die beiden wissen gar nicht, was Schmerzen sind. Übrigens sind sie stumm, wie alle Leibwächter.«

Fast alles, was Cesszia sagte, stieß mich ab. Die Verraner waren noch furchtbarer, als ich es erwartet hatte. Wie konnte man sich so weit über andere erheben und ihnen alles nehmen, sogar die Sprache? Aber ich unterdrückte meinen Zorn und versuchte, ruhig zu atmen. Irgendwie wurde ich das Gefühl nicht los, dass mich hier noch weitaus Schlimmeres erwartete.

Die Arena war inzwischen halb besetzt. Auf der anderen Seite hatten sich die Leibsklaven, unter denen sich auch Lorrin befand, nicht mehr von der Stelle gerührt.

»Wann kann ich zu Lorrin?«

»Geduld, Kairra, nach der Opferung besuchen wir ihn.«

Ein lauter Gongschlag unterbrach uns. Kurz darauf schleiften zwei Wärter einen alten Mann in die Arena. Direkt unter der Tribüne befand sich offenbar ein zusätzliches Tor. Nach und nach wurden vier weitere Männer reingeschleppt und mit weit gestreckten Armen zwischen die Pflöcke gekettet. Einer von ihnen wirkte ungewöhnlich, er hatte sehr lange schwarze Haare und war viel jünger als die anderen. Sein nackter Oberkörper war gut geformt, seine Beine waren nicht nackt, wie bei den anderen, er trug eine Hose.

Als er seinen Kopf hob, blickte ich in ein markantes Gesicht. Im Gegensatz zu den anderen schlotterte er nicht am ganzen Leib. Im Gegenteil, er streckte den Wächtern freiwillig die Arme hin, damit sie ihn an den Handgelenken anketten konnten. Dann stellte er sich breitbeinig zwischen den Pflöcken hin. So, als wäre ihm alles egal.

Cesszia stieß neben mir einen tiefen Seufzer aus. »Das ist er! Der Ahne. Er denkt, er wird heute sterben, aber das wird er nicht.«

Ich konnte den Blick nicht von ihm wenden, er war auf seine Art vollkommen anders als alle Sonnenweltler, die ich bisher getroffen hatte. Hatte Cesszia recht damit, dass er von einer anderen Welt kam? In diesem Moment hielt ich das nicht mehr für unmöglich.

»Ich dachte, die Leute opfern sich hier alle freiwillig?«

Cesszia nickte. »Ja, normalerweise schon. Aber den Ahnen wollte Zekoll noch einmal quälen. Er hofft immer noch, von ihm zu erfahren, wie der Reif funktioniert.«

Ich starrte zu dem Fremden herunter. »Aber werden die Zhiimbous ihn nicht fressen?«

»Sie werden ihm nichts tun. Wir haben den Ahnen mit dem Drüsensekret von frisch geschlüpften Zhiimbous eingesprüht. Keine normal reagierende Riesenechse würde ihn angreifen. Da setzt der Nestschutz-Instinkt ein. Eine Garantie gibt es natürlich nicht, aber bisher hat das immer funktioniert. Ein bisschen Spannung kann ja nicht schaden.«

Wie grausam war das denn? Es verschlug mir die Sprache. Dafür redete Cesszia weiter.

»Bisher hat der Ahne geschwiegen, hat jeder Folter standgehalten. Wir werden sehen, ob er hier auch noch so verschlossen ist. Er ist sehr geheimnisvoll und tapfer.« Sie schüttelte nachdenklich ihren Kopf, bevor sie weitersprach: »Zekoll hat schon alles Erdenkliche mit ihm angestellt seit seiner Gefangennahme, und er ist schon lange Zeit hier, aber der Mann ist zäh. Wir wissen nicht einmal seinen Namen.«

Paddins Spruch fiel mir wieder ein: *Luft anhalten und an die Folgen denken.* Ich holte tief Luft, als ein halbes Dutzend älterer Männer und Frauen in die Arena getrieben wurden.

»Sind das auch Freiwillige?«

»Sie haben die Altersgrenze überschritten und erfüllen keinen Nutzen mehr in Decta-Verra. Sie hatten die Wahl: Wüste oder Arena. Wir können nicht alle ernähren, Kairra. Zekoll setzt sie gerne als Anheizer ein. Wer überlebt, bekommt einen Platz in einem der Altenhäuser in dem äußersten Ring und wird versorgt bis zum natürlichen Ende. Sie haben eine gute Chance, da sie nicht angekettet werden.«

Ich spürte, wie das Blut aus meinem Gesicht wich. »Wie kannst du dir so etwas nur angucken?«

»Übung, Kairra. Solche Fütterungen oder Opferungen finden öfter statt. Selbst die kleinsten Kinder sehen sie sich schon an. Man gewöhnt sich daran.«

In meinen Ohren rauschte es. »Aber ich will das nicht sehen. Lass mich und meinen Bruder gehen!«, rief ich und sprang auf.

Doch Cesszia zog mich wieder auf den Platz zurück und herrschte mich an. »Du musst hierbleiben. Das ist ein Befehl von Zekoll, den ich nicht umgehen konnte. Du sollst mit eigenen Augen sehen, welche Strafen dir und deinem Bruder drohen könnten, damit du niemals auf die Idee kommst, ihn zu hintergehen. Sei froh, dass Zekoll nicht persönlich anwesend ist. Das habe ich verhindern können. Und jetzt sei still.«

Kapitel 13

Ich war wie gelähmt vor Entsetzen. Auf der gegenüberliegenden Seite der Arena wurde ein breites Tor geöffnet. Gefährlich zischend und voller unbändiger Kraft drängte eine der riesigen Echsen in die Arena. Ihr langer dornenbewehrter Schwanz peitschte durch den Sand am Boden und wirbelte ihn auf. Auf dem Rücken der Bestie stand breitbeinig ein Mann und hielt sich an einem Seil fest, das um die beiden vorderen Läufe des Zhiimbous gebunden war. Allein der Rücken des Tieres war doppelt so hoch wie die Tribüne, auf der ich mit Cesszia saß.

Der Schuppenpanzer der Echse schimmerte grünlich. Ihr Schädel war dreieckig. Sie schleuderte unruhig ihr gigantisches Echsenmaul hin und her. Erst knapp vor der Tribüne zügelte ihr Reiter sie. Aus ihrem Maul mit den spitzen, nach innen gebogenen Zähnen schoss eine lange, gespaltene Zunge hervor. Ich hielt den Atem an; der Gestank, der uns entgegenschlug, roch faulig wie Verwesung.

Aus Paddins Erzählungen wusste ich, dass die letzten Schwanzdornen der Echse giftig waren. Nichts an dieser Bestie ließ sich lange zähmen, da war ich mir sicher. Ein Wunder, dass dieses Monstrum nicht gleich über uns herfiel.

»Ich grüße Euch, geehrte Dame Cesszia!«, rief der Reiter und riss an dem dicken Seil, um seine Herrschaft über die Echse zu demonstrieren. Aber die Echse wuchtete ihren massigen Leib herum und fixierte mit ihrem Reptilienblick eine alte Frau, die sich flehend vor der Tribüne auf die Knie geworfen hatte.

Die hohe Stimme der Alten überschlug sich. »Nadorr, hilf! Ich will noch nicht sterben! Bitte …« Die Frau weinte jämmerlich.

»Cesszia, du musst etwas tun, das kannst du nicht zulassen!« Mit feuchten Händen umklammerte ich die Tribünenumrandung, voller Sorge blickte ich zu Lorrin.

»Beruhige dich, Kairra.« Cesszia legte ihre Hand auf meinen Arm. »Vielleicht gibt es einen Ausweg. Wenn der Ahne verspricht, das Geheimnis des Reifs zu offenbaren, können wir Zekoll davon überzeugen, die Alte am Leben zu lassen.«

Ich nickte, in der Hoffnung, dass der Ahne darauf eingehen würde. »Bitte, versuche es.«

Cesszia erhob sich und rief ihm zu: »Ahne, wir können das Leben der Alten und dein eigenes schonen, wenn du uns sagst, wie der Reif funktioniert!«

Der Gefangene in der Arena schlug seine Augen auf und sah zu uns herüber. Einen kurzen Moment später schüttelte er fast unmerklich seinen Kopf, dann wandte er sich ab.

Cesszia setzte sich wieder und blickte mich mitfühlend an. »Mehr kann ich nicht tun. Auch wenn Zekoll nicht anwesend ist, so hat er hier seine Spione. Meine Macht ist sehr begrenzt. Ich könnte selbst dort unten landen.« Sie nickte dem Bändiger zu.

Mit donnernden Schritten trampelte die riesige Echse auf die gebrechliche Frau zu, pflückte sie mit einem Schnappen vom Boden der Arena, warf sie kurz in die Luft und biss ihr im Fallen den Kopf ab. Das war das ekelhafteste Geräusch, das ich je gehört hatte. Und es wurde nur durch das Jubeln der Menge und der Schreie der anderen Opfer übertroffen.

Blut tropfte aus dem Maul der Echse, als sie weiter an dem noch zuckenden Leib zerrte und andere Körperteile abriss. Dabei warf sie ihre Bissen gierig durch die Gegend, ein Arm wurde direkt in meine Richtung geschleudert.

Trotz des entsetzlichen Anblicks funktionierten meine Reflexe. Ich duckte mich, doch der Arm traf mich nicht, er verglühte nur einen Schritt von mir entfernt an einem unsichtbaren Energiefeld, das offenbar die Tribüne schützte. Das war also die Antwort auf meine unausgesprochene Frage, weshalb Cesszia so furchtlos aus der Nähe dem Blutbad beiwohnte.

Ich zitterte am ganzen Körper. »Hört sofort auf damit!«, schrie ich den Bändiger an. Doch der beachtete mich nicht, er schien wie gebannt von dem Blutbad zu sein.

Neben mir griff Cesszia nach meiner Hand und drückte sie fest. Ich schüttelte sie ab, suchte den Blick des Ahnen und flehte ihn an: »Rede, sonst werdet ihr alle sterben. Kein Geheimnis kann groß genug sein, um so viele so grauenhaft sterben zu lassen.«

Er musste mich gehört haben, denn er hob den Kopf und sah mich an. Seine Stimme drang klar und ruhig zu mir hinüber. »Wer bist du, dass du glaubst, hier gäbe es Gnade? Unser Tod steht fest, daran ändern Worte nichts mehr.« Er musterte mich kurz, dann wandte er seinen Blick wieder ab.

Die anderen Gefangenen waren, so weit sie nur konnten, in die äußersten Winkel der Arena verschwunden. Sie schienen zu hoffen, dass sie sich irgendwie verkriechen konnten. Aber die Echse hob ihren mächtigen Schädel und suchte mit ihren kalten Reptilienaugen nach ihrem nächsten Opfer. Sie trampelte mit ihren säulenartigen Läufen, die in krallenbesetzten Tatzen endeten, quer durch die Arena auf einen Mann zu. Als sie ihr Maul erneut öffnete, sprang ich auf, packte die vollkommen überraschte Cesszia an den Schultern und schüttelte sie.

»Mach, dass es aufhört! Ich tue alles, was du von mir verlangst.«

»Lass mich los«, zischte Cesszia.

Fast gleichzeitig sprangen ihre Leibwächter herbei und hielten mich gewaltsam zurück.

»Ich habe hier nichts zu sagen, versteh das endlich. Nur Zekoll kann diese Schlachterei beenden, und das würde er nie tun. Seine Macht funktioniert nur mit Gewalt.« Cesszias Augen funkelten. »Wenn du nicht sofort still bist, knebeln sie dich. Akzeptiere endlich, dass wir nur gemeinsam eine Chance haben.«

Die beiden Wächter drückten mich in meinen Sitz zurück und blieben an meiner Seite stehen. Verzweifelt schloss ich die Augen. Sie konnten mich nicht zwingen, das mit anzusehen. Ich hielt mir die Ohren zu, um auch den schrillen Schreien der anderen Gefangenen zu entgehen. Aber es half nichts. Ich wusste, was da geschah, und es zerbrach mein Herz. Ich war nicht mal mehr in der Lage, nach Lorrin zu sehen. Er erkannte mich so nicht. Ich konnte ihn nicht trösten. Ich konnte nur hoffen, dass er seine Augen und Ohren auch vor diesem Grauen verschlossen hielt. Das alles hier war hundertfach schlimmer als der schlimmste Tag im Cahchtar. Tränen liefen über meine Wangen, während mein Körper erstarrte.

Eine ganze Weile saß ich still da und versuchte, die grauenvollen Geräusche auszublenden. Trotzdem hörte ich die brechenden Knochen und die Echse, die fauchend mit ihrem

Schwanz um sich schlug. Ich kämpfte gegen den starken Brechreiz an. Den frischen Blutgeruch, der nur durch den beißenden Gestank der ausgeschiedenen Exkremente überlagert wurde, würde ich niemals vergessen.

Als es ruhiger wurde, hörte ich Cesszias sanfte Stimme. »Es ist vorbei, Kairra. Du kannst die Augen wieder öffnen. Sieh dir den Ahnen an. Er war mitten im Geschehen und hat nicht einmal mit der Wimper gezuckt.«

Ich blinzelte vorsichtig. Es hing so viel Staub über der Arena, dass ich Lorrin nicht mehr erkennen konnte. Meine Hände zitterten, als ich mir die Tränen aus den Augen wischte. Kaum hatte ich klare Sicht, blickte ich über das blutige Schlachtfeld direkt in das Gesicht des Ahnen.

Sein Gesicht wirkte entspannt. Im Gegensatz zu mir schien er nicht im Geringsten verängstigt. Um ihn herum lagen die blutigen Überreste der anderen Opfer. Die Bestie stand fauchend hinter ihm. Es sah fast so aus, als überlegte sie, ob er sich nicht doch als Nachschlag eignen würde. Sie kam noch näher an ihn heran und schnupperte. Dann rieb sie ihren riesigen Schädel an einem der Pfosten, zwischen denen der Ahne hing, und schnaubte.

Selbst jetzt blieb er ruhig und sah zu uns hoch. »Ist dein Cousin nun zufrieden? Ihr werdet niemals etwas von mir erfahren. Jetzt bringt es endlich zu Ende und tötet mich auch.«

Cesszia seufzte und nickte dem Bändiger der Echse zu. »Bring die Echse zurück und schickt mir die Aufseher. Sie sollen den Gefangenen näher zu uns bringen.«

Langsam stand sie auf, strich ihr Kleid glatt und wandte sich den Zuschauern zu. Laut rief sie: »Es ist vollbracht. Die

Opfer haben ihre Familie geehrt. Sie sind nun schuldfrei, als wäre es nie anders gewesen. Geht nach Hause an eure Arbeit und vergesst nie, wie der Statthalter Verräter bestraft.« Cesszia wirkte mitgenommen. Spurlos war das offenbar auch an ihr nicht vorbeigegangen.

Inzwischen konnte ich meinen Bruder entdecken, er stand still und bewegungslos zwischen den anderen Leibsklaven. Ich musste so schnell wie möglich zu ihm.

»Du hast dir das alles angesehen?« Ich bemühte mich, meiner Stimme einen festen Klang zu verleihen.

Ihre Augen wirkten müde, als sie leise antwortete. »Zekoll zwingt mich dazu. Normalerweise würde er hier neben mir sitzen. Für ihn ist das ein Vergnügen. Ich habe ihn betäubt mit einem Schlafmittel, damit wir Zeit allein mit dem Ahnen haben. Ich wusste, dass er selbst unter diesen Umständen nicht reden würde. Dafür hat Zekoll ihn schon zu lange gequält. Du siehst also, dass wir den Ahnen anders überzeugen müssen. Gewalt bringt ihn nicht zum Reden, aber vielleicht deine Bitte um Hilfe?«

Alles in mir fühlte sich tot an. Ich spürte nicht einmal mehr Zorn, nur noch Ohnmacht. Sprachlos folgte ich dem Geschehen, beobachtete, wie bewaffnete Wächter in die Arena traten und den Ahnen von den Pflöcken nahmen. Sie schubsten ihn in Richtung Tribüne. Als er direkt davorstand, blickte er ausdruckslos nach oben. Seine Augenfarbe war ungewöhnlich, vielfarbig wie eine Pfütze aus Rattenöl. Ich hatte das Gefühl in sein Innerstes blicken zu können. Er wirkte stolz und mutig, schien mit seinem Leben abgeschlossen haben. Nichts würde ihn dazu bewegen, seine Geheimnisse zu verraten. Er war viel stärker als ich, denn ich ließ mich durch Lorrin erpressen. Offensichtlich hatte der Ahne nur sich selbst zu verlieren, wenn er weiter schwieg.

Auf einmal war es mir sehr wichtig, ihm mitzuteilen, dass ich nicht zu Cesszia und ihresgleichen gehörte. »Es ist furchtbar, was die Verraner diesen armen Leuten angetan haben. Das hat niemand verdient.«

»Wer bist du?«, fragte er und sah mich genauer an.

»Ich bin Kairra und komme aus dem Cahchtar.«

»Sie ist genau wie du nicht freiwillig hier«, mischte sich Cesszia ein.

Der Ahne reagierte nicht auf ihre Worte, sondern betrachtete mich skeptisch. Ich hatte das Gefühl, als würde sich so etwas wie Neugier in seiner Miene spiegeln.

»Was haben sie gegen dich in der Hand?«

»Meinen kleinen Bruder …«, flüsterte ich und deutete auf die jungen Sklaven auf der gegenüberliegenden Seite der Arena.

Der Ahne nickte schwach. »Dann wünsche ich dir viel Glück. Du wirst es brauchen.«

Cesszia trat an meine Seite und lehnte sich leicht über die Tribünenbalustrade. »Ahne, Kairra wurde von Zekoll in eine Falle gelockt. Euer Reif der Reisen hat sie erkannt. Sie ist eine von euch«, sagte sie sehr leise.

Der Gefangene wirkte überrascht und warf mir einen prüfenden Blick zu. »Ist das etwa eine neue Falle?«

Neben mir hob Cesszia die Hände. »Nein, nein! Ich schwöre dir, ich weiß es ganz genau, und wir können es dir auch beweisen. Gib die Hoffnung nicht auf, vielleicht gibt es Rettung für dich. Ich sorge dafür, dass Kairra dich besuchen kann. Sie kann dir alles erklären.«

»Warum sollte ich dir oder ihr vertrauen?«

»Du weißt, dass ich nicht wie Zekoll bin, bisher habe ich dich nie verraten.«

Der Ahne zuckte mit den Schultern. »Es wäre besser, ihr würdet dem endlich ein Ende bereiten und mich töten. Ich werde keinem von euch vertrauen.«

»Du musst uns vertrauen, wenn du hier wegwillst.« Cesszia wandte sich an die Wächter, die neben ihm standen. »Bringt ihn in seine Zelle, gebt ihm zu essen und zu trinken. Behandelt ihn gut, wenn ihm etwas geschieht, seid ihr bei der nächsten Opferung dabei.«

Die Wächter in der Arena schienen nicht zu den Leibwächtern des Palasts zu gehören, da sie keine silberne Kappe hatten. Sie verbeugten sich knapp und nahmen den Ahnen zwischen sich. Dann verließen sie die Arena durch den Ausgang unter uns. Und ich konnte endlich einen genaueren Blick auf Lorrin werfen. Er stand so weit wie möglich vom Metallzaun entfernt neben einem etwas größeren Jungen. In seinem Gesicht lag nur Hoffnungslosigkeit.

Kapitel 14

Lorrin hatte im Cahchtar schon viel gesehen, doch dieses grauenvolle Blutbad in der Arena würde sich tief einbrennen und ihm für den Rest des Lebens den Schlaf rauben. Er hatte versucht wegzusehen, aber die Schreie und der Gestank hielten ihn davon ab. Bis zum letzten lebenden Opfer hoffte er, dass die übrig gebliebenen verschont werden würden. Ihm kam alles unwirklich vor, wie in einem bösen Traum.

Er war umgeben von Leibsklaven, und doch musste sich jeder von ihnen dem Grauen ganz alleine stellen. Keiner konnte Trost spenden, keiner davonlaufen. Am Ende war in der Arena nur ein Opfer verschont worden. Die Riesenechse musste sich überfressen haben, denn einen Mann hatte sie verschmäht. Schon während der Fütterung hatte sich der Überlebende ungewöhnlich tapfer verhalten; er war der Einzige, der nicht schrie und um sein Leben bettelte, sondern ruhig blieb. So furchtlos wie er würde Lorrin auch gerne sein. Denn obwohl er sich geschützt hinter dem hohen Metallzaun befand, hatte er sich fast die Seele aus dem Leib gekotzt und kämpfte noch dagegen an. Nur gut, dass er nichts im Magen hatte.

Direkt neben Lorrin stand Niaff und ermahnte ihn mit leiser Stimme. »Vergiss dieses Gemetzel nie. Forme deine Trauer in Kraft, um eines Tages diesen Wahnsinn zu beenden. Lass dir niemals die Hoffnung nehmen. Egal, was noch passiert. Denn das wollen sie, sie wollen uns brechen.«

Notgedrungen atmete Lorrin durch den Mund ein. Nur so

konnte er den ekelhaften Gestank, der über der Arena hing, aushalten. Aber jede andere Bewegung seines Körpers war unmöglich. Er war vor Schock erstarrt.

Hinter ihm brüllte ein Aufseher: »Bleibt alle hier stehen, die Cousine des Statthalters will noch ein paar Worte an euch richten. Redet nur, wenn sie es euch gestattet.«

Lorrin wandte seinen Kopf zur Seite und suchte in den Gesichtern der anderen Kinder, wie sie mit dem Grauen umgingen. Aber da war nichts in ihren Blicken, nur Leere.

Auf dem Weg zur Arena hatte Niaff ihn vorgewarnt und erzählt, was heute hier stattfinden würde, und dass die meisten von ihnen schon oft an so einer Fütterung teilgenommen hatten – als Zuschauer. Zekoll schüchterte sie so regelmäßig ein.

Lorrins Lippen bebten, jedoch nicht aus Furcht. Er sehnte sich nach Kairra und Paddin. Sie könnten ihm Trost und Stärke geben. Am liebsten wäre er wieder im Cahchtar, dort hatte er sich nie so gelähmt gefühlt. Da war ihm immer etwas eingefallen. Nichts stimmte hier mit seinen Erwartungen überein. Hätte er bloß auf Paddin gehört. Diese Stadt war krank. Er musste einen Weg finden, um mit Kairra zu fliehen. Aber bis dahin durfte er nicht auffallen.

Lorrin blickte zu Niaff, der scheinbar unbeteiligt abwartete. Niaff war viel stärker als er, und solange Kairra nicht bei ihm war, würde er sich an ihn halten. Er nahm seine ganze Kraft zusammen und ahmte den Gesichtsausdruck seines Begleiters nach. An seiner Seite wartete er auf die Ankunft der Cousine des Statthalters.

Durch den Arenarundgang schlenderten zwei hohe Stadtfrauen ohne Eile auf ihre Sklavengruppe zu. Direkt hinter ihnen folgten die Palastwächter, ihre silbernen Schädel glänzten blutrot im Licht der Morgensonnen. Lorrin presste seine Finger zur Faust zusammen, immer fester, mit jedem Schritt, den sie näher kamen. Diese Frauen hatten die Fütterung genossen, sie hatten sie sogar im Namen des Statthalters veranstaltet. Sie waren nicht besser als Zekoll.

Unter den dicken Schichten Metallfarben waren ihre Gesichter kaum zu erkennen. Aber etwas an der Frau, die die Cousine des Statthalters begleitete, kam ihm vertraut vor. Der Gang, ihre Bewegungen, doch woher sollte er sie kennen? Plötzlich ging die Frau schneller und lief direkt auf ihn zu.

Sie schlang ihre Arme um ihn und drückte ihn wie ein Kind an ihren Körper. »Lorrin …«

An ihrer Stimme erkannte er sie. »Kairra!« Es war seine Schwester, aber warum lief sie wie eine Verranerin herum? »Was haben sie mit dir gemacht?«

Kairra wuschelte ihm durchs Haar und küsste ihn. Auch wenn er das sonst unmöglich fand, ließ er es jetzt über sich ergehen. Während Kairra ihn abknutschte, flüsterte sie in sein Ohr: »Bleib stark. Ich hole uns hier raus.«

»Wieso siehst du so aus wie die Verräterin?«, fragte er und schob sie von sich. Sosehr er sie auch vermisst hatte, das war peinlich vor Niaff und den anderen Jungs. Sein Gesicht glühte.

»Cesszia hat es so erst möglich gemacht, dass ich zu dir konnte. Wie geht es dir? Behandeln sie dich gut? Es war furchtbar, was wir mit ansehen mussten. Ich hätte dich so gern davor beschützt.«

Lorrin schüttelte den Kopf. »Sie sind Mörder, Kairra. Du darfst ihnen nicht vertrauen.«

»Psst«, warnte Kairra, doch die Cousine des Statthalters war nun nah genug, um ihr Gespräch mitzubekommen.

Sie trat direkt auf ihn zu und sprach mit gedämpfter Stimme: »Auch wenn du mir noch nicht vertraust, Lorrin, ich versuche wirklich, euch zu helfen. Aber meine Macht ist begrenzt. Sei solange vorsichtig und halte dich von Zekoll fern. Wir haben einen Plan. Habe Geduld!«

Dann erhob sie ihre Stimme und wandte sich den anderen Leibsklaven zu. »Geht zurück an eure Arbeit und vergesst niemals, was mein Cousin euch antun kann, wenn ihr nicht gehorcht. Lasst es nicht so weit kommen.« Sie wandte sich ab und hakte sich bei Kairra unter.

Seine Schwester blieb jedoch stehen und bat: »Kann ich nicht noch länger bleiben und alleine mit Lorrin reden?«

Die Cousine des Statthalters schüttelte den Kopf. »Nicht diesmal, das würde auffallen. Zekoll darf nichts davon mitkriegen. Du weißt jetzt, dass dein Bruder unverletzt ist. Du musst auch Geduld haben, Kairra. Rede erst mit dem Ahnen. Nun komm, wir sollten gehen. Verabschiede dich!«

Voller Misstrauen blickte Lorrin sie an. Dann nahm er Kairras Hand und zog sie etwas beiseite. »Sei vorsichtig, Kairra. Versprich mir, hier niemandem zu trauen. Pass auf dich auf.«

Kairra drückte ihn wieder an sich und flüsterte in sein Ohr: »Mach dir um mich keine Sorgen. Ich verspreche dir, dass ich einen Weg finden werde, um uns von hier fortzubringen. Aber jetzt muss ich gehen. Sei tapfer.« Sie küsste ihn noch einmal, dann wandte sie sich ab und folgte der Cousine des Statthalters und deren Wächtern.

Ratlos schaute Lorrin seiner Schwester nach. Was war nur

mit Kairra geschehen, dass sie sich so herumkommandieren ließ? Gerade dieser Frau durften sie nicht vertrauen. Zum ersten Mal fühlte er sich fast wie ein älterer Bruder.

Kaum waren die beiden ein paar Schritte entfernt, trieben die Wächter die Sklaven wieder zusammen, um sie zurückzubringen. Niaff ging neben Lorrin und grinste ihn verstohlen an.

»Was?«, zischte Lorrin.

»Das war also dein Schwesterherz.«

»Ja, was dagegen?«

»Ich, nein … verflucht!« Niaff wurde von einem Schlagstock unterbrochen, der ihn unerwartet in den Rücken getroffen hatte.

Gleichzeitig schrie der Aufseher sie an: »Wer hat euch erlaubt zu reden? Haltet euch an die Regeln! Sonst werden euch die vorlauten Mäuler gestopft, und zwar mit Nadel und Faden. Ist das jetzt klar?«

Lorrin nickte und lief schweigend neben Niaff her. Einen kurzen Moment lang glaubte er, einen Bartschatten in Niaffs Gesicht entdeckt zu haben. Durch den unerwarteten Schlag schien Niaff seine junge Gestalt nicht mehr halten zu können. Doch kurz darauf sah er wieder wie ein dreizehnjähriger Junge aus. Nadorr sei Dank, offenbar hatte das sonst niemand bemerkt. Trotzdem mussten sie vorsichtiger sein. Um nicht noch mehr aufzufallen, senkte Lorrin seinen Kopf wie die anderen und passte seine Schritte an. Wo brachte man sie jetzt wohl hin? Sein Magen knurrte. Wenn sie irgendwo arbeiten mussten, bekamen sie dann auch etwas zu essen? Er hoffte es.

Während sie die Dienstbotengänge durchquerten, teilten die Aufseher die Leibsklaven auf. Nach und nach verschwanden sie in kleinen Grüppchen durch Türen, an denen sie vorbeikamen.

Da Niaff und Lorrin ziemlich das Ende der Sklavengruppe bildeten, gehörten sie zu den letzten zehn. Nur noch drei bewaffnete Wärter begleiteten sie durch endlose Gänge und über unzählige Stufen.

Vor einer großen massiven Tür blieb einer der Aufseher stehen. »Ihr werdet heute für das persönliche Wohl unseres Statthalters sorgen und ihm jeden Wunsch von den Augen ablesen. Das hier ist der Eingang zu Zekolls privaten Palasträumen. Eure Befehle erhaltet ihr entweder von ihm persönlich oder von seinen privilegierten Sklaven, die euch genau sagen, was ihr zu tun habt. Ansonsten haltet euch an diejenigen unter euch, die schon mal hier Dienst hatten. Wenn ihr eure Aufgaben gut erledigt, holen wir euch am Ende des Tages wieder ab. Denkt daran, ihr seid Sklaven und habt keinerlei Rechte. Benehmt euch entsprechend.«

Lorrin warf einen fragenden Blick zu Niaff, doch der schüttelte nur leicht den Kopf. Er war also auch noch nicht hier gewesen. Aber einige der anderen Sklaven wirkten noch verängstigter als zuvor. Ob sie wussten, was sie erwartete? Bei dem Gedanken und der Ungewissheit wurde ihm noch flauer im Magen.

Auf ein kurzes Klopfen hin wurde die Tür geöffnet, und ein Junge, kaum älter als er selbst, ließ sie eintreten. Seine Haut war lückenlos mit silberner Farbe angemalt – sogar seine Kopfhaare schimmerten silbrig. Das Weiß in seinen Augen wirkte dadurch seltsam fremd. Wie alle Leibsklaven trug auch er nur ein gewickeltes Tuch um seinen Unterkörper, nur dass seines ebenfalls silbern war.

»Kommt rein. Unser Herrscher schläft noch, so kann ich euch einweisen. Ich bin Taurres. Folgt mir leise.«

Der Junge ging in einen prachtvollen Raum, in dem sich noch andere unterschiedlich gefärbte Sklaven aufhielten. Einige schliefen auf Kissen, die hier überall herumlagen. Andere spielten mit kleinen Figuren auf Brettern, die vor ihnen standen. Ein paar Mädchen planschten in einem großen Becken, das voller sprudelndem Wasser war.

Lorrin staunte. Es gab überall Tische, auf denen merkwürdige Sachen zum Essen standen; Dinge, für die er nicht einmal eine Bezeichnung kannte. Den privilegierten Sklaven schien es sehr gut zu gehen. Lorrin blickte sich hoffnungsvoll um und lächelte einem orangefarbenen Jungen zu, der zu ihnen herübersah, doch der Junge verzog keine Miene, sondern wandte sich ab.

»Wenn ihr in diesen Kreis aufgenommen werdet, geht es euch gut. Aber das ist ein langer Weg, und der muss sich verdient werden«, erklärte Taurres. »Vorher warten andere Arbeiten auf euch. Ein paar von euch müssen dafür sorgen, dass hier jeder alles bekommt. Also: Essen auffüllen, Getränke nachfüllen, unansehnlich gewordene Früchte aussortieren und so weiter. Dafür brauche ich drei Sklaven.« Er zeigte auf die Ersten ihrer Gruppe. »Du, du und du. Geht dort durch die Tür, wascht euch die Gesichter und Hände und lasst euch in der Küche einweisen.«

Lorrin räusperte sich. »Darf ich fragen, ob wir auch etwas zu essen bekommen?« Er hatte genau gehört, wie die Mägen der anderen Kinder knurrten, nachdem sie hier reingeführt worden waren.

Taurres' Augen traten fast aus den Höhlen, als er Lorrin anstarrte. »Hat dich einer was gefragt?«

Lorrin schüttelte den Kopf, an seiner Stelle antwortete Niaff: »Verzeih ihm, Taurres, er ist erst seit ein paar Stunden bei uns.«

Der Privilegierte musterte Lorrin. »Wie ist dein Name?«

»Lorrin.«

»Nadorr, dann bist du der aus Cesszias Visionen. Da hast du aber Glück, dir darf vorerst nichts geschehen.« Er rümpfte die Nase und wandte sich von ihm ab. »Für alle anderen. Ihr bekommt etwas zu essen, wenn ihr es euch verdient habt. Also vermutlich erst am Ende eures langen Tags. Wenn ich einen beim Stehlen irgendwelcher Lebensmittel erwische, hacke ich ihm die Hand ab. So einfach ist das.«

Sein Finger schnellte wieder hoch, um auf drei weitere Kinder zu zeigen. »Ihr kümmert euch um die Böden und Baderäume. Es muss alles blitzblank sein. Wenn ich irgendwo ein Körnchen Dreck entdecke, setzt es Schläge.«

So ein Mistkerl, dachte Lorrin. Aber er schluckte seinen Zorn herunter und bemühte sich, ruhig zu bleiben.

Mit blitzenden Augen wandte sich Taurres nun Lorrin und den restlichen vier Sklaven zu. »Uuunnnd ihhhhhrrrr«, sagte er gedehnt und ließ seinen Zeigefinger in der Luft herumtänzeln, »seid für das Wohlergehen unseres geliebten Herrschers zuständig. Ihr werdet ihn waschen, ankleiden, füttern, was immer er auch benötigt. Ihr werdet es ihm vom Mund ablesen.« Er grinste zufrieden.

»Im Schlafgemach des Herrschers erwarten euch Leibsklaven, die diese Stellung bereits länger überlebt haben. Sie werden euch genau einweisen. Vergesst nicht, redet nicht. Seid wie dienstbare Schatten. Wer hier einen Fehler macht oder unangenehm auffällt, wird eigenhändig von unserem Herrscher bestraft. Wer ihn jedoch zufriedenstellt, hat die Chance, aufzusteigen und kleine Begünstigungen zu erhalten. Also macht mir keine Schande!«

Mit diesem letzten Satz scheuchte Taurres sie in Richtung einer gewaltigen Palasttür. Kurz davor hielt er Lorrin mit spitzen Fingern fest. »Du da, du sagst dem Herrscher, dass du dieser Junge bist, den seine Cousine gesehen hat. Und das möglichst, bevor er dich versehentlich verletzt. Vergiss nicht, ihn mit *Oh geliebter Herrscher* anzusprechen. Das wird dann auch der einzige Satz bleiben, den du sprechen darfst. Ich habe keine Ahnung, was seine Verwandte gesehen hat, aber offenbar kannst du ihm gefährlich werden, wenn er dich schlecht behandelt.«

Und ob er ihm gefährlich werden würde. Lorrin nahm sich vor, jede kleinste Gelegenheit zu nutzen, diesem Statthalter, der so viele unschuldige Leben auf dem Gewissen hatte, das Leben schwer zu machen. Dass er ihm so nah kommen würde, hatte er nicht erhofft. Trotz seiner nach außen besorgten Miene lächelte er innerlich. Nadorr meinte es gut mit ihm, gewissermaßen hatte er den Herrscher in der Hand, denn der schien ihn zu fürchten.

Kapitel 15

Ich konnte mich nicht mehr daran erinnern, wie ich von der Arena zurück in Cesszias Gemächer gekommen war. So müde, schockiert und durcheinander war ich. Aber dass ich danach das erste Mal in meinem Leben in einem richtigen Bett geschlafen hatte, das würde ich nie vergessen. Das Bett war so riesig, dass sowohl Lorrin als auch Paddin gleichzeitig mit mir reingepasst hätten. Frieren musste ich auch nicht mehr, eine von Cesszias Dienerinnen hatte mich zugedeckt. Kaum war ich eingeschlafen, träumte ich, ich würde fliegen, so weich war das Bett. Am liebsten wäre ich nie wieder aufgestanden, doch das ließ Cesszia nicht zu.

Nach viel zu kurzer Zeit weckte sie mich wieder und schleppte mich in einen Badesaal. Sie hielt es für besser, die verranischen Farben abzuwaschen, bevor sie mich zum Ahnen brachte. Dass ich mich schon wieder reinigen sollte, empfand ich zwar als unnötige Wasserverschwendung, konnte aber ihren Gedankengang nachvollziehen. Mit so einer Maske würde ich mir auch nicht über den Weg trauen.

Das Bad füllte fast den ganzen Boden des Raumes aus. Nie zuvor hatte ich eine so unglaubliche Menge an Wasser gesehen. Die gesamten Bewohner des Cahchtars hätten damit sicher über Tage hinweg genug zu trinken gehabt. Das Becken war sehr tief, wenn Cesszias Dienerin nicht mit mir gebadet hätte, wäre ich wohl ertrunken. Als ich anschließend abgetrocknet und in ein dünnes Gewand gehüllt wurde, fehlte mir nicht unbedingt die verranische Gesichtsmaske, sondern vielmehr meine gewohnte Schutzölschicht. Es war immer noch merkwürdig, meine eigene Haut zu zeigen.

Seit mich Cesszia geweckt hatte, plapperte sie ununterbrochen. Da es sich jedoch meistens um Palasttratsch handelte, hörte ich immer nur dann zu, wenn es mir wichtig erschien.

»Ich bringe dich in seine Zelle. Die diensthabenden Wärter sind verschwiegen, obwohl sie nicht stumm sind. Natürlich sind die Überwachungskameras während deines Besuchs abgestellt, damit keiner etwas davon mitbekommt. Ich verlasse mich also ganz auf dich, denn es ist besser, wenn ich nicht mit reinkomme.«

Während sie redete, versuchte ihre Dienerin, meine Haare zu bändigen. »Du wirst ein paar Stunden Zeit haben. Versuche, sein Vertrauen zu gewinnen. Er ist schon seit meiner Kindheit hier in Gefangenschaft und hat bisher immer das Geheimnis um den Reif und seine Funktion gewahrt. Dränge ihn deshalb nicht und versuche, ihn nicht unter Druck zu setzen. Nimm dir dafür die Zeit, die du für nötig erachtest. Du bist ein Kind der Götter, und es war sein Auftrag, dich zu finden. Damit hast du eine weitaus größere Chance als ich in all den Jahren.«

Ich nickte und kaute. Sie hatte mir frische Früchte hingestellt. Nachdem ich ein süßes, gelbes Etwas heruntergeschluckt hatte, wiederholte ich meine Forderung: »Und du denkst an dein Versprechen, dass ich Lorrin danach alleine treffen kann.«

Cesszia schob ihre Dienerin zur Seite und stellte sich hinter mich. Sie zupfte an einer Haarsträhne und ließ sie über meine Wange fallen. »Ja, vertrau mir. Ich halte mein Versprechen.

Doch das Gespräch mit dem Ahnen geht vor. Es geht um unsere Zukunft, denke daran.«

Ich sah ihr Gesicht im Spiegel. Was mich und meine Herkunft betraf, so hatte ich meine Zweifel an allem, was sie mir erzählt hatte, aber ansonsten schien sie es ehrlich zu meinen. Trotzdem musste ich wachsam bleiben und mich immer daran erinnern, dass Cesszia das Morden und die Tyrannei bisher nicht verhindert hatte. Klar, sie wollte weg von ihrem tyrannischen Cousin, doch ich war mir nicht sicher, ob sie dabei nicht nur an sich selbst dachte und wir nichts weiter waren als ein Mittel zum Zweck. Sie hatte mich schon einmal verraten, das durfte ich bei all ihrer Freundlichkeit niemals vergessen. Die Jahre an Zekolls Seite könnten auch ihren Charakter verdorben haben. Außerdem war es mir nach wie vor unbegreiflich, wie Cesszia an diesen Massenmorden teilnehmen konnte, ohne etwas dagegen zu unternehmen. Auch wenn sie Angst vor Zekoll hatte, gab es sicher Wege, ihn zu beeinflussen. Und wenn sie sich nur geweigert hätte, solche Bluttaten mit anzusehen. Wie auch immer, vorerst blieb mir nicht anderes übrig, als mich scheinbar zu fügen. Mit Lorrin hatte sie mich in der Hand.

Inzwischen waren ihre beiden Leibwächter Grinser und Scitch aufgetaucht und standen wie versteinert neben der Tür. Cesszia knetete noch einmal meine Locken, die noch nie so sauber und glänzend ausgesehen hatten, und wirkte zufrieden.

»Deine Haare sind jetzt so strahlend und hell wie das Sonnenlicht. Du bist wunderschön, Kairra, selbst ohne Schminke. Das wird ihm gefallen.«

Entsetzt starrte ich sie an. »Was soll das heißen? Erwartest du etwa, dass ich ihn verführe?«

»Nein, oh nein!«, beruhigte sie mich schnell. »Dieser Ahne ist völlig immun gegenüber weiblichen Reizen. Selbst das hat Zekoll ausprobieren lassen, um an sein Geheimnis zu gelangen. Sogar an Männern zeigte der Ahne keinerlei Interesse. Wir vermuten, dass er sexuell inaktiv ist. Vielleicht sind alle Ahnen so. Wir wissen so wenig über sie. Entspann dich, Kairra. Sei einfach du selbst. Plaudere mit ihm und gewinne sein Vertrauen.« Sie legte ihre Hände auf meine Schultern. »Komm, wir sollten gehen. Bevor Zekoll mich rufen lässt.«

Grinser und Scitch gingen voran, Cesszia blieb an meiner Seite. »Wenn wir unterwegs jemanden treffen, bist du meine Sklavin und redest nicht. Wir wollen möglichst kein Aufsehen erregen.«

»Wie du wünschst, meine Gebieterin«, murrte ich und folgte ihr.

In Gedanken war ich bereits bei dem Ahnen. Als Cesszia sich über sein mangelndes Liebesleben äußerte, musste ich an mein eigenes, fehlendes Interesse an Männern denken. Im Cahchtar gab es keinen einzigen Mann, für den ich einen zweiten Blick riskiert hätte. Ich war eher Kämpferin als Frau, und so haben mich auch die anderen gesehen. Ich wusste, was Sex war, aber meine Kraft brauchte ich zum Überleben. Wir mussten essen und trinken, *das* war lebensnotwendig. Wenn mir jemand außer Paddin und Lorrin zu nahe gekommen wäre, hätte ich ihn vermutlich verjagt oder Schlimmeres. Mir fehlte einfach die Zeit für so was. Paddin hatte mir mal erzählt, dass es bei den Rebellen auch Paare gab, die sich liebten und Kinder zeugten, und dass er sich wünschte, ich würde auch so ein Glück erleben. Ich hörte meinem väterlichen Freund zwar gerne zu, aber das alles klang für mich zu verträumt. Im Cahchtar war kein Platz für Romantik.

Meine diebische Freundin Elssa war da ganz anders. Sie trieb sich mit vielen Männern herum. Eine Zeit lang hatte sie jemanden, der mit ihr sogar das Essen teilte. Es ging nicht lange gut, dann bestahl sie auch ihn. An Paddin würde sie sich allerdings die Zähne ausbeißen, der wusste auf sich aufzupassen, da musste ich mir keine Sorgen machen. Wie es den beiden wohl ging?

Inzwischen waren wir unterhalb des Palastes und liefen durch einen tunnelartigen Flur. Cesszia erzählte, dass man vom Palast aus unterirdisch nahezu jeden Platz in der Stadt erreichen konnte. Dieses Tunnelsystem war geheim und ein Bestandteil aus einer fernen Zeit, als der Schutzschild noch nicht so verlässlich gewesen war.

»Normalerweise könnte man hier Gleitbänder einschalten, dann müssten wir diese Wege nicht laufen«, sagte sie, »aber dann würde Zekoll erfahren, dass hier jemand unterwegs war, da diese Gänge sonst niemand mehr benutzt.«

Ich sah zum Boden und erkannte, dass wir auf geriffelten Metallflächen liefen. »Warum bewegen wir uns immer nur in Tunneln? Können wir nicht durch die Stadt gehen? Ich habe noch nichts von ihr gesehen.«

Cesszia rollte dramatisch mit den Augen. »Weder Zekoll noch ich können dort frei herumlaufen, ohne eine ganze Parade mit uns zu schleppen. Da kommen schnell Hunderte zusammen: die ranghohen Palastbewohner, ihre Sklaven, Wärter, Leibwächter, unsere eigenen Leute und … Pipapo. So ein Besuch der Stadt wird offiziell verkündet und immer wie ein

Fest gefeiert. Von Zekoll als Statthalter und mir als seiner einzigen lebenden Verwandten erwartet man das. Deshalb zeigen wir uns nur zu wenigen öffentlichen Ereignissen in der Stadt.«

»Das ist ja furchtbar. Dann seid ihr gefangen in eurem eigenen Palast.«

»Natürlich können wir inoffiziell, also heimlich, die Stadt besuchen. Ich war schon öfter in dem Teil der Stadt, der direkt an den Palast grenzt, doch so verkleidet, dass mich keiner erkennen konnte. Mein Cousin hingegen verspürt keinerlei Interesse, sich unter die normalen Bewohner zu mischen. Der bleibt lieber im Palast.«

Grinser und Scitch blieben plötzlich stehen, sodass ich fast gegen sie prallte.

»Wir sind da. Hier ist das Gefängnis. Ich habe dem Ahnen eine bessere Zelle zugeteilt. Es gibt verschiedene Kategorien hier. Jetzt hat er es etwas bequemer«, erklärte Cesszia.

Mittlerweile war ich neugierig. Wir traten in einen saalähnlichen Raum, von dem viele glatte Türen aus Metall abgingen. Zwei Wärter standen mit dem Rücken zu uns vor dem eigentlichen Haupteingang, aber der Hintereingang, durch den wir kamen, war unbewacht.

»Das sind die Wärter, die zu dem engen Kreis der Eingeweihten gehören. Sie sind mir treu ergeben, das haben sie schon oft bewiesen. Solange sie Wache haben, solltest du hier unentdeckt bleiben. Sie werden dich anschließend von meiner Dienerin zurückbringen lassen. In der Zwischenzeit werde ich versuchen, ein Treffen mit deinem Bruder zu organisieren.«

Wir schienen unser Ziel erreicht zu haben, denn sie blieb vor einer Zellentür stehen.

»Klopfe von innen an die Tür, wenn du den Ahnen vor Ablauf der Wachschicht verlassen willst. Dann holen sie dich ab.«

Cesszia hatte inzwischen ihre Hand flach auf eine glänzende Fläche neben der Tür gelegt. Als die sich daraufhin leise öffnete, umarmte sie mich hastig, bevor sie mich hineinschob. »Viel Glück«, flüsterte sie.

Die Tür fiel hinter mir zu, und ich stand in der Zelle. Der Raum wirkte sauber und hell. Er war groß und offenbar gut ausgestattet. Zwei Stühle, ein Tisch und ein Bett, auf dem der Ahne im Schneidersitz saß, mit dem Rücken zur Tür. Am Boden verstreut lagen eine Menge Bücher und große Bögen mit Zeichnungen.

Entweder er hatte mich nicht eintreten hören oder es interessierte ihn nicht, wer gekommen war, denn er zeigte keinerlei Reaktion.

Unbehaglich räusperte ich mich. »Hallo … ich bin Kairra. Wir haben kurz in der Arena miteinander gesprochen.«

Er blieb sitzen, ohne sich mir zuzuwenden. »Was willst du von mir?« Seine Stimme klang abweisend.

Ich trat langsam näher und blieb direkt neben dem Bett stehen. »Ich bin gekommen, um Hilfe zu suchen. Du erinnerst dich vielleicht, dass die Verraner meinen kleinen Bruder haben und mich erpressen. Sie behaupten, ich wäre ein Abkömmling der Götter, aber das kann nicht stimmen. Ich kannte meine Eltern gut. Bis sie verschwanden, waren sie immer für uns da. Es muss eine Lüge sein.« Ich seufzte. »Angeblich weißt du mehr über diese *Götter,* von denen ich noch nie etwas gehört habe.«

Der Ahne wandte sich langsam mir zu. Zum ersten Mal konnte ich ihm aus nächster Nähe in die Augen blicken und erkannte, wie ungewöhnlich sie waren. Die Iris war tatsächlich vielfarben; sowohl hellgrün als auch hellblau, was in ein helles Violett überging, je nachdem, wie das Licht reinfiel. Hier in der Zelle wirkten sie viel heller und strahlender als in der Arena.

Es war, als versuchte er, in mich hineinzuschauen, während ich ihn anstarrte. Sein Oberkörper war noch immer unbekleidet, wie in der Arena. Trotz seiner langen Hose kam er mir ohne Körperbemalung oder Schutzschicht eher nackt vor. Seine Muskeln bewiesen, dass er ein Kämpfer war. Um die so zu erhalten, musste er selbst in Gefangenschaft noch trainieren.

»Komm näher«, forderte er mich auf. »Lass mich deine Stirn berühren. Keine Angst, ich tue dir nichts.«

»Wer sagt, dass du nicht eher vor mir Angst haben solltest?«

Statt zu antworten, hob er die Hand und drückte mir mit den Fingerspitzen leicht gegen die Schläfe. Ich zuckte kurz zurück, hielt dann aber still. Er schloss die Augen und schien sich zu konzentrieren. Es dauerte nur einen Moment, bis er seine Finger wieder von mir entfernte.

»Es stimmt, du bist ein Bastard der Götter.« Er sagte das so nebenbei, als hätte er gerade bestätigt, dass ich eine Frau bin.

»Das kann nicht sein!«

Er lachte leise. »Das denken alle.«

»Es ist unmöglich! Mein Vater war bei meiner Geburt dabei, das haben mir meine Eltern erzählt. Und er hat sich sehr über mich gefreut. So wie über meinen Bruder auch.«

Der Ahne blickte mich nachdenklich an. »Manchmal zeugen die männlichen Götter ein Kind und lassen diesen Vorgang die sterbliche Mutter vergessen oder sie nehmen die Gestalt des Partners an. Sie dachte vielleicht wirklich, dass dein Vater auch dein leiblicher Vater ist.«

Ich war verwirrt.

»Götter können einiges. Sag mir, Kairra, hast du vielleicht eine Gabe, ein ungewöhnliches Talent?«

Hitze schoss mir in die Wangen. Dass ich die Fähigkeit des Wandels hatte, wollte ich ihm nicht erzählen. Niemand sollte das wissen. Nadorr, aber wie sollte ich sein Vertrauen gewinnen, wenn ich mich selbst nicht mal ihm gegenüber öffnen konnte?

Er beobachtete mich und nickte. »Du hast also eine Gabe und willst sie geheim halten. Das ist schlau. Nicht jedes Kind der Götter hat eine Gabe, und umgekehrt muss diese Gabe nicht von den Göttern vererbt sein. Es kann sich auch um eine Besonderheit deiner Welt handeln. Dennoch bist du ohne jeden Zweifel ein Kind der Götter.« Er rückte ein Stück zur Seite und deutete auf den Platz neben sich. »Ich kann herausfinden, wer dein göttlicher Vater ist, wenn du dich neben mich setzt und ich noch mal deine Stirn berühren darf.«

Sprachlos setzte ich mich auf sein Bett. »Wozu sollte das gut sein?«

»Wenn ich weiß, welcher Gott dein Vater ist, können wir über dich vielleicht eine Verbindung zu ihm herstellen. Das könnte uns beiden helfen.«

Ich rutschte etwas von ihm weg. »Ich weiß nicht …«

»Als man mir den Reif der Reisen abgenommen hat, habe ich die Verbindung zu meinem Volk, den Ahnen, und auch die Verbindung zu den Göttern verloren. Durch dich könnten wir zumindest versuchen, deinen Vater zu erreichen. Die Götter dürfen zwar nicht persönlich in das Geschehen der sterblichen Welten eingreifen, dafür sind sonst wir Ahnen da, aber er könnte uns anders von Nutzen sein, wenn er einer der guten Götter ist.«

Ich nagte an meiner Lippe. »Es gibt also auch böse Götter?«

Der Ahne blickte kurz an mir vorbei in Richtung Tür, bevor er mich wieder ansah. »Ich werde dir später etwas über das *Reich der Götter* erzählen. Lass mich erst einmal den Namen herausfinden.«

Ich zögerte, das klang alles einfach zu verrückt. Andererseits, wem könnte ich hier in Decta-Verra sonst vertrauen, wenn nicht einem anderen Gefangenen, der bestimmt ebenfalls von hier wegwollte. »Zuerst will ich deinen Namen wissen.«

Seine sonst so kühle Miene wirkte plötzlich versonnen, und es dauerte einen Moment, ehe er antwortete.

»Meinen Namen? Ich habe ihn schon fast vergessen. Man nannte mich Mhatarv, das bedeutet so viel wie *der Suchende* auf der *Alten Welt der Ahnen,* meiner Heimatwelt.«

»Das passt ja. Ich habe gehört, dass du nach mir gesucht hast.«

»Nicht nur nach dir, nach allen Götterkindern auf der Sonnenwelt. Aber ich habe versagt, sie haben mich gleich erwischt.« Ein bitterer Zug bildete sich um seine Mundwinkel.

Irgendwie erleichterte mich die Tatsache, dass ich nicht das einzige Götterkind auf dieser Welt war. So fühlte ich mich weniger wie eine Zielscheibe in dieser Göttergeschichte. Ich räusperte mich. »Wie konnten sie dich schnappen?«

Unruhig stand er auf, dabei bewegte er sich so fließend wie eine Raubkatze aus der Wüste. »Deine *Freundin* Cesszia war damals noch ein kleines Mädchen, aber sie konnte bereits in die Zukunft blicken. Sie hat mich gesehen und wusste, wo ich auftauchen würde. Man hat mich auf der Stelle überwältigt und mir meinen Reif abgenommen. Glaub mir, das ist eine Sache, auf die ich nicht stolz bin. Jahrelang habe ich mich dafür gehasst. Doch mit den Jahren ist auch dieser Zorn verflogen.«

»Nadorr, das tut mir leid. Es war also Cesszias Schuld?«

Mhatarv rieb sich das Kinn und seufzte. »Ich denke eher, dass sie das nicht absichtlich gemacht hat. Zekoll hat sie schonungslos ausgebeutet, seit er von ihren Fähigkeiten wusste. Er war damals ein junger Mann und dabei, seinen Vater, den damaligen Herrscher, zu stürzen. Durch Cesszias Visionen sind sie eher zufällig auf mich gestoßen.«

Das war unglaublich. »Wie viel wussten sie denn von dir?«

Er zuckte mit den Schultern. »Viel kann das nicht gewesen sein. Nur, dass ich von einer fremden Welt komme und mit diesem Reif reisen konnte. Seitdem versucht Zekoll mit allen Mitteln zu erfahren, wie der Reif funktioniert.«

»Nadorr, so lange in Gefangenschaft zu sein und nicht wieder zurück auf deine Welt zu können, muss schrecklich sein.«

Ich musterte ihn, trotz allem wirkte er sehr stolz und stark. Die vielen Jahre hatte er sich standhaft geweigert, seine Welt und seine Ziele zu verraten. Das konnte ich nur bewundern, obwohl ich ihm noch nicht restlos vertraute.

Er setzte sich wieder neben mich. »Höre, Kairra, wenn ich dir helfen soll, dann erzähle Cesszia möglichst wenig über mich und natürlich auch keinem anderen. Gib ihr meinen Namen, das wird sie vorerst zufriedenstellen. Sie wird wissen, dass es nicht leicht ist, an mich heranzukommen. Wir können genau dosieren, was sie erfahren soll. Siehst du das auch so?«

Ich nickte. »Cesszia hat die Überwachungsgeräte ausgeschaltet, damit ihr eigener Cousin nichts von meinen Besuchen hier mitkriegt.«

»Das dachte ich mir. Ich konnte hören, dass die Geräte abgeschaltet sind, sonst hätte ich nicht mit dir gesprochen. Sie geben ein beinah unhörbares Geräusch von sich.« Er warf mir einen prüfenden Blick zu. »Bist du bereit, den Namen deines wirklichen Vaters zu erfahren, bevor unsere Zeit hier abgelaufen ist?«

Ich wusste zwar nicht, wozu das Ganze gut sein sollte, nicht einmal, ob ich ihm alles glauben durfte, aber nun war ich hier und wollte mehr erfahren. Also nickte ich.

Diesmal nahm er beide Hände und legte sie mir an die Schläfen, dann senkte er seinen Kopf, sodass seine langen schwarzen Haare das Gesicht fast völlig verbargen, und verharrte bewegungslos. So wie ich. Doch mein Herz schlug laut vor Aufregung. War ich wirklich das Kind eines Gottes? Wenn ja, was nutzte mir dieses Wissen?

In der ganzen Zeit wagte ich kaum zu atmen, damit ich ihn nicht störte. Kurz bevor mir mein Fuß einschlief, ließ er mich abrupt los.

»Torgahrt! Dein Vater ist Torgahrt. Das ist gut, er ist der Gott der Gerechtigkeit. Ich kenne ihn sogar.« Er rutschte ein Stück von mir ab. »Wenn ich dich genau betrachte, muss ich zugeben, dass du ihm ähnlich siehst.« Mhatarv lächelte. »Wir haben Glück, er wird uns sicher helfen, wenn du ihn erreichen kannst.«

Ich setzte mich grade auf. »Und wie soll ich ihn denn erreichen? Ich bin hier gefangen, genau wie du.«

Mhatarv sprang wieder auf und ging im Raum herum, dabei wich er geschickt den Büchern und Plänen aus. Er wirkte auf einmal sehr entschlossen, so als hätte er neue Hoffnung geschöpft. »Versuche es in deinen Träumen. Ruf ihn unter seinem Namen an. Konzentriere dich kurz vor dem Einschlafen vollkommen auf seinen Namen: T o r g a h r t. Bitte ihn um Hilfe. Die Kinder der Götter haben eine lose Verbindung zu ihren göttlichen Erzeugern, und Träume bilden eine Brücke.«

Ich runzelte die Stirn. »So einfach ist das?«

Er stieß den Atem aus und drehte sich zu mir um. »Du wirst natürlich Übung brauchen. Aber ja, wenn er aufmerksam ist, kann er dich hören.« Mhatarv kam wieder auf mich zu und legte eine Hand auf meine Schulter. »Ich will ehrlich sein: Es kann auch ewig dauern, aber es wäre zumindest eine Chance. Für uns beide könnte das der Weg in die Freiheit sein.«

Ich seufzte. »Cesszia will über mich an die Information kommen, wie sie den Reif der Reisen nutzen kann, weil auch sie diese Welt verlassen will. Angeblich will sie uns alle mitnehmen, alle, außer Zekoll und seine Anhänger.«

Mhatarv setzte sich wieder an meine Seite und blickte mich ernst an. »Das kann ich nicht tun. Ich werde mein Volk niemals verraten. Nur ich kann diesen Reif betätigen, und nur ich entscheide, wer diese Welt verlassen kann.« Nachdrücklich schüttelte er den Kopf. »Nein, Kairra, ich traue Cesszia nicht.«

Das ging mir ebenso. An seiner Stelle würde ich nicht anders handeln.

»Belüge sie, Kairra. Halte sie hin. Erzähle ihr, dass du mir ganz viel von dir und dem Leben im Cahchtar berichten musstest, bevor ich dir auch nur meinen Namen verraten habe.«

Ich nickte nachdenklich. »So gewinnen wir etwas Zeit. In der Zwischenzeit ergibt sich für uns vielleicht noch eine andere Fluchtmöglichkeit. Und um meinen Bruder hier wieder unbeschadet herauszuholen, werde ich sogar versuchen, diesen Torgahrt zu erreichen, obwohl mir das lächerlich vorkommt.«

»Du wirst ihn erreichen, selbst wenn es nicht gleich auf Anhieb gelingt.« Mhatarv ergriff meine Hand und drückte sie fest. »Was auch passiert, gib niemals auf, Kairra, Tochter von Torgahrt, dem Gerechten.«

Wir hörten beide gleichzeitig, dass von außen die Tür geöffnet wurde. Sofort nahm Mhatarv wieder eine unnahbare Haltung ein, während ich aufstand und leise »Bis bald« sagte.

Kapitel 16

Niaff ahnte, was auf sie zukommen würde. Dieser Zekoll war nicht nur ein grausamer Despot, sondern neigte auch zu unkontrollierten Wutausbrüchen, vor denen sich alle fürchteten. In seinem Schlafraum befand sich ein prachtvolles Bett, auf dem der Statthalter schlief und laut schnarchte. Drei seiner Leibsklaven schienen seinen Schlaf zu bewachen. Sie standen unweit vom Bett entfernt, bereit, um jederzeit seine Befehle entgegenzunehmen, und hielten sich scheinbar nur mühsam wach. Offenbar trauten sie sich nicht, die Augen zu schließen, sie wirkten eher so, als würden sie um ihr Leben fürchten.

Nur mühsam schluckte Niaff seine Wut herunter. Seinem Verlangen, diesem Mistkerl den dünnen Hals umzudrehen, durfte er nicht nachgeben, dann könnte es Verletzte geben. Immerhin befanden sich im Schlafraum außer den Sklaven auch über ein halbes Dutzend schwer bewaffnete Leibwächter.

Seit ihre kleine Gruppe eingetreten war, standen sie neben der Tür und warteten schweigend darauf, dass jemand sie einwies. Doch anscheinend schien sich niemand für sie zu interessieren.

Niaff warf einen Blick auf den Jungen aus dem Cahchtar. Er sah blass aus, doch in der Arena hatte er sich tapfer gehalten. Und wenn der Sklave Taurres recht behielt, würde ihm körperlich nichts geschehen, aber der Kleine könnte hier hautnah miterleben, wie Zekoll seine Sklaven quälte, sie seinen unberechenbaren Launen und Gewalt ausgesetzt wurden. Das könnte seinem sonst so sonnigen Gemüt schaden.

Andererseits war der Junge im Ring der Ausgestoßenen aufgewachsen, in dem jeder Tag mit dem Tod enden konnte. Niaff selbst hatte im Cahchtar nur wenige Nächte auf dem Weg nach Decta-Verra verbringen müssen und so einen kurzen Einblick in den harten Überlebenskampf der Ausgestoßenen erhalten. Und doch war das in seinen Augen nichts gegen diese mörderisch verdorbene Stadt. Im Cahchtar kämpfte man um das nackte Überleben, hier aber war es die Langeweile, die die Bewohner zu Gräueltaten antrieb. In dieser Stadt konnte eine empfindsame Seele brechen.

Die Leute im Palast nutzten ihren unbescheidenen Luxus nicht für Gutes, im Gegenteil, sie führten sich wie bissige Ratten auf, die nichts Besseres zu tun hatten, als jeden Schwächeren zu zerfleischen. In seinen Augen war Zekoll nur der Anführer von verachtenswerten Kreaturen, für die es keinerlei Moral mehr gab. Um etwas zu ändern, musste Niaff erst den eigentlichen Schwachpunkt finden. Er würde vermutlich nicht viel erreichen, wenn er Decta-Verra nur den Anführer nahm. Der Nächste könnte schon darauf warten und neues Unglück über ihre Welt bringen.

Er war nun seit Tagen hier, und bisher hatte sich nichts ergeben, was er seinen Leuten, den Scaparen, berichten konnte. Dabei fiel es ihm immer schwerer, die Gestalt des Knaben zu erhalten. Doch nicht nur das machte ihn angreifbarer, auch wenn er sich dagegen sträubte, er mochte den Jungen aus dem Cahchtar und wollte ihn schützen.

Die Schwester des Jungen konnte er jedoch nicht einschätzen.

Es war gut möglich, dass sie inzwischen die Seiten gewechselt hatte. Das passierte leider nicht selten. Wer in solcher Armut und Not aufgewachsen war, ließ sich schnell vom Luxus verführen. Aber wenn sie tatsächlich eine Wandlerin war, konnte sie vielleicht den Verlockungen der Stadt widerstehen. Unter dem Schutz der Rebellen lebten ein paar andere Wandler, die sich ihm anvertraut hatten. Jeder Einzelne von ihnen war durch seine Fähigkeit besonders charakterstark geworden. Sie mussten früh lernen, sich in andere Personen hineinzuversetzen, um mit ihrer Kraft umzugehen und ihr Geheimnis zu bewahren. Doch wer wusste schon, wie diese Kairra tickte. Er konnte nichts anderes tun, als abzuwarten.

Allmählich wurde Niaff unruhig, noch immer stand er genauso unbeweglich wie die anderen neuen Sklaven da und wartete darauf, dass man ihnen ihre Aufgaben erklärte oder irgendetwas anderes passierte. Diese Warterei war zermürbend, lange würde er seine Jungengestalt nicht mehr aufrechterhalten können. Das Erkunden der Stadt hatte sich als aufwendiger entpuppt, als er angenommen hatte.

Doch plötzlich wurde es ruhiger im Raum. Der Statthalter hatte aufgehört zu schnarchen. Noch träge vom tiefen Schlaf rieb er sich die Stirn, dann schlug er die Augen auf. Einen kurzen Augenblick der Besinnung später setzte er sich auf und starrte ihre kleine Gruppe direkt an.

»Ihr macht mich krank, ihr unnützes Pack. Wer von euch hat meine Mahlzeit gekostet? Wer hat mir dieses Schlafmittel verabreicht?« Seine Stimme wurde lauter und bösartiger. »Glaubt mir, für diese Untat wird jemand bluten, schuldig oder unschuldig, so wahr ich euer Herrscher bin. Also los, wer war es?« Wütend schlug er mit der flachen Hand auf das Bett.

Niemand rührte sich. Es herrschte absolute Stille im Schlafgemach, keiner wagte zu antworten. Selbst die Wärter schienen kaum zu atmen.

Zekoll schnappte sich den Sklaven, der in seiner Nähe stand, zerrte ihn am Arm zu sich und sprang aus dem Bett. Dann schüttelte er den Jungen durch und schrie: »Ich weiß, ihr wollt mich alle töten, ihr undankbaren Würmer, also trifft es immer den Richtigen. Doch wer gesteht oder diese Giftmischer verrät, den verschone ich.«

Sein Gesicht war wutverzerrt, als er anfing, rücksichtslos auf den Jungen einzuprügeln.

Nur unter größter Anstrengung unterdrückte Niaff sein Bedürfnis, dazwischenzugehen. Es würde alles nur schlimmer machen. Zekoll würde nicht davor zurückschrecken, sie alle zu töten. Was ging bloß in diesem Verrückten vor? Wachte der immer so auf? Es war kaum vorstellbar, dass einer dieser verängstigten Sklaven Zekoll vergiften wollte, geschweige denn es überhaupt konnte. Wo sollten sie das Gift auch herbekommen? Das musste doch selbst diesem Irren von Statthalter klar sein.

Niaff schloss kurz die Augen, um sich zu konzentrieren. Die Kraft, die er dafür aufbringen musste, um in dieser Situation ruhig zu bleiben, schwächte seine Jungengestalt. Wenn er seinen Zorn zuließ, würde er sich zurückverwandeln, das wäre das Ende seiner Pläne.

Er brauchte nur einen Moment, um sich zu fassen, aber kaum hatte er die Augen wieder geöffnet, musste er mit ansehen, dass der Kleine aus dem Cahchtar wütend auf Zekoll zumarschierte.

»Lasst den Jungen los, er hat es bestimmt nicht getan«, schrie Lorrin den Statthalter an.

Zekoll hatte inzwischen seinem schreienden Opfer den Arm ausgekugelt, ließ ihn aber nun verblüfft los. Gleichzeitig zogen die Wärter ihre Waffen und zielten auf Lorrin. Bis auf das Geräusch der gezogenen Waffen wurde es wieder totenstill.

Was hatte der kleine Rotzlöffel vor, wollte er sich umbringen? Da ihm nichts Besseres einfiel, stellte Niaff sich neben Lorrin und versuchte, Zekolls Aufmerksamkeit auf sich zu lenken.

Er hob die Hände und bemühte sich, besänftigend auf den noch sprachlosen Zekoll einzuwirken. »Oh, geliebter Herrscher, Ihr dürft diesem Jungen nichts tun. Es ist der Junge aus dem Cahchtar, den Eure werte Cousine in einer Vision gesehen hat.«

Zekolls Gesicht war vor Wut tiefrot angelaufen, als er sich Niaff zuwandte. »Und wer bist du, Schwachkopf, dass du dafür dein Leben riskierst?«

Niaff senkte seinen Kopf und antwortete so demütig, wie er konnte: »Ein Niemand, der nur verhindern wollte, dass Ihr selbst leiden müsst. Verzeiht mir, oh, geliebter Herrscher.« Er verbeugte sich noch einmal tief und trat dann wieder einen Schritt nach hinten.

Der Statthalter wirkte irritiert und blickte zwischen Niaff und Lorrin hin und her. Es dauerte aber nicht lange, dann hatte er sich gefasst und schrie: »Raus mit euch beiden, aber schnell! Verschwindet aus meinen Augen. Für eure Anmaßung werden die anderen hier büßen. Ihr seid für ihre Schmerzen verantwortlich, lasst euch das eine Lehre sein. Verschwindet!« Er hob seinen Finger und wies auf die Tür.

Niaff zögerte nicht, schnappte sich Lorrins Hand und zerrte ihn mit zur Tür, obwohl der sich heftig dagegen sträubte.

Kaum hatte Niaff die Tür von der anderen Seite geschlossen, fing der Kleine an zu zetern: »Was soll das? Wir hätten den Jungen helfen können. Jetzt werden sie wegen uns noch mehr leiden! Bist du so feige?«

Niaff griff grob nach Lorrins Schulter und zischte leise: »Wir hätten überhaupt nichts tun können. Nichts hätten wir verhindert. Die Wärter hätten uns einfach abgeknallt. Wir können nur etwas ändern, wenn wir am Leben bleiben. Denke doch einmal darüber nach, du kleiner Querkopf. Wir werden nicht weglaufen. Wir werden einen Weg finden, den Sklaven zu helfen. Das hier ist nur nicht der richtige Zeitpunkt.«

Mehr konnte er nicht sagen, dann tauchte der silberne Sklave Taurres wieder auf. »Was macht ihr denn schon wieder hier?«, erkundigte er sich mit einem drohenden Unterton in der Stimme.

Nur unter größter Anstrengung schluckte Niaff seinen inneren Aufruhr herunter und antwortete ergeben: »Eurem Herrscher hat unser Anblick nicht gefallen. Er will uns nie wiedersehen. Wir werden wohl eine andere Arbeit verrichten müssen.«

Taurres' weiße Augäpfel traten fast aus den Höhlen. Es dauerte einen Moment, bis er antwortete: »Das ist noch nie vorgekommen.«

»Scheinbar ist unser Herrscher heute besonders schlecht gelaunt aufgewacht …«, versuchte Niaff zu erklären und bemühte sich gleichzeitig, den immer stärker werdenden Drang, sich zurückzuverwandeln, zu unterdrücken.

»Papperlapapp, der wacht immer so auf. Es kostet uns täglich ein oder zwei Leibsklaven. Dass du noch lebst, ist eher verwunderlich.« Dann deutete er auf Lorrin. »Im Gegensatz zu ihm, denn der hat ja so eine Art Lebensversicherung.« Taurres verzog den Mund, als hätte er in etwas Ekelhaftes gebissen. »Was mache ich denn jetzt nur mit euch? Hier könnt ihr auch nicht bleiben. Da würde unser Herrscher euch später sehen.«

Der silberne Sklave hatte kaum seinen letzten Satz gesagt, als sich Lorrin erneut seinem Griff entzog und Taurres entgegentrat. Niaff stöhnte innerlich, lernte der Knabe denn nie dazu?

Er klang richtig empört, als er den privilegierten Sklaven beschimpfte. »Wie fühlt sich das an, wenn du diese Kinder in den Tod schickst? Kannst du überhaupt mit dir leben?«

Taurres hob sein Kinn noch höher und zog eine Schnute. »Hauptsache, *ich* bleibe am Leben. Andere Leben sind mir egal. Was weißt du schon, du Winzling, he? Am besten, ihr beide geht mir auch aus den Augen.« Er wandte sich um und rief einen der Wärter. »Bringt die zwei zum Oberaufseher, der soll sie dazu einteilen, die Räume der Sklaven zu putzen. Jede dreckige Arbeit ist gut genug, nur dürfen sie nicht mehr in die Nähe des Herrschers kommen.«

Niaff konnte es nicht fassen. Offenbar waren sie der unmittelbaren Gefahr entgangen. Der Rotzlöffel hatte zwar regelrecht um Bestrafung gebettelt, aber sie beide vermutlich auf diese Weise ganz nebenbei gerettet.

Aber jetzt war es allerhöchste Zeit, Niaff war am Ende seiner Kraft. Jeden Moment konnte seine Gestalt wechseln. Seine Muskeln schienen sich auszudehnen, und seine Knochen schmerzten, als würden sie brechen. Wenn er sich nur auf sich selbst konzentrieren müsste, hätte das Wandeln vielleicht länger gehalten, aber so konnte es jeden Moment passieren.

Er packte den kleinen Widerspenstigen erneut am Arm und folgte, so schnell er konnte, dem Oberaufseher in die Sklavenquartiere. Um diese Zeit war sicher niemand da. Niaff musste dringend eine ruhige Ecke finden, in der er heimlich seine eigene Gestalt annehmen konnte. Er benötigte ein paar Stunden zum Auftanken seiner Kräfte. Nur eine kleine Pause.

Kapitel 17

Offensichtlich konnte ich ziemlich überzeugend sein. Ich brauchte nach meinem Besuch bei Mhatarv nicht lange, um Cesszia zu erklären, dass alles, was ich diesmal erfahren hatte, nur der Name des Ahnen war.

Seltsamerweise strahlte Cesszia über das ganze Gesicht und drückte mich fest an sich. »Unglaublich, so lange schon wollte ich wissen, wie er heißt. Ich wusste, dass du eher zu ihm durchdringen würdest als ich. Du wirst sehen, bald schon erzählt er dir mehr.«

Behutsam schob ich sie von mir weg. So nah standen wir uns nicht, dass ich mit ihr kuscheln musste. »Was ist nun mit meinem Bruder? Ich muss ihn unbedingt sehen.«

»Dein Bruder? Aber ja, ich habe gerade erfahren, dass er mit einem anderen Knaben zum Säubern der Sklavenräume eingeteilt wurde. Um diese Zeit ist da auch sonst niemand, also ist es ungefährlich für dich. Grinser und Scitch bringen dich gleich hin. Das hast du dir verdient, liebe Kairra.« Sie blickte verträumt in die Ferne. »Mhatarv heißt er also. Mhatarv.«

Wieder streckte sie ihre Arme aus und zog mich an sich. »Du wirst sehen, Kairra, mein Plan wird aufgehen. Beruhige deinen Bruder. Ich wusste, dass ich auf dich zählen kann.«

Nachdem ich mich erneut aus ihren Armen gewunden hatte, rief sie ihre beiden Leibwächter. »Bringt die Auserwählte zu ihrem Bruder in die Baderäume der Sklaven. Lasst ihr etwas Zeit allein mit ihm. Dann kommt rechtzeitig zurück, bevor die anderen Sklaven wieder ihre Räume betreten. Ich werde anschließend mit der Auserwählten zusammen speisen. Nehmt den geheimen Weg und passt gut auf sie auf.«

Die beiden Metallschädel nickten synchron und deuteten mir mit einer Kopfbewegung an, ihnen zu folgen. Dabei fiel mir wieder ein, dass sie stumm waren, etwas, an das ich mich immer noch nicht gewöhnt hatte.

Während ich auf dem Weg durch die labyrinthartigen Gänge den beiden Riesen nachhetzte, hatte ich nur einen Gedanken: Endlich würde ich meinen kleinen Bruder wiedersehen, ihn in die Arme schließen und mit ihm über alles reden können. Die Freude darüber ließ mich sogar mit den beiden Schritt halten. Wenn ich wollte, konnte ich so flink wie eine Wüstenratte auf der Flucht sein.

Hoffentlich hatte Lorrin das furchtbare Erlebnis in der Arena einigermaßen verarbeitet und sein Tag war seitdem besser verlaufen. Dass er zum Putzen eingeteilt worden war, konnte ihm nicht schaden. Für Sklaven gab es bestimmt schlimmere Aufgaben als das.

Schneller als erwartet kamen wir an einer großen Saaltür an. Der Metallschädel mit dem Dauergrinsen im Gesicht wies mit dem Daumen auf die Tür und ließ mich durch. Kaum war ich drinnen, verschloss er sie wieder.

Ich stand in einem großen Bade-Saal, der von oben bis unten mit hellen, sehr glatten Steinen ausgekleidet war. Anders als das Bad von Cesszia wirkte hier nichts prachtvoll. Eher steril und praktisch. Hier konnten sich bestimmt über hundert Sklaven zur gleichen Zeit waschen. Ein paar halbhohe Zwischenwände täuschten so etwas wie Privatsphäre vor. Ganz oben an der

Decke befanden sich Rohre, aus denen Wasser tropfte, an den Wänden reihten sich Becken, vermutlich zum Waschen. Die Luft roch feucht und nach Reinigungsmittel. Niemand war zu sehen. Nur meine Schritte hallten durch den leeren Raum.

Wo steckte Lorrin? Sollte ich seinen Namen rufen? Doch das konnte uns verraten, und ich wollte unsere kostbare Zeit nicht aufs Spiel setzen. Langsam durchschritt ich den Raum und sah mich dabei um. Nadorr, hier war nichts und niemand.

Als ich mich schon wieder umdrehen wollte, um zurück zu Cesszias Leibwächtern zu gehen, entdeckte ich in einer Nische eine weiße Tür. Vorsichtig versuchte ich, sie zu öffnen. Es ging ganz leicht, ich musste nur dran ziehen.

Hinter der Tür war eine Art Lagerraum für weiße Tücher, die sich fast deckenhoch an den Wänden stapelten. Alle ordentlich zusammengelegt. Es gab Regale mit Dingen, die man wohl zum Waschen brauchte. Etwas weiter hinten stand ein großes rundes Fass, in dem sich von ganz allein dicke Stäbe in einer schaumigen Flüssigkeit drehten und dabei Stoffstücke herumwirbelten. Am Boden vor dem rotierenden Fass lag ein beachtlicher Haufen mit offensichtlich schmutziger Wäsche. Auf Tischen in der Mitte waren noch mehr Tücher.

Ich zuckte zusammen, als sich eine andere Tür öffnete, und wollte mich schon verstecken, doch dann erkannte ich Lorrin. Er trug einen Eimer, den er beinahe fallen ließ, als er mich entdeckte.

»Lorrin«, flüsterte ich.

»Kairra«, antwortete mein kleiner Bruder leise, stellte den Eimer ab, dann hechtete er auf mich zu. Ich drückte ihn, so fest ich konnte, an mich, bis er sich röchelnd wehrte.

»Bah, lass das, ich bin doch kein Kind mehr …«

Ich schob ihn auf Armlänge von mir und musterte ihn. »Wie geht es dir? Hat dir auch keiner was getan?«

Mein Bruder schnitt eine Grimasse. »Wir haben uns doch erst heute Morgen in der Arena gesehen, was soll denn seitdem schon groß passiert sein?«

Plötzlich sah Lorrin beunruhigt an mir vorbei. Gleichzeitig hörte ich hinter mir ein leises Rascheln. Alarmiert drehte ich mich um, aber da war nur der Haufen mit der Schmutzwäsche vor dem Fass, in dem sich die Wäsche drehte. Als ich mich weiter umsehen wollte, bemerkte ich, dass der Haufen zuckte. Doch Lorrin nahm meine Hand und versuchte, mich wegzuziehen.

»Da ist nichts«, sagte mein Bruder. »Komm mit nach hinten, dann können wir reden.«

Ich kannte meinen Bruder, er hatte etwas zu verbergen, aber das hatte er vor mir noch nie geschafft. »Netter Versuch, Kleiner. Lass mich mal sehen, was du vor mir verstecken willst.« Ich ließ ihn los und ging zum Wäschehaufen.

Er rief noch »Nicht!«, als ich schon die Tücher beiseitezerrte.

Als Erstes entdeckte ich eine schlanke Hand mit langen Fingern, offenbar die Hand eines Erwachsenen.

»Kairra, bitte, lass das!«, flehte mein Bruder.

Nicht mit mir. Jetzt wollte ich unbedingt wissen, wer da lag, und warf die restliche Wäsche zur Seite. Bis vor mir ein fast nackter Mann lag. Erstaunt blickte ich zu meinem Bruder hoch, dem ein schlechtes Gewissen ins Gesicht geschrieben stand.

»Hast du ihn verletzt? Hat er dich angefasst?«, fragte ich.

»Nadorr, du musst aber auch überall herumschnüffeln. Eigentlich dürfte er gar nicht hier sein. Deck ihn wieder zu, bevor ihn noch jemand sieht. Er muss sich nur erholen.«

Ich warf einen weiteren Blick auf den jungen Mann mit den dunkelbraunen schulterlangen Locken, die wild in sein markantes Gesicht, über einen dunklen Bartschatten fielen. Sein Körper war so durchtrainiert wie der von dem Ahnen. An vielen Stellen, hauptsächlich am Oberkörper, befanden sich alte Narben auf einer sonst erstaunlich glatten, hellbraunen Haut. Offensichtlich hatte er jedoch keine frischen Verletzungen. Vielleicht war er ein Gladiator auf der Flucht?

»Was ist mit ihm? Hier sollten doch nur die jüngeren Sklaven zur Ausbildung untergebracht sein, dafür ist er eindeutig zu alt.« Ich blickte zu meinem Bruder hoch.

Lorrin verdrehte die Augen. »Kairra, deck ihn einfach wieder zu. Ich habe ihm versprochen, sein Geheimnis zu wahren. Er schläft erst seit ein paar Stunden, und viel Zeit hat er nicht mehr, um sich auszuruhen, bevor die anderen Sklaven kommen.«

Ich seufzte genervt. »Zu spät, Lorrin, jetzt muss ich es wissen.«

»Wie kann ich dir ein Geheimnis anvertrauen, wenn ich nicht mal weiß, ob du nicht inzwischen mit dieser Cousine des Statthalters gemeinsame Sache machst?«

»So ein Schwachsinn. Niemals würde ich ihr vertrauen. Das musst du doch wissen.« Ich kniete mich neben den Schlafenden und packte die Tücher wieder auf ihn drauf. »Wir decken ihn erst einmal zu. Wenn du ihn schützt, wird das sicher seinen Grund haben. Aber du musst mir schon ein bisschen über ihn erzählen, Lorrin. Ich versuche, einen Plan zu schmieden, damit wir entkommen können. Das geht nur, wenn wir ehrlich zueinander sind.«

Ich war noch nicht ganz fertig, da wurde ich herumgeschleudert, und der gerade noch schlafende Mann presste mir mit beiden Händen schmerzhaft die Kehle zu. Hinter ihm entdeckte ich Lorrin, der sich bemühte, den Angreifer mit aller Kraft zurückzuhalten.

»Niaff, lass sie, sie ist meine Schwester, und ich vertraue ihr!«

Tiefgrüne Augen funkelten mich an. Dann ließ er mich langsam los und richtete sich wieder auf, blieb aber auf mir hocken.

»Runter von mir!«, krächzte ich. Es klang eher wie ein Knurren, weil mein Hals schmerzte. »Wer bist du?«

In aller Seelenruhe erhob sich mein Angreifer und wandte sich an Lorrin. »Du denkst, man kann ihr vertrauen?«

Lorrin nickte. »Die Maske in der Arena hatte mich auch getäuscht. Aber sie ist auf unserer Seite, sie wollte dich gerade wieder zudecken, als du sie angegriffen hast. Glaube mir, ich kenne sie.«

Dieses Gespräch über meinen Kopf hinweg machte mich irgendwie wütend. »Was hat ein erwachsener Mann hier bei den jungen Sklaven zu schaffen?«

Der Mann reichte mir die Hand und zog mich auf die Beine. »Tut mir leid. Das war ein Reflex. Man kann ja nie wissen.«

Ich griff mir an den Hals und räusperte mich. Hoffentlich waren da später keine Würgemale zu sehen. Wie sollte ich die Cesszia erklären?

Als ich den Kerl wieder ansah, war er weg. Vor mir stand ein anderer Knabe, höchstens zwei, drei Jahre älter als Lorrin.

»Dein Bruder sagte mir, du wärest auch eine Wandlerin. Dann weißt du auch, wie wichtig es ist, dieses Geheimnis zu wahren«, erklärte der Junge frech grinsend.

Mir blieb die Luft weg, und meine Knie wurden weich. Gleich mehrere Gedanken schossen mir durch den Kopf. Einer davon war, wie Lorrin mein Geheimnis an einen wildfremden Mann verraten konnte. Ein anderer, dass es tatsächlich noch andere meiner Art gab. Ich war so verblüfft, dass ich nicht antworten konnte.

»Zeig es ihm, Kairra!«, rief Lorrin aufgeregt. »Wir brauchen ihn, um von hier wegzukommen. Du kannst ihm vertrauen, er kennt sogar Paddin.«

Mein armes Gehirn schien auf Kaktussamengröße geschrumpft zu sein. Ein Wandler, der sogar Paddin kannte? War er dann etwa auch ein Bastard der Götter? Obwohl Mhatarv ja meinte, dass diese Gabe nicht zwangsläufig von Göttern kommen musste.

Schweigend sah ich von einem zum anderen. Er hatte sich mir offenbart. Um sein Vertrauen zu erwidern, blieb mir nichts anderes übrig, als mich auch zu verwandeln. Noch während ich über alles nachdachte, übernahm bereits die alte Frau meinen Körper. Die Schmerzen des Alters überwältigten mich jedes Mal aufs Neue. Mein Rücken krümmte sich, und ich schrumpfte. Diesmal ging es sehr schnell, aber so schnell wie der Mann, der immer noch als Knabe vor mir stand, war ich längst nicht.

»Ist die alte Schachtel nicht erschreckend?«, bemerkte mein Bruder und wirkte dabei sehr stolz auf mich.

Der Mann in der Jungengestalt grinste noch frecher. Er kam

auf mich zu und umrundete mich. »Unfassbar. Wirst du so in uralt aussehen oder ist das die Gestalt einer Fremden?«

»Jetzt werd mal nicht frech, Kleiner«, zischte ich durch meine Zahnlücke. »Das ist die Gestalt einer Frau aus dem Cahchtar, die längst gestorben ist. Damals war sie die Älteste unter den Ausgestoßenen. Das hatte mich als Kind sehr beeindruckt, deshalb hat sich ihr Aussehen bei mir eingebrannt.« Ich war schon wieder dabei, mich zurückzuverwandeln.

»Sie kann auch ein kleines Mädchen …«

»Lorrin, ich werde hier nicht gleich jede Gestalt vorführen. Bisher weiß ich noch nicht viel über deinen neuen Freund«, unterbrach ich ihn.

»Man nennt mich Niaff.« Ich zuckte zusammen, als die tiefe Männerstimme hinter mir erklang. »Ich komme aus dem Kaszareh-Gebirge und gehöre zu den Scaparen«, erklärte er weiter.

»Er kennt Paddin!«, wiederholte mein Bruder freudig.

Als ich mich zu Niaff umdrehte, hatte ich wieder meine ursprüngliche Form angenommen. Er offensichtlich auch, was mich etwas irritierte, denn bis auf das Tuch um seine Lenden war er nackt. Wieder musste ich feststellen, wie sehr für mich im Cahchtar die Schicht aus Rattenöl und Sand an den Körpern der Verdammten den Eindruck vermittelte, sie wären nicht unbekleidet.

Ich räusperte mich. »Wie bist du überhaupt in die Stadt gekommen? Ich kenne so viele aus dem Cahchtar, die das immer wieder versucht haben. Die meisten haben es nicht überlebt.«

Niaff lächelte selbstgefällig und lehnte sich entspannt an den

Tisch. »Hast du dich noch nicht gefragt, wo all die Sklaven für Zekoll herkommen?«

Ich schüttelte den Kopf. »Ich dachte, die wären aus Decta-Verra?«

»Zekoll hat überall Beobachter, die nach Sklavennachwuchs suchen, und das nicht nur im Cahchtar. Sie werden mit Versprechungen gelockt und dann gefangen genommen. Wer sich wehrt, wird getötet. Als Leibsklaven durchlaufen sie hier eine Art Grundausbildung. Sie werden jung gefügig gemacht, um später alle möglichen Dienste im Palast oder in der Stadt zu übernehmen. Zekoll denkt, dass nur die jungen Sklaven formbar sind. Nach der Grundausbildung hofft er, dass ihm alle treu ergeben sind, egal, wofür er ihre Dienste später braucht. Die Privilegierten empfehlen die Sklaven im Anschluss je nach ihren Fähigkeiten. Wenn sie Glück haben, erhalten sie dann eine richtige Ausbildung zum Kochen oder für die Dienerschaft der feinen Familien. Ich habe mich als Junge getarnt und mich an ihre heimlichen Sammelplätze im Cahchtar begeben. So kam ich herein.«

»Niaff kann seine Gestalt über Tage halten, hat er mir erzählt«, mischte sich mein Bruder wieder ein, der in der Zwischenzeit zu meiner Verwunderung saubere Tücher zusammengelegt hatte.

»Gibt es deshalb so wenige Kinder im Cahchtar?«, fragte ich.

»Außer den harten Lebensbedingungen an sich, würde ich das auch so sehen. Die Mädchen werden oft als Palastdienerinnen angeworben. Letztendlich ist es jedoch egal, ob Junge oder Mädchen, wer es nicht schafft, sich für eine sinnvolle Aufgabe oder Ausbildung zu qualifizieren, landet in den Minen, um das wenige Scapara-Erz abzubauen, zu dem Zekoll freien Zugang hat. Denn die Hauptmine ist in unserer Hand.«

»Nadorr, das ist ja furchtbar. Und wie lange bist du schon hier?«

»Seit ungefähr drei Tagen.«

»Also länger als wir. Was genau willst du hier?«

»Ich bin Kundschafter der Scaparen und versuche unter anderem, die Schwachstellen der Stadt zu finden.«

»Warum? Planen die Rebellen etwas? Wollt ihr endlich Zekolls Herrschaft beenden?«

Niaff senkte kurz den Blick und knackte nachdenklich mit seinen Fingerknöcheln. »Kairra, ich habe dir schon zu viel verraten. Was hast du denn als Gegenleistung zu bieten?«

Ich zog Lorrin näher an mich heran. »Wie meinst du das?«

Niaff grinste frech, sprach dann aber im ernsten Ton weiter: »Du wirst doch auch etwas erfahren haben. Zum Beispiel von dieser Cesszia, oder? Immerhin bewegst du dich hier freier im Palast herum als wir. Gibt es Geheimgänge? Mögliche Verbündete?«

Es war mir ein Rätsel, wie ich hatte denken können, dass er etwas anderes als Informationen von mir wollte. Dieser Niaff verwirrte mich mehr, als er sollte. »Ich laufe hier immer in Begleitung irgendwelcher Palastwärter herum oder an der Seite von Cesszia. Zwei ihrer Leibwächter könnten jeden Moment auftauchen, dann sollten sie dich lieber nicht in deiner wahren Gestalt vorfinden.«

»Wir hören, wenn jemand bis hierher kommt. Ich kann mich sehr schnell verwandeln.«

Lorrin zog an meinem Gewand. »Du kannst ihm vertrauen, Kairra, er hat mir schon das Leben gerettet.«

»Wie meinst du das? Cesszia hat mir versprochen, dass sie dich beschützt. Wenn sie ihr Wort nicht hält, dann …«

»Beruhige dich, Kairra«, unterbrach mich Niaff. »Diese Cesszia hat Zekoll offensichtlich eingeredet, dass er übel enden würde, wenn er deinem Bruder auch nur ein Haar krümmt. Und genau genommen hat uns beiden diese Tatsache das Leben gerettet. Deshalb sind wir jetzt auch hier in relativer Sicherheit und putzen die Sklavenräume.«

Ich stieß den angehaltenen Atem wieder aus. »Dann hat sie ihr Versprechen doch gehalten. Gut, ich weiß nicht, wie viel Zeit uns noch bleibt, aber ein paar Dinge habe ich erfahren.«

Nach einem kurzen Blick über die Schulter gab ich mir einen Ruck. Wir alle brauchten Verbündete, auch wenn mir dieser Niaff eine Spur zu selbstgefällig war. Er war ein Rebell, einer von Paddins Leuten, wenn nicht ihm, wem sollte ich hier sonst vertrauen? Ich musste ihm ja nicht gleich alles verraten. Dass ich angeblich ein Kind der Götter war, würde ich nicht mal Lorrin erzählen, solange es keine Beweise gab. Das würde ihn nur unnötig verletzen. Er war mein richtiger Bruder, selbst wenn sich herausstellen sollte, dass mein Vater ein Gott war.

»Es gibt hier einen Gefangenen, der uns behilflich sein könnte. Er ist ein Kämpfer wie du, Niaff. Ihr habt ihn in der Arena gesehen. Er war der Einzige, der dieses Blutbad überlebt hat. Ich darf ihn regelmäßig besuchen, weil Cesszia glaubt, dass er uns bei der Flucht vor Zekoll behilflich sein könnte. Sie selbst will nämlich weg von hier …«

»Du vertraust ihr doch etwa nicht?«, schimpfte Lorrin.

»Nein, keine Sorge. Aber sie braucht uns als Verbündete, damit ihr die Flucht gelingt. Sie scheint so etwas wie eine Seherin zu sein. In einer ihrer Zukunftsvisionen fliehen wir alle durch die Wüste, also zumindest der Gefangene, Cesszia, du, ich und ein Unbekannter. Vielleicht ist er das ja sogar.« Ich deutete mit dem Daumen auf Niaff. Beschrieben hatte mir Cesszia den andern nicht, daher war es gut möglich.

»Eine Seherin?«, erkundigte sich Niaff.

»Und das glaubst du?«, zweifelte Lorrin.

»Ich glaube schon, dass sie diese Gabe hat. Sie hat mich auf dem Versammlungsplatz gefunden. Sie wusste, wie ich aussah, weil sie mich in einer Vision gesehen hatte. Aber ansonsten bin ich vorsichtig, was Cesszia betrifft. Sie bemüht sich sehr um mich und versucht auch, dich zu schützen. Ob sie uns trotzdem später wieder in den Rücken fällt, weiß ich jedoch nicht. Sie hat mich durch uralte Geheimgänge geführt, die angeblich unter der ganzen Stadt verlaufen, sogar bis in den Cahchtar. Aber es ist ein Labyrinth, und bisher konnte ich mir keinen Weg merken …« Ein Geräusch unterbrach mich. Als ich Niaff warnend anblickte, war er schon wieder ein Junge und sortierte die Tücher auf dem Tisch.

Mein kleiner Bruder fiel mir gleichzeitig freiwillig in die Arme und bettelte lautstark: »Schwesterchen, du musst bei mir bleiben. Geh nicht wieder weg.« Er hatte, genau wie Niaff, das Geräusch viel eher bemerkt als ich.

Keinen Moment zu früh. Grinser und Scitch erschienen an der Tür zum Lagerraum und nickten mir zu.

Auch ich konnte mich gut verstellen, und in meinen Augen bildeten sich tatsächlich Tränen. »Hab keine Angst, mein kleiner Lorrin, ich komme dich bald wieder besuchen«, sagte ich. Dann nutzte ich die Situation aus und gab meinem Bruder viele kleine Küsschen, weil er sich nicht wehren konnte, und verabschiedete mich.

Als ich den zwei Metallschädeln folgte, blickte ich mich noch einmal zu den beiden um. Mein Bruder wischte sich genervt das Gesicht ab, während Niaff mir zum Abschied zuzwinkerte. Immerhin wusste ich nun, dass jemand bei Lorrin war.

Kapitel 18

Cesszia saß in ihrem kunstvollen Garten und beobachtete den kleinen Singvogel, der in seinem Käfig eifrig von einer Sprosse zur anderen sprang. Hin und her, als wüsste er nicht, wohin mit seiner Energie. Er war schon lange in diesem Käfig, doch seit einigen Wochen sang er nicht mehr, obwohl er es sonst ohne Unterlass tat. Zekoll hatte ihn ihr nach ihrer ersten tatsächlich eingetroffenen Zukunftsvision geschenkt, als Zeichen seiner Wertschätzung. Dabei belog sie ihn schon damals und erzählte ihm nur das, was ihr nützlich war.

Vögel waren äußerst selten auf Sillnar, der Sonnenwelt. Ein Relikt aus besseren Zeiten, als es an der Oberfläche noch nicht zu heiß zum Leben war. Irgendwo mussten ein paar seiner Artgenossen Schutz gefunden haben, bevor man sie unter dem Schutzschild der Stadt in Sicherheit gebracht hatte. Jetzt waren sie Gefangene so wie Cesszia und der Rest der Bewohner von Decta-Verra. Diese Stadt schnürte Cesszia ebenso die Kehle zu wie dem kleinen Vogel.

Mhatarv hingegen hatte fremde Welten gesehen, kam sogar von einer Welt, die ein natürliches Paradies war: die Alte Welt der Ahnen. Was würde sie darum geben, von hier zu verschwinden und für immer ihrem tyrannischen Cousin zu entkommen.

Mit dem Reif der Reisen wäre es so leicht. Doch dafür

brauchte sie Kairra oder den Ahnen und natürlich den Reif, den Zekoll wieder sorgfältig versteckt hielt.

Warum sang der bunte Vogel nicht mehr? War er gebrochen, so wie Mhatarv? Würde der Ahne jemals wieder zu sich finden? Erst in der Arena war Cesszia aufgefallen, wie tief ihre Gefühle zu dem Mann reichten. Sie hatte es sich nie eingestanden, aber nun wusste sie, dass sie ihn nicht nur verehrte, da war mehr, viel mehr. Er musste heilen und zurück in die Freiheit, so wie ihr kleiner Vogel.

Entschlossen beugte sich Cesszia vor und öffnete die Käfigtür. »Komm, mein Kleiner, ich teile meine Räume mit dir.« Der schillernde Vogel schien nur darauf gewartet zu haben, sofort hüpfte er durch die Öffnung und versuchte zu fliegen. Anscheinend hatte er es nicht verlernt, obwohl er zunächst beinahe abstürzte, fing er sich bald wieder und gewann an Höhe. Mit ihren Blicken folgte sie seiner unsicheren Flugbahn in Richtung der Gartentür und erstarrte.

Offenbar hatte sich Zekoll lautlos mit seinen Palastwächtern Zutritt verschafft. Sie wusste nicht, wie lange er sie von dort aus still beobachtet hatte, aber in seinem Blick lag ein böses Wissen.

Ihr Herz überschlug sich, als sie erkannte, wie der Singvogel zu ihm hinflog, um sich erschöpft auf seiner Schulter auszuruhen. Ihr Cousin quittierte die holprige Landung des Kleinen mit einem kurzen eisigen Lächeln. Dann kam er mit seinem schweigenden Gefolge langsam auf sie zu.

»Meine liebste Cesszia …« Er atmete tief und genüsslich ein, bevor er weitersprach. »Wir sollten dringend ein ernstes Gespräch führen. Darf ich mich setzen?«

Das Wort *ernstes* hatte er so betont, dass sich ein Kloß in ihrer Kehle bildete.

»Natürlich«, hauchte Cesszia. Dabei stellte sie verwundert fest, dass der kleine Vogel einfach zutraulich auf der Schulter ihres Cousins sitzen geblieben war. Trotz des rutschigen, silbernen Materials, aus dem Zekolls Anzug gefertigt war. Die kurze, aber ungewohnte Flugstrecke schien ihn doch erschöpft zu haben.

Ihre Knie zitterten, als sie sich auf das Bänkchen neben ihren Cousin setzte. »Wie komme ich zu der seltenen Ehre deines Besuches?«

Bevor Zekoll antwortete, fasste er mit der linken Hand auf seine Schulter und hob ganz vorsichtig den Vogel herunter. »So ein hübscher kleiner Vogel würde einen doch nie verraten, oder?« Seine Lippen machten zwitschernde Geräusche. »Und wenn doch, wer wäre wohl stärker als er?«

»Was meinst du?«, flüsterte Cesszia und unterdrückte die Übelkeit, die in ihr aufstieg.

Ihr Cousin konzentrierte sich ganz auf den Vogel und schien den Anblick des inzwischen heftig zuckenden Geschöpfs zu genießen, der sich mit all seiner Kraft aus der Umklammerung befreien wollte.

»So ein niedlicher kleiner Vogel. So hübsch und so zart. Seht nur, wie wild sein Herzchen schlägt«, kommentierte Zekoll. Dabei hielt er ihn für alle im Raum sichtbar hoch.

»Zekoll, nicht! Du tust ihm weh …«

»Pieps, pieps, pieps … wer würde so einem schönen Geschöpf denn wehtun?« Dabei schloss sich seine Hand noch fester.

Fassungslos sah Cesszia mit an, wie er immer stärker zudrückte und ihren Singvogel ganz allmählich zerquetschte. Blut tropfte aus seiner geschlossenen Hand zum Boden, dann fiel das kleine Köpfchen leblos zur Seite auf Zekolls Daumen.

»Na so was, er ist ohne einen Piep von uns gegangen, einfach so. Habt ihr das gesehen?« Er blickte sich zu seinem Gefolge um, dann warf er den kleinen Vogel wie Abfall hinter sich. »Was soll's. Ich bin ohnehin kein Liebhaber von flattrigen Wesen.«

»Du hast ihn zerquetscht, Zekoll, wie konntest du nur?« Cesszias Stimme zitterte. Doch ihr Cousin blickte nur auf seine blutbesudelte Hand und wischte sie im nächsten Moment gründlich an ihrem Kleid ab.

Vor Angst erstarrt, ließ sie es geschehen.

»Meine liebe Cesszia, ich weiß, dass du mich betäubt hast. Wiederholt, wie man mir berichtete. Ich bin noch nicht dahintergekommen, wozu genau du mich in so tiefen Schlaf versetzt, aber ich hoffe, es gibt eine harmlose Erklärung dafür.«

Cesszia wich das Blut aus dem Gesicht. »Ich, ich …« Sie schluckte. »Ich brauchte Freiraum. In der Stadt gibt es einen Mann, den ich ab und zu besuche«, log sie.

»Du lügst! Mir wurde berichtet, dass du dich immer wieder heimlich zu diesem Ahnen schleichst und dafür sogar die Wachen austauschst.«

Das Blut schoss wieder zurück in ihr Gesicht. »Zekoll, du weißt, dass ich hinter das Geheimnis des Reifs der Reisen kommen will. Für uns, für dich! Dafür brauche ich Zeit, offensichtlich schafft die Auserwählte das nicht ohne ihn. Denk an unseren Plan.«

»Papperlapapp, du redest mir immer diesen ganzen Unsinn

ein. Andere Welten? Keiner weiß, was mich da erwarten würde. Solange ich lebe, wird Sillnar nicht untergehen. Was nach mir kommt, ist mir egal. Wie du weißt, werde ich niemals Nachkommen zeugen. Warum also sollte ich hier weg, wo ich doch fast alles habe? He? Mir fehlt nur mehr Erz, dann könnte ich meinen Machtbereich auch auf unserer Welt vergrößern. Und um das zu bekommen, werde ich einfach eine kleine Armee losschicken, das Kaszareh-Gebirge stürmen und die Scaparen niedermetzeln. Dieser blöde Reif taugt nichts und der Ahne auch nicht. Morgen früh lasse ich ihn mit der Auserwählten vierteilen und köpfen. Dann hat das alles ein Ende. Von wegen Götterkinder. Du nimmst zu viel von deinen eigenen Rauschmitteln ein, meine Liebe.«

Cesszia sprang auf. »Zekoll, das darfst du nicht! Sie sind unsere Rettung.«

»Schwachsinn«, schnaufte Zekoll. »Leider, meine liebe Cousine, glaube ich dir nicht mehr. Deine eigenen Listen haben dich überführt. Das kommt davon, wenn man mich hintergeht.« Er lachte verächtlich. »Sieh das als Warnung an. Sollte das noch einmal vorkommen, endest du wie dieses kleine Vöglein. Egal, wie verwandt du mit mir bist.«

»Zekoll, aber meine Visionen …«

»Alles, was du mir erzählst, dient doch nur deinen eigenen Interessen, du selbstsüchtiges Stück. Deine Gabe ist einen Dreck für mich wert.« Ihr Cousin erhob sich und sah sich nach seinen Leuten um. »Und Verräter behandeln wir alle gleich, nicht wahr?« Er wandte sich ab und schritt zur Tür.

Cesszia lief hinterher und hielt ihn am Arm fest. »Bitte,

Zekoll, verschone den Ahnen und die Auserwählte. Auch wenn du es jetzt noch nicht sehen kannst, sie sind wichtig für uns.«

»Morgen früh werden sie sterben. Und du, liebe Cousine, wirst dabei zusehen, sonst werfe ich dich höchstpersönlich den Zhiimbous vor. Jetzt lass mich in Ruhe und nimm deine Giftmischerfinger von mir. Sei froh, dass du diesmal so leicht davonkommst.«

Als er mit seinem Gefolge durch ihre Tür verschwand, knickten Cesszias Knie ein, und sie sackte auf den Boden. Durch den immer dichter werdenden Tränenschleier blickte sie auf ihr blutbesudeltes Kleid. Wie hatte sie Zekoll nur so unterschätzen können? Es hatte Jahre gedauert, damit er ihr ein bisschen vertraute. Er ließ sonst niemanden an sich heran, und reine Verwandtschaft bedeutete ihm nichts. Seine Mutter hatte ihn nur belogen, sein wahnsinniger Vater ihn verachtet. Ohne eine Gefühlsregung hatte er ihn damals umgebracht. So durfte es nicht enden. Sie musste etwas tun. Mhatarv durfte nicht sterben. Und Kairra auch nicht.

Es gab vielleicht eine Möglichkeit, eine letzte kleine Chance, die sie in einer der möglichen Visionen gesehen hatte. Ein sehr gefährlicher Weg, aber offenbar der einzige. Die beiden mussten fliehen. Noch heute Nacht. Auch wenn sie alle in den meisten Visionen miteinander entkamen, so musste sie jetzt improvisieren. Jetzt galt es, neue Wege zu finden. Sie konnte nur hoffen, dass die Zukunft sich so leicht austricksen ließ.

Cesszia trocknete ihre Tränen, als Grinser und Scitch mit Kairra von ihrem Besuch im Sklavenquartier zurückkamen. Wenn die Flucht gelingen sollte, musste sie schnell sein, schneller als ihr Cousin, der sich in den Abendstunden immer seinen

Amtsgeschäften widmen musste. Doch anschließend könnte er aus Misstrauen ihren Zugangscode löschen, ohne den sie nicht in die Geheimgänge kam. Aber so, wie sie Zekoll einschätzte, traute er ihr nicht zu, den Ahnen aus seiner Zelle zu befreien. Wohin sollte er auch fliehen? Für ihren Cousin war nur die Stadt bewohnbar. Doch Kairra würde einen Weg finden, sie hatte unter den Ausgestoßenen überlebt.

Es blieb ihr keine Zeit für lange Erklärungen. Als die Auserwählte vor ihr stand, erhob sie sich rasch und zog sie in eine Ecke ihres Gartens, von der sie wusste, dass niemand sie überwachen konnte. Auf ihr Zeichen hin folgten auch ihre beiden treuen Leibwächter.

»Es ist etwas Furchtbares passiert. Uns bleibt keine Zeit mehr, darauf zu warten, dass wir den Reif der Reisen bedienen können oder um den Ahnen zu überzeugen. Zekoll ist dahintergekommen, dass ich ihm das Schlafmittel gegeben habe. Er ist außer sich und will den Ahnen und dich morgen in der Arena vierteilen lassen. Uns bleibt vorerst nur ein Ausweg, ihr beide müsst fliehen.«

»Ich gehe nicht ohne Lorrin …«

»Willst du lieber sterben?« Als sie bemerkte, wie Kairra sich abwandte, lenkte sie schnell ein. »Warte! Ich erkläre dir gleich meinen Plan. Doch zuerst müssen Grinser und Scitch den Ahnen aus der Zelle schmuggeln. In der Zeit lasse ich nach deinem Bruder schicken.«

Cesszia brauchte nicht viele Worte, damit sich Grinser und Scitch auf den Weg machten, da sie alles mit angehört hatten.

»Lasst es wie einen Ausbruch aussehen, überwältigt die zuständigen Wächter und vergesst nicht, die Beobachtungskameras auszuschalten. Wir treffen uns dann am östlichen unterirdischen Tor. Beeilt euch. Wenn Zekoll mir die Zugänge zum Geheimgang sperrt, ist es zu spät.«

Kaum waren die beiden unterwegs, beauftragte sie Ledinnia, ihre vertraute Dienerin, dass sie den Bruder der Auserwählten auch dort hinbringen sollte. »Nimm ein paar deiner Gewänder mit, damit du ihn verkleiden kannst. Als Mädchen fällt er nicht so auf.«

»Warte.« Kairra hielt ihre Sklavin kurz auf. »Nimm Gewänder für zwei mit, mein Bruder hat einen wertvollen Verbündeten. Mit ihm könnte unsere Flucht gelingen.«

Trotz ihrer Verwunderung nickte Cesszia. Alle Fragen mussten jetzt warten, auch ihre eigenen. »Komm mit, du musst dir auch etwas anderes anziehen, dann packen wir ein paar Vorräte zusammen, die Gänge sind sehr lang. Ich erkläre dir alles auf dem Weg dorthin. Kairra, es bleibt uns kein anderer Ausweg.«

»Warum kommst du nicht mit uns?«

»Im ersten Moment wollte ich das auch, aber es geht nicht. Jemand muss hierbleiben, damit Zekoll nicht vollkommen durchdreht. Wenn ich fliehen würde, würde er alle Mittel einsetzen, um euch doch noch zu kriegen. Sein Interesse an dir ist nicht so groß, da wird er bald die Lust verlieren. Allerdings werde ich dir die Flucht in die Schuhe schieben müssen, du warst als Letzte bei dem Ahnen, und ganz sicher wird einer der Wächter bestraft werden. Ich werde mich herausreden und ihm glaubhaft erklären, dass ich es nicht war. Alle Details erfahrt ihr, wenn wir am Osttor sind.«

Während Cesszia Kairra einen Sack zuwarf, um mit ihr Vorräte und andere nützliche Dinge zusammenzusammeln, dachte sie über die unerwartete Entwicklung nach.

Ihr Plan war zwar noch nicht ganz ausgereift, doch sie musste es versuchen. Für die Sonnenwelt bestand zwar auf lange Sicht keine Hoffnung mehr, aber vielleicht konnten der Ahne und Kairra sich zu den Scaparen durchschlagen und sie um Verstärkung bitten. Die beiden mussten die Rebellen warnen, dass Zekoll plant, sie zu überfallen, und sie überzeugen, ihm zuvorzukommen, um Decta-Verra einzunehmen.

Soweit Cesszia wusste, verfügte Zekoll bisher über ungefähr fünfhundert Soldaten, die Palastwächter mit eingeschlossen. Davon war ein Großteil im vierten Ring der Stadt untergebracht. Die Bevölkerung von Decta-Verra würde sich vielleicht gegen Zekoll stellen, wenn damit seine Angstherrschaft beendet wurde.

Es war möglich, ihn zu besiegen, dafür musste sie aber im Palast bleiben und sein weiteres Vorgehen beobachten. Und sie musste ihn absolut von ihrer Unschuld an der Flucht überzeugen.

Auf diese Weise würde sie Zeit gewinnen und vielleicht sogar zukünftig das Vertrauen des Ahnen erlangen. Genau genommen konnte sie ihm so beweisen, wie selbstlos sie handelte.

Wenn Kairra und der Ahne mit den Scaparen zurückkehrten, würde Cesszia ihnen höchstpersönlich die Tore zu den Geheimgängen öffnen, damit die Stadt eingenommen werden konnte, und zwar zu Cesszias Bedingungen. Danach konnte Cesszia immer noch nach dem Reif des Ahnen suchen und ihre Flucht von der Sonnenwelt verwirklichen, bevor hier alles verbrannte.

Ihr Plan barg zwar eine Menge Gefahren, ihren eigenen Tod durch Zekolls Hand mit eingeschlossen, aber diese eine Vision hatte ihr gezeigt, dass sie es schaffen konnte, wenn der Bruder der Auserwählten als Pfand an ihrer Seite bleiben würde.

Kapitel 19

Offensichtlich kannte Cesszia noch mehr Schleichwege in diesem weitläufigen Palastlabyrinth. Nachdem wir eilig zwei Säcke mit Vorräten und Wasserbehältern gefüllt hatten, schnürte Cesszia sie mir auf den Rücken. Gleich danach schleuste sie mich durch eine versteckte Tür, die im Garten hinter einem dichten Busch verborgen lag. Kurz darauf standen wir in einem stockdunklen Gang.

Sie schaltete eine Scapara-Leuchte ein und nickte mir zu. »Wir müssen schnell sein, damit wir am Treffpunkt ankommen, bevor Zekoll mir den Zugang sperren kann. Sobald wir durch das Osttor sind, haben wir etwas Zeit, dann erkläre ich dir alles. Komm, folge mir!« Mit dem Licht in der Hand lief sie los und ließ mich mit den voll beladenen Säcken hinterhertraben.

Nadorr sei Dank, hatte sie mir vorher unauffälligere Sachen zum Anziehen gegeben. Jetzt trug ich wie der Ahne lange Beinkleider, ein Hemd mit einer Jacke und einen Gürtel, in dem ein Küchenmesser steckte. Meine Haare verbarg ich unter einem verranischen Tuch, das angeblich auch vor den Sonnen schützen konnte. In dieser neuen Verkleidung konnte man mich leicht für einen der freien Palastmitarbeiter halten. Cesszia meinte, dass mir das bei der Flucht helfen könnte. Ich war mir da nicht so sicher, aber bequemer war es auf jeden Fall.

Es dauerte nicht lang, bis wir das Osttor durchschritten und einen großen runden Raum erreichten, von dem einige kleinere Türen abgingen. Grinser und Scitch erwarteten uns und schlossen sofort das Metalltor hinter uns. Nicht weit vom Eingang entfernt entdeckte ich Lorrin, neben ihm stand sein Freund, Niaff. Etwas abseits im Licht einer weiteren Leuchte wartete auch Mhatarv, der Ahne.

Mein kleiner Bruder sah als Mädchen überzeugend aus, und Niaff, der sich noch in der Gestalt eines Dreizehnjährigen befand, machte sich auch nicht so übel. Der Ahne hatte seine langen Haare genau wie ich unter einem Tuch versteckt.

Ich wollte mich gerade über die Aufmachung der drei lustig machen, da verlangte Cesszia meine Aufmerksamkeit.

»Kairra, höre mir bitte zu. Es gibt nur einen Weg, damit ihr hier heil herauskommt, ohne dass ich sterben muss.« Sie sog geräuschvoll den Atem ein, bevor sie weitersprach. »Erstens muss es so aussehen, als hättet ihr mich niedergeschlagen, und zwar gründlich, damit Zekoll sich mitleidig zeigen kann. Zweitens brauche ich eine Garantie, damit ihr, so schnell ihr könnt, mit den Rebellen zurückkommt, um die Stadt von seiner Herrschaft zu befreien.«

»Du hast mein Wort, Cesszia. Was willst du noch?«

Ihr kunstvoll geschminktes Gesicht wirkte sorgenvoll. »Es wird dir nicht gefallen, aber dein Bruder *muss* bei mir bleiben …«

Entsetzt starrte ich sie an. »Auf keinen Fall! Dann bleibe ich auch.«

»Sei nicht dumm. Zekoll wird nicht zögern, euch zu töten, aber mit meiner Hilfe könnt ihr fliehen. Lorrin bleibt als mein Pfand hier. Ich werde ihn mit meinem Leben beschützen. Er wird als Diener bei mir wohnen. Es wird ihm gut gehen, als

Belohnung dafür, dass er mich angeblich vor dir gerettet hat. Lass es mich dir erklären …«

»Du musst den Verstand verloren haben!« Wütend packte ich Cesszia an ihrem dünnen Hals und drückte sie an die Wand. Sie wusste genau, dass ich nicht ohne meinen Bruder gehen würde, und hatte mich trotzdem hierhergelockt.

»Ich werde meinen Bruder nicht opfern, um fliehen zu können. Das habe ich dir vorhin schon gesagt.«

Während Cesszia nur matt den Kopf schüttelte, gab sie ihren Leibwächtern ein Handzeichen, damit sie nicht eingriffen. So aufgewühlt, wie ich war, hatte ich nicht mitbekommen, dass die beiden schon hinter mir standen, Scitch mit gezückter Waffe.

»Höre dir erst den ganzen Plan an, Kairra«, keuchte sie. »Der Ahne und du würdet dem sicheren Tod nicht entkommen, wenn ihr hierbleibt. Und es gibt niemanden außer mir, der euch jetzt noch helfen kann. Nur ich kenne den Zugang zu den uralten geheimen Tunneln, die unterhalb des Cahchtars bis an den Rand der Wüste reichen. Denn ich habe als junges Mädchen die alten Stadtpläne entdeckt und studiert, die bis heute als verschollen gelten. Mein Cousin weiß nicht mal, dass sie existieren. Also wird er nicht wissen, wie ihr hier weggekommen seid, er wird annehmen, dass ihr in den Cahchtar geflohen seid, da du dort gelebt hast. Er wird nur dort nach euch suchen lassen und hoffentlich glauben, dass euch einer der Wärter bei der Flucht geholfen hat.« Außer Atem machte sie eine kurze Pause. »Doch wenn er nur den geringsten Verdacht schöpft und denkt, dass ich es war, die euch zur Flucht verholfen hat, würde das ganz sicher auch mein Todesurteil sein.«

Ich stieß sie noch einmal frustriert an die Wand. »Und

wie soll mein Bruder das verhindern? Ihr werdet nur beide durch deinen irren Cousin umgebracht.« Trotzdem lockerte ich meinen Griff. Doch unter keinen Umständen würde ich meinen Bruder hierlassen.

Cesszia hustete und versuchte, meine Hände ganz von ihrem Hals zu entfernen. »Hör mich bitte weiter an! Ich werde ihm erzählen, dass ihr mich überwältigt und brutal niedergeschlagen habt, als ich euch aufhalten wollte. Dein Bruder jedoch wollte dich an der Flucht hindern, weil es ihm hier besser geht als im Cahchtar. Deshalb habt ihr euch heftig gestritten. Am Ende hat dein Bruder mich verteidigt, weil ich ihm anbot, in meine Dienste zu treten. Ohne sein tapferes Einschreiten wäre ich jetzt vielleicht tot. Das wird Zekoll besänftigen. Ich kenne ihn.«

Ich trat einen Schritt zurück, behielt aber eine Hand an ihrem Hals. Misstrauisch musterte ich sie. »Und wenn er das nicht glaubt? Ich an seiner Stelle würde daran zweifeln. Ist das etwa dein ganzer Plan?«

»Es wird nicht leicht, aber ich werde ihm obendrein überzeugend vorspielen, dass ich in den Ahnen verliebt bin, du jedoch mit ihm abgehauen bist. Ihr beide habt die Flucht bei deinem letzten Besuch in der Zelle geplant. In meinen Räumen habt ihr mich bedroht und mich gezwungen, deinen Bruder aus dem Sklavenquartier zu holen. Bevor ihr den Weg zum Cahchtar aus mir herausgeprügelt habt, habt ihr mir auch noch das Kostbarste, was ich besitze, gestohlen. Die Scapara-Stein-Kette, mit der mich Zekoll erst kürzlich für meine Dienste belohnt hat. Ich werde vor Wut und Liebeskummer außer mir sein.«

Sie atmete tief ein und stieß einen kaum hörbaren Seufzer aus. »Einer der Palastwächter wird dafür sterben müssen, weil er euch angeblich geholfen hat. Grinser und Scitch werden das erledigen, noch bevor Zekoll hinter eure Flucht kommt.«

Cesszia deutete mit einer Kopfbewegung auf unsere Vorräte. »Die wertvolle Kette befindet sich in einem der Säcke, sie könnte euch noch behilflich sein. Vertrau mir, Kairra, nur diesen Ausweg habe ich in einer der vielen möglichen Zukünfte gesehen. Und was Zekoll angeht, so wird er mir die Geschichte abnehmen. Seit ich denken kann, habe ich ihm etwas vorgespielt. Wenn er mir nicht geglaubt hätte, wäre ich längst nicht mehr am Leben.«

Genau das war das Problem. Was war, wenn sie uns allen etwas vorspielte? Doch was hätte sie davon? So eine abenteuerliche Geschichte würde ihr zu nichts verhelfen, außer, dass sie sich damit selbst in Gefahr brachte. Nur zögernd nahm ich meine Hand von ihr und versuchte, eine Entscheidung zu treffen. Konnte ich meinen Bruder hierlassen?

Plötzlich spürte ich eine vertraute Berührung neben mir. Warme Finger strichen sanft über meine Wangen.

»Schwesterchen, ich bleibe bei ihr. Cesszias Dienerin hat uns erzählt, dass man euch morgen früh vierteilen will. Ihr müsst fliehen. Geht mit Niaff, der kennt den Weg zu den Rebellen. Dann kommt ihr mit Verstärkung zurück und holt mich. Mach dir keine Sorgen um mich, ich war so oft im Cahchtar alleine unterwegs, mir wird hier schon nichts passieren.«

Innerlich zerrissen, drückte ich ihn an mich. »Lorrin, ich kann nicht. Ich kann dich nicht einfach zurücklassen. Erst Paddin und nun dich?«

Obwohl ich dagegen ankämpfte, rollten Tränen über mein Gesicht. Die Angst um ihn lähmte mich, aber tief im Innern spürte ich, es gab nur diesen Weg. Ich wollte es nur nicht wahrhaben.

Niaff legte die Hand auf Lorrins Schulter. »Der Plan ist nicht übel, Kleiner. Ich kenne die Rebellen und werde sie überzeugen können. Sorg dafür, dass es einen Eingang für uns gibt. Wir kommen so schnell, wie wir können, zurück. Wenn dir auch nur ein Haar gekrümmt wird unter der Obhut dieser Frau, wird sie dafür mit ihrem Leben bezahlen.«

Cesszia schob sich an mir vorbei und antwortete ihm direkt. »Du bist zwar kaum älter als Kairras Bruder, doch wenn du sie zu den Rebellen führen kannst, öffne ich euch persönlich das Tor, damit ihr Zekoll überwältigen könnt, bevor seine Soldaten gegen die Scaparen ausrücken. Seine abscheuliche Herrschaft muss ein Ende haben.«

Sie blickte uns alle nacheinander an. »Hört gut zu. Von jetzt an halte ich jeden Abend kurz nach Sonnenuntergang Ausschau, ob in östlicher Richtung ein Lichtzeichen erscheint. Wenn ihr das Licht einer Leuchte dreimal kurz hintereinander, einmal lang, dann noch dreimal kurz erscheinen lasst, lasse ich das östliche Tor zum Palast öffnen, und ihr nehmt wieder den Weg, den ihr nun geht. In der Zwischenzeit werde ich versuchen, an Informationen zu gelangen, wie seine Soldaten am besten zu überwältigen sind. Die werde ich euch dann zuspielen.« Sie wandte sich wieder an mich. »Du siehst, ich habe versucht, alles zu bedenken. Deinem Bruder wird nichts geschehen.«

Ich blickte zu Mhatarv, der mir zunickte. »Kairra, ich weiß, dass sich das alles verrückt anhört, aber wenn wir leben wollen, um deinen Bruder und die anderen Sklaven später zu befreien, sollten wir bald handeln.«

»Ja, die Zeit drängt«, stimmte Cesszia zu. »Wir sollten nun zu den überzeugenden Maßnahmen kommen. Schlagt mich zusammen, es muss wirklich echt aussehen, damit Zekoll Mitleid mit mir hat und die Geschichte zweifelsfrei glaubt. Dein Bruder, Kairra, muss auch etwas abbekommen, da er ja angeblich versucht, euch aufzuhalten. Nicht so viel wie ich, aber es muss echt wirken.«

Inzwischen sah ich selbst keinen anderen Ausweg mehr. Trotzdem hob ich abwehrend die Hände. »Ich kann nicht grundlos auf jemanden einprügeln.«

Cesszia seufzte, trat dann zögernd auf mich zu und zog zu meiner Überraschung das Messer aus meinem Gürtel. Mit zitternden Händen führte sie es zu ihrem Gesicht und schnitt sich selbst damit eine lange Wunde in die Wange, die sich rasch mit Blut füllte.

Ihre Augen waren schmerzerfüllt, als sie mir das Messer zurückgab. »Mach schon. Schlagt zu. Grinser und Scitch können das nicht für euch übernehmen. Zekoll würde es merken, wenn sie mich verprügeln würden. Sie dürfen keine Spuren eines Kampfes an sich haben und sollten mich erst dann finden, wenn ihr schon weit weg seid. Sonst würde er nie glauben, dass ihr ihnen entkommen konntet. Schlag endlich zu, Kairra! Das wolltest du doch bestimmt schon lange.«

Über ihre Wange floss reichlich Blut, der Schnitt schien tief zu sein. Ihre Entschlossenheit verblüffte mich. Ich machte mich gerade bereit und wischte noch das Blut vom Messer an meiner Hose ab, als Niaff mich ungeduldig beiseiteschob. »Ich mache das! Es muss echt wirken, damit habe ich Erfahrung.«

Außer mir und Lorrin kannte niemand sein Geheimnis. Für

die anderen musste es ein seltsamer Anblick sein, dass ein knapp dreizehnjähriger Junge Cesszias Handgelenk nahm und es so kraftvoll verdrehte, dass sie in die Knie ging. Dann schlug er ihr mit voller Wucht in den Rücken, dabei fiel sie zu Boden und prallte mit der Stirn heftig auf. Sie stemmte sich mühsam hoch und stellte sich Niaff wieder wankend entgegen.

Cesszia zitterte am ganzen Körper und keuchte vor Schmerz, aber sie zeigte mehr Mut, als ich ihr je zugetraut hatte. In diesem Augenblick fasste ich so etwas wie Vertrauen zu ihr. Wenn sie uns verraten wollte, würde sie das nicht über sich ergehen lassen. Dennoch war ich froh, dass ich es nicht war, die eine so zarte Frau verprügeln musste. Ich hatte mich schon mit vielen Männern im Cahchtar geschlagen, aber das hier war eine andere Nummer.

Von jedem weiteren Gedanken lenkte mein Bruder mich ab, als er sich vor mir aufstellte. »Schlag mich, Kairra, auch bei mir muss es echt wirken. Ein blaues Auge wäre super.« Er grinste frech und fuchtelte dabei mit seinen Fäusten vor meiner Nase herum. »Komm schon, Schwesterchen, sei kein Weichei.«

Ich war nicht gerade begeistert. Aber er hatte recht, es würde verdächtig wirken, wenn er beim Verhindern unserer Flucht keinen Kratzer abbekommen hätte. Besser die Prügel kamen von mir als von einem der anderen.

»Wenn es unbedingt sein muss, dann nimm das für all die Sorgen, die du mir je bereitet hast.« Reflexartig holte ich aus und realisierte dabei entsetzt, wie meine Faust tatsächlich das Gesicht meines Bruders traf.

Durch den Schlag wurde mein kleiner Bruder zu Boden

geschleudert. Er untersuchte mit den Fingern die Stelle, die ich getroffen hatte.

Dann sah er mich verächtlich an. »Was für ein Mädchenschlag. Den sieht man später garantiert nicht. Tut ja nicht mal weh.«

»Das muss reichen. Es wird sicher noch blau. Ich kann das nicht noch mal.«

Auf einmal stand Mhatarv neben mir. »Lass mich das machen. Es muss nur gut aussehen.« Er streckte Lorrin die Hand entgegen und half ihm wieder auf die Beine. Dann schlug er noch einmal für mich zu.

Instinktiv wusste ich, dass der Ahne ihn nicht allzu sehr verletzen würde, trotzdem musste ich mich abwenden. Irgendetwas in mir hätte mich sonst dazu gebracht, Mhatarv daran zu hindern. Ich blickte schnell zu Cesszia, die sich nicht weit entfernt von uns auf dem Boden krümmte. Niaff hatte aufgehört, auf sie einzuschlagen. Offensichtlich hatte er gute Arbeit geleistet. Ihr Anblick war bejammernswert.

Sie brauchte einen Moment, bevor sie sprechen konnte. »Das müsste überzeugend genug sein«, keuchte sie und wischte Blut von ihren Lippen. »Nehmt die Säcke und die Leuchten, lauft den linken Tunnel bis zum Ende hindurch. Es wird euch ewig vorkommen. Da, wo der Gang sich teilt, gibt es an der Tunneldecke einen Luftschacht. Durch ihn kommt ihr in den alten geheimen Tunnel. Lauft entgegen den Pfeilen, die dort an den Wänden sind. Haltet euch immer rechts. In einem der Säcke befindet sich ein handgezeichneter Plan, der hilft euch weiter. Denkt daran, der Weg ist lang, ihr kommt erst hinter dem Cahchtar an die Oberfläche. Von da an müsst ihr allein zu den

Scaparen finden. Geht nur nachts durch die Wüste. Grabt euch tagsüber ein. Die Tücher in den Säcken werden euch schützen.« Nach dieser Rede stöhnte sie unter Schmerzen.

Niaff nickte und half ihr auf die Beine. »Von da an weiß ich weiter. Wir kommen wieder, das schwöre ich dir. Pass du nur auf Lorrin auf.«

Cesszia hielt sich verkrampft die Rippen, als sie mich noch einmal ansah. »Ich halte mein Wort, Kairra. Und nun geht schnell, uns läuft die Zeit davon.«

Ich schluckte und unterdrückte meine Sorgen um Lorrin. Mhatarv und Niaff hatten sich bereits die Säcke geschnappt, während mich mein kleiner Bruder kurz umarmte und mir dann die dritte Leuchte in die Hand drückte. »Lauf, Schwesterchen, zeigen wir es diesem Knallkopf.« Mit diesen Worten schubste er mich in Richtung des Tunneleingangs.

Ich sah nur noch, wie Grinser und Scitch Cesszia einsammelten und Lorrin mit sich nahmen. Bevor das nächste Tor hinter uns zufiel und es noch dunkler wurde.

Voller Zweifel folgte ich meinen neuen Gefährten. Hatte ich das Richtige getan? Würde Cesszia ihr Wort halten? Konnte sie meinen Bruder überhaupt vor Zekoll beschützen?

Meine Gedanken drehten sich im Kreis, als ich neben mir Niaffs Worte vernahm. »Mach dir keine Sorgen um deinen Bruder, der ist härter, als du glaubst. Er wird seine Rolle gut spielen. Denke daran, dass wir auf diese Weise den Sklaven helfen. Vielleicht können wir sogar für jeden auf unserer Welt bessere Lebensbedingungen schaffen. Wenn man den Schild erweitern könnte, um so viele Leute wie möglich vor den

Sonnen zu schützen …« Dann ging er schneller und leuchtete uns den Weg.

Wenn Cesszia recht behielt, würde das die Sonnenwelt auch nicht mehr retten. Aber das behielt ich vorerst für mich. Ich schluckte, hoffentlich lief zumindest der Rest so, wie wir es uns vorstellten.

»Es schadet nichts, trotzdem zu beten, du weißt ja, zu wem«, flüsterte Mhatarv, der direkt neben mir lief.

Kapitel 20

Cesszia lag auf ihrem Diwan inmitten ihrer verwüsteten Räume. Sie versuchte, sich darauf einzustellen, was gleich über sie hereinbrechen würde, während der Bruder der Auserwählten ihre Rippen abtastete und dabei nachdenklich den Kopf hin und her bewegte.

»Autsch! Pass doch auf.« Sie schnappte vor Schmerz nach Luft, als er eine empfindliche Stelle traf.

»Die scheint kaputt zu sein. Ist aber nicht schlimm, so was heilt schnell wieder.«

»Bei den Sonnen, hat mir der kleine Mistkerl doch tatsächlich eine Rippe gebrochen. Wer hätte das gedacht?«, jammerte sie leise.

»Denke daran, dass das der Ahne war. Von Niaff darf niemand etwas erfahren«, flüsterte Lorrin ihr zu.

»Hältst du mich für dämlich?«, zischte sie zurück.

Lorrin antwortete nicht, sondern zuckte nur mit den Schultern. Dabei tupfte er ihr das Blut von der Wange.

»Lass das sein, sonst sieht es nicht mehr so gefährlich aus«, fauchte Cesszia leise.

Der Junge beugte sich näher an ihr Ohr und flüsterte frech: »Keine Sorge, du siehst fast so bedauernswert aus wie meine ausgestopfte Ratte. Und dein zertrümmerter Raum wirkt wirklich so, als hättest du um dein Leben gekämpft.«

Was den Raum betraf, konnte sie nur zustimmen. Ihre beiden Leibwächter hatten innerhalb kürzester Zeit ein paar

Möbel umgeworfen und einen realistisch wirkenden Kampfplatz gezaubert. Gleich danach hatten sich Grinser und Scitch aufgemacht, um angeblich nach Spuren der beiden Flüchtigen zu suchen. In Wirklichkeit würden sie falsche legen.

Nachdem sie weg waren, hatte Cesszia ein bisschen Zeit vergehen lassen, bevor sie ihre vertrauenswürdige Dienerin losschickte, um Zekoll von dem Überfall zu berichten und darüber, dass seine Cousine nun schwer verletzt in ihren Räumen auf seine Hilfe wartete.

»Wir sollten uns jetzt in die richtige Stimmung bringen. Er kann jederzeit eintreffen, falls er uns nicht schon belauscht«, sagte sie leise zu ihrem neuen Verbündeten.

Dass dieser Bereich ihrer Räume abgehört wurde, hatte Cesszia ihm schon auf dem Weg hierher mitgeteilt. Ihre beiden Leibwächter hatten die Abhöranlage nur kurz außer Betrieb gesetzt, als sie hier eintrafen, damit sie alles vorbereiten konnten.

Cesszia wusste zwar, dass ihr Cousin sie nicht durchgehend ausspionierte, dafür fand er ihr Leben zu langweilig, aber nachdem er sie dabei ertappt hatte, dass sie ihn ab und zu mit einem Schlafmittel außer Gefecht setzte, war ihm alles zuzutrauen.

Sie seufzte, richtete sich ein bisschen mehr auf und sprach in normaler Lautstärke weiter: »Das hätte ich deiner Schwester nie zugetraut, und ich habe sie auch noch vor Zekoll verteidigt.«

Der Kleine war schlau und stieg sofort in ihr Rollenspiel ein. Er setzte eine hilflose Miene auf und antwortete betroffen: »Ich weiß auch nicht, was mit ihr los ist. So kenne ich sie überhaupt nicht. Wer ist bloß dieser Mann, der sie zur Flucht überredet hat?«

Zufrieden nickte Cesszia ihm zu und spielte weiter ihre Rolle. »Ein Gefangener meines Cousins. Ausgerechnet er. Dabei dachte ich, dass er mich inzwischen mag.«

»Verzeiht mir, ich dachte eher, dass er auf meine Schwester steht. Sonst wäre sie doch nicht mit ihm abgehauen.«

»Ich habe mich so in beiden getäuscht«, jammerte Cesszia. »Danke, dass du mir geholfen hast. Ich verspreche dir, dass du es hier bei mir besser haben wirst als bei den Verdammten im Cahchtar. Bei den Sonnen, deine Schwester hätte es auch so gut bei mir haben können. Warum hat sie mich nur verraten?«

Sie zuckte zusammen, als eine andere bekannte Stimme antwortete: »Du vergisst, dass sie beide in wenigen Stunden sterben sollten, werte Cousine. So etwas kann zweifelsohne Fluchtgedanken auslösen.«

Wieder stand Zekoll mit einigen seiner Getreuen in der Eingangstür zu ihren Räumen. Diesmal hatte er jedoch das Richtige belauscht.

Sie stöhnte schmerzerfüllt auf und schob den Jungen rasch von sich weg. »Zekoll, endlich. Du musst sie wieder einfangen. Sie haben meine Kette gestohlen, die mit dem großen Scapara-Stein. Der Ahne hat mich niedergeschlagen, als ich sie aufhalten wollte. Dafür sollen sie beide büßen. Sieh mich nur an.«

Zekoll trat etwas näher, betrachtete sie skeptisch und rümpfte die Nase. »Du siehst ekelerregend aus, Cousinchen. Was aber macht der kleine Sklave hier?«

»Wenn er nicht gewesen wäre, würde es mich nicht mehr geben. Es ist kaum zu glauben, aber er hat sich gegen seine eigene Schwester gestellt. Offenbar zieht er das Leben hier in der Stadt vor.«

Aus dem Augenwinkel bemerkte sie, wie Zekoll dem Kleinen einen misstrauischen Blick zuwarf. »Hm, wer würde das nicht? Erzähle mir genau, was passiert ist, Cousinchen.«

Bevor sie jedoch antworten konnte, trat der Junge einen Schritt vor. Er hielt den Kopf demütig gebeugt und vermied so den direkten Blickkontakt zu Zekoll. »Oh, geliebter Herrscher, verzeiht, dass ich Euch unterbreche, aber die arme Frau braucht einen Heiler. Ihre Rippe scheint gebrochen zu sein …«, stammelte er und sprach damit Zekoll in der einzigen würdigen Weise für einen Sklaven an.

Überrascht richtete Zekoll seine Aufmerksamkeit auf ihn. »Hat dich jemand gefragt? Du solltest mir doch aus den Augen gehen. Wieso verschwindest du nicht?«

Cesszia hüstelte und hielt sich dabei die Rippen. »Liebster Cousin, er hat mir wirklich sehr geholfen und wurde dabei selbst verletzt. Wenn du damit einverstanden bist, werde ich ihn hier bei mir arbeiten lassen, so wird er für dich unsichtbar bleiben. Stell dir nur vor, wie sich die Auserwählte ärgern wird, wenn sie davon erfahren würde.«

Ungeduldig wedelte Zekoll mit der Hand. »Er soll sich aus meinem Sichtfeld fortbewegen, aber schnell, bevor ich ungehalten werde. Jetzt erzähle mir endlich, was passiert ist.« Dann ließ er sich auf einen der Sessel vor ihr nieder.

Wie unter Schock berührte sie mit zitternden Fingern die Wunde in ihrem Gesicht. Den Schmerz musste sie nicht spielen, der war echt, ihr Zorn auf die Flüchtigen jedoch nicht.

»Bitte, Zekoll, ich bitte dich inständig, sende vorher deine Leute aus, um die verdammten Verräter zu finden. Jetzt gleich, damit sie nicht zu weit kommen. Ich will meine Kette wiederhaben … und die Eier des Ahnen«, schimpfte Cesszia. »Er hat mich gedemütigt, das darf nicht ungestraft bleiben.«

»Ah!« Zekoll schlug ein Bein über das andere und wippte damit vergnüglich. »Sieh an, sieh an. Kaum nimmt man meinem Cousinchen etwas weg, schon wird sie unflätig. Das gefällt mir. Aber nun verschwende nicht länger meine Zeit und berichte.«

Sie schnaufte empört. »Ich kann dir nicht mal viel erzählen. Nachdem du weg warst, sind die beiden plötzlich hier aufgetaucht und zwangen mich dazu, den Bruder der Auserwählten aus den Sklavenquartieren herzuholen. Während wir warteten, forderten sie etwas Wertvolles von mir. Möglicherweise wollten sie damit einen Torwärter bestechen. Denn wie sonst sollten sie in den Cahchtar zurückgelangen? Ich bemühte mich, ruhig zu bleiben, und hoffte, dass meine Leibwächter wieder von ihrem Rundgang zurückkämen und mich retten würden.«

»Auf die Idee, dich selbst zu wehren, bist du wohl nicht gekommen?«

Wütend zeigte Cesszia auf den blutigen Schnitt in ihrem Gesicht. »Wie sollte ich? Der Ahne hielt mir ein Messer an die Kehle. Um mir zu beweisen, wie ernst er es meinte, hat er mich geschnitten.« Allein die Erinnerung daran, wie sie sich selbst so verletzen musste, trieb ihr Tränen in die Augen.

Zekoll seufzte. »Vermutlich wird eine hässliche Narbe bleiben, Cousine. Übrigens ist das einer der Gründe, warum ich geneigt bin, dir zu glauben, nach all den Lügen, die du mir sonst so aufgetischt hast. Du bist mindestens ebenso eitel wie ich. Niemals würdest du dich, wenn nicht gegen deinen Willen, im Gesicht verletzen lassen.«

Sie stöhnte laut auf. »Sieht es so schlimm aus? Bei den

Sonnen, ich werde seine Eier rösten, und wenn ich sie ihm vorher eigenhändig abschneiden muss.« Sie unterdrückte nur mit Mühe einen zufriedenen Gesichtsausdruck. Ihr Plan schien doch noch aufzugehen.

Zekoll spitzte die Lippen und schnalzte genussvoll. »Sagtest du nicht, du hättest an dem Ahnen Gefallen gefunden?«

Ruckartig richtete sie sich auf und sank gleich darauf schmerzerfüllt zusammen. »Der Mistkerl hat mich entstellt und ist mit einer Verdammten abgehauen. Das kann ich ihm niemals verzeihen«, stieß sie stöhnend aus.

»Aber wer hat ihn nur befreit? Was denkst du, liebste Cousine?«, erkundigte er sich mit sanfter Stimme, in der dennoch eine unverhohlene Drohung mitschwang.

Sie schüttelte ratlos den Kopf. »Die Auserwählte war heute bei ihm, um zu erfahren, wie der Reif funktioniert. Du weißt, das war unser Plan, bevor du sie hinrichten wolltest. Ich war so töricht und glaubte ihr, dass sie unsere Art zu leben vorziehen würde.« Weitere Tränen kullerten über ihre Wange herab. »Ich weiß nicht, wie, aber gemeinsam mit dem Ahnen müssen sie sich aus der Zelle befreit haben. Grinser und Scitch suchen gerade die Tore zum Cahchtar ab.«

Cesszia tat so, als würde sie kurz nachdenken, dann blickte sie ihn erschrocken an. »Du musst jemanden ins Gefängnis schicken! Die Wärter, jemand muss doch etwas mitgekriegt haben.«

Zekoll rieb sich nachdenklich das Kinn und machte wieder dieses schmatzende Geräusch, das sie so hasste. »Normalerweise funktionieren dort die Kameras, doch die sind seit ein paar Stunden außer Betrieb.«

Sie hob verblüfft den Kopf. »Ist das ein Zufall oder hat die jemand ausgeschaltet?«

»Nur wer, liebste Cousine, wer könnte so etwas nur tun?«

Das war ein kritischer Moment. Sie spürte genau seinen misstrauischen Blick. Trotz der Schmerzen sprang sie auf. »Lass uns nachsehen, die Wärter müssen etwas wissen. Aber vielleicht hat der Ahne auch einen von ihnen beeinflusst, er konnte sehr charismatisch sein.« Funken tanzten vor ihren Augen, und sie musste keine Schwäche vortäuschen, als die Beine unter ihr nachgaben.

Statt ihr aufzuhelfen, rutschte Zekoll mit dem Sessel quietschend von ihr weg. Dann stand er auf. »Das reicht mir fürs Erste. So viel Elend kann ich vor dem Schlafen nicht ertragen. Ich werde sie suchen lassen. Wir werden herausfinden, wer ihnen geholfen hat und wo sie sind. Solange ich es nicht besser weiß, halte ich dich vorerst für unschuldig. Dennoch möchte ich, dass du deine Räume in der nächsten Zeit nicht verlässt. Zu deiner eigenen Sicherheit lasse ich meine Wärter vor deiner Tür. Wir reden weiter, wenn wir mehr wissen. Ich sende dir gleich meinen Heiler.«

Zekoll wandte sich von ihr ab, drehte sich aber im Gehen noch einmal zu ihr um. »Wasch dich, bevor wir uns das nächste Mal sehen, und deck diese grässliche Wunde ab. Ihr Frauen habt doch genug bunte Farben in euren Baderäumen.«

Erleichtert blickte sie ihm nach. Mehr Mitgefühl konnte sie nicht von ihm erwarten. Immerhin hatten sie nun Zeit gewonnen. Und wenn Grinser und Scitch ihre Arbeit gut machten, würden alle Spuren sie entlasten. Sie musste nichts weiter tun, als darauf zu warten, dass die drei mit Verstärkung zurückkommen würden. Und die Auserwählte beeilte sich ganz sicher, um ihren Bruder wiederzusehen. Cesszia lächelte dem Jungen, der sich still im Hintergrund hielt, dankbar zu. Sie war trotz der Schmerzen beinahe glücklich.

Kapitel 21

Mein Zeitgefühl hatte sich längst in der Dunkelheit der Tunnel verabschiedet. Mir kam es so vor, als wären wir bereits einige Tage und Nächte unterwegs. Doch so ging es uns allen. Wir liefen geradeaus, solange wir konnten. Rasteten nur kurz, wenn wir unbedingt mussten. Wir drei wollten so schnell wie möglich raus aus diesen immer gleich wirkenden Tunneln, die sich wie Rohre aus dickem Metall durch die Erde gefressen hatten. Keine Unebenheit, keine noch so kleine Veränderung war zu entdecken. Nur hin und wieder gab es Hinweispfeile, die uns die entgegengesetzte Richtung wiesen. Der Tunnel verlief fast gradlinig, nur ganz selten kam eine kleine Biegung und noch seltener eine Abzweigung.

Die Sorge um meinen zurückgelassenen Bruder wurde mit jedem Schritt der Entfernung zwischen uns größer, was meine Stimmung nicht gerade verbesserte.

Seit unserer Flucht sprachen wir nur das Nötigste, weil hier unten jedes Wort entsetzlich nachhallte. Ich stand kurz vor einem Tunnelkoller und das, obwohl ich die Höhlen unter dem Cahchtar gewohnt war, aber es war Niaff, der plötzlich zusammenbrach.

Mhatarv, der direkt hinter ihm ging, stolperte und wäre fast auf ihn gefallen, wenn er sich nicht so geschickt abgefangen hätte. »Ihr Götter, was ist das?«, fluchte er laut. Seine Worte hallten von den Wänden wider, als er den bewegungslosen Niaff anleuchtete.

Ich wusste auch so, was er sah. Einen ausgewachsenen Mann in Mädchenkleidern. Aber genauso, wie ich mein Geheimnis für mich behalten hatte, hatte ich auch Niaffs Gabe verschwiegen. Ich war nur überrascht, wie lange er seine Jungengestalt halten konnte, hatte ihm aber die Entscheidung überlassen, wann er den Ahnen einweihen würde. Jetzt war sie gefallen. Im wahrsten Sinne des Wortes.

Der Ahne warf einen Blick über die Schulter zu mir zurück. »Habe ich jetzt schon Halluzinationen oder liegt da ein erwachsener Mann?« Trotz der Überraschung dämpfte er seine Stimme wieder.

Ich trat an ihm vorbei und sah mir Niaff an. Ja, er war absolut zurückverwandelt, das ließ sich nicht mehr abstreiten.

Erschöpft seufzte ich. »Ich denke, wir müssen eine längere Pause einlegen, er muss am Ende seiner Kräfte sein.«

Mhatarv starrte mich an. »Wenn ein Knabe am Ende seiner Kräfte ist, verwandelt er sich doch nicht so mir nichts, dir nichts in einen Mann.«

Ich grinste schwach. »Das sollte er dir besser selbst erklären. Komm schon, du hast ihm ja auch nicht verraten, dass du von einer anderen Welt kommst.«

»Du hast ihm nichts erzählt?«

»Nur, dass ich einen Verbündeten unter den Gefangenen gefunden habe, mehr nicht.«

Mhatarv hockte sich neben Niaff. Wie vorher bei mir legte er seine Finger auf beide Seiten der Schläfen und schloss konzentriert die Augen.

Nach einer Weile öffnete er sie wieder und sah mich überrascht an. »Seltsam, er ist kein Bastard der Götter, obwohl er eine Gabe hat.«

Ich nickte, bisher hatte ich Mhatarv noch nicht verraten, welche Gabe ich hatte. Wir waren zwar plötzlich zu Fluchtgefährten geworden, aber das bedeutete nicht, dass ich ihm schon so weit vertraute. Dafür war alles zu schnell gegangen.

Mhatarv blickte wieder zu Niaff herunter und murmelte: »Mir scheint, wir werden einiges zu bereden haben, wenn er wieder aufwacht.«

»Das denke ich auch«, stimmte ich zu, während ich mein Tuch von den Haaren wickelte und Niaff damit zudeckte. Hier war es zwar warm, aber irgendwie wirkte er so geschützter auf mich.

Mhatarv folgte meinem fürsorglichen Beispiel und schob ihm einen der Säcke unter den Kopf. Dabei prüften wir vorsichtig, ob er sich nicht bei dem Sturz am Kopf verletzt hatte, konnten aber keine Wunde entdecken.

Danach hockten wir nebeneinander und sahen uns an. »Wer hält die erste Wache?«, fragte ich.

»Das kann ich machen. Weißt du, wie lange er schlafen wird?«

»Ein paar Stunden bestimmt. Aber da wir hier unten nicht wissen, wie viel Zeit tatsächlich vergeht, ist das eine dumme Frage«, antwortete ich schlecht gelaunt.

»Was ist los mit dir?« Mhatarv sah mich skeptisch an.

»Tut mir leid. Du kannst ja nichts dafür, aber dass ich meinen Bruder einfach so zurücklassen musste, macht mich krank vor Sorge.«

Er nahm meine Hand und drückte sie leicht. »Das ist nur

verständlich. Dennoch, die Entscheidung ist gefallen, und nun müssen wir diesen Weg zu Ende gehen. Ruh dich aus, Kairra. Ich übernehme die erste Wache, da du noch eine weitere Aufgabe hast.«

Ich hatte es mir schon neben Niaff bequem gemacht und blickte nun überrascht auf. »Welche denn?«

»Torgahrt, deinen Erzeuger, im Traum rufen! Hast du das vergessen?«

»Wozu sollte das jetzt noch gut sein? Wir haben die Flucht auch ohne ihn geschafft.«

Mhatarv stellte eine Leuchte neben uns und sah mich eindringlich an. »Hat dir deine neue Freundin Cesszia nicht erzählt, dass die Sonnenwelt immer heißer wird, weil sie auf die große Sonne Hearre zutreibt?«

»Doch, das war ja einer der Gründe, warum sie mit deinem Reif auf eine andere Welt fliehen wollte.«

»Meiner Meinung nach sollte man erst einmal um diese Welt kämpfen, bevor man auf eine andere Welt entflieht. Ich wüsste gern, was Torgahrt dazu sagt. Wie gesagt, ohne Reif ist meine Verbindung zu den Ahnen und den Göttern gestört, da hast du deutlich bessere Chancen.«

»Du meinst also ernsthaft, ich soll im Traum zu einem Gott beten, an den ich nicht einmal glaube? Wer sagt mir, dass du kein Verrückter bist, der diesen *Gottvater-Kram* einfach erfunden hat.«

Mhatarv hockte sich unweit von uns hin und antwortete leise: »Niemand, aber wenn du es versuchst, könntest du die Wahrheit herausfinden.«

Ich seufzte und schloss die Augen. Eigentlich wollte ich nur noch schlafen, aber wenn sein Seelenheil davon abhing, konnte ich es ja mal probieren.

»Wie hieß der noch mal?«, murmelte ich schlaftrunken und wusste im nächsten Moment nicht mehr, ob mir der Name selbst eingefallen war oder ob Mhatarv noch geantwortet hatte.

»Torgahrt … To r g a h r t … T O R G A H R T …«

Plötzlich spürte ich einen lauen Luftzug, der gleichzeitig frisch, sauber und dabei lieblich würzig roch. Als ich erstaunt die Augen öffnete, stand ich an einem großen glitzernden See, der über ein hohes Felsmassiv durch einen Wasserfall gespeist wurde. Um den See herum war alles grün, dazwischen blühten unzählige Blumen in einer prächtigen Farbvielfalt. Noch nie zuvor hatte ich etwas Ähnliches gesehen. Die einzigen Blumen, die ich kannte, waren die Kaktusblüten in der Wüste – und die Pflanzen in Cesszias kunstvollem Garten.

An dieser Landschaft hier war nichts Künstliches. Sie schmiegte sich fast zärtlich an meinen Körper, so als würde sie mich freundlich begrüßen. Ich ging näher an den See heran und entdeckte in der Nähe des Ufers direkt unter der Oberfläche ein männliches Gesicht, umgeben von langen, wilden Zöpfen. Obwohl er sich scheinbar unter Wasser befand, sah das goldfarbene Haar nicht nass aus. Er schien einfach so auf dem Grund des Sees unter Wasser zu schweben, dabei funkelten mich seine leuchtend blauen Augen an.

Auf einmal streckte er eine Hand durch die Wasseroberfläche und winkte mich zu sich. Ohne nachzudenken, sprang ich in das warme Wasser und badete in den Strahlen der untergehenden Sonne, die so anders als unsere Sonnen wirkte. Doch der Mann war verschwunden. Merkwürdigerweise musste ich nichts tun, ich trieb leicht wie eine Feder zum Wasserfall und glitt unter der prasselnden Kraft hindurch, obwohl ich nicht schwimmen konnte.

Als ich wieder Boden unter meinen Füßen spürte, sah ich mich um. Ich befand mich in einer gewaltigen Grotte, die wie das Innere eines Scapara-Erzes in unendlich vielen Farben schillerte.

»Was für ein schöner Traum«, dachte ich und stieg ganz aus dem seichten Wasser. Dann stand er vor mir, der Mann aus dem See, und sah mich schweigend an.

»Du hast mich gerufen?« Obwohl er nicht laut sprach, hatte seine Stimme einen tiefen, beinahe donnernden Klang. Dabei musterte er mich von oben bis unten, so als könne er nicht glauben, was er sah.

Ich schüttelte den Kopf. »Nein, ich träume nur. Wer bist du?«

»Torgahrt, Gott der Gerechtigkeit, und ich bin über deine Dreistigkeit, hier zu erscheinen, ziemlich erstaunt.«

Jetzt musterte ich ihn von Kopf bis Fuß. Das sollte mein Vater und obendrein ein Gott sein? Er war zwar viel größer als die Männer, die ich kannte, und schien nur aus Muskeln zu bestehen, aber einen Gott stellte ich mir anders vor. Sein Oberkörper war unbekleidet, nur seine Handgelenke waren mit vielen Lederriemen umwickelt. Solche Riemen befanden sich auch an seinen Waden über den Beinkleidern. Seine wild geflochtenen Zöpfe endeten in kleinen silbernen Kappen, die gesamte Haarpracht reichte ihm bis zur Brust.

Ich räusperte mich. »Jemand, den du angeblich kennst, hat mir geraten, mich mit dir in Verbindung zu setzen. Dass es überhaupt klappt und so schnell geht, hatte ich nicht erwartet.«

»Wer?«, donnerte er nun lauter.

»Mhatarv, der Ahne. Er sagte, du könntest uns helfen.«

»Und wer, bei der Heiligen Quelle, bist du?«

»Angeblich deine Tochter. Was ich allerdings stark bezweifle, da ich schon einen Vater habe … äh, hatte.«

Er fauchte wie eine Riesenechse und wandte sich unwillig von mir ab. »Folge mir!«, rief er, sodass es von den Wänden hallte, und ging mit großen Schritten tiefer in die Grotte.

Ich lief ihm hinterher und bemerkte dabei, dass sich die Grotte immer wieder veränderte. Wir betraten einen Bereich, in dem sich unzählige winzige Sterne, Monde und Sonnen drehten. Sie füllten den Raum vom Boden bis zur weit entfernten Felsdecke. Ich versuchte, ihnen auszuweichen, bemerkte aber gleichzeitig, dass Torgahrt einfach durch sie hindurchlief. Neugierig hob ich meine Hand und tippte eine Sonne an. Mein Finger glitt einfach durch sie durch.

Torgahrt, der noch immer vor mir ging, antwortete auf meine unausgesprochene Frage, ohne sich dabei umzudrehen. »Hologramme, dreidimensionale Darstellungen einiger Galaxien. Von welcher Welt kommst du?«

»Der Sonnenwelt«, antwortete ich rasch. Obwohl ich seine Erklärung über dieses Zauberwerk nicht verstanden hatte, beschloss ich, nicht weiter zu fragen. Das alles hier war nur ein Traum, das war die einzige richtige Erklärung.

Er blieb plötzlich stehen und blickte sich im Raum um. Dann zeigte er auf eine kleine Kugel, die zwei Sonnen umkreiste. »Sillnar, die Sonnenwelt. Das ist deine Welt.«

Entsetzt starrte ich sie an. »Aber doch nicht wirklich, oder?«

Torgahrts Gelächter hallte durch die Grotte. »Ihr seid alle so unwissend, das vergesse ich immer.« Er legte seine schwere Hand auf meine Schulter. »Nein, das ist nur eine Kopie eures

Sternensystems. Aber es entspricht eurer realen Welt ziemlich genau. Ich habe es hier zur Dekoration installiert.«

Aha, dachte ich. Das war mir alles zu kompliziert, aber es war hübsch.

Er ging an meiner Seite weiter, und wir betraten einen Bereich, in dem aus weißen Steinen gehauene Möbel standen. Große Fellstücke lagen über den Sitzgelegenheiten, die direkt gegenüber einer in den Felsen gehauenen Feuerstelle standen. Das prasselnde Feuer tauchte diesen Teil der Grotte in warmes Licht.

»Setz dich«, befahl Torgahrt und setzte sich selbst.

Ich suchte mir den Platz ihm gegenüber aus, dabei beobachtete er mich.

»Die Haare hast du von mir, die Augen von deiner Mutter Yerre.«

»Du scheinst dich ja noch gut an sie zu erinnern.«

»Ich erinnere mich an alle. Götter haben ein gutes Gedächtnis.«

»Dann waren es vermutlich … viele?«

Er lachte dröhnend. »Unzählige. Ich bin unsterblich, da hat man viel Zeit.«

»Aber wohl keine Zeit, um dich um dein Kind zu kümmern?«

Torgahrt blickte mich an, als wäre ich verrückt geworden. »Du hast keine Vorstellung davon, wie viele Kinder ich auf verschiedenen Welten habe. Ich hätte viel zu tun, wenn ich mich um jedes einzelne Ergebnis einer lustvollen Nacht kümmern müsste. Und das über die Ewigkeit meiner Existenz hinweg. Wie naiv du bist.«

Ich zwang mich, ruhig zu bleiben. »Verantwortungsvolles Handeln und Respekt anderen Lebewesen gegenüber ist wohl nicht gerade deine Stärke?« Meine direkten Worte überraschten mich selbst, aber der Traum schien mich zu zwingen, auszusprechen, was ich dachte.

Torgahrt sah mich abschätzend an, rechtfertigte sich aber nicht. »Was willst du eigentlich von mir, und wie hast du es fertiggebracht, hier ohne meine Einladung zu erscheinen? Hat Mhatarv dir geholfen?«

»Mhatarv hat mich nur darum gebeten, deinen Namen zu träumen. Ich denke, er erhoffte sich so etwas wie Hilfe. Wie er darauf kommen konnte, ist mir jetzt allerdings nicht mehr so klar.«

»Wenn er Hilfe braucht, warum wendet er sich nicht an die Ahnen?«

»Das scheint nur über seinen Reif der Reisen möglich zu sein, und den hat man ihm sofort nach seiner Gefangennahme abgenommen.«

Torgahrt blickte mich überrascht an. »Er hat sich fangen lassen?«

»Es war eine Falle. Da die Cousine des Statthalters der Sonnenwelt ihn in einer ihrer Visionen ankommen sah, erwischten sie ihn direkt bei seiner Ankunft. Sie ist offenbar eine Seherin. Das ist schon viele Jahre her, erst jetzt ist uns die Flucht gelungen. Der Reif befindet sich noch in den Händen des tyrannischen Statthalters, der allerdings damit nichts anfangen kann.«

Mein göttlicher Vater war nun aufgestanden und ging auf und ab. Dann seufzte er. »Wie ist dein Name?«

»Kairra.«

Er schob den schweren Steinsitz näher zu mir und setzte sich wieder hin. »Höre, Kairra, uns Göttern ist es nicht erlaubt, in die Geschicke der Welten persönlich einzugreifen. Zumal die

Sonnenwelt nicht zu meinen Welten gehört. Aber ich werde herausfinden, wer sie erschaffen hat, und euch im Blick haben. Außerdem kann ich den Herrscher der Ahnenwelt verständigen, und ihm sagen, dass Mhatarv in Gefahr ist. Da es um einen verlorenen Reif geht, könnten die vielleicht Verstärkung schicken. Mehr kann ich nicht tun.«

»Du meinst, unsere Sonnenwelt hat ein Gott erschaffen?« Ich sprang entsetzt auf. »Weiß er denn auch, dass sie bald verglühen wird? Weiß er, dass die meisten seiner Geschöpfe nie das Tageslicht erblicken, weil die zwei Sonnen alles verbrennen, was sich tagsüber heraustraut? Dass sie sich deshalb tief unter der Erde eingraben müssen und kaum etwas zu essen und zu trinken haben? Was seid ihr für furchtbare Götter, wenn ihr so etwas zulasst?«

Torgahrt schnaufte verächtlich. »Du weißt nichts. Jede eurer Welten wurde von uns Göttern erschaffen, ohne uns gäbe es euch überhaupt nicht. Ihr seid ein Zeitvertreib in der Ewigkeit unseres Daseins. Euch zu beobachten, amüsiert uns. Manche Götter erfreuen sich an der Schönheit und Friedfertigkeit ihrer Welt, anderen Göttern macht es Spaß, Leid über die Geschöpfe zu bringen. Auch bei euch gibt es Lebewesen, die grausam sind …«

»Ihr habt unsere Welten aus Langeweile erschaffen? Bist du auch so ein erbarmungsloser Gott? Müssen deine Geschöpfe ebenfalls leiden?«

Er blickte mich an und schüttelte den Kopf. »Nein, Kairra, auf meiner Welt schaffen sich die Menschen ihr eigenes Leid. Ich habe ihnen eine schöne Welt geschenkt, was sie daraus machen, ist ihre Sache. Wie gesagt, persönliches Eingreifen ist verboten. Denn es gibt noch eine mächtigere Macht als die göttliche. Der Ursprung aller Dinge ist die Heilige Quelle, und deren Gesetzen unterliegen wir Götter.«

»Ist es denn kein Eingreifen, wenn ihr auf den Welten einfach so Kinder zeugt?«

»Da wir Götter uns nicht miteinander fortpflanzen können, ist uns das gestattet. Wir dürfen nur keine offensichtlichen Spuren hinterlassen.« Er rieb sich die Stirn, als täte ihm der Schädel weh. »Kairra, von der Sonnenwelt, in dieser Traumbegegnung sind wir beide offenbar dazu gezwungen, nur die Wahrheit zu sagen, deshalb erfährst du Dinge, die du nicht verstehen kannst. Es wäre besser für dich, wenn du keine weiteren Fragen mehr stellst und alles Gesagte schnell wieder vergisst.«

Während ich noch um Fassung rang, bemerkte ich, wie Torgahrt sich vor meinen Augen aufzulösen begann.

Ich rief ihm hinterher: »Ob Traum oder nicht Traum. Wir haben es auch ohne deine Hilfe geschafft zu fliehen. Und vielleicht schaffen wir es sogar, den Statthalter zu stürzen. Sollte aber an dieser Begegnung irgendetwas Wahres dran sein, dann hilf Mhatarv, damit er nicht auf unserer Welt festsitzt, und versuche, den Gott, der unsere Welt erschaffen hat, daran zu hindern, uns zu zerstören.«

Mein göttlicher Vater war nur noch ein nebulöses Geschöpf, als er antwortete: »Du wirst wieder von mir hören. Ich werde nachforschen …«

Etwas Schweres fiel auf mich, und ich wurde wach. Es war der Ahne, dem dabei seine Hände von meiner Stirn glitten und der nun mit schlaffem Körper auf mir lag. Da Niaff direkt neben mir schlief, wurde er gleich mit geweckt.

Während ich versuchte, mich von der Last des Ahnen zu befreien, zog Niaff die Augenbrauen hoch.

»Störe ich etwa?«, fragte er.

»Wie? Ach so. Nein! Ich glaube, Mhatarv ist nur umgefallen. Er hat die ganze Zeit über Wache gehalten. Hilf mir, ihn richtig hinzulegen.«

Niaff sah mich besorgt an. Er hatte sich noch nicht wieder in den Jungen gewandelt. »Hat er mich so gesehen?«

Ich nickte schnell. »Aber du kannst ihm vertrauen. Wenn er wach wird, hat er dir selbst einiges zu erzählen. Ruh dich noch so lange aus. Ich halte jetzt Wache.«

Damit gewann ich Zeit, um über meinen merkwürdigen Traum mit diesem überheblichen Gott nachzudenken.

Kapitel 22

In diesen verdammten Tunneln gab es nicht mal Ratten, was meine Wache noch langweiliger machte. Hier war einfach nichts außer uns. Ich starrte die beiden schlafenden Männer an und hoffte, dass sie bald aufwachen würden. Alles Nachdenken hatte mich nicht vorangebracht. Ich musste mit Mhatarv reden, um zu erfahren, wie viel von dem Traum wahr war. Doch der schlief tief und fest.

Seltsamerweise war ich nicht müde, sondern eher ungeduldig. Ich wollte schnell raus aus diesen Gängen, ab durch die Wüste, zu den Rebellen und dann zurück, um meinen Bruder zu befreien. Wobei die Durchquerung der Wüste mir weitaus schwieriger vorkam als der Rest des Unterfangens. Aber Paddin und Niaff hatten es schon mal geschafft, also war es möglich.

Wie sehr ich mir auch wünschte, meinen alten Lehrmeister wiederzusehen, das musste erst einmal warten. Wenn mich nicht alles täuschte, befanden wir uns schon unter dem Cahchtar. Es sei denn, dieser Tunnel lief direkt hindurch. Ich erinnerte mich daran, dass es dort Bereiche gab, durch die sich keiner graben konnte. Wir hatten immer angenommen, dass Felsen im Weg waren. Genauso gut hätte so ein Metalltunnel das Weitergraben verhindern können.

Ich knackte mit meinen Fingern, als sich Niaff neben mir verschlafen reckte. Man merkte ihm an, dass er eine Kämpfernatur war. Kaum hatte er die Augen offen, blickte er sich aufmerksam um. Im Notfall wäre er sofort einsatzbereit.

»Wenn dein komischer Freund noch schläft, löse ich dich jetzt ab«, sagte er leise zu mir.

»Er ist nicht mein komischer Freund. Und ich kann jetzt nicht schlafen. Wollen wir ihn nicht wecken, damit wir endlich weiterkönnen?« Da ich in normaler Lautstärke gesprochen hatte, verfehlten meine Worte nicht die erhoffte Wirkung. Mhatarv wurde wach.

Er setzte sich sofort auf und sah uns beide prüfend an. »Bevor wir weitergehen, sollten wir dringend reden. Ist Niaff ein Gestaltwandler?«

»Wie kommt er denn nur darauf?« Niaff blickte an sich herab und nickte. »Ich denke, wir sollten reden und weitergehen. Ihr habt mir sicher auch einiges zu erzählen.«

Ich hielt beiden einen der Wasserschläuche entgegen. »Ihr solltet erst etwas trinken, dann gehen wir weiter *und* reden.«

Mehr als einen Schluck nahmen wir alle nicht, da wir nicht wussten, wie lange wir noch mit Cesszias Vorräten auskommen mussten. Danach packten wir gemeinsam unsere paar Sachen zusammen, aßen etwas Trockenfleisch und brachen auf.

»Also«, fragte Mhatarv, »wer fängt an?«

Ich räusperte mich. »Niaff ist nicht der einzige Gestaltwandler. Ich kann das auch, nur nie so lange wie er. Höchstens ein paar Stunden.«

Der Tunnel war breit genug, sodass wir alle nebeneinandergehen konnten. Ich ging in der Mitte und spürte Mhatarvs Blick auf mir.

»Dann ist deine Fähigkeit also keine Gabe der Götter, sondern kommt auf eurer Welt öfter vor?«, stellte er überrascht fest.

Niaff verlangsamte sein Schritttempo. »Was redest du da? Das klingt ja fast so, als ob unsere Welt nicht deine Welt ist?«

»Ist sie auch nicht«, erwiderte Mhatarv.

Ich hüstelte. Aus eigener Erfahrung wusste ich, wie verrückt diese Vorstellung war. »Ich hatte einen merkwürdigen Traum.«

»Was haben deine Träume denn damit zu tun?«, zischte Niaff unwillig.

Mhatarv ignorierte Niaffs Frage und wandte sich neugierig mir zu. »Hast du Torgahrt erreicht?«

Da fiel mir ein, wie ich den Traum und seine Geschichte über die Existenz meines angeblich göttlichen Vaters überprüfen konnte. »Du sagtest mir, dass du Torgahrt kennst. Kannst du ihn beschreiben?«

Der Ahne nickte. »Ein ziemlich großer, muskelbepackter Krieger mit langen blonden Zöpfen. Ich glaube, er hat leuchtende, hellblaue Augen. Aber daran erinnere ich mich nicht mehr so genau. Es ist schon ein Weilchen her.«

Ich seufzte. »Dann ist mir die Verbindung geglückt. Ich war tatsächlich im Traum bei ihm.«

Jetzt blieb Mhatarv stehen. »Du warst bei ihm? Im Reich der Götter? In seiner Grotte? Das ist erstaunlich.«

»Scheint so. Übrigens hat er mir erzählt, dass sich die Götter so langweilen, dass sie unsere Welten erschaffen, um sich an unserem Leid zu ergötzen …«

»Das hat er bestimmt nicht so gesagt«, unterbrach mich der Ahne. »Torgahrt ist kein schlechter Gott.«

»Trotzdem schläft er mit unzähligen Frauen auf anderen Welten und zeugt, ohne sie zu fragen, mit ihnen Bastarde …«

»Das machen doch alle Götter. Sie können sich nicht anders fortpflanzen …«

»Habt ihr jetzt vollkommen den Verstand verloren?«, stöhnte Niaff.

»Nein«, antwortete Mhatarv. »Kairra ist die Tochter eines Gottes und einer Sonnenweltlerin. Sie wollte es nur bis zu ihrem Traum selbst nicht glauben.«

Niaff tippte sich an die Stirn. »Na fein, das erklärt alles. Haben wir keine anderen Probleme als so einen religiösen Unfug?«

»Vorrangig schon, aber ihr Vater könnte uns langfristig helfen.«

Ich schüttelte den Kopf. »Er sagte, er dürfe nicht in die Schicksale fremder Welten eingreifen, zumal die Sonnenwelt nicht seine eigene ist. Aber er will die Ahnen verständigen, damit sie erfahren, dass dein Reif der Reisen in den Händen des Statthalters ist.«

Niaff gab einen genervten Ton von sich. »Woher glaubst du denn zu kommen, Mann?« Er stellte sich vor Mhatarv und hielt ihn am Arm fest.

»Von der Alten Welt der Ahnen, einer Dimension zwischen dem Reich der Götter und den sterblichen Welten. Ich wurde hierhergeschickt, um die Bastarde der Götter auf eurer Welt zu suchen und zu beschützen«, antwortete der Ahne ruhig.

»Ach … und wie bist du hierhergekommen?«, fragte Niaff noch verwirrter als vorher.

»Mit dem Reif der Reisen. Der sieht aus wie ein harmloser Armreif. Leider hat ihn mir Zekoll sofort nach meiner Ankunft abgenommen. Deshalb kann ich auch nicht zurück. Ich habe die Verbindung zu meiner Welt verloren.«

Das konnte ich nur bestätigen. »Niaff, ich habe den Reif gesehen. Und ich glaube inzwischen daran, was uns Mhatarv erzählt, aber ich weiß auch, wie verrückt das klingt.«

»Und wieso hast du ihm den verdammten Reif nicht gegeben? Dann wäre er jetzt weg, und ich hätte weniger Kopfschmerzen.«

»Ich hatte ihn nur kurz in der Hand. Seitdem hält Zekoll ihn wieder versteckt, nicht einmal Cesszia weiß, wo er ist.«

Ich konnte deutlich Niaffs frustrierten Gesichtsausdruck erkennen, als er Mhatarv wieder losließ. Er lenkte ein. »Damit eins klar ist. Ich halte nicht viel von diesem Schwachsinn über Götter und Armreifen. Aber du, Mhatarv, hast dir zumindest meinen Respekt verdient, als du in der Arena so unerschrocken den Zhiimbous standgehalten hast. Wir werden uns auf der Reise zu den Scaparen alle noch besser kennenlernen. Dann wird sich herausstellen, ob du wirklich von einer anderen Welt bist und warum ihr solche irren Geschichten erzählt.«

Der Ahne räusperte sich. »Eigentlich darf niemand wissen, dass ich nicht von hier bin. Also selbst wenn du mir nicht glaubst, muss es unter uns bleiben.«

Niaff lachte spöttisch. »Geheimnisse, welcher Art auch immer, sind bei mir sicher. Dir ist hoffentlich klar, dass auch niemand von meiner kleinen Fähigkeit erfahren darf.«

»Ich gebe dir mein Wort darauf«, versicherte Mhatarv ihm.

»Gut, dann lasst uns weitergehen. Ein paar Fragen, was unsere Flucht angeht, hätte ich noch, da ich so überraschend euer Gefährte geworden bin«, fügte er hinzu, nachdem wir wieder gemeinsam losgegangen waren.

Ich war erleichtert, dass wir nicht länger über Götter sprechen mussten, noch dazu mit einem Mann, der misstrauischer war als ich. Was mich selbst betraf, so würde ich noch einige Zeit brauchen, um das im Traum Gehörte zu verarbeiten. Bei der nächsten Gelegenheit würde ich erst mal mit Mhatarv alleine reden. Wir hatten dringendere Probleme, als Niaff mit Göttern und anderen Welten zu verwirren.

»Vielleicht kann ich dir deine Fragen beantworten, da ich einige Zeit bei Cesszia war«, bestärkte ich ihn. »Also, nur zu, Niaff. Möglicherweise weiß ich ein bisschen mehr als Mhatarv.«

Niaff wandte sich mir zu. »Dann fange ich mal an. Was, bei den Sonnen, hat diese Cesszia eigentlich davon, dass sie uns zur Flucht verholfen hat?«

Ich dachte kurz nach. Eigentlich gab es viele Gründe. In der Hektik der Flucht und der bevorstehenden Hinrichtung hatte ich mir nicht so viele Gedanken darum gemacht. »Hm, sie sieht wohl keine andere Möglichkeit, um gegen Zekoll anzugehen. Sie braucht Hilfe, und die hofft sie bei den Rebellen zu finden.«

»Warum sollte sie überhaupt ihr bisher so feines Leben mit eurer Flucht in Gefahr bringen?«

»Sie leidet angeblich schon ewig unter den Launen ihres Cousins, und seine überzogenen Grausamkeiten machen auch vor ihr nicht halt. Sie fürchtet um ihr eigenes Leben.«

Niaff knurrte unzufrieden. »Das reicht mir irgendwie nicht. Es könnte eine Falle von beiden sein, um die Scaparen aus ihrem sicheren Unterschlupf im Kaszareh-Gebirge zu locken. Wie du vielleicht weißt, verfügen wir über das reichhaltigste Scapara-Erz-Vorkommen auf Sillnar. Er würde sicher alles tun, um daranzukommen.«

Ich schüttelte den Kopf. »Ich glaube nicht, dass Cesszia mit ihm gemeinsame Sache macht. Sie ist eine Seherin und hat diese Möglichkeit in ihren Visionen aus der Zukunft gesehen, um ihm zu entgehen. Sie hat mir erzählt, dass Zekoll mehr Soldaten ausbilden will, um die Scaparen anzugreifen. Sie will ihm zuvorkommen, indem sie uns mit der Verstärkung der Rebellen in die Stadt lässt.«

Niaff stieß genervt den Atem aus. »Kairra, glauben heißt nicht wissen. Dafür bringe ich nicht meine Leute in Gefahr. Wenn ich euch durch die Claresh-Wüste, zu unserem geheimen Versteck führe, muss ich mir ganz sicher sein.«

Mhatarv nickte. »Das ist verständlich. Ich war seit Cesszias Kindheit in Zekolls Gefangenschaft und bin mir ziemlich sicher, dass sie keineswegs gemeinsame Sache mit Zekoll macht. Sie will ihn loswerden. Was sie allerdings anschließend macht, weiß auch ich nicht. Bisher galt ihr Hauptinteresse meinem Reif der Reisen, mit dem sie von … eurer Welt entkommen wollte.«

»Nicht schon wieder …«, jammerte Niaff.

»Vergesst bitte nicht, dass das Leben meines kleinen Bruders in ihrer Hand liegt«, unterbrach ich Niaffs Einwand. »Mir bleibt nichts anderes übrig, als zurückzukommen, um ihn zu befreien, mit oder ohne Verstärkung.«

»Ich helfe dir auf jeden Fall«, sagte Mhatarv. »Ich muss meinen Reif der Reisen zurückholen. Ohne ihn sitze ich auf eurer Welt fest, egal ob du mir das glaubst oder nicht, Niaff.«

Niaff seufzte resigniert. »Ich werde Kairras kleinen Bruder auch nicht im Stich lassen. So viel weiß ich immerhin. Bei den Sonnen, ich stecke in einem Gewissenskonflikt. Wenn wir uns nur sicher sein könnten.«

Mir fiel noch etwas ein. »Cesszias Zukunftsvisionen sind

echt, sonst hätte sie mich niemals im Cahchtar finden können. Und sie hat Mhatarv nur fangen können, weil sie wusste, wo er auf unserer Welt auftauchte. Ganz bestimmt hat sie eigene Interessen, aber auf keinen Fall gemeinsame mit dem Statthalter. Vielleicht will sie eine Machtübernahme, vielleicht will sie auch nur Mhatarvs Dankbarkeit, damit er sie mit dem Reif auf eine andere Welt mitnimmt. Eine ihrer Visionen besagt, dass unsere Welt immer näher auf die große Sonne zutreibt, dass hier in ein paar Generationen keiner mehr überleben kann. Die Sonnenwelt könnte verglühen.«

Niaff blieb stehen. »Und das hast du mir bisher nicht mitgeteilt? Wozu dann das alles noch?«

»Es vergeht noch einige Zeit bis dahin«, beruhigte der Ahne ihn mit sanfter Stimme. »Sie und ihr würdet das nicht mehr miterleben. Das Ganze beweist nur, dass sie kein Interesse daran hat, uns zu hintergehen. Im Gegenteil, sie braucht uns. Sie braucht den Reif der Reisen und damit mich. Denn ohne meine Hilfe kann sie damit nichts anfangen. Diese Flucht dient meiner Meinung nach zum Teil dazu, mein Vertrauen zu gewinnen. Darum hat sie sich schon jahrelang vergeblich bemüht.«

»Ich fasse es nicht! Was, bei den Sonnen, hat es nur mit diesem Reif auf sich, dass ihr damit immer wieder anfangt?«, stieß Niaff genervt aus.

Mhatarv blieb gelassen. »Dieser Reif ist für Cesszia das Tor zu einer anderen Welt, einer Welt, auf der es sich besser lebt als hier. Selbst unter Folter hat mich Zekoll nicht dazu gebracht, seine Funktion zu verraten. Er hat nun aufgegeben, deshalb wollte er mich und Kairra hinrichten, wir waren für ihn nutzlos. Cesszia hat uns zur Flucht verholfen, damit wir nicht getötet werden.

Von dir und deiner Verbindung zu den Scaparen wusste sie da noch nichts.«

»Stimmt, ich habe ihr erst beim Packen der Vorräte erzählt, dass mein Bruder einen neuen Freund hat, der vielleicht den Weg durch die Wüste kennt. Sie wusste vorher nichts von dieser Möglichkeit. Sie hat nur an unser schnelles Entkommen gedacht, und daran, dass wir mit Verstärkung zurückkommen könnten. Übrigens glaube ich, dass sie in Mhatarv verliebt ist.«

Der Ahne sagte nichts weiter dazu.

Niaff gab sich vorerst geschlagen. »Wie auch immer. Wir haben noch einen langen Weg vor uns. Es ist nicht einmal sicher, ob wir alle lebendig die Wüste durchqueren. Ich kann also in Ruhe alles überdenken.«

Eine Zeit lang gingen wir schweigend im warmen Licht der Scapara-Leuchten weiter. Dann fiel mir noch etwas ein. »Mhatarv, was hattest du an meiner Stirn zu schaffen, als ich schlief?«

»Ich habe versucht, das Signal zu verstärken, damit du Torgahrt erreichen kannst. Wenn es klappt, hat es manchmal einen sehr tiefgreifenden Effekt, weil man auf dieser Ebene die Träumenden dazu zwingen kann, ehrlich zu sein.«

»Nein, nicht schon wieder …«, stöhnte Niaff und beschleunigte seinen Schritt.

Kapitel 23

Unsere Wasservorräte waren fast aufgebraucht, und wir waren mit unseren Kräften am Ende. Inzwischen hatten wir uns beieinander untergehakt, um uns gegenseitig immer weiterzuschleifen. Trotz der weichen Stiefel waren meine Füße von der Dauerbelastung inzwischen taub, so als würden sie nicht mehr zu mir gehören. Dabei ging es mir von uns dreien noch am besten. Ich war die Enge und die Dunkelheit aus dem Cahchtar gewohnt. Niaff und Mhatarv hingegen standen kurz vor einem Zusammenbruch, und mir fehlte die Kraft, sie aufzumuntern.

»Es ist heißer geworden. Kommt euch das auch so vor?«, stieß ich mühsam hervor und bereute jedes Wort, weil mein Hals so trocken war.

»Wir werden hier krepieren, egal wie warm es wird. Entweder wir haben uns verlaufen oder es war von vornherein eine geplante Todesfalle«, krächzte Niaff.

Mhatarv hustete und deutete mit dem Finger nach vorn. »Was ist da?«

Ich folgte dem geraden Verlauf des Tunnels mit meinem Blick, aber über den Lichtschein unserer Scapara-Leuchten hinaus konnte ich nichts erkennen.

»Macht die Lampen kurz aus«, forderte Niaff heiser.

Wir blieben stehen und schalteten nacheinander die Lampen aus. Angestrengt starrte ich in die Richtung und bemerkte nach einer Weile, dass sich irgendwo ganz vorn im Tunnel ein schwacher Lichtschein zeigte.

Fast gleichzeitig schalteten wir unsere Leuchten wieder ein und marschierten weiter. Ich wagte nicht mehr zu hoffen, dass das der lang ersehnte Ausgang war. Und wenn doch, was erwartete uns? Falls die Sonnen noch schienen, würden wir nicht hinauskönnen. Keiner von uns trug eine Schutzölschicht, und ungeschützt konnten wir nicht lange in der Wüste überleben. Aber etwas musste passieren, wir brauchten Wasser.

»Es wird heller«, sagte Niaff mit letzter Kraft.

Ich nickte nur. Vermutlich waren wir alle dehydriert und litten an Halluzinationen.

Mit jedem Schritt wurde es wärmer und die Luft noch stickiger. Wir folgten einer weiteren Tunnelbiegung und standen plötzlich vor einem runden Metalltor. Durch die schmalen Ritzen zwischen Wand und Tor trat gleißendes Licht herein.

Ich sackte auf die Knie. »Wir wissen nicht, wann die Sonnen untergehen. Jetzt können wir nicht raus, das wäre unser Todesurteil.«

»Wir brauchen Wasser«, keuchte Niaff. »Sonst stehen wir das Warten nicht mehr durch. Gebt mir eure Tücher.«

Mhatarv blickte ihn verständnislos an. Folgte dann aber meinem Beispiel und wickelte sich das lange Tuch, welches er zu Beginn unserer Flucht noch über seinen Haaren getragen hatte, von den Hüften. »Was hast du vor, Scapare?«

»Die Tücher der Verraner schützen gegen Verbrennungen beinahe so gut wie eine Schutzölschicht. Ich gehe kurz raus und suche nach Bogarra. Ich weiß, woran man die Stellen erkennt, wo die Kakteen wachsen.«

Ich nickte und half ihm, sich einzuwickeln. Jede freie Hautfläche musste bedeckt werden, nichts durfte den Sonnen ausgesetzt werden. Aber Niaffs Plan war der einzige, der uns bis zum Sonnenuntergang am Leben halten könnte. Wir waren schon viel zu lange unterwegs.

Er schüttelte einen unserer fast leeren Säcke aus. »Kairra, gib mir dein Messer. Geht von dem Tor weg, damit euch die Strahlen nicht treffen. Wartet hinter der Biegung auf mich.« Seine Stimme klang dumpf hinter dem straff gewickelten Tuch.

Ich zog Mhatarv mit mir hinter die letzte Tunnelbiegung und blickte vorsichtig um die Ecke. Hoffentlich fand Niaff schnell ein paar Kakteen, sonst würde er in seinem Zustand dort draußen nicht lange überleben.

Die heiße Luft drang wie ein explodierendes Feuer zu uns herein, als er das Tor öffnete und gleich danach wieder quietschend schloss.

Mhatarvs Stimme klang krächzend. »Das kann niemand lebendig überstehen.«

Ich sah ihn an. Sein ebenmäßiges Gesicht war eingefallen, seine Lippen aufgeplatzt, und unter seinen Augen lagen dunkle Schatten. »Du warst noch nie außerhalb des Schildes, oder?«

Er schüttelte schwach den Kopf.

»Mit entsprechendem Schutz der Haut kann man trotzdem kurz tagsüber hinaus. Niaff wird wissen, was er tut. Hoffen wir, dass er schnell ein paar Bogarra findet. Die Kakteen haben ein saftiges Fruchtfleisch, damit kann man nicht nur den Durst löschen, das kann man auch essen. Nur die Stacheln sind giftig.«

Er wirkte genauso erschöpft wie ich und nickte nur matt. »Können wir nichts tun?«

»Nein, wir können nur warten und versuchen, uns auszuruhen. Aber wir sollten direkt hinter dem Tor lagern, falls Niaff es nicht mehr schafft, es von außen zu öffnen.«

Obwohl es dort noch heißer war, schleppten wir uns nah an den Ausgang und lehnten uns an die Tunnelwand. Es dauerte nicht lange, und wir schliefen Schulter an Schulter ein.

Irgendwann wurde ich von einer Stimme in meinem Inneren geweckt, die Ähnlichkeit mit Torgahrts hatte. Was er sagte, verstand ich nicht, aber es klang nach einer Warnung. Obwohl ich kaum meine brennenden Augen öffnen konnte, zwang ich mich dazu.

Mhatarvs Kopf lastete schwer an meiner Schulter. Er schien das Bewusstsein verloren zu haben. Vorsichtig bettete ich ihn auf den Boden. Irgendetwas sagte mir, dass ich nach draußen musste, und das schnell. Doch dann würden ihn hier die Strahlen der Sonnen treffen, die immer noch durch die Ritzen schienen. Bis zur Abbiegung konnte ich ihn nicht mehr ziehen, dafür fehlte mir die Kraft.

Ich löste mit zitternden Fingern seinen Zopf und strich ihm die Haare über das Gesicht. Nadorr sei Dank, er hatte so dichtes schweres Haar, und es war lang genug, um sein Gesicht und den Hals zu bedecken. Seine Hände schob ich unter seinen Körper. Das musste reichen, selbst wenn die Sonnenstrahlen ihn kurz treffen würden.

Dann nahm ich den letzten Sack und schüttelte ihn aus. Bis auf die leeren Wasserbehälter war nur noch Cesszias Kette mit dem Scapara-Stein drin. Unser einziges Messer hatte Niaff mitgenommen. Der Stein war zwar nicht scharfkantig, aber spitz, sodass ich damit einen kleinen Schlitz in den Sack reißen konnte. Es kostete mich viel Kraft, aber so durfte unsere Flucht nicht enden.

Endlich war der Riss groß genug, um etwas sehen zu können. Ich setzte den Sack auf meinen Kopf und kämpfte dagegen an, ohnmächtig zu werden. Meine Augen, meine Nase und mein Mund waren so staubtrocken wie die Wüste, die da draußen auf mich wartete. Der Sack machte es noch schlimmer. Aber er war groß genug, dass er auch meine Schultern über dem Hemd zusätzlich schützte.

Jetzt waren nur noch meine Hände unbedeckt. Ich zog meine Jacke aus und verkehrt herum wieder an. So konnte ich die Ärmel wie Handschuhe benutzen. Als Nächstes nahm ich einen tiefen Atemzug und wappnete mich für die Hitzewelle, die mir nach dem Öffnen der Tür entgegenschlagen würde.

Kaum hatte ich das Tor auf, überwältigte mich die heiße Wüstenluft mit voller Wucht. Selbst durch den Sack schien das grelle Sonnenlicht schmerzhaft hell. Es war unmöglich, etwas zu sehen, und an Luft holen war auch nicht zu denken. Mit letzter Kraft schloss ich das Tor hinter mir und hockte mich in den heißen Sand, um mich so klein wie möglich zu machen.

Ich war nicht mehr an die Hitze gewöhnt. Am liebsten wäre ich einfach nur umgefallen und liegen geblieben. Was konnte ich schon ausrichten? Ich würde Niaff hier draußen niemals finden. Es war zu Ende, Zeit, aufzugeben.

»Lorrin«, keuchte ich mit letzter Kraft. »Ich schaffe es nicht.« Ich hätte geweint, aber ich hatte keine Tränen mehr. Bilder tauchten vor meinen geschlossenen Augen auf. Paddin, mein alter Lehrmeister, Lorrin, Mhatarv und Niaff erschienen, um sich zu verabschieden.

Zurück in den Tunnel würde ich es nicht mehr schaffen. Ich sackte auf der Stelle einfach tiefer in den heißen Sand und ergab mich den Sonnen.

Kurz bevor mein Bewusstsein schwand, hörte ich in der Ferne ein Horn. War das Nadorrs Horn? Ich hob kraftlos den Kopf und öffnete meine schmerzenden Augen. Tatsächlich, das Licht schien nicht mehr so hell durch den Sack, es wurde schwächer. Ich musste nur noch ein bisschen durchhalten. Jede Faser meines Körpers zitterte vor Überhitzung. Aber wenn die Sonnen jetzt untergingen, konnte ich es noch aushalten.

War es erst das erste Signal oder schon das zweite? Im Tunnel hätten wir das erste nicht hören können. Wie lange dauerte es noch bis zum Sonnenuntergang?

»Halte durch!« Ich glaubte, Torgahrts donnernde Stimme zu vernehmen. *»Du bist stark!«*

Ich schnaufte verächtlich. Der hatte gut reden.

Unbeweglich verharrte ich in meiner zusammengerollten Position. Bildete ich es mir ein oder war es schon deutlich dunkler geworden? Das Atmen fiel mir etwas leichter. Hearre, die große Sonne, musste untergegangen sein. Die sengende Strahlung war vorbei. Mein Körper war zwar noch überhitzt, aber die Last der gefährlichsten Sonne wich von meinen Schultern.

Nur noch ein bisschen durchhalten, dann wäre mir auch Nemarre nicht mehr gefährlich. Dann könnte ich Niaff suchen. Und Kakteen. Hoffnung durchflutete mich. Mhatarv würde sicher noch so lange aushalten. Schwerfällig richtete ich mich auf.

Das rote Licht der Dämmerung schien durch den Schlitz

im Sack. Vorsichtig zog ich ihn ganz ab. Die Schönheit des Sonnenuntergangs zwang mich fast wieder in die Knie. Der Wüstensand hatte sich rot gefärbt, direkt über mir erschien Nadorr, der kleine Mond. Vor Dankbarkeit holte ich tief Luft.

Obwohl der Anblick atemberaubend war, durfte ich keine Zeit vergeuden. Ich blickte mich um, ein paar Schritte hinter mir lag das Tor verborgen in einer hohen Sanddüne. Um mich herum reihten sich die endlosen Sandberge der Claresh auf.

Vielleicht hatte Niaff nicht zurückgefunden? Ich sammelte meine ganze Kraft und rief, so laut ich konnte: »Niaff!« Aber mehr als ein leises Röcheln kam mir nicht über die Lippen.

Wenn ich mich zu weit von dem Eingang zum Tunnel entfernte, konnte ich mich verlaufen. Hier sah alles gleich aus. Um mehr Überblick zu bekommen, musste ich auf die Sanddüne über dem Tor klettern. Ich zog meine Jacke aus, steckte sie in den Sack und befestigte ihn mir wieder auf dem Rücken.

Ich kam nicht weit, irgendetwas hatte meinen Fuß geschnappt und ließ mich stolpern. Ich fiel mit dem Gesicht in den Sand und bekam keine Luft mehr, während mein Fuß immer noch festhing.

Panisch vor Schreck drehte ich mich um und versuchte, mein Bein wegzuziehen. Was war das? Etwa eine Echsenfalle oder ein gefährliches Wüstentier? Ich hatte keine Waffen. Egal wie stark ich daran zerrte, der Sandhaufen gab mich nicht frei.

»Verdammte Sonnen«, fluchte ich und trat mit voller Wucht zu. Daraufhin kam Bewegung in die Düne.

»Kairra?«, fragte eine heisere Stimme leise. Dann folgten lautere Spuck- und Hustengeräusche. »Was machst du denn hier draußen?«

Aus dem Sandberg schälte sich Niaff. Er musste sich eingegraben haben, als er nicht mehr weiterkonnte.

Im ersten Moment war ich starr vor Erstaunen, aber dann sprang ich auf. »Nadorr, bin ich froh, dass du noch lebst. Ich wollte dich suchen. Wir konnten nicht mehr warten. Warum bist du nicht die paar Schritte weiter gegangen? Das Tor war so nah.« Neue Hoffnung erfüllte mich. Es tat so gut, ihn wiederzusehen.

Niaff nahm das Tuch von seinem Gesicht und stöhnte vor Erleichterung. »Ich war vollkommen geblendet und habe es nicht mehr gefunden. Bevor ich die Hitze nicht mehr aushalten konnte, habe ich mich lieber eingegraben, um auf die Dunkelheit zu warten. Aber ich habe fünf große Bogarras geerntet. Das heißt, eigentlich sechs, aber die eine musste ich vorher schlachten.«

Glücklich fiel ich ihm um den Hals. »Wir müssen zu Mhatarv. Er ist noch drinnen und hat schon vor längerer Zeit das Bewusstsein verloren. Du warst so lange weg. Wir dachten, du wärst verloren.«

»Ich bin ein Scapare.« Niaff stellte mich lächelnd wieder in den Sand. »Ich weiß, wie man hier draußen überlebt.« Er hockte sich hin und grub im Sand herum, bis er den prall gefüllten Sack an die Oberfläche befördert hatte. »Komm, ihr müsst schnell etwas trinken.«

Niaff hielt mir einen Trinkschlauch entgegen, und ich nahm einen kräftigen Schluck, bevor ich ihm half, den schweren Sack zum Eingang zu tragen.

Wir ließen das Tor offen. Ich kümmerte mich um Mhatarv, während Niaff mit meinem Messer eine Bogarra entstachelte und mit dem Saft der Frucht einen Trinkschlauch füllte. Behutsam öffnete ich den Mund des Ahnen, damit ich die wertvolle Flüssigkeit in seinen Mund fließen lassen konnte. Zuerst nur kleine Tropfen, bis er selbst anfing, gierig zu schlucken. Vorsichtig dosierte ich die Menge. Zu viel auf einmal war in seinem Zustand auch nicht gut. Langsam kam der Ahne wieder zu sich.

Er öffnete die Augen und sah mich verwirrt an. Dann warf er einen Blick auf Niaff und schien zu verstehen. »Bei den Göttern, das war selbst für mich als Ahnen knapp. Danke, Niaff. Du hast was gut bei mir.«

Der Scapare lachte. »Fang damit an, nicht mehr über Götter zu reden.«

Ich grinste und dachte an Torgahrt. Hatte er wirklich mit mir gesprochen oder war das der Wahn der Sonnen?

Wir setzten uns nach draußen neben das offene Tor, wo wir den freien Himmel, Nadorr und die Sterne sehen konnten. Die Luft war nun angenehm warm, und alles um uns herum wirkte friedlich. Wir teilten das Fruchtfleisch unter uns auf und aßen schweigend. In diesem Moment fühlte ich mich fast glücklich. Nur Lorrin fehlte mir.

»Wenn wir genug gegessen und getrunken haben, müssen wir weiter, um so viele Stunden der Nacht wie möglich zu nutzen. Schafft ihr das?«, fragte Niaff mit vollem Mund.

»Uns bleibt wohl nichts anderes übrig«, sagte ich.

»Das werden wir«, antwortete der Ahne. »Doch verrate mir noch, wie konntest du unter dem Sand Luft holen?«

»Die Tücher, die uns Cesszia mitgegeben hat, sind nicht nur ein guter Sonnenschutz, sondern eignen sich auch als Filter. Ich musste nur aufpassen, dass der Sand darüber nicht zu dicht wurde. Dann hatte ich ausreichend Luft. Ihr werdet das bald auch ausprobieren müssen, fürchte ich«, erklärte Niaff.

»Das dachte ich mir schon.« Ich seufzte. »Trotzdem sollten wir heute Nacht ein paar Ratten fangen, damit wir uns besser vor den Sonnen schützen können. Wir brauchen ihr Fett und vermischen das mit dem Sand. Das dürfte für eine leichte Schutzschicht reichen. Solange wir nah genug am Cahchtar sind, finden wir noch genügend Ratten.«

»Gute Idee«, stimmte Niaff zu.

»Rattenfett?«, stöhnte Mhatarv und verzog angewidert sein Gesicht. »Aber wenn es hilft …«

Während Niaff die restlichen Kakteen von den Stacheln befreite und wir unsere Wasserschläuche wieder füllten, genossen wir die kurze Atempause. Die Nacht würde noch lang werden. Doch wir waren endlich diesem endlosen Tunnel entkommen und damit einen Schritt weiter. Allerdings würde es noch ein langer Weg werden, bis wir Lorrin endlich befreien konnten.

Kapitel 24

Während Mhatarv am Tunnelausgang auf uns wartete, hatten Niaff und ich am Rand des Cahchtars ein paar Ratten gefangen und getötet. Bevor wir uns in die Wüste wagten, bereitete ich nach Paddins Rezept eine Schutzölschicht zu und verteilte die Paste an die anderen. Etwas davon behielt ich für mich selbst. Wir mussten sie gleich auftragen, da wir keinen Behälter hatten, um sie aufzubewahren. In der Zeit nahm Niaff die Ratten aus, damit wir sie morgen durch die Sonnen grillen konnten. Dann brachen wir auf.

Da Niaff offenbar wusste, in welche Richtung wir laufen mussten, um in das Kaszareh-Gebirge zu den Rebellen zu gelangen, folgten wir ihm. Weder Mhatarv noch ich hätten uns hier in der Wüste zurechtgefunden. Er, weil er auf der Sonnenwelt noch nie außerhalb von Decta-Verra gewesen war, und ich, weil ich mich bisher nur so weit hineingetraut hatte, wie ich noch Blickkontakt zum Cahchtar hatte.

Der Sand knirschte unter unseren Füßen und wirbelte bei jedem Schritt leicht auf. Bisher war es angenehm warm und eher windstill, sodass wir gut vorankamen. Die Wüste empfing uns sanft und strahlte eine einladende Ruhe aus. Ich wusste, dass sich das schnell ändern konnte.

Nach einiger Zeit blickte Niaff zu uns zurück und unterbrach die Stille. »Wenn mich nicht alles täuscht, finden wir bis zum Morgenrot einen sicheren Unterschlupf. Doch dafür müssen wir einen Schritt zulegen.«

»Etwas Besseres als ein Loch im Sand?«, fragte Mhatarv.

Niaff nickte. »Ich will euch ja nicht zu viel Hoffnung machen, doch anhand der Sterne kann ich ungefähr einschätzen, wo wir aus dem Tunnel herausgekommen sind. Mit etwas Glück schaffen wir es bis dahin. Aber wir werden uns keine lange Pause erlauben können. Die Nächte sind kürzer als die Tage, und wir haben durch die Rattenjagd schon viel Zeit verloren.«

Ich sparte mir die Puste, da wir gerade wieder eine der größeren Sanddünen hochstapften. Niaff ging wie immer voran, an seinem Gürtel baumelten fünf ausgeweidete Ratten. Inzwischen wirkte nicht mal das Mädchenkleid an ihm lächerlich. Er wusste immer, was er zu tun hatte, so als wäre die Wüste sein Zuhause. Ich war dankbar, dass Nadorr ihn zu unserem Gefährten gemacht hatte.

Auch Mhatarv schlug sich tapfer, selbst als er sich widerwillig die Schutzölschicht auftragen musste. Allerdings hatten ihn die lange Bewusstlosigkeit und der Flüssigkeitsmangel etwas geschwächt, vielleicht fehlte ihm nur die Kraft, zu protestieren.

»Wie ist deine Welt eigentlich, Mhatarv?«, fragte ich, als wir die Düne wieder runterrutschten.

»Das komplette Gegenteil von eurer Welt. Alles ist dort grün und fruchtbar; was wir auch anpflanzen, wächst. Wir haben nur eine Sonne, und die ist zwar warm, aber nicht tödlich wie eure.«

»Er träumt, das ist sicher die Folge der langen Gefangenschaft«, stichelte Niaff, der unser Gespräch mitbekommen hatte, obwohl er ein paar Schritte vorauslief.

Ich seufzte. »Selbst wenn es so wäre, ist das eine willkommene Abwechslung.«

Niaff zuckte nur mit den Schultern und beschleunigte wieder das Tempo.

Der Wind hatte zugenommen und wirbelte den Sand viel stärker auf. Wir mussten die Tücher um Mund und Nase wickeln. Dadurch war unser Gespräch ohnehin vorerst beendet.

Schweigend kämpften wir uns weiter durch den tiefen Sand. Trotz der Nacht war es nicht stockfinster in der Wüste. Nadorr und unzählige Sterne leuchteten uns den Weg. Wir nahmen eine Düne nach der anderen. Krochen manchmal auf allen vieren hinauf und rutschten auf unseren Hintern wieder herunter. Aber alles war besser als der Tunnel. Den freien Himmel über mir zu haben, bereitete mir reine Freude, auch wenn unsere Lage dadurch nicht einfacher wurde. Denn der Marsch durch den endlosen Sand, immer dem Wind entgegen, war um einiges anstrengender als der Weg durch den Tunnel.

Während wir versuchten, möglichst schnell voranzukommen, verloren wir erneut unser Zeitgefühl, bis hinter uns ein schmaler roter Lichtschimmer auftauchte und Niaff uns noch stärker antrieb.

Sogar Mhatarv wusste, was das bedeutete. Wir drehten uns nicht um, sondern konzentrierten uns auf unsere letzten Kraftreserven und rannten dem Scaparen hinterher, so schnell wir noch konnten. Je heller der Sand unter unseren Füßen erschien, umso entschlossener kämpften wir uns voran. Es war ein gnadenloser Wettlauf mit dem Sonnenaufgang. Hearres erster, aber noch schwacher Strahl erhitzte schon unsere Rücken, als Niaff plötzlich vor einer Düne stehen blieb und den Sand davor durchwühlte.

Durch den dichten Sturm konnte ich kaum erkennen, was

er da machte. Ich sah nur, dass er uns zu sich winkte und dann plötzlich in einer Öffnung im Boden verschwand.

Ich packte Mhatarv am Arm und zog ihn mit mir. Gemeinsam stolperten wir bis zu der Stelle. Erst da entdeckte ich, dass Niaff einen großen kreisrunden Deckel geöffnet hatte. Ohne lange nachzudenken, schwang ich mich hinein und zog Mhatarv mit mir.

Der Ahne schloss die Öffnung hinter uns, kaum dass er hindurchgeklettert war. Keinen Moment zu früh, bevor die ersten vollen Sonnenstrahlen uns erreicht hätten.

Außer Atem standen wir auf einer Treppe, die noch viel tiefer ins Dunkle führte. Unten wartete Niaff mit einer Leuchte in der Hand.

Er hatte sein Tuch vom Gesicht genommen und lachte uns entgegen. »Geschafft, das war knapp. Nadorr schütze die Seelen unserer Vorfahren, die diese Höhlen in der Wüste errichtet haben.«

Vor Erschöpfung gaben meine Beine nach, und ich fiel die Stufen herunter, Niaff direkt in die Arme. Der Scapare schleuderte mich herum und lachte dabei weiter. So ausgelassen hatte ich ihn noch nie erlebt. Die Freude, den tödlichen Strahlen der Sonnen entkommen zu sein, schien ihm neue Energie zu geben.

»Wisst ihr, wo ihr seid?« Er deutete hinter sich in die Dunkelheit. »Das ist einer der großen Überlebensräume; wenn wir Glück haben, finden wir hier alles, was man im Notfall in der Wüste braucht. Kommt mit mir.«

Inzwischen stand Mhatarv neben mir und wickelte sich genau wie ich das Tuch vom Gesicht. Er hustete heftig, um seine

Lungen frei zu bekommen. Als er sich ein wenig beruhigt hatte, folgten wir Niaff, der auf dem Weg ins Innere noch weitere Scapara-Leuchten einschaltete.

Der Raum war hoch, sodass wir gut stehen konnten, und er reichte viel weiter, als ich zuerst angenommen hatte. Die Wände bestanden aus Felsen, in die regalähnliche Ausbuchtungen gehauen waren. Darin stapelten sich etliche verschlossene Gefäße. Am Boden standen überall Truhen. In der hintersten Ecke befand sich ein Lagerplatz mit Decken. Alles war von einer dichten Sandschicht bedeckt, so als wäre hier schon lange niemand mehr gewesen.

»Nadorr sei Dank«, rief ich aus.

»Bei den Göttern!«, staunte Mhatarv.

Niaff rollte mit den Augen. »Weder irgendwelche Götter noch unser kleiner Mond haben damit etwas zu tun. Dafür müsstet ihr meinen Leuten, den Scaparen, danken, die das alles vor ewiger Zeit in Betrieb genommen und über die Jahre hinweg instand gehalten haben. Hier finden wir sicher auch Waffen und Werkzeug.«

Er öffnete eine Kiste und zog eine Hose hervor. »Endlich raus aus dem Kleidchen«, sagte er grinsend und zerrte es sich vom Körper.

Nachdem er sich umgezogen hatte, sah er tatsächlich so aus, wie ich mir einen Scaparen vorgestellt hatte. Seine Hose war aus Echsenleder, das sicher keinen Sonnenstrahl durchlassen würde, und darüber ein lockeres sandfarbenes Hemd aus einem weichen Material.

In der Truhe befanden sich noch weitere Hemden und Hosen, sodass Mhatarv und ich ebenso bestens ausgerüstet sein würden. Außerdem lagen dort mehrere Kapuzenumhänge aus Echsenleder, die uns besser schützen konnten als Cesszias Tücher.

Mhatarv entdeckte in einer anderen Truhe Waffen und Seile. »Wofür ist das denn?«, fragte er und hielt ein sehr dickes und merkwürdig verknüpftes Seil hoch.

»Zaumzeug für Zhiimbous«, antwortete Niaff.

Ich blickte verwundert auf. »Was soll das denn in einer Notbehausung?«

»Wenn wir eine kleine Lockflöte dazu finden, können wir uns heute Nacht eine Echse rufen. Auf ihrem Rücken durchqueren wir die Wüste viel schneller.«

»Das ist nicht dein Ernst? Nie im Leben steige ich auf so eine Bestie.« Vor meinem geistigen Auge tauchten die grauenvollen Bilder aus der Arena auf.

»Stell dir einfach vor, dass wir so deinen Bruder schneller retten können. Es ist nicht so schlimm, wie ihr denkt. Ich habe das schon oft gemacht.« Niaff suchte in der Truhe und fand einen kleinen länglichen Gegenstand. »Da ist sie ja. Meine Vorfahren haben wirklich an alles gedacht. Das wird uns Tage an Zeit einsparen.«

Mir wurde übel bei der Vorstellung von einem Ritt auf so einem Monstrum. Aber andererseits, wenn es möglich war und er das schon öfter gemacht hatte, konnten wir wirklich Zeit gewinnen. Zu Fuß durch die Wüste zu reisen, noch dazu bei Sturm, würde sonst ewig dauern.

Mhatarv hatte zu der Aussicht, morgen Nacht einen Ritt auf diesen Viechern zu wagen, geschwiegen. Stattdessen öffnete er einen der Behälter aus dem Regal und hielt ihn sich unter die Nase. »Riecht gut. Was ist das?«

Ich schnupperte kurz an dem Fass. »Bogetsh! Das ist Wein aus dem vergorenen Saft der Bogarrafrucht. Mein alter Lehrmeister, Paddin, hat öfter welchen gebraut und damit gehandelt. Wenn wir jetzt auch noch etwas zu essen finden, wird das ein netter Tag.«

Gemeinsam öffneten wir noch weitere Behälter. Wir fanden eine Menge brauchbarer Dinge. Eingelegte Kaktusfeigen, haltbar verpacktes Trockenfleisch und mehrere Behälter mit Wasser.

Als wir uns zusammen auf die Decken setzten und unsere Mahlzeit teilten, hatten wir alle schon einiges von dem Wein getrunken. Der Ahne schien keinen Alkohol gewohnt zu sein und schlief bald ein. Damit er sich ausruhen konnte, nahmen wir eine andere Decke und gingen etwas weiter in den Gang hinein, um ihn mit unserem Gerede nicht zu stören.

Niaff reichte mir den Wein. Ich nahm einen tiefen Schluck und lächelte selig. »Schon komisch, wie glücklich man sein kann, wenn man so einen Unterschlupf findet.«

»Wir hatten auch Glück. Der Tunnel hätte uns an einer ganz anderen Stelle in die Wüste entlassen können. Dann würden wir jetzt unter dem heißen Sand auf den Untergang der Sonnen warten.«

»Und noch größeres Glück hatten wir, dass du uns begleitest. Niemals hätte ich es mit Mhatarv allein so weit geschafft.«

»Das glaube ich nicht, Kairra. Du bist sehr zäh und tapfer, ihr hättet einen Weg gefunden.« Er nahm mir das Fass wieder ab. »Übrigens danke für den Versuch, mich zu retten. Auch wenn es dumm war, bei Tageslicht aus dem Tunnel zu kriechen, so hat mich dein Mut beeindruckt.«

»Irgendetwas musste ich tun.« Ich sah ihm in die Augen. »Wenn du es nicht gewagt hättest, trotz der Sonnen nach Bogarras zu suchen, wären wir alle nicht hier. Danke, Niaff. Damit hast du dir mein absolutes Vertrauen verdient.«

Er blickte mich mit schmalen Augen an. »Vorsicht, Kairra, du weißt nichts von mir.«

Ich nahm einen weiteren tiefen Schluck und kicherte. »Du meinst, abgesehen davon, dass du ein Wandler und ein Scapare bist, gibt es noch mehr Geheimnisse?«

Niaff seufzte und beugte sich näher zu mir. »Viel mehr, aber das muss dir erst einmal reichen.« Er strich mir sanft eine meiner Haarsträhnen aus dem Gesicht und lächelte versonnen. »Es ist mir eine Ehre, mit dir zusammen die Wüste zu durchqueren, Kairra.« Seine Stimme klang rau.

Ich sah ihn nachdenklich an. Er war so anders als die Männer, die ich bisher kennengelernt hatte. In seiner Nähe fühlte ich mich gleichzeitig sicher und verunsichert. Er zog mich an. Bei Mhatarv war das anders, ich mochte ihn gern und bewunderte ihn, aber er war eher wie ein Bruder. Wie ein großer Bruder zwar, aber dennoch wie ein Teil der Familie, obwohl seine Erscheinung auch sehr anziehend war.

Mir wurde warm, als ich merkte, dass Niaff mich still betrachtete. »Was denkst du, Niaff?«, fragte ich leise.

Er schlug kurz die Lider nieder, als er sie wieder öffnete, wirkte sein Blick noch intensiver. »Hast du schon mal einen Mann geküsst?«

Ich lachte unsicher. »Ja, klar! Lorrin und Paddin.«

Plötzlich war sein Kopf ganz nah. Ich konnte seinen Atem auf meinem Gesicht fühlen. Dann spürte ich seine warmen Lippen auf meinen und schloss die Augen. Sein Kuss prickelte von meinen Zehen bis zu den Haarspitzen. Am liebsten hätte ich mich in seine Arme geworfen, doch plötzlich hatte ich Angst. Was wäre, wenn er das mit allen Frauen so machte? Paddin hatte mich vor Männern gewarnt, die Frauen zu schnell erobern wollten. Gerade die Scaparen nahmen es mit der Treue wohl nicht so ernst.

Sanft schob ich ihn von mir weg. »Nicht, Niaff.«

Er wandte den Kopf ab und atmete langsam ein, bevor er mich wieder ansah. »Tut mir leid, Kairra. Ich konnte der Versuchung nicht widerstehen, du bist eine faszinierende Frau.«

Ich seufzte. »Du musst dich nicht dafür entschuldigen. Es war ein sehr schöner Kuss, aber der Alkohol täuscht vielleicht unseren Verstand, wir könnten es morgen bereuen.«

Niaff stand auf und reichte mir seine Hand. »Wir müssen nichts überstürzen. So wie es aussieht, haben wir noch einen langen gemeinsamen Weg vor uns. Komm, gehen wir zu Mhatarv und legen uns auch schlafen. Wir brauchen unsere Kraft für andere Dinge.«

Ich nahm die Decke und folgte ihm. Irgendwie fühlten sich meine Knie wackelig an, und das lag nicht nur an der Erschöpfung oder am Wein. Wir legten uns neben den Ahnen. Wieder lag ich in der geschützten Mitte. Kaum hatte ich die Augen geschlossen, spürte ich, wie Niaff ganz behutsam seinen Arm um mich legte. Das hatte er während unserer kurzen Ruhephasen im Tunnel öfter gemacht, aber jetzt empfand ich es anders. Nach dem Kuss hatte sich in mir etwas verändert.

Es fühlte sich gut an, aber ich war nicht mehr so unbefangen. Ich kam nicht mehr dazu, darüber nachzudenken, ich war angetrunken und viel zu erschöpft. Die Wirklichkeit verschwamm hinter meinen geschlossenen Lidern und machte den Träumen Platz.

Kapitel 25

Der Junge aus dem Cahchtar erwies sich schnell als nützlich. Kaum hatte Zekoll sie beide zurückgelassen, sah der Kleine sich die Abhöranlage an. Mit ein paar Hilfsmitteln aus der Küche und Drähten aus der Gärtnerei bastelte er ein winziges unauffälliges Zubehör, das von nun an immer einen leisen Summton von sich gab, wenn Zekoll oder seine Diener sie abhören wollten.

Trotzdem bat Cesszia den Jungen, nur frei und offen zu sprechen, wenn sie sich in ihrem Garten aufhielten. Sie durften nicht unvorsichtig werden. Seit der Flucht der Auserwählten mit dem Ahnen waren eine Nacht und ein halber Tag vergangen. Offensichtlich hatte ihr Cousin nichts Belastendes gefunden, denn sonst würde sie schon mit dem Jungen im Gladiatorenloch schmoren oder Schlimmeres.

Sie hoffte, dass sie sich bald wieder frei im Palast bewegen durfte, würde Zekoll aber nicht drängen, damit sie keinen Verdacht erregte. Doch diese Untätigkeit begann, sie zu langweilen. Sie sah sich nach dem Jungen im Garten um.

Er saß am Brunnen und ließ das Wasser über seine Hände laufen. Mit seinen langen hellen Locken sah er der Auserwählten ziemlich ähnlich. Als er sie bemerkte, blickte er auf. »Cesszia, wie lange brauchen die drei bis zum Gebirge und wieder zurück?«

Cesszia seufzte. »Ich weiß nicht mal, wie lange sie durch die Tunnel brauchen. Auf den Plänen fehlten die Maße. Wir werden geduldig sein müssen. Wenn dir langweilig ist, kann ich versuchen, dir Lesen und Schreiben beizubringen.«

Er sah sie mit großen Augen an. »Das kannst du?«

»Ja, sicher. Als Cousine des Statthalters bin ich als Kind unterrichtet worden. Ich kann sogar Rechnen.«

»Ich möchte alles lernen, was du mal gelernt hast. Lass uns gleich anfangen«, antwortete der Junge begeistert.

Cesszia lachte. Der Kleine war neugierig und schlau, das merkte man ihm deutlich an. Diese Aufgabe würde sie ablenken, und sie könnten die Wartezeit nützlich verbringen. Sie klatschte in die Hände und rief ihre Dienerin.

»Ledinnia, bring mir mein erstes Lesebuch. Es steht im Schlafraum. Und aus meinem Büro auch gleich ein paar Bögen Papier und Feder und Tinte.«

Als ihre treue Dienerin verschwand, um alles zu erledigen, plapperte der Junge weiter. »Ich würde so gerne den ganzen Palast erkunden. Was meinst du, wie lange der Statthalter uns hier noch schmoren lässt?«

»Die Launen meines Cousins sind unergründlich. Wir müssen beide auch in dieser Hinsicht Geduld haben.«

»Wenn wir deine Räume verlassen dürfen, können wir dann auch die Stadt besuchen?«

Cesszia schüttelte den Kopf, leider musste sie ihn wieder enttäuschen. »Außer bei offiziellen Stadtbesuchen kann ich mich selbst nicht frei in der Stadt bewegen. Aber ich kann dir die Stadt vom Palastdach aus zeigen, wenn wir meine Räume wieder verlassen dürfen.«

»Dann bist du selbst eine Gefangene hier im Palast?«

»Zekoll und ich sind einfach zu bekannt. Das ist der Preis,

Teil der Herrscherfamilie in Decta-Verra zu sein. Wenn wir uns dem Volk in der Stadt präsentieren, dann immer im Gefolge aller ranghohen Palastmitglieder und unzähligen Leibwächtern. Das habe ich deiner Schwester schon erzählt. Einen derartigen Aufwand erlauben wir uns nicht mehr als einmal pro Sonnenwende.«

»Und du warst nicht mal heimlich da?«

Sie lachte. »Doch, ich war schon verkleidet dort. Aber gerade jetzt ist es zu gefährlich für uns. Bis deine Schwester zurück ist, sollten wir uns möglichst unauffällig verhalten.«

Der Junge nickte verständig. Er hatte sich bisher tadellos verhalten. Zum Schlafen hatte sie ihn letzte Nacht bei Ledinnia untergebracht. Da würde er auch in der nächsten Zeit bleiben. Die beiden hatten sich gut verstanden.

Sowie Ledinnia mit dem Buch und den Bögen zurückkehrte, vertieften sie sich zu dritt in die Buchstaben und erklärten dem Kleinen, wie man sie sich merken konnte. Cesszia fand es wichtig, dass jeder ihrer Getreuen lesen und schreiben konnte. Sie hatte es sogar ihren stummen Leibwächtern beigebracht. Das hatte sich bisher immer als nützlich erwiesen.

Cesszia war in ihrem Element. Einem wissbegierigen Jungen etwas beizubringen, machte Spaß. Sie war vollkommen abgelenkt und bemerkte erst spät, dass einer von Zekolls privilegierten Sklaven sich ihnen genähert hatte.

»Geehrte Dame Cesszia«, sprach er sie formvollendet an und machte dabei ein schadenfrohes Gesicht. »Unser geliebter Herrscher und Statthalter wünscht umgehend die Anwesenheit seiner Cousine. Wenn Ihr mir gleich folgen mögt.«

Cesszia merkte, wie ihr das Blut aus dem Gesicht wich. Wie

gut, dass die dicke Farbschicht ihre Aufregung verbarg. Wenn dieser kleine Wurm so begeistert wirkte, war der Anlass von Zekolls Einladung sicherlich kein guter.

Sie nickte ihren Leibwächtern zu, damit sie ihr folgten, und fragte beiläufig: »Wie war noch mal dein Name? Saures?«

»Taurres!«, zischte der Privilegierte und durchbohrte dabei mit seinem Blick den leise kichernden Lorrin.

»Oh, wie konnte ich das nur verwechseln? Ich würde dich ja fragen, warum mein geliebter Cousin mich zu sehen wünscht, aber ich denke, einem so unwichtigen Sklaven offenbart sich unser Herrscher nicht.«

Der Sklave rollte mit den Augen. »Tatsächlich ahne ich nicht, was unser geliebter Herrscher wünscht. Ich führe nur seine Befehle aus.« Er verbeugte sich.

Der silberne Junge war nicht viel älter als der Bruder der Auserwählten. Doch die Zeit, die er als Privilegierter im engsten Kreis der Leibsklaven verbrachte, hatte ihn bereits verdorben. Nur ein heimtückischer Charakter schaffte es, so lange in der Nähe von Zekoll zu überleben.

Cesszia blickte zu Ledinnia. »Achte auf meinen kleinen Lebensretter Lorrin, während ich bei meinem Cousin verweile. Es soll ihm an nichts fehlen.«

»Natürlich, meine geehrte Dame. Er hat es sich verdient«, beeilte sich ihre Dienerin zu bestätigen. »Ihr könnt Euch auf mich verlassen.«

Cesszia entging nicht, wie Taurres, noch bevor er sich abwandte, dem Jungen aus dem Cahchtar einen verächtlichen Blick zuwarf. Es war ihm deutlich anzumerken, dass er Lorrin eher einen qualvollen Tod wünschte, als hier von ihrer Dienerin verhätschelt zu werden.

Mit Grinser und Scitch an ihrer Seite folgte sie der kleinen Ratte. Dabei versuchte sie, ihren Herzschlag zu beruhigen. Es musste ja nicht unbedingt etwas Schlimmes sein, weshalb ihr Cousin sie rufen ließ. Nicht diesmal.

Noch bevor sie durch die Tür zu seinem Amtssaal schritt, durchdrang sie das angstvolle Frösteln, das ihr nur zu bekannt war und das nicht allein von der künstlichen Kälte im Saal herrührte.

Zekoll ruhte auf seinem weißen Diwan und ließ sich gerade Tee servieren. Als er ihre Ankunft bemerkte, wandte er sich ihr zu. »Cesszia, meine liebe Cousine, wie schön, dass du mich besuchst. Nimm Platz und trinke einen Tee mit mir, wir haben etwas zu besprechen.«

Dann wedelte er huldvoll seine Sklaven in den Hintergrund, so, als würde er lästige Insekten verscheuchen. Anschließend deutete er auf ihre Wächter. »Du brauchst deine Leibwächter nicht. Wir plaudern nur. Sie können dich später wieder abholen.«

Cesszia nickte widerwillig und schickte Grinser und Scitch zurück. Sie setzte sich auf einen der freien Sessel und nahm ihr zugewiesenes Porzellantässchen entgegen. »Du hast mich rufen lassen, liebster Zekoll, was kann ich für dich tun?«

Zekoll schwieg einen Moment nachdenklich und starrte dabei in seine Tasse. »Hm, ja, ich wollte dich über den Stand der Suche nach den Flüchtigen informieren.« Er hob den Kopf und sah sie prüfend an. »Was macht deine Schnittverletzung? Man sieht ja fast nichts mehr.«

Cesszia fröstelte unter seinem Blick. »Ich bin deinem Rat gefolgt und habe sie mit Metallfarben gut abgedeckt. Aber der Schnitt bleibt mir wohl ewig erhalten. Meine Rippe wird jedoch gut verheilen; dein Heiler hat einen straffen Verband angelegt. Danke, dass du ihn so schnell zu mir geschickt hast.«

Zekoll verzog das Gesicht zu einem gönnerhaften Grinsen. »Aber das ist doch selbstverständlich. Ich tue alles, um meiner Lieblingscousine zu helfen.«

Cesszia nahm einen tiefen Schluck von ihrem Tee und wagte ihn gleich darauf zu fragen: »Habt ihr die Verbrecher denn endlich gefunden? Wo ist meine Kette?«

»Wir fanden nur Spuren. Einen toten Wächter in der Zelle des Ahnen. Einen weiteren toten Wächter am westlichen Tor zum Cahchtar. Sie befinden sich offensichtlich bei den Verdammten. Aber ich habe Spione entsandt und bin zuversichtlich, sie dort bald aufzustöbern. Vielleicht siehst du dann auch deine Kette wieder.« Er setzte die Tasse ab und richtete sich etwas auf. »Es sieht so aus, als wärst du diesmal nicht beteiligt gewesen. Damit hebe ich deinen Hausarrest auf, liebste Cousine. Aber bitte sorge dafür, dass mir dieser kleine Widerling, der angeblich dein Leben gerettet hat, nicht zufällig vor die Füße läuft. Ich könnte mich sonst vergessen.«

Sie blickte auf und versuchte, dankbar zu lächeln. Irgendwie fühlte sie sich seltsam, und das war nicht nur die Angst vor der Unberechenbarkeit ihres Cousins. Sie stellte zitternd ihre Tasse ab, als ihr plötzlich ein Gedanke durch den Kopf schoss.

Ein feuchter Film überzog ihre Hände, und trotz der Kälte im Amtssaal wurde ihr heiß. »Hast du etwas in meinen Tee gemischt?«

Jetzt setzte sich Zekoll richtig auf. »Ha, wie hast du das so schnell gemerkt? Mein Heiler behauptet, dass man es nicht schmecken würde.«

»Was hast du getan?«, stieß sie aus.

»Keine Sorge, diesmal geht es nicht um Zukunftsvisionen. Ich weiß ja inzwischen, dass es viele verschiedene gibt, und die Chance, darunter eine zutreffende zu erhalten, ist mehr als gering. Nein, Cesszia, dies ist eine Droge, die dich gefügig machen wird. Ich weiß, der Ahne hat dir viel bedeutet. Aber nun, wo er dich verraten hat, denke ich, ist es an der Zeit, einen anderen Mann in dein Leben zu lassen.«

Ihr wurde übel. »Aber Zekoll, ich habe noch nie bei einem Mann gelegen.«

»Und genau das ist der Fehler. Ich finde, du wirst so allmählich unleidlich und unberechenbar. Auch Frauen brauchen körperliche Erfüllung. Dann verhalten sie sich demütiger. Keine Sorge, ich habe ein Prachtexemplar von Mann für dich auserwählt. Der General unserer zukünftigen Armee, General Hardurr, der Mann, der für uns das Kaszareh-Gebirge erobern soll. Er wird uns ewig dienen für eine Verbindung mit dir.«

Cesszia sprang auf und taumelte. »Der Mann ist mindestens doppelt so alt wie ich und grausam. Bitte, Zekoll, mach das nicht!«

»Das ist nicht mehr verhandelbar, meine Liebe. Stell dich nicht so an. Was sind schon ein paar Nächte, bis ihr einen Thronfolger gezeugt habt? Du weißt ja, dass ich selbst keine eigenen zeugen will. Nicht, dass ich den Wahnsinn meines Vaters noch vererbe. Dein Balg jedoch hätte es gut bei uns. Selbstverständlich wird er dich sofort zu seiner ersten Ehefrau machen, sowie du sein Kind erwartest. Er freut sich schon darauf, ein Mitglied unserer kleinen Familie zu werden.«

Ihre Beine gaben nach, und Nebelschwaden legten sich über ihre Gedanken. Sie kämpfte mühsam gegen die Wirkung des Tees an. »Zekoll, bitte gib uns zumindest die Möglichkeit, uns vorher näher kennenzulernen. Frauen brauchen etwas mehr Romantik.« Zeit. Sie musste Zeit gewinnen.

Zekoll sah sie abschätzend an und machte dabei wieder das widerliche schnalzende Geräusch mit den Lippen. »Tut mir leid, meine Liebe, aber heute ist dein fruchtbarer Tag, wie mir mein Heiler berichtete. Es ist alles vorbereitet. Hardurr wartet schon in seinen Gemächern. Vielleicht hast du Glück und es klappt gleich. Ich denke nicht, dass sich Hardurr über die Empfängnis hinaus mit dir amüsieren will. Du bist nicht sein Typ. Also Schluss jetzt mit dem Gejammer und steuere endlich deinen Teil zum Bündnis mit der Armee bei. Trinke noch einen Schluck Tee, dann merkst du nicht viel.«

Er hielt ihr die Tasse hin. Sie wusste, dass sie nicht entkommen konnte. Er hatte alles vorbereitet. Das war seine Strafe für ihre kleinen Schwindeleien. Resigniert öffnete sie den Mund und ließ sich den Rest einflößen, in der Hoffnung, dass sie nur körperlich anwesend war, wenn der General sich an ihr verging.

Sie sackte wieder in ihren Sessel, als Zekoll nach dem Privilegierten rief: »Taurres, begleite meine Cousine in General Hardurrs Gemächer. Nimm dir ein paar Sklaven, die sie tragen können. Ich denke, die Gute kann vor Vorfreude nicht mehr selbst gehen.«

Von dem langen Weg zu den Gemächern des Generals bekam Cesszia nicht viel mit. Die Droge hatte ihr die Sinne und den

Verstand betäubt. Als Taurres' Helfer sie auf ein großes Bett abwarfen, kam sie kurz zu sich.

Vor dem Bett stand der nackte General. Er war sehr groß und außergewöhnlich muskulös. Hardurrs Körper war über und über mit Narben bedeckt. Man erzählte sich, dass er die Gladiatorenkämpfer gerne selbst ausbildete und sie so lange persönlich quälte, bis sie alles taten, was von ihnen verlangt wurde. Hardurr war hässlich, aber es war eher das Innere, das ihn noch abstoßender wirken ließ. Sein kantiger, kahler Schädel glänzte und ging übergangslos in einen Stiernacken über, der in einem breiten Rücken verschwand. Alles an ihm war riesig, nur die Augen waren winzig und die Lippen schmal wie ein Strich. Cesszia traute sich nicht, mehr als einen Blick auf seinen Unterkörper zu werfen.

Eine Zeit lang starrte er schweigend auf sie herab, bevor er verächtlich grunzte. »Damit wir uns verstehen, ich mache das nur, damit wir einen Erben zeugen. Mit so einem dürren Gestell wie dir würde ich mich sonst nicht abgeben. Los, zieh dich aus und dreh dich um, damit ich dich nicht ansehen muss.«

Doch Cesszia konnte sich nicht bewegen, trotz des Tees war sie starr vor Angst. Aber das schien ihn nicht zu stören, denn er rief Taurres zu sich und befahl ihm, Cesszia auszuziehen.

Sie zitterte vor Schmach und vor Furcht. Der silberne Leibsklave machte sich sofort an die Arbeit. Absichtlich berührte er ihre Brüste und quetschte die gebrochene Rippe, bevor er sie auch noch von diesem letzten Stück Stoff befreite. Diese miese Ratte erfreute sich an ihrem Leid.

»Prüfe, ob sie noch jungfräulich ist«, befahl der General, als sie entblößt vor ihm lag.

Tränen liefen über ihr Gesicht, und sie versuchte schluchzend, dem silbernen Finger zu entkommen. Aber es war sinnlos, sie konnte sich nicht bewegen. Der Sklave zwinkerte ihr zu und bohrte sich hämisch in ihre Mitte.

Ohne die betäubende Wirkung von dem Tee hätte sie sich übergeben vor Scham und Angst. Zu gerne hätte sie dieser kleinen Ratte die Augen ausgekratzt. Doch so war sie nur ein zitternder Haufen Fleisch.

»Sie ist intakt, mein General, soll ich sie umdrehen?«

»Geh, den Rest kriege ich allein hin, und schließe die Tür hinter dir.«

Kaum war der Sklave weg, trat Hardurr näher an sie heran. Dann schüttelte er missbilligend den Kopf. »Dein werter Cousin bat mich, dich nicht zu schonen, und das werde ich auch nicht. Denn deine Schmerzen werden meine Männlichkeit wachsen lassen.«

Cesszia wollte schreien, aber sie konnte nicht. Es kam kein Ton heraus. Nur Schmerz und Schwärze umgaben sie.

Kapitel 26

Als ich aufwachte, lagen meine beiden Fluchtgefährten neben mir und schliefen noch fest. Ich fühlte mich erholt wie schon ewig nicht mehr. Zwar schmerzten die Füße, und die Beinmuskeln brannten von dem ungewohnten Marsch durch den tiefen Sand, aber ansonsten hatte ich noch nie so lange und gut geschlafen wie in der Notunterkunft.

Ich stand leise auf und blickte in Richtung der Luke. Noch schienen die Sonnen, das konnte ich deutlich am Rand des Deckels erkennen. Um die Ratten zu braten, musste das reichen. Niaff hatte sie direkt nach unserer Ankunft in ein Bratgefäß neben der Treppe abgestellt. Gehäutet und ausgenommen waren sie schon, ich musste nur rasch die Luke öffnen und sie kurze Zeit den Sonnen aussetzen. Wenn die beiden aufwachten, konnten wir gemeinsam essen.

Um mich zusätzlich zur Schutzölschicht zu schützen, schlang ich mir Cesszias Tuch um den Kopf. Dann drapierte ich die Ratten so auf dem Bräter, dass jede von der besten Seite gebrannt wurde, und trug sie die Stufen hinauf. Ich kniff die Augen zu, hielt die Luft an und öffnete den Deckel. Die Wucht der Hitze war jedes Mal gnadenlos, aber ich war gewappnet und schnell. Kaum waren die Ratten draußen, zog ich den Deckel wieder zu.

Da uns hier, so weit entfernt vom Cahchtar, Nadorrs Horn nicht erreichen konnte, mussten wir mit unserem Aufbruch warten, bis wir erkennen konnten, dass es dunkler wurde. Doch weil die Tage dreimal so lang waren wie die Nächte, würde es noch ein bisschen dauern.

Die Ratten brauchten jedenfalls nicht lange, also blieb ich in der Nähe der Luke und vertrieb mir die Zeit damit, den Inhalt der Truhen zu durchwühlen. Eine Echsenlederhose hatte meine Größe. Falls wir tatsächlich auf so einer Echse reiten wollten, würde mir das dünne, inzwischen auch löchrige Beinkleid von Cesszia nicht mehr viel bringen.

Ich hatte mich gerade umgezogen, da hörte ich von oben ein Geräusch. Verblüfft beobachtete ich, wie sich die Luke öffnete. Sand und Sonnenstrahlen fielen auf die Stufen, aber gleichzeitig purzelte auch eine völlig erschöpfte Person herein.

Vorsichtshalber griff ich mein Messer und wartete, wer sich da hustend und spuckend aus dem Kapuzenumhang schälte.

»Hehoda«, krächzte eine dünne Stimme.

»Hehodo«, antwortete Niaff, der plötzlich neben mir stand, ohne dass ich ihn kommen gehört hatte. Er hielt meine Hand mit dem Messer auf und nickte mir zu. »Das ist unsere Scaparenparole. Sie bedeutet: Ein Freund grüßt dich.«

Er wandte sich dem röchelnden Wesen zu und hielt ihm einen Trinkschlauch entgegen. Würgend und hustend hob der Ankömmling seinen Kopf.

Zu meiner Überraschung schien es sich um eine Frau zu handeln, soweit ich das unter der dicken Schicht von Sand und Öl erkennen konnte.

Aber Niaff wirkte noch erstaunter. »Sellina, was machst du denn hier?«

»Niaff, du? Nadorr sei Dank! Dich habe ich gesucht.« Erschöpft sank sie in seine Arme und küsste ihn ziemlich leidenschaftlich.

War das etwa auch eine normale Begrüßung unter Scaparen? Offenbar kannten sie sich besser als erwartet.

Niaff schob sie sanft von sich und sah mich über ihre Schultern hinweg an. »Sie ist eine gute Freundin.«

Ich war mir ziemlich sicher, dass sie mehr als eine gute Freundin war, schwieg aber dazu. Die verwirrenden Gefühle, die sein Kuss bei mir ausgelöst hatte, versuchte ich zu verdrängen. Paddin hatte mich gewarnt vor der lockeren Art der Scaparen, besser, ich unterdrückte meine aufkeimenden Gefühle.

Inzwischen stand auch der Ahne an meiner Seite. Ich wusste nicht, wie er das machte, aber er hatte immer noch diese besänftigende Wirkung auf mich.

»Wie konntest du tagsüber die Wüste durchqueren?«, fragte ich misstrauisch.

Doch Sellina hatte nur Augen für Niaff. »Eigentlich wollte ich schon vor Nadorrs Untergang diese Überlebenshöhle erreichen. Ich habe es leider nicht geschafft und musste mich kurz vorher eingraben. Wäre ich aber länger dortgeblieben und hätte auf den Sonnenuntergang gewartet, wäre ich verdurstet. Deshalb habe ich es einfach versucht. Nadorr sei Dank, es war nicht so weit. Und … hier bin ich!« Sie strahlte vor Stolz und schlang erneut ihre Arme um ihn.

Zugegeben, das war ziemlich mutig von ihr, aber ohne Begleitung durch die Wüste zu marschieren, war auch leichtsinnig. »Warum bist du überhaupt alleine unterwegs?«

Sellina warf mir einen flüchtigen Blick zu, sprach dann aber weiter mit Niaff, so als wäre ich Luft. »Ich habe mir Sorgen um dich gemacht. Du warst so lange weg. Deine Leute vermissen ihren Anführer. Als selbst unser Kontakt im Cahchtar nichts mehr von dir gehört hat, bin ich aufgebrochen, um nach dir zu suchen.«

»Anführer?«, fragte Mhatarv.

Ich blickte Niaff erstaunt an. »Ernsthaft? *Du* bist der legendäre Anführer der Scaparen? Das ist doch unmöglich, du bist viel zu jung.«

Mhatarv schüttelte ungläubig den Kopf. »Warum hast du uns das nie erzählt?«

»Ich sah keinen Anlass dazu. Die meisten haben eine extrem verklärte Vorstellung vom Anführer der Rebellen. Tut mir leid, ich dachte, ihr würdet es noch früh genug erfahren.«

»Das kann ich einfach nicht glauben. Wir haben dir alles anvertraut, und du verheimlichst uns glatt das Wichtigste.« Ich wusste nicht mal, was mich mehr verstörte, diese innige Begegnung der beiden oder die Tatsache, dass er das Oberhaupt aller Scaparen war.

»Was habt ihr mir denn schon anvertraut? Wirre Geschichten über Götter und fremde Welten.«

Mhatarv lachte leise, während ich frustriert schnaufte.

»Wer oder was seid ihr überhaupt?«, fragte Sellina und musterte uns dabei abfällig.

Niaff lachte. »Darf ich vorstellen, meine Fluchtgefährten.« Er deutete zuerst auf mich. »Kairra, angeblich ein Kind irgendwelcher Götter, aber aufgewachsen im Cahchtar. Übrigens kennt sie Paddin. Sie hat mit ihm und ihrem kleinen Bruder lange Zeit eine Höhle geteilt.« Dann zeigte er auf Mhatarv. »Und das hier ist Mhatarv, ein mutiger Kämpfer, der angeblich von einer anderen Welt kommt und eben solche Götterkinder sucht, um sie zu beschützen.«

Ich verzog säuerlich das Gesicht. So wie er uns vorstellte, klang es, als wären wir beide nicht ganz zurechnungsfähig. Dennoch fiel mir auf, dass er meine Fähigkeit des Wandelns ihr gegenüber verschwiegen hatte. Warum er mein Geheimnis nicht preisgab, konnte ich nicht sagen. Vielleicht wusste Sellina ja nicht mal etwas von seiner eigenen Fähigkeit und er vertraute ihr nicht in jeder Hinsicht oder aber er wollte meine Fähigkeit nicht ohne meine Einwilligung verraten.

Sellina hatte inzwischen ihr Gesicht von der gröbsten Sandschicht befreit, und leider musste ich zugeben, dass sie hübsch war. Sie hatte kurze Haare und wirkte eher jungenhaft frech. Trotzdem hatte sie etwas … Süßes.

Ich ärgerte mich selbst über den Anflug an Eifersucht, aber ich konnte einfach nicht anders. »Und du bist …?«

Sie reckte ihr wohlgeschnittenes Köpfchen und antwortete stolz: »Wir sind seit einiger Zeit ein Paar. Ich bin die Gefährtin vom Anführer der Scaparen.«

Erstaunt blickte ich zu Niaff, der mich ansah, als wollte er mir etwas erklären, aber dann doch darauf verzichtete.

Rasch wandte ich mich ab und stieg die Stufen hinauf. »Ich hole mal die Ratten, die dürften jetzt gar sein. Vielleicht möchte sich deine Geliebte etwas ausruhen, bevor Nadorr aufgeht.«

Hinter mir hörte ich Sellinas aufgeregte Stimme. »Erzähle mir, was du alles in Decta-Verra erfahren hast. Wie funktioniert der Schild? Hat die Stadt einen Schwachpunkt? Warum bist du mit denen geflohen?«

Während ich unseren Braten reinholte, kämpfte ich mit meinen aufgewühlten Gefühlen. Warum musste ausgerechnet jetzt diese Scaparen-Frau auftauchen? Zu dritt waren wir wunderbar eingespielte Gefährten. Sie würde das alles kaputt machen. Und was war mit Niaff? Er hatte mir nicht nur verschwiegen, dass er der Anführer der Rebellen war, sondern auch, dass er bereits eine Geliebte hatte. Nadorr, beinahe hätte ich ihm mehr als einen Kuss gegeben. Wie gut, dass Paddin mich gewarnt hatte.

Ich nahm mir vor, mich innerlich wieder von Niaff zu entfernen. Zwar war ich ihm nicht richtig böse, wenn die Scaparen so frei lebten, war das deren Sache. Aber ich konnte das nicht. Er war unser Fluchtgefährte und offenbar nicht nur ein nützlicher, weil er sich hier so gut auskannte, sondern auch noch ein wichtiger. Ursprünglich wollten wir durch ihn an den Anführer herankommen, um die Scaparen zu überzeugen. Jetzt war er es selbst, das ersparte uns viele Erklärungen und Umwege.

Als ich zurück zu den anderen ging, die auf dem Deckenlager saßen, und die Ratten im Bratgefäß in der Mitte abstellte, hatte ich mich wieder beruhigt. Mein Entschluss stand fest, unsere Aufgabe war wichtiger als jede romantische Verwicklung.

»Ah, das riecht lecker«, rief Sellina und rieb sich die sandigen Hände an der Hose ab. »Wo habt ihr die hier draußen denn erwischt? Ratten wagen sich doch sonst nicht so weit in die Wüste?«

Niaff blickte zu mir auf und antwortete: »Kairra hatte die gute Idee, die Ratten noch am Rand des Cahchtars zu fangen. Sonst hätten wir hier nur eingelegte Feigen und staubtrockenen Echsenschinken.«

Sie warf mir einen skeptischen Blick zu. »Die Frauen im

Cahchtar sind also gar nicht so einfältig, wie wir dachten. Dann besteht ja noch Hoffnung für die Verdammten.«

Reflexartig zog ich mein Messer aus dem Gürtel. Das war eine Beleidigung. Ich ignorierte Mhatarvs warnenden Blick. Wäre Niaff nicht aufgesprungen und hätte sich zwischen uns gestellt, hätte es übel ausgehen können.

»Halt dein vorlautes Mundwerk, Sellina. Du hast keine Ahnung, wie sehr die Verdammten um ihr Leben kämpfen müssen, und zwar täglich. Im Gegensatz zu ihnen bist du beschützt und behütet aufgewachsen. Keinen einzigen Tag würdest du im Cahchtar überleben. Kairra ist eine großartige Kämpferin und eine kluge Frau. Entschuldige dich sofort bei ihr!«

Ich versuchte, mich nicht von meinem Zorn überwältigen zu lassen, und holte tief Luft. Das Messer behielt ich in der Hand. Außer Mhatarv standen wir alle.

Sellina blickte überrascht zu Niaff und zuckte mit den Schultern. »Warum sollte ich mich entschuldigen? Ich wiederhole nur das, was wir Scaparen uns so erzählen. Ich selbst war ja noch nie im Cahchtar. Kann ja sein, dass sie eine löbliche Ausnahme ist.«

Schweigend musterte ich sie. Ich verachtete sie inzwischen. Das war kein guter Start für eine gemeinsame Reise durch die Wüste. Mit ihrem Geschwätz hatte sie sich als dumme, kleine Göre entlarvt und verlor in meinen Augen an Wert und Glaubwürdigkeit. Was wollte Niaff nur von so einer Frau?

Ich spürte immer noch Mhatarvs warnenden Blick auf mir und steckte mein Messer wieder ein. Um nicht noch mehr Öl ins Feuer zu gießen, beschloss ich, nicht darauf zu antworten.

»Lasst uns essen, bevor es kalt wird«, sagte ich kühl und hockte mich neben Mhatarv.

Ich konzentrierte mich nur auf den Rattenbraten und vermied jeden Blickkontakt, obwohl ich Niaffs Blicke die ganze Zeit auf mir spürte. Sellina schmollte und schwieg. Vielleicht konnte sie auch nur nicht reden, weil sie genau wie wir kaute. Leider hielt die wohltuende Ruhe nicht lang.

»Also, wir schnappen uns heute Nacht zwei Echsen?«, plapperte sie drauflos. Offensichtlich wusste sie inzwischen über unsere Pläne Bescheid.

Niaff nickte. »Wir teilen uns auf. Ich nehme Kairra mit und du Mhatarv. So ist immer ein erfahrener Reiter dabei.« Er sah mich an. »Zu dritt hätten wir uns eine Echse genommen. Aber so ist es besser, wenn wir uns aufteilen.«

»Und *sie* kann das auch wirklich?«, fragte Mhatarv und warf Sellina einen zweifelnden Blick zu.

Trotz meines Ärgers musste ich grinsen. Genau das waren auch meine Gedanken.

Niaff erklärte ihm: »Wir Scaparen lernen von klein auf, die Echsen zu bezwingen. In unserem Gebirge gibt es sogar ein paar zahme. Also keine Sorge, du bist bei ihr so sicher wie Kairra bei mir.«

Ich deutete mit einem abgenagten Rattenbeinchen in Richtung Luke. »Wir sollten langsam unsere Vorräte packen. Es dauert nicht mehr lange, bis Nadorr aufgeht. Wir brauchen noch ein zweites Seil, oder? Und Mhatarv, du solltest dir auch eine stabilere Hose anziehen und dir so einen Kapuzenumhang schnappen.«

Wir standen alle auf und packten. Die Tücher von Cesszia

würden wir auf jeden Fall mitnehmen, trotz der nun besseren Kleidung. Sollten wir uns morgen eingraben müssen, könnten wir sie wie Niaff als Filter verwenden. Außerdem schützten sie unsere Gesichter gegen Sturm und Sand.

Gedankenverloren machte ich mich auf die Suche nach weiteren nützlichen Dingen. Wer wusste schon, wo wir morgen sein würden. Trotz allem war ich froh, mit Niaff gemeinsam auf so einer Echse zu reiten, wenn ich das schon musste. Auch wenn ich sauer auf ihn war, Sellina hätte den Ritt mit mir nicht überlebt.

Als wir uns an der Luke sammelten und darauf warteten, bis das grelle Licht draußen schwächer wurde, dachte ich an Lorrin. Was würde mein Brüderchen dafür geben, auf diesen Riesenviechern zu reiten? Hoffentlich ging es ihm gut.

Kapitel 27

Grinser und Scitch kamen alleine zurück. Zwar machten sie mit Handzeichen deutlich, dass Cesszia nicht in Gefahr wäre, doch Lorrin fürchtete sich trotzdem davor. Sie hatten bisher viel zu viel Glück gehabt. Vielleicht hatte Zekoll doch etwas gefunden und würde sie nun bestrafen.

Beunruhigt lief Lorrin hin und her, bis Ledinnia sich erbarmte und versuchte, etwas mehr von den beiden Leibwächtern zu erfahren. Da die zwei Metallschädel nicht sprechen konnten, holte Lorrin einen der Bögen und einen Stift.

Leider war er selbst noch nicht so weit, zu entziffern, was Grinser aufschrieb, deshalb las Ledinnia es ihm laut vor: »Sie trinken nur Tee. Der Statthalter ist bester Laune gewesen und scheint ihr wieder zu vertrauen. Der Hausarrest wurde aufgehoben. Wir sollen sie später wieder abholen.«

Lorrin legte mahnend den Finger an die Lippen und konzentrierte sich auf die Abhöranlage, als die kein Geräusch von sich gab, blickte er Ledinnia an. »Wie lange kann das denn dauern? Was, wenn sie sich verplappert und sich in Schwierigkeiten bringt?«

Ledinnia lachte. »Oh, Lorrin, Cesszia würde sich niemals verplappern.« Sie wuschelte ihm durchs Haar. »Mach dir keinen Kopf, mein Kleiner, sie kommt wieder.«

Normalerweise mochte er es überhaupt nicht, wenn ihn jemand anfasste, aber bei ihr war das etwas anderes.

»Ich habe so ein komisches Gefühl, können wir nichts tun?«, fragte er besorgt.

»Doch, wir können im Garten ein Spiel spielen. Das wird dich ablenken.« Ledinnia nahm seine Hand, und er ließ auch das zu. Sie gehörte zu den wenigen hier im Palast, denen er vertraute. Außerdem war sie unglaublich hübsch und viel jünger als Kairra und Cesszia.

Fröhlich lachend lief sie voran und lockte ihn in eine verborgene Ecke, in der sich am Boden quadratische farbige Steinplatten befanden.

»Was kann man hier spielen?«, fragte Lorrin.

»Siehst du, dass sich die Farben der Platten immer abwechseln? Die rötlichen Farben bedeuten so etwas wie Wüste, Verdammte, Unglück, Brennen und Tod. Die bläulichen Farben stehen für Decta-Verra, Palast, Reichtum, Schild und Leben. Das bedeutet, dass Gelborange für Wüste steht, Orange für Verdammte, Orangerot für Unglück, Rot für Brennen und Dunkelrot für Tod. Für die bläulichen gilt: Grün für Decta-Verra, Türkis für Palast, Hellblau steht für Reichtum, Mittelblau ist der Schild und Dunkelblau das Leben.« Sie lachte, als sie bemerkte, dass er eine Fratze zog. »Keine Sorge, ich helfe dir am Anfang.«

»Ein komisches Spiel. Und wie spielt man es?«

»Dort in der Mitte ist ein neutraler Stein. Dem Spieler werden die Augen verbunden, und er muss sich drehen, bis er die Orientierung verliert. Dann gilt der erste Schritt. Das wird immer abwechselnd gespielt, und dabei werden alle Farben gesammelt, bis man am Ende alles auswertet. Es sei denn, man tritt auf die Farbe des Todes, dann scheidet man aus.«

»Was passiert, wenn man auf den Stein des Lebens tritt?«

»Dann hat man einen Pluspunkt und kann ihn einmal gegen den Tod austauschen. Komm, das macht Spaß, lass es uns spielen.« Ledinnia nahm aus einem Kästchen ein Tuch und hielt es ihm hin.

Obwohl Lorrin es etwas seltsam fand, dass sich die Leute im Palast mit solchen Spielchen vergnügten, wollte er es probieren. Er kannte keine Spiele aus dem Cahchtar, und das lag nicht nur daran, dass er keine anderen Kinder zum Mitspielen hatte, ihm fehlte einfach die Zeit. Sie hatten immer irgendetwas zu tun, um zu überleben. Mehr, als sich gelegentlich mal einen Scherz mit einem heimlichen Besucher aus der Stadt zu erlauben, war ihm nicht vergönnt.

Ledinnia zog ihn auf den neutralen Stein. »Präge dir die Steine in deiner Umgebung ein. Das wird dir zwar nichts nützen, weil wir uns beim Drehen auch von dem neutralen Stein wegbewegen, aber es gibt dir ein besseres Gefühl.«

Als er nach einer Weile nickte, verband sie ihm die Augen und begann, ihn erst langsam um seine eigene Achse zu drehen. Dann immer schneller und schneller, bis sie ihn plötzlich festhielt.

Lorrin taumelte vor Schwindel, glaubte aber zu wissen, wo der Stein des Lebens war. »Jetzt?«, fragte er. »Soll ich jetzt den Schritt machen?«

Er hörte ihr kristallklares Lachen. »Ja, wenn du nicht umfällst und wieder gehen kannst, dann geh. Nur einen Schritt. Danach darfst du die Augen aufmachen.«

Das Gefühl, sich weiterzudrehen, legte sich langsam. Er konzentrierte sich und wagte einen großen Schritt.

»Stopp«, rief Ledinnia und hielt ihn fest, als er umzufallen drohte. »Haha, nimm deine Augenbinde ab und sieh selbst.«

Lorrin zog sich das Tuch von den Augen und sah zu seinen Füßen herab. »Orangerot, was heißt das noch?«

»Unglück«, seufzte sie und nahm ihm das Tuch ab. »Aber immerhin bist du nicht gleich tot. Jetzt ich. Drehe mich, so schnell du kannst, pass nur auf, dass ich nicht umfalle. Und wünsch mir Glück.« Sie drückte ihm ein Küsschen auf die Wange und lachte dabei.

Ihre Küsse waren so anders als die Küsse seiner Schwester, die immer irgendwie mütterlich wirkten. Ledinnia war eine richtige Freundin.

Lorrin half ihr, die Augen zu verbinden, und fragte dann: »Fertig?«

»Na los, mach schon«, lachte sie.

Vorsichtig griff er ihre Oberarme und begann, sie langsam immer schneller um die eigene Achse zu drehen. So schnell, bis er merkte, dass sie unsicher wurde und schwankte, dann hielt er sie kurz fest, um von ihr wegzutreten. Sie hatten sich beim Drehen vom neutralen Stein entfernt, so wie er, als er dran war.

Ledinnia holte tief Luft, hob ihren Fuß an und schritt aus. Kaum stand sie wieder mit beiden Beinen, riss sie sich das Tuch von den Augen. Gleichzeitig starrten sie auf die Farbe des Steins.

»Orangerot! Nadorr, was für ein blödes Spiel«, stieß Lorrin aus.

Ledinnia sah ihn ernst an. »Lass uns damit aufhören und zu Abend essen. Cesszia kommt bestimmt bald, wenn sie nicht mit Zekoll speist. Das kommt zwar nicht häufig vor, aber vielleicht diesmal, zur Versöhnung.«

Lorrin nickte. Von einem Moment auf den anderen hatte er allen Mut verloren. Aus dem lustigen Spiel war plötzlich so etwas wie ein dunkles Vorzeichen geworden. Vielleicht war es Zufall, aber in einer Zeit, wo so viele Schicksale vom Glück abhingen, war das ein wirklich beunruhigendes Ergebnis.

Sie aßen ohne Cesszia im Garten. Ledinnia erzählte, dass sie schon seit längerer Zeit gemeinsam mit der Cousine des Statthalters essen durfte. Sie war für Cesszia eher eine Freundin als eine Dienerin. Das verschaffte ihr ein paar Annehmlichkeiten.

Ledinnia redete ununterbrochen. Sie schien sich Mühe zu geben, um ihn abzulenken. »Weißt du, ich wurde hier in der Stadt im äußersten Ring geboren. So wie meine Freundin Dorra, die hier Köchin ist. Meine Eltern hatten kaum genug zum Leben, und ich musste eine Arbeit finden. Am Anfang war es nicht leicht mit Cesszia, aber wir fanden einen Weg, uns gegenseitig zu vertrauen. Sie schätzt meine Anwesenheit und lässt mir viele Freiheiten.«

»Du bist also keine Sklavin?«, fragte Lorrin wissbegierig.

»Nein, ich werde für meine Arbeit hier bezahlt. Das meiste schicke ich meinen Eltern, da für mich hier gut gesorgt wird.«

Lorrin beugte sich vor. »Kannst du mich denn mal mit in die Stadt nehmen?«

Ledinnia blickte von ihrem Teller auf. »Lorrin, du bist hier so etwas wie ein Sklave, selbst wenn ich Ausgang bewilligt bekomme, denke ich nicht, dass sie dich gehen lassen würden. Aus dem Palast kommt man selbst als freie Dienerin nicht so einfach heraus. Man braucht Passierscheine und einen guten Grund.«

Lorrin war frustriert. Egal, wie lecker das Essen und wie

spannend Ledinnias Berichte aus der Stadt auch waren, er blieb trotzdem unruhig. Jetzt war nicht nur Kairra weg, sondern auch Cesszia. Jeden Moment fürchtete er, dass die Wächter von Zekoll kommen würden, um auch ihn zu holen.

Er sah Ledinnia an. »War Cesszia schon vorher einmal so lange bei ihrem Cousin?«

Sie schüttelte ihre langen braunen Locken. »Nein. Aber das muss wirklich nichts heißen. Vielleicht hat Zekoll überraschend Staatsbesuch und ihre Anwesenheit wurde auch beim Mahl gewünscht. Mach dir keine Sorgen. Grinser und Scitch wurden benachrichtigt, dass sie Cesszia zum Sonnenuntergang abholen sollen. Also ist alles gut.«

Lorrin sah sie überrascht an. »Warum hast du nichts gesagt? Ist das nicht schon bald?«

»Ich wusste nicht, dass du dich so um sie sorgst.« Ledinnia nahm seine Hand und deutete auf eine große Spiegelfläche an der Wand. »Komm mit, ich zeig dir etwas. Das ist eigentlich ein Fenster. Damit kann man über die Stadt bis zur Wüste blicken, weil der Palast so hoch liegt. Vielleicht lenkt dich dieser schöne Ausblick ein wenig ab.«

Von diesen Spiegeln hatte Lorrin schon eine Menge im Palast und in den Gängen gesehen. Er dachte bisher, dass die Bewohner so eitel waren, um sich auf Schritt und Tritt bewundern zu können.

Als er davorstand, sah er sich nur selbst. »Wie funktioniert das?«

Sie zeigte auf einen kleinen Hebel, der kaum sichtbar am Rahmen befestigt war, und kippte ihn um. Das Spiegelbild verschwand, und stattdessen bot sich ihm ein atemberaubender

Anblick. Decta-Verra war riesig, ein Meer von glitzernden Dächern und Gassen. Auf den größeren Wegen nutzten ein paar Bewohner die Transportbänder am Boden. Selbst von hier oben konnte er sehen, dass die Leute sich nicht selbst bewegten, sondern darauf standen und manchmal dabei miteinander sprachen.

Es war so, wie Paddin es erzählt hatte. Am Stadtrand glaubte er, die leeren breiten Zonen zu erkennen, die der Schild schützte und die Verdammten ausgrenzte. Sogar den Cahchtar konnte er gerade eben noch erahnen. Und ganz in der Ferne die Wüste. Dort irgendwo musste Kairra sein.

»Warum sind alle Fenster im Palast nur auf diese Spiegelfunktion gestellt? Das ist doch unsinnig, so einen Ausblick würde ich immer und überall sehen wollen.«

»Der Statthalter hat verboten, nach draußen zu schauen. Aber Cesszia macht es trotzdem ganz oft. In den meisten Räumen und Palastgängen wurden sogar die Hebel entfernt.«

»Und warum konnten wir vom Cahchtar aus nicht die Stadt sehen, nicht mal den Palast, obwohl der so hoch liegt?«

Ledinnia blickte ihn mitleidig an. »Der Schild ist von eurer Seite aus undurchsichtig, er spiegelt nur Leere. Als diese Stadt errichtet wurde, wollte man nicht, dass Fremde sie sehen konnten. Was man nicht sieht, kann man auch nicht erobern.«

Lorrin war überwältigt. Er konnte ohne Gefahr ins Sonnenlicht blicken. Alles war so hell und prächtig. Der Cahchtar war zwar sehr weit weg, trotzdem versuchte er, an dem glitzernden Flickendach zu erkennen, wo ungefähr der Eingang zu ihrer Höhle lag. Aber es war unmöglich, da er ihn noch nie von oben gesehen hatte und alles viel zu weit entfernt war. Sein Herz tat weh. Er sehnte sich nach Paddin und Kairra.

Ledinnia berührte ihn mit der Hand am Arm. »Sieh es dir nur in Ruhe an. Ich lasse inzwischen das Abendessen abräumen.«

Das alles war einfach unglaublich. Die Stadt unter ihm wirkte wie eine Spielzeugstadt, die sich in Ringen um den Palast schlang. Hearre war bereits am Untergehen, bald würde ihr die kleine Sonne folgen. Dann erst könnten Kairra und Niaff weiter durch die Wüste ziehen. Hoffentlich ging es ihnen gut.

Lorrin konnte sich nicht sattsehen, erwachte aber schlagartig aus seinen Tagträumen, als er hinten in Cesszias Empfangsraum Lärm hörte. Rasch legte er den Schalter um und erblickte sich im nächsten Moment im Spiegelbild. Es war besser, nichts zu riskieren, nicht dass Ledinnia wegen ihm noch Ärger bekam.

Er hörte ihre aufgeregte Stimme und lief neugierig zum Eingang zu Cesszias Reich. Grinser wartete dort mit unbewegter Miene und hielt eine in ein blutiges Laken geschlungene Gestalt in den Armen. Hinter ihm stand Scitch, der, trotz seines sonst scheinbar immer unbeteiligt wirkenden Gesichtsausdrucks, betroffen schien.

»Bringt sie in ihre Schlafkammer«, befahl Ledinnia leise. »Holt mir warmes Wasser und Handtücher.«

»Ist das Cesszia? Was ist passiert?«, fragte Lorrin. »Geht es ihr nicht gut?«

Ledinnia sah ihn kurz an. Tränen standen in ihren Augen. »Ich weiß noch nicht, was passiert ist. Aber sie ist verletzt und reagiert nicht mehr, obwohl ihre Augen offen sind. Vielleicht ist sie betäubt.«

Lorrins Herz raste. Ungläubig folgte er Ledinnia und Grinser, der mit Cesszia auf dem Arm voranging. War ihre Mithilfe zur Flucht aufgeflogen? Hatte Zekoll sie vergiftet, seine eigene Cousine?

An der Tür hielt Ledinnia ihn kurz auf. »Warte lieber hier. Ich sehe sie mir genau an und versorge auch gleich ihre alten Wunden, dann rufe ich dich.«

Scitch hatte inzwischen eine Schüssel mit Wasser und Handtücher besorgt. Als Grinser auch wieder rauskam, standen sie zu dritt vor der Tür.

»Was ist mit ihr geschehen?«, fragte Lorrin die beiden Leibwächter besorgt. Grinser zuckte mit den Schultern. Scitch holte einen Block hervor und schrieb etwas auf, das er dann Lorrin weiterreichte.

Ratlos blickte Lorrin auf die krakelige Schrift. Verdammt, er konnte noch nicht lesen.

Grinser legte ihm seine schwere Hand auf die Schulter und deutete auf die Abhöranlage. Sie summte. Bei den Sonnen, sie wurden gerade abgehört.

Lorrin wartete wie erstarrt mit den beiden Leibwächtern vor der Tür. Er konnte ohnehin nicht mit ihnen reden, aber es war gut zu wissen, dass Zekoll sie belauschte, wenn Ledinnia wieder herauskam.

Es dauerte Ewigkeiten, bis sich die Tür wieder öffnete und eine tränenüberströmte Ledinnia sie alle drei ins Zimmer hereinwinkte.

Cesszia lag in ihrem Bett, den Kopf zur Seite gedreht. Ihre Augen waren offen, doch ihr Blick war starr. Ledinnia hatte sie mit einem sauberen Laken zugedeckt. Am Boden lagen blutige Tücher.

Mit zittriger Hand reichte Lorrin ihr den Zettel von Scitch. Die Abhöranlage hatte inzwischen aufgehört zu summen. Das lange schweigende Warten war wohl für Zekoll zu langweilig geworden.

Ledinnia nahm den Zettel und las leise vor. »Zekoll hat sie zu General Hardurr gebracht, dort haben wir sie so abgeholt.« Sie hielt sich vor Schreck die Hand vor den Mund. »Bei den Sonnen, General Hardurr ist ein Sadist. Aber dass er sich an Cesszia vergreift, das kann er nur mit Zekolls Erlaubnis getan haben.«

»Was hat sie denn?«, fragte Lorrin. Von einem General Hardurr hatte er bisher nie gehört.

Ledinnia sah ihm fest in die Augen. »Lorrin, du bist aus dem Cahchtar und hast sicher schon eine Menge schrecklicher Dinge gesehen, deshalb bin ich ehrlich zu dir. Cesszia wurde offenbar unter Drogen gesetzt und vergewaltigt. Sie ist bei Bewusstsein, aber sie reagiert nicht mehr. Was mit ihr geschehen ist, muss sie so erschüttert haben, dass sie ihren Lebenswillen aufgegeben hat. Obendrein hat sich die gebrochene Rippe von der Flucht deiner Schwester in ihren Brustkorb gebohrt. Vielleicht hat sie nun innere Verletzungen.«

Lorrins Herz raste vor Sorge. Er ging zu Cesszia und kniete sich vor ihrem Bett hin. Dann strich er ihr sanft ihre Haare aus dem Gesicht und sah sie an. »Gib dich nicht auf. Du bist verletzt, aber du musst dich wehren. Niemand darf so etwas ungestraft tun. Sammle deine Kraft und räche dich. Wenn ich etwas von den Verdammten gelernt habe, dann, dass man sich nie geschlagen geben darf, sonst ist man tot.«

Er wusste nicht mehr, was er alles zu ihr sagte. Aber eines

wusste er genau, er würde nicht von ihrem Bett weichen, bis sie die Kraft fand, zurückzuschlagen. Und auch dann wäre er an ihrer Seite. Er blickte kurz zu Ledinnia und den Leibwächtern. »Ich bleibe hier, bis es ihr wieder besser geht.«

Ledinnia stieß laut den Atem aus. »Das werde ich auch. Aber vorher lasse ich noch eine Heilkundige aus der Stadt kommen. Ich vertraue dem Heiler von Zekoll nicht.« Sie nahm ein feuchtes Tuch und wischte sich die Hände ab. Dann wandte sie sich an die Leibwächter. »Ich glaube zwar nicht, dass ihr in diesem Zustand Gefahr von anderen droht, aber ich bitte euch, mit eurem Leben über die beiden zu wachen, bis ich zurück bin.«

Die beiden Wachleute mit den Metallschädeln nickten und bezogen neben der Tür Position. Lorrin sah Ledinnia kurz hinterher und wandte sich dann wieder Cesszia zu.

Behutsam nahm er ihre Hand und drückte sie sanft. »Es wird wieder besser, ich verspreche es dir. Nadorr wird uns alle schützen, doch du darfst nicht aufgeben. Mein alter Freund Paddin, der im Cahchtar auf uns wartet, sagte immer zu mir: Wir sind keine Opfer der Sonnen, wir sind die Kämpfer der Nacht.«

Kapitel 28

Nemarres letzte Strahlen warfen einen schwachen Schein auf die Sanddünen, als wir aus der Luke krochen. Wie jedes Mal zum Sonnenuntergang suchte ich am Himmel nach unserem kleinen Mond. Das war mein Ritual, mein stummer Gruß an Nadorr, unseren Beschützer. Dann erst ließ ich den Blick über die Weite der Wüste schweifen und atmete tief durch, um die warme Nachtluft einzufangen. Der vom Tag aufgeheizte Sand brannte heiß unter den Sohlen. Er würde sich rasch abkühlen, sodass man gefahrlos barfuß darauf laufen konnte. Trotzdem fühlte ich mich in Cesszias weichen Stiefeln sicherer.

Mhatarv stand unbeweglich neben mir und schien diesen Moment der Ruhe ebenfalls zu genießen.

»Und jetzt?«, fragte ich Niaff, der leise mit Sellina sprach.

Er nahm von ihr ein kleines rundes Gefäß entgegen, dann wandte er sich uns zu. »Bevor wir die Echsen rufen, sollten wir das auftragen. Für uns ist das Sekret geruchlos, trotzdem ist es sehr wirkungsvoll. Die Echsen erkennen uns damit nicht als Feinde. Ihr braucht nicht viel davon, nur ein paar Tupfer auf eure Kleidung.« Er trug selbst etwas von der gallertartigen Substanz auf seine Ärmel. Dann gab er uns das Gefäß weiter. Wir taten es ihm gleich und reichten das Zeug anschließend an Sellina zurück.

»Die erste Echse, die kommt, nehmen Sellina und Mhatarv.« Niaff setzte sich die kleine Lockflöte an die Lippen und blies kraftvoll hinein.

Der entsetzlich hohe und laute Ton zerriss mir fast das Trommelfell. Ich hielt mir die Ohren zu.

»Bei den Sonnen, du hättest uns warnen können«, sagte ich, während ich mich neugierig umsah. Jeden Moment konnte eine dieser mörderischen Echsen auftauchen. Ich war mir nicht sicher, ob ich mich mit dem Gedanken anfreunden konnte, auf so einem Monstrum die Wüste zu durchqueren. Zweifelnd schaute ich zu Mhatarv, der zwar keinen begeisterten Eindruck machte, aber trotzdem nicht ängstlich wirkte.

Bevor wir etwas sehen konnten, vibrierte der Sand unter unseren Füßen. Nicht viel, doch spürbar. Kurz darauf entdeckte ich in der Ferne ein Zhiimbous, das genau auf uns zuraste. Noch wirkte es klein und harmlos, aber jedes Mal, wenn es hinter einer Düne verschwand und wieder näher auftauchte, schien es größer zu werden.

Sellina gab Mhatarv ein Zeichen, dass er ihr folgen sollte. Offenbar wollte sie der Echse entgegengehen.

»Weiß sie wirklich, was sie tut?«

Niaff blickte mich kurz an. »Keine Sorge, dein Mhatarv ist bei ihr in guten Händen.«

»Er ist nicht *mein* Mhatarv, und ich kann nichts dafür, dass *deine* Sellina noch so unreif wirkt wie ein kleines Mädchen.«

Von der Seite konnte ich in seinem Gesicht ein kleines Lächeln entdecken. Er antwortete nicht, stattdessen starrte er den beiden hinterher.

Ich folgte seinem Blick und bemerkte, wie nah Sellina inzwischen der Echse gekommen war. Das Zhiimbous schien sich beruhigt zu haben, es stand fast unbeweglich vor ihr. Nur der dornenbesetzte Schwanz schlug noch aufgeregt hin und her.

Als Sellina den Arm hochhielt, fiel mir die grauenhafte Szene aus der Arena wieder ein. Die Echse musste nur zuschnappen, und schon wäre ihr Arm weg. Bei dem Gedanken daran drehte sich mir der Magen um.

Die Riesenechse schnaubte und senkte ihren mächtigen Schädel. Ich traute meinen Augen nicht, aber Sellina schien mit ihr zu reden und strich der Echse dabei sanft der Länge nach über das riesige Maul. Das Zhiimbous beruhigte sich auf der Stelle und knickte mit den Vorderläufen leicht ein.

Sellina schlang der Bestie das Zaumzeug um. Dann kletterte sie seitlich auf die Echse und reichte Mhatarv die Hand, der sich, ohne zu zögern, hinter ihr auf den Rücken schwang.

Mir erschien das alles fast zu leicht. Jeden Moment rechnete ich damit, dass die Echse durchdrehen und die beiden wieder abwerfen würde. Stattdessen wendete das Tier brav, als Sellina die Zügel anzog, und lief in die Wüste, die wir durchqueren wollten.

Mhatarv saß hinter Sellina und hielt sich mit beiden Armen an ihr fest. Bevor sie ganz aus der Sichtweite waren, drehte er sich um, löste eine Hand aus der Umklammerung und winkte uns zu.

Mein Herzschlag beruhigte sich, so schlimm sah das nicht aus. Ich schaute ihnen noch hinterher, als ein weiterer schriller Pfiff ertönte. Nadorr, Niaff hätte mich vorwarnen können, doch er hatte recht, wir durften keine Zeit verlieren.

Während wir den Horizont nach einer weiteren Echse absuchten, gab er mir ein paar Tipps. »Du steigst hinter mir auf, genau wie Mhatarv es gemacht hat. In der schmalen Kuhle auf dem Rücken kurz vor dem Hals der Echse sind kaum Dornen. Beim

Raufklettern schützt dich die Lederhose. Egal, was auch passiert, halte dich ganz fest an mir. Nicht jede Echse läuft so ruhig wie Sellinas. Wir können auch Pech haben und sind die ersten Reiter, dann bocken die Echsen eine Weile.«

Ich hielt weiter Ausschau, dabei hoffte ich, dass wir ein zahmes Tier erwischten, eines, das schon oft geritten worden und möglichst nicht zu groß war. Doch als der Boden unter uns erzitterte, ahnte ich, dass mein Wunsch nicht in Erfüllung gehen würde.

Schon von Weitem wirkte das Tier gigantisch und eher übellaunig. Dagegen erschien Sellinas Echse wie ein kleines Baby. Ein so großes Exemplar hatte ich noch nie gesehen. Es raste und sprang gleichzeitig auf uns zu. Um es mit Niaffs Worten zu sagen; es bockte jetzt schon, auch ohne uns auf dem Rücken.

Mein Herz hämmerte immer heftiger, je näher das Monstrum kam, während ich äußerlich erstarrte. Um nichts unter den Sonnen wollte ich meine Angst zeigen, weder vor Niaff noch vor dieser Bestie. Ich war stark, ich konnte das: Ruhig bleiben im Auge des Sturms. Mein Leben im Cahchtar hatte mich darauf vorbereitet. Was war dagegen schon so eine hässliche Echse?

»Hast du Angst?«, fragte Niaff.

Ich versuchte, mir die Aufregung nicht anmerken zu lassen. »Nein, was soll schon passieren? Außer es frisst uns.«

Niaff lachte. »Das wird nicht passieren. Nicht mit dem Sekret aus der Fortpflanzungsdrüse.«

»Mit dem … was?« Unwillkürlich blickte ich ihn an und ließ das Tier unbeobachtet.

»Die Zhiimbous haben so eine Art Drüse, die Hormone versprüht. Sie verhindert, dass sie sich gegenseitig zerfleischen. Dieselbe Drüse produziert auch zu ganz bestimmten Zeiten ein Fortpflanzungshormon. Dann werden die Echsen scharf, und das will keiner von uns erleben, glaube mir. Deshalb wird bei der Gewinnung des Sekrets auch sehr genau drauf geachtet, ob eine Echse gerade in der fruchtbaren Phase ist oder nicht.«

Ich hustete. »Das will ich gar nicht so genau wissen. Doch ich habe erlebt, dass Mhatarv in der Arena verschont wurde, weil man ihm vorher so ein ähnliches Zeug verabreicht hatte. Er wusste nichts davon und muss Todesängste ausgestanden haben …«

Niaff nickte zustimmend und hielt seinen Arm hoch.

Meine Aufmerksamkeit war wieder ganz auf die Echse ausgerichtet, die inzwischen so nah war, dass sie mit ihrem giftigen Schwanz den Wüstensand aufwirbelte.

Der Staub drang bis in meine Augen. Ich kniff sie kurz zu. Als ich sie wieder öffnete, blickte ich direkt in das riesige Maul des Zhiimbous. Ein unglaublich fauliger Geruch traf mich, sodass ich mich kaum noch traute zu atmen. Rasch hielt ich der Echse den Arm entgegen, an dem das Sekret klebte. Laut schnaubend stieß sie den Atem aus und verteilte damit einen stinkenden Sprühnebel über mich. Um mich nicht zu übergeben, presste ich die Lippen fester aufeinander.

Durch den aufgewirbelten Wüstensand konnte ich gerade noch Niaffs Gestalt erkennen. Er legte der Echse das Zaumzeug an und stieg auf. Wenig später warf er mir ein Seil zu und zog mich damit auf den Rücken der Echse. Dann band er mich einfach hinter sich fest. Kaum war er damit fertig, bockte die Echse tatsächlich los und machte dabei einen Riesensprung nach vorn. Mein Gehirn schien kurzzeitig in den Magen katapultiert zu werden. Ich klammerte mich an Niaff, als hinge mein Leben davon ab.

Irgendwie verpasste ich den Zeitpunkt, an dem sich die Echse endlich etwas beruhigt hatte und im normalen Galopp durch die Wüste raste. Ich war zu sehr damit beschäftigt, den Mageninhalt und den Verstand zu behalten. Meine Knochen wurden so durchgeschüttelt, dass ich sie vermutlich nie wieder an ihrem ursprünglichen Platz vorfinden würde. Damit ich mir nicht die Zunge abbiss, presste ich die Zähne krampfhaft aufeinander.

Nadorr wusste vielleicht, warum ich vorher die niedliche Vorstellung hatte, dass so ein Ritt mit Niaff durch die nächtliche Wüste durchaus etwas Romantisches haben könnte. Nichts war bisher auch nur entfernt romantisch. Ich wollte ihm so viele Fragen stellen in der Zeit, die wir gemeinsam auf dem Rücken der Echse verbringen sollten. Nicht ein einziges Wort konnte meine verkrampften Lippen verlassen, sonst hätte ich Niaff in den Nacken gespuckt.

Ich merkte erst, dass ich vor Erschöpfung eingeschlafen sein musste, als mein Kopf gegen Niaffs Rücken schlug. Die Echse hatte inzwischen einen deutlich gleichmäßigeren Gang eingelegt. Das musste mich derart entspannt haben, dass ich eingenickt war.

Ich spuckte den Sand aus, der in meinem Gaumen klebte, und krächzte: »Das nennst du bocken? Da wäre ich fast lieber tagsüber durch die Wüste gelaufen, selbst wenn ich am Ende zu Asche verbrannt wäre.«

Niaff löste eine Hand vom Zaumzeug und zog damit sein Tuch von der Nase und dem Mund. »Jetzt ist sie eingeritten. Die restlichen Stunden werden ruhiger.«

»Es ist eine ›Sie‹? Wie kommst du denn darauf?«

»Die nicht eingerittenen Weibchen sind immer zickiger.« Er blickte kurz über seine Schulter und grinste mich frech an.

Ich kniff die Augen zusammen. »Wie lange brauchen wir noch?«

»Wenn wir Glück haben und die Echse nicht zu erschöpft ist, erreichen wir noch vor Sonnenaufgang das Kaszareh-Gebirge. Zu Fuß hätten wir mehrere Nächte gebraucht. Ich hoffe, Sellinas Zhiimbous war auch so schnell, sonst müssen die beiden einen Zwischenstopp machen. Unser Mädchen hier hat uns durch ihre Sprünge gewaltig vorangebracht.«

Ich blickte an ihm vorbei zum Horizont. Bisher konnte man nichts als die endlose Wüste mit ihren Dünen und dem Sternenhimmel darüber sehen. Paddin hatte mir erzählt, dass man das Kaszareh-Gebirge aus der Ferne schnell erkennen konnte, wenn man aus der Richtung Decta-Verra kam. Drei fingerartige Gipfel, die wie eine verstümmelte Hand hoch in den Himmel reichen, wären schon von Weitem sichtbar. Bisher konnte ich nichts davon sehen. Aber unsere Echse hatte tatsächlich ein ziemliches Tempo drauf.

»Was passiert dann, Niaff? Wann treffen wir deine Leute?«

Niaff zog an den Zügeln, um die Richtung ein wenig zu ändern. »Zuerst müssen wir so schnell wie möglich in die Droenmen, die geheimen Höhlen unter dem Gebirge. Keine Sorge, ich kenne alle Zugänge.«

»Und dann?«

»Dann sind wir in Sicherheit. Egal ob es Tag oder Nacht ist. Die Droenmen sind mein Zuhause. Du wirst staunen.«

»Du weißt, dass wir bald Kämpfer zusammenstellen müssen, um den Palast zu überfallen?«

»Ein paar Tage Zeit werden wir dafür brauchen. Wir müssen noch den Rat der Alten überzeugen. Der Statthalter wird es so schnell auch nicht schaffen, uns zu überfallen. Um eine Streitmacht zu sammeln, die stark genug ist, die Scaparen zu überfallen, braucht er mehr Zeit.«

»Aber Lorrin ist in Gefahr, solange er im Palast ist.«

»Dein Bruder ist dort gut aufgehoben. Cesszia ist seine Lebensversicherung. Ich schwöre dir, ihm wird nichts passieren.«

»Und wenn Zekoll dahinterkommt, dass Cesszia uns geholfen hat? Dann könnte sie ihn nicht mehr schützen.«

»Cesszia kennt ihren Cousin und seine Schwächen. Sie wird sich rausreden können. So wie sie es die ganzen Jahre über schon getan hat. Das hat sie uns selbst erzählt.«

Ich schwieg. Jetzt, wo ich nicht mehr unmittelbar um mein Leben bangen musste, wurde mir wieder bewusst, in welcher Gefahr mein kleiner Bruder schwebte.

Niaff drückte meine Hand, mit der ich mich an ihn klammerte. »Mach dir keine Sorgen, Kairra, wir werden so rasch wie möglich aufbrechen und keine unnütze Zeit vergeuden. Auch wenn ich mich auf mein Zuhause freue, werde ich nicht vergessen, was von unserem Überfall abhängt.«

Ich seufzte und starrte weiterhin auf den Horizont. Vielleicht bildete ich es mir nur ein, aber ich glaubte, eine der Fingerspitzen zu erkennen. Eine Düne kurz vorm Horizont nahm mir allerdings die Sicht auf mehr.

Um mich abzulenken, plapperte ich weiter. »Sellina ist also deine große Liebe?«

Niaff antwortete nicht gleich, da unsere Echse ihren Schädel hin- und herwarf und dabei laut zischte. Er musste sie erst zügeln, dann trabte sie weiter.

»Was heißt große Liebe? So was gibt es doch nicht. Sellina ist süß und lustig. Wir haben jede Menge Spaß zusammen. Ihre Familie würde zwar gern, dass aus uns etwas Ernstes wird, doch ich habe keine Lust, mich an ein Mädchen zu binden. Egal, wie süß es ist.« Er drehte sich zu mir um und zwinkerte mir zu. »Dafür sind wir doch viel zu jung, oder? Wer weiß, was sich noch alles ergibt? Wen man so trifft? Das Leben geht doch gerade erst los. Die meisten Scaparen probieren ihr Leben lang aus. Monogamie ist langweilig.«

So gesehen, konnte ich das nicht mal beurteilen. Ich hatte noch nie einen Geliebten gehabt, und deshalb konnte mir niemand langweilig werden. Trotzdem steckte in mir der tief verwurzelte Wunsch, einmal einen Partner fürs Leben zu finden. Jemanden so zu lieben, wie sich meine Eltern geliebt hatten. Sich ganz auf einen Partner einzulassen, ohne bei den ersten Problemen: *»Danke, das war's. Der Nächste, bitte!«,* zu sagen. Monogamie konnte nicht langweilig sein, weil man nicht nur das Offensichtliche zu sehen bekam, sondern Zeit hatte, seinen Partner richtig kennenzulernen.

»Ich weiß nicht«, antwortete ich ausweichend. »Eure Art zu leben klingt für mich sehr oberflächlich.«

Niaff deutete mit seiner Hand auf das jetzt genau erkennbare Gebirgsgebilde am Horizont. »Das Kaszareh-Gebirge. Sieht aus, als würde die Wüste uns drei Finger entgegenstrecken. Kairra, wir sind bald da. Wir schaffen es rechtzeitig.«

Drei Felsfinger, die sich mahnend aus der Wüste erhoben. So hatte ich es mir auch vorgestellt. Paddin hatte es gut beschrieben.

»Was ist mit Sellina und Mhatarv? Siehst du die schon?«

Niaff schüttelte den Kopf. »So schnell, wie unsere Echse vorangekommen ist, eher nicht. Ich vermute, dass wir sie unbemerkt überholt haben. In dieser Dünenlandschaft kann das leicht passieren.«

Unsere Echse war wirklich schnell. Die Felsfinger wuchsen rasch am Horizont, und noch vor Sonnenaufgang hatten wir das Gebirge erreicht.

Niaff zügelte die Echse. »Spring, Kairra. Wir müssen uns jetzt beeilen.«

Das ließ ich mir nicht zweimal sagen. Kaum war ich runter von dem gigantischen Biest, löste Niaff die Zügel und sprang dann auch herab.

Das Zhiimbous bäumte sich auf und schnappte mit dem Maul wahllos in der Luft herum. Dabei stieß es einen entsetzlichen kreischenden Ton aus.

Instinktiv duckte ich mich hinter den ersten Felsen, um ihren scharfen Krallen zu entgehen.

Kurz darauf schwang sich Niaff neben mich. »Sie hat Hunger. Besser, sie sieht uns gar nicht mehr.«

»Ich dachte, das Sekret schützt uns?«

»Die Wirkung lässt mit der Zeit nach. Ich würde es nicht drauf ankommen lassen.«

Jetzt, wo ich wieder festen Boden unter den Füßen hatte, spürte ich erst, wie sehr meine Muskeln schmerzten und meine

Beine zitterten. An der Innenseite meiner Schenkel färbte sich die Echsenlederhose blutig. Auch Niaffs Hose war blutdurchtränkt.

Als ich ihn darauf hinwies, zuckte er nur mit den Schultern. »Das ist der Preis für den rasanten Ritt durch die Wüste. Du solltest mal die vernarbten Beine eines echten Zhiimbous-Bändigers sehen. Die könnten nackt auf den Echsen reiten und würden nichts mehr spüren, so dick ist das Narbengewebe.«

Vorsichtig tastete ich meine Schenkel ab. »Komischerweise habe ich nichts gespürt, keine Dornen, keine Schmerzen.«

Niaff lachte. »Morgen wird es schlimmer sein. Doch ich habe eine gute Salbe in meinem Haus. Du wirst sehen, das heilt bald. Komm jetzt, Nemarre geht gleich auf. Wir sollten uns auf den Weg nach unten machen.«

Der Wüstensand wich mit jedem Schritt mehr einem steinigen Untergrund. Hinter dem typischen Felsfingergebilde konnte ich nun ein gewaltiges Gebirge erkennen, das von hier aus so unendlich wie die Wüste hinter uns wirkte. Paddin hatte mir nie erzählt, wie groß das Gebiet des Kaszareh-Gebirges wirklich war. Irgendwie hatte ich es mir kleiner vorgestellt, als es jetzt schon aussah.

Ich folgte Niaff, der uns zielstrebig durch die immer mächtigeren Felsen führte, bis er plötzlich stehen blieb und sich mir zuwandte.

»Normalerweise müsste ich dir die Augen fest verbinden. Dafür haben wir keine Zeit mehr. Dreh dich einfach weg. Solltest du den Weg in die Droenmen irgendjemandem verraten, müsste ich dich eigenhändig töten.«

»Ich schwöre dir, euer Geheimnis ist bei mir sicher«, antwortete ich eilig, da ich nun die ersten Sonnenstrahlen zwischen den Felsen erblicken konnte.

Niaff zog mich hinter einen mannshohen Felsen und wirbelte mich herum. Ich hörte nur ein Quietschen, und dann wurde ich rückwärts in die Dunkelheit gezogen.

Kapitel 29

Eine Weile rutschte ich auf glattem Felsboden in die Tiefe, ohne etwas erkennen zu können. Es ging nicht richtig steil abwärts, sondern eher langsam, bis ich plötzlich gegen einen Körper prallte und festgehalten wurde.

»Wir nehmen die Abzweigung hier«, sagte Niaff aus der Dunkelheit heraus.

Ich blinzelte und versuchte, etwas zu erkennen. »Welche Abzweigung?«

Niaff lachte kurz. »Das wird gleich besser. Hier ist es mit Absicht so dunkel, damit kein ungeladener Gast auf die Idee kommt, er wäre hier richtig. Nimm meine Hand und folge mir. Ich kenne mich hier blind aus.«

Wortlos tastete ich nach seiner Hand und ließ mich mitziehen. Niaff schritt schnell voran. Trotz der absoluten Dunkelheit hatte ich das Gefühl, dass wir nicht mehr tiefer kamen, sondern eher geradeaus auf einer Ebene liefen.

Allmählich fragte ich mich, was mich hier unter dem Gebirge erwarten würde. Bisher wusste ich fast nichts über diesen Ort. Die Rebellen legten sehr viel Wert darauf, alles geheim zu halten. Selbst Paddin hatte mir kaum etwas erzählt.

Niaff lenkte mich um eine Kurve. »Nur noch ein paar Schritte.«

Dann blieb er plötzlich stehen. »Schließe kurz die Augen!«

Auch wenn ich ohnehin nichts sehen konnte, tat ich ihm den

Gefallen. Als ich einen warmen Luftzug spürte, öffnete ich sie jedoch gleich wieder.

An seiner Schulter vorbei starrte ich in ein sanftes, rötliches Licht, das eine vor uns liegende Felsgrotte so erleuchtete, als wären die Sonnen gerade am Untergehen und nicht umgekehrt.

Neugierig blickte ich nach oben. Das Licht drang gleichmäßig durch die Decke der Grotte, und es wirkte nicht künstlich. Wenn das jedoch die echten Strahlen von Hearre und Nemarre wären, müsste es hier inzwischen unerträglich heiß sein. Aber es war nur angenehm warm.

»Wie ist das möglich?«, fragte ich.

Statt gleich zu antworten, zog mich Niaff weiter in die Grotte hinein. »Filter. Hier unten in den Droenmen filtern wir an vielen Plätzen das Licht der Sonnen. Dieser Bereich soll bald besiedelt werden. Zuerst sorgen wir immer für Licht, dann wird bepflanzt, und erst danach werden Wohnräume geschaffen.«

Ich blickte mich ungläubig um. »Pflanzen? Wie kann hier unten überhaupt etwas wachsen?«

Im roten Schein der Sonnen sah ich Niaff zufrieden grinsen. »Du vergisst, dass wir Wasser haben, und der Sand der Wüste ist nicht unfruchtbar«, antwortete er. »Zusammen mit dem Licht kann hier so ziemlich alles wachsen. Wir versuchen, jede neue Wohngrotte so autark wie möglich zu halten. Jede Einheit mit ihren Bewohnern ist für sich lebensfähig und in der Lage, sich selbst mit dem Nötigsten zu versorgen, aber nur zusammen sind wir stark.«

»Und wie viele bewohnte Grotten gibt es?«

Niaff blieb stehen und sah mir in die Augen. »Das, Kairra, bleibt ein Geheimnis. Niemand soll auch nur eine Vorstellung von unserer tatsächlichen Anzahl haben. Doch zu deiner Beruhigung, wir haben mehr als genug Krieger, die gegen Zekoll kämpfen könnten.«

Ich betrachtete die bizarren Felsformationen in der Grotte, die in dem gefilterten Licht in allen Orangetönen leuchteten. Es war unglaublich schön und sehr still hier. Kein Wind war zu hören, kein Tier raschelte. Nur unsere Schritte und Worte hallten sanft von den gezackten Wänden wider.

Wie so ein Ort wohl aussah, wenn er bewohnt wurde? Würden hier ähnliche Pflanzen wie in Cesszias Garten wachsen? Würden hier Kinder spielen und die Bewohner fröhlich miteinander handeln? Ich lief Niaff rasch hinterher, gespannt darauf, was mich in einer bewohnten Höhle erwarten würde.

Wir verließen die Grotte durch einen Gang, der sich wie ein Wurm unter dem Gebirge durchwand. In den Gängen war das Licht etwas gedämpfter, aber so richtig stockdunkel wurde es nicht wieder.

»Wieso treffen wir hier niemanden?«, wunderte ich mich.

»Wir gehen einen nicht öffentlichen Weg. Doch wenn die Einheit hinter uns besiedelt wäre, hätten wir uns nicht ganz so unbemerkt einschleichen können.« Er seufzte und sprach dann nach einer kurzen Pause weiter. »Kairra, ich bin zwar der Anführer der Scaparen, aber um eine Entscheidung zu treffen, muss ich den Rat der Alten überzeugen. Das gilt auch dafür, wenn ich Fremde mitbringe.«

»Ach, wenn denen meine Nase nicht passt, können sie mich einfach wieder in die Wüste schicken?« Das klang irgendwie nicht ermutigend.

Niaff blieb stehen und legte beruhigend seine Hand auf

meinen Arm. »Du siehst das falsch. Es geht darum, überzeugend zu sein. Dass man dir glaubt und damit letztendlich auch uns beiden. Schließlich steht einiges auf dem Spiel. Bisher hat der Rat immer meine Entscheidung geteilt, auch wenn ich manchmal lange dafür kämpfen musste. Doch der Rat der Alten ist wichtig für uns. Er sichert uns ab, damit kein einzelner Anführer so egoistisch handeln kann wie dieser Zekoll.«

»Wie viele sind denn in diesem Rat?«

»Bevor ich wegging, waren es fünfzig. Die Zahl ändert sich ständig. Wenn sich zum Beispiel ein alter Scapare die Ehre verdient, dem Rat beizutreten oder einer aus dem bestehenden Rat stirbt. Wie der Name schon sagt, sind die Mitglieder alt.«

»Musst du sie denn alle überzeugen? Einstimmig?«

»Das wäre natürlich am besten, aber meistens reicht auch die überwiegende Mehrheit.« Er wies auf eine weitere Abzweigung im Gang. »Wir sind gleich da.«

Am Ende des Ganges glaubte ich, etwas zu hören. Es war nicht mehr so absolut still hier, es lag eher eine leise Mischung aus Murmeln, Rascheln und Zischen in der Luft.

Als Niaff einen Durchgang öffnete, den ich bis dahin nicht mal in der Wand entdeckt hatte, prasselte eine bunte und quirlige Masse von Geräuschen auf uns ein. Aber das, was ich dann sehen konnte, war viel überwältigender.

Vor uns lag eine Stadt in einer gigantisch großen Grotte voller grüner Pflanzen. An den Felswänden bis hin zur weit entfernten Decke schichteten sich übereinanderliegende Höhlen mit kleinen Aussichtsplattformen; fast jede verziert mit bunten Blumen. Das mussten Wohnhöhlen für Hunderte Scaparen-Familien sein.

Am Boden der Grotte gab es zahlreiche Marktstände und kleinere Buden mit Waren. Dazwischen wuselten geschäftig Scaparen aller Altersklassen herum. So viele Frauen, Männer und Kinder, dass ich nicht nachzählen konnte. Wenn alle weiteren bewohnten Grotten ähnlich groß waren, dann musste die Zahl der Scaparen gewaltig sein. Sehr viel größer, als ich erwartet hatte.

Während ich still staunte, redete Niaff weiter. »Übrigens ist das hier meine Wohneinheit, und hier tagt auch der Rat der Ältesten. Diese Grotte gehört zu den ersten, die vor vielen Tausend Jahren ausgebaut wurden. Sie ist eine der größten.« Er deutete auf einen Platz direkt vor uns. »Dort ist ein Brunnen, du hast sicher Durst.«

Ich war inzwischen tatsächlich richtig durstig. Wir hatten, seit wir von der Echse gestiegen waren, nichts mehr getrunken. Doch als ich losgehen wollte, hielt mich Niaff fest.

»Auf dem Platz neben dem Brunnen ist ein Gong, den werde ich sofort schlagen müssen, um dich anzukündigen. Lass dich von dem Wirbel, der dann entsteht, nicht umhauen.«

Ich nickte. Der Wirbel war mir egal, wenn ich nur an Wasser kommen würde. Doch kaum waren wir drei Schritte weiter gegangen, wurde Niaff immer öfter erkannt, und das Gedränge nahm zu. Von allen Seiten strömten Scaparen herbei.

Einige Scaparen riefen laut: »Niaff ist zurück!«

»Niaff! Niaff!«, ertönten von überall freudige Ausrufe.

»Er hat eine Gefangene dabei …«

Überrascht blickte ich zu Niaff, doch der war von seinen Leuten umzingelt und begrüßte jeden Einzelnen wie einen Freund. Er verschwand immer tiefer in der Menge, während zwei muskulöse Frauen sich meiner annahmen. Sie wirkten kampferprobt; mit Narben im Gesicht und harten Gesichtszügen. Unsanft nahm jede einen meiner Arme, dann führten sie mich ab. Nur leider nicht in Richtung des Brunnens.

»Hey, ich bin durstig. Lasst mich los …«, wehrte ich mich und versuchte, mich aus den eisernen Griffen zu entwinden.

Die Scaparin an meiner rechten Seite zischte mir bedrohlich zu. »Ganz ruhig bleiben, Fremde. Du bist gleich in Sicherheit, und da kriegst du auch Essen und Trinken.«

Hatte Niaff nicht gesagt, ich sollte mich von dem Wirbel nicht umhauen lassen? Vermutlich war so ein Empfang hier normal. Ich vertraute Niaff, und er war schließlich der Anführer der Rebellen. Sicher konnte er später alles erklären. Ich ließ zu, dass die beiden kriegerischen Frauen mich in eine Höhle auf der unteren Ebene drängten und hinter mir die Tür schlossen.

Etwas verblüfft wollte ich ihnen hinterhersehen, aber es gab keine andere Öffnung zum Platz hinaus als die nun verschlossene Tür.

»Nadorr, warum so feindselig?«, fluchte ich und wandte mich um. »Und wo, bei den Sonnen, ist hier das Wasser?«

»Kairra!«, kreischte jemand schrill und umarmte mich dabei stürmisch. Gegen meine Schulter presste sich ein rothaariger Kopf. An dem intensiven Geruch ihrer Haare erkannte ich sie sofort. »Elssa? Was machst du denn hier?«

»Ha, das wollte ich dich auch gerade fragen. Aber schau mal, wer dahinten ist …«

Ich blickte in den hinteren Raum und nahm nur die langen weißen Haare wahr. »Paddin …«, flüsterte ich sprachlos. »Verdammt, Paddin, ich habe dich so vermisst …«

Mein alter Freund stand langsam auf und zwinkerte mir mit seinem gesunden Auge zu. Sein Gesicht leuchtete beinahe ebenso wie die Sterne am Nachthimmel. Inzwischen hatte ich ihn schon erreicht und an mich gepresst. Er drückte kraftvoll zurück; es schien ihm gut zu gehen.

»Kairra, Kleines! Bei den Sonnen, dass ich das noch erleben darf … Wo ist Lorrin?«

»Lorrin ist noch in Decta-Verra, aber vorerst in Sicherheit. Wir sind mit dem Anführer der Scaparen hierhergekommen, um die Rebellen zu überreden, die Stadt anzugreifen und Zekoll zu stürzen …«

Elssa schüttelte ungläubig mit dem Kopf, während Paddin ein schnaufendes Geräusch von sich gab. »Warum sollten sie das tun, Kairra? Ihnen geht es hier vermutlich besser als den Stadtleuten«, kommentierte mein alter Freund.

»Es gibt eine Menge Neuigkeiten, vor denen sie sich auch hier nicht verstecken können. Ich werde euch das in Ruhe erzählen. Aber warum seid ihr hier?«

Elssa lachte laut und verdrehte ihre großen Kulleraugen. »Der alte Narr wollte unbedingt die Scaparen besuchen. Weil er ja mal einer von ihnen war, dachte er, er könnte sie überzeugen, uns zu helfen, dich und Lorrin zu befreien. Aber bisher hat sich noch keiner dazu herabgelassen, uns überhaupt anzuhören. Angeblich wäre ihr Anführer nicht anwesend …«

»Stimmt ja auch, Niaff ist mit mir zusammen aus der Stadt geflohen …«

»Und wieso bist du dann hier eingesperrt?«, unterbrach mich Elssa und schubste mich dabei kameradschaftlich.

»Ist der Anführer der kleine Niaff?«, fragte Paddin fast gleichzeitig.

»Na ja, klein ist er nicht mehr. Und ich bin hier nur versehentlich eingesperrt, weil wir uns kurz aus den Augen verloren hatten. Er wird das ganz schnell aufklären. Wie lange seid ihr schon hier?«

»Einen Tag«, antwortete Elssa schnell. »Aber wir werden gut verpflegt. Paddin hat hier einen echten Ruf. Fast alle kennen ihn. Nur weil er damals die Scaparen verließ, sind sie sich nicht sicher, ob er sie möglicherweise doch verraten hat.«

»Sie sind bestimmt nur vorsichtig.« Ich schluckte trocken. »Habt ihr Wasser hier?«

Elssa lachte. »So viel, dass du drin baden kannst. Komm mit!«

Bevor ich ihr folgte, sah ich mich noch einmal nach Paddin um. Mein alter Freund tippte mit seinem langen dünnen Finger nachdenklich gegen seine Augenklappe. Er wirkte besorgt. Wir hatten noch so vieles zu besprechen, doch zuerst musste ich trinken und anschließend meine brennenden Innenschenkel versorgen. Jetzt, wo sich die Aufregung legte, kam der Schmerz zurück. Verfluchtes Zhiimbous!

Kapitel 30

Mit aller verbliebener Kraft kämpfte Cesszia dagegen an, die Augen zu öffnen. Nichts gab es mehr, das sich zu sehen lohnte. Zekoll hatte sie wie eine Sklavin behandelt. Ihr den eigenen Willen genommen, sie mit Drogen wehrlos gemacht und an diesen ekelhaften Hardurr verschachert. Damit konnte sie nicht leben. Am besten wäre jetzt alles zu Ende. Sie hielt die Luft an und hoffte, zu ersticken, doch im letzten Moment rang sie nach Atem.

Dabei glaubte sie noch, den üblen Gestank des Generals zu riechen. Er hatte sie missbraucht. Warum war sie nicht gestorben? Wieso hatte sie das überlebt? Sie sehnte sich nach dem ewigen Vergessen. *»Gib nicht auf! Räche dich! Denk an dein Versprechen«,* zerriss eine Stimme in ihrem Kopf die Schleier des Schmerzes und der Dunkelheit.

Was nützten Versprechen, wenn sie nicht mehr wusste, was versprochen wurde? Wen wollte sie rächen, wenn sie nichts mehr wert war? Wenn nichts mehr übrig blieb, für das es sich lohnte zu kämpfen?

Wieder hielt Cesszia den Atem an, um kurz darauf erneut nach Luft zu ringen. Außer der Stimme in ihrem Inneren war da noch eine andere Stimme. Etwas strich sanft über ihren Handrücken. Nur weil diese andere Stimme so vertraut klang, zuckte sie nicht zurück.

»Es wird dir wieder besser gehen, ich verspreche es dir.

Nadorr schützt uns, gib nicht auf. Denke immer daran: Wir sind keine Opfer der Sonnen, wir sind Kämpfer der Nacht.«

Cesszia wurde ruhiger. Kämpfer, keine Opfer, wiederholte sie stimmlos. Rache. Ja. Sie musste aufwachen, sonst würde das Verbrechen an ihr ungesühnt bleiben. Niemand würde für sie kämpfen. Niemand außer ihr selbst. Sie atmete ein und wieder aus. Rache!

Langsam öffnete sie ihre schweren Lider. Das Licht verstärkte den Schmerz ins Unerträgliche, doch das würde sie nicht mehr abhalten. Der General und ihr Cousin mussten leiden. Sie würde ihnen alles heimzahlen. Alles.

Es dauerte einen Moment, ehe sie in dem grellen Licht den Bruder der Auserwählten und Ledinnia erkannte. Beide bemühten sich um sie, ließen sie nicht mit ihrem Elend allein. Obwohl sie nicht durch Sklaverei an sie gebunden waren, standen sie ihr dennoch bei. Zum ersten Mal in ihrem Leben glaubte Cesszia zu ahnen, was Freundschaft bedeuten konnte.

Cesszia blickte sie nacheinander an und nickte ihnen zu. Ja, sie wollte ihre Versprechen ihnen gegenüber halten, auch wenn sie sich am liebsten einfach tot gestellt hätte. Noch war sie schwach, aber das würde sich ändern. Sie konnte sich jetzt nicht geschlagen geben und aufgeben. Zekoll und Hardurr durften sie nicht brechen, sonst war sie für immer verloren.

Während sie versuchte, ihre Kraft zurückzugewinnen, reifte eine Idee in ihr heran. Es war ein gewagter Plan, aber genau deshalb versprach er Erfolg. Sie würde die Intrige ihres Lebens inszenieren, und wenn sie dafür weit über ihre eigenen Grenzen gehen musste. Nur so könnte ihr die Rache gelingen.

Vorsichtig richtete sie sich auf. Sie räusperte sich, um ihre

Stimme wiederzufinden, während sie Ledinnia und Lorrin abwechselnd anblickte. Schwach und heiser quälten sich die ersten Worte seit ihrer Bewusstlosigkeit über ihre Lippen. »Ledinnia, richte mich her«, flüsterte sie. »Wasch mich, schmink mich und kleide mich an. Ich muss schöner und verführerischer denn je aussehen.«

Ihre Stimme klang fester, als sie sich an den Jungen wendete. »Lorrin, geh in die Küche und hole uns Brot, Früchte und Wein. Lass es in den Garten bringen.«

Die verwunderten Blicke von Ledinnia und Lorrin ignorierte sie. Während der Reinigungs- und Umkleideprozedur biss Cesszia die Zähne zusammen und nutzte ihr Schweigen, um den Plan weiterzuspinnen. Nur einmal deutete sie mit dem Finger über den Lippen an, dass sie noch nicht bereit war, darüber zu reden.

Als sie endlich mit zitternden Knien vor dem Spiegelfenster stand und sich betrachtete, nickte sie zufrieden. »Lasst uns gemeinsam im Garten speisen. Ich will heute nicht alleine essen.«

Kaum waren sie im Garten versammelt, weit genug von Zekolls Abhörvorrichtung entfernt, holte Cesszia tief Luft. »Hört mir genau zu, auch ihr, Grinser und Scitch. Ich werde das alles nur einmal sagen.«

Sie nahm Lorrins Hand und blickte Ledinnia eindringlich an. »Egal, wie ich mich in nächster Zeit euch gegenüber verhalte, ich stehe zu meinem Versprechen. Ich bin dieselbe wie vorher und kann es doch nicht mehr sein. Nicht für meinen Cousin und auch nicht für diesen widerlichen General. Ich muss den Spieß umdrehen und die beiden glauben lassen, dass ich auf ihrer Seite stehe, dass ich mich besonnen habe. Das bedeutet, dass ich mich auch euch gegenüber distanzierter verhalten werde, vielleicht sogar gemeiner.«

Cesszia sah dem Jungen in die Augen. »Ich werde mich verändern, aber nur scheinbar. Unser Plan, die Rebellen und Kairra in die Stadt zu lotsen, bleibt bestehen. Deshalb müsst ihr wachsam sein, ob am Rande der Wüste das Zeichen gegeben wird, und es mir dann zu verstehen geben, sodass es kein anderer mitbekommt.«

»Wie sehr wirst du dich verändern?«, erkundigte sich der Junge leise.

»Vielleicht so sehr, dass du mich hassen musst. Vergesst nie, dass ich das nur spiele. Nur so kann ich Zekoll hintergehen.«

Ledinnia sah sie mit großen Augen an. »Was hat dir dieser General angetan?«

Cesszia senkte die Lider. Sie konnte dem jungen Mädchen unmöglich erzählen, was Hardurr mit ihr angestellt hatte.

»Frage nicht, Ledinnia. Nimm dich vor solchen Kerlen in Acht.«

Cesszia sah hoch zu ihren Leibwächtern. »Grinser und Scitch, ihr müsst mir überallhin folgen, selbst wenn ich in Hardurrs Gemächer ziehen muss.«

»Nein!« Ledinnia hielt ihre Hand fest. »Das darfst du nicht. Er hat deinen freien Willen ignoriert und dich missbraucht. Nicht auszudenken, was er alles mit dir anstellt, wenn du in seiner ständigen Nähe bist.«

»Es gibt nichts mehr, was er mir antun könnte. Außer, dass er oder mein Cousin euch erwischen. Das ist meine größte Sorge. Bleibt in meinen Räumen, selbst wenn ich nicht mehr hier bin. Es wird keinem auffallen. Und vergesst nicht, dass alles, was ich sage und tue, nur gespielt ist, um mich an den beiden zu rächen.« Sie blickte in die ratlosen Augen ihrer Freunde. »Es geht nicht anders. Glaubt mir bitte. Es wäre auch gut, wenn ihr euch dann scheinbar gegen mich wendet. Das wirkt überzeugender.«

»Wenn es nicht anders geht«, antwortete Ledinnia betreten. »Aber bitte, pass auf dich auf und versprich uns, dass du den Glauben an Nadorr nicht verlierst. Das Gute wird gewinnen.«

Cesszia lächelte nachsichtig. Ledinnia war noch sehr jung und naiv. Tatsache war, dass das Gute verlieren würde, wenn niemand nachhalf.

»Sollte etwas schieflaufen, lasse ich mich von Grinser und Scitch retten. Also macht euch keine Sorgen. Ihr bekommt hier eure Mahlzeiten, versucht unbedingt, Zekoll und seinen Leuten aus dem Weg zu gehen. Besonders du, Lorrin. Passt auf euch auf. Versprecht mir das.«

Sie nickten und wirkten beide betrübt.

»Dann lasst uns jetzt schwören, dass wir die kommende Zeit zusammen durchstehen, auch wenn wir scheinbar getrennte Wege gehen. Ich werde euch nie verraten.«

Sie aßen schweigend zusammen. Cesszia musste an so vieles denken. Nichts durfte dem Zufall überlassen bleiben. Sie hatte schon oft gelogen, hatte die Zukunft und ihre Visionen ausgetrickst. Jetzt musste sie improvisieren. Um nichts auf der Sonnenwelt würde sie nach ihrer letzten Lüge noch einmal die Seherdroge nehmen. Sie fürchtete sich davor, was sich nun alles wieder verändert haben könnte. Die Visionen hatten sie meistens gemeinsam mit dem Ahnen, Kairra und Lorrin auf der Flucht gezeigt. Egal in welcher Form. Sie oder zumindest Lorrin waren stets dabei. Nur dann schien alles ein gutes Ende zu nehmen. Doch nun war sie mit Kairras Bruder hiergeblieben. Was, wenn eine neue Zukunftsvision nur ihren Tod zeigen würde? Oder den Tod von Lorrin?

Sie seufzte und schob ihre noch halb volle Suppenschüssel beiseite. »Ich werde jetzt gehen. Grinser und Scitch, bringt mich zum General.«

Ledinnia versuchte, sie mit der Hand am Kleid aufzuhalten, aber Cesszia schüttelte den Kopf. »Keine Tränen, kein schmerzvoller Abschied. Wir sehen uns bald wieder. Passt gut aufeinander auf.« Dann ging sie voraus. Nur ihre Leibwächter folgten ihr.

Noch tat jeder Schritt weh, aber mit jedem weiteren wuchs auch ihre Gewissheit, dass sie den Mut aufbringen würde, ihre Rolle zu spielen. Das Leben an Zekolls Seite hatte sie perfekt vorbereitet. Es war gut, dass der Weg in Hardurrs Gemächer so weit war. Sie arbeitete an ihrer Maskerade und verbarg ihre Gefühle immer besser, je näher sie dem Ort ihrer Pein kam.

Vor der protzigen Tür atmete sie tief durch, straffte die Schultern und wandte sich kurz ihren Leibwächtern zu. »Ihr bleibt hier draußen, es sei denn, ich rufe euch.« Dann stieß sie die Tür auf.

General Hardurr saß an seinem Schreibtisch, umgeben von ranghohen Offizieren. Das war ihr nur recht. Sie brauchte Zeugen für ihre Szene, und diese hier waren perfekt. Sie würden alles haarklein an Zekoll berichten.

Ihr Kleid raschelte, als sie sich der kleinen Gruppe näherte. Alle drehten sich um. Der General blickte überrascht auf.

Sie nutzte den Moment der Überraschung und umrundete den Schreibtisch, dabei strich sie sacht über die Muskeln seines nackten Arms.

»Hardurr, mein Geliebter«, schnurrte sie. »Ich bin dir so dankbar für die wundervolle Nacht. Es tut mir leid, dass ich nicht auf deinen Ruf warten konnte, mein Angebeteter, aber ich verzehre mich nach dir. Du hast mir gezeigt, was Liebe heißt. Ich kann nicht länger warten, nimm mich noch einmal so wild und ungezähmt, wie nur du es kannst. Oh Hardurr, was hast du mit mir gemacht?« Sie öffnete leicht ihren Mund und fuhr mit der Zungenspitze über ihre Oberlippe. Als könne sie es nicht mehr erwarten, legte sie ihre Hand auf ihr Herz und rieb sich dabei sinnlich die runde Brust.

Cesszia wusste, dass ihr Kleid viel mehr als gewöhnlich von ihr offenbarte. Der Stoff war durchsichtig und nur an den pikanten Stellen mit kleinen Edelsteinen verziert. Ihre verbundenen Rippen waren unter einem breiten Gürtel versteckt.

Der General starrte sie an, als wäre sie ein Geist. Seine Leute räusperten sich verlegen, sie wussten scheinbar nicht, wohin sie blicken sollten.

Cesszia setzte sich spielerisch auf seinen Schoß und flüsterte ihm ins Ohr: »Schick sie fort, oh, mein Gebieter, dann verrate ich dir Dinge von mir, die du nicht einmal in deinen kühnsten Träumen erahnen könntest.«

Er schien die Sprache verloren zu haben. Sie öffnete seine Weste, strich ihm zart über die zahlreichen Narben seines haarlosen Oberkörpers und kniff dann schließlich in seine harte Brustwarze. Das brachte endlich Bewegung in ihn. Mit einem Schlag erwachte er aus seinem Schockzustand.

Doch bevor er reagieren konnte, säuselte Cesszia weiter: »Mein Gebieter, nur du weißt, was mir gefällt. Lass mich deine Sklavin sein. Lass uns die Wonnen der körperlichen Liebe teilen. Unsere Lust wird ein Feuerwerk …«

»Was, bei den Sonnen …?« Der General sprang auf und stellte sie wieder auf ihre Füße.

Cesszia ließ sich nicht beirren. »Mit Freuden nehme ich Zekolls Vorschlag an und werde deine Frau. Meine Diener bringen noch heute meine Habseligkeiten in deine Gemächer. Oder willst du mit mir in meine Räume ziehen? Wir sollten vielleicht an unsere Kinder denken? Ich bin mir sicher, Zekoll wird alles tun, damit wir zusammen glücklich werden …«

»Bist du von Sinnen, Weib?«, blaffte er nun mit gerötetem Gesicht und wandte sich an seine Offiziere. »Raus mit euch!«

»Und richtet meinem Cousin aus, er kann die Hochzeit gleich planen«, rief Cesszia ihnen fröhlich hinterher.

Hardurr schnaufte und packte sie bei den Schultern. »Bist du irre? Schreist du nach Prügel? Weib, wie kannst du nur so dreist sein …«

Er unterbrach sich selbst, als Cesszia sich vor ihm aufbaute. Sie wusste genau, dass Hardurr vor selbstbewussten Frauen kuschen würde. Deshalb suchte er sich normalerweise auch nur Frauen aus, die wie Würmer widerstandslos alles mit sich machen ließen. Aber da war er bei Cesszia an die Falsche geraten, kein zweites Mal würde es ihm gelingen, sie so zu überwältigen.

»Sieh mich an, General, und höre mir gut zu. Sonst könnte es dein Leben kosten«, flüsterte Cesszia bedrohlich.

Hardurr zögerte überrascht. Doch sie ließ ihm keine Zeit

zum Nachdenken. Sie presste bedeutsam einen Finger über ihre Lippen und umrundete seinen Schreibtisch. Schon beim letzten Mal in Hardurrs Räumen hatte sie den kleinen Abhörmechanismus entdeckt. Lorrin hatte sich alle Mühe gegeben, ihren Blick für diese Anlagen zu schärfen. Zekoll war nicht sonderlich fantasievoll, was das Design der Dinger anging. Es waren immer kleine Vasen oder Trophäen, in denen sich die Lauschkapseln verbargen. Hardurr hatte verschiedene in seinen Räumen. Hier im Besprechungsraum gab es offenbar nur eine auf dem Schreibtisch. Sie hob den kleinen Ehrenpokal an und deutete auf die Unterseite.

Ohne Zweifel erkannte der General sofort, um was es sich handelte, denn er sprang erbost auf und versenkte den Pokal in seine Wasserkaraffe. Blubbernd ging er unter.

»Bei den Sonnen, er hört mich ab? Mich, seinen eigenen General?«, fluchte er.

»Er hört jeden ab. Jetzt hör mir gut zu. Wir haben vielleicht nicht viel Zeit, offen miteinander reden zu können.«

Der General nickte grimmig.

»Uns beiden ist doch klar, dass mein Cousin mich mit dieser Verbindung bestrafen wollte. Aber hast du schon einmal darüber nachgedacht, dass er damit auch dich strafen will? Glaubst du etwa, mein Cousin kennt mich nicht? Oh doch, mein General. Er kennt mich nur zu gut. Er fürchtet sich vor meiner Fähigkeit, in die Zukunft zu sehen. Und das zu Recht!«

Hardurr schnaufte. »Was soll diese Farce? Was soll das bedeuten? Was willst du von mir?«

Cesszia verzog spöttisch ihre Lippen. »Eigentlich will ich nichts von dir, aber unsere durch Zekoll erzwungene Liaison hat mich auf eine Idee gebracht. Ich könnte meine Fähigkeiten für dich nutzen. Mit mir an deiner Seite könntest du mächtiger als Zekoll werden. Niemand kennt seine Schwächen so gut wie ich. Wir beide könnten eine Allianz gründen. Die für mich allerdings nur funktioniert, wenn du mich zukünftig mit Respekt behandelst. Solltest du mich jedoch hintergehen oder erneut verletzen, sei dir sicher, dass du dieselben Schmerzen durch mich erleiden wirst.«

Der General setzte sich wieder. »Und was hindert mich daran, mich mit deinem Cousin gegen dich zu verbünden?«

Cesszia lachte. Sie hatte ihn. »Denk nach, Hardurr. Aber ich bin sicher, du weißt die Antwort längst selbst. Meinem verrückten Cousin ist niemand wichtig, es ist nur eine Frage der Zeit, wann er auch dich verrät. Wir zusammen jedoch könnten ihn austricksen …«

Sein Blick wurde wieder grimmiger. »Wer sagt mir, dass nicht du diejenige bist, die mich verrät?«

»Natürlich benötigen wir gegenseitige Sicherheiten. Verträge, die einen Verrat verhindern, indem sie unsere gemeinsamen Pläne offenbaren, wenn einer den anderen hintergehen sollte und Zekoll davon in Kenntnis setzt.«

Interessiert musterte Hardurr sie. »Wenn wir es hinkriegen, das absolut sicher zu machen, könnte es sogar funktionieren.«

Nun hatte Cesszia ihn genau da, wo sie wollte. Die zwei würden jetzt ihre Opfer sein und für alles büßen, was sie ihr angetan hatten. Sie musste nur durchhalten und ihre Rolle glaubhaft spielen. Dann würde sie sich rächen können.

Sie lächelte versonnen. »Ich schwöre dir, Zekoll wird Hören und Sehen vergehen.« Allein die Tatsache, dass sie sich nach dieser Nacht nicht am Boden wand, sondern angeblich sogar ihr Glück gefunden hatte, würde Zekoll zur Weißglut bringen. Nun konnte ihre Rache langsam Gestalt annehmen. In diesem Moment empfand sie keine Schmerzen mehr, nur noch den Rausch der Genugtuung.

Kapitel 31

Neben mir schnarchte jemand laut, unterbrochen von kurzen Aussetzern. Es klang sehr vertraut. Bevor ich die Augen öffnete, fiel mir alles wieder ein. Paddin und Elssa! Seit gestern befanden wir uns eingesperrt in einer Hütte bei den Scaparen, tief unter dem Kaszareh-Gebirge.

Offensichtlich hatte Niaff, mein Fluchtbegleiter und Anführer der Scaparen, bisher noch keine Zeit gefunden, sich um mich zu kümmern, nachdem man uns im Rummel auf dem Marktplatz versehentlich getrennt hatte. Wir wurden hier trotzdem gut versorgt, und ich konnte sogar baden. Das war zwar nicht zu vergleichen mit meinem allerersten Bad in Cesszias Badesaal, aber trotzdem herrlich. Wasserprobleme kannten die Scaparen scheinbar wirklich nicht.

Zu meiner großen Überraschung hatte ich hier, neben meinem alten Freund Paddin, auch Elssa wiedergetroffen. Sie schien das Brennen gut überstanden zu haben und wirkte verblüffend verändert auf mich. Trotz ihrer sicher noch schmerzhaften Brandwunde hatte sie sich freiwillig auf eine Befreiungstour quer durch die Wüste gewagt. So was passte eher zu Paddin. Aber was hatte meine diebische Freundin dazu gebracht? Doch nun waren sie beide hier. Ich konnte immer noch nicht glauben, dass wir drei gemeinsam ein Lager teilten. Jetzt fehlte nur noch Lorrin. Um Mhatarv und seine biestige Begleitung Sellina machte ich mir weniger Sorgen, die würden sicher im Laufe der nächsten Nacht hier auftauchen.

Im Dunkeln tastete ich nach Elssa, die neben mir eingeschlafen war. Meine Hand griff jedoch ins Leere. Da ich nun ohnehin wach war, suchte ich nach einer Leuchte und stand auf. Wenn Elssa auch nicht schlafen konnte, könnten wir reden. Paddin ließ sich durch mein Geraschel nicht stören und schnarchte nach einem kurzen Aussetzer weiter.

Leise suchte ich die zwei Räume unserer Unterkunft ab. Aber keine Spur von Elssa. Auch nicht in dem kleinen Raum, in dem ich gebadet hatte. Ich leuchtete noch einmal die Wände vom Schlaf- und Wohnbereich ab. Die Tür zu unserer Behausung war von außen verschlossen. So etwas wie Fenster gab es nicht. Ausbruchsspuren konnte ich auch nicht entdecken. Doch Elssa blieb verschwunden.

»Elssa«, rief ich leise. Nur Paddins regelmäßiges Schnarchen antwortete mir.

Ich wollte ihn gerade wecken, als unsere Tür von außen entriegelt wurde. Ein paar bis an die Zähne bewaffnete Scaparen stürmten herein.

»Raus mit euch!«, brüllte eine von ihnen ziemlich barsch.

»Was soll das?«, fragte ich und wehrte mich gegen den, der mich ziemlich grob festhielt.

»Maul halten und mitkommen!«

Ich sah zu Paddin, der inzwischen wach geworden war und ebenfalls abgeführt wurde.

»Wo ist Niaff …?«, fragte ich. Und erhielt als Antwort nur einen Stoß in den Rücken.

Sie packten uns so fest an den Oberarmen, dass unsere Füße kaum noch den Boden berührten. Wir wurden eher vor die Tür gehoben, als dass wir gehen konnten.

Ich stieß entnervt den Atem aus. Niaff würde diesen Überfall sicher gleich aufklären. Er war schließlich ihr Anführer, und ich stand unter seinem Schutz. Das konnte nur ein Missverständnis sein.

Auf dem Marktplatz drängten sich die Scaparen dicht an dicht. Es wirkte fast so, als hätten sich die Bewohner mehrerer Wohngrotten hier versammelt. In der Mitte, direkt vor dem Brunnen, den ich bei meiner Ankunft nicht erreichen konnte, war eine Person ziemlich brutal an ein kreuzförmiges Gestell festgebunden. Die Arme und Beine bis zum Äußersten gespreizt. Als ich die langen roten Locken erkannte, wurde mir schnell klar, dass es Elssa war. Was hatte sie jetzt schon wieder angestellt? Konnte man sie denn nie alleine lassen?

Unsere Entführer schleppten uns bis kurz hinter das Gestell und fesselten unsere Hände. Dann trat man uns von hinten in die Kniekehlen, sodass wir auf die Knie fielen.

Stocksauer hob ich meinen Kopf und blickte hoch zu einem hölzernen Podest, auf dem viele uralte Männer saßen. Die meisten waren sicher fast doppelt so alt wie Paddin. Ganz vorne entdeckte ich endlich Niaff, der mich direkt ansah.

Ich öffnete den Mund, um ihn zu rufen und zu fragen, was das alles sollte – klappte ihn aber wieder zu, als er vehement den Kopf schüttelte.

»Ich verstehe das nicht«, flüsterte ich Paddin zu. Mein treuer Freund spitzte nur die Lippen und schwieg. Was bei ihm so viel hieß wie: Ruhig bleiben.

Um zu sehen, wie es Elssa ging, versuchte ich, meinen Hals so weit wie möglich nach hinten zu recken, aber es war sinnlos.

»Eindringlinge«, ertönte eine krächzende Stimme von der

Tribüne. »Eine der Euren hat gegen unsere Schutzmaßnahmen verstoßen und versucht, uns auszuspionieren. Darauf steht der Tod!«

Niaff hob die Hände, um zu beschwichtigen. »Ehrenwerte Versammlung, geehrter Dukko. Diese Frau kam mit einer Freundin unseres Volkes zu uns, um uns zu warnen. Sie hat mit unserem Alt-Anführer Paddin in der Höhle im Cahchtar gelebt und sollte von uns respektvoll behandelt werden. Wir …«

Der angesprochene Dukko unterbrach ihn. »Papperlapapp, was weißt du schon, du bist doch kaum der Mutterbrust entwachsen.«

Unter den alten Männern über uns brach ein gewaltiges Durcheinander aus. Es war unmöglich zu verstehen, was der Einzelne sagte.

Bis Niaff laut »Ruhe!« rief. »Hört mich an und urteilt dann! Sonst seid ihr nicht besser als der despotische Statthalter von Decta-Verra. Ich, Niaff, euer gewählter Anführer, habe das Recht, als Erster zu sprechen und euer Gehör zu verlangen.«

Viele der Alten murrten unzufrieden, aber die meisten nickten zustimmend.

Niaff fuhr fort, indem er auf Paddin zeigte. »Als ich selbst noch ein Knabe war, war der Mann dort einer von uns. Er gehörte zu den geachtetsten Männern unter uns Scaparen und war lange Zeit unser Anführer.« Er wandte sich an die Alten und fragte laut: »Ist es nicht so?«

Zustimmendes Gemurmel wurde laut.

Niaff sprach weiter. »Wir verdanken ihm sehr viel, ohne seine Ideen würden wir heute keinen Rat der Alten haben.«

Wieder nickten die meisten.

»Aber er hat uns im Stich gelassen und ist zu unseren Feinden übergewechselt«, rief der, den Niaff vorher Dukko genannt hatte.

Die Männer reagierten unruhig.

Niaff seufzte. »Er hat uns damals gebeten, ihn gehen zu lassen, habt ihr das schon vergessen? Er wollte den Tod seiner Familie rächen. Er dachte, wir würden inzwischen auch ohne ihn zurechtkommen. Ihr habt es ihm verweigert. Deshalb ging er ohne eure Zustimmung. Aber hatte er es sich nicht längst verdient, seine eigenen Ziele zu verfolgen? Er hat uns seine Jugend, seine Kraft und ja, fast seine ganze Lebenszeit geschenkt. Denn bis zu diesem Zeitpunkt wartete er. Er wusste, dass er seine Pläne vielleicht nicht überleben würde … und das hätte er auch nicht, hätte ihn nicht ein kleines mutiges Mädchen im Cahchtar vor dem sicheren Tod gerettet.«

Niaff machte eine kurze Pause. Die Alten hörten ihm zu, wie einem Geschichtenerzähler. Sogar der Wortführer Dukko war still.

»Dieses Mädchen ist nun eine junge Frau und kniet dort neben ihm. Ihr Name ist Kairra, und sie kam zu uns, weil sie uns warnen will. Denn der Statthalter Zekoll Dare plant, uns mit einer Armee zu überfallen, um an unser Erz zu kommen. Kairra nahm es auf sich, ihren kleinen Bruder als Geisel bei den Feinden in der Stadt zu lassen, damit sie uns erzählen kann, wie wir endlich Freiheit für ganz Sillnar erlangen. Wie wir ohne großen Aufwand und ohne Gefahr Zekoll überwältigen und seine Stadt einnehmen können, noch bevor er seine Armee in unsere Richtung marschieren lässt.«

Der alte Dukko, der vorher schon gemeckert hatte, sprang

auf und fuchtelte mit einem Gehstock herum. »Dann soll er doch kommen. Niemals wird er uns hier unten finden. Seine Armee wird jämmerlich in der Wüste krepieren.«

Eifrig nickten die anderen, und die Stimmung drohte erneut umzuschlagen. Ich hatte keine Ahnung, wie Niaff diese Leute überzeugen wollte. Sie hatten ja nicht unrecht.

Niaff bat erneut um Ruhe. »Ihr wisst nicht, dass sie über eine Seherin verfügen. Womöglich kennen sie inzwischen unsere Geheimeingänge oder kommen mit Waffen, um sich durch die Felsen zu sprengen. Aber selbst wenn es nicht so wäre, könnten wir, wenn wir ihnen zuvorkommen, durch Kairras Bruder und seine Freunde mit wenig Aufwand in die Stadt eindringen und sie einnehmen, noch bevor sie wissen, wie ihnen geschieht. So eine Chance erhalten wir nie wieder, versteht ihr das? Das Geheimnis ihrer Schilde würde uns gehören und die Stadt mit all ihren Errungenschaften ebenso. Wir könnten genau wie sie trotz der Sonnen an die Oberfläche.«

Die Gesichter der Alten wirkten skeptisch. Doch der, den Niaff Dukko nannte, schien einzulenken. Mit einem Handzeichen erteilte er Niaff erneut das Wort.

»Um diese Anhörung nicht bis zum Ende in der Öffentlichkeit weiterzuführen, bitte ich euch gleich anschließend um eine geheime Ratsversammlung. Es gibt genügend schwerwiegende und überzeugende Gründe, warum wir nach Decta-Verra ziehen sollten. Doch jetzt geht es mir erst einmal darum, dass Paddin und seine Freundin Kairra nicht mehr als Gefangene behandelt werden, sondern als unsere Gäste, egal, wie wir uns entscheiden. Denn etwas anderes haben sie nicht verdient.«

Dukko nickte zögernd, aber er war offensichtlich noch nicht ganz überzeugt. »Das mag ja auf diese Kairra und Paddin Avor zutreffen. Bis sie sich selbst vor dem Rat verteidigen können, mögen sie als unschuldig gelten. Aber das gilt nicht für diese Diebin, sie muss weiter bewacht werden, bis die Unschuld von allen bewiesen wird.« Damit stand er auf.

Elssa hatte wirklich die seltene Fähigkeit, immer wieder in Schwierigkeiten zu geraten. Auch wenn sie diesmal vielleicht gute Absichten hatte.

»Sie gehört zu uns und hat sich hier nur umgesehen, weil ihr uns ohne Erklärung gefangen genommen habt«, rief ich den Alten zu, die schon dabei waren, die Tribüne zu verlassen.

Paddin neben mir erhob ebenfalls seine Stimme: »Ich, Paddin Avor, verbürge mich für sie.«

Inzwischen sprang Niaff von der Tribüne und trat auf uns zu. Während er mir und Paddin die Handfesseln aufschnitt, erklärte er uns leise: »Tut mir leid, aber durch den Rat der Alten dauert hier jede Entscheidung länger. Ihr müsst ein bisschen Geduld haben. Über deine Freundin entscheiden wir, wenn ich genau weiß, was sie angestellt hat.«

Ich rappelte mich auf und blickte ihn vorwurfsvoll an. »Warum hast du uns nicht erzählt, dass es alles nicht so einfach werden würde? Du weißt doch, dass Lorrin, solange er in der Stadt ist, in Gefahr schwebt. Und irgendwann kommt tatsächlich diese Armee. Niaff, wir haben nicht viel Zeit.«

Niaff schnaufte. »Diese übereilte Flucht war ja nicht meine Idee. Ich konnte nur noch mitkommen, sonst wäre alles aufgeflogen. Als wir dann unterwegs waren, war es zu spät.«

»Verdammt, Niaff. Du hast versprochen, dass du Lorrin dort nicht zurücklässt.« Ich hielt ihn am Arm fest.

»Ich halte mein Versprechen auch, es dauert nur länger. Bisher habe ich den Rat der Alten immer überzeugt, und sollte es nicht klappen, komme ich mit euch, um ihn zu befreien. Ein Scapare hält sein Wort. So lange ist er bei der Cousine des Statthalters sicher.«

Seit wir hier angekommen waren, spürte ich so viel Enttäuschung in mir, dass ich nicht mehr wusste, wo ich mit meinen Sorgen hinsollte. Vermutlich sah mir Niaff das an, denn er schlug einen weicheren Ton an, als er weitersprach.

»Bis dahin könnt ihr euch hier frei in den Höhlen der Droenmen bewegen. Paddin kennt sich bestimmt noch aus, obwohl sich inzwischen einiges verändert hat. Deine Hütte, Paddin, ist immer noch deine. Keiner hat sie beansprucht. Sie wurde geehrt, obwohl du uns den Rücken zugekehrt hattest. Du kannst dort mit Kairra einziehen.«

»Beeile dich damit, den Rat zu überzeugen. Ich traue den Städtern nicht, Lorrin könnte in Gefahr sein«, erwiderte Paddin.

Niaff nickte. »Ich tue, was ich kann. Sellina und Mhatarv werden sicher auch bald ankommen. Ich schicke ihn dann zu euch. Paddins Hütte ist groß genug. Aber eure rothaarige Freundin hat sich hier nicht gerade beliebt gemacht. Sie muss, bis ihre Unschuld bewiesen ist, eingesperrt bleiben. Was hat sie sich nur dabei gedacht, hier heimlich herumzuschnüffeln und unseren Rebellenkämpfern Waffen zu stehlen?«

Verblüfft sah ich Paddin an. »Stehlen? Wusstest du davon?«

»Bewahre, mir hat das kleine Biest kein Wort verraten. Sie hat ihren eigenen Kopf, das weißt du doch.«

Niaff seufzte. »Wie auch immer, wenn ihr irgendwas braucht, fragt meine Mutter, Naantu, sie führt die Stoffbude auf dem Marktplatz und weiß in der Regel, wo ich bin. Paddin kennt sie noch von früher.«

»Bitte beeile dich, Niaff«, ermahnte ich ihn noch einmal.

Er nickte und schritt davon.

Kaum war er weg, ging Paddin zu Elssa, und ich folgte ihm. Bisher hatte sich niemand um sie gekümmert, und sie war in derselben unbequemen Haltung an das Gestänge gefesselt wie vorher.

»Verdammter Rattenschiss«, krächzte sie uns entgegen. »Die können mich doch nicht einfach festnehmen. Was habe ich denen denn getan? Das ist so ungerecht, wo ihr schon wieder frei seid.«

»Hast du dich an deren Waffen vergriffen?«, fragte Paddin ohne Umschweife.

Elssa zehrte an ihren Fesseln. »Was heißt das schon? Sie haben uns zuerst gefangen genommen. Da wird man sich doch wohl ein paar Waffen zur Verteidigung ausleihen dürfen. Verdammtes Pack. Ich habe dir doch gesagt, dass man denen nicht trauen kann, Paddin. Aber du denkst nur an vergangene ruhmreiche Zeiten und so einen Mist …«

Paddin schüttelte den Kopf. »Elssa, Elssa, manchmal denke ich, du kannst einfach nicht anders. Wenn du nichts klaust, bist du nicht glücklich. Jetzt hast du deinen Lohn. Wir sind frei, und du musst warten, bis sie dich als ungefährlich einstufen. Versuche inzwischen, nichts anzustellen.«

Ich sagte lieber nichts dazu, sondern verzog nur mein Gesicht. Wir hatten größere Probleme als Elssas Diebeszüge.

Kapitel 32

Paddins Hütte lag ziemlich weit oben in der Grottenwand. Sie war um einiges größer als die, in der man uns zuerst gefangen gehalten hatte. Erfreut stellte Paddin fest, dass alles noch so war wie vor seinem Aufbruch vor vielen Jahren; demnach hatten die Rebellen nichts angerührt. Sein Besitz bestand hauptsächlich aus Büchern und alten Schriftrollen. Die Einrichtung war schlicht, aber zweckmäßig. Im Nebenraum gab es sogar ein zweites großes Bett.

Von hier oben erhielten wir einen guten Ausblick über beinah die gesamte Wohngrotte, nur die Felswohnungen, die über uns lagen, konnten wir nicht sehen.

Um hierherzugelangen, hatten wir unzählige Leitern hochklettern und einige Stege überqueren müssen. Auf dem Weg winkten mehrere Rebellen Paddin freundlich zu. Ein älteres Pärchen, das direkt neben seiner Hütte wohnte, hatte sich in seiner Abwesenheit um alles gekümmert. All die Jahre hofften sie auf seine Rückkehr. Trotz der langen Zeit, die inzwischen vergangen war, hatte niemand ihn vergessen.

Paddin wirkte noch schweigsamer als sonst. Ich war froh, als wir endlich unter uns waren und ich Zeit für ein ruhiges Gespräch mit ihm finden konnte.

Da ich mit Niaff bei Sonnenaufgang angekommen war und wir inzwischen geschlafen hatten, konnte es nicht mehr lange dauern, bis Mhatarv mit Niaffs kleiner Freundin hier auftauchen würde. Die Sonnen mussten bald untergehen. Ohne

Nadorrs Horn konnte man hier unten das Zeitgefühl verlieren. Wenn nicht gefiltertes Sonnenlicht durch das Grottendach fallen würde, hätte ich nicht gewusst, ob es Tag oder Nacht war.

Ich freute mich auf den Ahnen, er gab mir immer das Gefühl, als wüsste er, was zu tun wäre. Bei Sellina war das anders, sie ging mir eher auf die Nerven. Nicht nur, weil sie mit Niaff zusammen war, sondern weil sie wie ein kleines Kind auf mich wirkte und nicht wie eine junge Frau. Es war mir einfach unbegreiflich, was Niaff an ihr fand.

Paddin warf mir eine Decke zu und zeigte auf den Raum mit dem zweiten Bett. »Reicht das für dich?«

Ich nickte und lächelte dankbar. »Du weißt, dass das alles schon viel mehr ist als das, was wir je im Cahchtar hatten. Was ist eigentlich mit dir los, Paddin? Du bist noch stiller als sonst.«

Nachdenklich setzte er sich an den Tisch. »Hm, eigentlich nichts Besonderes. Ich hätte nur nie damit gerechnet, dass ich jemals wieder zurückkehren würde. Ich dachte, es wäre mein Schicksal, im Cahchtar zu verenden. Mein Lebensplan hat dort bei euch aufgehört.«

Betroffen nahm ich neben ihm Platz. »Aber wir wollten doch gemeinsam mit Lorrin hierher, wenn er alt genug wäre? Du wolltest uns herführen.«

»Alte Männer träumen gerne von der Zukunft, auch wenn sie keine mehr haben.«

Ich nahm seine Hand und drückte sie leicht. »Aber was redest du denn da? Schau dir doch den Rat der Alten an, da ist jeder Einzelne fast doppelt so alt wie du?«

Er grinste, und sein Gesicht verwandelte sich in unendlich viele freundliche Falten. »Nur ein paar Jährchen älter als ich.

Doch sie haben für ihren Sitz im Rat ein Leben lang hart gearbeitet. Ich jedoch weiß nicht mehr, wohin ich gehöre.«

»Zu mir und Lorrin. Der Rest ist egal. Wir haben noch eine große gemeinsame Aufgabe, wir müssen Lorrin aus der Stadt herausholen. Das schaffe ich nicht ohne deine Unterstützung, und dann schauen wir, wo wir alle gemeinsam hingehören.«

Paddin kratzte sich unter seiner Augenklappe und sah mich mit dem gesunden Auge prüfend an. »Das wird schon wieder. Mach dir keine Sorgen. Wie du sagst, wir holen Lorrin da raus, und dann sehen wir weiter.« Er lehnte sich in seinem Stuhl zurück. »Wen meinte der junge Niaff eigentlich damit, dass noch jemand kommt und bei uns wohnen soll?«

»Er heißt Mhatarv und war ein Gefangener von Zekoll. Durch Zufall gehörte er zu unserer Fluchtgemeinschaft. Er …«

Mir fiel plötzlich Torgahrt ein, und dass ich Paddin von den Neuigkeiten, die ich von Mhatarv erfahren hatte, bisher noch nichts berichten konnte. Meinem alten Freund von irgendwelchen Göttern zu erzählen, würde verdammt noch mal nicht leicht werden. Die Scaparen, und er war einer, auch wenn er lange Zeit im Cahchtar gelebt hatte, glaubten nur an ihre eigene Kraft. Zumindest kannte ich es so aus Paddins Erzählungen. Und Niaffs Reaktion in der Wüste bewies auch eindeutig, dass er nichts vom Glauben an irgendwelche Götter hielt.

Paddin blickte mich neugierig an. »Er …?«

Ich zögerte etwas. »Er war viele Jahre in Gefangenschaft und ist ein ungewöhnlich tapferer Mann. Du wirst noch staunen, was er alles zu erzählen hat.«

Genau genommen hatte nicht mal ich alles verarbeitet, was ich von Mhatarv erfahren hatte. Wie diese Sache, dass er von einer anderen Welt kam. Und dann war da noch mein angeblicher Vater, Torgahrt, ein Gott. Wie sollte das erst ein alter Rebell verstehen? Einerseits konnte ich es nicht erwarten, mit ihm darüber zu reden, anderseits würde ich es zu gerne einfach verschweigen und so tun, als wäre dieser Mist nicht real. Aber das Gespräch mit meinem alten Freund musste ohnehin warten, bis der Ahne hier war, weil er das – wenn überhaupt – besser erklären konnte als ich.

Stattdessen fragte ich: »Du wolltest also die Rebellen überzeugen, sich dir anzuschließen, um mich und Lorrin aus der Stadt zu befreien?« Ich konnte immer noch nicht glauben, dass sogar Elssa hinter diesem Plan gestanden hatte.

Paddin war inzwischen aufgestanden und stieß einen leisen Pfiff aus, er schien etwas Wichtiges in seinem Bücherregal entdeckt zu haben.

»Ganz so dumm war ich nicht«, antwortete er, während er ein Buch hervorzog. »Das habe ich nur Elssa erzählt. Ich dachte ja nicht, dass sie unbedingt mitkommen wollte. Aber es gibt hier Pläne über geheime Wege in die Stadt, von denen niemand weiß. Eine alte Karte in einer uralten Erzählung über eine Auserwählte, die unsere Welt retten könnte. Niemand nahm diese Geschichte ernst. Aber ich habe sie nie vergessen.«

Bei dem Wort Auserwählte horchte ich auf. »Was besagt diese Geschichte? Zeig her!«

Er zuckte verlegen mit den Schultern und versuchte, ein zerfleddertes Buch hinter seinem Rücken zu verbergen. »Ach, das ist nichts. Ich weiß nicht mal mehr, was da genau drinstand.«

Aber so schnell ließ ich mich nicht ablenken. Ich griff um ihn herum und versuchte, das Buch zu erwischen, doch er hielt es außer Reichweite. »Wenn du mir erzählst, was es damit auf sich hat, hätte ich dir auch noch einiges zu berichten. Etwas, was du mir niemals glauben wirst.«

Paddin setzte sich wieder an den Tisch und legte das Buch darauf ab. Seine Hand ruhte auf dem Umschlag. »Ich erinnere mich nicht mehr genau, wir müssten noch einmal gemeinsam reinsehen. Bevor ich die Scaparen verließ, war der Inhalt des Buches nur Unsinn für mich. Aber als ich bei euch im Cahchtar lebte, ergab einiges davon mehr Sinn. Trotzdem bin ich mir nicht sicher …«

»Erzähl schon, oder muss ich das erst selbst alles lesen? Du hast es mir ja beigebracht. Allerdings hatte ich seitdem kaum Gelegenheit …«

Paddin grinste. »Ich würde vermutlich nicht mehr erleben, wie du das Buch beendest.«

»Blödsinn, los, gib schon her!«

Paddin stieß einen tiefen Seufzer aus, bevor er einlenkte. »Also gut, ich weiß, wie komisch das klingt, aber es geht um eine junge Frau, die Kontakt zu Göttern aufnehmen kann. Nicht zu Nadorr oder den Sonnen, sondern zu völlig unbekannten Göttern.«

Er sah mich aufmerksam an.

Ich fühlte mich, als würde mir jemand den Boden unter den Füßen entreißen.

»Und?«, fragte ich leise nach. Mein Herz schlug heftig.

»Hm, es könnte ja Zufall sein, aber diese junge Frau ist eine Wandlerin und … sie schützt ihren Bruder.«

Ich war nicht imstande zu antworten, sondern wartete gebannt darauf, dass er weitersprach.

»Sie soll langes gelocktes Haar, heller als der Wüstensand, haben und im Cahchtar aufgewachsen sein.« Paddin musterte mich eindringlich. »Fällt dir da nichts auf?«

Meine Hände waren schweißnass. War das noch Zufall? Sollte doch mehr an dieser Göttergeschichte dran sein, als ich bisher selbst schon angenommen hatte?

»Angeblich soll diese junge Frau die Tochter eines mächtigen Gottes sein.«

Einen Moment lang starrte ich ihn sprachlos an, bevor ich stockend antwortete: »Paddin, es gibt da etwas, was ich dir erzählen sollte. Bisher dachte ich, es wäre nicht wichtig und würde nur mich betreffen. Aber der andere Fluchtgefährte, der noch kommt, hat mir merkwürdige Dinge erzählt. Dass er nicht von dieser Welt ist und so was.«

»Aha. Und was noch?«

»Dass ich … möglicherweise die Tochter eines Gottes bin?«

»Und?«

»Es … Das klingt jetzt noch seltsamer, auch für mich, aber im Traum habe ich diesen Gott besucht. Obwohl es natürlich nicht sein kann, denn ich kenne meinen richtigen Vater.«

»Wer ist dieser Gott? Was hat er gesagt?« Paddin schien weniger Zweifel zu hegen als ich.

»Er nennt sich Torgahrt, und er scheint mich beschützen zu wollen. Doch er darf nicht direkt eingreifen, weil es da noch andere Götter gibt, aber er will versuchen zu helfen. Der Ahne, der andere Flüchtling, der später noch kommt, kann dir das alles besser erklären. Ich weiß, wie verrückt das klingen muss.«

»Verdammte Sonnen, Kairra«, knurrte Paddin. »So ähnlich steht es hier drin, wenn ich mich recht erinnere. Als ich von deiner Gabe erfahren habe, fiel mir dieses alte Buch wieder ein. Das war anfangs auch ein Grund, weshalb ich so lange bei euch geblieben bin. Doch wenn das alles wahr ist, dann steht uns noch eine andere Gefahr bevor als dieser verfluchte Statthalter. Dann könnte unsere Welt verglühen.«

»Genau das hat auch die Cousine des Statthalters erzählt.«

»Was hast du denn mit der zu schaffen?«

»Sie hat uns zur Flucht verholfen und als Pfand dafür Lorrin bei sich behalten.«

Paddin rieb sich sein stoppeliges Kinn. »Ich glaub, du hast mir einiges zu sagen. Wie es scheint, ist eine Menge passiert, nachdem du in der Stadt angekommen bist.«

Ich nickte und fasste mit knappen Worten zusammen, was in der Zwischenzeit vorgefallen war. Wir waren so im Gespräch vertieft, dass ich Mhatarv nicht eintreten hörte. Ich wusste nicht, wie lange er schon zugehört hatte. Erst als er hüstelte, schauten wir zur Tür.

»Das ist also dein alter Freund Paddin?«, fragte er und grinste breit. »Und … wie ich höre, hast du ihn eingeweiht?«

Ich hätte ihn fast nicht erkannt. Er war über und über mit Sand bedeckt, selbst seine langen schwarzen Haare wirkten nun eher grau.

»Wo hast du nur so lange gesteckt?«, erkundigte ich mich.

»Entweder das Zhiimbous hat sich verirrt oder Sellina. Da waren wir uns nicht ganz einig. Aber jetzt sind wir da.« Er blickte zu Paddin. »Mein Name ist Mhatarv, ich gehöre zum Volk der Ahnen und bin auf dieser Welt, um die Kinder der Götter zu finden und zu schützen.«

Paddin erhob sich und trat auf Mhatarv zu. Dabei wirkte er

so aufgewühlt, wie ich es gar nicht von ihm kannte. »Nadorr, dass ich das noch erlebe.«

»Kairras Freunde sind auch meine Freunde. Wenn ich mich irgendwo waschen kann und ihr mir etwas gegen den Durst gebt, können wir gerne weiterreden. Mir scheint, die Götter haben unsere Schicksale zusammengeführt.«

Paddin nickte und zeigte dem Ahnen bereitwillig die Badekammer. Er schien fasziniert davon zu sein, auf ein Wesen von einer fremden Welt zu treffen. Ich hatte ihn wohl unterschätzt, was seine Offenheit anging. Er reagierte viel aufgeschlossener auf diese Neuigkeiten als ich. Vermutlich lag es daran, dass er so viele alte Schriften gelesen hatte. Das musste ich unbedingt nachholen, wenn ich die Zeit dafür fand.

Während ich nach etwas Essbarem suchte und alles auf den Tisch stellte, was die Scaparen uns zugeteilt hatten, dachte ich an Lorrin. Wir waren noch nie so lange voneinander getrennt gewesen. Auch wenn ich mir einredete, dass er schlau genug war und sich bestimmt zu helfen wusste, schwebte er in Gefahr. Cesszia hatte uns zwar zur Flucht verholfen, aber falls Zekoll sie erpressen würde, könnte sie sich wieder anders entscheiden, um ihr Leben zu retten.

Ich war noch in Gedanken versunken, da klopfte es an der Tür, und ein vertrautes »Hehoda« erklang. Niaff! Endlich würden wir mehr erfahren.

Da ich mich nicht mehr erinnern konnte, wie die genaue Antwort auf diese blöde Scaparen-Parole lautete, ging ich zur Tür und öffnete sie.

»Wo ist Elssa? Wann können wir wieder los?«, fragte ich

gleich, ohne ihn zu Worte kommen zu lassen. Doch sein ernster Gesichtsausdruck ließ mich stutzen. »Was ist los?«

Niaff schloss die Tür hinter sich, holte tief Luft und blickte sich suchend um. »Wo sind Paddin und dein Mhatarv …?«

»Er ist nicht mein Mhatarv. Aber lassen wir das. Paddin ist mit ihm im Bad.«

»Dann warten wir lieber, bis sie dabei sind.« Er klang erschöpft und setzte sich an den Tisch.

Bevor ich ihn weiter löchern konnte, kam Paddin aus dem Bad heraus. Hinter ihm tauchte der noch immer sandige Ahne auf. In seinen Händen hielt er einen Krug mit Wasser.

Niaff blickte erst Mhatarv an, dann Paddin und nickte. »Setzt euch lieber. Ich glaube, ich habe keine guten Nachrichten.«

»Sie kommen nicht mit, um die Stadt zu befreien«, sagte Paddin, als hätte er damit schon gerechnet.

Niaff rollte mit den Augen. »Wenn es nur so einfach wäre …«

»Nun sag schon«, fuhr ich dazwischen.

»Sie wollen über Elssa die Todesstrafe verhängen …«

»Was?«

»… wenn ihr sie retten wollt, müsst ihr um sie kämpfen …«

»Wie …?«

Paddin unterbrach uns mit einer ungeduldigen Geste. »Was fordern sie von uns?«

Niaff blickte uns alle nacheinander in die Augen, bevor er antwortete: »Ihr müsst alle drei die Scaparen-Prüfung ablegen. Wenn nur einer versagt, ist das Elssas Todesurteil. Solltet ihr alle drei bestehen, ist sie frei. Es tut mir leid, mehr konnte ich nicht für euch erreichen.«

Mit einem Schlag war es still. Ich versuchte, in Paddins

Gesicht zu lesen, was das zu bedeuten hatte. Es war bleich und starr wie eine Totenmaske.

Ich schüttelte ungläubig den Kopf. »Aber Paddin hat sie doch schon einmal gemacht. Warum sollte er …?«

»Weil er uns verlassen hat und weil sie hoffen, dass er sie nicht noch einmal schafft.« Niaff zuckte frustriert mit den Schultern. »Kairra, ich bin zwar der Anführer der Scaparen, aber es ist das Recht des Rates, solche Prüfungen zu verlangen. Zumal die Entscheidung, ob sie einen Angriff auf Decta-Verra unterstützen, auch davon abhängt. Ihr könnt ablehnen, dann wird Elssa noch in den nächsten Tagen lebendig in den Rattenpfuhl geworfen. Das ist ein furchtbarer Tod, glaubt es mir. Wenn ihr zumindest die Prüfung versucht, aber es nicht schafft, gewährt man Elssa einen schnellen und gnädigen Tod. Wenn ihr sie alle besteht, ist sie frei. Wäre eure Freundin doch bloß nicht so dumm gewesen, dann hätte der Rat keine so schwerwiegenden Argumente gegen uns in der Hand.«

Ich wandte mich zu Paddin. »So schlimm kann diese Prüfung doch nicht sein, oder? Wir sind zusammen und können uns gegenseitig helfen. Dann erledigen wir das eben schnell und ziehen anschließend gemeinsam nach Decta-Verra meinen Bruder befreien.«

Niaff sah mich traurig an. »Frag Paddin nach der Prüfung, sie hat sich bis heute nicht geändert. Ihr habt Zeit bis zum Sonnenaufgang, dann müsst ihr euch entschieden haben. Es tut mir wirklich leid, aber es gibt keinen anderen Weg.« Er stand auf und nickte uns zu. »Wie auch immer ihr euch entscheidet, ich stehe zu meinem Wort, dass ich euch helfen werde, Lorrin zu befreien. Selbst wenn sie mich auch verstoßen.«

Dann ging er zur Tür und schloss sie wieder hinter sich.

Mhatarv, der die ganze Zeit geschwiegen hatte, fand endlich seine Sprache wieder. »Kairra, vergiss nicht, wir haben einen Gott an unserer Seite. Wie schwer es auch immer sein mag, diese Prüfung zu bestehen, wir schaffen das!«

Paddin schob seine Augenklappe hoch, sodass man direkt in eine schwarze vernarbte Höhle blicken konnte. Das hatte er zuvor noch nie getan.

Sein gesundes Auge blitzte dafür entschlossen. »Nadorr, wir müssen es einfach schaffen. Wir werden über drei Nächte durch die dunkelsten und tiefsten Gänge der Droenmen wandern müssen, ohne den Pfad heraus zu kennen. Die Wege sind gefährlich und manchmal unpassierbar, obendrein gibt es uralte Tiere und andere Wesen, die nach unserem Leben trachten werden. Es gibt Strecken, auf denen unser Verstand verrücktspielen könnte. Fallen, die man nicht kommen sieht. Und obendrein muss jeder von uns seinen persönlichen Scapara-Stein finden, was wirklich nicht leicht ist. Aber sicher haben wir drei zusammen eine größere Chance. Ich versuche, euch so gut wie möglich vorzubereiten. Vor allem sollten wir zu Kräften kommen. Essen, trinken und ausreichend schlafen. Wir müssen es einfach schaffen!«

Ich kannte Paddin sehr gut und wusste, wann er mich beruhigen wollte. So wie jetzt. Es war das Beste, wenn wir uns auf das Schlimmste einstellen würden. Wie auch immer das ausging, Elssa konnte sich später, wenn wir das überstanden hatten, auf etwas gefasst machen.

Kapitel 33

An das Leben im Palast hatte Lorrin sich schnell gewöhnt, und bisher lief alles besser als erwartet. Es war ein gewaltiger Unterschied zum täglichen Überlebenskampf im Cahchtar. Er bewohnte mit Ledinnia Cesszias Räume, erhielt fünf Mahlzeiten täglich, ohne auch nur einen Finger dafür zu krümmen. Seine Kleidung war so leicht und fein, dass er sich darin fast nackt fühlte. Niemals zuvor hatte er bequemer gelebt. Er schlief in weichen Betten an der Seite seiner Freundin, denn alleine mochte er nicht lange bleiben. Und mit Wasser gingen sie hier regelrecht verschwenderisch um. Zumindest das üppige Bad, zu dem Ledinnia ihn abends immer zwang, war absolut überflüssig.

Wenn die Sonnen untergingen, öffnete er den Spiegel, indem er den Hebel am Rahmen umlegte, um aus dem Fenster blicken zu können. Dorthin, wo das Osttor liegen sollte. Dort, wo Kairra und Niaff das Zeichen geben sollten. Obwohl sie sicher nicht so schnell von den Scaparen zurückkehren konnten, wollte er sie auf keinen Fall verpassen. Er dankte Nadorr, dass der Palast so hoch lag, sonst hätte er nie bis zum Rand der Stadt blicken können, auch wenn er von hier aus nicht mehr als das Schimmern der Dächer am Horizont erkennen konnte.

Von Cesszia hatten sie nichts mehr gehört, seit sie mit Grinser und Scitch zum General Hardurr gegangen war. Aber das hatte er auch nicht so schnell erwartet.

Das Dumme war nur, dass er sich so ganz ohne Aufgaben

allmählich langweilte. Frei im Palast herumbewegen durfte er sich nicht, das hatte Cesszia verboten, damit er nicht zufällig auf diesen irren Statthalter traf. Das Lesen und Schreiben zu üben lenkte ihn ab, aber es brauchte mehr, um ihn davon abzuhalten, durch die Gegend zu streifen. Dabei kam ihm eine Idee, von der er nur noch Ledinnia überzeugen musste.

Als sie am Abend wieder einmal zusammen aßen, fragte er Ledinnia: »Weil du keine richtige Sklavin bist, darfst du doch mit einem Passierschein in die Stadt, oder?«

»Ja, aber wie ich schon sagte, es ist nicht leicht, einen zu erhalten.«

»Aber wenn du einen guten Grund hättest, könntest du einen bekommen. Zum Beispiel, wenn deine Eltern sehr krank wären …«

»Stimmt, aber falls du darauf hinauswillst, ich könnte dich nicht mitnehmen.«

»Auch nicht als Sklave, um dir bei der Unterstützung deiner Eltern zu helfen?«

»Hm … probieren könnte man das, aber was versprichst du dir von der Stadt? Hier gibt es doch alles, was du brauchst.«

Lorrin spießte einen Brocken Fleisch auf und drehte ihn nachdenklich vor seinen Augen. »Vielleicht entdecken wir dort etwas Wichtiges, was uns später helfen könnte, wenn meine Schwester wieder zurück ist? Außerdem würde die Zeit bis dahin viel schneller vergehen. Bitte, ich war noch nie in einer Stadt.«

Ledinnia lächelte. »Warum sollten wir es nicht versuchen, wenn dich das vom Nachdenken ablenkt. Ich kann nur nichts versprechen. Cesszia wird mir bestimmt einen Passierschein ausstellen lassen, wenn ich sie darum bitte. Aber ob sie erlaubt, dass du mit mir kommst, weiß ich nicht. Sie hat deiner Schwester versprochen, dass dir nichts passiert.«

»Das wird es doch auch nicht, oder? Die Stadt ist doch gut gesichert. Von hier oben wirkt alles friedlich und ruhig.«

Ledinnia schob ihren Teller beiseite. »Sie ist sehr gesichert. Es dürfen sich nur die Privilegierten der Stadt frei bewegen, und die sind nicht zu vergleichen mit den privilegierten Sklaven hier. Aber ich werde mal sehen, was ich erreichen kann.«

Der Tag- und Nachtrhythmus war in Decta-Verra vollkommen anders als im Cahchtar. Hier gingen die Bewohner mit Nadorr schlafen und standen mit Hearre und Nemarre auf. Unter dem Schutzschild brauchte niemand zu fürchten, zu verbrennen. Deshalb bevorzugten die Bewohner das Tageslicht.

Lorrin hatte sich schnell angepasst. Nachdem er kurz aus dem Fenster Ausschau nach Kairra und den anderen gehalten hatte, schlüpfte er unter die seidige Decke von Ledinnias Bett. Im Grunde wusste er genau, dass es noch dauern konnte, bis sie wieder auftauchten, und doch hoffte er jedes Mal, dass heute die Nacht wäre, in der er das Zeichen erblicken würde.

Anfangs wollte Ledinnia nicht, dass er neben ihr schlief, aber Lorrin wusste genau, wie er ihr Herz erweichen konnte. Sie war viel interessanter als eine große Schwester. Sie wirkte geheimnisvoller, schon alleine deshalb, weil sie nicht Kairra war. Manchmal leistete ihnen auch ihre Freundin Dorra Gesellschaft, die auch sehr nett war. Sie spielte gerne mit ihm Kissenschlacht.

In dieser Nacht jedoch schlief er schnell ein. Die Tage waren lang im Palast, da sie nur von einer kurzen Mittagsruhe unterbrochen wurden, damit man durchhielt bis zum Sonnenuntergang. Vieles lief hier anders als im Cahchtar. Lorrin bezweifelte inzwischen, dass dabei alles wirklich besser war. Umso mehr hoffte er darauf, die Stadt erkunden zu dürfen. Paddin hatte sich leider bis auf Kleinigkeiten als sehr verschlossen erwiesen. Dass die Bewohner sich hier auf Gleitbändern durch die Stadt bewegten, hatte Lorrin ihm förmlich aus der Nase ziehen müssen. Und das war leider auch schon fast alles, was er von ihm erfahren hatte.

Kurz nachdem Hearre aufgegangen war, weckte Ledinnia ihn. Sie stand immer Stunden vor ihm auf, ließ ihn aber ausschlafen. Angeblich wäre langes Schlafen gut für ihn, um zu wachsen, behauptete sie.

Später beim Frühstück zeigte sie ihm dann eine kleine Zeichnung. »Schau, Lorrin, das ist Decta-Verra. In der Mitte, und das ist auch der allerhöchste Punkt in unserer Stadt, liegt der Palast. Alles andere baut sich kreisförmig darum auf. Das liegt am Schutzschild, dessen Kernpunkt in der Mitte des Palastes versteckt liegen soll.«

»Das Zentrum vom Schild ist hier? Kann der Statthalter etwa allein darüber bestimmen?«

Lorrin malte sich furchtbare Szenarien aus, in denen der Statthalter sich an den Städtern rächte und den Schild ausschaltete. Vermutlich wäre keiner aus der Stadt in der Lage, auch nur ein paar Sonnenstrahlen zu überleben.

»Nein, soweit ich weiß, kann er das nicht ausschalten. Niemand kann das. Den Schutzschild gab es schon lange vor den Statthaltern, der Mechanismus ist ein Geheimnis der Urväter.«

»Was bedeuten diese Kreise?« Auf der Skizze waren Ringe

in immer größer werdenden Abständen rund um den Palast eingezeichnet.

»Das sind Stadtteile mit verschiedenen Zugangsprioritäten, die dem Palast am nächsten liegen, haben die meisten Rechte. Meine Eltern leben im vierten Ring, dem letzten bewohnten Teil vor dem Cahchtar. Sie dürfen nie in die vorderen Bereiche, geschweige denn in den Palast gehen. Aber wir können von hier aus mit einer Tageserlaubnis bis zu ihnen durch.«

»Die Bewohner der Stadt dürfen nicht überallhin?«

»Das war wohl schon immer so, Ewigkeiten vor diesem Statthalter. Ich glaube sogar, seit die Stadt rund um den Palast besiedelt wurde. Jeder aus Decta-Verra lebt in dem Ring, in dem er geboren wurde, es sei denn, er erhält die Chance, im Palast zu arbeiten. Die ranghöheren Ringe dürfen in die unteren, aber nicht umgekehrt. Je näher am Palast, umso besser und umso privilegierter lebt man.«

»Was bedeutet eigentlich das Wort Cahchtar für euch?«

»Müll, Abfall, Abschaum ...«

Lorrin nickte. »Also dasselbe wie für uns. Weiß denn keiner von euch, dass dort die Bewohner täglich um ihr Leben kämpfen?«

»Sie wissen es bestimmt, aber uns prägt man schon in der frühesten Kindheit ein, dass im Cahchtar nur der Abschaum unserer Gesellschaft lebt. Verbrecher, Mörder und Diebe. Neben dem Kampf in der Arena ist es eine der höchsten Strafen, in den Cahchtar verbannt zu werden.«

»Und die anderen auf der Sonnenwelt? Was erzählt man euch über die, die noch hinter dem Cahchtar leben?«

»Das sind bösartige Rebellen, die nur unsere Stadt erobern wollen …«

Lorrin kniff die Augen zusammen. »Du warst noch nie außerhalb der Stadt?«

»Niemals! Selbst wenn ich dürfte, hätte ich viel zu viel Angst. Dort kann kein schutzloses Lebewesen überleben. Die Sonnen verbrennen alles, was sich nicht wehren kann.«

Es war nicht das erste Mal, dass er mitbekam, wie man im Palast über die Leute im Cahchtar dachte. Paddin hatte ihm schon davon erzählt. Und doch war es schwer zu glauben. Die meisten Städter hatten noch nie die Armut und tödlichen Lebensbedingungen außerhalb ihrer Ringe gesehen, nie die Weite und die Schönheit der Wüste. Wie konnten sie über den Cahchtar urteilen, ohne etwas darüber zu wissen?

Er wollte unbedingt die Stadt und ihre unterschiedlichen Ringe entdecken. Wenn es nicht mit Cesszias Erlaubnis ging, dann würde er einen anderen Weg finden. Nicht nur, weil das ein Abenteuer versprach, sondern weil er so endlich mehr über die Sonnenwelt erfahren würde.

»Hast du nach einem Passierschein für uns gefragt?«

»Ich habe, noch bevor ich selbst schlafen ging, eine Dienerin zu Cesszia geschickt, wir müssten bald etwas hören. Du gibst bestimmt keine Ruhe, bis du alles gesehen hast. Wo nimmst du nur diesen furchtlosen Wissensdurst her?«

»Paddin, mein alter Lehrer, sagte immer: Wissen bedeutet Leben, Dummheit hingegen den Tod. Ich wünschte, du könntest ihn kennenlernen. Ihr würdet euch mögen. Leider mussten wir ihn im Cahchtar zurücklassen, dort wartet er auf uns.« Ein Kloß bildete sich in seiner Kehle. Er räusperte sich. »Er war schon mal als Gladiator hier im Palast, um seine Familie zu rächen und den damaligen Statthalter zu töten, denn der hatte sie auf dem Gewissen. Blöderweise hat man ihn erwischt und zum Tode verurteilt. Meine Schwester Kairra hat ihn gerettet.«

»Sie muss eine sehr starke Frau sein.«

Das war sie, und er vermisste sie, auch wenn er das keinem zeigen wollte. So klein war er nicht mehr. Trotzdem hätte er sie am liebsten in der Nähe. Sie musste ja nicht unbedingt im selben Raum sein, aber auch nicht ganz so weit weg wie jetzt.

Er beugte sich noch einmal über die Skizze. Diese vier Ringe waren nichts anderes als Gefängnisse für jeden, der nicht in diesen feinen Palast passte. Der fünfte Ring schien eine Art unbewohnte Schutzzone vor dem Cahchtar zu sein. Dunkel erinnerte er sich daran, wie sie dort durchgegangen waren, bevor Cesszia ihnen den Schlaftrunk verpasst hatte.

Harte Schritte näherten sich, doch er blickte nicht auf. In Gedanken malte er sich aus, wie die anderen Städter wohl lebten. Erst als Ledinnia jemanden begrüßte, hob er den Kopf. Grinser stand vor ihnen und hielt zwei kleine Schriftrollen in der Hand.

»Ah, die Passierscheine. Das ging aber schnell.« Sie nahm Grinser die Rollen ab und nickte ihm freundlich zu. »Hast du noch Neuigkeiten von Cesszia? Geht es ihr gut?«

Der Wächter schüttelte erst den Metallschädel, dann nickte er. Gleich darauf formten seine Hände eine Kugel. Dann schlug er sich mit der einen Hand gegen die Brust, dort wo sein Herz sitzen musste, und mit der anderen Hand ließ er seine Finger über den Tisch laufen.

Während Lorrin noch rätselte, was der Wächter ihnen damit sagen wollte, übersetzte Ledinnia schon. »Ja, wir werden ganz sicher vorsichtig sein. Richte Cesszia aus, dass ich mich mit meinem Leben dafür verbürge.« Zufrieden verbeugte sich der riesige Mann und verließ sie wieder.

»Lorrin, wenn du willst, können wir gleich los«, sagte sie, nachdem sie in eine der Rollen reingesehen hatte. »Der Schein gilt ab sofort und nur für heute.«

Das musste sie ihm nicht zweimal sagen, aufgeregt sprang er hoch. »Wie lange geht man bis zum vierten Ring? Schaffen wir das an einem Tag?«

Ledinnia nickte. »Auf den Gleitbändern ja. Und mit diesen Scheinen dürfen wir sie alle benutzen. Wir müssen uns nur etwas schlichter kleiden, damit wir bei mir zu Hause nicht zu sehr auffallen.«

Sie kleideten sich in einfache Tuchgewänder, wie er sie zuvor schon bei Kairra und Niaff gesehen hatte, als die beiden für die Flucht bereit waren. Ledinnia kämmte noch rasch ihre Haare aus und wickelte ein Band drum. Dann waren sie bereit. Sie eilten durch die Dienstbotengänge im Palast und brauchten nicht lange, bis sie das erste Tor oberhalb der unterirdischen Gänge passierten.

Die Palastmauern lagen damit hinter ihnen. Als Lorrin sich umblickte, thronte Zekolls Festung hoch über Decta-Verra. Der Palast war riesig und wirkte fast wie eine eigene Stadt.

Auf den Gleitbändern glitten sie problemlos durch den ersten Ring. Soweit er sehen konnte, waren sie von hohen silbrigen Gebäuden mit reflektierenden Fenstern umgeben. Trotz der großen Gebäude war es seltsam leer. Nur wenige Bewohner waren unterwegs. Es waren zwar insgesamt mehr, als ihm bisher in den Palastfluren begegnet waren, doch irgendwie hatte er sich die Stadt belebter vorgestellt. Die wenigen Verraner des ersten Rings, die ihnen begegneten, trugen nicht so schillernde Farben im Gesicht wie die Palastbewohner, aber ihre Gewänder wirkten edel.

Neben ihm plapperte Ledinnia die ganze Zeit vor sich hin, aber er hörte nur mit einem Ohr zu. Zu faszinierend wirkte die Umgebung auf ihn. Nach einer Weile zwang ihn seine Neugierde, wieder zuzuhören.

»Viele Bewohner des ersten Rings haben wichtige Verwaltungstätigkeiten. Die verschiedenen Produktionshäuser werden von hier aus überwacht, alles, was die anderen Ringe herstellen, muss koordiniert werden. Hier leben und arbeiten mächtige Familien, deren Einfluss sich über alle Ringe erstreckt. Doch auch sie sind Zekoll verpflichtet. Siehst du dort oben am Gebäude das kleine Gerät?«

Lorrins Blick folgte ihrer Hand. Solche elektronischen Augen kannte er schon aus dem Cahchtar. Der Statthalter ließ offenbar auch die Stadt überwachen.

Die paar Bewohner, die mit ihnen das Gleitband benutzten, machten einen beschäftigten und zufriedenen Eindruck. Wie sollten sie diese Leute je überzeugen können, sich gegen Zekoll aufzulehnen? Ihnen schien es ja hier gut zu gehen, bis auf die Tatsache, dass sie überwacht wurden. Anders als in den Gängen unter der Stadt. Soweit er sich erinnerte, hatte er dort keine Überwachungsgeräte gesehen. Dabei hatte er extra darauf geachtet, weil er von Cesszia wusste, wie kontrollsüchtig Zekoll war.

»Dürfen die Städter nicht die unterirdischen Gänge benutzen?«

»Nein!« Ledinnia wirkte erschrocken. »Davon weiß niemand außer den allerwichtigsten Palastbewohnern. Das muss ein Geheimnis bleiben, diese Gänge sind nur für Notfälle. Also pass auf, was du hier sagst. Wenn Cesszia mir nicht so vertrauen würde, wüsste ich auch nichts von den Gängen unter der Stadt.«

Das war interessant, aber er kam nicht dazu, über die Konsequenzen nachzudenken, denn sein Blick blieb an einer Tafel hängen, die wie von innen zu leuchten schien. Zum Glück fuhr das Band hier langsam, das gab ihm genug Zeit, um die Buchstaben einzeln zu entziffern und die Worte zu verstehen. »Jeder Tag ist ein Prottag!«, stand auf dem Bild mit einem lachenden verranischen Pärchen.

»Was ist denn Prottag?«

»Die Bewohner der Ringe werden damit für ihre Arbeit und ihre Gefolgschaft belohnt. Es ist eine dickflüssige Substanz, die viele Nährstoffe enthält und obendrein zufrieden macht. Cesszia verbietet sie uns, sie sagt, wenn man das öfter nimmt, braucht man es, sonst fühlt man sich krank. Sie vermutet, dass Zekoll Prottag auch zur Geburtenkontrolle nutzt, damit Decta-Verras Bevölkerung nicht unkontrolliert wächst.«

»Deswegen sehe ich hier kaum Kinder!«

»Und doch gibt es sie. Von dem Zeitpunkt an, wenn sie laufen können, müssen sie alle in den Unterrichtshäusern bleiben. Im vierten Ring, wo ich aufgewachsen bin, ist es anders. Bei uns gibt es kaum Kinder und nur eine freiwillige Schule. Meine Eltern haben viel dafür geopfert, damit ich dorthin durfte. In unserem Ring gibt es nur Arbeitshäuser. Wie gesagt, von Ring zu Ring wird das Leben der Bewohner schwerer.«

Lorrin schwieg und sah sich weiter um. Lautlos glitt das

Laufband durch die breiten Gassen. Wo sich zwei Bänder trafen, konnte man auf ein anderes steigen. Außer den wenigen Bewohnern, die sich davon transportieren ließen, war nicht viel zu sehen. Hohe und glatte Häuser, wohin man auch sah, die nur mit wenigen von diesen Leuchttafeln behängt waren. Es war beinahe öde hier. Eine Landschaft aus spiegelnden Flächen. Ein Gebäude war von dem anderen kaum zu unterscheiden; höchstens in Form und Größe.

»Sind das hier denn Wohnhäuser oder Unterrichtshäuser oder Arbeitshäuser?«

»Das sind sogenannte Lebenshäuser, in denen fast alles stattfindet. Ich glaube, dass die Bewohner außerhalb des Palastes auch an einen zusätzlichen Schutz vor den Sonnen gedacht haben. Wenn der Schild ausfallen sollte, was Nadorr verhindert, ist alles in einem Gebäude. Nur wenige haben in diesem Ring etwas außerhalb der Lebenshäuser zu tun. Dort drinnen ist alles, was sie brauchen. Märkte, Versammlungsplätze, Innengärten, Handelsräume, Herstellungsräume und so weiter. Das berichteten die wenigen Verraner, die uns im vierten Ring besuchen kamen. Deshalb haben wir früher immer darüber gescherzt, dass ein Haus das andere nicht kennen würde. Inzwischen weiß ich es jedoch besser. Es finden Treffen außerhalb statt, da lernen sich auch die Bewohner anderer Häuser kennen. Zum Beispiel an Feiertagen oder wenn der Statthalter die Stadt besucht.«

»Ist es denn möglich, alles in einem Haus zu haben? Sie sind ja sehr groß, aber …«

Ledinnia lachte. »Hier gibt es sogar spezielle Häuser, die nur zum Arbeiten sind wie die Viehhäuser, Bauhäuser oder Technikhäuser. Aber alles andere wurde möglichst in das Gebäude gelegt, in dem die Leute auch wohnen. Diese anderen speziellen Häuser haben Schwerpunkte, wie jene, die sich mehr mit Tierzucht, Pflanzen und der Verarbeitung beschäftigen. Das braucht mehr Platz.«

Lorrin schwirrte der Schädel. »Können wir uns jetzt eins ansehen?«

»Dafür haben wir heute keine Zeit, sonst schaffen wir es nicht bis zu meiner Familie und zurück an einem Tag. Aber nächstes Mal, das verspreche ich dir.«

Von außen wirkte der erste Ring ziemlich langweilig. Nur das Sonnenlicht, das sich in allen Farben an den reflektierenden Flächen brach, brachte etwas Abwechslung. Leider war es im nächsten Ring nicht viel anders. Außer, dass die einzelnen Gebäude nicht so hoch waren und nicht so gepflegt wirkten. Der dritte Ring sah schon fast baufällig aus. Selbst die Leute wirkten gröber.

Ledinnia erklärte, dass hier schon weniger Wert auf Schulbildung gelegt wurde. Die Leute im dritten Ring waren eher für körperliche Aufgaben bestimmt.

Nach allem, was er bisher gesehen hatte, war Lorrin gespannt auf den vierten Ring, vor allem auf Ledinnias Familie. Der vierte Ring lag dem Cahchtar am nächsten, von dort aus über den unbewohnten fünften Ring konnten die Rebellen auch eindringen, sollte das mit dem unterirdischen Tor und den Gängen nicht klappen. Auf jeden Fall war es nützlich zu erfahren, wie es dort war, und wenn es nur seine Neugierde, was Ledinnias Herkunft anging, befriedigte.

Kapitel 34

Die Scaparen-Prüfung zu überstehen, ist eigentlich das Auswahlkriterium, ob man sich überhaupt dazu eignet, hier bei den Rebellen zu überleben und einen wertvollen Beitrag für alle zu leisten. Um ein aktiver Scapare zu sein, muss man die Fähigkeit besitzen, sich in den dunklen Schächten, den Droenmen, tief unter der Oberfläche zurechtzufinden, sich dort sicher zu bewegen und den giftigen Gasen des Scapara-Erzes zu widerstehen. Für die Prüfung, die jeder Scapare im Laufe seines Lebens einmal ablegen muss, sollte man innerhalb der drei Tage *seinen persönlichen Stein* finden. Es handelt sich dabei um einen außergewöhnlichen, einen einzigartigen Scapara-Stein, der sich dem Suchenden zu erkennen gibt.«

»Kann man da nicht schummeln und irgendeinen nehmen?«

Paddin verzog seine Miene zu einem freudlosen Grinsen. »Nein, Kairra, du wirst es in dem Moment merken, wenn du auf deinen Stein triffst. Dieser Stein begleitet dich normalerweise ein Leben lang. Ich habe meinen leider in Decta-Verra verloren, als ich verhaftet wurde. Deshalb hat der Rat auch das Recht, die Prüfung noch einmal von mir zu verlangen. Ein Scapare ist nur mit seinem Stein ein echter Scapare. Eigentlich heißt es sogar, dass zu jedem Scaparen nur ein einziger Stein passt. Das würde bedeuten, ich könnte keinen mehr finden, und damit hätte ich schon einen Teil der Prüfung verloren, und Elssas Todesurteil wäre sicher. So oder so, es muss nur eine Sache schiefgehen.« Er sog scharf den Atem ein. »Das ist dem verdammten Rat natürlich klar. Sie wollen uns eigentlich nicht helfen. Diese Prüfung ist ein eleganter Weg, um uns alle loszuwerden.«

Mhatarv, der die ganze Zeit zwischen uns saß und schweigend zugehört hatte, räusperte sich. »Was genau beinhaltet unsere Aufgabe?«

»Wir haben drei Tage, um einen Weg durch das Labyrinth der Droenmen heraus zu finden. Wir gehen mit beinahe bloßen Händen hinein, alles, was wir zum Leben brauchen, müssen wir dort unten finden. Wasser wird dabei unser geringstes Problem sein. Am Ende der drei Tage, nicht weniger und nicht länger, müssen wir drei wieder unversehrt aus der Dunkelheit treten und unsere Steine dem Rat der Alten präsentieren. Drei Tage, drei Steine, drei Leute, die diese Aufgabe gemeinsam bestehen müssen. Die Prüfung beinhaltet auch, dass wir zusammenhalten. Denn das beweist unsere Fähigkeit, innerhalb einer Gruppe schwere Aufgaben zu bewältigen. So stärkten die Scaparen von Anfang an den Gemeinschaftssinn.«

»So schlimm klingt das doch nicht. Wo ist der Haken? Du sagtest vorher was von uralten Tieren und anderen Wesen, die uns töten wollen?«

»Nicht zu vergessen die Halluzinationen«, warf Mhatarv ein.

Paddin rieb mit dem Zeigefinger unterhalb der Augenklappe entlang. »Das Problem ist, dass einem genau diese Gefahren hinterher nicht mehr so real vorkommen. Also ich meine, keiner kann am Ende der Prüfung sagen, ob diese Wesen ein Hirngespinst waren oder ob es sie tatsächlich gab. Das mag an den Ausdünstungen des Scapara-Erzes liegen, welches angeblich Wahnvorstellungen auslöst. Ich weiß nur, dass ich sämtliche Verletzungen, die ich dort unten im Kampf um mein Überleben einstecken musste, auch tatsächlich mit an die Oberfläche genommen habe, und genauso erging es dem Rest meiner Gruppe.«

»Also könnten diese Wesen durchaus echt sein, oder? Ich meine, ich habe als Ahne schon von unglaublichsten Lebensformen auf anderen Welten gehört.«

Ich schaute Mhatarv an und runzelte die Stirn. Meiner Meinung nach konnten wir bei dieser blöden Prüfung gut und gerne auf solche unbekannten und offensichtlich feindseligen Wesen verzichten.

Paddin zuckte jedoch nur mit den Schultern. »Jeder von uns bekommt ein Messer, damit wir uns schützen können. Obendrein erweist sich das Messer da unten als nützliches Werkzeug.«

»Also wie läuft das dann genau ab? Bringen sie uns zum Eingang und dann sind wir uns selbst überlassen?«

»So ungefähr, Kairra. Sie lassen uns morgen früh mit einer Leiter aus Seilen tief hinunter. Wenn wir unten sind, ziehen sie sie wieder hoch und machen die Abdeckung zu. Ehe wir uns orientieren können, wird uns tiefe Dunkelheit umfangen. Das gibt sich allerdings nach einiger Zeit, da die Felswände scaparahaltig sind und schwach leuchten. Die Zeit bis dahin wird uns jedoch unendlich lang vorkommen.«

»Können wir keine Leuchte mit reinschmuggeln?« Immerhin gab es davon winzig kleine. Unter meinem Hemd hatte ich schon ganz andere Sachen transportiert.

»Wir werden so gründlich gefilzt, dass wir nicht mal ’nen Pickel unbemerkt reinschummeln könnten …«

»Bei den Sonnen, nehmen die sich nicht ein bisschen zu

wichtig, diese Scaparen? Ich bin mir gar nicht mehr so sicher, ob ich zu diesem gnadenlosen Haufen gehören möchte.«

»Denke an Elssa!«

»Verdammt, stimmt. Warum muss ich dieser nervtötenden Diebin nur immer wieder ihr wertloses Leben retten?«

»Weil sie zu euch gehört?«, warf Mhatarv schlicht ein.

Wieder einmal musste ich ihm recht geben. Elssa zählte zu uns wie ein gebrochenes Bein zum Körper. Es nervt und schmerzt zwar, aber wir konnten doch nicht drauf verzichten.

Ich seufzte gequält. »Was können wir sonst noch tun, um uns vorzubereiten, Paddin?«

Mein alter Freund lehnte sich in seinem Stuhl zurück und antwortete: »Genügend essen und trinken. Und vor allem ausreichend schlafen. Dort unten können wir das, wenn überhaupt, vielleicht nur abwechselnd.«

»Wenn Kairra schon schläft, könnte sie noch mal Kontakt mit Torgahrt aufnehmen. Ich habe so das Gefühl, dass wir ihn noch brauchen könnten.«

»Diesen Gottvater von Kairra?«, fragte Paddin.

»Ebendieser.«

Genervt stieß ich den Atem aus. »Und? Was soll ich ihm sagen? Liebster Erzeuger, dort unten könnte es vielleicht gefährlich werden, stehe uns dann bitte bei?«

»So ungefähr. Nur würde ich das ihm gegenüber anders formulieren. Du bist sicher nicht sein einziger Bastard in seinem bisher unendlichen Leben auf unzähligen fremden Welten. Ich würde versuchen, ihn freundlich auf deine Seite zu ziehen.« Bei diesen Worten lächelte Mhatarv versonnen, so als würde er über geheime Informationen verfügen und es auch noch genießen.

»Vielleicht keine schlechte Idee, Kairra. Hilfe könnten wir da unten sicher gebrauchen«, bestätigte mein alter Meister und schob mir einen Teller mit Brot entgegen. »Doch zuerst essen wir, so viel, wie wir nur können. Aber nicht so viel, dass wir träge werden. Wir müssen beweglich bleiben.«

Das ließ ich mir nicht noch mal sagen. Noch mit vollem Mund fragte ich den Ahnen: »Und wie ist diese Sellina?«

Mhatarv sah mich von der Seite an. »Ich spreche nicht schlecht über Leute, die mich auf einer Riesenechse durch die Wüste geführt haben, wenn auch auf Umwegen. Dennoch bin ich froh, dass wir kaum Zeit für inhaltlich wertvolle Gespräche fanden. Ich konnte ihr ja kaum erzählen, dass ich quasi vom Himmel gefallen bin.«

Ich prustete laut vor Lachen, und Paddin stimmte fröhlich mit ein. Das war das erste Mal, dass Mhatarv so etwas wie einen Witz gemacht hatte.

Nach unserem reichhaltigen Essen und ein, zwei Bechern Bogetsh, den Mhatarv bewundernd wertschätzte, fielen wir auf unsere Lager. Ich teilte mir eins mit Mhatarv, so wie Paddin es vorgeschlagen hatte. Der Ahne war der unkomplizierteste Bettkamerad, den man sich vorstellen konnte. Seit unserer Flucht wusste ich, dass er immer sofort und vollkommen geräuschlos einschlief. Dabei brauchte er kaum Platz und trat auch nicht um sich, so wie mein kleiner Bruder.

Kaum dachte ich an Lorrin, zog wieder der Schmerz in meiner Brust ein, und ich begann freiwillig zu beten. Hoffentlich ging es ihm gut. *Bitte, Torgahrt, schütze ihn! Hilf uns, die*

Prüfung zu bestehen, damit wir ihn befreien können und ich ihn bald wieder in meine Arme schließen kann, diesen kleinen liebenswerten Abenteurer mit den goldenen Locken.

Als hohe Glockenklänge durch die Grotte hallten, wusste ich inzwischen, dass diese den neuen Tag ankündigten. Die Glocken waren das Zeitmaß der Scaparen, so wie bei uns zur Nacht Nadorrs Horn. Was ich nicht mehr wusste, war, ob ich von Torgahrt geträumt hatte. Offenbar war ich gleich tief und fest eingeschlafen oder ich konnte mich an nichts mehr erinnern. Aber ich hielt diese Traumbeterei ohnehin für Unsinn. Was sollte mein angeblicher *göttlicher* Erzeuger denn überhaupt machen, wenn wir da unten in einer Gefahr schweben würden? Angeblich durfte er sich ja nicht in die Probleme der sterblichen Welten einmischen.

Es fragte mich auch keiner nach meinen Träumen. Paddin wartete schon auf uns, und noch bevor ich ihn begrüßen konnte, klopfte Niaff.

»Hehoda …«, rief er von draußen herein.

»Hehodu«, antwortete ich und öffnete die Tür.

»Wenn du eine Scaparin werden willst, solltest du das aber noch mal üben. Hehodo ist die Antwort. So schwer ist das doch nicht.«

Er begrüßte kurz Paddin und Mhatarv, dann wandte er sich wieder an mich. »Ihr müsst gleich mitkommen. Der Rat wartet am Eingang zu den unerschlossenen Droenmen.« Bevor er die Tür wieder öffnete, beugte sich Niaff zu meinem Ohr und flüsterte: »Nicht weit vom Einstieg, auf der linken Seite, habe ich eine Notration Wasser bereitgestellt. Ich hoffe, das hilft euch.

Mehr konnte ich nicht tun. Haltet euch an Paddin, er weiß, wo ihr mehr findet.«

»Das ist alles? Keine klugen Ratschläge?«

Niaff verdrehte die Augen. »Ich versuche mein Möglichstes, muss aber vorsichtig sein. Wenn es auffliegt, dass ich euch unterstütze, könnt ihr Elssa gleich vergessen. Folgt mir jetzt.«

Ich seufzte und nickte Paddin und Mhatarv zu. »Dann lasst uns losgehen!«

Niaff führte uns, noch bevor die meisten anderen Bewohner der Grotte ihrem Tagwerk nachgingen, direkt zum Marktplatz. Nicht weit vom Brunnen gab es eine von außen unscheinbare Höhle, die innen viel größer und tiefer war, als ich beim Betreten erwartet hatte. Ganz am Ende der Höhle stand der Rat der Alten versammelt. Ich hatte sie zwar noch nicht durchgezählt, nahm jedoch an, dass Niaff mit seiner Schätzung – um die fünfzig Mitglieder – recht behielt.

Ihre vom Alter gebeugten Körper verdeckten die Sicht auf den Eingang zu den tiefer gelegenen Gängen der Droenmen. In den Gesichtern der Männer spiegelte sich kaum verhüllte Vorfreude. Für sie schienen wir eine willkommene Abwechslung im Alltag zu sein. Vielleicht erfüllte die Scaparen-Prüfung eine ähnlich grausame Aufgabe wie die blutigen Spiele in Zekolls Arena? Hatten die alten Männer schon Wetten abgeschlossen, wer von uns wiederauftauchen würde und wer nicht? In diesem Moment hasste ich sie für ihre erwartungsvollen Fratzen.

Doch uns blieb keine Zeit. Ein paar ältere Frauen tasteten unsere Körper ab und untersuchten unsere Kleidung, während der alte Dukko sich wieder als Wortführer des Rates hervortat. Er reichte uns je ein Messer und verkündete dann mit kratziger

Stimme: »Drei gehen rein, drei finden ihren Stein, drei Tage vergehen, drei werden bestehen, bis dieselben drei hier wieder vor uns stehen.«

»So soll es sein«, echote der Rest des Rates.

Am Rande der Gruppe entdeckte ich eine junge Frau, die ganz offensichtlich begeistert wirkte. Sellina, wer sollte es auch sonst sein, grinste mich frech an. Bevor ich wie eine überreife Kaktusfeige explodieren konnte, nahm Mhatarv meine Hand und drückte sie. Wie all die Male davor wurde ich sofort ruhiger und sammelte mich. Einfach unglaublich, was für eine Wirkung er auf mich hatte.

Links von mir stand Paddin und sah mich aufmunternd an. »Machen wir es lieber kurz und verschwinden von hier.« Dann wandte er sich an den Rat der Alten. »Gebt uns den Weg frei!«

Der Rat wich augenblicklich zur Seite, und der Blick auf ein kreisrundes Loch im felsigen Boden wurde damit freigegeben. Niaff deutete auf eine Strickleiter, die in die Tiefe reichte.

Als ich direkt neben dem schwarzen Loch stand, flüsterte er mir zu: »Ihr schafft das.«

Mhatarv kletterte als Erster hinunter, ich folgte ihm und konnte noch hören, wie Paddin seinen ehemaligen Kameraden zurief: »Wenn der jungen Elssa in den Tagen unserer Abwesenheit auch nur ein Haar gekrümmt wird, mache ich euch fertig, bei Hearre, keiner von euch wird dann vor meiner Rache sicher sein. Nadorr wird mein Zeuge …«

Die letzten Worte wurden von der Dunkelheit im Loch verschluckt. So wie sie uns verschluckte. Ich spürte nur noch, wie über mir die Leiter unter Paddins kräftigen Schritten erbebte, und kletterte entschlossen weiter. Mein Herz wummerte in der

Brust, als ob es mehr wusste, als mein Kopf sich vorstellen konnte. Verdammte Scaparen-Prüfung. Verdammte Scaparen. Verdammter Niaff.

Es ging immer tiefer hinab, und wenn die Dunkelheit von vorher noch dunkler werden konnte, so wurde sie das, je weiter wir von der Öffnung wegkamen. Mhatarvs regelmäßige Atemzüge beruhigten mich ebenso wie das Zappeln der Leiter unter Paddins festem Tritt über mir. Ich war nicht allein. Und bei den Sonnen, für Lorrins Freiheit würde ich es auch mit der Finsternis persönlich aufnehmen.

Nach einer Weile gab unter mir die Strickleiter unerwartet nach. Gleichzeitig hörte ich Mhatarvs Füße, die offenbar knirschend den Boden berührten. Seine Hand packte mein Bein und leitete mich so neben ihn. Ich blickte nach oben, nur ein winziger Lichtpunkt verriet mir, wo wir herkamen. Dann spürte ich, dass auch Paddin neben mir stand. Als ich die Leiter festhalten wollte, hörte ich zwei kurze ratschende Geräusche und hielt plötzlich ein loses Ende Seil in der Hand.

»Lass es nicht fallen. Ich habe die Enden abgeschnitten, dann können wir unsere Hände aneinanderbinden, bis wir in der Dunkelheit mehr sehen können. Es dauert, bis wir den schwachen Schein der Erze in den Wänden wahrnehmen können. So geht bis dahin niemand verloren.«

Ich hörte, wie Mhatarv sich neben mir räusperte. »Ich mache das. Ich kann im Dunkeln sehen, so wie alle Ahnen.«

Paddin stieß scharf den Atem aus. »Ihr könnt im Dunkeln sehen? Wie kann das sein?«

»Kann ich nicht erklären. Auf der Alten Welt der Ahnen kann das jeder. Vielleicht haben uns die Götter einen kleinen Vorteil verschafft, da wir ja in ihrem Auftrag zu fremden Welten reisen. Wir lernen auch jede erdenkliche Sprache in kürzester Zeit.«

»Nadorr, das sind verflucht gute Nachrichten. Hier unten verschafft uns das einen zeitlichen Vorteil. Sonst müssten wir warten, bis sich unsere Augen an das kaum vorhandene Licht gewöhnen. Aber so können wir gleich los. Binde uns rasch fest.«

Mhatarv ergriff mein Handgelenk und band das Seil darum herum. Nebenbei erklärte er: »Ich führe euch so lange, bis ihr etwas sehen könnt. Übrigens hat Niaff offenbar Wort gehalten. Links von uns in einer Felsnische liegt ein prall gefüllter Wasserschlauch.«

»Gut so«, sagte Paddin. »Wenn ich mich recht erinnere, müssen wir nach einer Abzweigung suchen, die noch tiefer führt. Das ist normalerweise der erste Fehler, den Prüflinge machen. Sie suchen verzweifelt Wege nach oben. Dadurch verlieren sie wertvolle Zeit.«

»Noch tiefer?« Meine Stimme klang schriller als beabsichtigt. »Kommen wir da nicht bald auf der anderen Seite der Sonnenwelt heraus?«

Mhatarv lachte und zog uns dabei sanft voran. »Ihr habt wohl keine Ahnung, wie groß eure Welt ist, oder?«

Hinter mir schnaubte Paddin verächtlich. Wir wussten beide nicht viel von unserer Welt. Da waren wir dem Ahnen gegenüber im Nachteil.

Die Dunkelheit war beängstigend, selbst wenn Mhatarv etwas sehen konnte, ich fühlte mich hilflos. Wir waren ihm ausgeliefert. Obwohl ich inzwischen wusste, dass wir uns auf ihn verlassen konnten, war blindes Vertrauen nicht gerade eine hervorstechende Eigenschaft von mir. Doch uns blieb nichts anderes übrig, da wir ohne ihn nicht mal die Finger vor unserer Nase sehen konnten. Also folgten wir ihm Schritt für Schritt durch die endlose, warme Schwärze.

Kapitel 35

Mhatarv erwies sich als umsichtiger und überraschenderweise auch als unterhaltsamer Führer. Vermutlich versuchte er, uns von der allgegenwärtigen Dunkelheit abzulenken. Wie auch immer, seine ruhige Stimme leitete uns sicher durch Gänge, die wir nur erahnen konnten. Nach meinem Gefühl schlichen wir hier unten schon Stunden herum, ohne dass ich auch nur einen schwachen Schimmer entdecken konnte, obwohl ich mich mit aller Kraft darauf konzentrierte, in der Finsternis etwas zu erkennen. Manchmal glaubte ich, kleine farbige Punkte oder zarte Nebelschleier zu sehen, aber sie waren nur Einbildung, behauptete Mhatarv. Da auf meine Augen kein Verlass war, blieben mir nur meine Ohren und meine Nase. In der warmen, trockenen Luft lag aber nichts anderes als ein mal mehr und mal weniger intensiver metallischer Geruch. Mich so hilflos zu fühlen, tat mir nicht gut.

»Hier kommt gleich eine weitere Abzweigung«, plauderte der Ahne unbeschwert. »Sollen wir wieder die wählen, die leicht bergab geht?«

Hinter mir brummte Paddin. »Ja, immer weiter runter, nur so kommen wir hier wieder heraus.«

»Du klingst so resigniert, alter Mann.« Ich wusste, dass ich ihn damit ärgerte, aber irgendwie musste ich meinen Unmut loswerden.

»Unsinn, im Vergleich zu dir sehe ich immerhin nur mit einem Auge nichts.«

Auch meine Laune näherte sich dem Nullpunkt, überhaupt sank meine Stimmung hier unten mit jedem Schritt in die Tiefe. »Warum machen wir noch mal diesen Scheiß?«

»Weil wir deine allerliebste Freundin Elssa retten wollen, obwohl sie sich selbst mal wieder in diese ausweglose Situation gebracht hat«, antwortete Paddin.

»Weil sie glaubte, das Richtige für euch beide zu tun, indem sie versuchte, an Waffen zu kommen, nachdem euch die Scaparen so herzallerliebst aufgenommen hatten.«

»Hat dir schon mal jemand gesagt, dass du ein Spielverderber bist, Mhatarv?«

»Nein, das höre ich zum ersten Mal. Nur zu, lass deinen Groll an mir aus, Kairra, ich kann es ab.«

Ich seufzte. Er nahm mir wieder mal alle Stacheln von den Kakteen. »Gib mir lieber einen Schluck Wasser, du Erleuchteter.«

Kaum sprach ich die letzten Worte aus, veränderte sich mein sonst so schwarzes Blickfeld. Ich glaubte, schemenhaft den Ahnen vor mir zu sehen. Die Wände schienen einen grünlichen Schimmer von sich zu geben. Vor Schreck blieb ich einfach stehen, sodass Paddin gegen meinen Rücken lief.

»Siehst du das auch?«

Hinter mir atmete Paddin konzentriert, bevor er antwortete: »Jep, es scheint besser zu werden.«

»Na fein, dann können wir uns ja von diesen engen Stricken befreien. Ich sehe zumindest genug, um nicht irgendwo gegen zu rennen.«

»Wenn du nicht so plötzlich gebremst hättest, wäre ich auch nicht gegen dich gelaufen«, antwortete Paddin.

Ich fauchte ungeduldig, während ich versuchte, die Stricke von unseren Händen zu lösen.

»Erzähl mal, Paddin, welche Formen von Wahnvorstellungen kann man von den Erzen hier unten bekommen?«, erkundigte sich Mhatarv beiläufig, als er mir mit dem Knoten half.

»Alle möglichen Erscheinungen, optische Täuschungen, Stimmungsschwankungen …«

»Eure schlechte Laune?«

Möglich wäre es, dachte ich, aber es wäre auch nicht weiter verwunderlich, wenn man hier unten im Stockdunkeln einfach so schlecht gelaunt wäre.

»Hm?«, antwortete Paddin. »Hast du etwa keine schlechte Laune?«

»Ich bin offensichtlich gegen alles Mögliche immun. Aber das ist in unserem Fall auch ganz nützlich, so kann ich einschreiten, bevor ihr euch gegenseitig die Kehle aufschlitzt.« Er lachte.

»Das würden wir nie tun. Übertreib nicht.«

»Vermutlich neigt man dazu, wenn man von den Sternen fällt«, stimmte mein alter Lehrmeister zu, als wir weitergingen.

»Übrigens sind wir jetzt nach meinem Zeitgefühl ungefähr ein Viertel des ersten Tages unterwegs. Habe ich schon erwähnt, dass wir Ahnen ein hervorragendes Zeitgefühl haben?«

Bevor ich darauf reagieren konnte, hob Mhatarv die Hand, die ich nun klar und deutlich sehen konnte. »Hört ihr das?«

»Was soll …«

Paddin hielt mir einfach den Mund zu, bevor ich seine Hand wieder abschütteln konnte, hörte ich es auch. Etwas sang hier unten.

»Es klingt wie ein kleines Mädchen«, sagte Mhatarv.

»Aber wenn du es hören kannst, dann muss es echt sein, oder? Du sagtest, du bist gegen Sinnestäuschungen immun.«

»Eigentlich ja, Kairra, aber beschwören will ich es auch nicht. Wer weiß, welche Kräfte hier unten wirken?«

Das Mädchen sang aus weiter Ferne mit einer verstörend klaren Stimme. Trotzdem konnte ich kein Wort verstehen.

»Was singt sie?«, fragte ich Mhatarv.

»Wichtiger ist doch, was, bei den Sonnen, macht ein kleines Kind hier unten?«, wollte Paddin wissen.

»Ich weiß auch noch nicht, was sie singt, da ich eine fremde Sprache länger hören muss, bevor ich sie verstehen kann. Aber falls sie sich hier unten verlaufen hat, würde sie dann so unbeschwert singen?« Kaum hatte Mhatarv das gesagt, erklang ihre Stimme nicht mehr so fröhlich, sondern eher sehr ängstlich. Der nun traurige Gesang wurde von kleinen Schluchzern unterbrochen.

»Also das … ist nun wirklich seltsam«, bestätigte der Ahne. »Was wollen wir tun? Dem Gesang folgen oder unserer Mission?«

Paddin schüttelte ratlos den Kopf. »Das war bei meinem letzten Besuch anders. Ich weiß auch nicht. Aber wenn sich ein kleines Mädchen hier in den geheimen Droenmen verlaufen hat, sollten wir es dann nicht versuchen zu retten?«

»Würde den Scaparen nicht auffallen, wenn jemand von ihnen fehlt?«, fragte ich.

»Wer weiß, vielleicht ist sie gerade erst verschwunden? Bei meiner ersten Prüfung hatte ich ganz andere Erscheinungen. Ich kann mir nicht vorstellen, dass das eine Täuschung ist.

Mhatarv hört es ja auch. Wir sollten dem Gesang nachgehen, wenn jemand in Not ist, müssen wir helfen.«

Mhatarv nickte. »Aber wenn es eine Falle ist?«

»Wir sind vorsichtig, und so wie ich das höre, kommt der Gesang von weiter unten. Da müssen wir ohnehin hin. Leider findet man die persönlichen Scaparen-Erze nur an den tiefsten Stellen der Droenmen. Also ist es kein Umweg. Was sagst du, Kairra?«

So seltsam ich diesen Gesang auch fand, falls da unten ein kleines Kind in Gefahr war, mussten wir helfen. Wer, außer uns, war schließlich sonst hier?

»Ich denke auch«, stimmte ich zögernd zu.

»Dann gehen wir der Stimme nach.« Mhatarv übernahm wieder die Führung. »Aber lasst uns keinen Augenblick vergessen, dass es auch eine Sinnestäuschung sein kann.«

Wir folgten ihm. Mir ging es seltsamerweise gleich besser, weil wir nun ein Ziel hatten. Zwar konnten wir es nicht sehen, aber hören. Der traurige Gesang begleitete uns von Gang zu Gang. Immer wenn er leiser wurde, wussten wir, dass wir in die falsche Richtung gingen, und wechselten sofort. Tiefer und tiefer drangen wir in die Droenmen ein.

Inzwischen erschien mir das Licht hier unten hell genug, um auch die kleinste Unebenheit zu entdecken. Selbst an das Grün gewöhnte ich mich schnell. So als wäre es normal, alles in einer Farbe getönt zu sehen.

Paddin zeigte uns an einer Stelle in der Wand, wie wir Wasseradern auffinden konnten. Es war einfach, wenn man sehen konnte. Dort, wo sich an den Wänden Tropfen bildeten, befanden sich nicht weit unter der Oberfläche kleine Adern, die man mit dem Messer anritzen und in den Wasserschlauch leiten konnte. Es dauerte zwar einen Moment, doch verdursten würden wir immerhin nicht. An anderen Stellen wuchsen pilzartige Gewächse, die sehr nahrhaft waren und nicht mal übel schmeckten. Alles lief so weit gut, nur dass ich das Gefühl hatte, wir kamen der Stimme nicht näher. Mit keinem Schritt.

»Ich sage es nur ungern, aber hier stimmt etwas nicht«, murmelte Mhatarv, als wir eine kleine Pause machten, um uns zu stärken.

»Ich habe auch ein verdammt merkwürdiges Gefühl in meinen alten Knochen. Doch was auch immer geschieht, ihr zwei dürft nicht aufgeben.«

»Was soll das denn heißen?«, fragte ich Paddin besorgt.

»Ich meine nur, was auch immer passiert, mit einem von uns … oder sollte jemand verloren gehen, dürfen die anderen nicht aufgeben. Der Weg hier heraus führt durch den tiefsten Tunnel. Falls wir getrennt werden, müssen wir unabhängig voneinander versuchen, wieder herauszufinden. So war das bei meiner letzten Prüfung. Einer ging verloren, aber am Ende trafen wir wieder aufeinander und kamen gemeinsam raus. Hätten wir lange gesucht, hätte keiner die Prüfung geschafft. Das wollte ich nur erwähnen.«

»Wir lassen niemanden zurück.« Mhatarvs Standpunkt war klar und meiner auch.

»Wir alle oder keiner!«

»Seid nicht so störrisch. Hier unten verläuft alles nach eigenen Gesetzen. Das müsst ihr mir glauben. Also, sollte ich derjenige sein, der abhandenkommt, dann denkt immer daran, ich finde hier wieder raus.«

»Keiner wird uns abhandenkommen.« Da war ich mir sicher, obwohl mir Paddins Worte zu denken gaben. Es war nicht das erste Mal, dass er andeutete, Lorrin und mich nicht ewig begleiten zu können. Irgendwie wirkte er seit unserem Wiedersehen hier bei den Scaparen trauriger als sonst.

Im Hintergrund nahm das Schluchzen zu. Manchmal hatte ich das Gefühl, als ob die Stimme von dem Mädchen auf uns reagierte.

»Wir sollten weiter«, sagte Paddin und richtete sich auf.

Ich seufzte. Die Wände wirkten hier nicht mehr so glatt wie bisher. Sie wiesen mehr Unregelmäßigkeiten auf. Am Boden fanden sich sogar kleinere Gruben, die wir umgehen mussten. Aber da wir jetzt gut sehen konnten, war das alles kein Problem.

Doch plötzlich wurden die Löcher breiter und tiefer, und wir mussten uns richtig konzentrieren. Paddin, der inzwischen die Führung übernommen hatte, deutete mit einer Geste an, stehen zu bleiben.

»Die Stimme kommt von hier unten«, rief er. »Wartet mal.«

Mhatarv blieb stehen, aber ich war zu neugierig und trat neben Paddin. »Ich höre nichts mehr. Wo … verdammt?« Ich rutschte mit einem Bein weg und entdeckte erst in diesem Augenblick den bodenlosen Abgrund unter mir.

Panisch suchte ich mit den Händen nach Halt, aber der felsige Grund war viel zu rutschig. Paddin griff von der Seite her meinen Arm und packte fest zu. Aus dem Augenwinkel sah ich Mhatarv, der sich sein Hemd auszog und es zu einem Seil drehte. Ich weiß nicht mehr, was dann passierte, nur dass mein alter Freund mich versuchte zu stabilisieren, als er selbst ins Rutschen geriet.

Es war, als würde man die Zeit verlangsamen, als er an mir vorbeifiel. Paddins Hand erwischte Mhatarvs Hemd. Er schien kurz Halt zu finden, dann glitt er einfach ab und fiel mit ausgestreckten Armen und Beinen. Ich schrie gegen den nun eher lockend und lieblich klingenden Gesang an.

»Paddin!« Er fiel tiefer und tiefer, die weißen langen Haare umwehten sein Gesicht. Mein Blick folgte ihm, bis ich nichts mehr erkennen konnte. Erst da spürte ich, dass Mhatarv mich mit seinem Hemd von hinten umschlungen hielt, damit ich nicht auch noch abrutschte. Ich bebte am ganzen Körper.

»Lass mich, ich muss ihn holen …« Ich schluckte meine eigenen Tränen, als ich sprach.

»Du gehst nirgendwohin, Kairra, denke an seine Worte. In Decta-Verra wartet dein Bruder. Du hast eine große Verantwortung.«

Ich versuchte, ihn abzuschütteln, aber er ließ nicht los. »Beruhige dich. Hörst du, der Gesang hat aufgehört. Offenbar hat das Mädchen nun, was es wollte.«

Nur mein eigenes Schluchzen unterbrach die Stille. Ich holte Luft. Dabei fiel mir unerwartet Paddins Spruch zum Beruhigen wieder ein. *Luft anhalten, an die Folgen denken.*

»Er kann nicht tot sein«, erklärte ich und wischte meine Augen trocken. »Ich würde es spüren, wenn er nicht mehr da wäre. Du merkst doch auch, dass er noch da ist?«

Mhatarv sah mir ruhig in die Augen. »Ich weiß es nicht, Kairra. Du hast eine enge Verbindung zu ihm. Ich kann mir zwar kaum vorstellen, dass Sterbliche so einen tiefen Fall überleben könnten ohne göttlichen Beistand, aber ich hoffe es für uns. Ich mag deinen alten Freund sehr, und davon abgesehen, würden wir hier ohne ihn die Prüfung nicht bestehen.«

»Er hat es doch selbst gesagt, wenn er verloren gehen würde, würde er einen Weg finden. Hier unten soll doch alles anders sein. Was ist, wenn es eine Sinnestäuschung war. Wenn er irgendwann einfach wiederauftaucht, so als wäre nichts gewesen.«

Mhatarvs Blick verriet mir mehr, als ich wissen wollte. Also wandte ich mich rasch ab. »Wir sollten los. Wie er gesagt hat. Weiter unten werden wir ihn finden.«

Ich ignorierte den tiefen Abgrund, so als würde er nicht existieren, und eilte den Gang weiter, immer tiefer hinunter. In diesem Moment war es mir egal, ob Mhatarv mir folgte oder nicht. Ich musste hier weg, hin zu meinem alten Freund. Wo auch immer er war. Wir hatten eine große Aufgabe vor uns und durften nicht stehen bleiben. Bald schon vernahm ich die Schritte des Ahnen hinter mir. Das war auch alles, was ich hören konnte, der Gesang war verstummt.

Kapitel 36

Mein Körper war kalt, nur der Wille trieb mich voran. Meine Gedanken drehten sich im Kreis und wurden immer seltsamer. Ich konnte nicht mehr beurteilen, ob mir die Trauer oder die Erzdämpfe das Gehirn vernebelten. Es durfte einfach nicht wahr sein, dass Paddin tatsächlich tödlich verunglückt war. Ich würde es doch spüren, wenn er für immer fort wäre? Er war nur verschwunden. Sicher gab es für seine Abwesenheit eine gute Erklärung. Er würde Lorrin und mich nicht einfach so verlassen. Niemals. Ich fragte mich nur, wann er wiederauftauchen würde. Was konnte ihm dazwischengekommen sein? Hatte er eine Verletzung? Oder war es das Mädchen? Hatte sie ihn aufgehalten? Da er tief gefallen war, konnte er uns nichts mehr zurufen. Sicher gab es für alles eine Erklärung, und hinterher würden wir alle drüber lachen, so wie sonst auch. Er lebte noch, es hatte sich nichts geändert. Ich musste nur abwarten und dabei weitergehen, wie er gesagt hatte. Spätestens am Ausgang würden wir ihn wiedersehen. Bei den Sonnen, es musste ihm einfach gut gehen.

Mhatarv holte wieder auf und unterbrach meine Gedanken. »Kairra, lass uns reden …«

Ich wischte seine Hand von meiner Schulter. »Und wozu? Es ist Zeitverschwendung. Wir müssen weiter.«

»Kairra, bitte … denke an die Wirkung der Erze. Du wirkst verwirrt.«

Er konnte wirklich nerven, dieser Bote der Götter.

»Weißt du was, Mhatarv? Wenn wir das nächste Mal ruhen müssen, bete ich zu diesem angeblichen Vater von mir und frage ihn, wo Paddin ist. Aber bis dahin halte dich zurück. Wir müssen noch tiefer runter. Sicher wartet er dort auf uns.«

Also hielt Mhatarv den Mund, und wir gingen schweigend weiter. Paddin sagte immer, dass er unendlich viele Leben besäße. So oft zuvor hatte er den Tod besiegt. So würde es jetzt auch sein. Er war noch da. Ganz sicher. So würde er uns nicht verlassen.

Abgesehen von den Geräuschen, die unsere Schritte verursachten, hörten wir in den engen Tunneln keinen Laut. Die Gänge reichten oft gerade mal so hoch, dass wir die Decke mit durchgestreckten Armen berühren konnten.

Seit Paddins Verschwinden sang das kleine Mädchen nicht mehr. Vielleicht tröstete er sie. So wie er das früher mit Lorrin und mir gemacht hatte. Deshalb konnte er auch nicht nach uns suchen. Sie war sicher sehr traurig, und Paddin musste sie beruhigen.

Hinter jeder neuen Abzweigung hoffte ich darauf, ihn zu entdecken. Als diese Hoffnung immer wieder enttäuscht wurde, räumte ich ihm noch mehr Zeit ein. Wenn man sich etwas verzweifelt wünschte, dauerte die Erfüllung oft länger. Manchmal musste man dem Schicksal ein Schnippchen schlagen und so tun, als hätte man sich mit den Gegebenheiten abgefunden. Dann konnte man sich hinterher noch mehr freuen, wenn der Wunsch in Erfüllung ging.

Mit Mhatarv konnte ich über diese Gedanken nicht sprechen, der würde mich für komplett verrückt halten. Dabei hatte er mir selbst die unglaublichsten Sachen erzählt. Von diesen Göttern und Torgahrt. Aber genau deshalb konnte Paddin auch nicht für immer weg sein. Mein angeblicher Vater musste ihn und Lorrin genauso beschützen wie mich. Denn wenn einem von ihnen etwas zugestoßen wäre, würde das mein Leben zerstören. *Also, Torgahrt, halte dein Versprechen und schütze mich und die Meinen!*

»Nicht so schnell, Kairra«, rief Mhatarv. Seine Stimme klang weiter entfernt als vorher. Doch ich hatte keine Zeit zu warten. Er kam auch ohne mich zurecht. Schließlich stand er als Ahne direkt mit den Göttern im Bunde. Ich rannte um die nächste Ecke und stolperte. Ich fiel auf etwas Weiches, Warmes …

»Verdammt, Mädchen, kannst du nicht aufpassen«, fluchte eine Männerstimme.

Ungläubig starrte ich auf den Körper, der am Boden lag. Es war Paddin! Jetzt, wo ich ihn sah, konnte ich es kaum glauben.

»Das ist unmöglich«, sagte Mhatarv, als er neben mir auftauchte.

»Unmöglich ist nur, dass ihr mich so lange habt warten lassen. Wir hätten schon längst sonst wo sein können. Habe ich nicht gesagt, dass ihr weitergehen solltet …«

Ich schlang meine Arme fest um ihn. »Oh, Paddin, du hast uns einen richtigen Schreck eingejagt. Wir dachten schon, du hättest dich verletzt, weil du so tief gefallen bist.«

»Blödsinn, Mädchen, hier unten sollte man nie seinen Augen trauen.«

»Und seinem Verstand auch nicht«, ergänzte Mhatarv trocken. Irgendwie klang er nachdenklich.

Paddin grinste breit. »Haha, ja, genau. Der Verstand kann hier unten üble Streiche spielen. Na egal, Hauptsache, wir sind wieder zusammen und können diese idiotische Prüfung abhaken. Ihr Götter, wer denkt sich denn so was aus? Wie viele Tage waren es noch?«

»Geht es dir auch wirklich gut?« Es war kaum zu glauben, dass Paddin komplett unverletzt so einen tiefen Sturz überleben konnte. Sogar seine Kleidung wirkte sauberer als vorher. Aber vielleicht hatte ich da nur nicht so drauf geachtet. Seine Stimme klang auch irgendwie anders. Hatte er sich vielleicht den Kopf gestoßen und war deshalb verwirrt?

Paddin lachte wieder. »Mir geht es super, Mädchen. Dann lasst uns mal weiter. Was müssen wir noch als Nächstes machen?«

Ich sah zu Mhatarv rüber und bemerkte, wie er die Stirn runzelte, als er ihn fragte: »Hast du dein Gedächtnis verloren?«

»Warum sollte ich?« Paddin klopfte nicht vorhandenen Staub von seiner Hose. So tief unten in den Felshöhlen gab es nicht einmal Sand.

»Was ist mit dem Mädchen?«, fragte Mhatarv.

»Welches Mädchen?«

»Na das, welches gesungen hat. Das so traurig war.«

»Weiß ich jetzt nicht mehr. Da, wo ich war, war sie jedenfalls nicht. Was soll das eigentlich? Freut ihr euch nicht, dass euer alter Kumpel wieder zurück ist? Nehmt ihr mich jetzt ins Kreuzverhör?«

Rasch beruhigte ich ihn. »Ach, es ist eigentlich egal. Du bist wieder da, und mehr müssen wir nicht wissen. Wir haben uns nur Sorgen gemacht. Nimm uns das nicht übel.«

Offenbar war Mhatarv misstrauisch, was Paddins plötzliches Auftauchen anging. Doch für mich war alles ganz klar. Paddin war von dem Sturz etwas durcheinander, aber er war hier. Ich konnte ihn fühlen. Ich konnte ihn hören. Ich konnte ihn sogar riechen. Auf keinen Fall konnte er eine Täuschung der Sinne sein. Trotzdem nahm ich mir vor, ihn zu beobachten, falls sein Gesundheitszustand doch nicht so stabil war, wie er uns glauben lassen wollte. Es würde ihm ähnlichsehen, so zu tun, als ob alles in Ordnung wäre.

»Nach meiner Rechnung sind wir nun einen Tag unterwegs«, antwortete der Ahne auf Paddins zuvor gestellte Frage. »Und ich hoffe, wir finden bald diese Steine. So allmählich kriegen wir hier alle einen Koller.«

»Bei den Göttern, dann lasst uns weiter. Ich kann es gar nicht mehr abwarten, mein Dasein als Maulwurf zu beenden.«

»Maulwurf?«, fragte ich Paddin, als wir weitergingen. »Was ist das? Davon hast du mir noch nie erzählt.«

Paddin ging inzwischen wieder voran und murmelte eine Antwort, die ich nicht verstehen konnte. Gleich darauf plapperte er über diese Felsstollen, die natürlich gewachsen wären, und viele andere Dinge, von denen ich nie gehört hatte. Doch mein alter Lehrer hatte eine Menge gelesen und dafür eigentlich bisher immer viel zu wenig geredet. Das war es auch, was anders war. Er war plötzlich richtig redselig.

Hinter mir hörte ich Mhatarvs Stimme. »Alte Männer sollten lieber nicht so viel dummes Zeug quatschen. Sie reden sich sonst um Kopf und Kragen.«

Ich war viel zu gut gelaunt, um irgendetwas ernst zu nehmen, und scherzte: »Vielleicht liegt das an den Erzen, dass er so gut drauf ist. Lass ihn doch, Mhatarv. So ist er mir viel lieber als tot.«

Paddin blieb unerwartet stehen, sodass ich in ihn hineinrannte. »Genau, das Mädchen hat recht. Besser lebendig als tot.«

»Haha, Paddin, jetzt ist es uns umgekehrt passiert und ich bin in dich hineingelaufen.« Das war lustig. Ich lachte so sehr, dass ich mich erst auf meinen Knien abstützen musste und mich dann auch noch zu seinen Füßen setzte. Ich hatte einen richtigen Lachanfall und konnte mich kaum beruhigen.

Die ernsten Gesichter der beiden Männer überraschten mich allerdings. »Warum lacht ihr nicht? Das ist doch echt witzig.«

Paddin zog eine Grimasse und wirkte etwas ratlos. Während er zu mir runterblickte, schob er nachdenklich die Augenklappe hoch. Zuerst wusste ich nicht, was anders war, als er mich so aus zwei Augen anblickte. Dann fiel es mir ein. Paddin hatte unter seiner Klappe kein Auge. Da war nur ein Loch. Es war unmöglich, dass das Paddin war. Hier unten wuchsen ganz sicher keine Augäpfel nach. Mir wurde plötzlich schlecht, und mein hysterisches Gelächter erstarb.

Hilfe suchend sah ich Mhatarv an, der nur schwach mit den Schultern zuckte.

»Was geht hier vor?«, fragte ich. Meine eigene Stimme klang schrill. »Du bist nicht mein Paddin.«

»Verdammt! Was hat mich verraten?«, wagte der falsche Paddin auch noch zu fragen.

Mhatarv seufzte. »Vielleicht dein sinnloses Gequatsche?«

»Ich wollte doch nur Vertrauen erwecken.«

»Manchmal ist weniger mehr«, konterte der Ahne.

Das alles konnte nur ein übler Scherz sein. Das oder ich war wirklich verrückt. »Kennt ihr euch etwa?«

»Jap!«

»Wer, was … bist du?«

»Momentan bin ich Paddin, aber eigentlich bin ich dein Erzeuger. Torgahrt, Gott der Gerechtigkeit. Du hast mich gerufen, und hier bin ich.«

Ich kämpfte mit Sprachlosigkeit und einem heftigen Schwindel, der alles um mich herum schwanken ließ. »Aber wo … wo ist Paddin? Geht es ihm gut?«

»Ehrlich gestanden, weiß ich das nicht so genau. Ich weiß nur, dass ich einen Körper nur annehmen kann, wenn derjenige tief schläft oder bewusstlos ist. Der Körperschwindel funktioniert jedoch nicht ewig. Einfacher ist es, in die Gedanken eines Sterblichen einzudringen, da kann man sich den Körper für kurze Zeit teilen. Doch wir sollten jetzt schnell raus aus diesem Gang. Die Wände hier dünsten ein Gas aus, das Sterbliche verwirren kann.«

Da ich immer noch am Boden hockte, hielt ich ihn am Bein fest. »Und das Mädchen, was ist mit dem Mädchen?«

»Meinst du den Gesang?« Er zog mich hoch. »Ist mir gut gelungen, oder? Ich musste euch zu einem geeigneten Ort leiten, damit ich Paddin übernehmen konnte.«

Meine Stimme überschlug sich. »Das hast du alles eingeleitet? Du hast Paddin auf dem Gewissen?« Ich trommelte mit den Fäusten gegen seine Brust.

»Na, na, na – nun werde mal nicht gleich melodramatisch.« Mit einer Hand hielt er mich auf Abstand. »Die Grube, in die er fiel, war nicht so hoch, wie sie euch erschienen ist. Den Boden habe ich, glaube ich, weich gewählt. Er hat sicher überlebt. Und wenn nicht, der Sterbliche war alt. Seine Zeit zu gehen, war ohnehin nah. Wir sollten uns jetzt wieder auf die Rettung deines Bruders konzentrieren. Deshalb bin ich schließlich hergekommen.«

Neben mir stöhnte Mhatarv. »Bei den Göttern, du musst wirklich noch lernen, wie man mit Sterblichen umgeht.«

»Wozu sollte ich? Wenn wir einen sterblichen Körper annehmen, passen wir uns, so gut es geht, an ihre Art an. Für den Rest haben wir doch euch Ahnen.«

»Dir ist nicht mal aufgefallen, dass Paddin ein Auge fehlt. Was meinst du, warum er so eine Augenklappe trägt?«

»Ich dachte, das gehört zum Kleidungsstil …«

Das war das Letzte, was ich hörte, bevor alles vor meinen Augen verschwamm und ich umfiel.

Erst später weckten mich die leisen Stimmen von Mhatarv und dem falschen Paddin.

»Stell dich nicht so an, Ahne, du weißt ganz genau, dass ich nur so helfen konnte. Sonst hätte ich mich nicht einmischen können.« Die Stimme kam von dem Mann, der mich trug. Offenbar hatte er mich über die Schulter geworfen, nachdem ich das Bewusstsein verloren hatte. Ich hatte keine Ahnung, wie lange ich schon kopfüber hing.

»Trotzdem hättest du sensibler mit ihr umgehen können. Ich mag sie.«

»Ich mag sie ja auch, aber was blieb mir denn anderes übrig? Wenn du nicht versagt hättest, wäre es gar nicht erst so weit gekommen.«

Ich rührte mich nicht, auch wenn es sich so anfühlte, als ob mein gesamtes Blut in den Kopf geschossen war und er drohte zu platzen. Solange sie mich für bewusstlos hielten, würde ich vielleicht mehr Informationen erhalten.

Der Ahne antwortete: »Ich hätte niemals meinen Reif der Reisen verlieren dürfen. Aber woher sollte ich auch wissen, dass die Cousine des Statthalters eine Seherin ist und mich längst erwartet hatte? Da, oh göttlicher Torgahrt, hättest du und deinesgleichen schon eingreifen müssen. Dann wäre das alles anders gelaufen.«

»Lass diesen Zynismus. Du weißt genau, dass wir nicht in die sterblichen Geschicke eingreifen dürfen, dafür gibt es die Alte Welt der Ahnen. Aber hier blieb mir nur dieser Paddin. Seine Chance, die Prüfung zu überleben, lag bei weit unter fünfzig Prozent. Ich konnte nur so helfen.«

»Du verlierst das Vertrauen deiner Tochter, wenn er stirbt.«

»Zur Heiligen Quelle, immer diese verdammten Verwicklungen mit den Sterblichen.«

»Was zeugt ihr auch ständig Bastarde mit ihnen?«

»Sie werden trächtig, kaum sieht man sie an …«

Ich trommelte mit beiden Fäusten gegen seinen Rücken. »Verfluchte Götter!«

»Sie ist wach.«

»Sieht so aus.«

Wütend zappelte ich mich frei und rutschte unsanft zum Boden. »Ich schwöre dir, du verdammter Gott, wenn du mir Paddin nicht heil zurückbringst, lasse ich euch alle auffliegen. Ich werde jedem erzählen, dass es euch gibt …« Ich holte tief Luft. »Ist das überhaupt sein Körper? Hast du dir den ausgeliehen?«

»Hatte dein Kumpel zwei Augen? Nein, Mädchen, ich habe

ihn mir nur abgeguckt und, so gut es ging, nachgebaut. Das mit dem Auge konnte ich nicht von außen erkennen. Sonst hätte ich das auch hingekriegt.«

»Also bist du so wie ich ein Wandler?«

»Keinesfalls. Ich bin ein Gott. Verwechsle das nie. Und nun lass uns weitergehen. Wir wollen hier doch schließlich alle schleunigst wieder raus.«

Er wandte sich ab und setzte zum ersten Schritt an. Doch ich hielt ihn fest. »Ich gehe nur mit, wenn du mir versprichst, Paddin zu mir zurückzubringen. In einem Stück und unversehrt.«

Torgahrt drehte sich zu mir um. »Das kann ich nicht. Ich habe keine Ahnung, wie es ihm geht.«

»Götter können doch sicher alles.«

»Das ist ein Trugschluss. Selbst wir müssen einer höheren Macht gehorchen, die uns obendrein auch noch verbietet, uns in eure sterblichen Angelegenheiten einzumischen. Gegen das eine verstoße ich gerade, laste mir nicht auch noch an, den Gott der Toten zu verärgern, sollte dein alter Freund tödlich verunglückt sein.«

»Dann bleibe ich hier und suche nach ihm.«

Mhatarv seufzte laut. »Und was wird dann aus Lorrin?«

»Um den kümmere ich mich danach.« Mein Herz klopfte laut. Ich drehte mich um. Warum hatte ich nur gewollt, dass sich mein angeblicher Vater einmischte, wenn er doch nichts ausrichten konnte? Im Gegenteil, er hatte mir sogar Paddin genommen.

Mhatarv hielt mich am Arm fest. »Wenn wir hier aber versagen, hilft uns keiner, deinen Bruder zu befreien. Kairra, so schwer es auch zu verstehen ist, aber Torgahrt hat recht. Wir müssen erst diese Prüfung hier erledigen.«

Hinter mir vernahm ich ein lautes Knurren. »Na gut, was scheren mich auch sämtliche Strafen der Heiligen Quelle. Ich verspreche dir also, wenn wir hier raus sind, deinen Paddin wieder zurück zu dir zu bringen, sofern das irgendwie möglich ist.« Er wirkte so, als würde er jeden Moment explodieren. »Es reicht wohl nicht, dass ich für euren verfluchten Planeten Kopf und Kragen riskiere, damit er nicht verglüht …«

»Was hast du getan?«, fragte Mhatarv.

»Das werde ich jetzt nicht diskutieren. Noch ist nichts sicher. Und dir, kleine Sterbliche, darf ich schon gar nichts darüber verraten. Es muss dir einfach reichen, dass ich tatsächlich alles – nein, mehr als in meiner Macht Stehende – unternehme, um dir zu helfen. Und jetzt wechseln wir das Thema und suchen diese dämlichen Steine.«

Ich wusste, dass ich jetzt nicht mehr weiterkam. Wenn er tatsächlich versuchte, die Sonnenwelt zu retten, konnte ich auch ein bisschen Geduld mit ihm haben. Aber wenn er seine Versprechen nicht einlöste, würde er mich kennenlernen. Selbst wenn ich nur eine unwichtige Sterbliche war, konnte ich ihm sein unsterbliches Dasein erschweren, da würde mir sicher etwas einfallen. So oder so, er musste mir Paddin zurückbringen, sonst würde ich ihm höchstpersönlich sein göttliches Grinsen aus dem Gesicht wischen.

Kapitel 37

Jetzt, wo Cesszia wusste, wie sie mit General Hardurr umspringen musste, verhielt er sich beinahe handzahm ihr gegenüber. Trotz seiner Muskeln besaß er offenbar genug Verstand, um zu erkennen, dass eine Allianz mit ihr zwar gefährlich war, aber auch die einzigartige Möglichkeit beinhaltete, Zekoll tatsächlich zu bezwingen. Ihm schien klar zu sein, dass er ohne ihre Hilfe niemals aus der unberechenbaren Knechtschaft ihres Cousins entkommen konnte.

Seit einigen Tagen spielte Cesszia nun schon ihr Spiel mit ihm; noch galt es, sein Vertrauen in sie zu stärken. Doch allmählich zeigten sich erste Früchte ihrer Bemühungen. Ihr war vorher nicht bewusst gewesen, wie nahe sie durch ihre vorgespielte Partnerschaft dem Kriegstreiben gekommen war. Nun bekam sie aus erster Quelle mit, wie Hardurr seine Truppen stärkte und im Sperrgebiet am Rande der Stadt trainieren ließ, um den geplanten Überfall auf die Scaparen im Kaszareh-Gebirge effektiv durchführen zu können.

Er war ein guter Stratege, aber Cesszia spielte auf Zeit, und so fand sie immer neue kleine Tricks, um den Überfall, der ohnehin erst in der Anfangsphase steckte, noch weiter hinauszuzögern.

Sie saß vor ihrem mannshohen Spiegel, den er extra aus ihren Räumen hatte holen lassen, und bereitete sich für das erste gemeinsame Essen mit Zekoll und ihnen als Paar vor. Heute Abend würde sie noch einmal beweisen müssen, wie sehr sie das Spiel beherrschte. Heute würde sie gemeinsam mit Hardurr ihrem Cousin ein unvergessliches Schauspiel bieten.

Cesszia wusste genau: Wenn sie ihren Cousin geschickt ablenken konnte, würde er nicht so lange nachfragen, bis sie sich versehentlich verraten konnten. Nur leider fehlte ihr dafür noch eine zündende Idee. Sie würde improvisieren müssen, aber darin war sie gut, das hatte sie schließlich ihr Leben lang an der Seite von Zekoll geübt.

Die Sklavin, die sich gerade aufopfernd um ihre Frisur bemühte, war ein Geschenk von Hardurr. Normalerweise hätte Cesszia auf Ledinnia bestehen können, aber dann wäre diese nicht mehr bei Lorrin. Dort wurde sie nötiger gebraucht.

Hardurr selbst kleidete sich im Hintergrund an. Sie konnte ihn im Spiegel beobachten. Seit sie bei ihm eingezogen war, hatte er sie nicht mehr angerührt. Er verhielt sich ihr gegenüber unterwürfig, solange er glaubte, sie besäße die Oberhand.

»Lass diese alberne Weste, Geliebter. Mein Cousin verachtet jeden, der sich aufspielen will. Beweise ihm, dass du es nicht nötig hast, um seine Gunst zu buhlen.«

Er warf ihr einen erstaunten Blick zu und antwortete: »Wie du meinst, Geliebte. Du kennst ihn besser.«

Sie seufzte gedehnt. »Männer müssen für ihn echte Kerle sein. Keine Schwächlinge. Also zeige ihm eine klare Linie mit deiner Erscheinung.«

Mit einer flüchtigen Geste wies Cesszia die Sklavin an, wie die Farben in ihrem Gesicht verteilt werden mussten. Dann schaute sie durch den Spiegel wieder zu Hardurr. »Du ahnst nicht, wie ich dich beneide, ich muss mich immer richtig herausputzen, damit er mich überhaupt ansieht. Obwohl ich nichts lieber täte, als seiner Aufmerksamkeit zu entkommen. Aber in Vergessenheit darf ich auch nicht geraten.«

Hardurr nickte.

Die Verträge, die sie gegenseitig gegen Verrat durch den jeweilig anderen absicherten, hatten sie schon unterschrieben. Damit befanden sie sich in so etwas wie einem Gleichgewicht des Schreckens. Wenn Cesszia ihn an Zekoll verraten würde, besäße Hardurr ein Schreiben, dass sie gegen ihren Cousin eine Palastrevolte anstrengte. Ähnlich waren ihre Sicherheiten. Jeder hielt als Pfand das jeweilige Schriftstück unter Verschluss.

Doch nur unter Mühen gelang es Cesszia, die Bilder jener Nacht in die Dunkelheit des Vergessens zu drängen. In jedem unbeobachteten Augenblick schwelten ihre Rachegelüste Hardurr gegenüber. Beide mussten verschwinden. Ihr Cousin ebenso wie der General, in dem die Bestie zurzeit nur schlummerte. Das war ihr Plan, wenn ihr noch so viel Zeit blieb, bis die Scaparen mit Kairra die Stadt einnehmen würden.

»Seid Ihr so zufrieden, werte Frau?«, erkundigte sich die Sklavin und betrachtete mit ihr das Spiegelbild. »Ihr seht hinreißend aus«, setzte sie rasch nach.

»Danke«, erwiderte Cesszia knapp. Sie mochte diese Unterwürfigkeit nicht. Die Sklaven waren so erzogen, dass sie alles und jeden umwerfend fanden. Zumindest jeden, der hier im Palast das Sagen hatte. Dennoch war sie heute selbst mit ihrem Spiegelbild zufrieden. Die Narbe, die sie sich eigenhändig zugefügt hatte, war zwar längst noch nicht verheilt, aber fast spurlos unter einer dicken schimmernden Schicht verschwunden. Ihr Gesicht war eine perfekte Maske. Undurchschaubar. Und so sollte es auch sein.

Der General stellte sich an den Platz der Sklavin und sah sie im Spiegel an. »Bereit, meine Schönheit?«

Cesszia spannte die Schultern und sog tief den Atem ein. »Bereit, mein *geliebter* General. Bieten wir unserem werten Statthalter ein unterhaltsames und glückliches Paar.« Den zweiten Satz flüsterte sie nur. Dann hakte sie sich bei ihm unter, auch wenn sich ihr dabei sämtliche Nackenhärchen aufstellten.

Ihr Cousin erwartete sie schon, er hatte sich mit sieben seiner Lieblingssklaven umgeben. Sklaven, die wie Taurres inzwischen den privilegierten Status erreicht hatten. Es fiel Cesszia nicht schwer, sie zu unterscheiden, da jeder Einzelne von ihnen durchgehend in einer anderen Farbe eingefärbt war – von den Haarspitzen bis zu den Füßen. Nur von Taurres, dem silbernen, kannte sie den Namen, und so sollte es auch bleiben, wenn es nach ihr ginge. Die furchtbaren Schicksale dieser jungen Sklaven wollte sie lieber im Verborgenen lassen, da sie vermutlich ohnehin nicht mehr zu retten waren. Privilegiert wurden nur jene, die alles, was er sagte oder tat, bejubelten.

Zekoll hatte eine runde Tafel ausgewählt, auf der nur zehn Gedecke Platz fanden. Also würden sie in sehr intimer Nähe speisen. Taurres saß zu seiner Rechten, eine sonnengelbe Sklavin an seiner Linken.

Ihr Cousin schien bester Laune zu sein, obwohl ihr nicht entging, dass er gegenüber ihrer so unerwartet entflammten Liebe zu Hardurr argwöhnisch wirkte. Seine neugierigen Blicke verrieten mehr als Worte. Natürlich hatte er sich das anders vorgestellt, schließlich war die erste Nacht von ihr und Hardurr als Züchtigung für ihren Verrat gedacht gewesen. Umso verwunderter musste er gewesen sein, als ihm seine Spione die Nachricht über eine bevorstehende Hochzeit überbracht hatten.

»Ah, da kommt sie ja, meine überaus geliebte Cousine.« Er klatschte in die Hände, dass seine Ringe nur so funkelten. Mit dem nächsten Satz wandte er sich seiner privilegierten Runde zu. »Seht sie euch an, das frischgebackene Pärchen. Niemand Geringeres als meine Herrlichkeit hat sie zusammengeführt. Wer hätte je gedacht, dass sich solch zarte Bande aus einer Bestrafung entwickeln können?«

Die Privilegierten kicherten. Taurres legte die Fingerspitzen mit gespielter Entzückung an seinen silbernen Mund.

Ganz bewusst ging Cesszia nicht auf Zekolls Provokation ein. »Du hast tatsächlich genau meinen Geschmack getroffen bei der Wahl meines Verehrers. Ich werde dir für immer dankbar sein, mein geliebter Cousin. Ohne deine Hilfe wäre das große Glück an mir vorbeigezogen. Übrigens haben dein General und ich dir etwas überaus Erfreuliches bekannt zu geben.«

Hardurr rückte ihr den Stuhl zurecht und stieg gleich auf das Stichwort ein. »Mein verehrter Zekoll, tatsächlich würden wir gerne eine baldige Hochzeit feiern, wenn dies auch in Eurem Sinne ist.«

Der silberne Sklave Taurres plapperte aufgeregt dazwischen: »Oh, mein geliebter Herrscher, was für eine entzückende Idee. Sie sind so ein reizendes Pärchen. Ich kann Euch auch versichern, dass Eure Cousine vor ihrer ersten Nacht mit dem General noch unberührt war. Denn ich habe es höchstpersönlich überprüfen dürfen.« Dabei hielt er seinen Zeigefinger hoch und drehte ihn anzüglich hin und her.

Diese Dreistigkeit verschlug Cesszia kurz den Atem. Bilder

der Schändung traten, trotz ihres Bemühens, sie zu vergessen, wieder in ihre Erinnerung. Hass kochte in ihrem Innern. Ihre Finger krallten sich unter dem Tisch in den zarten Stoff ihres Kleides. Aber trotz der öffentlichen Demütigung rang sie sich ein Lächeln ab, dieser kleine Bastard würde noch dafür bluten. Seine Zeit würde kommen.

Sie räusperte sich. »Liebster Cousin, es gibt noch etwas weit Erfreulicheres zu berichten. Etwas, das du nun sogar noch vor meinem geliebten zukünftigen Gemahl erfahren wirst.«

Überrascht schauten beide sie an. Sogar dieser Wurm Taurres wandte sich ihr gespannt zu. Sie genoss für einen kurzen Augenblick die ungeteilte Aufmerksamkeit. Mit ihrer Ankündigung nahm sie Taurres den ekelhaften Triumph seiner letzten Worte.

»Was gibt es denn Spannendes zu berichten, liebste Cousine?«, erkundigte sich Zekoll.

Der General hingegen starrte sie nur fragend von der Seite an.

Cesszia hielt die Hände schützend vor ihren Leib und präsentierte ein warmes Lächeln. »Ich darf euch berichten, dass unsere erste Liebesnacht bereits Früchte getragen hat und ich mich in guter Hoffnung befinde.«

»Aber …« Hardurrs Augen wurden größer, er schien im Kopf nachzurechnen.

»Oh ja, mein Geliebter.« Sie tätschelte seine Hand. »Wie mein Cousin sicher schon erwähnte, befand ich mich in jener Nacht in meiner fruchtbaren Zeit.«

»Das … das muss ja noch nichts heißen …«, stammelte Hardurr.

Ihr Cousin hatte sich inzwischen gefasst und stimmte ihm nickend zu.

Rasch zerstreute Cesszia ihre Zweifel. »Ihr wisst doch, dass ich seherische Fähigkeiten habe. Ich kann deutlich spüren, dass ich nicht mehr allein in diesem Körper bin.«

Sie war sich nicht sicher, was genau sie dazu veranlasst hatte, ausgerechnet diese Lüge auszusprechen, die ihr noch dazu gerade erst eingefallen war. Doch das würde ihr zumindest eine Zeit lang den General vom Leibe halten. Zekoll würde sie auch nicht weiter quälen, da er ohnehin ganz wild darauf war, einen Erben großzuziehen. Da er fürchtete, den Wahnsinn seines Vaters weiterzuvererben, und bisher auch keiner anderen Frau so weit vertraute, um eigene Kinder zu zeugen, war das für ihn der bequemere Weg. Zekoll würde sie und Hardurr zweifelsohne beseitigen, wenn er sie nicht mehr brauchte, aber ihr Kind konnte er formen, wie er wollte. So dachte er zumindest.

Freudig beugte er sich zu ihr herüber. »Das sind ja großartige Nachrichten, meine allerliebste Cousine. Können wir irgendetwas tun, um dir die Zeit bis zur Niederkunft angenehmer zu gestalten?«

Cesszia richtete ihren Blick bescheiden zu Boden und seufzte. »Vielleicht wäre es nicht verkehrt, wenn wir die Hochzeit so bald wie möglich abhalten könnten. Im kleinsten Kreise, damit dem Ungeborenen alle Aufregung erspart bleibt.«

Zekoll winkte ab. »Das ist kein Problem. Du sollst alles bekommen, was nötig ist. Dein zukünftiger Gemahl weiß sicher, dass er dich auf Händen tragen sollte, damit die kommende Zeit für dich leichter wird.«

Hardurr nickte nur hektisch. Offenbar hatte es ihm die Sprache verschlagen.

»Was können wir noch tun, um dein Wohlgefühl zu fördern?«, erkundigte sich Zekoll. Offenbar wollte er sich großzügig zeigen.

Cesszia blickte von einem zum anderen und sog dabei genüsslich den Atem ein. »Ich weiß nicht genau, aber ich denke, mir würden meine vertrauten Räume sehr guttun. Da habe ich mich immer wohlgefühlt. Da ist alles, was ich brauche. Meine treue Dienerin, mein Garten. Natürlich würde ich meinen zukünftigen Gemahl so oft besuchen wie möglich. Er soll sich nicht einsam fühlen. Wenn das Kind erst einmal da ist, können wir uns nach einem gemeinsamen großen Wohnbereich im Palast umsehen. In deiner Nähe, mein geliebter Cousin, damit du das Kleine so oft wie möglich sehen kannst.«

»Dein Wunsch soll uns Befehl sein.« Zekoll klatschte erfreut in die Hände und ließ endlich auftischen.

Damit hatte sie Zeit gewonnen. Hoffentlich genug Zeit, bis Kairra mit den Rebellen zurückkehrte. Außerdem war sie wieder in der Nähe von Lorrin und konnte ihn wie versprochen beschützen. So schnell würde niemand sie mehr behelligen. Zekoll würde sie nicht mal mehr zwingen, ihre seherischen Fähigkeiten einzusetzen, da er damit das Kind gefährden könnte. Und General Hardurr konnte sie auf diese Weise sogar noch besser um den Finger wickeln. Selbst dieser Wurm Taurres musste sich beherrschen, damit er nicht den Zorn seines Herrn auf sich zog. Obwohl diese Lüge aus der Situation entstanden war, war sie sehr zufrieden. Einen besseren Plan hätte sie selbst nach reiflicher Überlegung nicht fassen können.

Als der erste Gang serviert wurde, lehnte sie sich lächelnd in ihrem Stuhl zurück. Ihr Blick blieb an dem silbernen Privilegierten hängen, der sie misstrauisch beäugte.

Sollte er doch zweifeln. Was wollte er nun noch ausrichten? Sie hatte gewonnen. Fürs Erste, das war ihr deutlich bewusst.

Kapitel 38

Schweigend folgte ich Mhatarv, und der folgte dem falschen Paddin. Ich hielt ein bisschen Abstand zu beiden, um in Ruhe nachzudenken. Der Ahne hatte beim Wassergewinnen einen Stein gefunden, der in seinen Händen schwach schimmerte. Er behauptete steif und fest, dass es sich um seinen persönlichen Scapara-Stein handeln musste. Er war zwar sehr klein, beinahe winzig, aber niemand hatte von einer Mindestgröße gesprochen. Jetzt fehlte nur noch einer für mich. Für den echten Paddin mussten wir uns was einfallen lassen. Er hatte seinen Stein ja vor langer Zeit verloren, und angeblich gab es nur einen einzigen für jeden Scaparen.

Inzwischen durchschritten wir eine Grotte, deren Ende noch nicht zu erkennen war. Das grünliche Licht der Scapara-Erze schimmerte hier unten viel heller. Was daran liegen konnte, dass vor uns ein großer See lag, der das Licht von überall reflektierte. Unsere Schritte hallten nun lauter als zuvor. Aber dafür schienen mich die Dämpfe nicht mehr so sehr zu verwirren. Mein Kopf war klar, und trotzdem fiel es mir schwer, die Wirklichkeit zu verstehen. Ein paar Schritte von mir entfernt lief ein Gott, der angeblich mein Vater war, in dem fleischlichen Kostüm meines alten Gefährten. Was konnte mir jetzt noch Schlimmeres passieren? Außer, wenn Lorrin etwas zugestoßen war.

Kaum dachte ich an meinen kleinen Bruder, glaubte ich, ihn in der Oberfläche des Sees zu erkennen. Bestimmt wirkten diese

Dämpfe der Erze noch, denn Lorrins liebes Gesicht spiegelte sich in dem ruhigen Wasser und lächelte mir zu. Glücklich lächelte ich zurück und seufzte.

Wie von selbst bewegten sich meine Füße in Richtung des Sees. Es war beinahe so, als würde Lorrin mich rufen. Ich konnte ihn sogar riechen. Ich war schon ganz nah bei ihm, als mich starke Arme zurückrissen.

»Nicht, Kairra!«, rief Mhatarv und hielt mich fest. »Das ist nicht dein Bruder.«

»Du siehst ihn auch? Aber wie ist das möglich, wenn er gar nicht hier ist?«

Paddin, das heißt Torgahrt, trat zu uns und murmelte: »Offenbar kann dieses Wasser die Sehnsüchte und Gedanken der Sterblichen in Bilder verwandeln. Bleibe lieber weg davon, vielleicht will es dich nur anlocken.« Er nahm meinen anderen Arm und zog mich fort. »Wir wissen nicht, was das sonst noch kann, komm ihm besser nicht zu nahe.«

Widerstrebend trat ich zurück, trotzdem konnte ich meinen Blick nicht abwenden. Es schien fast so, als würde sich Lorrins Gesicht aus dem See erheben, es wurde immer plastischer. Rückwärtsblickend ließ ich mich von den beiden wegziehen, als sich der See noch mehr erhob und das Gesicht meines kleinen Bruders riesig wurde, vor allem sein Mund.

Und dieser Mund schnappte nach uns. Ich schrie. Mein Schrei hallte von den Wänden wider.

»Weg hier, schnell!«, befahl Torgahrt und warf mich wieder ungefragt über seine Schulter.

»Was, bei den Göttern?« Erstaunt wich Mhatarv mit uns zurück.

Ich hatte meinen Kopf angehoben, sodass ich trotz meiner Lage zum See schauen konnte. Der war inzwischen zu einer gigantischen grünen Blase gewachsen, die in unsere Richtung schwappte.

Torgahrt sprang mit mir in eine größere Felsnische, mit der freien Hand zerrte er Mhatarv zu uns hinter die schützende Wand. »Vielleicht wäre es doch besser, wenn dieser verdammte Planet einfach verglühen würde. Ernsthaft, was hat sich Calistra nur dabei gedacht, so eine Welt zu erschaffen?«

Ich zappelte, bis er mich runterließ. »Calistra? Wer ist das?«

»Offenbar steckt sie hinter diesem ganzen Schlamassel …«

»Die Göttin des Feuers?«, fragte Mhatarv nach.

Torgahrt antwortete nicht, er schaute um die Ecke herum und fluchte. »Wir müssen weiter weg. Lauft! Das Wasser verändert sich, und ich habe das ungute Gefühl, dass es zumindest für Sterbliche übel ausgehen könnte.«

Ich hob mir meine Fragen für später auf und merkte mir nur den Namen Calistra. Rasch entfernten wir uns weiter vom See, und mit jedem Schritt schien sich das Wasser zu beruhigen.

Als ich glaubte, dass wir in Sicherheit waren, stellte ich mich den beiden in den Weg.

»Halt, stopp, bevor ich weitergehe, brauche ich ein paar Antworten.« Meine Worte hallten so oft wider, bis sie sich überlappten, sodass man nichts mehr verstehen konnte.

»Auf die Erklärung bin ich auch gespannt«, sagte Mhatarv.

Torgahrt, der inzwischen Paddins Echsenlederklappe wie ein Stirnband nutzte, sah mich mit zwei zusammengekniffenen Augen an. Daran konnte ich mich einfach nicht gewöhnen, und das war auch gut, denn er war nicht Paddin, sondern ein verfluchter Gott.

»Wer ist Calistra? Was hat sie mit unserer Welt zu schaffen?«

Nachdem mein angeblicher Göttervater noch einmal einen Blick in Richtung See zurückgeworfen hatte, nahm er mich zur Seite. »Na gut, dann eben jetzt. Bei den Göttern, jeder Zeitpunkt ist schlecht, dieser ist auch nicht schlechter.« Er räusperte sich, sprach dann aber gleich weiter. »Also, Calistra ist die Göttin des Feuers und hat vor Urzeiten eure Welt erschaffen. Wie ich dir schon erzählt habe, hat sich fast jeder Gott im Reich der Götter eine Spielwelt ausgedacht …«

»Wie kann man nur so böse sein und eine derart tödliche Welt erschaffen?«, fragte ich.

Torgahrt knackte mit den Fingern und wirkte etwas betreten. »Calistra ist eigentlich nicht böse. Sie liebt die Hitze und das Feuer, das ist nun mal ihre Natur. Sillnar, die Sonnenwelt, entsprach anfangs ihren Wünschen. Doch dann verliebte sie sich in einen Gott, der sie dazu brachte, eine Wette abzuschließen. Es ging darum, wie lange es auf eurer Welt noch Leben geben könnte, wenn euer Planet immer mehr auf die Sonnen zutreiben würde. Wir reden hier über einen sehr langen Zeitraum, das war noch, bevor Decta-Verra entstand.«

Ich stand mit offenem Mund vor Torgahrt und traute meinen Ohren nicht.

»Damit hier überhaupt Sterbliche etwas länger existieren konnten, schickte sie Ahnen, die beim Aufbau des Schildes halfen. Doch ihr Geliebter, der Gott des Spiels, wollte, dass es spannend blieb, und ließ sie damit nur einen kleinen Teil auf der Sonnenwelt schützen. Calistra schuf daraufhin heimlich einen anderen Bereich, und zwar die Droenmen hier im Kaszareh-Gebirge. Dass sich vor den Toren Decta-Verras die Ausgestoßenen in Tunneln eingraben würden, geschah allerdings allein durch euren starken Überlebenswillen. Auch an anderen Stellen auf der Sonnenwelt entstanden kleine unterirdische Oasen, aber sie sind viel unbedeutender als Decta-Verra und das Gebiet der Scaparen.« Torgahrt seufzte. »Nach einigen Jahrtausenden trennte sie sich von ihrer Liebe, weil sie nicht wollte, dass ihre Welt verglühte. Doch der Gott des Spiels wirkt bis heute noch auf eure Umlaufbahn ein.«

»Was heißt das?«, fragte ich und stieß den angehaltenen Atem aus.

»Dass sie ihn erst irgendwie beschwichtigen muss, damit euer Planet nicht weiter auf die Sonnen zutreibt und ihr überleben könnt. Und das … ist bisher auch meine letzte Information.«

Mhatarv ergänzte: »Und es ist nur die Kurzfassung des ganzen Dramas.«

Ich hockte mich hin und presste den Kopf zwischen meine Hände. Einen Moment später sah ich wieder hoch. »Das ist doch nicht euer Ernst! Sind die Götter denn total herzlos? Sehen die nicht, was hier auf dem Spiel steht? Hier könnte alles verbrennen, jedes Lebewesen, auch die Kinder, jedes Tier … die ganze Welt. Damit kann man doch nicht spielen.«

Mein Gottvater antwortete leise: »Sie können! Ohne sie würdet ihr überhaupt nicht existieren. Wir Götter erschaffen Welten, um uns die Ewigkeit zu vertreiben. Unsterblich zu sein, kann zu Wahnsinn führen, der aus Langeweile stetig wächst. Nicht jeder Gott hat dabei finstere Ziele, aber einigen fehlt es an Spannung. Deshalb lassen sie Gutes wie auch Böses in euren

Welten geschehen. Nicht selten greift ein weiterer Gott in eine fremde Welt ein, um den Erschaffer zu ärgern oder um das Spiel spannender zu gestalten. Kairra, ihr seid nichts in den Augen der Götter, nur eine flüchtige Ablenkung.«

Tränen liefen über meine Wangen. Tränen des Entsetzens. In mir tobten Trauer, Verzweiflung und Wut. Alles erschien mir mit einem Mal sinnlos. Warum kämpften wir überhaupt, wenn wir nichts wert waren? Wenn wir einfach aus einer kranken Laune heraus brutal vernichtet werden konnten? Wir waren nichts anderes als Spielzeug.

Ich sah zu Mhatarv. »Und ihr Ahnen? Ihr helft ihnen einfach dabei? Ihr seht zu, wie sie ihr bösartiges Spiel betreiben?«

Der Ahne hockte sich an meine Seite und legte einen Arm über meine Schulter. »Nein, Kairra, die Alte Welt der Ahnen fungiert als Vermittler zwischen dem Reich der Götter und den sterblichen Welten. Aber es gibt etwas, von dem selbst die Götter abhängig sind, die Heilige Quelle, von der alles abstammt, der Rat der Götter vertritt ihre Gesetze. Wenn Götter gegen diese verstoßen, sie irgendwie verletzen, greifen wir in ihrem Auftrag ein …«

»Aber ihr habt bisher nichts unternommen …«

»Meine Aufgabe auf dieser Welt war eine andere. Es ist den Göttern verboten, mit Sterblichen Nachkommen zu zeugen.« Er sah kurz zu Torgahrt hoch. »Aber es kommt immer wieder dazu, dass die Götter sich mit Sterblichen einlassen. Sie scheinen es zu lieben. Ihnen ist jedoch nicht erlaubt, länger als – nach eurer Zeitrechnung – drei Tage auf einer der Spielwelten zu weilen. Das führt dazu, dass sie sich nicht mehr um ihre Bastarde kümmern. Da diese aber oft über göttliche Kräfte verfügen, suchen wir sie später auf und bieten ihnen an, entweder auf unserer Welt, also der Alten Welt der Ahnen, zu leben oder wir nehmen ihnen die zum Teil gefährlichen Kräfte. Leider hat Cesszia durch ihre seherischen Kräfte verhindert, dass ich auch nur einen einzigen der Götterbrut hier auffinden konnte.«

Erstaunt sah ich ihn an. »Es gibt hier noch mehr von uns?«

»Aber das war nicht alles ich!«, wehrte Torgahrt ab.

»Was ist mit den Göttinnen? Werden die auch von Sterblichen schwanger?«

»Ja, die dürfen ihre Brut die ersten drei Lebensmonate im Reich der Götter bei sich behalten, danach müssen sie die Säuglinge wieder auf der Welt des sterblichen Vaters aussetzen. Einige suchen sogar passende Pflegefamilien. Oder legen die Kinder vor geeigneten Institutionen ab.«

Ich hörte ihm zu, aber es war, als würde alles Licht aus meiner Welt verschwinden. Ich war müde und verzweifelt, nur der Gedanke an Lorrin hielt mich aufrecht. Er durfte niemals erfahren, dass unsere Existenz nichts anderes als eine Laune gelangweilter Götter war. Dass sie, schlimmer als Kleinkinder, nicht wussten, was sie taten. Dass sie verantwortungslose Wesen waren.

Langsam richtete ich mich auf. »Versprecht mir, alles – selbst das Unmögliche – zu tun, damit unsere Welt nicht verglüht.« Ich schaute erst Mhatarv in die Augen, dann meinem Erzeuger. »Ich kann euch nicht mal drohen. Doch du weißt genau, dass ich nicht aufgeben werde, solange Lorrin lebt und Paddin wiederkommt. Wenn dir irgendetwas an mir liegen sollte, dann hilf uns!«

Torgahrt nickte. »Wir sollten versuchen, hier innerhalb der

Frist herauszukommen, damit ich mich wieder um die Rettung eurer Welt kümmern kann. Wie viel Zeit haben wir noch?«

Mhatarv zuckte mit den Schultern. »Gute Frage, hier unten bleibt mir auch nur mein Gefühl. Ich schätze, wir haben ungefähr die Hälfte der drei Tage hinter uns gebracht.«

»Bei der Heiligen Quelle«, stieß Torgahrt aus. »Ich werde es vermutlich als Erster merken, wenn die Zeit hier abläuft. Drei Tage. Genauso lange können wir Götter in einem Stück auf euren Welten wandeln. Verdammt, dann sollten wir uns beeilen.«

Ich zog scharf den Atem ein und nestelte aus meinem Hemd Cesszias Kette. »Das ist aber noch nicht alles, wir müssen auch noch einen passenden Stein für mich finden. Ich habe zwar einen von Cesszia bekommen für den Notfall, aber das ist nicht meiner. Um die Scaparen-Prüfung zu bestehen, muss es der richtige sein. Und genau genommen braucht Paddin auch einen zweiten, obwohl Scaparen scheinbar nur einmal im Leben den einen Stein finden, der für immer zu ihnen gehört.«

»Ich erinnere mich.« Mhatarv wirkte besorgt. »Paddin erwähnte auch, dass es deshalb aussichtslos wäre, diese Prüfung zu gewinnen. Sie wissen, dass er keinen mehr hat. Aber vielleicht können wir mit Cesszias Stein schummeln, wenn Paddin wieder wohlbehalten auftaucht.«

»Ein großes ›vielleicht‹ selbst für einen Ahnen«, spottete Torgahrt.

Ich stand auf und wies nach vorn in die grünlich schimmernde Dunkelheit. »Gehen wir weiter!« Mein Kopf brummte. Torgahrts Ausführungen über die Götter, deren Spielball unsere Welt sein sollte, machten mir mehr Sorgen als die Prüfung. Ich musste mich zwingen, nicht aufzugeben. Weitergehen, mich bewegen, so als gäbe es nur die nächsten Schritte, das war alles, was ich momentan konnte.

Kapitel 39

Lange Zeit ging ich voran. Torgahrt und Mhatarv folgten dicht hinter mir. Anfangs hörte ich sie nur atmen, sie schienen zu fühlen, dass sie lieber ihren Mund halten sollten. Ich brauchte Zeit, um zu verstehen, was kaum ein Sterblicher verstehen konnte.

Ich blieb erst stehen, als mein Mund so trocken war, dass ich etwas trinken musste. Da Mhatarv den Wasserschlauch bei sich trug, drehte ich mich um und blickte zurück. Überrascht stellte ich fest, dass ich die beiden inzwischen abgehängt hatte. Im grünlichen Schein der Erze konnte ich ein gutes Stück des Ganges zurückblicken. Aber sie waren weder zu hören noch zu sehen.

»Hey, ihr zwei, wo steckt ihr denn?« Meine Stimme hallte dumpf von den Wänden wider, aber eine Antwort erhielt ich nicht. Dafür tauchte plötzlich aus einem der schmalen Seitengänge ein Junge vor mir auf, dem ich schon mal begegnet war.

»Pst, komm schnell hierher«, flüsterte er. Er zog mich in den kleinen dunkleren Gang und zwängte mich hinter eine Felsnische.

»Niaff, was machst du denn hier?«

»Ich habe doch gesagt, dass ich versuche, euch zu helfen …«

»In deiner Knabengestalt?«

»Auf Kinder achten die Aufpasser nicht so sehr wie auf einen Scaparen-Anführer.«

Das leuchtete mir ein. »Dann komm, wir gehen zu Mhatarv und …«

Niaff hielt mich auf. »Weißt du denn nicht, dass das nicht Paddin ist, der euch begleitet?«

»Wieso, warum sollte er das nicht sein?« Verdammt, ich musste vorsichtig sein. Ich durfte nicht verraten, dass wir den echten Paddin vielleicht schwer verletzt irgendwo in den Tiefen der Droenmen zurückgelassen hatten. Noch wusste ich nicht, wie Niaff damit umgehen würde, dass ein Gott hier auf dieser Welt einfach in die Haut eines anderen schlüpfen konnte.

Der junge Niaff warf die Arme in die Luft. »Na, weil ich den richtigen Paddin gefunden habe und seine Verletzungen versorge, seit ihr ihn einfach zurückgelassen habt. Er ist zwar noch bewusstlos, aber außer Gefahr.«

Vor Staunen blieb mir die Luft weg. »Du … Du hast Paddin gefunden?«

»Warum läufst du einem falschen Paddin hinterher?«

»Wenn ich dir erzähle, wer das ist, wirst du mir ohnehin nicht glauben.«

Niaff schnaufte. »Es ist ebenso unglaublich, dass hier ein zweiter Paddin herumspaziert, der sogar wieder über beide Augen verfügt. Um eine Wahnvorstellung kann es sich auch nicht handeln, dafür wirkt der Kerl zu echt.«

Ich spähte in den Gang. Meine zwei Begleiter ließen sich offenbar Zeit. Vielleicht war ihnen nicht mal aufgefallen, dass ich weg war.

»Na gut, dann mach dich auf etwas gefasst. Der Paddin, der mit uns geht, ist in Wirklichkeit Torgahrt, ein Gott und angeblich mein Erzeuger.«

Der junge Niaff starrte mich an, als hätte ich den Verstand verloren. Dann schüttelte er sich. »Bei den Sonnen, dieser Götterkram geht wohl nicht aus deinem hübschen Kopf …«

Ich seufzte. »Frag ihn doch selbst!«

Niaff wischte sich mit dem Handrücken über den Mund. »Ihr seid alle vollkommen durchgedreht. Gut, ich frage ihn, wenn sich die beiden aus der Falle befreit haben.«

»Was für eine Falle?«

Er hob die Hände. »Ganz harmlos, ich wollte mir nur Zeit verschaffen, um dich zu informieren.«

»Deshalb bist du hier, um mich vor dem falschen Paddin zu warnen?«

»Nein, ich wollte euch eine Abkürzung zeigen und eine Scapara-Ader, wo du deinen Stein finden könntest. Ihr müsst so langsam mal in die Gänge kommen. Es bleibt euch nur noch ein Tag.«

»Ich werde Nadorr Tag und Nacht danken, wenn ich endlich aus diesen dämlichen Tunneln entkommen bin. Danke für deine Hilfe. Wie geht es denn Paddin überhaupt?«

»Der wird wieder, wenn er sein Bewusstsein wiedererlangt. Die Verletzungen sind nicht so dramatisch …«

»Komm, dann lass uns nach ihm sehen …«

»Und der falsche Paddin? Kairra, ihr könnt unmöglich mit einem doppelten Paddin wieder aus den Tiefen der Droenmen hervorkriechen.«

»Dann gehen wir zu meinem Erzeuger und sagen, dass er wieder verschwinden kann. Wir haben den richtigen Paddin gefunden.«

»Die werden sicher gleich um die Ecke kommen …«

Von Weitem hörte ich Torgahrt fluchen. Wie immer schien Mhatarv leise auf ihn einzureden.

»Ich habe dir doch gesagt, dass das eine Sackgasse war. Sie konnte unmöglich unbemerkt an uns vorbeilaufen. Es bleibt wirklich nur dieser Gang.«

Torgahrts Stimme dröhnte aus nächster Nähe. »Wo bei den Göttern steckst du vermaledeites Gör?«

Hinter mir flüsterte Niaff, der immer noch in Knabengestalt war: »Wen ruft er? Ist das etwa ein Kosename?«

»Keine Ahnung. … Hier!«, rief ich und winkte mit ausgestrecktem Arm.

Mein Erzeuger war schneller bei uns, als ich erwartete.

»Wo hast du denn den Knaben her?«

»Das ist Niaff, der Anführer der Scaparen.«

»Was? Dieser Schrumpfling? Die fangen aber früh an. Kein Wunder, dass ihr hier nichts zustande bekommt auf dieser Welt …«

»Moment! Wer bist du denn überhaupt? Und wie kommst du in Paddins Gestalt?«

»Was geht dich das an, Bürschchen?«

»Sehr viel, wenn ich euch helfen soll, hier rauszukommen. Den echten Paddin habe ich inzwischen wiedergefunden. Also weiß ich, dass du nicht echt sein kannst. Bist du ein Wandler?«

»Ein … was? Ach so, du meinst so etwas wie die Kleine hier. Mitnichten. Ich bin ein Gott! Und *die* können so was eben.«

Niaff stöhnte. »Erzähle mir nicht, dass etwas daran ist …«

»Doch«, sagte Mhatarv, »wie wir dir schon bei unserer Flucht durch die Wüste erzählt haben. Ich bin ein Ahne, und das hier ist einer der unendlich vielen Götter aus dem *Reich der Götter*.

Zufällig ist er auch der Vater von Kairra. Sonst hätte er sich kaum hierher bequemt und versucht zu helfen.«

»Mir fiel das auch sehr schwer zu glauben«, warf ich schnell ein.

»Und was will der hier?«

»Ich glaube, ich habe ihn gerufen, weil Mhatarv und Paddin vorschlugen, ich solle zu ihm beten, nur zur Sicherheit, damit wir hier wieder heil rauskommen.«

»Genau!«, schnaufte Torgahrt. »Euer Paddin wäre sicher schon längst richtig tot, wenn ich ihn nicht ausgetauscht hätte.«

»Ich habe eher das Gefühl, dass du ihn erst in diese Lage gebracht hast …«, behauptete ich.

»Blödsinn, Mädchen. Er war schon uralt, so was ist nichts für Sterbliche. Spätestens am See hätten wir ihn verloren.«

»Auf der Sonnenwelt ist das noch kein Alter«, widersprach Niaff.

»Bei den Göttern, das scheint mir auch so, wenn selbst so winzige Knaben wie du hier was zu sagen haben.«

Mhatarv stöhnte. »Niaff ist so alt wie Kairra, Torgahrt. Er ist ein Wandler wie deine Tochter. Und ich glaube, wir sollten weitergehen, sonst scheitern wir alle. Ob sterblich oder göttlich.«

»Und was ist mit Paddin?«, fragte ich.

Niaff seufzte. »Ich zeige euch den Weg zu der größten Scapara-Ader. Während Kairra da ihr Glück versucht, ob einer der Steine auf sie anspricht, gehe ich zurück zu Paddin. Wenn der falsche Paddin verschwindet, kommen wir zu euch. Dann zeige ich euch den direkten Weg nach oben. Mit dem echten Paddin marschiert ihr dann zu dritt hier wieder raus.«

»Guter Plan, vielleicht findet Paddin an der Scapara-Ader

auch noch einen Stein. Sonst bleibt nur der von Cesszia für ihn. Den habe ich am Hals hängen.«

Niaff nickte. »Ich werde euch oben empfangen. Vielleicht kann ich die Prüfer täuschen und sie merken nicht, dass Cesszias Stein nicht seiner ist. Aber wenn doch, dann lege ich Widerruf ein. Ihr habt alles getan, um die Scaparen-Prüfung zu bestehen. Nur weil man Paddin als Gefangenem in Decta-Verra den eigenen Stein gestohlen hat, sollte das kein Grund sein, das Versprechen, euch zu unterstützen, nicht einzuhalten.«

»Na gut«, knurrte Torgahrt. »Dann zeige uns den Weg.«

Unter Niaffs Führung liefen wir weiter. Direkt neben ihm ging Mhatarv, der ihm noch einmal alles geduldig erklärte, was die göttlichen Spielwelten und Calistra anging. Auch, dass sie eine Wette mit ihrem ehemaligen Geliebten verloren hatte, weshalb nun unsere Welt, langsam aber sicher, auf die zwei Sonnen zusteuerte. Dass Torgahrt uns helfen wollte und so weiter.

Während seiner Ausführungen sprach mein göttlicher Erzeuger kein Wort mit mir. Er machte eher einen eingeschnappten Eindruck. Ab und an knurrte er missbilligend, wenn der Ahne etwas zu abfällig über die Götter sprach, aber ansonsten hielt er sich raus.

Als der Gang eine Weile lang nur geradeaus verlief, wandte sich Niaff an uns. »Euch ist sicher klar, dass auf keinen Fall die Scaparen von diesem Götterkram erfahren dürfen. Und auch kein anderer. Sonst bricht eine Massenpanik aus und wir erhalten keinerlei Unterstützung, um Lorrin zu retten, geschweige denn, um die Stadt einzunehmen.«

»Genau genommen dürftest nicht mal du Knirps etwas

davon wissen«, knurrte Torgahrt. Sein oder vielmehr Paddins Gesicht verriet deutlich sein Unbehagen. »Was du gerade gehört hast, weiß kaum ein sterbliches Wesen, und das soll auch so bleiben.«

Niaff ließ sich nicht einschüchtern. »Was gedenkst du denn zu unternehmen, um unsere Welt vor euren kindischen Göttern zu retten?«

Torgahrt sah ihn an, wie wir Verdammten manchmal eine Wüstenratte ansahen. Verächtlich, aber dennoch irgendwie hungrig. »Ihr seid nicht die einzige Welt, die im Kampf um die lebensnotwendigen Ressourcen das bisschen an bisher erreichter Würde und Zivilisation wieder verliert. Überrascht uns! Zeigt, was in euch steckt, dann haben wir vielleicht auch andere Götter auf unserer Seite.«

»Heißt das, wenn wir uns als einigermaßen würdig beim Kampf ums Überleben erweisen, zeigt ihr Götter Gnade?«, fragte Niaff, seine Augen funkelten zornig.

»Die Götter schätzen es sehr, wenn sich eine Welt behaupten kann. Ich könnte im Reich der Götter Verbündete gebrauchen. Der Gott des Spiels ist ziemlich beliebt, aber je mehr Götter positiv von euch überrascht werden, umso mehr muss er sich auch deren Einfluss beugen. Bisher sind nur Calistra und ich auf der Seite der Sonnenwelt. Wenn ihr um eure Welt kämpft, beweist das auch der Heiligen Quelle, dass ihr wertvoll und schützenswert seid.«

Niaff kniff die Augen zusammen. »Wenn es nach mir gehen würde, würde ich gegen eure arrogante Sippschaft bis aufs Blut kämpfen. Was bildet ihr euch ein? Wie kann man nur so grausame Lebensbedingungen schaffen, um sich die Langeweile zu vertreiben?«

Torgahrt richtete sich auf. Sein in Paddins Erscheinung gehüllter Körper wirkte auf einmal viel größer und stärker. »Kleiner, wir sprechen uns, wenn du unsterblich bist. Vergiss nicht, dass es euch ohne uns überhaupt nicht geben würde. Und nun Schluss, gehe voran und behalte deine frühreifen Sprüche für dich.«

Niaff drehte uns kommentarlos den Rücken zu und ging weiter. Ich war überrascht, wie mutig er sich gegen die Götter stellte. Immerhin hatte er bis vor Kurzem nicht einmal geahnt, dass es so etwas wie ein Reich voller Götter geben konnte. Ich hatte deutlich länger benötigt, um das zu verdauen.

»Und den findest du attraktiv?«, flüsterte mir Torgahrt ins Ohr, als der Ahne neben Niaff weiter vorne schritt.

»Wer sagt denn so was?«, zischte ich.

»Nennen wir es göttliche Intuition …«

»Blödsinn, der hat eine Freundin. Zwar ist die äußerst nervig, aber das zeigt auch, dass er einen vollkommen anderen Geschmack hat als ich.«

»Wer weiß, wer weiß …«, flötete Torgahrt und zauberte auf Paddins liebes Gesicht ein selbstgefälliges Lächeln.

Ich ging einen Schritt schneller, um die beiden vorne wieder einzuholen. Gerade rechtzeitig, denn Niaff verteilte getrocknetes Fleisch. »Das ist also dein Vater?«, fragte er.

»Kaum zu glauben, oder? Aber es spricht vieles dafür.«

Niaff grinste. »Wir sind bald an der Ader, dann hole ich dir den echten Paddin wieder.«

Bald war ein dehnbarer Begriff, wie ich feststellen musste.

Denn mir kam der Weg ziemlich lang vor. Ich konnte diese grünlich schimmernden Gänge nicht mehr sehen, auch wenn ich noch engere Verhältnisse aus dem Cahchtar kannte, aber da war viel mehr Abwechslung. Hier glichen sich die Gänge wie ein Sandkorn dem anderen.

Immerhin hatten wir jetzt einen Führer und mussten uns nicht bei jeder Abzweigung fragen, welche Richtung wir einschlagen sollten. Bis auf seltsame Geräusche und ein paar ziemlich fette Wüstenratten erlebten wir keine unschönen Überraschungen mehr.

Niaff erklärte uns, dass er uns auf einen sicheren Weg führte. Der andere barg offenbar noch weitere Gefahren. So kamen wir unbehelligt weiter und füllten auch unseren Wasservorrat regelmäßig an den Felswänden auf, so wie Paddin es uns gezeigt hatte.

Die meiste Zeit schritten wir zügig voran, sodass wir kaum sprachen. Einerseits, weil wir keine Kraft dafür fanden, andererseits, weil unsere Stimmen in den engen Gängen alle so bedeutsam und laut klangen, dass wir keine weiteren Geheimnisse mehr teilen mochten. Falls irgendjemand oder irgendetwas uns hören konnte.

Als ich vor Müdigkeit kaum noch einen Schritt vor den anderen setzen konnte, rief Niaff plötzlich aus: »Seht ihr, dahinten, wo das hellgrüne Licht herkommt, ist eine große Ader mit Scapara-Erzen. Da müsst ihr nach Kairras persönlichem Stein suchen. Sie wird deutlich merken, wenn sie ihn findet. Sie geben sich zu erkennen, aber das ist bei jedem ein bisschen anders.«

»Mhatarvs Stein hat einfach etwas mehr geleuchtet. Wie war das bei dir?«, erkundigte ich mich, als wir direkt an der

Felswand mit der Ader standen. So wie ich es sehen konnte, reichte sie ziemlich weit in beide Richtungen des Ganges. Das Suchgebiet war nicht gerade klein.

»Mein Stein hat auch intensiver geleuchtet, als ich ihn in der Hand hielt, und er strahlte nur bei mir Wärme aus. Du musst die Wand absuchen und fühlen, ob du etwas spürst. Ich muss jetzt zu Paddin. Er war schon zu lange allein. Beeilt euch. Allmählich drängt die Zeit.«

Während Torgahrt und Mhatarv es sich im Gang gemütlich machten, tastete ich die Wand ab. Manchmal drückte ich die Handflächen flach drauf und hoffte, so irgendein Signal zu bekommen. Manchmal fuhr ich mit der Fingerspitze den grünlichen Adern nach. Dann wieder starrte ich die Wand an, als würde der Stein sich mir irgendwie einfach so zeigen. Nachdem ich so die gesamte Felswand einmal rauf und runter untersucht hatte, verlor ich die Geduld. Irgendwie kam ich mir blöd vor.

»Das hat doch alles keinen Sinn.« Ich ging zu der Stelle zurück, wo meine beiden Weggefährten lagerten. Der Ahne schien zu meditieren, und Torgahrt war offensichtlich tatsächlich eingeschlafen. Götter ruhten also auch. Sanft versuchte ich, ihn wach zu rütteln.

»He, was soll das?«, knurrte er in der nur ihm eigenen Weise.

»Ich könnte ein bisschen göttlichen Beistand gebrauchen.«

Torgahrt schüttelte sich und gähnte. Dabei war mir so, als könnte ich durch seinen Kopf die Felswand sehen. Aber ich musste mich getäuscht haben, denn im nächsten Moment war der durchscheinende Eindruck wieder verschwunden.

»Habe ich mich nicht schon längst als nützlich erwiesen? Immerhin habe ich deinen alten Freund gerettet.«

»Da wäre ich mir nicht so sicher. Vielleicht ist er ja erst durch dich in Gefahr geraten …«

»Unsinn, Mädchen … Doch wobei benötigst du denn nun meine Hilfe?«

»Der verdammte Stein, ich kann ihn nicht finden …«

»Und was kann ich dabei tun?«

Ich kniff die Augen zusammen. »Mir helfen. Mach irgendetwas mit deinen göttlichen Fähigkeiten. Bitte?«

»Das ist eure Welt, ich wüsste nicht, was ich da tun kann.« Er blickte an der Wand entlang. »Aber na gut, versuchen wir's.« Langsam richtete er sich auf und nahm meine Hand. Dann legte er sie auf die dickste grüne Ader und schritt, ohne sie oder mich loszulassen, langsam die Wand ab.

Als ich längst wieder aufgeben wollte, blieb er plötzlich stehen und ging noch einmal ein paar Schritte zurück, dann wieder vor, dann wieder zurück. Dabei hielt er meine Hand fest, wie die eines kleinen Kindes. Gegen meinen Willen wurde mir warm ums Herz.

»Hier«, sagte er. »Nimm dein Messer und kratze die Oberfläche ein bisschen auf.«

Ich tat, was er vorschlug. Bald spürte ich unter der Oberfläche eine ungewöhnliche Hitze. Rasch kratzte ich weiter, nahm die andere Hand zu Hilfe und legte einen kleinen, daumennagelgroßen Stein frei. Ein ungeahntes Erfolgsgefühl ließ mich immer schneller arbeiten, bis ich ihn aus der Wand gepult hatte und in den Fingern hielt. Er schien zu summen und zu leuchten. Als ihn Torgahrt in die Hand nahm, hörte es sofort auf.

»Das muss er sein«, sagte er ebenso erfreut wie ich. Wir reichten ihn noch ein paar Mal hin und her, um ihn zu bestaunen, beim letzten Wechsel wurde Torgahrts Hand richtig durchsichtig, und der Stein fiel auf den Boden.

»Torgahrt, was ist los?« Ich sah ihn entsetzt an. Er löste sich tatsächlich allmählich auf.

»Die Zeit scheint um zu sein«, sagte er leise, so als wäre er selbst überrascht.

»Aber Niaff sagte doch, wir sind noch keine drei Tage hier unten.«

Mein göttlicher Erzeuger verzog betroffen sein Gesicht. »Ich bin aber schon etwas vor eurem Ausflug in der Unterwelt auf diesem Planeten angekommen.«

»Warum das denn?«

»Da war diese schöne Scaparin …«

»Was, du willst mir doch nicht erzählen, dass du die Zeit genutzt hast, um neue Bastarde zu zeugen?«

»Nein, aber nein, nicht zwangsläufig. Das mit den Bastarden klappt nicht jedes Mal …«

»Nadorr, immer wenn ich gerade anfange, dich zu mögen, zeigst du neue Charakterschwächen …«

Torgahrt sah mich aus durchscheinenden Augen an. »Mädchen, wir sehen uns wieder. Es muss nur ein bisschen Zeit verstreichen, dann kann ich zurückkommen. Ich wünsche dir viel Glück. Du machst das schon. Ich tue, was ich kann, um die anderen Götter zu überzeugen. Wenn du etwas brauchst, weißt du, wie du mich erreichen kannst …« Er sprach immer schneller, sein Körper schien bei jedem Wort durchsichtiger zu werden.

Ich versuchte, ihn zu umarmen, aber er löste sich vorher auf. Traurig sah ich dorthin, wo er gerade noch gestanden hatte, und schaute den nun leeren Gang hinunter. In der Gestalt meines väterlichen Freundes Paddin konnte ich für eine kurze Zeit meinem echten Vater etwas näherkommen. Aber es hatte sich nicht wirklich angefühlt. Er hatte nur die Rolle eines Sterblichen gespielt. Wer oder wie er wirklich war, konnte ich nicht mal erahnen. Trotzdem tat es mir leid, dass er uns so schnell wieder verlassen musste. Ich hoffte, dass ich ihn irgendwann einmal wiedersehen würde, und sei es nur im Traum.

Kapitel 40

Endlich erreichten sie den letzten Bereich der Stadt. Es dauerte nicht mehr lange, und Lorrin würde eine richtige Familie aus dem vierten Ring kennenlernen. Ledinnias Familie. Sie waren ja so etwas wie Nachbarn, nur dass die Leute in diesem Ring noch unter dem Schutz vom Schild standen. Zwar an der Grenze zum Cahchtar, aber immerhin noch in Decta-Verra. Seit er klein gewesen war, hatte er davon geträumt, Familien in der Stadt kennenzulernen. Wie die anderen Kinder wohl aufwuchsen? Wie lebten die normalen Bewohner der Stadt? Der Palast war eine Ausnahme, das war ihm klar, doch nun hatte er endlich die Gelegenheit, seine Neugierde zu befriedigen.

Gegenüber den anderen Ringen veränderte sich hier äußerlich einiges, die großen, sonst so glänzenden Gebäudeflächen wirkten stumpf und abgenutzt. Es spiegelte nichts mehr. Vom Gleitband aus wirkte der vierte Ring vollkommen verlassen.

Er sah zu Ledinnia. Sie war sehr still geworden, nachdem sie den letzten Ring betreten hatten. »Hast du eigentlich Geschwister? Du hast nie von deiner Familie erzählt.«

Sie seufzte. »Es ist lange her, dass ich meine Eltern persönlich besuchen konnte. Ich war halb so alt wie du, als ich in den Palast geschickt wurde, um dort zu arbeiten. Meistens habe ich ihnen nur einen Teil meines Lohns geschickt, damit sie versorgt waren. Ehrlich gesagt, weiß ich nicht mal, wie es ihnen geht. Sie sind mir fremd geworden.«

»Hm, wenn ich wüsste, dass ich noch Eltern hätte, könnte mich niemand davon abhalten, sie zu besuchen.«

Ledinnia nickte. »Du darfst nicht vergessen, dass ich, seit ich weggebracht wurde, in einem vollkommen anderen Umfeld als sie lebte. Damals wollte ich nicht fort, heute würde ich nicht zurückwollen. Unsere Leben sind zu verschieden geworden. Beim letzten Treffen wussten wir nicht einmal mehr, worüber wir reden konnten. Obwohl Cesszia mir öfter anbot, sie zu besuchen, fand ich immer wieder neue Ausreden. Das letzte Mal ist ewig her. Sollte ich inzwischen Geschwister haben, werden wir das bald erfahren.« Sie hob die Hand und zeigte geradeaus. »Dort, in dem Gebäude müssten sie sein.«

Lorrin las eine krakelige Schrift, die neben die große Metalltür gekritzelt war, *Hearres Vorhof.* Aber schlimmer als der Cahchtar konnte es nicht sein. Die Bewohner hatten ja keinen Vergleich.

Er folgte Ledinnia, die eine kleine Abzweigung vom Laufband nahm, und stand kurz darauf direkt neben ihr vor dem Metalltor. Erst als sie ihren Passierschein an ein kleines, flaches Feld neben dem Eingang hielt, konnten sie eintreten. Sofort drang ihnen ein bestialischer Gestank entgegen.

»Bäh, was ist das?«

»Zhiimbous, hier werden einige gezüchtet und trainiert. Meine Eltern sind wie die anderen Bewohner in diesem Haus dafür zuständig, dass es den Echsen an nichts fehlt. Ich glaube sogar, dass mein Vater sie inzwischen zureitet.«

Sie betraten eine Vorhalle, von der aus rechts und links schmale Treppen nach oben führten. Geradeaus befand sich nur eine hohe Metallwand.

»Wir müssen rechts hoch. Da ist der Bereich der Trainer.«

»Was ist denn in der Mitte?«

»Hinter der Wand beginnt der große Innenhof, dort sind die Zhiimbous-Muttertiere mit ihrem Nachwuchs untergebracht. Von da aus können sie leichter in den Auslauf, das ist das Grenzgebiet zwischen dem letzten Ring und dem Cahchtar. Die Züchter, Pfleger und Trainer leben an den Außenwänden in kleinen Lebensräumen. Auf der anderen Gebäudeseite wird mit allem gehandelt, was man hier zum Leben braucht. Da befinden sich auch die Kinderaufbewahrungsräume.«

»Kinderaufbewahrungsräume?« Lorrin staunte. »Leben die denn nicht bei ihrer Familie?«

»Es gibt nur wenige Kinder hier, und die sind besser unter ihresgleichen aufgehoben. Du wirst es gleich sehen.«

Der Aufgang war nicht nur eng, sondern auch sehr steil. Leider fehlte hier ein ähnlicher Automatismus wie bei den Laufbändern. Diese blöde Treppe nahm kein Ende. Ledinnia kam schneller als er aus der Puste. Als sie endlich oben waren, konnte Lorrin einen Blick auf die endlosen, käfigartigen Räume werfen. Die Seitenwände des Gebäudes waren bis fast zum Boden hin in Metallkästen aufgeteilt. Dadurch entstanden Räume, die höchstens von zwei Personen bewohnt werden konnten. Mehr als zwei Pritschen, ein kleiner Tisch und ein paar Regale passten nicht hinein. Die Räume waren außen mittels Leitern verbunden. Ein schmaler Gang führte entlang der obersten Reihe, da, wo sie sich gerade befanden. Sie hätten in jede Wohnzelle hineinblicken können, da die Wände zum Gang hin nur aus groben Metallgittern bestanden. Doch die meisten Bewohner hatten von innen Lumpen davorgehängt.

»Nadorr, das ist nicht viel besser als der Cahchtar.« Für Kinder war hier wirklich kaum Platz.

Lorrin beugte sich über die Brüstung. Der gewaltige Innenraum des Gebäudes glich fast der Arena beim Palast. Es gab einen Ein- oder Ausgang und einige Stallungen. Gerade wurden junge Zhiimbous gefüttert. Offensichtlich war das nicht ganz ungefährlich, da die kleinen Jungechsen immer wieder nach ihren Pflegern schnappten; einige trugen blutige Verbände.

Ledinnia zeigte den Gang entlang. »Hier oben, ungefähr auf der Mitte des Ganges liegt der Lebensraum meiner Eltern. Übrigens ist das eine viel bessere Wohnlage als weiter unten. Und das verdanken sie nur dem Umstand, dass sie mich an den Palast verkauft haben.«

Lorrin warf ihr einen entsetzten Blick zu.

»Es war sicher das Beste, was sie für mich und sich selbst tun konnten«, fügte Ledinnia leise hinzu.

Hier zu leben, war vielleicht sogar noch schlimmer als im Cahchtar. Da waren sie immerhin frei und hatten nachts die ganze Wüste für sich. Nach dem, was Ledinnia bisher erzählt hatte, kamen die Bewohner der Gebäude kaum nach draußen. Ihre Welt befand sich innerhalb dieser Wände und dem entsetzlichen Gestank.

Schweigend ging er hinter Ledinnia her. Der Gang war so schmal, dass sie sich immer an die Gitterwände der Wohnräume drücken mussten, wenn ihnen jemand entgegenkam. Was zum Glück nicht oft passierte. Die wenigen Leute, die sie trafen, schlichen grußlos an ihnen vorbei, die Köpfe gebeugt. Ihre Kleidung war zwar ähnlich der ihren, aber das Material war alt und an vielen Stellen löchrig.

So wie sie beide aussahen, mussten sie hier auffallen. Doch niemand reagierte. »Was ist mit den Leuten los, Ledinnia?«

»Prottag. Sie sind inzwischen fast alle abgestumpft. Nur Prottag kann sie noch zum Lächeln bringen. Doch es gibt Ausnahmen, lass dich nicht täuschen. Meine Eltern gehören dazu.«

Sie waren nun ungefähr auf der Mitte des Ganges, als Ledinnia stehen blieb und an das grobe Gitter schlug. Lorrin spähte durch die Drahtmaschen und entdeckte durch den löchrigen Lumpen, der als Sichtschutz diente, dass dort jemand auf einer Pritsche unter einem dünnen Tuch verborgen lag. Man konnte nur die Körperform erkennen.

Nachdem sich eine Weile nichts rührte, dachte er, es wäre ein Toter. Doch dann wurde das Laken ruckartig zurückgeschlagen, und ein alter Mann funkelte sie böse an. Sein Kopf war kahl, sein Gesicht voller Narben.

»Ist das dein Vater?«, flüsterte Lorrin erschrocken.

Ledinnia schüttelte den Kopf und rief dem Mann entgegen: »Wir wollen zu Eirra und Worren. Ich bin Ledinnia, die Tochter!«

Der Alte stand langsam auf und trat mit krummem Rücken näher. »Du bist Ledinnia? So groß schon?«

»Es ist lange her, dass ich das letzte Mal hier war. Verzeih, wer bist du? Ist das nicht der Lebensraum meiner Eltern?«

Der Alte lachte leise und öffnete das Gitter, sodass sie beide eintreten konnten. »Ich bin Nakkon, ein alter Freund deines Vaters. Vielleicht erinnerst du dich noch an mich? Aber kommt doch rein und nehmt Platz!«

Lorrin setzte sich neben Ledinnia auf die freie Pritsche und sah sich um. Nur wenige Habseligkeiten standen in den Regalen, aber es gab noch eine kleine Metalltür an der Rückwand.

Als der Mann eine Karaffe mit Wasser auf den Tisch stellte, fragte Lorrin Ledinnia: »Ist das ein zweiter Ausgang?«

»Nein, eine kleine Badekammer für die Reinigung und für die Entsorgung der körperlichen Ausscheidungen. Die unteren Lebensräume besitzen so etwas übrigens nicht.«

Der Alte nickte. Er goss Wasser in Becher, die er auch aus dem Regal geholt hatte. »Ich habe auf dich gewartet, Kind. Du weißt, die Räume bleiben in der Familie. Ich habe sie nur für dich frei gehalten.«

»Was ist mit meinen Eltern? Wo sind sie?«

Er kniff die Augen zusammen. »Die sind fort. Sie haben ein Jungtier eingeritten und sind nie wiedergekommen. Ich habe sehr lange gewartet, bevor ich in den Lebensraum einzog.«

»Sind sie geflohen?«

Er zuckte mit den Schultern. »Wer weiß das schon. Das Einreiten ist immer lebensgefährlich. Sie könnten ebenso gut tot sein.«

»Hat man nach ihnen gesucht?«

»Die junge Echse kam mit der Ausrüstung deiner Eltern wieder. Zumindest deutet das darauf hin, dass sie verunglückt sind. Wer lässt schon seine Ausrüstung freiwillig zurück?«

»Fressen die Zhiimbous nicht …«, wagte Lorrin zu fragen.

»Darüber wollen wir lieber nicht nachdenken, mein Junge. Wie alle Trainer waren sie mit Echsensekret eingeschmiert … also ist es eher unwahrscheinlich. Merkwürdig ist jedoch, dass sie mir extra vorher ihren Lebensraum überlassen haben.«

»Wenn das geplant war, passt das mit der Ausrüstung aber nicht«, sagte Ledinnia.

»Tja, es bleibt ein Rätsel.« Der Alte zuckte mit den schmalen Schultern. »Und es ist nun lange her. Sillnar hat inzwischen schon einmal Hearre umrundet.«

Lorrin war selbst gerade etwas mehr als zehn Sonnenumdrehungen alt. Er sah Ledinnia von der Seite an. Wenn Ledinnias Eltern bereits den zehnten Teil davon verschwunden waren, blieb nicht mehr viel Hoffnung, dass sie von allein zurückkommen würden.

Sie seufzte schwer. »Also könnten sie trotzdem immer noch leben. Ich möchte den Gedanken nicht aufgeben.«

»Darf ich euch Prottag anbieten?«, fragte Nakkon und holte einen Krug aus dem Regal. »Ich selbst nehme immer nur wenig davon. Ich habe also etwas über, wenn das deine Sorgen mildert?«

Ledinnia hob abwehrend die Hände. »Nein! Aber danke. Nakkon, wir werden gleich wieder aufbrechen müssen. Bitte tu mir den Gefallen und bleibe in dem Lebensraum meiner Eltern. Wenn sie dir das Wohnrecht übertragen haben, soll es auch so bleiben. Für mich ist im vierten Ring kein Platz mehr. Mir ist es lieber, du bist hier und kannst sie empfangen, sollten sie zurückkehren. Versprichst du mir das?«

Der Alte nickte und nahm einen großen Schluck aus dem Krug. Noch während er ihn in den Händen hielt, wurden seine Augen glasig, und seine Gesichtszüge nahmen einen erschlafften Ausdruck an. »Geht mit Nadorr, Kinder!«, murmelte er. Dann legte er sich wieder auf die Pritsche und zog das Tuch über sich.

Ledinnia wirkte traurig, doch dann packte sie Lorrins Hand und stand auf. »Wir müssen uns beeilen, um rechtzeitig wieder zurückzukehren.«

Schneller als auf dem Weg hierher lief sie den Gang entlang. Ihren Kopf hielt sie gesenkt, aber ihr Griff war fest. Lorrin wurde regelrecht mitgeschleift und traute sich erst einmal nicht, etwas zu sagen.

Seine Eltern waren tot. Das war so, seitdem er denken konnte. Er hatte keine Erinnerung an sie, weil er noch ein Baby war, als sie verschwanden. Kairra hegte zwar noch die Hoffnung, dass sie irgendwann wiederauftauchen könnten, doch nach all der Zeit war das eher unwahrscheinlich. Da war Lorrin sich sicher. Die Wüste hatte sie ihnen genommen – für immer. Für Ledinnia wäre es auch besser, wenn sie einen Schlussstrich ziehen könnte. Das Gefühl, dass ihre Eltern irgendwo da draußen in der Wüste sein konnten und vielleicht noch litten, wäre schlimmer. Besser, man nahm Abschied.

Auf dem Rückweg dachte er darüber nach, was hier aus den Kindern wurde. Sperrte man sie tatsächlich einfach zusammen, bis sie groß genug waren, um Zhiimbous zu füttern? Er warf noch einen Blick auf die gegenüberliegende Seite, bevor sie wieder die steile Treppe erreichten. Kein Kinderlachen war zu hören, nur die Echsenjungtiere am Boden der Halle gaben beim Fressen schmatzende Laute von sich. Hier hätte er auch nicht aufwachsen wollen, da war selbst der Cahchtar die bessere Wahl. Vermutlich musste man in den vorderen Ringen um den Palast geboren sein oder direkt dort, um zur Schule zu gehen. Im Palast selbst bekam man zwar alles, was man zum Leben brauchte, musste dafür aber das Recht auf ein eigenständiges

Leben aufgeben. Allmählich verabschiedete Lorrin sich von seinem Wunschdenken. Nichts war besser in der Stadt, außer der kühlen Luft.

Kapitel 41

Ich weiß nicht, wie lange ich bewegungsunfähig in den Gang gestarrt hatte, in dem Torgahrt, mein Erzeuger, so schnell verschwunden war. Aber plötzlich tauchte Niaff mit dem echten Paddin auf. Mein alter Freund sah allerdings angeschlagen aus, er humpelte so stark, dass Niaff ihn stützen musste.

»Hehoda«, rief mir Niaff zu, als er mich entdeckte.

Ich räusperte mich und antwortete laut: »Hehodo.«

»Haha, sie kann es ja doch. Dann ist noch nicht alles verloren. Mit ein bisschen Glück machen wir eine echte Scaparin aus ihr.« Er hatte inzwischen wieder seine erwachsene Erscheinung angenommen.

Ich lief ihnen entgegen, um Paddin an mich zu drücken. Dabei lachten wir beide.

»Hey, Kleine, nicht so stürmisch, mir tun alle Knochen im Leibe weh. Wenn Niaff mich nicht gefunden hätte, wäre ich nicht mehr.« Er versuchte, mich ein bisschen auf Abstand zu halten, doch ich presste ihn nur noch fester an mich, so fest, bis ich einen heftigen, stechenden Schmerz empfand.

Überrascht rückte ich etwas von ihm ab und griff an die Stelle an meiner Brust, die immer noch brannte. Langsam zog ich meine Kette hervor.

Paddin folgte meiner Bewegung und ließ dabei den Anhänger nicht aus dem Auge. »Was hast du da?«

»Cesszias Kette, damit muss ich mich verletzt haben, als ich dich so fest umarmt habe.«

Wortlos griff Paddin zu und zog sie am Band zu sich. »Ein Scapara-Stein!«

»Sie gab sie uns mit, damit wir die Kette notfalls eintauschen könnten. Sie soll wertvoll sein.«

Paddin antwortete nicht, sondern betrachtete den Stein von allen Seiten, indem er die Kette hochhielt, ohne ihn zu berühren. Nach einem tiefen Atemzug umschloss er ihn mit seiner Hand. Durch seine Finger hindurch leuchtete ein starkes, rotes Licht. Verwundert öffnete er die Hand wieder. »Das … Das ist doch nicht möglich. Es … ist mein Stein!«

»Was? Wie …?«, fragte ich verwirrt.

Paddins Stimme klang rau, als er endlich wieder Worte fand. »Vor langer Zeit, als ich zum Tode verurteilt war, hatte ihn mir der Vater von Zekoll abgenommen. Lange bevor du, Kairra, mich in der Wüste gefunden hast. Da mein Stein verschwunden war, wollte ich nie zurück zu den Scaparen. Ohne Stein verliert man seine Ehre und das Recht, ein wahrer Scapare zu sein.«

»Unglaublich, dass es die ganze Zeit deiner war. Ich trage ihn erst, seit wir in diesen Gängen sind, am Leibe. Vorher war er gut verpackt. Wenn ich das geahnt hätte.«

»Wie kam Cesszia denn an den Stein?«, fragte Niaff mich.

»Zekoll schenkte ihn ihr als Dank für ihre seherischen Dienste. Mir kam nie die Idee, dass es Paddins sein könnte.«

»Zufall oder göttliche Fügung?«, fragte Mhatarv, als er zu uns trat. »Es wäre doch möglich, dass dein Erzeuger da nachgeholfen hat.«

»Blödsinn«, entgegnete Niaff. »Das ist bestimmt nur ein glücklicher Zufall. Ich will nichts mehr über diese Götter hören. Wir lösen hier unsere Probleme selbst. Und eins davon müssen wir ziemlich schnell lösen. Ihr müsst wieder hoch, die Zeit läuft ab. Ich bringe euch noch bis zur Weggabelung mit dem direkten Gang. Dem müsst ihr jedoch alleine folgen, weil ich mich wieder heimlich nach oben schleichen muss.«

Nichts war mir lieber, als hier endlich wieder herauszukriechen. Niaff hakte sich erneut bei Paddin unter und deutete mit dem Kopf auf den Weg vor uns. »Na los, trödelt nicht. Immerhin hat Paddin jetzt auch einen Stein, sie müssen die Prüfung anerkennen.«

Mein alter Freund schien immer noch ziemlich fassungslos zu sein. Fest umklammerte seine Hand den Stein. Er ließ sich nur widerwillig mitziehen. Ich tauschte mit Mhatarv einen flüchtigen Blick aus. Im Gegensatz zu ihm glaubte ich eher an einen glücklichen Zufall. Torgahrt schien mir nicht so vorausschauend zu handeln, wie man von Göttern vielleicht erwarten konnte. Aber wie auch immer, wir hatten ein Problem weniger.

Während wir nebeneinander gingen, reichte mir Mhatarv den Wasserschlauch. »Ich kann es gar nicht erwarten, aus dem Innenleben eurer Droenmen rauszukommen. Wenn ich vorher geahnt hätte, was mich auf Sillnar erwartet, hätte ich mich nie freiwillig gemeldet.«

»Dann hättest du mich nicht kennengelernt.«

»Und Cesszia auch nicht.«

»Du weißt, dass sie dich mag, oder?«, fragte ich.

»Sie hatte eine merkwürdige Art, es zu zeigen, aber ich dachte es mir.«

»Was ist mit dir? Sie ist eine auffallend schöne Frau.«

»Aber vor allem ist sie schwer zu durchschauen. Niemals

hätte ich mich ihr zugewendet, solange ich im Palast gefangen war. Erst als sie uns die Flucht ermöglicht hat, hat sie einen besseren Charakter offenbart.«

Ich nickte. »Ich traute ihr auch lange nicht. Und genau genommen weiß ich immer noch nicht so genau, was sie wirklich will. Aber sie hat meinen Bruder, und deshalb hoffe ich, dass sie uns nicht hintergeht, und dass sie auf die gute Seite wechselt.«

»Letztendlich werden wir erst dann sicher erfahren, wie loyal sie uns gegenüber wirklich ist, wenn wir vor den Toren der Stadt stehen.«

Niaff wartete an einer Weggabelung auf uns. »Ihr müsst diesem breiteren Gang immer weiter folgen. Dann kommt ihr wieder an die Oberfläche. Ich beeile mich, damit ich trotz Umweg noch vor euch dort bin. Ihr müsst zügig laufen, nehmt Paddin zwischen euch. Das Einzige, was sie jetzt noch gegen euer Bestehen haben könnten, wäre die Zeit. Also, bleibt nicht stehen, keine Pause. Wir sehen uns oben.«

Noch bevor wir ihn verabschieden konnten, war Niaff in der Abzweigung verschwunden. Wir nahmen Paddin zwischen uns und gingen, ohne zu zögern, weiter. An der Zeit sollte es nicht scheitern, nachdem wir so viel riskiert hatten.

»Was ist eigentlich in meiner Abwesenheit passiert? Lief alles problemlos in den Gängen?«

Ich seufzte. »Du wirst es nicht glauben, aber du wurdest von einem Gott vertreten.«

»Was?«

»Ihr beide habt doch gesagt, ich solle zu meinem Erzeuger beten, dass er uns hier unten hilft. Und das habe ich auch getan.

Offenbar hat er sich gegen dich ausgetauscht. Das singende, weinende Mädchen war ein Trick.«

»Was? Unglaublich … aber warum?«

»Er war der Meinung, du wärest hier unten in Gefahr, und dass wir es ohne ihn nicht schaffen könnten.«

»Bei den Sonnen, durch dieses Mädchen bin ich doch erst in Gefahr gekommen.«

Mhatarv stieß laut den Atem aus. »Ihr müsst einfach verstehen, dass die Götterwelt ganz anders tickt als die sterbliche. Aus ihrer Sicht bist du tatsächlich alt und nicht mehr so belastbar.«

»Moment, ich dachte, die Götter sind uralt«, scherzte ich.

»Ja, aber das schlägt sich bei ihnen nicht auf das Äußere oder den gesundheitlichen Zustand nieder. Höchstens auf die geistige Verfassung. Wie auch immer, Torgahrt ist einer von den guten Göttern.«

»Und letztendlich hat er mir doch geholfen, ohne ihn hätte ich meinen Scapara-Stein nie gefunden. Zumindest nicht innerhalb der Zeit«, stimmte ich zu.

Paddin nickte. »In dem alten Buch in meiner Hütte wird er als mächtiger Gott beschrieben, und so langsam glaube ich daran.«

»Na ja, mächtig?«, zweifelte ich.

Mhatarv schwieg dazu. Der Ahne hatte die Fähigkeit, sich meist aus allen Götterfragen herauszuhalten. Nur wenn es gar nicht anders ging, verriet er mehr.

»Ich bin jedenfalls gespannt, was der Rat der Alten dazu sagt, wenn wir wiederauftauchen. Ich hoffe, dass wir dann schnell loskönnen, um Lorrin zu befreien.« Kaum hatte ich das gesagt, entdeckte ich etwas weiter vor uns einen gelblichen Lichtschein. Das war hier unter all dem grünen Schimmer etwas Besonderes.

»Ist das der Ausgang?«, fragte Mhatarv.

Wir stürmten mit Paddin unterm Arm auf das Licht zu, so schnell wir konnten. Wir wollten hier nur noch raus. Tatsächlich schien an der Stelle Licht durch eine Öffnung an der Decke, aber es wurde ganz langsam schwächer. So als würde sich ein Deckel vor den Ausgang schieben.

»Halt!«, schrie ich aus vollem Hals. »Halt, wir sind hier! Lasst uns hoch!« Die Scaparen hatten wohl gehofft, wir würden es nicht schaffen, und schlossen nun den Ausgang.

Paddin und Mhatarv brüllten ebenfalls.

Der Deckel verharrte einen Moment, dann hörten wir Sellinas Stimme. »Sie sind da. Es ist gerade noch rechtzeitig. Kommt schon, dafür haben sie niemals drei Steine gefunden. Lasst sie wenigstens wieder hoch.«

Das klang in meinen Ohren fast sympathisch. Durch die Öffnung fiel wieder mehr Licht. Von oben hörte ich aufgeregte Stimmen, und sie ließen eine Strickleiter runter.

Mhatarv fing sie auf und hielt sie fest. »Paddin sollte zuerst hoch.«

Ich nickte zustimmend. »Aber erzähle noch nichts über die Steine. Lass sie uns lieber überraschen, nicht dass sie sich das noch anders überlegen.«

»Hältst du mich für ein Plappermaul?« Meinem alten Freund war deutlich die Erleichterung anzumerken. Wir wollten alle nur noch so schnell wie möglich aus diesen engen Gängen raus.

Mhatarv drängte mich dazu, direkt hinter Paddin die Leiter zu besteigen. Ich hatte nichts dagegen einzuwenden. Kaum hatte ich den Kopf aus der runden Öffnung gestreckt, zog mich jemand ganz raus. Ich blinzelte, die Helligkeit war hier fast unerträglich, obwohl wir uns noch immer unter der Oberfläche befanden.

Um den Ausstieg herum hatte sich der Rat der Alten versammelt. Direkt neben mir stand Paddin und blickte mit mir zur Öffnung. Wir warteten, bis Mhatarv nach oben geklettert war, dann erst wandten wir uns ihnen zu.

Etwa fünfzig alte Männer standen kreisförmig um uns herum und tuschelten leise miteinander.

Dukko, ihr Wortführer, trat einen Schritt auf uns zu. Sellina stellte sich direkt neben ihn. Sie war außer mir die einzige Frau in diesem Gewölbe. Mir war immer noch nicht klar, welche Rolle sie hier spielte.

»Drei gingen rein. Drei Tage vergingen. Diese drei stehen nun vor uns. Aber fanden alle drei auch ihren höchsteigenen Stein?«, erkundigte sich Dukko laut.

Das Murmeln der Alten wurde lauter. Ein paar von ihnen klangen schadenfroh.

Paddin antwortete ruhig: »So wie es die Aufgabe verlangte, um unsere Mitstreiterin Elssa zu retten, eure Unterstützung zu erlangen und die Stadt Decta-Verra zu befreien. Mhatarv, Kairra, zeigt eure Steine!«

Fast gleichzeitig hielten wir drei unsere Steine in der Hand. Dukkos siegessichere Miene wirkte auf einmal erstaunt. Er kam rasch auf Paddin zu und beugte sich über den strahlend leuchtenden Stein in seiner Handfläche. »Aber, aber … das ist doch nicht möglich. Du hattest keinen Stein, als du zurückgekommen bist. Du hast gesagt, dass du ihn in Decta-Verra verloren hast.«

»Das stimmt. Kairra hat ihn mir zurückgebracht.«

Der alte Dukko schüttelte ungläubig den Kopf, dann wandte er sich an Mhatarv und mich. Er nahm unsere Steine genau in Augenschein. »Und ihr? Wie habt ihr eure gefunden? Es ist nahezu unmöglich, in so kurzer Zeit den eigenen Stein zu entdecken.«

Mhatarv lächelte freundlich. »Vielleicht gibt es eine Macht, die ein gerechtes Vorhaben unterstützt …«

Dukko winkte ab. »Unmöglich, undenkbar …«

Im Hintergrund wurden plötzlich die Stimmen lauter. Niaff trat aus der Menge und hielt ein altes Buch hoch. »Es ist Schicksal. In unseren uralten Schriften steht geschrieben, dass eine Auserwählte unsere Welt befreien wird. Die Rede ist von Kairra. Sie wird hier drin genau beschrieben. Ihr könnt alles nachlesen. Es gibt auch eine Skizze, die geheime Wege in die Stadt hinein verrät.«

»Woher hast du diese Schriften? Sie galten lange als vermisst«, meinte Dukko und griff nach dem Buch.

»Paddin hatte sie all die Jahre in seiner Hütte aufbewahrt. Keiner von uns wollte damals an den Inhalt glauben. Sieh nur hinein, dann wirst du verstehen, dass wir ihr helfen müssen, um uns selbst zu helfen.«

Ich tauschte mit Mhatarv einen besorgten Blick aus. Paddin musste Niaff von dem Buch erzählt haben. Was aber, wenn Dukko die Stelle mit dem Verglühen dieser Welt las? Genau das wollte Niaff doch eigentlich verhindern. Warum zeigte er das Buch dann so offen?

Dukko öffnete das Buch und blätterte es durch. »Es sind ein paar Seiten herausgerissen …«

Ich atmete erleichtert auf. Paddin zuckte mit den Schultern, doch Niaff antwortete schnell: »Die fehlten schon immer. Das Wichtigste scheint drin zu sein. Denn so macht alles Sinn.«

»Lass mal sehen, Großvater«, drängte sich Sellina neben ihn.

Ah, deshalb war sie also hier! Vermutlich war Dukko furchtbar stolz auf sein Enkeltöchterchen und hatte sie immer verwöhnt. Das erklärte auch ihre vorlaute Art.

Sellina überflog ein paar Seiten. »Das klingt ja wirklich nach dir. Sogar die Haarfarbe wird beschrieben, und dass du zu uns kommst, weil du deinen kleinen Bruder retten willst.« Sie musterte mich skeptisch. »Angeblich bist du mit fremden Göttern im Bunde. Wenn es solche Götter gibt und sie dich tatsächlich schützen, könnte das erklären, warum ihr die Steine so schnell gefunden habt.«

Dukko schlug das Buch zu, bevor Sellina weiterlesen konnte. »Du sollst also diese Auserwählte sein. Das müssen wir natürlich alles erst im Rat besprechen …«

Paddin stieß einen frustriert klingenden Seufzer aus. »Die Zeit drängt allerdings. Lasst vorher unsere Gefährtin Elssa frei. Wir haben die Prüfung bestanden.«

»Darum kümmere ich mich gleich«, sagte Sellina. »Und dann müssen wir Pläne schmieden. So einfach kann man Decta-Verra nicht einnehmen. Auch wenn wir Wege hinein kennen, passen da unmöglich alle unsere Kämpfer durch.«

»Der Einwand meiner Enkelin ist berechtigt. Es wäre zu gefährlich, die geheimen Wege könnten sich als Falle entpuppen.«

»Ich teile eure Bedenken«, erwiderte Niaff. »Eine Belagerung wird auch nicht ausreichen, da wir uns nur nachts draußen aufhalten können. Keiner unserer Kämpfer kann sich dauerhaft dem Sonnenlicht widersetzen. Wir brauchen einen Plan.«

Das sah ich auch so. »Cesszia, die Cousine des Statthalters, hilft uns. Sie muss sich selbst aus lebenslanger Unterdrückung befreien. Sie könnte eine Vorhut über die unterirdischen Gänge hereinlassen. Die Zeichnung im Buch ist identisch mit der Skizze der Geheimgänge, die sie mir gezeigt hat. Sie sagte mir, dass sich niemand mehr an diese Gänge erinnert. Wenn wir es schaffen könnten, den Statthalter von innen und außen zu bedrohen, hätten wir bessere Aussichten.«

»Vielleicht haben wir mehr Verbündete, als wir denken«, warf Mhatarv ein. »Wir sollten auf jeden Fall vorher mit Cesszia sprechen. Bisher kannte sie die Pläne des Statthalters. So oder so, wir brauchen aktuelle Informationen über die Stadt.«

Ungeduldig klopfte Dukko mit seinem Stock auf den Boden. »Ihr seht, dass wir das alles dringend durchdenken sollten. Ich schlage vor, wir treffen uns morgen früh im Ratsgebäude und besprechen uns genauer. Ihr braucht sicher etwas Ruhe, ein Mahl und müsst euch erfrischen. Sellina wird eure Gefährtin zu euch bringen.«

»Ihr werdet uns also unterstützen?«, fragte ich.

Dukko wich meinem Blick aus. »Wer und wie viele von uns bereit sind, mit euch zu gehen, wird freiwillig sein. Mit einem guten Plan könnt ihr sicherlich einige Scaparen-Krieger überzeugen.« Er wandte sich an Niaff. »Zeige ihnen den Weg zur Wohngrotte zurück. Wir sehen uns dann alle morgen.«

Nachdenklich schaute ich dem Rat der Alten hinterher, der sich geschlossen mit Dukko auf den Heimweg machte. »Niaff, was meint er damit genau?«

»Genau das, was er gesagt hat. Haben wir einen guten und

Erfolg versprechenden Plan, hilft man uns. Wenn nicht, dann ist es, laut Dukko, eher unser Pech.«

Kapitel 42

Wir nahmen uns Zeit, um ausgiebig zu baden. Ich war die Letzte und nutzte das frische, warme Wasser, um nachzudenken. Ohne vorher mit Cesszia gesprochen zu haben, war es schwierig, einen Schlachtplan zu entwerfen. Wir wussten nicht, wie die gegenwärtige Situation in der Stadt war. Vielleicht fanden wir dort tatsächlich Verbündete.

Ich stieg aus der Wanne und nahm mir eins der bereitgelegten Tücher, um mich abzutrocknen. Mir allein fiel einfach keine Lösung ein. Ich musste das mit Paddin und Mhatarv besprechen, bevor wir vor die Scaparen traten.

Meine beiden Gefährten saßen am Tisch und hatten Brot und Kaktusfeigen bereitgestellt. Mir lief das Wasser im Mund zusammen. Ich setzte mich schnell zu ihnen.

»Erstaunlich, wie hell dein Haar wirkt, wenn es gewaschen ist«, stellte Mhatarv fest und reichte mir das Brot.

Überrascht sah ich ihn an, von ihm kamen selten so persönliche Kommentare. Doch bevor ich reagieren konnte, wurde Paddins Haustür aufgerissen, und Elssa trat herein.

»Wie konntet ihr mich nur so lange diesen Wilden überlassen? Die wollten mich tatsächlich in einen Rattenpfuhl werfen, damit ich langsam abgenagt werde. Das haben sie mir immer wieder erzählt. Wisst ihr eigentlich, wie furchtbar diese Vorstellung ist? Ich dachte, meine Zeit unter Nadorrs mildem Licht wäre beendet.« Elssa nahm mir das Brot aus den Händen und hockte sich rittlings auf den letzten freien Stuhl.

Paddin seufzte. »Wann müssen wir dich eigentlich mal nicht retten?«

Ihm gegenüber zog Mhatarv die Augenbrauen hoch, als er Elssa dabei beobachtete, wie sie mit dreckverkrusteten Fingern ein großes Stück vom Brot abriss, um es sich hastig in den Mund zu stopfen.

»Ihr hattet es hier sicher nett und habt mich einfach vergessen.« Sie kaute weiter und riss sich gleich ein neues großes Stück ab.

Schnell schob ich das Brot wieder in die Mitte des Tisches zurück. »Das soll für uns alle reichen.«

»Hey, ich habe das alles nur für euch gemacht«, maulte sie.

Paddin räusperte sich. »Elssa, wir waren drei Tage in den Droenmen und mussten die Scaparen-Prüfung ablegen, um dich wieder freizubekommen. Das alles nur wegen deiner Dummheit. Jetzt können wir nur hoffen, dass die Scaparen uns dabei helfen, Lorrin zu befreien.«

»Ist der Winzling immer noch in Decta-Verra?«

»Das wollten wir dir noch erzählen, aber dein spontaner Einfall, im Alleingang den Scaparen ein paar Waffen zu klauen, hat uns anderweitig beschäftigt. Mein Bruder musste als Pfand bei der Cousine des Statthalters bleiben. Wir können nur hoffen, dass er dort halbwegs sicher ist.« Ich reichte Paddin das Brot weiter.

Elssa blickte mich fragend an. »Und worauf warten wir noch?«

»Cesszia würde uns helfen, da sie selbst unter ihrem Cousin leidet. Sie hofft, dass wir die Scaparen um Hilfe bitten können, um ihn zu stürzen. Doch die sind nicht begeistert von der Idee, weil sie nicht in die Stadt wollen. Was verständlich ist, sie haben hier ja alles«, erklärte Mhatarv.

Ich nickte. »Allerdings will Zekoll die Scaparen bald überfallen, um an das Erz zu kommen.«

»Jedoch glaubt man hier, dass niemand den Zugang zu den unterirdischen Siedlungen finden kann«, ergänzte Paddin. »Sie fühlen sich sicher und sehen deshalb einen möglichen Angriff nicht als Bedrohung an.«

Elssa blickte uns der Reihe nach an. »Und was machen wir jetzt? Wir müssen Lorrin doch da rausholen.«

»Das Gute ist, wir haben alle die Prüfung bestanden. Sogar ich habe meinen Stein wieder. Die Scaparen müssen uns also jetzt wie ihresgleichen behandeln. Wir hoffen, dass wir den Rat morgen überzeugen können.« Paddin rieb nachdenklich sein Kinn. »Doch das wird nicht leicht.«

»Eigentlich müssen wir nur die Scaparen-Krieger überzeugen, uns zu helfen. Ich hoffe auf Niaffs Unterstützung. Sonst ist mir bisher noch nicht viel eingefallen«, gab ich zu.

Elssa neigte ihren Kopf in meine Richtung. »Na dann, arbeite mal an einer flammenden Rede. Auch die Scaparen haben kleine Brüder oder Kinder. Vielleicht kannst du ihr Mitgefühl erwecken.«

Das war nicht mal ihre schlechteste Idee. Auf keinen Fall durfte ich den Scaparen erzählen, dass die Sonnen ohnehin bald alles Leben auf dieser Welt auslöschen würden, weil gelangweilte Götter gegeneinander gewettet hatten. Das wäre nicht hilfreich. Dann hätten sie erst recht keinen Grund mehr, auszurücken. Ihnen ging es sehr gut hier. Sie benötigten den Schutz der Stadt nicht, im Gegensatz zu den Verdammten im

Cahchtar. Die wären sicher die Ersten, die spüren würden, wenn die Hitze noch mehr anstieg.

Ich seufzte. »Schade, dass wir die Leute im Cahchtar nicht zusammentrommeln und überzeugen können. Für sie wäre die Aussicht, in die Stadt zu gehen, sicher reizvoll.«

Elssa beugte sich über den Tisch. »Warum können wir nicht? Ich kenne da jemanden unter den Verdammten, der bestimmt in der Lage wäre, diese nichtsnutzigen Ratten für einen Aufstand zu begeistern.«

»Aha«, machte Mhatarv anerkennend und schob ihr das letzte Brotstückchen zu. »Mir scheint, Elssa hat gute Einfälle. Wenn wir die Verdammten vereinen könnten, hätten wir eine Menge Kämpfer.«

»Und du glaubst, dass du wirklich den Kontakt herstellen und denjenigen überreden kannst?«, fragte ich skeptisch.

Elssa nickte eifrig. »Da bin ich mir sicher! Ihr könnt euch drauf verlassen.«

»Dann hätten wir zumindest Verstärkung, wenn die Scaparen sich nicht dazu bewegen lassen«, stimmte Paddin nachdenklich zu. »Wir sollten uns ausruhen, damit wir morgen möglichst viele überzeugen.«

Der nächste Morgen kam schneller als erwartet. Ich hatte längst noch nicht ausgeschlafen, als Niaff uns mit einem mörderisch lauten »Hehoda« weckte.

Statt der passenden Antwort rüttelte ich unsanft an Elssas Schulter. Niaffs Schlachtruf hatte sie nicht geweckt. Sie schlug mit der Hand nach mir, aber sie war immerhin wach.

Im Wohnraum warteten schon Paddin, Mhatarv und Niaff auf uns.

»He, ihr Schlafmützen, kommt her. Wir sollten uns vor der Versammlung zumindest kurz absprechen.« Niaff goss Wasser in fünf Becher und verteilte sie. »Ich vermute, dass ihr mit eurem Plan, wie wir Decta-Verra einnehmen können, noch nicht viel weiter gekommen seid?«

Der Scapare war von Kopf bis Fuß in Echsenleder gekleidet. Neben einem Hüftgürtel mit mehreren Messern trug er einen großen Bogen über der Schulter, auf dem Rücken befand sich ein prall gefüllter Köcher mit Pfeilen. Das musste seine Kriegerkleidung sein. So hatte ich ihn noch nie gesehen. Ich war froh, ihn nicht zum Feind zu haben.

Nickend stimmte ich zu. »Ich denke, dass wir uns zuerst mit Cesszia in Decta-Verra absprechen sollten, vielleicht hat sie inzwischen ein paar Ideen. Außerdem behauptet Elssa, dass sie jemanden kennt, der die Verdammten im Cahchtar dazu bewegen könnte, uns zu unterstützen. Aber weiter sind wir noch nicht.«

Niaff kreuzte die Arme über der Brust. »Hm, also müsstet ihr möglichst vorher in die Stadt, um mit Cesszia zu reden, und Elssa geht in den Cahchtar, um dort die Verdammten zu mobilisieren? Wenn ihr dann mehr Informationen habt, müsstet ihr uns die irgendwie zukommen lassen, damit wir euch in eurem Plan unterstützen können. Die Strecke hin und her dauert selbst auf dem Rücken der schnellsten Zhiimbous einige Zeit.« Gedankenverloren strich er sich die braunen Locken aus dem Gesicht. »Aber in der Zeit könnten wir natürlich unsere

Kämpfer hier abreisebereit machen, wenn … sie sich von uns überzeugen lassen.«

Mhatarv räusperte sich. »Rückt Cesszia meinen Reif der Reisen raus, wäre ich in einem Wimpernschlag wieder hier und könnte euch über die Lage in der Stadt und unsere Pläne informieren.«

Wir sahen ihn alle an. »Geht das tatsächlich mit dem Reif?«, fragte ich.

»Ja, überallhin, wo ich schon mal war. Sogar auf ferne Welten, doch er funktioniert auch auf geringe Distanzen.«

Niaff musterte ihn ungläubig. »Das glaube ich erst, wenn ich es sehe. Aber seit meiner Begegnung mit einem Gott will ich diese Möglichkeit nicht mehr ausschließen. Auf jeden Fall würde es uns viel Zeit ersparen.«

»Wenn Cesszia an den Reif herankommt«, sagte ich, »und weiß, wo Zekoll den verwahrt hat.«

Der Ahne nickte. »Das müssen wir tatsächlich abwarten.«

Niaff sah zu Elssa, die sich in aller Ruhe ein paar Kaktusfeigen schälte. »Und du bist sicher, dass du die Verdammten dazu bewegen kannst, sich zu vereinen und die Stadt zu belagern?«

»Klar, ich kenne da ein paar Leute, die Einfluss haben.«

»Nadorr, dann gehen wir einfach mal davon aus! Vielleicht motiviert das die Scaparen-Krieger zusätzlich«, sagte Niaff. Dann wandte er sich mir zu. Seine tiefgrünen Augen funkelten mich an. »Ich werde dich gleich als die Auserwählte vorstellen, so wie es in den alten Schriften steht. Nur die Tatsache, dass unsere Welt ohnehin bald verglühen wird, werde ich verschweigen. Deshalb habe ich auch die Seiten aus dem Buch entfernt, bevor ich es an Dukko weiterreichte. Kein Scapare würde aus den relativ sicheren Höhlen unter dem Kaszareh-Gebirge aufbrechen, wenn er das Gefühl hätte, es wäre ohnehin alles für Hearre und Nemarre. Ich hoffe, Kairra, dass dein Gottvater da oben etwas erreicht, denn ich habe auch keine Lust, meine Leute umsonst auf ein Schlachtfeld zu führen.«

»Das verstehe ich gut, mir geht es ebenso«, stimmte ich zu. »Aber Torgahrt klang zuversichtlich. Ich hoffe nur, dass ich die Scaparen überzeugen kann.«

»Das kannst du gleich beweisen. Ich werde sie entsprechend vorbereiten. Kommt, esst fertig und trinkt aus!«

Wir beeilten uns und folgten dann Niaff.

Auf dem Dorfplatz der Wohngrotte versammelten sich schon die Bewohner, unter sie mischten sich diesmal viele Frauen und Männer in ähnlich kriegerischer Aufmachung wie Niaff. Die etwa fünfzig alten Ratsmitglieder saßen wieder auf dem Podest und lauschten den leisen Worten, die Dukko an sie richtete. In der Nähe des Wortführers befand sich auch Sellina, was mein Herz ärgerlicherweise heftiger schlagen ließ. Doch ich zwang mich zur Ruhe, bisher hatte sie uns eher unterstützt, und für ihr Verhältnis zu Niaff konnte sie schließlich nichts. Dazu gehörten immer zwei.

Niaff drängte sich mit uns durch die Menge bis ganz nach vorne an den Rand der Tribüne. »Wartet hier, ich gehe vor«, sagte er, bevor er schwungvoll hinaufkletterte.

Die Tribüne war nicht hoch, nur gerade so, dass man die Redner von Weitem gut sehen konnte. Der Boden befand sich direkt vor mir ungefähr auf Brusthöhe. Allerdings musste ich meinen Kopf in den Nacken legen, um die Redner zu sehen, da wir so nah davorstanden. Hinter uns drängte sich inzwischen die Menge. Das erinnerte mich an die Situation im Cahchtar, als Cesszia mich ausgewählt hatte. Mhatarv schien mein Unwohlsein zu spüren, denn er packte meine Hand und drückte sie. Sofort wurde ich ruhiger. Es war mir immer noch ein Rätsel, wie er das schaffte. Neben uns standen Paddin und Elssa, beide blickten erwartungsvoll nach oben.

Nach einem kurzen Wortwechsel mit Dukko trat Niaff nach vorne und hob beide Hände. »Scaparen, Krieger und Kriegerinnen, Ratsmitglieder … hört mich an.«

Die Anwesenden unterbrachen augenblicklich ihre Gespräche und wandten sich ihm gespannt zu.

Niaff deutete mit der Hand in unsere Richtung. »Diese drei tapferen Leute hier haben gestern die Scaparen-Prüfung bestanden und gehören nun mit allen Rechten und Pflichten zu uns.« Seine Stimme klang kraftvoll und entschieden, als er erneut auf uns zeigte. »Das hier ist Mhatarv. Er ist ein mutiger und erfahrener Krieger von einer fernen Welt. An seiner Seite steht Kairra, eine Auserwählte fremder Götter. Sie war selbst noch ein Kind, als sie im Cahchtar für ihren Bruder, einen Säugling, sorgen musste, weil ihre Eltern in der Wüste umkamen.« Während die Leute zustimmend murmelten, machte er eine Pause.

Dann hob er erneut die Hand, und die Menge verstummte. Diesmal wies er auf Paddin. »Trotz der harten Lebensbedingungen hat Kairra auch diesen werten Mann gerettet. Die meisten von euch kennen und schätzen ihn sehr. Es ist Paddin. Er war eine lange Zeit seines Lebens unser Anführer. Erst als er glaubte, er wäre entbehrlich, machte er sich auf den Weg nach Decta-Verra, um seine Familie zu rächen. Sein Plan, den damaligen Statthalter zu töten, scheiterte. Er wurde gefangen, und ihm wurde zur Strafe ein Auge genommen. Sie stahlen seinen Scapara-Stein. Danach brannten sie ihn fast zu Tode. In ihm glomm nur noch ein schwacher Lebensfunke, als sie ihn in der Wüste aussetzten, die den Rest besorgen sollte. Dort fand ihn Kairra, nahm ihn auf und pflegte ihn. Ohne seinen wahren Stein konnte er nicht wieder zu uns zurückkehren. Diese junge, tapfere Frau, die damals noch ein kleines Mädchen war, nahm ihn in ihre Familie auf und beschützte ihn, als er die Hilfe nötig hatte. Sie sorgte nicht nur für ihren kleinen Bruder, sondern auch für einen der Unseren. Und … das hätte sie für jeden von uns getan. Jetzt ist sie zu uns gekommen, weil sie unsere Hilfe braucht. Bei der Ehre der Scaparen, wir können sie ihr nicht verwehren!«

Das Murmeln wurde lauter, als Niaff das alte Buch von Paddin hochhielt. »Aber das ist nicht alles. Ich halte hier die uralten Schriften der Scaparen in meinen Händen, sie wurden von unserem ehemaligen Anführer bis zum heutigen Tag sicher verwahrt. In ihnen steht, dass eine Auserwählte der Götter uns um Hilfe bitten wird, eine junge Frau mit Haaren wie die Strahlen der Sonnen. Sie bittet für ihren kleinen Bruder und ein unterdrücktes Volk. Sie selbst ist die Tochter eines mächtigen Gottes. Ein Gott, der sich für unsere Welt einsetzt, der uns schützen will. Können wir ihre Bitte ablehnen? Nein! Denn sie ist nicht nur die Tochter eines Gottes, sie ist eine von uns! Mit unserer Hilfe will sie die retten, denen es auf unserer Welt am schlechtesten geht. Die jungen Sklaven von Decta-Verra und die Verdammten im Cahchtar. Aber damit nicht genug, wenn wir ihr helfen, würden wir damit auch dem bösartigen Zekoll zuvorkommen, denn der plant einen Angriff auf uns Scaparen. Er will an unser Erz und uns vernichten.« Niaff machte eine bedeutsame Pause und sah zu mir herunter. »Ich bitte jetzt Kairra, Tochter der Götter, zu uns nach oben. Sie soll zu euch persönlich sprechen.«

Die Menge hatte ihm wortlos gelauscht, und nun richteten sich ihre Blicke auf mich. Meine Kehle wurde eng, ich hatte plötzlich das Gefühl, als wäre wochenlang kein Tropfen Wasser mehr in meinen Rachen gelangt. Ich fühlte mich zittrig, und gleichzeitig war mir flau im Magen. Konnte ich die Scaparen überzeugen? Mhatarv drückte wieder meine Hand, dann schob er mich noch näher an das Podest.

Niaff ergriff meinen Arm und zog mich hoch. Er nickte mir ermutigend zu, als ich neben ihm stand.

Ich räusperte mich. »Scaparen, es ist eine Ehre für uns, nun endlich zu euch zu gehören. Das war der größte Wunsch von meinem Bruder und mir, von dem Augenblick an, als Paddin von euch erzählt hat. Sicher wisst ihr, dass wir im Cahchtar tief unter dem Sand der Wüste in Höhlen hausen, um nicht elendig zu verbrennen. Wir sind gezwungen, uns tagsüber zu verbergen, und können nur nachts an die Oberfläche, um zu leben und zu jagen. Aber wisst ihr auch, dass der Statthalter so grausam ist, dass er unsere Kinder entführt und sie versklavt? Mein noch sehr junger Bruder befindet sich in seiner Gewalt.«

Ich holte tief Luft und versuchte, mir die Aufregung nicht anmerken zu lassen. »Wie Niaff schon sagte, plant er, euch zu überfallen, um euer Erz zu rauben. Selbst wenn er nicht gleich einen Zugang zu den Droenmen findet, kann er durch Sprengstoff viel Schaden anrichten und letztlich doch in eure

Dörfer eindringen. Dieser Mann ist so gnadenlos, dass er sogar seine eigene Stadt in Angst und Schrecken hält. Er bestraft jeden, der es wagt, sich gegen ihn zu stellen, mit dem Tod. Wir haben jedoch eine wertvolle Verbündete vor Ort, die uns helfen wird, ihm zuvorzukommen, damit wir heimlich in seine Stadt eindringen und diesen Tyrannen ein für alle Mal vernichten können.«

Ich blickte in die Menge, bevor ich weitersprach, und prüfte die Stimmung der Scaparen. »Was Niaff erzählte, ist wahr. Eure alten Schriften lügen nicht. Selbst die Götter werden an unserer Seite sein. Das wurde mir versprochen. Sie unterstützen uns, wenn wir bereit sind, für unser eigenes Leben zu kämpfen und uns für eine bessere Welt einzusetzen. Aber sie wollen sehen, dass wir ihren Schutz wirklich verdienen. Denn Sillnar ist nur eine Welt von vielen, auf die sie ein Auge haben. Zeigen wir ihnen, dass wir Sillnar vor solchen irren Despoten verteidigen, werden uns die Götter wohlgesonnen sein.«

Jemand rief: »Sprichst du von Nadorr? Hearre und Nemarre würden uns sicher nicht helfen. Oder gibt es noch andere?«

Mhatarv, der immer noch unten stand, antwortete laut und deutlich: »Oh ja, es gibt noch andere Götter. Und diese Götter stehen weit über dem guten Einfluss von Nadorr und über den bösen Kräften von Hearre und Nemarre. Sie sind viel mächtiger. Von ihnen berichten eure uralten Schriften.«

Niaff nickte. »Obwohl wir Scaparen nicht an göttliche Mächte glauben, sondern nur an unsere eigene Kraft, bin ich inzwischen von der Existenz dieser Götter überzeugt. Wir können Mhatarv trauen, er ist ihr Bote und nur auf unserer Welt, um uns zu helfen.«

Das überraschte mich. Niaff hatte sich lange gegen diese Vorstellung gewehrt. Doch jetzt wirkte er überzeugt. Torgahrts Auftritt in den Droenmen hatte wohl seine restlichen Zweifel zerstreut.

Er sprach weiter: »Scaparen-Krieger und -Kriegerinnen, wir werden Kairra helfen. Wir werden den grausamen Statthalter mit der Hilfe der Cahchtarner stürzen. Die Stadt soll ihre Tore öffnen, damit nicht nur wir auf dieser Welt sicher leben. Wir werden die jungen Sklaven und Kairras Bruder befreien. Die Götter stehen uns bei.«

Die Menge ließ sich von ihm begeistern, und er nutzte die Gelegenheit. »Ich werde Mhatarv und Kairra begleiten. Und ihr bekommt statt meiner den besten Anführer zurück, den wir je hatten. Paddin ist wieder bei uns, und es ist sein Anrecht. Er wird hier bei euch bleiben und euch anführen.«

Schnell glitt mein Blick zu meinem alten Gefährten, der mindestens ebenso überrascht wirkte wie ich. Aber er nickte zustimmend, als man ihm auf die Tribüne half.

Viele der Scaparen riefen laut seinen Namen. »Paddin!« Immer mehr schlossen sich dem Ruf an.

Sellina trat vor und stellte sich an seine Seite. »Ich werde Paddin in der Zwischenzeit unterstützen, da ich jeden von euch gut kenne, um zwanzig der besten Kriegerinnen und Krieger unter den Freiwilligen auszuwählen, die als Vorhut durch die Gänge unter dem Cahchtar gesendet werden sollen. Eine wichtige Aufgabe, um heimlich in den Palast einzudringen und die Wachen zu überrumpeln.«

»Alle anderen Freiwilligen helfen, die Stadt zu belagern. Wer kommt mit und folgt uns auf dem Weg der Götter?«, rief Niaff nun laut.

Die meisten der kriegerischen Frauen und Männer traten vor. Dukko und einige aus dem Rat der Alten klatschten verhalten. Vermutlich ahnten sie, dass ihre Leute sie überstimmen würden.

Auch Elssa nutzte die Gelegenheit. Sie sprang auf die Tribüne und versprach: »Und ich werde mit Kairra, Mhatarv und Niaff reisen, um die Verdammten aus dem Cahchtar zu einen.«

Als Letzter von unserer Gruppe kletterte Mhatarv zu uns hoch und sagte: »Ich werde euer Bote sein. Mithilfe der Götter können wir uns schneller abstimmen und erfolgreich sein.«

Begeisterte Rufe hallten von den Wänden der Grotte. Es schien beinahe so, als hätten die Scaparen nur auf diese Gelegenheit gewartet. Wir hatten es geschafft. Sie waren auf unserer Seite. Ich konnte es kaum glauben.

Niaff klopfte Paddin kameradschaftlich auf die Schulter und gratulierte ihm. Dukko drängte sich dazwischen und tat so, als wäre das alles von Anfang an sein Plan gewesen. Doch das war jetzt nicht wichtig, ebenso wenig wie unsere kleine Schwindelei, dass die Götter uns garantiert helfen würden. Hoffentlich erreichte Torgahrt da oben überhaupt etwas. Wehmütig blickte ich zu Paddin. Mir wurde klar, dass wir uns nun wieder trennen mussten. Doch dafür könnte ich bald meinen Bruder wiedersehen. Das, und die Tatsache, dass Paddin endlich wieder eine Aufgabe gefunden hatte, tröstete mich ein bisschen.

Kapitel 43

Kurz vor unserem Aufbruch überkam mich das Gefühl, als hätte Niaff in der Zeit, in der wir durch die untersten Gänge der Droenmen irrten, bereits alles für unsere Abreise vorbereitet. Zwei der schnellsten Zhiimbous standen bereit, nebst vier sinnvoll gepackten Rucksäcken, in denen sich alles befand, was wir für die Rückreise nach Decta-Verra benötigten. Den Rest würden wir in den Schutzräumen unterwegs finden.

Als ich die beiden Riesenechsen sah, erinnerte ich mich wieder daran, wie gefährlich die Viecher waren, aber mir fiel noch etwas anderes ein.

»Wenn nur Mhatarv, Elssa, du und ich zurückreiten sollen und du der Einzige bist, der diese Echsen bezwingen kann, wer reitet dann die zweite?«

Niaff deutete mit dem Daumen auf Elssa. »Deine Freundin behauptet, schon mal eine geritten zu haben. Außerdem lernt Mhatarv schnell, also werden die beiden das zweite, viel ruhigere Zhiimbous nehmen. Du reitest dann wieder mit mir.«

Von Elssa wusste ich so einiges, meist eher Ungutes, aber dass sie diese riesigen Echsen reiten konnte, hätte ich nie gedacht. Aber warum eigentlich nicht, unter den Verdammten im Cahchtar sollten das angeblich einige beherrschen.

Während wir uns verabschiedeten, dachte ich mit Bedauern an meine Schenkelinnenseiten. Gerade erst schienen die Wunden vom Ritt hierher etwas zu verheilen, doch nun würden sie wieder leiden. Zwar machten unsere neuen Reithosen einen stabileren Eindruck, aber unsere Echse war groß, und entsprechend scharf waren ihre Dornen am Hals.

Was ich nicht erwartet hatte, war, dass sich die beiden Echsen mochten. Die Echse von Elssa entfernte sich nie weit von unserer.

»Das ist ziemlich selten, dass sich zwei männliche Tiere vertragen, ohne ihr Revier verteidigen zu wollen. Wir haben also Glück«, erklärte Niaff, der sich offensichtlich auch darüber wunderte.

Wir kamen schneller voran, als wir angenommen hatten. Rechtzeitig zum Sonnenaufgang fanden wir den ersten Schutzraum. Bisher schien alles reibungslos zu klappen, die Echsen bockten kaum, und wir mussten letztendlich nur einen Tag unter der Wüste überbrücken. Sogar Elssa zeigte sich umgänglicher und ging mir weniger als sonst auf die Nerven.

Nach einer weiteren Nacht in der Wüste auf dem Rücken eines anderen Zhiimbous erreichten wir den Cahchtar, noch bevor Hearre und Nemarre erneut aufgingen.

»Nadorr ist uns wohlgesonnen«, stieß Elssa aus, als wir alle wohlbehalten in unsere alte Höhle unter dem Cahchtar krabbelten. Mhatarv und Niaff bewunderten Lorrins Schutzmechanismus am Eingang, während sich Elssa wie selbstverständlich auf meine Pritsche warf. Mir kam meine alte Heimat inzwischen fremd vor, obwohl nur etwas mehr als zwölf Tage vergangen waren. So viel war inzwischen geschehen.

»Ein paar Stunden sollte ich mich ausruhen, bevor ich meinen Kontakt im Cahchtar aufsuchen kann. Ich bin viel zu erledigt, um jetzt irgendjemanden zu überzeugen.« Elssa seufzte und schloss gleich die Augen.

Niaff stimmte zu. »Wir können das Zeichen für Cesszia ohnehin erst geben, wenn Nadorr aufgeht. Also haben wir noch den ganzen Tag zum Ausruhen vor uns. Ist das ein Sandzeitmesser dahinten?«

»Ja, auch eine kleine Bastelei von Lorrin. Es zeigt genau die Zeit von Sonnenaufgang bis Sonnenuntergang an, wenn man es umdreht.« Was ich dann auch gleich tat.

Indessen schaute sich Mhatarv weiter in unserer niedrigen Höhle um. »So habt ihr gelebt, Kairra? Dann ist es wohl nicht angebracht, nach einem Bad zu fragen?«

Trotz meiner Erschöpfung musste ich grinsen. »Baden ist hier nicht nötig. Wir haben Sand und Rattenfett in Hülle und Fülle. Aber vielleicht hat Paddin noch einen Vorrat an Bogetsh, dann können wir uns wenigstens betrinken.«

Ich wühlte in Paddins kleiner Vorratsecke und fand tatsächlich noch ein paar verschlossene Karaffen. »Sieht gut aus, seid ihr dabei?«, fragte ich Niaff und Mhatarv, die inzwischen damit beschäftigt waren, Lorrins Lüftungsmechanismus zu erforschen.

Mhatarv kam gebückt zu mir rüber. »Sehr gerne trinke ich von diesem leckeren Wein. Dann können wir bestimmt gut schlafen. Dein kleiner Bruder scheint ein begabter Techniker zu sein.«

»Er ist verdammt schlau für sein Alter«, bestätigte Niaff und kroch zu uns. Da auf meiner Pritsche Elssa leise schnarchte, mussten wir leider mit Lorrins Schlafstätte vorliebnehmen. Wir hockten zu dritt unter dem Drahtgeflecht mit seiner kleinen Andenkensammlung. Paddin schien vor dem Aufbruch zu den Rebellen zumindest die stinkende tote Ratte entfernt zu haben.

Ich hob die Karaffe an. »Auf Paddin und Lorrin, meine – abgesehen von euch natürlich – allerliebsten Weggefährten.«

»Auf unseren Sieg«, stimmte Niaff ein.

»Darauf, dass uns die Götter helfen!«, ergänzte Mhatarv.

»Und auf ganz viel Glück«, sagte ich. »Leider können wir nicht viel planen, bis wir wissen, was im Palast los ist. Ich hoffe nur, dass Elssa tatsächlich einflussreiche Cahchtarner kennt. Wir könnten Verstärkung gut brauchen.«

»Und ob!«, bestätigte Niaff, während Mhatarv nickte.

Wir redeten noch darüber, wie reibungslos der Rückweg von den Scaparen geklappt hatte, und dass wir nicht halb so erschöpft waren wie auf dem Hinweg, als Mhatarv einschlief. Im Sitzen.

Mir selbst tat jeder Knochen im Leibe weh. Doch die Vorfreude, dass ich bald Lorrin wiedersehen und wir obendrein den skrupellosen Statthalter stürzen würden, hielt mich wach. Hoffentlich ging es meinem Bruder gut.

»Mach dir keine Sorgen um den Kleinen, der kann gut auf sich selbst achten«, sagte Niaff.

»Bin ich so schnell zu durchschauen?«

Niaff lachte. »Es ist einfach naheliegend, dass du an ihn denkst.« Er reichte mir die Karaffe. »Trink, das wird dich entspannen. Im Moment können wir gar nichts tun.«

»Wie das alles wohl werden wird?« Ich lehnte mich an das Drahtgeflecht und streckte die Beine aus. »Zum ersten Mal in meinem Leben habe ich keinerlei Vorstellung, was nachher sein wird. Ich meine, wenn wir unseren Plan durchziehen und Zekoll stürzen, können wir dann alle Leute aus dem Cahchtar in der Stadt unterbringen? Was würde das für die Verraner bedeuten? Oder lassen wir einfach die Tore offen, damit sie das selbst untereinander aushandeln? Haben wir überhaupt an das Nachher gedacht?«

Niaff nahm mir die Karaffe aus der Hand und erwiderte meinen Blick nachdenklich. »Das hängt von so vielen anderen Faktoren ab. Wir wissen beide nicht, wie die Stadt strukturiert ist, wie viele Menschen dort eigentlich leben. Möglicherweise kann man den Schutzschild ausdehnen, wenn wir die Steuerung dafür gefunden haben. Ich für meinen Teil erhoffe mir nur freien Zugang und Handel mit Decta-Verra. Wie die das alles unter sich regeln, ist mir nicht so wichtig. Hauptsache, wir befreien sie von diesem Wahnsinnigen und es gibt keine Sklaven mehr. Ich selbst kehre anschließend zu den Scaparen zurück. Das würde ich dir auch vorschlagen – mit Lorrin natürlich. Du bist jetzt genau wie Paddin eine richtige Scaparin. Lorrin müsste seine Scaparen-Prüfung erst machen, wenn er alt genug ist.«

»Hm, ich kenne selbst nur wenig von dem Palast. Wie die Menschen sind, die sonst in Decta-Verra leben, und ob sie sich mit den Cahchtarnern vertragen würden, kann ich nicht einschätzen.« Ich unterdrückte ein Gähnen. »Und wohin wir beide danach gehen, weiß ich noch nicht genau. Vieles spricht dafür, zu euch zurückzukehren. Paddin will sicher bei den Scaparen bleiben, und Lorrins größter Wunsch würde damit auch in Erfüllung gehen. Aber ob mein Platz bei euch ist, das weiß ich noch nicht.«

»Du könntest mit mir die Scaparen anführen, also mit mir und Paddin.«

Ich nahm einen letzten Schluck. »Du hast doch schon Sellina an deiner Seite.«

Niaff sah mich prüfend an. »Sellina bedeutet mir nicht so viel wie du. Sie war eher eine nette Freundin, mit dir ist es irgendwie anders.«

Mir fielen immer wieder die Augen zu. »Lass uns schlafen, Niaff. Wir können ohnehin keine Pläne machen, zu vieles ist noch ungeklärt.« Ich war so müde und erschöpft, dass mich das schwarze Loch, was meine Zukunft zu sein schien, nicht einmal mehr beunruhigte. Fürs Erste reichte mir eine ruhige Ecke in unserer Hütte. Den beiden Männern überließ ich Lorrins Schlafstätte. Irgendwie würde ich die Probleme lösen, Stück für Stück, und dann hätte ich sicher mehr Gewissheit, wohin ich gehörte.

Elssa war die Erste von uns, die wieder auf den Beinen war. Sie kroch über mich rüber, um an unsere Vorräte zu kommen. Dabei machte sie so viel Lärm, dass auch Mhatarv und Niaff aufwachten. »Hey, wird Zeit, dass ihr Schlafmützen aufsteht. Ihr habt fast den ganzen Tag verschlafen. Bald wird Nadorrs Horn erklingen, und ihr müsst zum östlichen Tor. Wir können gerade noch essen und trinken. Auf uns warten große Aufgaben.«

»Autsch, pass auf, wo du hintrittst, das war meine Hand«, fluchte ich. »Haben wir tatsächlich so lange geschlafen?«

»Oh ja, ich war schon unterwegs und habe mich für später mit den drei wichtigsten Männern aus der Unterwelt des Cahchtars verabredet, um genauer zu besprechen, wie wir helfen können, die Stadt einzunehmen.«

»Moment, die wollen die Stadt doch nicht überfallen, oder?

Es geht eher um eine friedliche Unterstützung. Wir wollen die Verraner nicht ausrauben.«

»Was du immer gleich denkst, Kairra! Aber es muss dir natürlich auch klar sein, dass sie eine gewisse Gegenleistung erwarten.«

»Freiheit für ihre versklavten Kinder, eine offene Stadt und freier Handel sollten doch genug sein«, warf Mhatarv ein.

»Ja, ja, jaja … und Rattenfett bis zum Ausrutschen«, winkte Elssa ab. Als sie Mhatarvs fragenden Blick sah, erklärte sie: »Das ist nur ein Spruch unter uns Verdammten, wenn man für viel Einsatz nichts bekommt. Also, Scherz beiseite, damit allein werde ich sie nicht locken können. Immerhin sollen sie alle Bewohner hier unten zum Kampf zusammentrommeln. Das muss sich schon für sie lohnen.«

Niaff rieb sich die Augen. »Habe ich mir doch fast gedacht, dass das nicht so einfach geht. Versprich ihnen, dass wir alle dabei helfen, damit niemand mehr in solchen Höhlen leben muss. Wir könnten sie mit Scapara-Erzen versorgen, dann verfügen sie über ausreichend Energie.« Er deutete einmal durch unsere Behausung. »Es könnte hier überall Licht geben. Und zusätzlich hoffe ich, dass wir den Schild einfach über den Cahchtar erweitern können, wenn nicht genügend Platz für alle Bewohner innerhalb von Decta-Verra ist. So sollte sich zumindest keiner mehr eingraben müssen. Ich verspreche, dass wir helfen, um hier alles so umzubauen, damit es lebenswert wird.«

»Das sind viele Versprechen, Scapare«, sagte Elssa. »Wenn du sie nicht halten kannst, nimmt das ein böses Ende.«

»Das ist mir bewusst.«

»Na dann … ich werde sehen, wie ich mit ihnen verhandeln kann. Eventuell musst du da in Zukunft noch die Wasserversorgung mit einplanen. Für ausreichend Wasser kann man hier im Cahchtar alles haben.«

»Das lässt sich dann bestimmt über Decta-Verra regeln, die haben da genug Wasser«, warf Mhatarv ein.

»Du musst sie irgendwie überzeugen, Elssa, sie werden es sicher nicht bereuen«, stimmte ich zu. »Alles, was wir ermöglichen können, werden wir umsetzen, damit es allen besser geht. Auch wenn wir noch nicht genau wissen, wie.«

»Na gut, ich werde mein Bestes geben. Der Scapare muss dann aber auch seine Leute hierher befördern, und wir sollten das alles zeitlich über Mhatarv und mit seinem komischen Reif abstimmen. Wenn ein Teil nicht klappt, geht alles schief. Alleine werden die Cahchtarner nicht die Stadt einnehmen wollen. Das könnten sie gar nicht.« Elssa klang erschreckend vernünftig.

Ich teilte unsere Vorräte unter uns auf, damit wir uns vorher noch stärken konnten. »Vom Palast können wir euch leider kein Lichtsignal senden.«

»Wie sollte das mit Zeichen eigentlich genau laufen?«, fragte Elssa gleich darauf mit vollem Mund.

»In Richtung des östlichen Tors gibt es am Rande des Cahchtars einen geheimen unterirdischen Eingang. Wir müssen, gleich nachdem die Sonnen untergegangen sind, ein Lichtsignal senden. Es besteht aus dreimal kurz, einmal lang, dreimal kurz, dann öffnet uns Cesszia den Eingang.«

»Das könnte man doch auch später benutzen«, sagte Mhatarv. »Wenn alles glatt läuft und die Scaparen kommen, könnten sie uns quer durch die Wüste dasselbe Signal senden. Sowohl die

Cahchtarner als auch die Leute im Palast würden es dann von der Wüste her sehen können. Leider macht es der Schutzschild um Decta-Verra unmöglich, dass wir von dort aus ein Zeichen geben können. Ich muss also schnell meinen Reif finden und euch persönlich über den Stand im Palast unterrichten.«

»Und wenn das Lichtsignal von uns Scaparen erscheint, läuft alles nach Plan. Dann müssen sich meine Leute nur noch mit den Cahchtarnern absprechen, wann und wie wir die Stadt belagern. Dass das nur nachts geht, ist ja ohnehin klar«, stellte Niaff fest.

Elssa nickte zustimmend. »Das mit der Absprache kann ich übernehmen, unser Treffpunkt ist dann am einfachsten auch an diesem östlichen Tor.«

Das hörte sich zumindest nach einem groben Plan an. »Gut, es ist zwar alles noch sehr vage, aber bisher das einzig Machbare. Auf jeden Fall müssen wir rasch an Mhatarvs Reif kommen, dann können wir uns am besten absprechen. Ich bin gespannt, was uns im Palast erwartet, und ich freue mich schon so auf meinen Bruder.«

»Drück die kleine Wüstenratte von mir. Ich vermisse ihn auch sehr. Jetzt sollten wir uns aber wirklich fertig machen, Nadorrs Horn wird bald zum ersten Mal ertönen.« Elssa deutete auf Lorrins Zeitmesser, in dessen oberen Hälfte sich nur noch wenig Sand befand.

Kapitel 44

Die kleine Sonne, Nemarre, und mit ihr die letzten rötlichen Strahlen waren schon fast verschwunden, als wir endlich am östlichen Tor ankamen. Das Gedrängel der Verdammten, um an die Oberfläche zu kommen, kam mir an diesem Abend noch schlimmer als üblich vor. Es schien mir fast so, als wollten sich alle dazwischenschieben, um zu verhindern, dass wir rechtzeitig eintrafen.

Kaum waren wir oben, rannten wir, um der Menge zu entkommen und den verabredeten Ort zu erreichen. Der versteckte Zugang befand sich in der Wüste, weit genug vom Cahchtar entfernt. So hatten wir zumindest keine ungebetenen Zuschauer.

Ich trug unsere Scapara-Leuchten, während Niaff und Mhatarv die Vorräte schulterten. Die geheimen Tunnel, die zuerst unter dem Cahchtar und dann unter der Stadt bis zum Palast verliefen, waren endlos lang. Wir hatten nicht vergessen, dass es dort nichts gab. Kein Wasser, kaum Ratten. Also hatten wir so gut wie möglich vorgesorgt.

Niaffs Orientierungssinn brachte uns genau an die Stelle zurück, an der wir vor einiger Zeit nach draußen gelangt waren. Ich kletterte schnell auf die Sanddüne, die den Eingang zum geheimen Tunnel verbarg, und gab das Signal. Von hier aus war es leider unmöglich, etwas von Decta-Verra zu erkennen, geschweige denn, den Palast zu sehen. Der Schutzschild verbarg alles. Er spiegelte nur den Sternenhimmel und die Wüste.

»Wie erfahren wir eigentlich, ob Cesszia es gesehen hat? Sie braucht ja nur einmal zu spät aus dem Fenster zu schauen, und schon verpasst sie es«, sagte Niaff, als er zu mir nach oben gekrabbelt war.

Ich zuckte hilflos mit den Schultern. Er sprach damit genau meine Gedanken aus. »Am besten warte ich einen Moment, dann wiederhole ich das noch mal.«

»Das ändert nichts daran, dass wir so oder so nicht wissen werden, ob sie das Signal gesehen hat. Wir müssen auf gut Glück durch die Tunnel gehen. Vielleicht kommt niemand, der uns das innere Osttor öffnen kann«, rief Mhatarv von unten.

»Was haben wir uns bloß dabei gedacht?«, murmelte ich, während ich das Zeichen noch einmal gab.

»Nichts«, antwortete Niaff an meiner Seite. »Es gibt nur keinen anderen Weg. Das Ganze wird ein ziemlicher Blindgang. Aber noch schlimmer ist die Tatsache, dass unsere größte Hoffnung auch noch ein Reif ist, von dem wir nicht wissen, wo er sich befindet, und außer Mhatarv keiner weiß, ob er tatsächlich funktioniert.«

Mhatarv, der vorsichtshalber bei den Vorräten geblieben war, rief uns von unten zu: »Vertraut mir. Aber es kann nicht schaden, wenn uns die Götter beistehen.«

Nadorr stand schon hoch am Himmel, als ich zum letzten Mal das Zeichen gab. Wenn sie es bis jetzt nicht gesehen hatte, würde sie auch kein weiteres Signal von uns mitbekommen. Es war inzwischen schon weit über die verabredete Zeit hinaus. Ich nahm die Leuchte in beide Hände und rutschte auf dem Hintern die Düne runter.

»Wird auch Zeit«, sagte Niaff. »Die Nacht ist bald um. Lass

uns in den Tunnel gehen. Wir werden dann sehen, wie wir durch das innere Tor kommen, sollte es trotzdem noch verschlossen sein.«

Mhatarv warf sich einen der Vorratssäcke über den Rücken. »Wir haben den handgezeichneten Plan und finden auf jeden Fall bis dahin zurück. Und, wie gesagt, bei dem Rest mögen die Götter uns behilflich sein.«

»Leider kenne ich nur einen deiner Götter, und der schien mir nicht ernsthaft genug bei der Sache zu sein«, murrte ich.

Niaff grummelte. »Ich glaube erst an diesen ganzen göttlichen Rattenmist, wenn ich dafür handfeste Beweise sehe. Mhatarvs Reif wäre schon mal ein guter Anfang, abgesehen von diesem Gott in Paddins Haut natürlich. Lasst uns los!«

Gemeinsam befreiten wir das Metalltor vom Sand und öffneten den Eingang. Eine Sicherung war nicht nötig. Niemand würde hier ein Tor vermuten, und wenn es doch jemand zufällig finden sollte, würde der sich unten im Labyrinth verirren.

Nachdem wir drinnen waren und unsere Leuchten ihr Licht ausstrahlten, schlossen wir das Tor wieder. Vorsichtshalber hatte sich auch Mhatarv den Weg vom Cahchtar bis hierher eingeprägt. Falls Niaff später bei den Belagerern blieb, könnte auch der Ahne die Scaparen, die durch die Tunnel in den Palast eindringen sollten, hindurchführen.

Niaff hatte den Plan ausgebreitet und erinnerte uns alle noch einmal daran, dass wir in Richtung der Pfeile laufen und uns im Zweifel immer links halten mussten, bis wir die Vorhalle erreichten, in der wir uns von Cesszia getrennt hatten.

Mhatarv nickte. »Na dann mal los. Ich habe keine Ahnung, wie lange wir das letzte Mal gebraucht haben, da ich irgendwann zu erschöpft war und das Bewusstsein verloren hatte. Aber es kam mir ewig vor.«

»Mir auch, aber zumindest müssen wir am Ende nicht auch noch auf den Sonnenuntergang warten.« Ich schritt voran. »Na dann, da ist die erste Biegung, die Unterwelt erwartet uns.«

Wir marschierten zügig. Immerhin wussten wir dieses Mal, dass der Weg tatsächlich irgendwo endete. Das machte die eintönigen Metalltunnel zwar nicht schöner, war aber angenehmer als beim ersten Mal, als wir glaubten, es könnte auch eine Falle sein. Wir mussten nur laufen, bis wir nicht mehr weiterkonnten, dann rasten, dann weitergehen. Irgendwann wären wir da. So einfach war das.

Nach einer Weile liefen wir wie von selbst. Dabei sprachen wir wie auf dem Hinweg nur das Nötigste, weil die Tunnelwände jedes Wort nachhallen ließen. Es war zwar fast sicher, dass wir hier unten alleine waren, aber zu auffällig wollten wir trotzdem nicht sein, man konnte nie wissen. Wir aßen und tranken, wenn möglich, im Gehen. Erst als wir das Gefühl hatten, dass wir schon Ewigkeiten unterwegs waren, und unsere Füße schmerzten, beschlossen wir, kurz zu rasten. Wir hielten wieder abwechselnd Wache, während die anderen schliefen.

Im Gegensatz zum Hinweg träumte ich nicht von Torgahrt. Ich war auch viel zu erschöpft, um zu beten. Mein letzter Gedanke vor dem Einschlafen galt meinem Bruder, und mit dem Gedanken an ihn wachte ich auch wieder auf.

Ich hatte die letzte Wache und versuchte, mir mit Grübeln über unsere Zukunft die Zeit zu vertreiben. Was sollte man auch sonst hier unten tun? Dort, wo die Scapara-Leuchten nicht hinreichten, war es so dunkel wie ein schwarzes Loch. Es gab nichts zu hören, außer meinem eigenen Atem, und nichts zu sehen, außer meine beiden Begleiter, die friedlich schliefen.

Ich hatte sogar Zeit, die beiden genauer zu betrachten. Für meinen Geschmack sahen beide gut aus, aber jeder auf seine eigene Art. Mhatarv, mit seinen langen schwarzen Haaren, die erstaunlich glatt waren, war vom Charakter her eher feinsinnig, er wirkte dunkel und geheimnisvoll. Niaff dagegen, mit braunen Locken, die leicht über die Schulter reichten, schien wilder und verspielter zu sein. In ihm steckte sowohl ein Abenteurer als auch ein Kämpfer, und beides lebte er von ganzem Herzen.

Mhatarv hingegen nahm seine Rolle als zugeteilt an. Er war ein ebenso geschickter Kämpfer, aber er riss sich nicht darum. Dasselbe galt bei ihm auch für Abenteuer.

Ich mochte beide gerne, nur bei Niaff schwang etwas anderes mit. Etwas, was mich gleichzeitig auch ärgerte. Wenn ich in seine tiefgrünen Augen sah, lief ich Gefahr, dass ich mich darin verlor. Und genau das wollte ich auf keinen Fall. Er könnte mir nicht genügend Sicherheit bieten. Vor den leichtlebigen Rebellen hatte mich Paddin schon früh gewarnt. Die Scaparen legten sich nicht fest, und ich wollte nicht eine Frau von vielen sein. Und dennoch ärgerte mich die bloße Vorstellung, dass er mit der kleinen Sellina zusammen war, auch wenn sie ihm angeblich nicht so viel bedeutete.

Doch diese Gedanken führten zu nichts. Ich hatte bereits zwei Männer, um die ich mich kümmern musste. Meinen Bruder und Paddin. Wenn Paddin sich dafür entschied, in seiner alten Heimat zu bleiben, musste ich mir überlegen, wo und wie ich leben wollte, falls – wenn! – wir diesen Kampf gewonnen hatten. Aber genau das war das Problem, ich konnte mich nicht entscheiden. In der Zukunft sah ich mich nicht. Nadorr, hoffentlich bedeutete das nicht, dass ich keine hatte. Ich glaubte zwar nicht an Schicksal, aber es war schon unheimlich, dass ich nicht die geringste Idee davon hatte, wo es für mich hingehen sollte.

Vielleicht wartete ich darauf, dass Lorrin das für uns entschied? Oder doch wieder das Schicksal? Oder die Götter? Es gab sie, das wusste ich nun, aber warum sollten sie über mein Leben bestimmen? Ich seufzte. Es brachte nichts, darüber nachzudenken, es gab zu viele Unbekannte in diesem Spiel.

Was die Götter betraf, so würde ich gerne mehr über meinen Vater erfahren. Die anderen Götter mit ihrem unsterblichen Wahnsinn interessierten mich nicht.

Ich nahm einen Schluck Wasser und blickte wieder zu den schlafenden Männern. In diesem Moment öffnete Mhatarv die Augen und streckte sich. Da er die erste Wache hatte, waren wir jetzt durch, wenn Niaff aufwachte, konnten wir weiter.

»Ausgeschlafen?«, fragte ich und reichte ihm das Wasser weiter.

Er nickte. »Und du?«

»Ja, ich kann es nicht mehr abwarten, aus diesem blöden Tunnel rauszukommen. Wecken wir Niaff?«

»Nicht nötig!«, grummelte der mit geschlossenen Augen. »Bei eurem Geplapper kann ja keiner schlafen.«

Ich lachte leise. »Dann essen wir noch etwas und starten wieder durch?«

»Ich könnte mir nichts Schöneres vorstellen«, erwiderte der Ahne.

Wenig später schritten wir wieder nebeneinander durch die

endlosen dunklen Metallröhren. Dabei hoffte ich, nie wieder hier durchzumüssen, aber leider gab es dafür keine Garantie.

»Kannst du eigentlich mehr Leute als nur dich selbst mit diesem Reif transportieren, Mhatarv?«, fragte ich.

»Rein theoretisch geht das. Mit fünf Leuten habe ich das sogar schon probiert. Sie mussten mich nur alle während des Sprungs anfassen und durften nicht loslassen.«

»Ich glaube, ich würde das zwar wirklich unheimlich finden, aber es wäre sicher besser, als noch einmal hier unten durch die Tunnel zu latschen. Spürt man etwas, wenn man damit von Ort zu Ort springt?«

»Die ersten Male sind für jeden Reisenden ziemlich komisch. Es ist, als würde man sich extrem schnell um die eigene Achse drehen. Aber kurz bevor man sich übergeben muss, ist es auch schon vorbei. Ich selbst spüre davon kaum noch etwas.«

»Mich nimmst du so aber nicht mit«, warf Niaff ein.

Ich zuckte mit den Schultern. »Einer muss den Scaparen-Trupp von mindestens zwanzig guten Kämpfern durch diese Tunnel führen, um in den Palast einzudringen und ihn von innen zu stürmen. Nur so können wir die Leute, die die Stadt von außen belagern, unterstützen. Und ich hoffe sehr, dass da nicht nur die Scaparen stehen, sondern auch die Cahchtarner.«

»Ich gehe dann lieber noch mal durch diesen Tunnel und führe meine Leute so zum Palast«, sagte Niaff.

»Trotzdem wirst du einmal mit mir reisen müssen.« Mhatarv grinste. »Damit du wieder zu deinen Leuten in den Droenmen zurückkommst, um sie hierherzuführen.«

Niaff schüttelte den Kopf. »Das kannst du auch, Mhatarv. Du hast den Scaparen ja ohnehin erzählt, dass du den Boten spielen wirst. Und da Paddin vor Ort ist, würden dir die Leute auch folgen. Ich kann ja hier warten und Elssa oder Kairra unterstützen.«

»Ich dachte, dass mich der Anführer der Scaparen begleitet, dann könnte ich auch danach weiter den Boten für euch spielen.«

»Mhatarv hat recht. Wir können ihn besser als Boten gebrauchen. Das heißt, er bringt dich einmal zu deinen Leuten und springt dann zu Elssa und den Verdammten oder zu uns in den Palast, um – welche Botschaften auch immer – mit uns auszutauschen. Wer die Leute durch den Tunnel führt, können wir dann immer noch sehen.«

»Wir werden sehen.« Niaff sträubte sich. Für ihn war es schon schwer, an irgendwelche Götter zu glauben. Aber ein Armreif, der ihn einfach so auflöste und woanders wieder zusammensetzte, war eine andere Nummer.

»Noch wissen wir nicht mal, ob Cesszia ihr Wort halten konnte und der Weg in den Palast von dieser Seite aus für uns offen ist«, lenkte ich ein. Ich war mir sicher, dass Niaff sich fügen würde, wenn es für unsere Pläne wichtig war.

In Gedanken versunken, gingen wir weiter. Wir mussten schon lange unterwegs sein seit der letzten Rast, denn meine Füße schmerzten wieder. Es war ein seltsames Gefühl, nicht zu wissen, wie lange es noch dauerte, bis wir durch waren. So etwas wie Zeitgefühl war hier unten unmöglich.

Plötzlich blieb Mhatarv stehen. »Pst, hört ihr das?«

Ich hielt den Atem an und lauschte.

»Ich höre nichts«, erwiderte Niaff leise, während er in den Tunnel starrte.

»Jetzt ist es weg, wartet einen Moment. Still …«

Jetzt hörte ich auch etwas, ein leises Tappen, das immer näher kam. »Was ist das?«, hauchte ich.

»Ich kann zwar von Ort zu Ort springen, aber nicht hellsehen«, erwiderte Mhatarv so leise, dass ich ihn fast nicht verstehen konnte.

»Es kommt näher«, stieß Niaff aus und zückte sein Scaparen-Messer.

»Licht an oder aus?«, flüsterte ich.

»Besser an, sonst sehen wir nicht, was da kommt«, sagte Niaff.

Mhatarv und ich stellten vorsichtig die Vorratstaschen ab. Dann zogen wir die Messer aus den Gürteln. Bewegungslos standen wir nebeneinander im Licht der Leuchten und konzentrierten uns auf den Tunnelgang vor uns.

Das Tappen wurde schneller und kam immer näher. Als Erstes nahm ich einen zarten Lichtschein wahr. »Cesszia würde uns ja wohl kaum entgegeneilen, oder?«, fragte ich leise.

Mhatarv schüttelte den Kopf. »Wenn sie zu lange verschwindet, würde es vermutlich auffallen.«

Als uns das entgegenkommende Licht blendete, löste sich eine kleine, helle Gestalt aus dem Tunnel vor uns.

Ich ließ mein Messer fallen und rief: »Lorrin!« Dann rannte ich auf ihn zu, riss ihn in meine Arme und schleuderte ihn herum.

»Hey, Schwesterchen, lass mal gut sein. Ich kotze gleich!«

Rasch stellte ich ihn wieder auf die Füße und musterte ihn. Ich strich ihm immer wieder über seine langen blonden Locken und hielt mich so davon ab, ihn wild abzuknutschen. Ich wusste ja, wie sehr er das hasste. »Ist alles gut bei dir? Bist du verletzt? Hat Cesszia ihr Wort gehalten und dich beschützt …«

Statt mir zu antworten, blickte Lorrin zu Niaff und Mhatarv, die uns nun eingeholt hatten. »Wo wart ihr so lange? Es ist so viel passiert!«

Niaff klopfte Lorrin auf die Schulter. »Wir sind da, wie versprochen! Was ist passiert?«

»Cesszia heiratet morgen einen brutalen General. Zekoll hat sie gezwungen. Aber weil sie schwanger ist, darf sie erst mal wieder in ihren alten Räumen bei mir und Ledinnia leben …«, antwortete Lorrin stockend.

»Sie ist schwanger?«, fragte Mhatarv. »So schnell?«

»So was kann blitzartig gehen …«, warf Niaff unnötigerweise ein. Ich stieß ihm meinen Ellenbogen in die Rippen.

»Ich habe bei jedem Sonnenuntergang auf euer Zeichen gewartet. Cesszia wäre fast gestorben, als Grinser und Scitch sie vom General zurückbrachten. Er hätte sie zu Tode gequält, wenn Zekoll das gewollt hätte. Zumindest sagt das Ledinnia. Sie sagte auch, dass der Statthalter seine Cousine so bestrafen wollte. Er hat ihr wohl nicht geglaubt, dass sie mit eurer Flucht nichts zu tun hatte.« Als er Mhatarv ansah, unterbrach er sich kurz. »Du bist doch der Ahne, den sie so mag?«

Mhatarv setzte eine ahnungslose Miene auf. »Äh, möglich?«

»Als ihr geflohen seid, konnte ich nicht mehr mit dir reden. Doch ich habe dich in der Arena gesehen, du bist sehr tapfer.«

»Manchmal bleibt einem nichts anderes übrig …«

Lorrin nickte und wirkte dabei viel zu erwachsen. »Wir sollten weitergehen. Ich lasse Cesszia und Ledinnia nicht gern so lange allein.«

Ich schnappte mir mein Messer und die Lampe, die ich zurückgelassen hatte. »Ja, lass uns schnell raus aus den Tunneln. Du kannst uns alles auf dem Weg berichten.«

»Wer ist dieser General?«, fragte Mhatarv, als wir wieder unterwegs waren.

»Das ist ein furchtbarer Mann. Unvorstellbar grausam. Aber er soll im Palast der mächtigste Mann nach Zekoll sein. Er ist auch der General, der eine Armee ins Kaszareh-Gebirge führen soll, um die Scaparen zu überfallen«, antwortete Lorrin.

»Mit dem wird Cesszia verheiratet?« Ich konnte nicht vermeiden, dass ich leicht panisch klang.

»Eigentlich war das Cesszias Plan, also das mit der Heirat, damit sie ihn besser unter Kontrolle hat ...«

»Was ich viel interessanter finde, ist, was du sonst noch erfahren hast«, unterbrach ihn Niaff.

Lorrin antwortete mit geröteten Wangen: »Das werdet ihr mir nie glauben. Nicht mal Paddin hat das gewusst, denn er hat offenbar nur den Palast und die Arena gesehen. Doch ich war mit Ledinnia in der Stadt. Sie ist in Ringe aufgeteilt, je weiter weg ein Ring vom Palast liegt, umso schlechter geht es den Leuten. Sie haben es zwar kühl, und überall sind Laufbänder. Dafür dürfen sie kaum die Häuser, in denen sie leben und arbeiten, verlassen. Ihre Kinder werden in anderen Gebäuden aufgezogen. Man sieht fast keine Verraner draußen herumlaufen. Und wenn, dann stehen alle unter so einer komischen Droge. Prottag heißt die. Im letzten Ring, dem vierten, der direkt an den Cahchtar grenzt, haben Ledinnias Eltern gelebt und Zhiimbous zugeritten. Die werden da gezähmt. Aber die Eltern sind schon länger spurlos in der Wüste verschwunden.«

»Also geht es den Bewohnern der Stadt eigentlich nicht so gut?«, fragte Niaff.

Lorrin schüttelte den Kopf. »Ich würde nicht so leben wollen. Wir sind immerhin frei im Cahchtar, aber die leben wie Sklaven. Sie dürfen nicht mal in andere Bereiche. Nur die aus dem ersten Ring können die anderen Ringe besuchen. Und das tun sie offenbar nur, wenn die Arbeit es verlangt. Wenn ich vorher gewusst hätte, wie es da ist, hätte ich niemals davon geträumt, dort zu leben. Es ist furchtbar.«

»Dann könnte man sie dazu verleiten, zu rebellieren?«, hakte Niaff interessiert nach.

»Wenn man ihnen das Prottag wegnimmt, bestimmt. Dazu kann Ledinnia mehr erzählen. Wir müssen jetzt leise sein, dahinten ist die runde Vorhalle. Die Überwachungskameras habe ich auf Standbild gestellt, aber von da an müssen wir sehr vorsichtig sein. Ledinnia hat ein paar Wechselsachen hingelegt, die ihr anziehen müsst, damit ihr im Palast nicht auffallt.«

Ich atmete auf. Endlich raus aus den endlosen Tunneln. Wir waren fast am Ziel. Meinem Bruder ging es gut, und bisher klappte alles. Cesszia hatte uns nicht verraten, und Lorrin hatte unser Signal gesehen. Doch der größte Teil der Aufgabe lag noch vor uns, da machte ich mir nichts vor. Und wenn ich daran dachte, wie viele Gefahren noch auf uns lauerten, wurde mir schwindlig.

Kapitel 45

Wir durchquerten den Palast auf Cesszias geheimen Wegen, die mein Bruder genau zu kennen schien. Er bewegte sich so sicher durch die Gänge, als wäre er hier zu Hause. Offenbar war Lorrin noch einmal weit über sich hinausgewachsen in der Zeit, in der er hier ohne mich klarkommen musste.

Ich hatte so viele Fragen an ihn, und gleichzeitig wollte ich ihm so viel erzählen. Es kam mir vor, als wären wir Ewigkeiten voneinander getrennt gewesen. Das ging ihm sicher ähnlich. Doch bis wir in Sicherheit waren, mussten wir beide warten.

»Wir sind in der Nähe von Cesszias Räumen. Wartet hier kurz hinter der Ecke, bis ich nachgesehen habe, ob die Luft rein ist«, flüsterte uns Lorrin zu.

Gleich darauf war er verschwunden.

»Dein Bruder ist unglaublich«, sagte Niaff.

»Ja, das finde ich auch. Manchmal ist er ein bisschen leichtsinnig, aber immer sehr erfinderisch.«

Mhatarv nickte.

Es dauerte nicht lange, bis Lorrin zurückkam. »Alles gut. Ihr könnt mir folgen. Ledinnia ist allein, da Cesszia mit Hardurr bei ihm zu Abend isst. Sie kommt erst später zurück. Wir können rein. Die Abhöranlage ist gerade nicht eingeschaltet, lasst uns zur Sicherheit trotzdem gleich in den Garten.« Lorrin nahm meine Hand und zog mich mit.

Wenig später betraten wir Cesszias lichtdurchflutete Wohnräume.

Ledinnia verriegelte schnell die Tür hinter uns und fiel mir gleich darauf in die Arme. »Ich bin so glücklich, dich wiederzusehen, Kairra.«

Etwas überfordert durch den herzlichen Empfang, erwiderte ich: »Danke, Ledinnia, auch dafür, dass du für meinen Bruder da warst.« Ich konnte mich nur schwach an sie erinnern. Eigentlich nur daran, dass sie mir, nach meiner Ankunft im Palast, Farbe auf das Gesicht aufgetragen hatte, bevor mich Cesszia mit in die Arena schleppte. Später hatte sie uns die Fluchtsachen besorgt. Irgendwie war sie immer da gewesen, wenn ich mit Cesszia gesprochen hatte, aber eher unauffällig im Hintergrund.

Lorrin schien meine Zurückhaltung zu bemerken. »Ledinnia ist wie eine Schwester für Cesszia. Du kannst ihr absolut vertrauen. Kommt mit in den Garten, dann können wir in Ruhe reden. Ich habe so viele Fragen an euch.«

Als Ledinnia mich endlich losließ, blickten sich meine beiden Reisegefährten, die noch nie in diesen Räumen gewesen waren, neugierig um.

Während wir weitergingen, erklärte sie: »Hier ist nur der Empfangsbereich, dahinter befinden sich noch die privaten Gemächer, und auf dem Weg dahin liegt der Garten, in dem wir meistens speisen.«

»Gibt es hier keine Aufseher?«, fragte Mhatarv.

»Nein, Cesszia besteht nur auf ihre Leibwächter Grinser und Scitch. Und die begleiten sie auch überallhin.«

»Die meisten Räume werden abgehört«, sagte Lorrin. »Ich habe inzwischen herausgefunden, wie ich die Geräte abschalten kann. Das geht aber nicht lange, sonst würde es auffallen. Deshalb ist der Garten der sicherste Platz, um zu reden, dort sind keine Lauschanlagen. Da gibt es auch eine Geheimtür, hinter der man sich verstecken kann, sollte sich jemand Fremdes hierher verirren. Wenn Cesszia zurückkommt, hat sie ein Klopfzeichen, damit wir nur ihr die Tür öffnen.«

Das erleichterte mich sehr. Wir folgten gemeinsam Ledinnia und meinem Bruder. Ich war den prachtvollen Anblick von Cesszias Räumen schon gewohnt, aber Niaff und Mhatarv sahen so aus, als würden sie ihren Augen nicht trauen.

Als wir den Garten betraten, räusperte sich Mhatarv. »Hier sieht es fast aus wie auf meiner Heimatwelt. Da wächst auch alles. Erstaunlich, Cesszia hat sogar einen Springbrunnen!«

Niaff betrachtete das sprudelnde Wasser ähnlich misstrauisch, wie ich es getan hatte, als ich es zum ersten Mal gesehen hatte.

Der Tisch war üppig gedeckt mit allen möglichen Früchten und kalten Speisen. Offenbar hatte Ledinnia etwas Zeit gehabt, um alles für unseren Empfang vorzubereiten.

»In den Karaffen findet ihr Wein und Wasser. Aber ich kann euch auch Tee kochen lassen. Cesszia hat eine eigene kleine Küche mit treuen Dienern, die absolut verschwiegen sind. Solange uns niemand einen Besuch abstattet, seid ihr hier sicher. Falls doch jemand kommen sollte, ist dort hinter dem Springbrunnen eine versteckte Tür mit einem Geheimgang. Man muss nur das Gestrüpp etwas zur Seite ziehen.«

Das klang gut. Ich setzte mich und goss uns erst einmal Wasser in die Gläser ein. Lorrin reichte mir einen Teller mit

Kuchen. »Den musst du probieren, so etwas werden wir, glaube ich, nie wieder kriegen.«

Da wir alle nicht nur ziemlich ausgehungert waren, sondern auch selten solche Leckereien vorgesetzt bekamen, griffen wir zu.

»Wie war es bei den Scaparen? Habt ihr den jetzigen Anführer kennengelernt?«, fragte mein Bruder ungeduldig.

»Du wirst es nicht glauben, Paddin war bei den Scaparen und Elssa auch. Die haben gemeinsam versucht, die Rebellen zu überzeugen, uns aus der Stadt zu befreien.«

Lorrin sah mich mit großen Augen an. »Paddin? Wirklich? Geht es ihm gut?«

»Ja, er ist jetzt wieder der Anführer der Scaparen, solange Niaff mit uns unterwegs ist.«

»Wieso … solange Niaff mit euch unterwegs ist?«

Ich blickte kurz zu Niaff rüber, der genüsslich aß. »Niaff ist eigentlich der Anführer der Rebellen.«

»Das hat er uns aber erst verraten, als wir dort waren«, ergänzte Mhatarv.

»Wirklich? Stimmt das?« Lorrin sah misstrauisch zu Niaff rüber, der mit einem leichten Lächeln nickte. »Und Elssa? Ist sie mit Paddin tatsächlich durch die Claresh? Wie haben sie es geschafft, die Wüste zu durchqueren?«

»Ich habe sie noch gar nicht gefragt. Ich war nur so froh, Paddin wohlbehalten wiederzusehen.«

»Du kannst deiner Schwester glauben, Kleiner. Kairra und Mhatarv sind jetzt sogar offiziell Scaparen. Sie haben die Prüfung gemeinsam mit Paddin bestanden«, sagte Niaff.

»Das hätten wir nie ohne deine Hilfe«, erklärte ich.

Lorrin rutschte auf seinem Stuhl hin und her. »Nadorr, und ich war nicht dabei. Wie schade! Aber hier ist auch viel passiert.« Dann erzählten er und Ledinnia abwechselnd, was sich in unserer Abwesenheit ereignet hat.

Am Ende sagte Ledinnia: »Diese widerliche Ratte von Hardurr hätte Cesszia fast gebrochen. Dein kleiner Bruder hat sie liebevoll gepflegt und ihr wieder Mut zugesprochen, sonst hätte sie sicher aufgegeben. Doch jetzt ist sie so stark, dass sie Zekolls Rachewerkzeug gegen ihn verwendet. Der General folgt ihr wie ein Hündchen …«

»Und doch hat der Kerl sie geschwängert«, stellte Mhatarv unwillig fest.

Ledinnia beugte sich über den Tisch zu ihm und flüsterte: »Es ist ein Trick. So ist sie endlich geschützt. Sowohl ihr Cousin als auch Hardurr lassen sie nun in Ruhe. Die Hochzeit ist auch nur ein Ablenkungsmanöver. Aber pst, das darf wirklich niemand wissen.«

Wir nickten gleichzeitig. Das war uns allen klar.

Offenbar hatte Cesszia mehr als ihr Wort gehalten. So wie es aussah, war sie eine wertvolle und einfallsreiche Verbündete. Dass sie dafür so leiden musste, tat mir sehr leid.

Niaff lehnte sich in seinem Stuhl zurück und wandte sich an Ledinnia: »Lorrin hat erzählt, dass ihr in der Stadt wart. Es könnte für uns wichtig sein, zu erfahren, ob wir von dort Unterstützung erhalten, wenn wir den Palast einnehmen wollen.«

»Mit Plänen sollten wir warten, bis Cesszia zurück ist. Doch die Menschen in den Ringen sind nicht glücklich. Es wäre denkbar, da einen Aufstand anzuzetteln. Womöglich könnten wir sogar eines der Tore öffnen. Vom letzten Ring zur Wüste hin gibt es ein riesiges Tor, für die Zhiimbous, damit man sie in der Claresh zureiten kann. Ich weiß nicht, wie man es öffnet, bestimmt ist es gut gesichert. Aber selbst wenn es nicht leicht ist, so ist es nicht unmöglich. Ein Freund meiner Eltern könnte vielleicht helfen. Nakkon ist zwar alt, doch nicht so abhängig vom Prottag, dass er nicht mehr klar denken könnte. Meine Eltern, Eirra und Worren, haben ihm ihren Wohnraum übertragen, kurz bevor sie in der Wüste verschwanden. Er ist ihnen noch sehr dankbar.«

Niaff horchte auf. »Und wo man rauskann, kann man rein …«

»Sagen wir mal, es ist möglich, aber auch sehr gefährlich. Man muss danach noch durch die Sperrzonen, und die sind gut bewacht. Doch die Leute, die die Echsen einreiten, müssen hin und wieder mit ihnen raus, also ist es machbar. Ich weiß nur nicht, wie, aber Nakkon weiß das bestimmt. Er hat früher, wie meine Eltern, Echsen zugeritten.«

»So allmählich verdichten sich unsere Möglichkeiten«, sagte Mhatarv. »Ich glaube, ich hätte jetzt doch gerne einen Tee.«

Ledinnia sprang auf. »Ich gehe in die Küche und bestelle einen. Möchte sonst noch jemand? So entspannt werden wir hier so bald vielleicht nicht wieder zusammensitzen können.«

Niaff und ich lehnten dankend ab. Offenbar waren wir alle nicht so die Teetrinker. Kaum war Ledinnia draußen, sagte Mhatarv: »Ich hoffe, dass Cesszia weiß, wie ich an den Reif der Reisen kommen kann. Denn trotz aller Optionen müssen wir uns mit den anderen absprechen können.«

Irgendwo klopfte es an einer Tür. Lorrin sprang sofort auf

und rief uns noch im Laufen zu: »Oh, das ist Cesszias Klopfzeichen, ich mache ihr auf!«

»Endlich«, stieß ich aus. »Wir müssen dringend mit ihr reden.«

Cesszia schien mit ihren Wächtern zurückzukommen, denn wir hörten mehr Schritte als nur von zwei Personen. Wir nickten uns gegenseitig erwartungsvoll zu und sahen zum Weg in den Garten.

Schneller, als ich überrascht sein konnte, waren wir umzingelt von schwer bewaffneten Soldaten. Einer von denen hielt Lorrin ein Messer an den Kehlkopf. Ein anderer zerrte eine gefesselte und geknebelte Cesszia brutal am Arm mit sich. Ganz vorne an der Spitze der Truppe stand Zekoll, der Statthalter persönlich.

»Was für eine Freude, euch alle nach so langer Zeit wieder bei uns begrüßen zu dürfen. Und was für eine große Dummheit von euch. Beinahe unverständlich.« Er trat näher an uns heran und grinste.

Als Niaff aufspringen wollte, hob er beschwichtigend seine Hand. »Na, na, na, wer will da denn den kleinen Verdammten gefährden?«

Ohne dass wir irgendetwas unternehmen konnten, trat Zekoll an unseren Tisch heran. Zuvor gab er dem Soldaten, der Lorrin hielt, ein Zeichen.

Als ich sah, dass der Mann das Messer fester an Lorrins Kehle drückte, schrie ich: »Nein!« Kleine Blutperlen bildeten sich sofort neben der Klinge. »Niaff, nicht!«

Doch er entdeckte es offenbar selbst und nahm wieder resigniert Platz.

Währenddessen setzte sich Zekoll ebenfalls an unseren Tisch und goss sich Wein ein. Sein glänzender Anzug saß so eng, dass man meinte, er wäre wie der seiner Sklaven nur aufgemalt.

Er schüttelte immer wieder seinen Kopf. »Was soll ich nur mit euch anfangen? Hardurr, mein lieber Freund, setze dich zu uns, und lass uns gemeinsam beraten, was wir mit unseren lieben Freunden anstellen.«

Einer der Soldaten trat näher und setzte sich neben Zekoll an den Tisch. Dieser Hardurr war groß und massig. Er trug eine schillernde grüne Uniform, die über und über mit Orden dekoriert war. Sein Kopf war kantig und vernarbt. Die Gesichtszüge wirkten verkniffen und böse.

Er musterte uns nacheinander mit hasserfülltem Blick. »Du solltest wieder Spiele veranstalten und sie in der Arena gegeneinander kämpfen lassen, das hatten wir schon lange nicht mehr.«

Zekoll rieb sich die Hände, spitzte dabei seine dünnen Lippen und gab einen zirpenden Laut von sich. »Was für eine feine Idee! Du hast recht, sie einfach an die Zhiimbous zu verfüttern, ist langweilig geworden. Wir lassen uns noch etwas richtig Gutes für sie einfallen. Und was machen wir mit der Verräterin, mit meiner untreuen Cousine? Deiner Verlobten?«

Hardurr verzog keine Miene, seine Augen blickten kalt. »Sie wird mich heiraten, nicht gleich morgen, aber sehr bald. Bis dahin soll sie leiden, bis ich sie endlich gebrochen habe, das verspreche ich dir.«

»Du willst sie also trotzdem, obwohl ihre Schwangerschaft erlogen war?«

Der General warf einen wütenden Blick in Richtung Cesszia.

Sie versuchte, sich gegen den Soldaten, der sie brutal festhielt, zu wehren, aber er war stärker.

»Ich werde nicht lange brauchen, bis sie tatsächlich schwanger ist. Das verspreche ich dir«, knurrte Hardurr.

Mhatarv sprang auf. »Du elender Hurensohn …«

Weiter kam er nicht, als ihn ein Faustschlag vom General niederstreckte. »Hat sonst noch jemand was zu sagen, bevor wir euch ins Gladiatorenloch werfen?«

Mir war schlecht. Niaff hielt den in sich zusammengesackten Mhatarv im Arm. »Wie … Wie habt ihr uns entdeckt?«, fragte ich entmutigt.

Der Statthalter musterte mich kalt. »Ah, die kleine dreckige Verdammte hat ihre Stimme wiedergefunden. Mir ist irgendwie nicht klar, warum Cesszia in dir eine Auserwählte sah. Ihre Visionen sind sehr verworren. Das betrifft auch diesen angeblichen Reisenden aus einer anderen Welt. Es war uns nie möglich, zu überprüfen, welche ihrer Visionen erfunden sind. Aber vorsichtshalber werde ich diesem kleinen Rotzlöffel nichts antun, nicht gleich zumindest. Falls doch irgendetwas an ihrer Drohung, dass ich das nicht überleben würde, dran ist. Wenn ihr eingesperrt seid, kann der Kleine erst einmal hier in Cesszias Räumen bleiben. Aber er wird streng bewacht und bleibt mein Druckmittel gegen euch.« Er lachte laut auf. »Das hat ja auch bisher gut funktioniert.«

Niaff wiederholte meine Frage: »Woher wusstet ihr, dass wir hier sind?«

Wieder lachte Zekoll hässlich. »Meine werte Cousine glaubte, dass sie alle Kameras im Palast kennt, aber ihr seid an einer vorbeigekommen, die sie wohl übersehen hat. Lustigerweise erreichte mich die Nachricht über euer Auftauchen gleichzeitig mit der Botschaft meines Privilegierten Taurres, dass ihre angebliche Schwangerschaft erlogen war. Ihre Blutungen haben sie verraten. Mein Heiler hat ihre Lüge dann rasch bestätigen können. Daraufhin haben wir meine Cousine überwältigt, gefesselt und geknebelt. Da ihr in ihre Räume verschwunden seid, war auch ohne ein Geständnis von ihrer Seite her klar, dass sie mitschuldig ist. Wir mussten sie nur noch dazu zwingen, ihr Klopfzeichen zu verraten.« Er blickte uns zufrieden an. »Noch Fragen, bevor wir diese gemütliche Zusammenkunft auflösen?«

Ich sah zu Lorrin, der noch immer das scharfe Messer am Hals hatte. Er versuchte, meinen Blick tapfer zu erwidern. Mir war zum Heulen zumute, aber diese Genugtuung würde ich diesem Dreckskerl nie liefern.

»Dann suchen wir mal ein gemütliches Plätzchen für euch.« Zekoll stand auf und wandte sich an seine Soldaten. »Lasst Wachen vor der Tür und passt auf diesen Rotzlöffel auf. Meine Cousine geht mit zu Hardurr. Bringt die drei Flüchtlinge in eine gemütliche Zelle. Bereitet sie auf die Kämpfe vor, dann macht es mehr Spaß. Wir planen derweil für die Hochzeit ein grandioses Gladiatorengemetzel in der Arena, zu dem sie herzlich eingeladen werden. Denn sie werden die Hauptattraktion sein!«

Am liebsten hätte ich laut geschrien und getobt. Aber irgendetwas sah ich in Niaffs Augen, was mich davon abhielt, total durchzudrehen. »Ruhig, Kairra, wir können nichts tun«, sagte er dann überraschend gefasst.

Mhatarv war inzwischen wieder zu sich gekommen. Er wirkte noch benommen, doch auch er nickte.

Wir wurden von den Sitzen gezerrt und sofort gefesselt. War

es das etwa? Was konnten wir jetzt noch tun? Ich sah noch, wie man Lorrin in den Garten schubste, dann wurden wir durch die Gänge geschoben.

Niaff drängte sich kurz an meine Seite. »Schade, dass ich keinen Tee mehr bekommen habe«, flüsterte er eigentümlich bedeutsam. Dann war er schon an mir vorbei.

Wieso? Er wollte doch keinen Tee, das war doch Mhatarv. Was wollte er mir damit sagen?

Es war alles so entmutigend, dass ich fast wütend wurde, aber dann fiel es mir plötzlich auf. Der Tee! Ledinnia! Sie war in der Küche gewesen und nicht mit aufgeflogen. Zekoll hatte sie übersehen, da sie ihm offenbar nie aufgefallen war. Genauso wenig wie mir vorher. Sie war noch frei und kannte unsere Pläne. Irgendetwas könnte sie vielleicht doch noch unternehmen. Und Lorrin war nicht allein. Sie beide waren sehr schlau. Noch war nicht alles verloren.

Kapitel 46

Die Soldaten brachten uns ohne Umwege an den Rand der Arena, dorthin, wo die Gladiatoren ausgebildet wurden. Unterhalb der Tribünen gab es genug Raum für sichere Zellen. Nachdem sie uns die Fesseln abgenommen hatten, stießen sie uns gemeinsam in eine dunkle Zelle, in der es nur eine schmale Öffnung nach draußen zur Arena gab. Es war zwar kein Gitter davor, aber der Spalt im Mauerwerk war so extrem eng, dass niemand durchpasste, der größer als eine fette Wüstenratte war.

»Verfluchte Sonnen, direkt ins Gladiatorenloch. Das sind keine guten Aussichten«, schimpfte Niaff.

Unsere Zelle, oder vielmehr unser Loch, hatte vier Pritschen. In einer Ecke neben der Tür befand sich ein Bereich, der vermutlich zum Waschen und für die Entleerung von Blase und Darm vorgesehen war. Immerhin schien es dort fließendes Wasser aus einem der Rohre in der Wand zu geben. Und der Bereich war etwas blickgeschützter durch eine halbe Wand.

Mhatarv klopfe die Zellenwände ab. »Sie sind massiv. Vielleicht eine Mischung aus Stein und Metall?«

»Keine Chance, hier auszubrechen«, bestätigte Niaff. »Hier kommt man nur durch die Türen, und die sollen ebenfalls extrem gesichert sein.«

»Nadorr, wie konnte uns das nur passieren?« Ich war immer noch überrascht von der Geschwindigkeit, in der sich unsere Pläne in nichts aufgelöst hatten.

»Die gute Nachricht ist, ich entdecke hier auch keine Überwachungsgeräte. Die müssen von außen erst das kleine Schiebefenster an der Tür öffnen, damit sie uns sehen oder hören können. Und das würden wir merken.« Mhatarv war bis zur Tür vorgedrungen und beklopfte auch diese. »Absolut schalldicht. Wir haben nicht mal die Schritte der Soldaten von draußen vernommen, als sie sich entfernten.«

»Dann hören wir zumindest nicht die Schmerzensschreie der anderen«, brummte Niaff.

»Und man kriegt hier frische Kadavergerüche direkt aus der Arena geliefert«, stellte ich fest, als ich versuchte, mein Gesicht durch die einzige Öffnung zu pressen.

»Hoffen wir mal, dass wir nicht Hardurr selbst als Trainer bekommen«, sagte Niaff. »Er ist bekannt dafür, dass er die Gladiatorenanwärter so lange quält, bis sie alles tun, was er verlangt.«

»Verfluchter Rattenmist«, schimpfte ich und hockte mich auf eine der Pritschen, die tatsächlich ebenso hart wie der Boden und die Wände war.

Niaff setzte sich an meine Seite. »Ledinnia ist noch frei. Sie kann vielleicht etwas tun. Lorrin ist auch nicht blöd. Vielleicht können sie deine Freundin Elssa verständigen, damit sie weiß, dass wir gefangen sind.«

»Alles schön und gut, Scapare. Bis dahin kann viel passieren. Und ich möchte mir nicht vorstellen, was inzwischen Cesszia durchmacht«, sagte Mhatarv.

»Wie lange es wohl dauert bis zur Hochzeit?«, fragte ich.

»Vermutlich lange genug, um sie und uns fertigzumachen«, antwortete Mhatarv und setzte sich neben uns.

»Wo sind denn nun eure hilfreichen Götter, wenn man sie braucht?«, sagte Niaff.

Ich seufzte. »Wir müssen einen Fluchtweg finden!«

Wir horchten auf, als wir ein Quietschen vernahmen. Jemand öffnete von außen die Aussparung in der Tür. Kurz drauf brüllte eine barsche Stimme: »Zurückbleiben!«

Es trat zwar nur ein Soldat durch die Tür, aber davor warteten einige andere, schwer bewaffnet mit Scitches. Der Soldat in unserer Zelle war noch jung, dafür aber recht groß und kräftig. Er warf uns ein paar Decken und Bündel mit Sachen zu.

Die anderen Soldaten reichten ihm drei Trinkbeutel, die er neben die Tür legte, bevor er sagte: »Ihr habt Glück und eine der besseren Zellen erhalten. Da hat wohl jemand von oben ein gutes Wort für euch eingelegt. Das Wasser aus den Rohren könnt ihr trinken. Füllt eure Beutel immer gut auf und nehmt sie mit, wenn ihr zum Training abgeholt werdet. Futter gibt es zweimal am Tag. Zieht die Sachen an, die wir euch zugeteilt haben. Ihr werdet gleich abgeholt.« Der Soldat wandte sich ab und knallte die Tür wieder von außen zu, bevor wir etwas sagen konnten.

»Futter?«, fragte Mhatarv. »Meint er das ernst?«

Niaff nickte. »Mehr als Tiere sind wir jetzt wohl nicht für die.«

Ich wühlte neugierig in den Sachen. »Wenigstens haben wir Decken. Ha, aber ihr werdet sicher nicht erfreut sein über eure neue Ausrüstung.«

Die drei Bündel enthielten jede Menge Echsenlederschnüre, für jeden eine ärmellose Weste und enge Beinkleider aus dem gleichen Material. Zumindest schienen die Größen passend zu sein.

»Die machen doch tatsächlich Gladiatoren aus uns«, stellte Niaff erstaunt fest.

»Was sollen diese ganzen Lederschnüre?«, fragte Mhatarv.

»Man kann die Hände und Gelenke schützen, wenn man sie damit umwickelt«, antwortete Niaff.

»Schaut euch mal diese seltsamen Schuhe an!« Ich hielt das kleinste Paar davon in den Händen, das wohl für mich gedacht war. Es bestand nur aus einer Sohle und Lederbändern, ähnlich denen, die einige im Cahchtar trugen. »Da behalte ich doch lieber meine an.«

»Du kannst es ja versuchen, doch die laufen hier alle gleich herum«, erwiderte Niaff.

»Woher weißt du eigentlich so viel über die Gladiatoren?«, fragte der Ahne, als er sich umzog.

»Ich war kurz bei den Kindersklaven, bevor ich Lorrin im Palast traf, da ich mich in meiner Knabengestalt in Decta-Verra eingeschlichen hatte. Die Kinder werden dadurch gefügig gemacht, indem sie beim Füttern der Zhiimbous anwesend sein müssen, genauso wie bei einigen Trainingseinheiten der Gladiatoren.«

»Und … wie sind die Kämpfe?«, fragte Mhatarv.

Niaff kam nicht mehr zum Antworten. Die Tür wurde diesmal ohne Vorwarnung aufgerissen, und ein fast nackter Riese trat ein. Gekleidet war er in genau den Sachen, die noch vor uns lagen, nur dass er keine Weste trug. Sein Körper war übersät von Narben, selbst durch sein Gesicht verliefen kreuz und quer tiefe, inzwischen verheilte Striemen. Die Lederschnüre waren, wie Niaff gesagt hatte, um sämtliche Gelenke gewickelt. Auch an den unglaublich muskulösen Unter- und Oberarmen befanden sich welche. Diese Bänder zierten sogar seine filzigen langen Haare.

Er ließ uns nicht viel Zeit, sondern schlug mit einer peitschenähnlichen Waffe auf den Boden, dass es laut knallte. Dabei brüllte er: »Umziehen, aber schnell. Sonst setzt es Hiebe!«

Für diese verfluchten Schnüre hatten wir keine Zeit mehr. Der Gladiator verlor schneller seine Geduld, als ein Zhiimbous laufen konnte. Niaffs Rücken machte zuerst die Bekanntschaft seiner Peitsche.

»Raus hier!«, befahl er, kaum waren wir halbwegs angezogen.

Vor der Tür sammelten sich noch andere Anwärter fürs Training. Wir mussten uns einreihen. Sie alle wirkten mehr oder weniger mitgenommen. Ich konnte keine andere Frau zwischen ihnen entdecken.

Unsere Trainingstruppe bestand aus ungefähr zwanzig Leuten. Zwischen ihnen liefen ein paar bewaffnete Soldaten. Angeführt wurden wir von ähnlich riesigen Exemplaren wie dem Gladiator, der uns abgeholt hatte und nun hinter uns lief.

»Ich bin Jossusz und heute euer Ausbilder«, brüllte der Mann hinter uns, als er uns in eine große Halle drängte. »Wir gehen hier erst wieder raus, wenn ihr euch nicht mehr bewegen könnt.«

Offensichtlich waren wir alle in kleineren Gruppen aufgeteilt. Für jede der Gruppen gab es einen Trainer. Keiner von denen wirkte harmloser als unserer.

Jossusz schubste mich zu einem dicken Pfahl und band

meinen rechten Fuß mit einem langen Seil daran fest. »Du rennst weg!«

Mhatarv drückte er einen Körperschild in die Hand. »Du deckst sie!«

Niaff bekam eine lange Peitsche. »Du jagst sie!«

Wir starrten ihn alle ratlos an. »Wenn ihr das nicht ernst genug nehmt, nicht alles gebt oder nicht schnell genug seid, spürt ihr meine Peitsche. Los jetzt!«

Noch bevor ich mich in Bewegung setzen konnte, traf Niaff schon der nächste Hieb.

Mein Seil erlaubte mir ungefähr zehn Schritte im Kreis, um den Pfahl herumzulaufen. Mhatarv musste sich rückwärtsbewegen, damit er mich schützen konnte. Um den Kontakt zu mir nicht zu verlieren, versuchte er mit der linken Hand, Halt an meinem Rücken zu finden.

Nur zögernd lief uns Niaff hinterher und wurde deshalb gleich wieder geschlagen. Er verzog vor Schmerz kurz sein Gesicht, machte jedoch keine Anstalten, uns mit der Peitsche zu jagen. Doch der Trainer kannte kein Mitleid und schlug auf ihn ein, bis er zusammenbrach. Starr vor Schreck sahen wir mit an, wie Jossusz immer weiter auf ihn einprügelte, bis Niaff das Bewusstsein verlor. Erst dann zog der Trainer ihn aus meinem Laufkreis und kam mit großen Schritten auf uns zu.

Mit einem Hieb hatte er Mhatarvs Schild aus seiner Hand geschlagen und brüllte nun ihn an. »Los, dann läuft sie eben ohne Deckung, du bist jetzt dran, sie zu jagen.«

Der Ahne blieb einfach stehen, obwohl ich ihn anflehte, mitzumachen. Es hatte keinen Sinn, wenn er auch noch halb totgeprügelt wurde. Doch Mhatarv stand da wie zu Stein erstarrt und ließ ungerührt alle Schläge über sich ergehen, bis er sich nicht mehr auf seinen Füßen halten konnte. Ich weiß nicht mehr, wie viele er einstecken musste, bis auch er das Bewusstsein verlor.

Mir liefen Tränen vor Wut übers Gesicht, als ich das tatenlos mit ansehen musste.

An seinen Füßen wurde er aus dem Kreis gezerrt und achtlos neben Niaff abgelegt. Dann wandte sich der Trainer mir zu. »Lauf!«, schrie er und schwang die Peitsche in meine Richtung.

Jetzt rannte ich, schlug Haken, duckte mich. Und doch schaffte ich es viel zu selten, seinen Hieben zu entkommen. Anfangs hatte ich das Gefühl, dass mich die Weste und die Hose aus Echsenleder etwas schützten. Doch das hielt nicht lange an.

Dann brannte sich der Schmerz auch durch diese zusätzliche Haut. Irgendwann taumelte ich nur noch vor den Schlägen davon. Es fühlte sich an, als ob mein ganzer Körper verbrannte. Ich bestand aus pochendem Schmerz. Ich sah kaum noch etwas, weil meine Augen tränenverschleiert waren. Bald versagten auch meine Beine, und ich brach zusammen. Es fühlte sich fast wie eine Befreiung an. Aufzugeben war wie sterben. Alles würde dann vorbei sein. Ich seufzte, als Dunkelheit mich umfing.

Später erwachte ich in der Zelle. Etwas Kühles berührte mich. Als ich es endlich schaffte, die Augen zu öffnen, blickte ich den jungen Soldaten an, der uns zuvor die Sachen gebracht hatte. Er schmierte mich mit irgendetwas ein.

»Ruhig«, sagte er, als ich zuckte. »Das ist eine gute Heilsalbe, die lindert nicht nur den Schmerz, sondern verhindert auch bleibende Narben. Deine Freunde habe ich auch schon behandelt.«

»Warum hilfst du uns?«, fragte ich.

»Ihr lasst euch lieber totschlagen, als gegeneinander zu kämpfen. So etwas finden wir Soldaten ehrenhaft. Es ist kameradschaftlich und zeugt von großer Willenskraft und Charakterstärke. Wir können euch hier zwar nicht rausholen, doch wir versuchen, euch ein bisschen zu helfen.« Dabei salbte er meinen Rücken weiter ein.

Aus dem Hintergrund vernahm ich leise Stimmen.

»Hehoda, Kairra.«

»Bei den Göttern, sie ist wieder unter uns!«

Ich drehte vorsichtig meinen Kopf und sah, dass die beiden bäuchlings auf den Pritschen mir gegenüberlagen. Erkennen konnte ich sie nur an den Haaren, da sie dick mit einer weißen Paste eingeschmiert waren.

»Kriegst du keinen Ärger, wenn du uns hilfst?«, fragte ich den Soldaten.

Er schüttelte den Kopf, während er vorsichtig weiter salbte. »Wir decken uns gegenseitig.«

»Was ist mit eurem General?«, fragte ich.

»Hardurr ist sich noch nicht sicher, wie er sich in eurem Fall verhalten soll. Grundsätzlich steht er auf sadistische Quälereien, trotzdem will er scheinbar nicht, dass ihr vorher draufgeht. Vor den Spielen in der Arena, meine ich. Sollte er zufällig hier auftauchen, kann ich immer noch sagen, dass ich euch nur vor dem vorzeitigen Tod bewahrt habe.«

»Wie lange wirst du das noch können?«, fragte der Ahne.

»Nicht lange, ihr seid gerade durch die Feuertaufe gegangen.

Da mussten alle Gladiatoren durch, bevor sie richtig für den Kampf ausgebildet werden. Wie heißt es so schön: Sie sollen erst alle Hoffnung fahren lassen.«

»Wie beruhigend«, murmelte Niaff.

»Hört zu«, fuhr der Soldat fort. »Einige Wächter und nicht wenige Soldaten verachten Zekoll. Sie wünschen sich, dass er gestürzt wird. Es kann also sein, dass ihr mehr Unterstützung habt, als ihr denkt. Von den Gladiatoren würde ich allerdings keinem so ohne Weiteres vertrauen. Die, die dieses Training und die Arena überlebt haben, sind innerlich tot. Sie spüren nichts mehr. Es sind reine Kampfmaschinen. Sie wollen nur gewinnen, egal, wen sie dafür töten müssen.«

»Kannst du eine Nachricht für uns überbringen? Mein kleiner Bruder ist noch im Palast«, bat ich ihn.

»Erst einmal nicht. Doch ihr werdet eine Weile hier sein, dann fällt es nicht mehr so auf. Vielleicht kann ich es später versuchen.«

»Wie lange werden wir denn hier sein?«, fragte ich.

»Die Hochzeit ist frühestens in vierzig Tagen geplant. Früher wird das nicht möglich sein. Da sie jetzt mit großem Aufwand gefeiert werden soll.«

»Ob wir so lange überleben?« Ich hatte da meine Zweifel.

»Wie gesagt, ganz so schlimm wie euer Einstand wird es nicht mehr werden. Es wird ganz sicher sehr schwer, aber nicht ganz so gefährlich. Versucht, so viel wie möglich zu lernen. Wenn ihr später in der Arena steht, hilft euch nur das vorangegangene Training, um zu überleben. Trainiert also hart. Achtet auf die anderen Gladiatoren, sucht ihre Schwachstellen.«

Er schien mit dem Einsalben fertig zu sein und packte seine

Sachen ein. »Ich sehe noch mal nach euch, bevor ihr wieder kämpfen müsst. Ein, zwei Tage dürft ihr euch ausruhen und die Wunden heilen lassen. Wenn ihr euch hier eingelebt habt, wird man die Tür nicht mehr verriegeln, dann könnt ihr euch hier unten fast frei bewegen. Es sei denn, sie haben einen Grund, um euch hier wieder einzusperren.«

»Gibt es tatsächlich keine Fluchtmöglichkeit?«, fragte Niaff.

Der Soldat blickte zu ihm rüber. »Hier unten kommt keiner raus, der noch lebt. Der ganze Bereich ist fast noch besser gesichert als eure Zelle. Wie gesagt, nutzt die Zeit, auch zwischen den Kämpfen, euch hier unten umzusehen. Beobachtet eure Gegner, lernt sie kennen.«

Er erhob sich und drückte meine Hand. »Wir sehen uns bald wieder. Schlaft euch erst einmal gesund. Ihr werdet alle Kräfte brauchen.«

Als er die Tür wieder von draußen verriegelte, blickten wir uns gegenseitig erschöpft an. Wir schienen alle nicht so recht zu wissen, ob es noch Hoffnung für uns gab oder ob es eher schlecht war, dass wir dieses erste Training überlebt hatten. Aber überraschenderweise hatten wir selbst an diesem üblen Ort neue Verbündete gefunden.

Kapitel 47

Die Tage und Nächte vergingen schnell hier unten, und sie unterschieden sich kaum voneinander. Kaum waren wir wieder einigermaßen einsatzfähig, begann früh am Morgen das Training, das unseren Körpern so viel abverlangte, bis wir fast umfielen. Abwechselnd wurden wir durch verschiedene Kampftechniken getrieben. Diesmal aber von anderen Gladiatorenanwärtern, die zwar schon erfahrener waren als wir, aber uns nicht so sadistisch quälten wie der erste Trainer. Manchmal traten wir auch gegeneinander an. Das gefiel mir am besten, dann waren die Schläge, die wir einstecken mussten, nicht so heftig. Trotz unseres gnadenlosen ersten Trainingstages waren wir noch immer nicht in der Lage, uns gegenseitig zu verletzen. Wir wurden allerdings perfekt darin, es so aussehen zu lassen.

Die Wunden vom ersten Tag verheilten schnell dank der Salbe des jungen Soldaten. Trotzdem brannten nach jedem Training unsere Muskeln, als wären sie böse entzündet. Doch unsere geschundenen Körper gewöhnten sich auch an diese extremen Herausforderungen.

Da die Tage dreimal länger als die Nächte waren, wurde nach der Hälfte der Zeit immer eine längere Pause zum Essen und für eine kurze Rast eingelegt. In den Nächten schliefen wir wie die Toten, die wir angeblich bald sein sollten. Dabei hätte ich die Zeit zu dritt gerne genutzt, um Pläne zu schmieden, wie wir hier entkommen konnten, aber dazu waren wir am Ende der langen Tage nicht mehr in der Lage.

Nachdem man uns in der Gruppe der Kämpfer akzeptiert hatte, kamen wir auch mit den anderen zurecht. Wir wussten zwar alle, dass wir bald schon auf Leben und Tod gegeneinander antreten mussten, aber das schoben wir weit von uns. Wir lebten und trainierten im Jetzt. Eine Zukunft gab es für die meisten von uns nicht. Nur wir drei wollten das nicht akzeptieren. Es verging kein Tag, an dem wir hier unten nicht nach Wegen suchten, um in den Palast zurückzukommen oder zumindest eine Nachricht an Lorrin und Ledinnia zu schicken. Wir wussten nicht mal mit Sicherheit, ob Cesszia jetzt noch auf unserer Seite war, geschweige denn, ob sie es jemals ganz gewesen war oder doch nur ihre eigenen Ziele verfolgte. Und falls sie noch zu uns hielt, wie lange konnte sie überhaupt Hardurrs Folter überstehen? So oder so war es von hier aus unmöglich, etwas für sie zu tun. Wir konnten nur hoffen, dass sie sich wie bisher mit ihren Tricks durchschlagen konnte.

Den jungen Soldaten sahen wir noch öfter. Meistens waren aber andere Kämpfer anwesend, und er verhielt sich distanzierter. Ich weiß nicht mehr, wie viele Tage inzwischen vergangen waren, als er mir in der Mittagszeit einen winzigen Zettel zuschob. Ich ließ ihn rasch in meinem Oberteil verschwinden, damit keiner etwas merkte.

Erst als wir in der Zelle waren, nahm ich ihn heraus.

In krakeliger Schrift und kaum noch lesbar stand da: »Hochzeit in zehn Tagen. Versucht zu fliehen. Wir konnten …« Der Rest war nicht mehr zu lesen, weil sich die Farbe des Stifts durch meinen Schweiß aufgelöst hatte.

»Nadorr! Der ist sicher von Lorrin«, stieß ich aus.

Niaff und Mhatarv schnappten sich die Nachricht und versuchten, den Rest zu entziffern.

»Bei den Göttern, in zehn Tagen. Wir müssen etwas tun!«

»Was stand da sonst noch? Hättest du den Zettel nicht woanders aufbewahren können?«, schimpfte Niaff.

»Wohin denn sonst, Scapare? Zeige mir eine Stelle, die nach so einem Tag noch trocken an uns ist«, forderte ich.

»Ich wünschte, ich hätte meinen Reif der Reisen, dann wären wir schon längst weg. Wir müssen einen Weg finden! Kairra, versuche weiterhin, Torgahrt zu erreichen.«

»Ich versuche es ja, aber ich schlafe wie ein Stein. Vielleicht hat er auch keine Lust, zu antworten.« Wir waren alle gereizt, die lange Gefangenschaft forderte ihren Tribut.

Niaff schnaubte verächtlich. »Fangt mir nicht wieder mit diesen verfluchten Göttern an. Wir sollten unsere Probleme selbst lösen können, denn bisher tun die nichts für uns. Ab morgen startet unser Training in der Arena. Vielleicht können wir da eine Möglichkeit zur Flucht entdecken.«

Tatsächlich sollten wir morgen zum ersten Mal in der Arena kämpfen. Mit stumpfen Waffen, und es war eher ein Schaukampf. Ein paar Zuschauer würden anwesend sein, berichtete ein erfahrener Kämpfer uns. Sie wollten sehen, was wir draufhatten, und Wetten abschließen.

Trotz dieser aufregenden Nachricht schliefen wir auch an diesem Abend wieder schnell ein. Kaum hatten wir uns etwas frisch gemacht und unsere letzte Mahlzeit in der Zelle eingenommen, fielen uns die Augen zu. So war es bisher immer. Tagsüber holte sich das harte Training sämtliche Kräfte von uns.

Noch bevor am nächsten Morgen das Signal zum Antreten

gegeben wurde, warf einer der Aufseher drei Helme in unsere Zelle. »Macht euch schnell fertig, nehmt euch im Trainingsraum jeder einen der passenden durchnummerierten Schilde. Die Zuschauer geben gerne Wetten ab, deshalb behaltet ihr die Nummern bis zum Endkampf. Nähere Anweisung erhaltet ihr am Durchgang zur Arena.« Dann war er auch schon weg.

Wie der junge Soldat anfangs versprochen hatte, blieb unsere Zellentür seit einiger Zeit immer offen. Wir empfanden das allerdings eher als blanken Hohn, denn eine Flucht war durch den gesicherten Trainingsbereich kaum möglich.

Ich schnappte mir einen der Helme und entdeckte hinten eine große Zahl. »Ich bin Nummer 11. Wer hätte gedacht, dass wir als Nummern enden?« Niaff nahm sich die Zwölf und Mhatarv die Dreizehn.

»Achtet auf Fluchtmöglichkeiten in der Arena«, erinnerte uns Niaff noch einmal.

»Wir werden uns wohl durch den Drahtzaun nagen müssen, um dann doch am unsichtbaren Schutzschild der Arena zu verglühen, Scapare«, spottete Mhatarv.

»Stimmt, an den Schild erinnere ich mich noch. Ich fürchte, so einfach wird das alles nicht.« Meine Laune sank noch mehr. Abgesehen davon, dass ich keine große Lust hatte, mich in der Arena zum Spaß der Palastgetreuen zu prügeln.

In den Gängen vor den Zellen drängten sich bereits erwartungsvoll die anderen Kämpfer. Merkwürdigerweise freuten sich viele darauf, die erworbenen Fähigkeiten nun einem breiteren Publikum zu präsentieren. Nicht mal der Gedanke daran, dass der Tag des entscheidenden Kampfes dadurch noch näher rückte, schien ihre Laune zu trüben.

Wir drei blickten uns vielsagend an, als wir die Schilde aufnahmen.

»Na dann«, sagte Niaff und deutete mit dem Kopf in Richtung des Tores zur Arena, das noch gut verriegelt war.

»Bei den Göttern, da ist ja wieder Jossusz, unser Foltertrainer. Uns bleibt aber auch nichts erspart!«, sagte Mhatarv.

Tatsächlich stand der vernarbte Riese am noch geschlossenen Tor. »Los, ihr nichtsnutzigen Ratten. Näher treten! Oder wollt ihr schon vor dem Endkampf dem Zhiimbous geopfert werden?«

Durch die dicken Gitter sahen wir, dass in der Arena wieder eine Fütterung stattfand. Man musste nicht mal hinsehen, der durchdringende Gestank an Eingeweiden sagte schon alles. Die furchtbaren Schreie der Opfer taten ihr Übriges. Mein Magen drehte sich um; die Erinnerung an meinen ersten Tag mit Cesszia in der Arena war noch sehr deutlich. Nein, da ging ich doch lieber in einem ehrlichen Kampf drauf.

Mhatarv sah mich skeptisch an. »Geht's? Denke daran, heute stirbt keiner. Unser großer Tag kommt noch.«

»Pah«, Niaff zog eine Grimasse. »Wir Glückskinder …«

Der Trainer brüllte weiter. »Wenn ihr Rattenärsche da rausgeht, liefert ihr ab. Wer nicht kämpft, als wäre es der Endkampf, verliert das Interesse der Zuschauer, wer jedoch zufällig einen seiner Gegner tötet, landet bei der nächsten Opferung im Maul der Echsen. Diejenigen, die aus den einzelnen Runden als Sieger hervorgehen, erhalten bessere Waffen im letzten Kampf. Gebt den Leuten einen guten Eindruck von euch. Kämpft interessant, sie wollen schließlich unterhalten werden. Wenn sie auf euch setzen, habt ihr bessere Chancen, gnadenvoll zu sterben oder

der eine Gewinner zu sein, der am Leben bleibt und hier als Trainer bleiben darf.«

»Oder die eine Gewinnerin«, rutschte mir leise raus.

Doch dem Riesen entging nichts. Er lachte nur verächtlich. »Auf dich setzt sicher keiner. Du kannst nur darauf hoffen, dass du nicht zu viele Schläge einkassierst und es schnell geht, bis du das Bewusstsein verlierst.«

Niaff stieß mir seinen Ellenbogen in die Rippen.

»Super«, zischte ich, »jetzt ist mir noch übler.«

Der Ahne räusperte sich nur.

Jossusz schrie derweil weiter: »Wenn ich gleich eure Zahlen ausrufe, seid ihr bereit und geht genau in der Reihenfolge und Anordnung raus. Denkt daran, euch vor der Tribüne des Statthalters zu verbeugen, auch wenn er nicht persönlich anwesend ist. Bedankt euch für die Ehre, die euch im Kampf zuteilwird, und nutzt die Zeit, euch vorzustellen, damit ihr in Erinnerung bleibt. Die Kämpfe selbst dauern immer so lange, bis nur noch einer steht, egal, wie viele gegeneinander antreten. Am Ende muss auch euer letzter Gegner eindeutig bewusstlos sein. Ich wiederhole: Es wird noch *nicht* getötet, sonst seid ihr Futter für die Echsen. Die Waffen erhaltet ihr hier direkt von mir. Sie sind alle stumpf.«

»Das verspricht, amüsant zu werden«, flüsterte Mhatarv. »Hoffentlich kämpfen wir nicht jetzt schon gegeneinander.«

Der Riese holte nur kurz Luft, bevor er weiterbrüllte. »Die Zuschauer vergeben Punkte für euren Auftritt und eure Siege. Vergesst nicht, dass es sich lohnt, zu gewinnen. Zeigt, was ihr könnt. Wir fangen mit Nummer 29, Nummer 5 und Nummer

13 an. Nehmt einen Schluck Wasser und holt euch eure Waffen ab!«

Dreizehn, das war Mhatarv! Nadorr, es ging alles so schnell.

Er warf uns einen ermutigenden Blick zu, drängte sich dann aber, ohne ein weiteres Wort zu verlieren, an uns vorbei.

Der Riese drückte allen Stabwaffen in die Hand, die genauso lang waren wie die Kämpfer groß, dabei waren die Stäbe ungefähr so dick wie mein Oberarm.

Ich hatte Mhatarv noch nie damit kämpfen sehen, genauso wenig, wie Niaff und ich bisher mit solchen Stabwaffen trainiert hatten. Hoffentlich ging das gut.

Niaff zerrte an mir und deutete zum Tor. Offenbar wollte er sich näher herandrücken, um den Kampf besser beobachten zu können. Ich nickte. Das war keine schlechte Idee. Besser, wir sahen genau, was auf uns zukam.

Wir schafften es, kurz bevor die ersten drei in die Arena schritten, vor dem Gitter zu stehen. Von hier aus konnte man zwar nicht die gesamte Arena überblicken, jedoch einen großen Teil.

Der Ahne ging in der Mitte. Rein von der Körpergröße gab es in der Gruppe keine so großen Unterschiede. Einer von denen war etwas dicker, und ich erinnerte mich vom Training her, dass er auch langsamer war. Aber ansonsten konnte man, äußerlich betrachtet, niemandem Vorteile einräumen.

Mhatarv wirkte ruhig und konzentriert, als die drei nebeneinander vor die Tribüne traten. Dummerweise war sie zu hoch, deshalb konnten wir von hier aus nicht sehen, wer von oben zusah. Ich hoffte, zumindest hören zu können, was sie redeten. Vielleicht war sogar Cesszia da. Was würde sie wohl denken, wenn sie Mhatarv in der Arena kämpfen sah? Doch vielleicht hatte Hardurr sie inzwischen gebrochen und ihr wäre alles egal.

Ein lautes Horn erklang. Das war das Signal, dass die Spiele begannen. Kaum war der dunkle Ton verklungen, verbeugte sich Mhatarv in der Arena geschmeidig und rief den Zuschauern oben zu.

»Man nannte mich den Ahnen, heute bin ich die Nummer 13. Und doch werdet ihr nie erfahren, wer ich wirklich bin, und das wird auch so bleiben. Ihr müsst euch nur eines merken: Ich werde den Endkampf gewinnen, und dann werdet ihr bezahlen für eure Untaten. Am Schluss werdet ihr die Opfer sein.«

Erst war es totenstill draußen, dann erklang ein zögerndes Klatschen, das langsam zum verhaltenden Beifall anschwoll.

Niaff tauschte mit mir einen beeindruckten Blick. Wir hörten weiter zu, wie die anderen Kämpfer sich vorstellten.

Aber mehr als ihre Namen und woher sie kamen, sagten sie nicht. Der Dünnere erwähnte am Ende noch, es wäre eine Ehre für ihn, in der Arena kämpfen zu dürfen. Was für ein Idiot.

An seinem Tonfall erkannte ich die tiefe Stimme des Generals, der von der Tribüne herunterbrüllte. »Mögen Hearre und Nemarre mit euch sein. Lasst die Schaukämpfe beginnen!«

Der Kampf ging schneller los, als ich erwartet hatte. Nummer 29 und Nummer 5 stellten sich gleichzeitig gegen Mhatarv. Sie mussten erkannt haben, dass sie ihm einzeln nicht gewachsen waren. Das verdankten wir dem Training, wir konnten uns alle inzwischen gut gegenseitig einschätzen.

Trotzdem zeigte Mhatarv noch nicht alles, was er draufhatte. Er kämpfte fast gelangweilt, schien jeden Schlag vorauszuahnen. Dabei wirbelte er den langen Stab herum, als wäre er nichts.

»Gut, dass Mhatarv sich Zeit lässt. Je länger er hier in der Arena kämpft, desto mehr bleibt er in Erinnerung«, kommentierte Niaff. »Das sollten wir auch tun.«

Ich schnaufte. »Kommt darauf an, wen ich in meiner Runde vor mir habe.«

Mhatarv tänzelte leichtfüßig durch die Arena, drehte sich, sprang hoch, wich aus und schlug unerwartet zu. Allerdings nicht mit voller Kraft, sonst wären seine Gegner schon erledigt gewesen. Bisher schlug er immer nur auf die Schilde der beiden ein. Dabei verspottete er sie, und das schien sie nervös zu machen.

Neben mir schüttelte Niaff bewundernd den Kopf. »Offenbar hat er uns auch nie gezeigt, wie gut er wirklich kämpft.«

»Ich habe es mir fast gedacht«, erwiderte ich und beobachtete dabei den Kampf weiter.

Allmählich steigerte der Ahne sein Tempo. Die beiden anderen Kämpfer kamen nicht mehr zum Zug, so schnell, wie er reagierte. Er drehte sich einmal um die eigene Achse und schlug dann Nummer 5 den Stab quer über die Kehle. Röchelnd blieb dem die Luft weg, er brach zusammen und blieb wie tot liegen.

Jetzt hatte Mhatarv nur noch den dickeren Gegner mit der Nummer 29 vor sich, und wie es aussah, hatte er keine Lust mehr, weiter mit ihm zu spielen. Er schritt fast gelangweilt auf ihn zu und täuschte kurz einen Schlag in Richtung seines Kopfes an. Als 29 sein Schild hochriss und sich dabei seitlich abwandte, zog er ihm den Stab über die Kniekehlen. Die 29 brach zusammen, war aber noch bei Bewusstsein. Ich konnte seinen flehenden Blick sehen.

Der Ahne spannte sich an, sprang über den am Boden

Liegenden hinweg, zog ihm dabei frech den Helm ab und schlug einmal kraftvoll gegen dessen Hinterkopf. Nummer 29 sah den Schlag nicht mal kommen, bevor er das Bewusstsein verlor.

Weder Nummer 5 noch Nummer 29 hatten blutende Wunden. Sie waren bloß weggetreten.

Die Kämpfer, die um uns herumstanden und das mit angesehen hatten, johlten vor Bewunderung, genau wie Niaff und ich.

Jossusz nickte nur und trat mit zwei Soldaten in die Arena, um die Bewusstlosen wegzuräumen. Von der Tribüne erklangen beifällige Rufe und vereinzeltes Klatschen.

Mhatarv verbeugte sich erneut galant und rief: »Wir sehen uns wieder, denkt an die 13!« Dann kam er zu uns zurück.

Als Nächster von uns war Niaff an der Reihe. Unser Riese von Trainer drückte der zweiten Gruppe, diesmal waren es mit Niaff fünf Kämpfer, kopfgroße Kugeln an dicken Ketten in die Hände und schickte sie mit den Worten: »Geht mit Hearre und Nemarre«, hinaus.

Inzwischen stand Mhatarv an meiner Seite, um Niaffs Auftritt besser beobachten zu können, und ich klopfte ihm kurz auf die Schulter. »Hast du gut gemacht!« Dann schauten wir neugierig nach draußen.

Niaff ließ den anderen den Vortritt, um sich vorzustellen und sich einzuschmeicheln. Er trug seine Waffe lässig über der Schulter und stand still abwartend neben den anderen Kämpfern. Als er dran war, fing er sofort an, die Leute auf der Tribüne zu verhöhnen und mit Spott zu überschütten. Er endete mit den Worten: »Wenn ihr uns angreift, werden wir euch alle zu den Sonnen schicken. Legt euch nie mit einem Scaparen an.«

Dann hetzte er seine Gegner gegeneinander auf und schlenderte dabei lässig um sie herum. Niaff schien nur zu beobachten, wie sie sich gegenseitig verprügelten. Während die Kugeln zischten und dumpfe Schlaggeräusche von sich gaben, fiel einer nach dem anderen aus, ohne dass Niaff selbst in den Kampf verwickelt wurde.

Als noch einer übrig war, bot Niaff allerdings einen perfekten Schaukampf, in dem er den letzten Kämpfer mit der Nummer 2 kreuz und quer durch die Arena jagte. Er spielte mit ihm und beherrschte diese seltsame Schleuderwaffe, als wäre sie ein Körperteil von ihm. Am Ende hetzte er Nummer 2 zur Tribüne, zwang den armen Kerl zum Niederknien und schlug ihm, in dieser Position, mit der Kugel so heftig auf den Helm, dass es krachte. Das reichte aus, um ihn ins Land der Träume zu schicken.

Niaff hielt sein Schild mit der Nummer 12 hoch und ließ sich feiern. Die Arena wurde wieder geräumt. Ich hoffte, dass ich diesen Tag auch nur halbwegs gut überstehen würde.

Doch meine Geduld wurde ziemlich strapaziert, vor mir kamen noch vier andere Gruppen dran, die sich heftig bekämpften. Es gab sogar einen Toten. Das heißt zwei, denn derjenige, der ihn versehentlich getötet hatte, sollte am nächsten Tag schon an die Zhiimbous verfüttert werden.

Ich wurde immer nervöser. Mhatarv hielt meine Hand und versuchte, mich zu beruhigen. Diesmal half es nicht viel. Ich wusste, dass ich schnell und wendig war, und ich hatte auch Ausdauer, doch meine Kampftechnik ließ noch zu wünschen übrig. Außer mit dem Messer, da war ich gut. Aber was würde mir ein unscharfes Knochenmesser nutzen, wenn ich gegen kräftige Männer antreten musste?

»Vielleicht schlagen sie nicht so hart zu, weil du in diesem Schaukampf die einzige Frau bist«, versuchte nun auch Niaff, mich zu beruhigen.

Ich schnitt eine Grimasse. »Glaubst du etwa, die denken, dass Frauen schneller kaputtgehen?«

In diesem Moment stellte Jossusz eine neue Gruppe zusammen, und zwar drei riesige Kerle, die nur aus Muskeln bestanden, und die Nummer 11. Erst als Mhatarv und Niaff mich mitfühlend anblickten, dämmerte es mir. Ich … Nadorr … Ich war die 11.

Ich nahm einen großen Schluck aus dem Trinkschlauch und nickte meinen Kameraden tapfer zu. Dann arbeitete ich mich durch die anderen wartenden Kämpfer hindurch bis zum Trainer, der mir, war ja klar, ein Messer aus Knochen zuteilte. Ich seufzte.

Mein Ende war nah.

Kapitel 48

Plötzlich stand ich selbst vor der Tribüne neben den anderen Kämpfern und konnte sehen, wer da oben saß, während meine Gegner ein paar Worte an die Zuschauer richteten. Den Statthalter entdeckte ich nicht, aber Cesszia war an Hardurrs Seite. Ihr Kleid schillerte im Sonnenlicht. Sie sah nicht gebrochen aus, sondern schien im Gegenteil gesund und fröhlich. Hatte sie doch die Seiten gewechselt?

Als sich alle Augen auf mich richteten, wusste ich, dass ich an der Reihe war. »Verraner«, rief ich ihnen zu. »Ihr nennt uns die Verdammten und haltet uns für Diebe und Mörder. Doch während ihr in eurem eisgekühlten Palast hockt, kämpfen wir im Cahchtar in der tödlichen Hitze der Sonnen jeden einzelnen Tag ums Überleben.« Mein Blick blieb an Cesszia hängen. »Ich stehe hier vor euch als Nummer 11, aber ich bin Kairra, die ihr die Auserwählte nennt, diejenige, die die Zukunft verändern kann … und ich verspreche euch, dass diese Schreckensherrschaft beendet wird. Euer Statthalter und seine Getreuen werden für alles bezahlen. Denn wir, die Ausgestoßenen, fordern Gerechtigkeit und ein Ende der Sklaverei. Nimm dich in Acht, Zekoll, deine Tage sind gezählt!«

Ich erhielt keinen Beifall. Im Gegenteil, es war still, bis auf ein leises Klatschen aus dem Gladiatorenloch. Das waren sicher Niaff und Mhatarv.

Kurz darauf brüllte Jossusz in die Ruhe hinein: »Aufstellung! Kämpft, ihr miesen Ratten.«

Hastig sah ich mich nach den anderen Kämpfern um. Meine drei Gegner umkreisten mich. In meiner Brust hämmerte mein Herz, während ich die Männer musterte. Mir war immer noch nicht eingefallen, wie man mit einem stumpfen Messer seine Gegner in die Bewusstlosigkeit schicken konnte. Aber da ging es den anderen Kämpfern nicht besser. Leider konnte ich mich an keinen von ihnen aus dem Training erinnern. Angesichts ihrer gewaltigen Muskelmasse war das auch egal. Ich hielt das Messer fest umschlossen, während wir uns weiter gegenseitig abschätzten und uns dabei langsam umkreisten.

Nummer 22 war nicht viel kleiner als Jossusz. Er schien Schwierigkeiten mit seinem rechten Augenlid zu haben, denn das zuckte heftig. Nummer 31 wirkte richtig nervös und hatte dabei einen eher verschlagenen Blick. Nummer 7 hingegen schien sich kaum noch zusammenreißen zu können und durchlöcherte ständig mit dem Messer die Luft, obwohl wir noch viel zu weit von ihm entfernt waren.

Während wir unsere Kreise zogen, erreichte ich innerlich den Punkt, an dem ich vor lauter Angst ganz ruhig wurde. Jetzt musste ich das hier irgendwie durchstehen. Es war klar, dass ich dabei Prügel kassieren würde. Keiner der Herren sah so aus, als hätte er auch nur einen Funken Mitleid mit mir. Im Gegenteil, ich wirkte wohl eher wie leichte Beute.

Von der Tribüne ertönten anfeuernde Rufe.

Völlig unerwartet holte Nummer 22 mit dem Arm aus und traf den Kämpfer mit der Nummer 31 neben ihm so heftig am Kopf, dass der ein paar Schritte weit flog, bevor er schließlich am Boden liegen blieb. Unglaublich, welche Kräfte die 22 hatte!

So einen Schlag hatte ich noch nie gesehen. Aber ich hatte nicht viel Zeit, mich darüber zu wundern. Die Zuschauer jubelten.

Nun waren es nur noch zwei Gegner für mich. Ich warf einen nervösen Blick auf Nummer 22. Was hatte der bloß mit seinen Augen, wieso zuckte sein rechtes Lid immer? Trotzdem war ich ihm dankbar, dass er sich nun dem anderen übrig gebliebenen Kämpfer zuwandte. Und es dauerte nicht lange, da hatte Nummer 22 die Nummer 7 mit einem kräftigen Faustschlag ebenfalls außer Gefecht gesetzt. Ganz ohne Anstrengung.

Er war unglaublich stark, und ich machte mich auf einiges gefasst, als er auf mich zutrat. »Na, meine Hübsche, bereit, den Boden zu küssen?«, rief er mir zu und zwinkerte wieder heftig.

Nadorr, er sollte endlich zur Sache kommen.

»Mach schon, du Riesenvieh, tu dir keinen Zwang an«, beschimpfte ich ihn und tänzelte auf Mhatarvs Art vor ihm herum. Dabei fuchtelte ich mit dem stumpfen Messer vor seiner Nase. Feige war ich nicht, das sollte keiner denken.

Nummer 22 trat zu mir und drückte mich einfach zu Boden, dann hockte er sich über mich und blinzelte mich an. Sein Gesicht kam dabei immer näher, bis sich unsere Nasen berührten.

Nadorr, was hatte der für ein Problem? Traute er sich nicht, eine Frau zu schlagen? Die Anspannung ließ mich ganz flau im Magen werden.

Der Muskelprotz drehte meinen Kopf zur Seite und flüsterte in mein Ohr. »Bei den Göttern, erkennst du mich nicht?«

»Hä? Was soll das?«, knurrte ich ihn an.

Wieder flüsterte er mir ins Ohr. »Mensch, Mädchen, ich bin's, Torgahrt. Hau mir jetzt eine rein, bevor noch jemand Verdacht schöpft!«

Ich riss die Augen auf. Das konnte keiner spielen, geschweige denn, dass irgendwer Torgahrt kannte.

Um nach außen hin kämpfend zu wirken, rangen wir ein bisschen herum. Als er unten lag, flüsterte ich: »Ich hoffe, du hast noch mehr drauf. Wir sitzen hier fest und können nichts tun. Alle Pläne sind gescheitert.«

Er wirbelte mich wieder in den Dreck. »Nicht alle, Kleine, jetzt hau mir eine in die Fresse!«

Von der Tribüne erschollen Buhrufe. Ich musste jetzt handeln. Schnell befreite ich meinen rechten Arm aus Torgahrts halbherziger Umklammerung und schlug ihm mit aller Kraft die Faust ins Gesicht. Nicht, dass ich das nicht schon immer mal machen wollte, aber jetzt kostete es mich doch einige Überwindung.

Zu meinem Erstaunen fiel Torgahrt, also Nummer 22, von mir herunter, rollte ein Stück und blieb ein paar Schritte entfernt leblos am Boden liegen. Ein letztes Mal zwinkerte er mir zu.

Das Publikum stieß Rufe der Verwunderung aus. So ging es mir auch. Es war unglaublich. Ich hatte nicht einen Kratzer, ich war nur ziemlich dreckig. Verwirrt stand ich auf, klopfte den Staub ab und verbeugte mich, als die Zuschauer schließlich begeistert klatschten.

Die Soldaten traten vor, um die Bewusstlosen wegzutragen. Ich blieb in Torgahrts Nähe. Da er offensichtlich in den Körper des ursprünglichen Kämpfers hineingeschlüpft war, hoffte ich, noch mit ihm reden zu können, bevor er sich wieder ins Reich der Götter verdrückte. Den einen oder anderen Gefallen war er uns noch schuldig. Aber vor allem wollte ich wissen, welche

Pläne denn nicht gescheitert waren. Mit der Andeutung allein konnte ich nicht viel anfangen.

Doch Niaff und Mhatarv zogen mich zu sich, kaum dass wir wieder im Gladiatorenloch waren.

»Was war das denn?«, fragte Niaff.

Mhatarv schüttelte ungläubig den Kopf. »Kairra, den Schlag musst du mir beibringen.«

»Jetzt nicht. Kommt lieber mit zu Nummer 22. Ich muss da was klären.«

»Was willst du da denn noch klären?«, fragte Niaff.

»Kann ich euch jetzt nicht sagen. Nur so viel, es ist sehr wichtig für uns.«

Die beiden sahen mich an, als hätte ich den Verstand verloren, begleiteten mich dann aber in den Teil des Trainingsraums, der extra zum Aufwachen der besiegten Kämpfer abgeteilt war. Keiner der Aufseher oder der Soldaten kümmerte sich um uns, da in der Arena die Kämpfe bereits weitergingen.

Die meisten der bewusstlosen Kämpfer waren inzwischen wach, nur die Letzten aus meiner Runde lagen noch bewegungslos auf ihren Matten. Als ich mich zu Nummer 22 niederkniete, schlug der die Augen auf und sah mich fragend an.

»Was ist? Warum liege ich und du stehst? Hat der Kampf noch nicht begonnen?«

»Doch, und er ist vorbei. Du bist zu Boden gegangen, weißt du das nicht mehr?«, antwortete ich leise.

»Welches dieser Arschlöcher hat mich umgehauen?«, fluchte er erstaunt.

»Du erinnerst dich nicht?«

»Nur, dass wir gerade die Arena betreten wollten.«

»Und du verarschst mich nicht, Torgahrt?« Es wäre nicht das erste Mal, dass er das machte.

Er rückte von mir ab. »Hast du sie noch alle? Wer soll das denn sein?«

Ich hob beschwichtigend die Hand. »Vergiss es! Die anderen werden dir sicher erzählen, was passiert ist. Erhole dich.«

Rasch schnappte ich mir Mhatarvs und Niaffs Arm und kehrte dem Riesen den Rücken zu. »Er ist nicht Torgahrt.«

»Das kann doch jeder sehen«, sagte Niaff und lachte. »Hast du einen Schlag auf den Kopf gekriegt, von dem wir nichts mitgekriegt haben?«

Ich zog beide in eine ruhige Ecke. »Torgahrt hatte seinen Körper übernommen …«

»Dein göttlicher Vater war hier?«, unterbrach mich Mhatarv überrascht.

Wie üblich verdrehte Niaff die Augen. »Du musst doch einen heftigen Schlag abgekriegt haben …«

»Nein«, seufzte ich. »Ohne ihn hätten die mich zu Brei geschlagen.«

»Hat er dir gesagt, dass er uns helfen wird?«, wagte Mhatarv zu hoffen.

Ich seufzte. »Nein, ich habe es erst im letzten Moment erkannt. Wir konnten kaum reden. Ich weiß nicht, ob das jetzt nur ein einmaliger Eingriff seinerseits war.«

Niaff stöhnte. »Da haben wir es wieder! Wir müssen uns auf unsere eigenen Fähigkeiten verlassen und nicht an so etwas Dummes wie göttliche Hilfe glauben. Und ich glaube, mir ist da sogar eine Idee gekommen.«

»Was?« »Welche?«, fragten Mhatarv und ich gleichzeitig.

Doch Niaff winkte ab. »Nachher, in unserer Zelle, wenn wir sicher vor Überraschungen sind. Kommt jetzt wieder ans Tor, damit wir nicht auffallen!«

Die Kämpfe dauerten tatsächlich noch eine Weile an. Ich war gespannt, was Niaff sich ausgedacht hatte.

Bevor der Tag vorbei war, kreuzte mein Blick immer wieder zufällig den von Nummer 22. Sein Selbstbewusstsein hatte heute einen gewaltigen Knacks erhalten. Dass ihn eine zarte Frau wie ein Sturm in der Wüste umgehauen hatte, musste er erst einmal verarbeiten. Leider war das nicht mein Verdienst, aber das konnte ich schlecht verraten.

Endlich in der Zelle angekommen, wuschen wir uns den Dreck ab, um uns dann gleich zum Abendessen auf meine Pritsche zu hocken und zu reden. Diesmal fühlten wir uns nicht so fertig wie sonst nach dem Training.

»Erzähl, Niaff, was ist dir eingefallen?«, fragte ich ihn, während ich mein Brot kaute.

»Tja«, er sah uns verschwörerisch an. »Im Grunde ist es ganz einfach. Habt ihr die Kindersklaven vorhin gesehen, die hier durchgeführt wurden?«

Mhatarv nickte. »Klar, die werden hier öfter zur Abschreckung durchgetrieben. Das weißt du doch.«

Niaff rieb sich die Hände. »Kairra und ich sind Wandler! Wir könnten uns also in ein kleines Mädchen und einen Jungen verwandeln und vorgeben, dass man uns hier vergessen hat oder wir uns hier verirrt haben.«

»Und dann?«, fragte ich, aber ahnte allmählich, worauf er hinauswollte.

»Dann werden wir in den Palast zurückgebracht und könnten mit Lorrin und Ledinnia Kontakt aufnehmen …«

»Und versuchen, an meinen Reif zu kommen …«

»Auch das«, stimmte Niaff zu. »In jedem Fall könnten wir endlich unsere Pläne umsetzen. Einer von uns geht dann durch die Tunnel – vermutlich wäre ich das –, um Elssa im Cahchtar zu berichten. Die Lage dort zu peilen und dann weiter zu den Scaparen, um zu sehen, ob die rechtzeitig vor Cesszias Hochzeit hier sein können. Denn diese Feierlichkeiten wären sicher eine perfekte Ablenkung beim Angriff.«

»Vorausgesetzt, wir entkommen den Aufsehern als Kindersklaven und können uns im Palast frei bewegen …«

»Das sollten wir hinkriegen!«

»Vergesst ihr da nicht eine Kleinigkeit?«, unterbrach Mhatarv unseren Eifer.

Wir sahen ihn fragend an.

»Mich«, sagte er. »Ich kann mich nicht in ein Kleinkind verwandeln. Habt ihr eine Ahnung, was die mit mir machen, wenn ihr verschwunden seid?«

Niaff schien auf alles eine Antwort zu haben. »Du hältst sie hin und sagst, wir wären zu einem Verhör in den Palast gebracht worden. Vielleicht können wir den jungen Soldaten bitten, für uns zu lügen. Viel hat er bisher noch nicht für uns tun können, da er selbst beobachtet wird.«

»Das heißt allerdings nicht, dass sie mich nicht vor Wut doch noch vor dem großen Auftritt in der Arena an die Zhiimbous verfüttern könnten. Ich sitze hier ziemlich fest.«

»Aber besser, als wenn wir hier alle festsitzen und wir nichts ausrichten können.«

Da hatte Niaff recht. Und eine andere Idee hatten wir nicht.

Selbst Mhatarv nickte widerstrebend. »Es passt mir zwar nicht, dass ich zum Nichtstun verurteilt bin, doch wenn ihr mir versprecht, alles zu tun, um meinen Reif hier runterzubringen, machen wir es so. Wann soll es losgehen?«

»Am besten gleich!«, sagte Niaff schlicht. »Je eher wir Kontakt nach draußen aufnehmen können, desto besser.«

»Stimmt, selbst der Gang durch die Tunnel kostet Zeit. Das wird so schon knapp vor der Hochzeit«, bestätigte ich.

»Mit meinem Reif wären wir sehr viel schneller!«

»Jaja«, stöhnte Niaff. »Wir werden ihn vorrangig suchen.«

»Na los, dann verwandelt euch, wickelt euch in die Laken und macht draußen auf verlorene Kinder. Ich bin es gewohnt, allein in einer Zelle zu hocken.«

Ich nahm Mhatarv in die Arme und drückte ihn fest. »Wir holen dich hier ganz schnell raus. Versprochen, aber ich sehe wirklich keinen anderen Weg.«

Er drückte mich fest zurück. »Pass auf den verrückten Scaparen auf. Wer weiß, was der sonst noch alles ausheckt. Lasst euch nicht erwischen und bleibt beide in einem Stück!«

Nachdem wir uns der knappen Gladiatorenausrüstung nebst Bändern und Schnüren entledigt hatten – Nadorr sei Dank liefen die Kinder alle nur barfuß und in diese Tücher gewickelt herum –, verabschiedete sich auch Niaff von Mhatarv. »Wirf unsere Sachen später einfach in die Ecke, wo die Ausstattung der Gladiatoren lagert. Dann fällt keinem auf, dass unsere Klamotten noch hier sind. So vermeiden wir unnötige Fragerei. Viel Glück, Ahne. Wir holen dich hier bald raus!«

»Na los, dann zeigt mal, wie ihr euch verwandelt«, erwiderte Mhatarv gespannt.

Niaff sah mich ebenfalls neugierig an, als ich mich auf das *kleine Mädchen* konzentrierte. Die *alte Frau* hatte ich ihm schon mal gezeigt, aber meine zweite Gestalt kannte er noch nicht. Wie jedes Mal musste ich mich richtig anstrengen, um mich auf den Vorgang zu konzentrieren. Meine Knochen schmerzten schlimmer als nach dem Kampftraining, um sich zu verkürzen. Über einen längeren Zeitraum konnte ich die Wandlung ohnehin nicht aufrecht halten. Das beherrschte Niaff besser, wie ich inzwischen wusste.

Als ich endlich fertig war, berührte Mhatarv eine Stelle auf meiner Schulter. Die sternförmige Brandnarbe, die seit meinem ersten Brennen nie verschwand und jede Wandlung überstand.

»Die bleibt mir leider in jeder Gestalt erhalten, normalerweise sieht man sie unter der Kleidung nicht.«

Bei Niaff ging es wie immer blitzschnell, bis er die Gestalt eines Zwölfjährigen eingenommen hatte. Ich war viel jünger.

»Warum ausgerechnet eine Fünfjährige?«, fragte Niaff.

Die Antwort war ganz einfach. »Als Lorrin in dem Alter war, war er richtig süß. Für meine Wandlung brauche ich immer echte Vorbilder, und da habe ich ihn genommen. Nur mein Geschlecht konnte ich nicht ändern.«

Niaff lachte. »Da bin ich aber froh.«

Es wurde Zeit, Abschied zu nehmen. Wir beide umarmten noch einmal Mhatarv, dann verließen wir rasch die Zelle, um uns so weit davon entfernt wie möglich von einem der Aufseher finden zu lassen.

Kapitel 49

Niaff hielt meine Hand, als ein Aufseher uns in einer dunklen Ecke des Trainingsraumes fand. Der Mann war dem Klang des weinenden Mädchens gefolgt, das ich spielte. Ich konnte in der Rolle der Kleinen auf Kommando heulen, das war einer der wenigen Vorteile der realistischen Wandlung.

Als der Aufseher uns entdeckte, packte er uns grob an den Armen und herrschte uns an. »Was macht ihr denn noch hier?«

Prompt fiel Niaff eine glaubhafte Antwort ein. »Die Kleine hatte Angst, als wir die anderen nicht mehr finden konnten, und versteckte sich. Ich habe versucht, sie zu beruhigen und zu überreden, mit mir zu kommen, aber Mädchen sind da komisch.«

Der Aufseher musterte uns skeptisch. »Das ist doch schon länger her, als eure Gruppe hier durchgeführt wurde. Warum habt ihr nicht eher Bescheid gegeben?«

Der junge Niaff sah betreten zu Boden. »Wir dachten, ihr würdet uns bestrafen und den Zhiimbous vorwerfen.«

»Ha, ha«, lachte der Aufseher. »Ihr werdet sicher eine Menge Ärger bekommen, aber nicht von unseren Leuten. Ich hole einen Boten, der wird euch nach oben bringen. Bleibt ja, wo ihr seid.« Er funkelte uns drohend an.

Wie auf Kommando guckten wir verängstigt.

»Ja, bestimmt. Wir warten hier«, bestätigte Niaff hastig.

Ich ließ statt einer Antwort nur ein Schluchzen hören. Dann

hockten wir uns wieder hin und warteten ab. Bisher lief alles gut.

Es dauerte nicht lange, und der Aufseher kam mit dem jungen Soldaten wieder, den wir schon kannten.

Er schüttelte ungläubig den Kopf. »Na so was? Fällt denen da oben nicht auf, wenn welche fehlen? Was soll's, ich bringe euch hoch in die Sklavenquartiere.«

»Bitte«, flehte ich. »Verrate uns nicht, die schlagen uns dann wieder.«

»Oder Schlimmeres!«, stimmte Niaff ein.

Der junge Soldat seufzte. »Keine Angst! Ich werde euch einfach in die Schlafräume der jungen Sklaven bringen. Es ist ohnehin Schlafenszeit. Euer Lager findet ihr dann wohl von allein. Ihr dürft mich Braan nennen, und wie heißt ihr?«

»Nadorr sei gedankt, das werden wir dir nie vergessen«, antwortete Niaff. »Die Kleine heißt Elssa, und mich nennt man Unno.«

Ich warf Niaff einen kurzen bösen Blick zu. Dann nahm ich vertrauensvoll Braans Hand, als er uns an den Aufsehern vorbei durch die langen Gänge zum Palast brachte. Der Soldat stellte uns viele Fragen. Wie man uns oben behandelte? Welche Arbeit wir da hatten? Wo unsere Eltern waren?

Niaff übernahm die Antworten. Er war extrem geschickt im Lügen, und es gab offenbar nichts, zu dem ihm nicht etwas Passendes einfiel.

Wir passierten alle Sicherheitstüren, durchliefen alle Gänge, ohne dass uns irgendwer Fragen stellte. Problemlos erreichten wir die Sklavenquartiere.

»Dahinten, die große Tür, da ist unser Schlafsaal«, erklärte Niaff Braan.

»Fein, schleicht euch rein und versucht, noch ein bisschen Schlaf nachzuholen, bevor die Nacht um ist. Passt gut aufeinander auf und macht keinen Ärger. Wer weiß, vielleicht begegnen wir uns ja noch einmal.« Der Soldat beugte sich zu mir herunter und strich mir übers Haar, dabei betrachtete er mich nachdenklich. Einen kurzen Moment später reichte er Niaff die Hand und nickte uns zum Abschied freundlich zu.

»Danke, Braan«, sagte Niaff. Dann öffnete er leise die Tür und zog mich mit hinein. Wir hielten den Atem an, als wir auf die sich entfernenden Schritte lauschten. Kaum war es draußen still, öffnete Niaff die Tür wieder und zerrte mich hinterher, bevor uns jemand im Schlafsaal bemerken konnte.

»Kairra, du solltest so schnell wie möglich aus deiner Kindergestalt rauskommen, du kannst sie nicht so lange halten wie ich. Wir gehen in die Wäscherei und holen dir andere Kleidung. Nachts arbeitet dort keiner. Dann können wir auch planen, wie wir weiter vorgehen.«

Das klang nach einer guten Idee. Niaff kannte sich hier im Sklavenbereich aus. Schweigend folgte ich ihm. Dabei achteten wir in den Gängen darauf, den Kameras auszuweichen.

In der Wäscherei angekommen, zog er mich in den Abholbereich. »Wir sollten uns kurz trennen, um uns mit Lorrin und Ledinnia abzusprechen. Zu zweit fallen wir eher auf, erst recht, wenn man uns suchen sollte.«

»Ich könnte die Kleidung einer freien Dienerin anziehen und so unbemerkt in Cesszias Räume gelangen.«

»Sehr schön, und zur Tarnung trägst du einen Stapel mit gewaschener Wäsche.«

»Und was machst du solange? Es wäre schlauer, wenn du abwartest, was ich in Erfahrung bringe, bevor du dich auf den Weg in den Tunnel begibst. Die Informationen aus dem Palast könnten wichtig für unseren Kampf sein.«

Niaff nickte. »Das denke ich auch. Komm, lass uns keine Zeit vergeuden. Ich helfe dir, dein Haar so zu flechten, wie die Dienerinnen es tragen.«

Beim Frisieren stellte er sich ziemlich talentiert an. Obendrein erwies er sich als äußerst hilfreich, was die Auswahl der Kleidung anging. Im Nu sah ich aus wie Ledinnias Schwester.

»Wo hast du das gelernt?«

»Ich weiß auch nicht, ich mochte das immer ganz gerne. Als ich so alt war, wie ich jetzt aussehe, war ich der Schwarm der Mädchen in unserer Lerngruppe.«

»Das bist du sicher auch heute noch.« Ich nahm mir ein dünnes Tuch und band es locker über meine neue Frisur.

»Heute sind mir Kampftechniken wichtiger. Auch ein Knabe wird mal erwachsen.« Niaff grinste spitzbübisch. »Du siehst perfekt aus. Keiner erkennt dich so schnell, wenn man dich nicht genauer überprüft.«

»Was ist mit dir, bleibst du in dieser Gestalt?«

»Ist wohl besser. Die Schlafenszeit ist bald um, dann arbeite ich hier zur Tarnung weiter und halte dabei meine Augen und Ohren offen. Wer weiß, manchmal tratschen die Diener, und man erfährt das eine oder andere Nützliche. Beeile dich aber und bring mir so schnell, wie du kannst, die Nachrichten von den beiden. Denke daran, dass die Zeit rennt. Ich werde anschließend noch vom Cahchtar ins Kaszareh-Gebirge müssen, um meine Leute zu informieren.«

»Mache ich. Gib auf dich acht.«

»Du auch!« Niaff drückte mir einen Stapel mit sauberen weißen Laken in die Arme. »Wenn du aus der Wäscherei rauskommst, bleibe immer auf den Hauptfluren. Irgendwann musst du dich rechts halten, dann erreichst du Cesszias Wohnbereich. Frage andere Dienerinnen, solltest du den Weg nicht finden. Sag einfach, dass du neu bist. Die meisten sind sehr hilfsbereit.«

Ich nickte ihm zu und ging los. Der Weg war nicht so schwer zu finden, wenn man nicht durch die geheimen Schleichwege irren musste, die Cesszia immer bevorzugt hatte. Bevor meine Arme lahm wurden, war ich auch schon da.

Mit dem Fuß klopfte ich an. Es dauerte nicht lange, bis mir Lorrin die Tür öffnete. Er brauchte nur einen kurzen Blick, bis er mich erkannte. Als er mich freudig begrüßen wollte, sah ich ihn eindringlich an. Mein kleiner Bruder begriff schnell und nickte. »Ah, die Wäsche. Komm rein, dann kannst du sie gleich einsortieren.«

Er schob mich in den Garten, aus der Reichweite von irgendwelchen Kameras und Abhöranlagen.

»Kairra, endlich! Hast du meine Nachricht erhalten?«

Seufzend legte ich die Wäsche auf die Gartenbank. »Ja, aber ich konnte nicht alles lesen. Eigentlich nur, dass Cesszia in zehn Tagen heiratet. Und dass wir fliehen sollten.«

»Genau, Zekoll plant ein Riesengemetzel zur Hochzeitsfeier. Wir konnten euch nicht schützen. Aber ihr habt es ja geschafft und seid entkommen!«

Ich schüttelte den Kopf. »Nicht ganz. Wir mussten Mhatarv

zurücklassen, da er sich nicht wandeln kann. Niaff und ich sind als Kinder entwischt. Doch er wäre aufgefallen. Wir müssen unbedingt seinen Reif finden. Wo ist Ledinnia? Wir sollten uns absprechen, Niaff wartet auf mich. Er muss ja noch durch die Tunnel und sowohl Elssa als auch die Rebellen verständigen.«

»Ganz ruhig, Schwesterchen. Ledinnia kommt gleich wieder, sie ist bei Cesszia. General Hardurr lässt sie zwar überwachen, aber er hasst den Statthalter offenbar mehr. Cesszia konnte ihn sogar dazu bringen, euch nicht unnötig zu quälen. Sie versprach ihm, dass wir helfen könnten, Zekoll zu stürzen.«

»Seid ihr sicher, dass Cesszia auf unserer Seite ist?«

»Sehr sicher«, antwortete Ledinnia, die gerade durch den Eingang zum Garten trat. »Hardurr scheint ihr aus den Händen zu fressen. Er ahnte, dass Cesszia Zekoll angelogen hatte, was die Schwangerschaft angeht, und hat mitgespielt. Deshalb hat er sich auch nicht persönlich an euch vergriffen, solange ihr bei den Gladiatoren wart.«

»Ledinnia – Nadorr sei Dank! Leider sollten wir uns sofort besprechen, da Niaff noch in der Wäscherei wartet. Er muss so schnell wie möglich aufbrechen, um die Leute im Cahchtar und die Rebellen zu unterrichten, wie wir vorgehen wollen. Die Hochzeit soll ja schon bald sein.«

Cesszias treue Dienerin trat auf mich zu und umarmte mich. »Das sehe ich genauso. Setz dich trotzdem einen Moment auf die Bank. Lorrin, holst du uns Wasser und Brot?«

Kaum war er weg, fragte ich: »Warum will uns dieser Hardurr helfen, was hat er davon?«

»Cesszia lässt ihn in dem Glauben, dass die beiden nach Zekolls Entmachtung zusammen die Stadt regieren werden.«

»Aber das wäre ja entsetzlich und garantiert nicht im Sinne der Cahchtarner und Scaparen.«

»Das ist auch nicht Cesszias Ziel«, antwortete Ledinnia leise. »Aber das darf der General nicht erfahren. Er weiß auch nur, dass die Cahchtarner die Stadt belagern könnten. Sie hat ihm nichts von den Scaparen gesagt. Glaube mir, Cesszia hasst Hardurr ebenso sehr wie ihren Cousin. Sie stellt diese Rache nur hintenan. Ihre Zeit wird kommen, sobald wir den Palast übernommen haben.«

Ich stieß den angehaltenen Atem aus. »Das hört sich gut an. Aber was habt ihr sonst noch erreicht? Weiß Cesszia, wo der Reif des Ahnen versteckt ist?«

»Sie hat ihre Spione bei Zekoll, aber bisher noch nichts herausgefunden.« Ledinnia nahm meine Hand. »Eine andere wichtige Information für euch ist, dass ich eine Botin in den vierten Ring der Stadt geschickt habe, um Nakkon, den Freund meiner Eltern, für unsere Sache zu erwärmen. Er verdankt meinen Eltern viel und würde uns nie verraten. Trotzdem können wir nicht sicher sein, wie er reagiert und ob er helfen will oder überhaupt kann. Jedoch hat Cesszia Beziehungen zu den Wächtern, die den Verranern das Prottag liefern, und die kontrollieren die Auslieferung. Wir hoffen, dass das als Druckmittel reicht, um jeden in der Stadt gegen Zekoll aufzubringen, der ohnehin nicht schon gegen ihn war. Wir werden von dort bestimmt Hilfe erhalten. Die Frage ist nur, welche, da wir selbst noch keinen richtigen Angriffsplan haben.«

Lorrin war inzwischen zurück und reichte mir Wasser und Brot.

»Immerhin wissen wir schon, wann. Der Hochzeitstag scheint sich am besten zu eigenen«, sagte ich.

»Wenn meine Botin zurück ist, kenne ich auch Nakkons Antwort. Bis dahin müssen wir ohne die Stadtbewohner planen, können aber davon ausgehen, dass wir in irgendeiner Form Hilfe von dort erhalten. Vielleicht können wir sogar das Tor zur Wüste öffnen.«

»Ist deine Botin denn vertrauenswürdig?«

»Ich gäbe mein gesamtes Wasser für sie. Dorra ist meine Freundin. Wir sind im gleichen Ring aufgewachsen und kennen uns schon ewig. Sie ist ein bisschen älter als ich und hat hier viel unter Zekoll gelitten, bis Cesszia und ich ihr eine bessere Position besorgt haben. Dorra arbeitet in ihrer Küche. Sie ist uns sehr dankbar, wie du dir vorstellen kannst.«

»Cesszia erzählte mir, dass Grinser und Scitch versuchen, die Wächter auf unsere Seite zu ziehen, ohne zu viel zu verraten. Die könnten uns auch den Rücken stärken«, sagte mein Bruder.

Ich seufzte. »Ein junger Soldat im Gladiatorenloch verriet uns sogar, dass einige Soldaten gegen Zekoll wären. Aber wir wissen nichts Genaues. Also kann ich Niaff nicht viel mehr liefern als den Zeitpunkt. Alles andere sind auch nur vage Vermutungen …«

»Immerhin ist der Zeitpunkt diesmal sehr sicher. Der Tag steht fest. Früh am Abend von Cesszias Namenstag soll die Hochzeit stattfinden. Das ist in knapp zehn Tagen. Dein Scapare wird sich beeilen müssen.«

Ich verdrehte die Augen. »Nicht du auch noch, er ist nicht *mein* Scapare. Wie auch immer, ich mache mich gleich auf den

Weg und berichte Niaff. Danach komme ich zu euch zurück, und wir versuchen, Mhatarvs Reif zu finden.«

»Nimm die Schmutzwäsche mit, dann bist du besser getarnt. Ich hole sie dir.« Mein Bruder dachte an alles.

»Ich brauche auch Wasser und Nahrungsmittel für Niaff, damit er durch die Tunnel kommt.«

»Das bringe ich euch gleich hinterher«, sagte Ledinnia. »Ich kenne den Eingang zu den geheimen Tunneln. Nutz die Zeit vorher, dich mit Niaff abzusprechen. Wir sehen uns dort.«

Als ich wenig später wieder in der Wäscherei eintraf, entdeckte ich ihn innerhalb kürzester Zeit. Der junge Niaff legte an einem der Tische sehr ordentlich die Wäsche zusammen. Er nickte mir nur kurz zu und begleitete mich, ohne ein Wort zu verlieren, zur Wäscheübergabe, wo wir endlich ungestört waren.

Nachdem ich ihn auf den neuesten Stand der Dinge gebracht hatte, fragte er: »Wer sagt uns eigentlich, dass Hardurr am Ende Cesszia nicht doch verrät und uns damit austrickst? Er braucht sie nicht mehr, wenn sie ihm geholfen hat, Zekoll zu stürzen. Die Cahchtarner und die Scaparen wären ihm dann bei der Machtübernahme ohnehin nur im Weg. Es ist möglich, dass er ganz eigene Ziele verfolgt. Und den Luxus der Stadt mit uns zu teilen, gehört sicher nicht dazu.«

Ich nagte auf meiner Lippe. »Stimmt, das wissen wir nicht, und wir sollten ihn im Auge behalten. Cesszia will sich ohnehin an ihm rächen. Wenn sie das schafft, ist er für uns auch kein Problem mehr. Leider sind unsere Pläne noch sehr lückenhaft, aber mehr haben wir bisher nicht. Wir brauchen vor allem eine Menge Glück!«

»Hoffen wir, dass alles so klappt«, sagte Niaff und wies mit einer knappen Kopfbewegung auf eine Dienerin, die gerade mit einem großen Sack die Wäscherei betrat. »Da kommt Ledinnia!«

Kaum hatte sie uns erreicht, drückte sie Niaff den Sack in die Hände. »Da ist auch eine Leuchte drin. Wasser und Essen müsste reichen, um einmal die Tunnel zu durchqueren. Folgt mir unauffällig. Von der Wäscherei zweigt ein Flur in die geheimen Gänge zum östlichen Tunneleingang ab. Von da an kennst du dich ja aus.«

Wir erreichten den Eingang, ohne aufzufallen, und betraten die verborgenen Wege, die kaum jemand kannte, außer Cesszia und jetzt den Scaparen, da sie in Paddins uralten Schriften in einer Skizze eingezeichnet waren.

Als wir die runde Vorhalle betraten, von der die Tunnel abzweigten, mussten wir uns verabschieden.

»Es kommt mir so lange her vor, dass wir hier Cesszia verprügeln mussten«, sagte ich und wandte mich von Niaffs nackter Kehrseite ab, während er sich wieder in seine normale Gestalt wandelte und seine Scaparenkleidung anzog, die hier immer noch in einer Ecke lag.

»Ist ja auch viel passiert.« Niaff schaltete die Leuchte an, steckte sich sein Messer in den Gürtel und warf sich den Sack mit den Vorräten über die Schulter.

Dann sah er uns an und grinste. »Verdammter Rattenschiss, muss ich doch tatsächlich noch einmal durch die Tunnel. Fast wäre es mir lieber, der Ahne hätte seinen seltsamen Reif gefunden, aber irgendwie wusste ich schon, dass das nichts wird. Verlasst euch nie auf diesen Götterkram.«

Mir fiel der Abschied diesmal schwer. »Möge Nadorr an

deiner Seite sein. Denke an das Signal, wenn ihr am Rand der Wüste angekommen seid. Und falls du Elssa im Cahchtar nicht persönlich antriffst, hinterlasse ihr eine Nachricht mit dem Zeitpunkt der Belagerung in unserer Höhle. Elssa kann lesen und findet sie dann sicher. Das spart dir Zeit.«

»Gute Idee, Kairra.« Er wandte sich kurz zu Ledinnia. »Ohne deine Hilfe wären wir jetzt nicht hier. Versprich mir, gut auf meine Verdammte und ihren Bruder zu achten.«

Bevor ich merkte, wie mir geschah, nahm er mich in den Arm und küsste mich. Als er mich erst nach einer ganzen Weile losließ, wäre ich beinahe umgekippt. Meine Knie gaben nach, und meine Wangen glühten. Es war, als würden die Sonnen in mir brennen. Mein Herz schlug wild. Verwirrt schubste ich ihn ein wenig von mir weg. Was sollte das denn?

Niaff lachte nur und zwinkerte mir zu. »Wir werden uns bald wiedersehen, Kairra. Grüße den Kleinen von mir und vergesst Mhatarv nicht im Gladiatorenloch.« Dann verschwand er im östlichen Tunnel.

Kapitel 50

In den restlichen Tagen vor der Hochzeit beschäftigten wir uns damit, mögliche Verbündete unter den Palastbewohnern zu finden. Wir planten, wie man den großen Amtssaal von Zekoll, in dem die Feier stattfinden sollte, abriegeln konnte. Außerdem suchten wir nach möglichen Fluchtwegen, sollten wir scheitern; woran wir lieber nicht denken wollten. Während dieser Zeit war Ledinnia unser einziger Kontakt zu Cesszia. Mich durfte keiner entdecken, und Lorrin sollte sich wegen Zekolls Unbeherrschtheit möglichst wenig im Palast blicken lassen.

Der große Tag rückte näher, ohne dass wir zuverlässige Pläne hatten. Wir wussten nicht einmal, ob die Scaparen oder die Cahchtarner ihre Positionen einnehmen konnten. Es war ein Gefühl, als würden wir uns alle zusammen blind durch die finstersten Droenmen tasten. Keiner hatte eine Ahnung, wohin es gehen würde. Wir taten, was möglich war, und hofften, dass sich alles fügen würde.

Dorra, die Freundin von Ledinnia, war inzwischen aus den Ringen der Stadt zurückgekehrt und berichtete uns, dass Nakkon bereit war, alles zu versuchen, das große Tor im Osten am Abend der Hochzeit zu öffnen. Außerdem wollte er sich mit den ranghohen Bewohnern der vier Ringe zusammensetzen, da er einen vertrauenswürdigen Kontakt zu jemandem im ersten Ring hatte, der ihn öfter besuchte. Dieser konnte ein Treffen mit den anderen Vertretern möglich machen. Notfalls wollte er ihnen damit drohen, dass die Wächter das Prottag nicht mehr ausliefern würden, falls die Verraner ihr Mitwirken verweigerten. Sie sollten ohnehin nicht viel mehr tun, als die Arbeit niederzulegen und sich aus den Lebenshäusern zu wagen. Zum Kämpfen waren die meisten nicht in der Lage. Es war nur wichtig, Zekoll und seine Anhänger einzuschüchtern, ihnen damit zu zeigen, dass die Bewohner zum Widerstand gegen ihn fähig waren.

Ledinnia schien Dorra wirklich gut zu kennen. Sie waren so herzlich und offen miteinander, dass selbst ich ihr schnell vertraute. Die beiden hielten sich immer wieder an den Händen und nahmen sich liebevoll in die Arme. Zwischen ihnen war so viel Nähe, dass es schon fast beneidenswert war.

Mir persönlich ging seit unserem Abschied der Scapare nicht mehr aus dem Kopf, was mich ärgerte. Ich wusste doch ganz genau, dass das für mich keine Zukunft hatte. Aber plötzlich war in mir der Wunsch entstanden, ihm wichtig zu sein – wichtiger als Sellina. Sein Abschiedskuss hatte mich mehr verwirrt, als ich es für möglich gehalten hatte, und es verging kein Tag, an dem ich nicht an ihn denken musste, dabei gab es dringendere Probleme zu lösen.

Aus einer Nachricht, die Braan, der junge Soldat, Ledinnia zusteckte, erfuhren wir, dass Mhatarv den Umständen entsprechend wohlauf war. Tatsächlich glaubten die Aufseher im Gladiatorenloch, dass Niaff und ich zu Cesszia gebracht worden waren, um dort irgendeine Sklaventätigkeit zu verrichten. Seltsamerweise bestätigte Braan, dass er gesehen hatte, wie man uns abholte. Damit war unsere Flucht unentdeckt geblieben. Wir konnten nur hoffen, dass Mhatarv auch weiter durchhielt. Doch der Ahne war stark und nicht das erste Mal in Gefangenschaft. Sein Reif der Reisen blieb leider unauffindbar. Auch Cesszias Spione fanden keinen Hinweis auf seinen Verbleib.

Weder Zekoll noch einer seiner Getreuen kamen uns in der Zeit vor der Hochzeit in die Quere. Insgesamt verliefen die Tage eher ereignislos. Ich verrichtete in der Zeit als verkleidete Dienerin Hilfsarbeiten und fiel keinem auf.

An diesem Abend hatte Lorrin die Schicht am Fenster zum östlichen Tor, als er sich aufgeregt bei uns meldete. »Kommt schnell her«, rief er über ein selbst gebautes Nahsprechgerät, das er aus einer der Abhöranlagen gebastelt hatte.

Ich konnte es kaum glauben, als wir neben ihm standen und angestrengt in die Ferne blickten. Er hatte das Signal in der Wüste weit hinter dem Cahchtar entdeckt. Natürlich war es jetzt nicht mehr zu sehen, doch Lorrin schwor, dass es dasselbe Leuchtzeichen war.

Er reichte mir ein Rohr mit einer Vergrößerungslinse. »Sieh doch, Kairra, am äußersten Ende des Horizontes, direkt neben Nadorr, ist es aufgeblitzt.«

Während ich konzentriert durch das Rohr starrte und die Stelle suchte, sah ich das Signal noch einmal. Dreimal kurz, einmal lang und wieder dreimal kurz. Das mussten die Scaparen sein.

»Jetzt sehe ich es auch! Nadorr ist mit uns. Sie könnten es gerade noch schaffen. Es sind knapp drei Tage bis zur Hochzeit.«

Dorra stand neben mir und nickte. »Vielleicht sollte ich noch einmal in den vierten Ring, um zu sehen, ob Nakkon das Echsen-Tor öffnen kann?«

Ledinnia legte ihr eine Hand auf den Arm. »Das wäre wirklich gut zu wissen.«

Mir wurde flau im Magen. »Hoffentlich hat Elssa das mit den Cahchtarnern hinbekommen. Jetzt wird sich zeigen, ob die einzelnen Bausteine unseres Plans zusammen funktionieren. Wir haben nur die eine Nacht, um den Palast zu übernehmen. Wenn die Sonnen nach der Hochzeit aufgehen, müssen wir die Belagerung vor den Toren der Stadt abbrechen.«

Lorrin nahm mir das Rohr ab und schaute in die Wüste. »Ob Paddin auch mit dabei ist?«

Ich seufzte. »Ich hoffe es, zusammen mit Elssa und Niaff.«

»Wie gehen wir jetzt vor, Kairra?«, fragte Ledinnia.

»Am besten, wir begeben uns in den Garten und überlegen da«, antwortete ich. Auch wenn Lorrin behauptete, hier wären alle Lauschanlagen abgeschaltet, fühlte ich mich dort immer noch am sichersten, und das trotz unserer schlechten Erfahrung.

Als wir neben dem Springbrunnen saßen, plapperte Lorrin drauflos: »Wenn Dorra zu Nakkon geht, könnte ich mitgehen. Ich meine, falls er nicht mit dem Öffnungsmechanismus klarkommt. Er kennt mich, da ich mit Ledinnia schon mal bei ihm war.«

»Ich weiß nicht, Lorrin. Wenn es zu Kämpfen kommen sollte, wäre ich nicht in deiner Nähe.«

»Wenn es zum Gefecht kommt, wäre er dort am besten aufgehoben. Zumindest besser als hier«, warf Ledinnia ein.

»Meinst du das wirklich?« Ich zögerte, was auch daran lag, dass ich mich ungern wieder von Lorrin trennen wollte.

Dorra antwortete für ihre Freundin. »Ich verspreche dir, dass ich ihn mit meinem Leben schützen werde. Es kann wirklich gut möglich sein, dass wir ihn und sein technisches Geschick dort brauchen. Wenn alles gut läuft, wären wir zurück, bevor Cesszia heiratet.«

»Bitte, Kairra«, flehte mein Bruder und sah mich dabei so an, dass es mir schwerfiel, ihm etwas abzuschlagen.

Vermutlich hatten sie recht. Hier im Palast könnte es hoch hergehen, wenn Zekoll etwas von der Revolte mitbekäme. »Gut, dann passt aber aufeinander auf. Das müsst ihr mir versprechen.«

»Wie viele Leute kommen eigentlich durch den Tunnel?«, fragte Ledinnia.

»Niaff dachte an mindestens zwanzig erfahrene Kämpfer. Die könnten sich leichter hier einschleichen. Eine größere Gruppe wäre zu auffällig.«

»Was würden die denn genau machen?«, fragte mich Lorrin.

»Wächter außer Gefecht setzen und versuchen, die Hochzeitsgesellschaft zu stürmen. Wenn es perfekt läuft, könnten sie auch Zekoll festsetzen.«

»Und was macht ihr, wenn sie es nicht schaffen?«

Mein Bruder wollte offensichtlich nichts dem Zufall überlassen.

»Eigentlich hatte ich nicht damit gerechnet, dass die Scaparen tatsächlich als Verstärkung eintreffen, und gedacht, dass ich mich als Dienerin auf der Hochzeitsfeier einschleiche. Ledinnia versucht, uns von Cesszia ein Betäubungsmittel zu besorgen, das könnten wir ihm heimlich verabreichen, wenn wir an seine Getränke kommen.«

»Das klingt aber nach einem sehr wackeligen Plan. Der hat doch sicher Vorkoster«, sagte Lorrin.

Daran hatten wir auch gedacht und diese Idee vorerst beiseitegeschoben. Jedoch konnte ich meinem Bruder nicht erzählen, dass es eigentlich meine Absicht war, Zekoll mit dem Messer zu überwältigen, wenn ich nah genug an ihn herankommen sollte.

Deshalb antwortete ich ausweichend: »Vergiss Grinser und Scitch nicht, und zusätzlich gibt es noch einige andere Wächter, die gegen Zekoll aufbegehren wollen.«

Das entsprach zwar der Wahrheit, aber ich wusste von Ledinnia, dass keiner von ihnen den ersten Schritt wagen würde. Sie alle hofften darauf, dass die Rebellen zur Unterstützung kamen. Zu groß war die Angst, dass sie scheitern konnten, wenn sie auf sich gestellt waren.

Wenn also alles schlecht lief, müsste ich den ersten Schritt machen und hoffen, dass sich eine gute Gelegenheit ergab, um Zekoll außer Gefecht zu setzen. Insofern war es sogar gut, dass Lorrin nicht im Palast war. Wenn ich scheiterte, bedeutete das mein sicheres Todesurteil.

»Irgendwie klingt euer Plan nicht sehr überzeugend.« Lorrin machte ein unzufriedenes Gesicht. »Ich hoffe, dass Paddin und Niaff es rechtzeitig schaffen, bei euch zu sein, um euch zu unterstützen.«

»Das hoffen wir auch«, sagten Ledinnia und ich wie aus einem Munde.

»Nadorr wird die Gerechten schützen«, beschwor Dorra.

Als hätte das jemals geklappt. Wir glaubten bis vor Kurzem noch, einen Gott auf unserer Seite zu haben, selbst das war nun eher unwahrscheinlich. Allerdings hoffte ich weiterhin, dass Torgahrt zumindest unsere Welt vor dem Verglühen retten konnte, wenn er sich schon nicht für unsere sterblichen Schicksale einsetzen wollte.

Ich antwortete mit einem aufmunternden Lächeln. »Ja, Nadorr wird bei uns sein. Lorrin, mache dir keine Sorgen. Wenn ihr es schafft, das Tor zu öffnen, kann ja noch mehr Verstärkung von den Scaparen zu uns stoßen. Vielleicht sogar die Verdammten, wenn Elssa ihr Versprechen halten kann.«

Lorrin wirkte nicht sonderlich überzeugt, und damit spiegelte er auch meine Einschätzung der Lage. Bisher fehlte uns einfach ein durchdachter Plan, und der, den wir hatten, war unter den gegebenen Umständen nicht leicht umzusetzen.

»Ihr solltet jetzt aufbrechen«, sagte Ledinnia. »Damit das mit dem Tor klappen kann. Nehmt euch etwas Verpflegung mit und richtet Nakkon meine Grüße aus.«

Wir verkleideten Lorrin als Mädchen, damit ihn niemand erkannte. Ledinnia fälschte inzwischen die Passierscheine, die sie offenbar schon mal mit Lorrin benutzt hatte. Rein theoretisch konnte man es an einem Tag hin und zurück schaffen. Da wir nicht wussten, wie weit Nakkon mit seinen Vorbereitungen gekommen war, versuchte ich, mir lieber keine Illusionen zu machen.

»Mach dir keine Sorgen, Kairra, falls es länger dauern sollte«, sagte Lorrin, als er als hübsches junges Mädchen vor mir stand. »Es ist wichtig, dass so viele Rebellen wie möglich in den Palast strömen können. Dafür lohnt es sich, länger am Tor zu basteln.«

Ich drückte ihn an mich. »Mach keine Dummheiten!« Meine Stimme klang belegter, als ich wollte.

»Keine Sorge, du wirst mich nicht los.«

Ledinnia legte ihm die Hände auf die Schulter. »Wenn du

vom Trainingsplatz der Zhiimbous aus am Tor arbeiten musst, lass dir von Nakkon die Echsensalbe geben. Creme die freien Hautflächen damit ein. Sollte eines der Viecher freikommen, hält sie das davon ab, dich zu verspeisen.«

»Hoffentlich stinkt die nicht so.« Lorrin grinste zuversichtlich.

Dorra lachte. »Ich bringe ihn heil zurück. Dafür müsst ihr mir versprechen, euch gegenseitig zu schützen.«

»Möge Nadorr mit uns allen sein«, sagte ich.

Lorrin winkte uns noch einmal zu, dann verließen die beiden Cesszias Garten.

Zwei Tage später wurde ich immer unruhiger, da wir bisher noch nichts von Lorrin oder Dorra gehört hatten.

Ledinnia blickte mich mitfühlend an. »Weißt du was? Ich nehme dich nachher mit zu Cesszia, dann grübelst du nicht so viel herum.«

»Aber das geht doch nicht. Wenn mich einer erkennt, sind wir geliefert, und das so kurz vor der Hochzeit.«

»Niemand erkennt dich, wenn ich mit dir fertig bin. Denke an Cesszias Gesichtsfarben. Wir haben noch die feinen Kleider, die du nach der Ankunft von ihr bekommen hast. Ich kann dir sogar die Haare färben. Zur Hochzeit müssen wir dich ohnehin auf diese Art in den Amtssaal einschleusen. Das können wir jetzt schon mal proben.«

»Das klingt nach einer guten Idee. Lass uns gleich loslegen.« In der ersten Zeit bei Cesszia hatte ich mich selbst im Spiegel kaum wiedererkannt.

Wieder einmal landete ich vor Cesszias riesigem Schminkspiegel und konnte beobachten, wie Ledinnia mich routiniert in eine Dame von hohem Rang verwandelte. Mit den Metallfarben im Gesicht und den dazugehörigen Edelsteinen würde mich jeder für eine von Cesszias Hochzeitsgästen halten.

»Wieso sind wir eigentlich nicht schon eher auf die Idee gekommen?«, fragte ich sie, als sie fast fertig war.

»Vielleicht hatten wir einfach zu viele andere Sorgen im Kopf. Außerdem ist es ganz gut, dass wir diesen Trick so spät wie möglich anwenden. Umso kürzer ist die Zeit, in der wir damit auffliegen könnten.«

Ledinnia steckte mir die Haare hoch und befestigte sie mit einer langen Nadel, die ebenfalls mit Edelsteinen besetzt war.

»Die Nadel eignet sich auch zur Selbstverteidigung«, erklärte sie beiläufig.

Anschließend kleidete sie mich mit einem prächtigen Gewand ein. Die Stoffe waren so leicht und durchscheinend, dass man das Gefühl hatte, davonschweben zu können. Unterhalb meiner Brust wurden die Stoffe von einem glitzernden Gürtel zusammengehalten. Wie sich zeigte, bestand die verzierte Schnalle aus einem kleinen Krummdolch.

»Jetzt nur noch ein wenig Schmuck und wir sind fertig, werte Dame.« Mit diesen Worten behängte sie mich mit erlesenem Geschmeide.

»Was sage ich, wenn mich jemand fragt, wer ich bin?«

»Anddra, Cesszias Schulfreundin aus dem ersten Ring. Es wäre nicht verwunderlich, dass sie sich für die Hochzeit einen Tag vorher bei ihr einquartiert. Anddra stammt aus einer der höchsten Familien, die außerhalb des Palastes in einem herrschaftlichen Stadthaus leben. Keiner wird sie noch kennen, außer Cesszia selbst. Und die wird dich sicher decken.«

»Damit ich mich in dieser Aufmachung sicher fühle, müsstest du an meiner Seite bleiben.«

»Als deine treue Dienerin«, versicherte mir Ledinnia.

Ich holte tief Luft. »Dann lass es uns wagen. Vielleicht kann ich so noch mehr Informationen sammeln.«

»Spiel erst einmal deine Rolle. Sei zurückhaltend und gern auch etwas schüchtern. Anddra ist, wie gesagt, schon sehr lange nicht mehr im Palast gewesen, und diese Pracht kann jeden einschüchtern. Wichtig ist nur, dass du dich am morgigen Abend sicher unter den Hochzeitsgästen bewegst. Anddra selbst wird hier nicht auftauchen, da Cesszia keinen Kontakt mehr zu ihr haben will.«

Je mehr ich darüber nachdachte, desto besser gefiel mir die Idee. Bisher dachte ich, ich würde als Dienerin auf der Hochzeit erscheinen. Doch in dieser Rolle war mir wesentlich mehr möglich. Ich konnte mich viel freier bewegen.

»Hm, das klingt gut. Die Idee hätte von meinem Bruder sein können. Wann bist du darauf gekommen?«

»In den letzten Tagen. Ich wollte zuerst mit Cesszia drüber sprechen, aber wir waren nie richtig unter vier Augen. Heute hatte ich den Einfall, dich ihr einfach als Anddra vorzustellen. Sie erkennt dich sicher in ihren Sachen und mit den Schminkfarben, die du vorher schon mal getragen hattest. Deshalb wird sie schnell darauf eingehen.«

Mit einem Mal konnte ich es kaum abwarten. So wie ich aussah, würde ich mich Zekoll nähern können. Meine Chance, ihn als Geisel zu nehmen, stieg damit beachtlich. Wenn das nicht klappte, musste ich ihm die Kehle durchschneiden. So oder so, ich würde diesen Mistkerl für seine Untaten bluten lassen, selbst wenn die Hilfe nicht rechtzeitig eintreffen würde.

Kapitel 51

Wir betraten Hardurrs Räume am Nachmittag vor der Hochzeit. Der General legte offensichtlich nicht so viel Wert auf die Innenausstattung wie Cesszia. Seine Räume wirkten erschreckend nüchtern und ungemütlich. Alle Möbel waren zweckmäßig und sahen unbequem aus. Überhaupt stand nicht viel herum, die großen Räume, die wir durchquerten, wirkten leer.

Ein Soldat begleitete uns in den hinteren Bereich.

»Cesszia bewohnt hier einen eigenen Raum. Da bringt man uns hin, werte Anddra. Sie wird sich so freuen, Euch noch vor der Hochzeit zu sehen«, plauderte Ledinnia, die anscheinend genau wie ich überall Abhörgeräte vermutete.

Ich wandte mich scheinbar beiläufig an den Soldaten. »Ist der General denn auch anwesend? Ich hatte noch nicht das Vergnügen, den zukünftigen Ehemann meiner Freundin Cesszia kennenzulernen. Da bin ich natürlich sehr neugierig.«

»Ihre Neugier, werte Dame, wird warten müssen. General Hardurr befindet sich im Gespräch mit unserem geliebten Statthalter, und da weiß man nie genau, wann er zurückkommt. Doch Ihr werdet ihn spätestens morgen Abend auf der Hochzeit sehen.«

»Nun gut, dann muss ich mich wohl gedulden«, erwiderte ich und lächelte milde. »Ich bin mir sicher, meine Freundin hat wie immer einen guten Geschmack mit der Auswahl ihres Ehemannes bewiesen.«

Der Soldat hüstelte. »Wir sind jetzt da. Hinter der Tür befindet sich Ihre werte Freundin.«

Ledinnia klopfte an und öffnete, als sie ein lautes »Herein« vernahm.

Hinter der Tür befand sich ein großer heller Raum mit einem riesigen Bett und vielen anderen Sitzgelegenheiten. Cesszia saß am anderen Ende vor einem Spiegel, der bis zur Raumdecke reichte. Sie wurde gerade von einer Dienerin frisiert, während eine andere Kleider anprobierte.

»Komm nur her, Ledinnia, ich brauche deinen Rat. Schau dir das Kleid an, das meine Ankleidedame gerade für mich anprobiert. Denkst du, es würde auf der Abendgesellschaft nach der Hochzeit bestehen? Ich kann unmöglich den ganzen Abend in diesem voluminösen Albtraum von Hochzeitskleid verbringen. Auch wenn es ein einmaliger Anblick wäre, wie ich über die viel zu lange Schleppe stolpern würde …« Verwirrt sah sie mich an, als wir näher kamen. »Oh, wen hast du mir denn da mitgebracht?«

Ich trat etwas schneller auf sie zu. »Sag bloß, du erkennst deine Anddra nicht? So lange ist es doch nicht her, dass unsere gemeinsame Schulzeit beendet wurde.«

Cesszia zögerte nur kurz, dann zeigte sie ein strahlendes Lächeln und sprang dabei auf. »Anddra, wie schön, dass du es einrichten konntest.« Sie drückte mich fest an ihre Brust. »Wir hatten keine Antwort auf unsere Einladung erhalten, deshalb dachte ich, du würdest vielleicht nicht kommen.«

»Unter keinen Umständen würde ich die Hochzeit meiner Lieblingsfreundin verpassen.«

Cesszia schob mich mit ihren Armen ein wenig von sich

und strahlte freudig und gut erkennbar trotz ihrer Gesichtsbemalung. »Mein Kleid ist noch für letzte Änderungen bei meiner Schneiderin. Wir könnten sie gleich besuchen. Sie hat nicht weit von hier einen Werkraum, da kann ich es dir dann ungestört zeigen.«

»Sehr gerne, ich hoffe, du hast nichts dagegen, dass ich schon einen Tag vorher gekommen bin? Mir ist zu Hause die Decke auf den Kopf gefallen. Und so können wir uns noch in Ruhe unterhalten, morgen wird sicher alles turbulenter.«

Sie hielt meine Hand, als sie sich setzte, damit ihre Frisur fertig gerichtet werden konnte. »Ich habe dir so viel zu erzählen. Wie schön, dass es dir gut geht. Hat Ledinnia denn gut für dich gesorgt?«

»Ja, du hast eine gewissenhafte Dienerin. Sie hat mir alles gezeigt.«

»Hast du ein Kleid für morgen?«

»Ist das, was ich trage, nicht … ausreichend?«

»Doch, doch«, Cesszia lächelte gewinnend. »Aber wenn wir bei meiner Schneiderin sind, kann ich dir ein anderes zeigen, das dir passen müsste. Es harmoniert so schön mit deinen goldbraunen Augen. Ledinnia nehmen wir mit, sie hat immer einen guten Geschmack. Ach, was rede ich, sieh es dir einfach an.«

»Oh, das klingt gut. Gerne sehe ich mir das an.«

Cesszia konzentrierte sich wieder auf ihr Spiegelbild, um die letzten Handgriffe der Dienerin an ihrem Haar zu kontrollieren. »Wir sind gleich fertig, dann gehen wir zu ihr.«

Ich warf Ledinnia einen kurzen Blick zu. Wenn ich Cesszia

richtig verstanden hatte, konnten wir uns in den Räumen ungestört unterhalten. Ledinnia nickte zustimmend.

Der Soldat stand immer noch an der Tür und starrte scheinbar teilnahmslos ins Leere.

»Deine Frisur ist sehr erlesen«, sagte ich, um unser Gespräch wieder in eine unverfängliche Richtung zu führen.

»Ja, nicht wahr? Genauso soll sie morgen hergerichtet werden. Heute ist der Probelauf. Anddra, du hast ja keine Ahnung, was für so eine Hochzeit alles nötig ist. Ich weiß nicht mehr, wo mir der Kopf steht. Obendrein hat mein geliebter Zukünftiger in letzter Zeit so viel zu tun, dass er kaum Zeit für seine Angebetete frei halten kann.«

»Oh, wie schade, ich hätte ihn gern vor der Hochzeit kennengelernt.«

Cesszia lachte. »Er läuft dir nicht weg. So hohe Generäle sind sehr gefragt. Es sind unruhige Zeiten, da mein Cousin irgendetwas Spannendes plant. Ausgerechnet zu meiner Hochzeit, ist das zu glauben?«

»Männer«, sagte ich und horchte gleichzeitig auf. Wollte sie mir damit etwas sagen? War der General schon bereit, um gegen die Scaparen auszurücken?

»Und mein werter Cousin ist ebenfalls zurzeit sehr unabkömmlich. Ich nehme an, er plant ebenfalls eine Überraschung für unsere Hochzeit. Ach, Anddra, ich halte es vor Neugier gar nicht mehr aus.«

»Ich weiß genau, was du meinst«, stimmte ich zu. Das klang für mich alles alarmierend, doch Cesszia wirkte sehr gelassen.

»Hast du denn endlich einen Auserwählten gefunden?«,

plauderte sie weiter, während sie immer wieder die Handgriffe der Dienerin an ihren Haaren korrigierte.

»Ach, Cesszia, wenn es nur so einfach wie bei dir wäre. Derjenige, der überhaupt infrage käme, hat offenbar schon eine Geliebte.«

»Nein, den müssen die Sonnen geblendet haben! Eine der schönsten und ungewöhnlichsten Frauen unserer Stadt zu verschmähen.«

Ich zischte empört. »Ob du es glaubst oder nicht, er hat es trotzdem versucht und auch mich umworben.«

Cesszia schien endlich fertig zu sein. Sie nickte der Dienerin im Spiegel zu und stand auf. »Das musst du mir alles gleich erzählen. Fast bin ich froh, dass mein zukünftiger Gemahl erst später kommt. So haben wir noch etwas Zeit. Wie findest du mein Haar?«

»Ich bin überwältigt! Du bist wunderschön. Findest du nicht auch, Ledinnia?«

»Meine Herrin war immer die Schönste für mich. Verzeiht mir, werte Anddra.«

»Nein, nein, was die Wahrheit ist, sollte wahr bleiben. Liebe Ledinnia, scheue dich nie, ehrlich zu sein.« Ich wandte mich an Cesszia. »Gehen wir jetzt zu deiner Schneiderin, Cesszia?« Allmählich wurde ich unruhig wegen ihrer Andeutungen.

»Der Soldat Gannta wird uns begleiten.« Sie deutete auf den Mann, der uns schon hierher begleitet hatte. »Er hat übrigens einen jüngeren Bruder, der gerade im Gladiatorenloch seine erste Dienstzeit erfüllt.«

Der Soldat an der Tür nickte erfreut. »Ja, mein Bruder Braan ist sehr dankbar für die Ehre, dem Statthalter dienen zu dürfen. Das sind wir natürlich alle, werte Dame.«

»Aber natürlich, wie sollte es auch anders sein? Begleitest du uns zu meiner Schneiderin?«

»Nichts täte ich lieber. Folgt mir.«

Mir war schon ganz schwindlig von der gewählten Aussprache. Gleichzeitig wunderte es mich, wie schnell ich mich anpassen konnte. Es machte mir kaum Mühe, wie sie zu reden.

Wir folgten ihm alle drei schweigend. Ich nutzte die Zeit, um nachzudenken. Die Tatsache, dass Braan, der freundliche Soldat aus dem Loch, hier oben einen Bruder hatte, war eine gute Nachricht. Hatte er uns nicht erzählt, dass mehr Soldaten, als wir glauben würden, gegen Zekoll wären? War sein Bruder auch auf unserer Seite? Er wirkte zumindest sehr nett.

Gannta ging voran, ich folgte am Arm von Cesszia, und Ledinnia schritt hinter uns, so wie es sich für eine Dienerin schickte. Wir mussten erst durch Hardurrs Räume und dann noch einen Gang weiter im Palast laufen, bis wir unser Ziel erreichten.

»Ich werde hier vor der Tür warten, werte Damen, dann könnt Ihr Euch ungestört über die bevorstehende Hochzeit unterhalten.«

»Das ist eine nette Idee, Gannta, wir bemühen uns, dass es nicht zu lange dauern wird«, sagte Cesszia.

»Ich bin es gewohnt, an Türen zu stehen. Eilt Euch nicht, morgen ist Euer großer Tag.«

»Danke, wir sehen uns dann gleich wieder.«

Hinter der Tür erwartete uns ein Raum, vollgestopft mit

Stoffballen. Eine seltsame Maschine ratterte laut, während eine alte Frau davorsaß und sie mit Stoffen zu füttern schien.

»Das ist Kallera, meine Schneiderin seit Kinderzeit. Sie ist taub und stumm, aber sie hat ein unfehlbares Gespür für Stoffe und prachtvolle Gewänder. Und sie ist mir treu ergeben. Wir verstehen uns auch ohne Worte.«

Auch wenn Kallera taub war, so reagierte sie offenbar auf unsere Anwesenheit. Sie stand sofort auf und ergriff freudig die Hände von Cesszia. Ledinnia nahm sie herzlich in die Arme, und mir nickte sie freundlich zu. Sie deutete auf die Maschine, dann auf unsere Münder und lachte.

Cesszia übersetzte für sie. »Wir können hier frei reden. Kallera sucht täglich den Raum nach Abhöranlagen ab. Und hat bisher keine gefunden. Sie ist allerdings der Meinung, dass man uns noch weniger hören kann, wenn ihre Maschine rattert.«

Die grauhaarige Schneiderin zeigte auf die herumliegenden Stoffballen am Boden und klatschte sich auf den Hintern. Dann formte sie eine Hand wie ein Gefäß und führte es zum Mund, um laut zu schlucken.

»Wir sollen uns setzen. Und sie holt uns ein erfrischendes Getränk.« Cesszia suchte sich gleich einen Ballen aus und setzte sich drauf. Wir taten es ihr nach. »Ich werde dich weiter Anddra nennen, damit mir morgen kein Fehler passiert. Erzählt mir, was habt ihr für Neuigkeiten? Wie geht es meinem kleinen Beschützer Lorrin? Was macht der Ahne?«

»Von Mhatarv wissen wir leider nicht viel. Ledinnia hat dir sicher berichtet, dass wir ihn zurücklassen mussten. Aber Lorrin ist wohlauf«, antwortete ich.

»Wie ihr aus dem Loch entkommen konntet, war mir lange

ein Rätsel, doch dann berichtete mir Gannta, dass sein Bruder zwei verloren gegangene Sklavenkinder zurück in die Schlafräume gebracht hat. Das kleine Mädchen hatte eine sternförmige Narbe an der Schulter, genau wie du … Anddra.« Sie zog mein Gewand leicht zur Seite und legte meine Brandnarbe frei.

Vor Schreck fehlten mir die Worte. Braan hatte mich in der Mädchengestalt erkannt? Mir fiel wieder ein, dass er mich wie Niaff und Mhatarv nach der ersten Trainingsstunde eingesalbt hat. Als kleines Mädchen hatte ich mir auf der Flucht nur ein Tuch grob umgeschlungen, die rechte Schulter war frei geblieben.

»Du musst dazu jetzt nichts sagen … Anddra. Vermutlich gehörst du wie dein Begleiter zu den wenigen Wandlern auf unserer Welt. Braan wunderte sich nur, dass die Schulter der Gefangenen exakt dieselbe Narbe aufwies wie die des kleinen Mädchens. Aber weder er noch ich sahen darin gleich einen Zusammenhang. Später erfuhr ich von Ledinnia, dass der junge Scapare, der mit euch damals durch die Tunnel geflohen ist, eigentlich ein junger Mann ist. Also ein Wandler. Ich habe eins und eins zusammengezählt und mir meinen Teil gedacht. Denn das bestätigte meine Theorie, was dich betrifft.«

Sie sah mich lächelnd an. »Keine Sorge, dein Geheimnis ist bei mir sicher. Ich habe euch Braan extra zuteilen lassen, um zu erfahren, wie es euch geht. Als ich hörte, dass man euch fast totgeschlagen hat, habe ich ihm die Heilsalbe gegen eure Verletzungen gegeben. Leider konnte ich keine Nachrichten schicken, weil Hardurr mich anfangs eingesperrt hielt, damit Zekoll nicht misstrauisch wird. Ledinnia erzählte mir jedoch, dass ihr bei eurer Rückkehr, bevor sie euch zu den Gladiatoren steckten, mögliche Verbündete für einen Aufstand gegen Zekoll gefunden habt. Haben die Scaparen denn eingewilligt und kommen her?«

Ich war mir nicht sicher, ob ich ihr wirklich alles erzählen konnte. Solange ich noch nicht erfahren hatte, wie sie Hardurrs Drohung, sie zu brechen, entgangen war.

»Hm, das ist eine schwierige Frage. Da wir selbst nicht genau wissen, ob die Scaparen eingreifen oder nicht. Wir haben keine Möglichkeit, mit ihnen über diese weite Distanz zu reden. Wir hofften, dass wir Mhatarvs Reif der Reisen finden, dann hätten wir über ihn Botschaften austauschen können. Wir haben jedoch vor zwei Tagen ein Signal in der Wüste entdeckt, das uns zumindest bestätigt, dass ein paar Rebellen eintreffen werden. Aber wie viele, wissen wir nicht. Das hat dir Ledinnia sicher schon erzählt.«

Cesszia nickte und wandte sich kurz an ihre Schneiderin Kallera, die mit einer Karaffe gekühltem Tee und Bechern eingetroffen war. Sie half ihr, die Becher zu verteilen.

»Ja, Ledinnia hat mir davon berichtet. Viel konnte sie nicht sagen, da wir fast immer beobachtet werden.« Sie strich Ledinnia sanft über den Arm. »Was wäre ich nur ohne dich.«

»Und was wären wir ohne dich«, antwortete Ledinnia. »Wir haben noch mehr Informationen, liebe Cesszia. Vielleicht können Dorra und Lorrin helfen, das Echsentor zu öffnen, um die Rebellen, die kommen, einzulassen. Ein paar werden uns hoffentlich durch die geheimen Tunnel erreichen.«

Ich seufzte, dann konnte ich auch den Rest zugeben, da sie schon so gut informiert war. »Ja, und vielleicht unterstützen uns auch die Verdammten. Aber es sind so viele Unsicherheiten und kaum verlässliche Zusagen. Ich fürchte, wir können uns nur auf uns selbst verlassen.«

Cesszia blickte mich an. »Hast du einen Plan?«

»Eher ein Selbstmordkommando. Aber ich werde versuchen, an Zekoll heranzukommen und ihn als Geisel zu nehmen.«

»Das wird nicht leicht. Doch möglicherweise können wir dich unterstützen. Ein paar Soldaten außer Braan und Gannta sind bereit, mitzumachen, wenn die Revolte Aussicht auf Erfolg verspricht. Grinser und Scitch sind auch mit dabei. Sie brauchen nur ein Startsignal, keiner von ihnen will der Erste sein.«

»Noch mehr Variablen im Spiel. Ich wünschte, wir hätten verlässliche Mitstreiter, liebe Cesszia.«

»Die haben wir vielleicht. Ich habe vor ein paar Tagen den General überredet, ein paar der besten Kämpfer aus dem Gladiatorenloch nach oben zu bringen. Damit ich sie als Hochzeitsdekoration zwischen den Gästen aufstellen kann. Er hat eingewilligt, nachdem ich ihm erzählt habe, dass das seine Macht nur untermauern würde, wenn er so gefährliche Kämpfer furchtlos im Publikum zur Schau stellt, als wären sie lebende Statuen. Braan wird sie aussuchen und solche wählen, die uns nützlich sein könnten.«

»Mhatarv?«, fragte ich erfreut.

»An den dachte ich vor allem.«

»Aber … ist das für Hardurr nicht zu gefährlich?«

»Sie werden leider in Ketten sein und nicht mehr als ein Tuch um die Lenden tragen, damit sie keine Waffen einschmuggeln können.«

»Uff, der arme Mhatarv, das ist ziemlich entwürdigend!«

»Ich musste Hardurr Zugeständnisse machen, sonst hätte er

nicht eingewilligt. Gannta wird jedoch die Schlüssel für ihre Ketten haben. Wir brauchen nur eine gute Gelegenheit, dann können wir sie freilassen.«

Ich stieß erleichtert den Atem aus. »Das klingt nach einem Plan.«

Im Hintergrund ratterte Kallera mit ihrer Maschine. Trotzdem hörte ich, wie Gannta an die Tür klopfte.

»Wir haben nicht mehr so viel Zeit, da wir nicht auffallen dürfen«, sagte Cesszia. »Wir sehen uns morgen, nimm das Kleid mit, das Kallera auf den Tisch an der Tür gelegt hat. Du kannst es morgen anziehen, liebe … Anddra. Ich bin so froh, dass ihr auf meiner Seite seid.«

»Und ich danke dir für deine ganze Unterstützung, Cesszia. Bitte erzähle mir noch kurz, wie du es geschafft hast, den wütenden Hardurr wieder zu besänftigen. Diese Frage lässt mir keine Ruhe.«

Cesszia blickte kurz zu Boden, bevor sie mich wieder ansah. »Er ahnte gleich, dass die Schwangerschaft nur ein Schwindel war, wollte aber mitspielen, damit mein Cousin das nicht mitbekam, und wir weiter an unserem Plan, ihn zu stürzen, festhalten konnten. Doch leider fiel einer Sklavin meine Blutung auf, sie verriet mich, und Zekoll schickte seinen Heiler, um mich zu überprüfen. Meine Lüge flog auf, Hardurr musste den Unwissenden spielen und sich scheinbar wütend gegen mich stellen, als ihr in meinen Räumen gefangen genommen wurdet. Deshalb sperrte er mich auch ein. Danach musste ich ihm versprechen, dass er die Alleinherrschaft über die Stadt erhält, wenn Zekoll bezwungen ist. Dass ich auf den Dokumenten zwar seine Frau wäre, aber über keinerlei Macht verfügen werde. Ich wäre nur sein Aushängeschild, ohne Einfluss. Nach wie vor plant er, die Scaparen zu überfallen. Und ganz sicher wird er sich auch nicht um das Schicksal der Verdammten kümmern.«

»Aber …« Ich blickte sie entsetzt an.

»Ich bringe ihn um, so wahr ich hier sitze. Erst muss Zekoll fallen, dann ist er dran!« In ihren Augen spiegelte sich blanker Hass. Und sie hatte auch guten Grund dazu, nach dem, was ihr die beiden angetan hatten. Offenbar war mein Misstrauen unberechtigt gewesen. Auf keinen Fall würde sie mit einem von den beiden gemeinsame Sache machen.

Gannta trat ein. »Wir müssen zurück, werte Damen, Ihr wurdet schon vermisst.«

Wir verabschiedeten uns von der freundlichen Schneiderin. Ledinnia trug für mich das Kleid, wie es sich für eine Dienerin gehörte. Dann folgten wir schweigend Gannta. An der Tür zu Hardurrs Räumen trennten wir uns von Cesszia.

Zum Abschied griff sie nach meiner Hand. »Wir sehen uns morgen, meine liebe Anddra, möge Nadorr uns beschützen.«

Ledinnia und ich gingen, ohne ein weiteres Wort zu verlieren, zurück zu Cesszias alten Wohnräumen. Von Lorrin und Dorra fehlte immer noch jede Spur. In meinem Bauch kochte die Aufregung wie ein Rattenbraten unter den Sonnen. Wenn es schlecht lief, würde ich morgen einen Menschen töten. Immerhin würde Mhatarv anwesend sein. Und irgendetwas vollkommen Unvernünftiges in mir hoffte auf den Beistand der Götter. Vielleicht sogar auf Torgahrt?

Kapitel 52

Am Tag der Hochzeit fühlte ich mich, als würde ich einem nahenden Wüstensturm entgegenlaufen, ohne ausweichen zu können. Eigentlich hatten Ledinnia und ich vor, gut auszuschlafen, um Kraft zu tanken, aber wir waren beide viel zu aufgeregt. Bald schon würde sich zeigen, ob wir irgendetwas an dem unbarmherzigen Schicksal der Bewohner dieser Welt ändern konnten oder ob wir kläglich scheiterten. Wie es auch immer ausging, wir würden danach nicht mehr dieselben sein. Und wenn es richtig schlecht lief, könnte das sogar unseren Tod bedeuten.

Zu unserer Erleichterung erhielten wir eine verschlüsselte Botschaft aus der Stadt. Lorrin und Dorra würden es nicht rechtzeitig schaffen, zurückzukommen, aber sie waren zuversichtlich, ihre Aufgabe im vierten Ring zu bewältigen. Ich war froh, dass es beiden gut ging, und mittlerweile glaubte ich auch, dass es besser war, wenn sich Lorrin nicht direkt hier im Palast in der Schusslinie befand. Sollte ich nicht überleben, würden Paddin oder Niaff ihn finden. Er konnte dann mit ihnen zusammen bei den Scaparen leben.

Ich atmete tief durch.

»Kairra, grüble nicht so viel. Nadorr wird uns schützen. Iss etwas, danach bereiten wir uns vor«, sagte Ledinnia.

Gedankenverloren sah ich sie an. Mein Verhältnis zu Nadorr war erschüttert, seit ich Torgahrt kannte. Doch davon wusste

Ledinnia nichts. Mir reichte ein verwirrter Niaff. Da musste ich nicht zusätzlich noch andere scheu machen.

»Danke, Ledinnia. Es bringt wirklich nicht mehr viel, über das nachzudenken, was kommen kann. Wir wissen nicht, was alles passieren wird oder wer auf unserer Seite ist. Genau deshalb fühle ich mich so machtlos.«

»Du hast heute Abend die wichtigste Rolle, neben Cesszia. Wenn du es schaffst, Zekoll als Geisel zu nehmen, sind wir dem Sieg sehr nah. Das bedeutet Freiheit für uns alle, Kairra.« Sie nahm mich in den Arm und drückte mich.

»Ja, und ich darf nicht zweifeln.«

»Keiner von uns zweifelt an dir.«

Ich bemühte mich, zu lächeln. »Ledinnia, du hast doch Lorrin Lesen und Schreiben beigebracht. Ist er jetzt geübt darin?«

»Oh ja, er beherrscht es fast besser als ich. Wir haben jeden Tag geübt, sogar als ihr im Gladiatorenloch wart.« Sie lachte. »Warum fragst du?«

»Ich möchte ihm noch ein paar Zeilen schreiben, nur für den Fall, dass etwas schiefgeht. Dass er nicht allein ist, sollte es mich nicht mehr geben.«

»Das wirst du ihm persönlich sagen können, Kairra. Glaube fest daran. Doch kann ich deinen Wunsch verstehen. Ich hole dir gleich Papier. Bitte schreibe ihm dann auch, dass Dorra und ich ihn – in dem unwahrscheinlichen Fall, dass dir etwas geschehen sollte – gerne bei uns aufnehmen würden. Er ist wie ein Bruder für uns. Es wäre uns eine große Ehre.«

»Danke, Ledinnia. Ich hätte nicht gedacht, dass ich hier im Palast so gute Freunde finden würde. Selbst Cesszia, ich habe so oft an ihrer Loyalität gezweifelt, nachdem sie mich anfangs verraten hatte.« Ich nahm ihre Hand in meine. »Ich werde es ihm schreiben. Er hat auch noch alte Freunde außerhalb der Stadt und soll dann frei wählen können. Es ist beruhigend, zu wissen, dass er so viele Möglichkeiten hat.«

Nachdem wir im Garten gegessen hatten, bereiteten wir uns langsam vor. Wir nahmen beide noch ein ausgiebiges Bad, das mich tatsächlich etwas entkrampfte, um uns anschließend an Cesszias Schminktisch zu begeben. Während sich Ledinnia um meine Haare kümmerte, schrieb ich an Lorrin. Hoffentlich konnte er meine Schrift lesen, ich war sehr ungeübt. Ich erklärte ihm, dass Niaff und Paddin ihn bei den Scaparen unterbringen würden. Er selbst würde die Prüfung erst ablegen müssen, wenn er an der Schwelle zum Erwachsenen stand. Und dann würde er die ganz sicher schaffen. Ich endete den Brief damit, dass er auf Paddin aufpassen solle, und dass er selbst hier im Palast eine neue Familie gefunden hätte, falls er hierbleiben wollte. Er würde nicht allein sein.

Ich war dankbar, dass Ledinnia erst mit meinen Haaren angefangen hatte. Während ich schrieb, liefen mir so viele Tränen über das Gesicht, dass keine Schminke lange gehalten hätte. Danach fühlte ich mich erleichtert.

Als sie mein Gesicht mit Metallfarben einstrich, schloss ich die Augen und dachte intensiv an Torgahrt: *Ich schwöre dir, wenn du uns im Stich gelassen hast, werde ich dich noch aus dem Totenreich verfolgen und dein unsterbliches Leben zur Qual machen.*

Dann hatte ich alles abgehakt, was ich noch erledigen wollte, bevor ich zu den Sonnen ging. Vor ein paar Tagen hatte ich sogar einen Mann geküsst. Zum zweiten Mal sogar. Und genau genommen war es eher andersherum, aber es zählte dennoch. In diesem kurzen Leben hatte ich viel erhalten, meine neuen Freunde inbegriffen. Was wollte ich mehr?

»Hör auf, dir so viele Gedanken zu machen, Kairra«, ermahnte mich Ledinnia erneut. »Wir werden es schaffen!«

»Ja, Nadorr ist mit uns!«, sagte ich, eher um sie zu beruhigen.

Das Kleid, das mir Cesszia ausgesucht hatte, war ganz nützlich, da es versteckte Taschen besaß. Trotzdem band ich mir den Gürtel mit der Krummmesserschnalle um. Er passte auch zu diesem Gewand.

Kurz bevor wir fertig waren, reichte mir Ledinnia noch ein daumennagelgroßes Beutelchen aus Seide.

»Stecke es in deine Tasche, das wird niemandem auffallen, wenn man uns durchsucht. Darin ist ein rasch wirkendes und garantiert tödliches Gift. Du kannst es sowohl gegen Feinde als auch als letzten Ausweg für dich selbst nutzen. Es wirkt schmerzlos. Sollte trotz aller Zuversicht etwas schiefgehen, könntest du damit der Folter entgehen.«

Ich nahm es dankbar an. »Oder dem lebendig Gefressenwerden durch hungrige Zhiimbous.«

Bei einem letzten kurzen Blick in den Spiegel bemerkte ich, dass mir das Kleid von Cesszia sehr gut stand. Mit der Metallfarbe und den Edelsteinen im Gesicht glich ich einem Kunstwerk. Eine wunderschöne Botin des Todes.

»Bist du bereit … Anddra?«, fragte mich Ledinnia.

»Ja, gehen wir Hochzeit feiern!«

Der Abend war nah. Die Gäste sollten sich allmählich in dem riesigen Amtssaal versammeln. Am Eingang standen zu unserer Freude Braan und Gannta. Sie nickten uns zu, nachdem sie uns flüchtig nach Waffen abgesucht hatten. Cesszia hatte ihren Einfluss offenbar noch durchsetzen können, damit die beiden hier Wache stehen konnten.

Die riesige Tür wurde geöffnet, und Braan kündigte uns laut an. »Die ehrenwerte Anddra, Zeugin der Hochzeitszeremonie, und die Dienerin Ledinnia.«

Der Amtssaal war wie immer eiskalt und so hell, dass man trotz des schon abnehmenden Lichts der Sonnen fast erblindete. Wir waren nicht die ersten Gäste. Hunderte Palastbewohner schlenderten durch den Raum oder plauderten in kleinen Grüppchen miteinander.

Der Saal selbst war voller lebensgroßer Eisskulpturen, die auf prächtig gedeckten Tischen mit leckeren Speisen standen. Die Figuren erinnerten an Zekoll in allen erdenklichen Positionen. Vom Denker bis zum Kämpfer.

Irritiert wandte ich meinen Blick von ihnen ab und entdeckte im riesigen Saal verteilt brusthohe Eissockel, auf denen echte leicht bekleidete Männer gefesselt mit schweren Ketten standen.

Ledinnia stieß mich unauffällig mit dem Ellenbogen an. »Da ist Mhatarv!«

Ich folgte ihrem Blick und entdeckte den Ahnen fast am Ende des Saals, direkt vor einem Podest, auf dem drei leere Throne noch auf die Ehrengäste warteten. Mhatarv stand barfuß auf dem Eisblock und trug, außer den wuchtigen Ketten, nicht mehr als ein dünnes Tuch mit der Nummer 13 um seine Lenden. Seine Miene war bewegungslos und dennoch stolz. Ich versuchte, ihn ermutigend anzulächeln, aber auf die Entfernung und mit der dichten Farbschicht auf meinem Gesicht konnte er mich womöglich nicht mal erkennen.

»Wir müssen näher ran«, sagte ich leise zu Ledinnia.

Sie setzte sich langsam in Bewegung. Um mir den Weg frei zu machen, musste sie sich durch die Menge drängen. Alle waren prachtvoll gekleidet, die meisten hatten ihre Gesichter in den Schmuckfarben ihrer Familie bis zur Unkenntlichkeit bemalt.

Doch weder Zekoll noch Hardurr oder Cesszia waren zu entdecken. Vermutlich warteten sie, bis die Sonnen untergingen und alle Gäste anwesend waren.

Als wir nah genug an Mhatarv herangekommen waren, blieben wir direkt vor ihm stehen. Da sein Blick in die Leere zu schweifen schien, hüstelte ich. Ledinnia hingegen war frecher.

»Werte Anddra, beste Freundin von Cesszia der Glücklichen, schaut Euch dieses prächtige Exemplar von einem Kämpfer an. So einer ist doch viel zu schade zum Sterben, den sollte man für Zuchtzwecke den Damen zur Verfügung stellen.«

Meine Wangen schienen unter der Farbschicht zu glühen. »Aber Ledinnia …«, versuchte ich, sie zu beschwichtigen.

Doch offenbar hatte ihre Kühnheit den Zweck erfüllt. Mhatarvs Blick senkte sich leicht, um uns verstohlen zu betrachten. Kurz darauf zog er eine seiner Augenbrauen hoch. Dann lächelte er beinah unmerklich.

Ledinnia half noch einmal nach, falls er mich noch nicht erkannt hatte. »Auch wenn du die werte Anddra, beste Freundin meiner Herrin, nicht gleich erkennst, so lass dich nicht von den Farbschichten täuschen.«

Mhatarv antwortete kaum vernehmbar: »Uns ist es nicht gestattet, mit den Gästen zu sprechen, ob sie nun Feind oder

Freund sind. Dennoch tut es gut, euch zu sehen. Ich hoffe, ihr habt nichts Unüberlegtes vor.«

Ich bat Ledinnia, meine Schleppe zu richten, um ihm unauffällig antworten zu können. »Braan und sein Bruder sind hier und haben die Schlüssel für eure Ketten. Sind die anderen Gladiatoren hier auch mögliche Kämpfer für unsere Sache?«

»Um zu entkommen, schon, ob es für mehr ausreicht, weiß ich nicht.«

»Wir werden alle befreien und auf das Beste hoffen, wenn es so weit ist.«

»Was hast du vor?«

Ich kam nicht mehr dazu zu antworten, da in diesem Moment mit lautem Gesang die privilegierten Leibsklaven in den Amtssaal traten. Angeführt von Taurres, dem Silbernen.

Der Chor der etwa dreißig Sklaven war schaurig-schön und ihr Anblick ebenso. In allen Farben des Spektrums eingefärbt, marschierten sie in den Saal. Ihr Weg führte bis ans Ende des Saals ganz in unsere Nähe. Während sie sich um die drei Thronsitze drapierten, erklang ein lauter Gongschlag.

Alle Augen richteten sich wieder zur Tür, als Cesszia am Arm von Hardurr in den Raum glitt. Sie sah wunderschön aus. Äußerlich, denn ich ahnte, wie sie sich fühlte. Ihr Weg zum Thron wurde von beifälligem Gemurmel begleitet. Hardurr trug eine eng sitzende Paradeuniform, sein Gesicht wirkte hart und kalt wie eh und je. Wortlos nahmen sie auf den beiden kleineren Thronsitzen Platz.

Allmählich fragte ich mich, wer Zekoll hereinbegleiten würde, da seine Privilegierten bereits anwesend waren. Kurz darauf wurde es plötzlich dunkler, und Nebelschwaden waberten auf, während gleichzeitig bunte Lichtstrahlen auf die Tür gerichtet wurden.

Ich traute meinen Augen nicht, der Statthalter ließ sich von zwölf weiteren Sklaven, die höchstens halb so alt wie Lorrin waren, auf einer schillernden Sänfte, die über und über mit Edelsteinen besetzt war, hereintragen. Die Kinder waren nicht nur jung, barfuß und nackt bis auf ein knappes Tuch um den Unterleib, sie waren auch noch aneinandergekettet, sodass sie nur schleppend vorankamen. Mir war bisher gar nicht klar gewesen, wie jung die Sklaven waren. In Lorrins Alter versklavt zu werden, war schon schlimm genug, aber so jung?

Als sie sich an uns vorbeischlichen, sah ich, dass die meisten ihrer zarten Rücken vernarbt waren, als wären sie ausgepeitscht worden. Meine Wut auf Zekoll steigerte sich, wenn das überhaupt noch möglich war. Am liebsten hätte ich ihn sofort von seiner Sänfte gezerrt.

Der Statthalter ließ sich unter tosendem Beifall bis zum Thron tragen, um sich dann lässig darauf niederzulassen. Diesmal war sein hautenger Anzug goldfarben, dazu trug er einen bodenlangen schillernden Umhang aus zarter Echsenbauchhaut. Nachdem sich die Kinder zurückgezogen hatten, beschwichtigte er mit erhobenen Händen die klatschenden Gäste.

»Genug, genug, meine Untertanen. Leider werde nicht *ich* heute gefeiert, sondern meine gelegentlich überschätzte Cousine, Cesszia. Ja, ja, ihr habt richtig gehört. Endlich traut sich jemand, sie zu zähmen, ich hatte schon die Hoffnung aufgegeben. Ha, ha …«

Lautes Gelächter ertönte unter den Gästen. Cesszia saß mit

unbewegter Miene in der Mitte zwischen Zekoll und Hardurr. Der General grinste zufrieden.

»Um meine Stimme nicht mehr als nötig mit unwichtigen Äußerungen zu belasten, wird gleich der Priester der Sonnen den Ablauf des weiteren Abends erläutern.« Er wedelte mit seinen schmuckverzierten Fingern gelangweilt und griff dann zu einem Glas Wein, welches ihm gerade von einem Vorkoster gereicht wurde.

Durch die durchsichtige Kuppel schienen noch die Sonnen, doch ihr Licht wurde rötlicher. Bald würde Nadorr aufgehen und die Zeremonie beginnen. Ich betete unsinnigerweise zu den Göttern, dass die Scaparen ihren Weg durch die Tunnel gefunden hatten und der Rest von ihnen gemeinsam mit den Cahchtarnern die Stadt belagern würde. Und natürlich, wenn ich das Glück damit nicht überforderte, dass mein Bruder so viele wie möglich durch das Echsentor schleusen konnte.

Ein vollkommen in schrillem Gelb gewandeter Priester trat nun auf ein Podium und erbat sich kurz Ruhe, da die meisten Gäste sofort in Gespräche miteinander gefallen waren, nachdem Zekoll sich dem Wein zugewandt hatte.

»Hört, Verraner, hört. Bevor ich, der von Hearre und Nemarre gesalbte Priester dieser edlen Stadt, die Ehe des hochwerten Paares dokumentieren werde, eröffne ich die Tafel. Labt euch an den erlesenen Speisen und Getränken. So lange, bis die Sonnen untergegangen sind. Dann werden wir mit der Zeremonie beginnen, aus der heraus die beiden als Ehepaar hervorgehen werden. Untrennbar verbunden, bis über den Tod hinaus. Der festliche Abschluss findet direkt anschließend in der Arena statt. Wir huldigen dort den Sonnen durch eine Massenopferung, die anschließend nur noch von den glorreichen Gladiatorenkämpfen übertroffen werden kann. Ein gutes Dutzend der besten Kämpfer steht hier mitten unter euch. Vergesst nicht, eure Wetten auf sie abzugeben. Und nun vergnügt euch.«

Was für eine zynische Idee. Wenn alle Kämpfer so lange barfuß auf dem Eisblock ausharren mussten, würden sie wohl kaum noch gut kämpfen können. Mit der Hand tastete ich automatisch zu meiner Gürtelschnalle.

Inzwischen wurde ein langer Tisch vor den Thronen abgestellt. Während Speisen und Getränke aufgetragen wurden, nahm der Vorkoster hinter Zekoll Aufstellung.

Nadorr, es würde schwer werden, an ihn heranzukommen. Trotzdem war es am besten, wenn es noch hier im Amtssaal geschehen würde. In der Arena wäre es zu spät, wenn ich die Opferungen aufhalten wollte. Auch für Cesszia, die sicher nicht mit diesem Hardurr die Ehe eingehen wollte.

Während im Hintergrund wieder der Sklavenchor in höchsten Tönen sang, tauschte ich hilflose Blicke mit Cesszia aus. Ledinnia zupfte an meinem Kleid und fragte leise, was wir nun machen konnten. Ich musste mir irgendetwas einfallen lassen. Nur was?

Dann hörte ich Cesszia laut nach mir rufen. »Anddra, meine geliebte Freundin, komm her, damit ich dich meinem Cousin und meinem zukünftigen Gatten vorstellen kann.«

Meine Hände wurden feucht. Sollte das meine Chance sein? Freudestrahlend trat ich näher. Als Cesszia aufsprang, wankte der Tisch gefährlich, und ein paar Gläser fielen um. Zekoll fluchte, als rote Flüssigkeit über seinen goldenen Anzug lief.

Wütend stieß er den Tisch von sich. Während einige seiner Getreuen versuchten, die Gläser wieder hinzustellen, blickten andere entsetzt zum Statthalter, der aussah, als würde er jeden Moment explodieren. In dem Durcheinander schaffte ich es. Bevor ich selbst merkte, was ich tat, hielt ich ihm den Krummdolch an die Kehle.

Augenblicklich herrschte Totenstille im Saal. Gleichzeitig gingen die Sonnen unter.

»Keine Bewegung, du miese Ratte. Sag deinen Leuten, dass ich nicht zögern werde, dich in Streifen zu schneiden, sollte sich auch nur einer gegen mich stellen.«

Ich spürte, wie der Adamsapfel von Zekoll auf und ab hüpfte, ansonsten schien er vor Schreck erstarrt zu sein.

»Damit wirst du niemals durchkommen«, rief Hardurr.

Unterdessen gab Ledinnia den beiden Soldaten an der Tür ein Zeichen, damit sie die Ketten der Kämpfer aufschlossen. Aus dem Augenwinkel verfolgte ich, wie Grinser und Scitch ihnen dabei halfen.

Die Befreiten schnappten sich das Besteck von den Tischen, um es als Waffen zu nutzen. Dann kamen sie zu uns hoch und überwältigten den General.

Kurz darauf traten Braan und Gannta zu mir. Sie nutzten die Ketten der befreiten Kämpfer, um Hardurr und Zekoll damit zu fesseln. Es ging alles rasend schnell und fast zu leicht.

Der Sieg war so nah, dass ich Zekoll übermütig drohte: »Der Einzige, der heute Nacht in der Arena antreten wird, bist du. Dein Leben ist verwirkt.«

Doch der blieb erstaunlich ruhig. »Ah, jetzt weiß ich, woher ich dich kenne, du bist diese dreckige Verdammte.« Er verzog das Gesicht zu einem hämischen Grinsen. »Ha, glaubst du denn, ich hätte keine Absicherung getroffen, für den Fall, dass mich meine Cousine oder ihresgleichen verraten sollte?«

Neben ihm lachte der General laut.

Ich blickte von einem zum anderen. War mir etwas entgangen? »Was willst du denn dagegen machen, wenn ich dich gleich hier ausbluten lasse?«

Zekoll lachte, bis ihm die Tränen in die Augen traten. »Haha, Hardurr, köstlich, oder? Gut, dass du mich gewarnt hast, damit ich nicht wieder in der schleimigen Spur meiner Cousine ins Rutschen gerate. Du hast deine Rolle offenbar überzeugend gespielt.«

Verunsichert blickte ich zu Cesszia. Doch die sah ebenso verblüfft aus wie ich.

»Da kommt ihr nie drauf, dabei ist es so einfach. Diese Nacht wird der Schutzschild ausgeschaltet, und nur ich kann ihn wieder einschalten. Das heißt, ihr werdet alle elendig verglühen, wenn du mich nicht freilässt.«

»Du dann aber auch«, zischte ich. Inzwischen hatte ich das Messer von seiner Kehle entfernt, da er nun in Ketten war.

»Ja, ja … und alle die Meinen. Aber das ist es mir wert. Und nun, meine verachtenswerte Verdammte? Was will eine Handvoll Kämpfer gegen mich machen? Ihr habt verloren. Lasst mich und Hardurr frei, dann töten wir euch schnell.« Er konnte sich kaum beruhigen vor Lachen.

Mhatarv trat an meine Seite. »Wir lassen niemanden frei. Der Amtssaal ist vor den Sonnenstrahlen geschützt, auch ohne Schild, das hast du mir selbst mal erzählt. So oder so haben wir noch die ganze Nacht, um diesen Automatismus zu finden, wie immer er auch aussieht. Dann sehen wir weiter.«

Unter den Gästen war inzwischen Unruhe ausgebrochen. Sogar die Gladiatoren wirkten verunsichert und blickten unschlüssig zu uns hoch. Irgendjemand musste sie beruhigen.

Ich holte tief Luft und dachte an Paddin, bevor ich zum Podium trat. »Hört, ihr braven Leute, keinem wird etwas geschehen, solange ihr euch ruhig verhaltet. Wir wollen Zekolls Schreckensherrschaft beenden, damit es uns allen besser geht. Solange wir nach diesem Mechanismus suchen, müsst ihr jedoch zu eurer eigenen Sicherheit hier in diesem Saal bleiben. Die Gladiatoren werden gemeinsam mit den Soldaten solange über euch wachen. Esst und trinkt auf Kosten des ehemaligen Statthalters.«

Kapitel 53

Bevor wir aufbrachen, etwas zu suchen, von dem keiner von uns wusste, wie es aussah, ließ Braan Kleidungsstücke der Soldaten holen und sie an die etwa zehn befreiten Gladiatoren verteilen. Mhatarv wirkte fremd in der Palastuniform, aber er war zumindest angezogen.

Im Amtssaal konnten wir Zekoll und Hardurr an die Throne gekettet und geknebelt den nun befreiten Kämpfern überlassen. Ihre sonst so treuen Leibwächter hielten sich zurück, genau wie die restlichen Soldaten, die sich uns noch nicht angeschlossen hatten.

Gannta berichtete Cesszia und mir, dass sie wohl auch so lange ruhig bleiben würden, bis die Sache entschieden war. Wenn wir den Automatismus nicht fanden, könnten sie jedoch wieder Zekolls Seite wählen. Bis dahin hätten wir Ruhe. Zusammen mit den Soldaten, die wir schon auf unserer Seite hatten, und den befreiten Gladiatoren waren wir mit zweiundzwanzig bewaffneten Kämpfern in der Übermacht. Die sollten ausreichen, um die verschreckten Gäste zu bewachen, da die bisher noch nie aufbegehrt hatten. Die Herrschaften waren sich alle zu fein, um sich persönlich in Gefahr zu bringen.

Den jüngeren Leibsklaven nahmen wir die Ketten ab und erlaubten ihnen, sich an den Speisen zu bedienen. Sie sahen extrem ausgehungert aus. Die farbigen Privilegierten allerdings, unter ihnen auch Taurres, wurden in einer Ecke abgeschirmt und gut bewacht. Insbesondere dem silbernen Taurres traute ich kein Sandkorn weit.

Kurz bevor ich mich mit Mhatarv, Cesszia und Ledinnia aufmachte, um Zekolls private Gemächer zu durchsuchen, filzten Grinser und Scitch den Statthalter gründlich. Doch er trug nichts bei sich, das einem Mechanismus ähnlich sah. Wir waren nicht einmal sicher, ob er uns belogen hatte, um damit Zeit zu schinden. Trotzdem mussten wir ihn ernst nehmen und das überprüfen. Wenn wir nicht danach suchten, setzten wir das Leben der Verraner womöglich leichtsinnig aufs Spiel. Wenn wir trotzdem scheiterten und nichts fanden, hatte Zekoll uns in der Hand – falls dieser Mechanismus tatsächlich existierte.

»Vielleicht stoßen wir bei der Suche auch auf meinen Reif der Reisen«, sagte Mhatarv, als wir endlich auf dem Weg waren.

Grinser und Scitch begleiteten uns. Sie ließen Cesszia ungern aus den Augen, obwohl wir alle inzwischen bis an die Zähne bewaffnet waren. Doch niemand stellte sich uns in den Weg. Die meisten Palastwächter befanden sich ohnehin im Amtssaal oder hatten sich ergeben und unserer Sache angeschlossen. Der Statthalter hatte sich im Laufe seiner Regierung wenig Freunde gemacht.

Die Wohnräume Zekolls waren sehr geräumig, wirkten jedoch leer und selten benutzt. Lediglich prachtvolle Wandmalereien, die ausnahmslos Zekolls Größenwahn spiegelten, zierten die Wände. Es waren riesige Gemälde, die den Statthalter inmitten seiner Stadt zeigten, bejubelt von den Bewohnern, oder Porträts, die ihn beinahe göttlich wirken ließen. Ein paar lebensgroße Zekoll-Statuen in Heldenposen standen herum.

Möbel gab es wenige. Auf der Suche nach seinem Arbeitsplatz erreichten wir seinen Schlafraum.

Ich öffnete die breite Tür und blickte hinein. Der Raum war ebenfalls groß. Am anderen Ende befand sich ein prächtiges Bett, abgedeckt mit einem goldenen Laken.

»Hat Zekoll eigentlich eine Geliebte oder einen Liebhaber?«, fragte ich, nachdem wir in seinem Schlafzimmer nichts gefunden hatten.

Cesszia schüttelte den Kopf. »Mein Cousin scheint sich nur selbst zu lieben. Mir hat er mal erzählt, es gäbe niemanden auf der ganzen Sonnenwelt, den er näher an sich heranlassen wollte. Damals dachte er noch, er könne sich auf mich verlassen, da ich ihm die Ankunft von Mhatarv verraten hatte. Aber richtig vertraut hat er mir nie. Vielleicht liegt es daran, dass sein Verhältnis zu seinem verrückten Vater so hasserfüllt war, nachdem der seine Mutter töten ließ. Sie soll seinen Vater übrigens betrogen haben, als Zekoll noch sehr jung gewesen war.«

»Hält er sich deshalb so viele Sklaven? Kein Sterblicher braucht so viele Diener«, stellte Mhatarv kopfschüttelnd fest.

Cesszia zuckte mit den Schultern. »Sie fürchten und bewundern ihn. Je früher er sie durch seine Erziehung bricht, desto formbarer scheinen sie zu sein. Wer ihm am Ende der Ausbildungs- oder Auswahlzeit treu ergeben ist, kann bleiben und zum Privilegierten aufsteigen oder Palastwächter werden oder Soldat. Die anderen werden für Dienste im Palast oder in den Minen eingeteilt.«

»Es scheint eine recht einsame Rolle zu sein, die dieser

grausame Statthalter einnimmt«, murmelte der Ahne, als wir den Arbeitsraum erreichten.

»Vielleicht ist totale Kontrolle und Macht immer so einsam«, antwortete Cesszia gedankenverloren.

Ich erreichte inzwischen seinen gewaltigen Schreibtisch, auf dem verstreut viele Pläne herumlagen. Soweit ich erkennen konnte, handelte es sich um Angriffspläne für Gebiete rund um das Kaszareh-Gebirge. In regelmäßigen Abständen waren dort Zeichen verteilt, die ich am ehesten als Explosionszeichen deuten könnte. Unterzeichnet waren die Pläne von General Hardurr.

Cesszia stand neben mir und schüttelte den Kopf. »Er hat mich von Anfang an belogen, diese Ratte. Hardurr arbeitete die ganze Zeit mit meinem Cousin zusammen. Beide haben nur mit mir gespielt.«

Ich sah sie fragend an.

»Schaut her, das ist schon etwas älter.«

Mhatarv reichte ihr wortlos ein weiteres Schriftstück.

Cesszia wurde bleich. »Das ist unser gegenseitiges schriftliches Abkommen, das ich mit Hardurr verfasst habe, um zu verhindern, dass er mich verrät oder ich ihn.« Sie schüttelte ihren Kopf. »Ich fasse es nicht, Zekoll wusste auch darüber Bescheid!«

»Aber hier kann doch jeder ihre Pläne sehen, wieso haben sie die nicht besser versteckt?«, wunderte ich mich.

»Hier darf keiner rein, nicht mal ich. Wogegen ich in Hardurrs Räumen ein und aus ging, da wären sie mir aufgefallen.«

Mhatarv nickte. »Verlogenes Pack! Aber wir sollten nicht

noch mehr Zeit verlieren. Konzentrieren wir uns lieber auf diesen Mechanismus.«

»Und auf deinen Reif, damit wir wissen, ob dort draußen Hilfe wartet«, ergänzte Ledinnia, die sich die ganze Zeit eher suchend umgesehen hatte. »Nadorr, hier liegt eine Anweisung an die etwa fünfhundert Soldaten, die im vierten Ring für den Angriff auf das Kaszareh-Gebirge vorbereitet werden. Nach der Übernahme sollen alle Scaparen getötet werden, die nicht in den Minen arbeiten können.«

»Bei den Göttern, die zwei schrecken vor nichts zurück!«

»Und die Scaparen dachten, sie wären in Sicherheit«, murmelte ich fassungslos.

Cesszia hielt uns einen weiteren Zettel vor die Nase. »Wartet, hier ist noch eine Liste der Begünstigten, wenn sie uns vernichtet hätten. Diese miese kleine Ratte von Taurres hofft darauf, irgendwann Zekolls freier Berater zu werden, während Hardurr zum Stellvertreter werden sollte. Taurres verrichtet schon lange Zekolls grausame Aufträge. Er hat sogar Wächtern die Zungen abgeschnitten, ohne mit der Wimper zu zucken. Ich kenne kaum einen schlimmeren Sklaven. Er tut alles für seinen Herrn.«

Sie schüttelte sich angewidert, bevor sie weitersprach. »Eigentlich möchte ich daran glauben, dass Menschen sich ändern können, doch das halte ich bei Taurres eher für ausgeschlossen. Niemand kann rückgängig machen, was Zekoll bisher in seinem Kopf angerichtet hat. Der Junge scheint durch und durch böse zu sein, nach dem, was ich selbst erlebt und gehört habe. Was machen wir bloß mit ihm und den anderen Privilegierten, wenn alles vorbei ist?«

Wir blickten einander ratlos an.

Cesszia seufzte. »Bis auf Taurres kann ich über die anderen nichts auffallend Schreckliches berichten. Vertrauen würde ich ihnen jedoch auch nicht. Wir werden sie genau beobachten müssen. Die ganz jungen Sklaven hingegen sind bestimmt unschuldig und verdienen die Freiheit. Doch diesem Taurres könnte ich niemals verzeihen. Er ist so verdorben und heimtückisch, dass wir ihn einsperren sollten. Für immer!«

Inzwischen hatte Mhatarv jeden Gegenstand im Arbeitsraum und sogar die Möbel untersucht. »Vorerst haben wir andere Probleme. Sollten wir die nicht lösen, kann sogar unsere eigene Zukunft infrage gestellt sein. Hier ist nichts zu finden. Nehmen wir uns seine anderen Räume vor!«

»Vielleicht ist das auch nur ein Trick von Zekoll, und er kann den Schild überhaupt nicht beeinflussen?«, sagte ich.

Cesszia schüttelte den Kopf, während sie seinen Schreibtisch weiter durchwühlte. »Er hat irgendwann mal erwähnt, dass es ein zusätzliches Gerät geben könnte. Ich habe das für Spinnerei abgetan und nicht weiter nachgefragt.«

»Kommen wir denn an den eigentlichen Kernpunkt mit der Steuerung vom Schild heran?«, fragte ich, während ich hinter den Echsenhautbehängen an den Wänden nachsah.

»Nein«, sagte Mhatarv. »Das Zentrum des Schildes ist von den Göttern versiegelt worden und eigentlich unauffindbar für Sterbliche. Für mich ist es unerklärlich, wie Zekoll an so einen Mechanismus gekommen sein sollte. Es ist eher wahrscheinlich, dass er mit dieser Drohung tatsächlich nur Zeit schinden wollte. Doch mit Sicherheit können wir das erst dann sagen, wenn die Sonnen wieder aufgehen und wir feststellen können, ob der Schild ausgeschaltet bleibt. Alles, was recht ist, der Kerl ist durchtrieben.«

Ich sah ihn an. »Wie groß sind unsere Aussichten überhaupt, irgendetwas zu finden, wenn wir nicht mal wissen, wonach wir suchen, und vor allem, wie es aussieht?«

»Ich weiß es nicht, Kairra. Versuchen sollten wir es zumindest.«

»Oder wir drohen ihm damit, ihn an die Zhiimbous zu verfüttern …« Cesszia wirkte unglücklich.

»Das bleibt uns immer noch«, antwortete Mhatarv. »Lasst uns nicht gleich aufgeben.«

Mhatarv hoffte sicher noch, seinen Reif der Reisen zu finden, und wollte deshalb die hoffnungslose Suche in Zekolls weitläufigen Wohnräumen nicht aufgeben. Nadorr sei Dank befanden sich in den anderen Räumen nicht so viele Gegenstände und Möbel. Wir untersuchten sogar die Skulpturen, die hier überall herumstanden. Es wäre möglich, dass die irgendeinen Mechanismus verbargen.

»Weißt du von keinem geheimen Raum, außerhalb seines Wohnbereichs, Cesszia?«, fragte Mhatarv.

»Nein, ich durfte ja nicht mal hier hinein.«

Wir suchten weiter in den Räumen, die Zekoll auf irgendeine Weise nutzte, selbst in seinem Bad, bis die Nacht fast um war. Wir hatten jeden Winkel durchkämmt, als wir die aussichtslose Suche abbrachen und zum Amtssaal zurückkehrten.

Ich kämpfte gegen das Gefühl an, versagt zu haben. »Was können wir sonst noch tun, um die Menschen in der Stadt zu retten?«

Ledinnia sah mich verzweifelt an. »Bei den Sonnen, und ich

bin schuld, weil ich Nakkon dazu gebracht habe, alle Verraner auf die Straßen zu holen. Sie haben ja keine Ahnung, dass der Schild nicht funktionieren wird. So etwas gab es noch nie.«

Mir fiel Lorrin ein, und mir wurde übel. Doch wenn sich einer mit den tödlichen Sonnen auskannte, dann mein kleiner Bruder.

»Ich hoffe, die Häuser bieten etwas Schutz. Du kannst dir dafür keine Schuld geben. Wir sind alle verantwortlich. Denk daran, dass Lorrin weiß, was zu tun ist, wenn der Schild ausfällt. Er wird auf Dorra und Nakkon aufpassen. Wir Cahchtarner kennen es nicht anders und graben uns jedes Mal bei Sonnenaufgang im Sand ein.«

»Noch ist nicht alles verloren«, sagte Mhatarv. »Wir versuchen, Zekoll zum Reden zu bringen. Bei den Göttern, es muss noch einen Ausweg geben!«

Cesszia ging an meiner Seite, als wir in den Amtssaal traten. Plötzlich stolperte sie und fiel fast hin. Als wir ihr aufhalfen, wirkte sie wie in Trance.

»Ich wollte das alles nicht«, flüsterte sie mit eigentümlicher Stimme. Dann straffte sie ihre Schultern, öffnete die Tür und schritt geradewegs auf das Podium zu.

»Was hat sie vor?«, fragte ich Ledinnia. Doch die hob nur ratlos die Schultern.

Im Saal war beinahe alles so, wie wir ihn verlassen hatten. Nur, dass die Eisskulpturen in unzählige Stückchen zerstört am Boden lagen. Braan berichtete, dass sonst nichts weiter vorgefallen war und sich die meisten Gäste ruhig verhielten.

Zekoll und Hardurr bäumten sich immer wieder auf, um ihre Fesseln zu sprengen, scheiterten jedoch schnell. Ich bezweifelte, dass die beiden jemals nachgeben würden, und warf einen Blick rüber zu den Privilegierten. Sie hockten noch immer in dem abgeschirmten Bereich und wurden gut bewacht.

Während Cesszia das Podium betrat, ging ich mit Mhatarv und Ledinnia zu den beiden Hauptgefangenen. Wir hofften, sie zum Reden zu bringen, als in dem Moment hinter uns die Eingangstür aufgerissen wurde und wild anmutende Krieger hereinstürmten. Alle schwer bewaffnet.

Unter ihnen befanden sich meine Verdammten, die stolz und halb nackt, nur von der Schutzölschicht geschützt, neben den Scaparen-Kriegern in den Saal traten. Mir wurde fast schwindlig vor Erleichterung, als ich unter ihnen Niaff, Paddin und Elssa entdeckte. Sellina war auch dabei.

Wenig später hatte die wilde Horde die Situation einigermaßen erfasst und blieb überrascht stehen.

Eine fremde durchdringende Stimme lenkte unsere Aufmerksamkeit zum Podium. »Hört, ihr Bewohner von Sillnar!«

Alle wandten sich Cesszia zu, deren Gestalt im Hochzeitskleid viel größer und eindrucksvoller als sonst erschien. Und wieso sprach sie mit so einer eigentümlichen Stimme?

»Hört mich an!«, rief Cesszia, ihre Worte hallten von den Wänden wider. »Eure Göttin Calistra spricht zu euch.« Sie machte eine kleine Pause, wie um zu prüfen, ob jeder ihre Worte verstand.

Da mich Torgahrt schon über die verschiedenen Möglichkeiten der Körper- und auch Geistübernahme aufgeklärt hatte, war ich in diesem Moment nicht halb so verwirrt wie der Rest der Anwesenden. Meine einzige Sorge galt ihrem Auftauchen.

Was wollte sie hier? Wollte sie uns mitteilen, dass wir es nicht wert waren zu leben? Wollte sie uns vernichten?

»Hört, ihr Sterblichen. Ich, die Göttin des Feuers, habe diese Welt nach meinem Vorbild erschaffen. Lange Zeit habe ich dafür gesorgt, dass hier trotz der zwei Sonnen lebenswerte Bedingungen herrschten. Doch ich verlor eine Wette gegen den Gott des Spiels. Er ließ Sillnar den Sonnen immer näher kommen, um sich daran zu erfreuen, wie die Bewohner um ihr Überleben kämpften, wenn die Hitze hier unerträglich werden würde. Ich jedoch wollte nicht, dass ihr verbrennt, und sandte euch Götterboten, die Ahnen. Sie sollten einen Schutzschild errichten, um die vielen Bewohner dieser Stadt abzuschirmen. Gleichzeitig schuf ich die Höhlen unter dem Kaszareh-Gebirge, die Droenmen, um den Scaparen Schutz zu bieten. Doch jeder, der sich außerhalb dieser Zonen befand, war auf sich selbst gestellt und musste sich, so gut es ging, schützen. Ich musste fortan die Macht über eure Welt mit dem Gott des Spiels teilen. Das geht nun schon über Generationen so, ohne dass ihr etwas davon ahntet.«

Ich warf einen Blick in den Saal. Die meisten starrten Cesszia an, als wäre sie total übergeschnappt. Die Armen, sie ahnten ja bisher nichts davon, dass es andere Götter als Nadorr und unsere Sonnen gab.

Dennoch war es totenstill, als sie fortfuhr: »Und ich wäre heute nicht hier, wenn einige von euch nicht so beherzt um diesen Planeten kämpfen würden. Eine unter euch, die ihr als Verdammte geächtet habt, ist die Tochter des Gottes der Gerechtigkeit, Torgahrt. Ihm habt ihr zu verdanken, dass eine Menge anderer Götter an eurem Schicksal interessiert sind.

Letztendlich habt ihr selbst jedoch bewiesen, dass es sich lohnt, diese Welt nicht zu vernichten. Sogar der Gott des Spiels hat sich erweichen lassen und will eure totale Vernichtung durch die Sonnen wieder rückgängig machen, wenn ihr euch weiterhin als würdig erweist.«

Sie ließ ihre Worte nachhallen, bevor sie weitersprach. »Hört denn, eure Welt wird also nicht verbrennen, wenn ihr Bewohner zusammenhaltet und in dieser langen Nacht den Grundstein für eine gerechte Verwaltung von Sillnar legt. Entreißt euren skrupellosen Feinden die Macht und beweist, dass ihr ehrenhafte Lebewesen seid, indem ihr euch besser verhaltet!«

Sie schwieg wieder kurz und blickte gefühlt jeden Einzelnen von uns an. Ihre Augen schienen von innen her zu leuchten. »Solange ihr euch beratet und überlegt, wie ihr diese Welt vereint und gerecht verwalten wollt, wie ihr mit euren Freunden oder auch Feinden verfahrt, werden die Sonnen eine Tagesspanne lang nicht wieder aufgehen. Damit beweisen wir euch dieses eine Mal, dass wir Götter existieren. Nadorr wird über euch stehen, bis ihr eure Probleme geregelt habt. Plant weise und gerecht, dann werden wir mit euch sein.« Durch Cesszias Körper ging ein Zittern. Kurz darauf brach sie in sich zusammen.

Mhatarv war als Erster bei ihr, um sie zu stützen. Die Hochzeitsgäste im Saal redeten alle durcheinander, kaum einer konnte glauben, was er gehört hatte.

Laute Rufe ertönten: »Das sind nur weitere Lügen!«

»Es gibt nur Hearre und Nemarre!«

»Das glauben wir erst, wenn die Sonnen nicht wieder aufgehen!«

»Was sind das für Götter, die uns hier verbrennen lassen wollen?«

Einige drängelten zum Ausgang. Vor dem nun allerdings die Cahchtarner und Scaparen standen. Sie redeten auf die Gäste ein, denn sie wussten inzwischen, dass es mehr gab, als wir jemals gedacht hätten. Bevor der Tumult gewalttätig werden konnte, beruhigte sich die Situation wieder etwas.

Neben mir tauchte Niaff auf. »Puh, habe ich das gerade wirklich gehört, oder träume ich?«

»Gut, dass ihr es geschafft habt, und nein, das war Wirklichkeit«, antwortete ich und wollte ihm alles erzählen. Aber vorher musste ich unbedingt Cesszia fragen, wie sie sich fühlte und ob sie mitbekommen hatte, was die Göttin aus ihrem Körper heraus gesagt hatte.

Sie schien selbst noch überrascht zu sein. »Ich habe alles mitgehört. Es war, als würde eine andere Stimme aus mir heraussprechen. Die Göttin hatte mich vorher beruhigt, dass sie nur ganz kurz meine Stimme übernimmt und ich danach wieder nur Cesszia sein würde.«

Also war das diese andere Form der Übernahme. Torgahrt hatte den ganzen Körper bevorzugt, aber dazu musste Paddin bewusstlos sein und sein realer Körper irgendwo liegen. Hier hatten sich beide einen Körper geteilt oder zumindest die Stimme.

In diesem Moment kam Gannta auf uns zugelaufen.

»Durch Decta-Verra strömen massenhaft Verdammte und Scaparen. Selbst die Verraner haben sich auf die Straßen begeben. Und vor der Tür zum Amtssaal sind ein kleiner Junge und eine Dienerin, die zu dir wollen.«

Ich musste schlucken, um mich nicht von meinen Gefühlen überwältigen zu lassen. »Das ist Lorrin, er hat es geschafft! Lass die beiden rein!« Es passierte so viel auf einmal.

Mhatarv nahm Cesszias Hand und drückte sie. »Wir sollten uns alle an einen Tisch setzen und planen, wie es weitergehen soll. Aber vorher muss jemand den Leuten im Saal erklären, was das alles bedeutet.«

Ich nickte. »Vielleicht sollten wir den Anfang machen, schließlich haben wir diesen Aufstand angezettelt. Dann kann jeder berichten, was wir inzwischen wissen und wie alles so weit kommen konnte. Vielleicht könnten wir Fragen beantworten und sogar eine Art Übergangsrat bilden, bis wir alle gemeinsam entscheiden, wie es weitergeht.«

»Jeder, der an unserer Seite gekämpft hat, verdient seinen Platz in diesem Übergangsrat«, stimmte Mhatarv zu. »Macht sollte nie einem Einzigen übertragen werden.«

Niaff klopfte ihm auf die Schulter. »Zur Abwechslung sind wir uns mal einig.«

Ich blickte mich im Saal um. »Der Platz wird nicht reichen, wenn wir möglichst viele gleichzeitig von der Lage unterrichten wollen, sollten wir alle in der Arena versammeln. Die Sonnen sind tatsächlich nicht aufgegangen, das heißt, selbst wenn Zekoll so einen Schalter für den Schutzschild besitzt, kann uns auch dort nichts passieren.«

Cesszia nickte. »Sie hätten längst aufgehen müssen, wenn die Worte der Göttin nicht wahr wären. Diese Nacht wird nicht so schnell enden.« Sie schüttelte sich. »Es war seltsam, als wäre ich in meinem Körper eingesperrt, konnte aber alles sehen und hören. Sie wollte, dass ich das mitbekam, ich sollte die gleichen Informationen haben wie ihr. Trotzdem fühle ich mich jetzt irgendwie verunsichert, so als könnte jederzeit wieder jemand meine Stimme übernehmen. Aber das gibt sich bestimmt schnell wieder. Die Idee, alle in der Arena zu versammeln, finde ich sehr gut. Auf der Tribüne gibt es einen Redeverstärker, durch ihn könnten wir unsere Worte bis in den letzten Ring der Stadt übertragen. Alle Anwesenden und ein guter Teil von denen, die hierher unterwegs sind, passen in die Arena. Kairra, kannst du die Leute dazu bewegen? Wenn ich das mache, ist es sicher zu verwirrend für sie.«

Das sah ich ebenso. Niemand konnte so leicht nachvollziehen, dass sich Cesszia mit einer Göttin den Körper geteilt hatte und nun wieder ganz die Alte war. Wir mussten schnell handeln, bevor die Anwesenden noch panischer wurden.

Bevor ich zum Podium trat, um mit den Versammelten zu reden, begrüßte ich noch rasch Paddin und Lorrin. Mein Bruder ließ sich sogar kurz abknutschen, und als ich Paddin fest an mich drückte, glänzte sein gesundes Auge vor Freude. Auch für ihn konnte heute möglicherweise ein Traum in Erfüllung gehen.

Nachdem mir Cesszia gezeigt hatte, wie der Redeverstärker innerhalb des Saales funktionierte, räusperte ich mich. »Hört mich an, Verraner, Scaparen und Cahchtarner. Kaum einer von euch kennt mich, und diejenigen, die mich kennen, erkennen mich vermutlich so nicht.« Ich deutete auf mein bemaltes Gesicht. »Mein Name ist Kairra. Ich gehöre zu den Verdammten, den Ausgestoßenen, die im Cahchtar unter der Wüste in eurem Müll hausen. Gemeinsam mit meinen treuen Gefährten habe ich diesen Aufstand gegen den grausamen Statthalter geplant.

Es kam zwar alles anders, als wir dachten, doch jetzt haben wir mit euch gemeinsam die Möglichkeit, unsere Welt lebenswerter zu gestalten. Um eure Fragen zu beantworten und möglichst viele gleichzeitig zu erreichen, wäre es am besten, wenn wir dazu in die Arena gehen.«

»Wir werden dort verbrennen, wenn der Schutzschild ausgeschaltet ist …«, rief jemand von hinten. Zustimmung erklang um ihn herum.

Ich hob beschwichtigend die Hand. »Ihr habt die Worte der Göttin gehört, die für einen kurzen Moment den Körper von Cesszia, der Cousine des Statthalters, übernommen hatte. Die Sonnen werden heute nicht aufgehen, damit wir Zeit haben, eine gerechtere Welt für uns alle zu planen. Deshalb sollten wir uns beeilen.«

Ein weiterer Ruf kam aus der Mitte. »Sie hat recht, die Sonnen sind nicht aufgegangen. Das gab es noch nie. Wir sollten ihnen zumindest Gehör schenken. Lasst uns in die Arena gehen.«

»Was ist mit den Gefangenen?«, fragte jemand, der in der Nähe stand.

»Wir nehmen sie alle mit und entscheiden gemeinsam, wie wir mit ihnen verfahren werden«, schlug ich vor.

Vom Podium aus konnte ich erkennen, dass die Gäste im Saal ebenso wie die Kämpfer und Soldaten einverstanden mit dem Ortswechsel waren. Die meisten begaben sich ruhig zum Ausgang. Die Hoffnung, endlich Antworten zu erhalten und selbst erhört zu werden, besänftigte offenbar ihre aufgewühlten Gemüter, sodass es zu keinen weiteren Zwischenfällen kam.

Braan und Gannta übernahmen die Überführung der Gefangenen, unterstützt durch die Soldaten und die Gladiatorenkämpfer, die inzwischen selbst Kampfbekleidung trugen. Ihnen schloss sich auch Sellina an. Mit ihr hatte ich bisher noch kein Wort sprechen können, aber das ließ sich sicher nicht lange vermeiden.

Wir anderen, Paddin, Lorrin, Niaff, Mhatarv, Cesszia, Grinser und Scitch und Ledinnia, warteten, bis alle draußen waren, bevor wir uns auf den Weg machten. Uns begleiteten Nakkon, Elssa und Dorra, sie hatten sich unseren Respekt verdient. Allmählich überkam mich das Gefühl, dass wir ganz nah am Ziel waren und tatsächlich das anfangs Unmögliche möglich machen würden. Gerechtigkeit für jeden Bewohner dieser Welt und obendrein eine Welt, die nicht verglühen würde, wenn die Götter ihr Wort hielten.

Kapitel 54

Als wir die Arena und die Tribüne betraten, war jeder Platz auf den Zuschauerrängen besetzt. Tausende hatten sich zusammengefunden, um an der Versammlung teilzunehmen. Scaparen saßen neben Cahchtarnern und Verranern, als wäre es nie anders gewesen.

Unten, im dreckigen Sand der Arena, hatten unsere Leute Zekoll und Hardurr an zwei Pflöcke gefesselt. Sie sollten so lange geknebelt bleiben, bis wir wussten, was wir mit ihnen anfangen würden.

Zu ihren Füßen hockten die Privilegierten, von denen nur Taurres gefesselt war. Sellina kümmerte sich um sie und sprach mit einigen von ihnen. Die ganze Gruppe wurde von Soldaten und unserem Gladiatorentrainer Jossusz bewacht. Braan hatte mir zuvor versichert, dass er nun auf unserer Seite war. Seit die Sonnen nicht mehr aufgingen, hatten sich noch einige von Zekoll abgewandt. Selbst wenn sie noch nicht vollkommen überzeugt waren, so hätten sie gegen die Übermacht der Soldaten und Kämpfer nicht viel ausrichten können.

Ich saß in der ersten Reihe der Tribüne, neben mir Cesszia, Mhatarv und Paddin, an meiner anderen Seite Niaff. Direkt hinter mir fanden Lorrin mit Ledinnia und Dorra Platz. Alle waren hier, die irgendetwas mit dem Machtwechsel zu tun hatten. Natürlich auch Grinser und Scitch, die mir inzwischen ans Herz gewachsen waren.

Kurz bevor wir beginnen konnten, schaltete Cesszia das

Übertragungsgerät ein, sodass man uns angeblich sogar im vierten Ring der Stadt hören konnte. Jeder von uns sollte sich kurz vorstellen und erzählen, welche Zukunft wir für das eigene Volk wünschten. Danach wollten wir die Leute in der Arena anhören.

Cesszia drängte mich dazu, den Anfang zu machen.

Nach einem kurzen: »Hallo, Nadorr zum Gruß und Hehoda ihr alle!«, wurde meine Stimme fester. »Lasst euch nicht von meiner Verkleidung täuschen. Ich bin Kairra und, wie viele von euch nun wissen, im Cahchtar unter den Verdammten aufgewachsen. Es ist nicht nötig zu beschreiben, unter welchen würdelosen Bedingungen wir versuchen, vor den Toren dieser Stadt unser Dasein zu fristen. Es ist eher ein Wunder – und das jeden Tag aufs Neue –, dass wir bisher am Leben blieben. Mein trauriges Dasein änderte sich erst, als mich die Cousine des ehemaligen Statthalters, Cesszia, nach Decta-Verra lockte. Dort erzählte sie mir, dass ich ein besonderes Schicksal habe. Diejenigen von euch, die vorhin mit im Amtssaal waren, wissen es bereits. Offenbar bin ich mit Göttern verwandt. Götter, die keiner von uns kennt.«

Erstauntes Gemurmel erklang aus der Arena.

Ich holte tief Luft. »Ihr könnt mir glauben, dass es mir selbst schwerfällt, das zu akzeptieren, auch wenn ich inzwischen unwiderlegbare Beweise dafür erhalten habe. Ich erwähne es hier nur, weil der Gott, der angeblich mein Vater sein soll, uns geholfen hat. Durch seine Fürsprache gingen heute Morgen die Sonnen nicht auf. Und das werden sie auch tagsüber nicht tun, damit wir genug Zeit haben, um eine neue und bessere Form des Zusammenlebens für Städter, Cahchtarner und Scaparen zu planen. Denn egal, woher wir stammen, es ist unsere Welt, und wir müssen sie gerecht teilen.«

Ein verwundertes Raunen ging durch die Menschenmenge. Rufe wie: »Gott?« »Und was ist mit Nadorr?« »Welcher Gott?«, erklangen dazwischen.

»Glaubt mir, bis vor Kurzem habe ich genau wie ihr an keine anderen Götter geglaubt als an den guten alten Nadorr und die Macht der bösen Sonnen. Dazu werden euch die anderen später noch einiges berichten können. Aber heute hat die Göttin Calistra, die angeblich unsere Welt erschaffen hat, durch Cesszia gesprochen. Sie hat uns aufgefordert, eine gerechte Lösung für uns alle zu finden, wenn wir der furchtbaren Aussicht entgehen wollen, innerhalb von ein paar Generationen allesamt zu verglühen. Denn genau das würde passieren, sollten die Götter denken, dass wir diese Welt nicht verdienen. Zekoll und seine Gefolgsleute haben bisher, mit ihrer grausamen Art zu herrschen, nur gezeigt, dass es sich nicht lohnt, uns am Leben zu lassen. Aus diesem Grund haben wir euch heute hier versammelt, damit wir gemeinsam eine bessere Welt für jeden von uns planen können. Wir müssen lernen, nicht mehr gegeneinander zu kämpfen, sondern miteinander zu teilen. Ihr könnt mir glauben, das alles ist auch für uns neu, kannten wir doch wie ihr bis vor Kurzem nur Nadorr und die vernichtende Kraft der Sonnen. Doch inzwischen haben wir alle so viele Beweise erhalten, dass wir die Existenz dieser Götter nicht mehr leugnen können.«

»Was wird nun aus dem Statthalter?«, rief jemand aus der Menge.

»Auch darüber werden wir gemeinsam entscheiden. Lassen

wir am besten Mhatarv zu Worte kommen, denn er wurde uns von den Göttern gesandt und kann mehr von ihnen berichten.«

Ich setzte mich, und Mhatarv erhob sich.

»Bewohner von Sillnar, heute ist ein bedeutender Tag, denn es liegt nun in unserer aller Hände, die Zukunft dieser Welt zu verbessern. Ich bin Mhatarv, ein Ahne. Und ich stamme nicht von diesem Planeten. Als der ehemalige Statthalter seinen Vater umbrachte, um Macht zu erlangen, wurde ich von den Göttern hierhergesandt. Ich sollte nach ihren verborgenen Kindern, wie Kairra, suchen, bevor die Götter diese Welt aufgeben und sie verglühen lassen würden. Doch seine Cousine Cesszia, die durch eine Droge die Fähigkeit zur Seherin besitzt, wusste von meiner Ankunft. Kaum war ich hier auf eurer Welt, wurde ich gefangen genommen. Erst vor Kurzem befreite mich Cesszia, die ihren Fehler von damals erkannt hat. An der Seite von Kairra und dem Anführer der Scaparen, Niaff, planten wir Zekolls Sturz. Und jetzt stehen wir hier gemeinsam vor euch …«

»Welche Götter haben dich geschickt?«, unterbrach ihn einer aus den vorderen Reihen der Arena.

»Es gibt einen Rat der Götter, der die Ahnen mit Aufgaben wie diesen betraut. Doch das ist kompliziert. Wichtiger ist, dass ihr versteht, warum es diese Welt gibt und welche Macht die Götter haben. Wenn sie sehen, dass euer Planet es nicht verdient zu existieren, könnten sie alles auslöschen, denn ihr lebt nur, weil sie euch erschaffen haben.«

Ich warf Mhatarv einen flehenden Blick zu, da ich wusste, dass damit die Grenze des normalen Menschenverstandes weit überschritten wurde.

»Doch das ist nebensächlich«, lenkte Mhatarv ein, als er

meinen Gesichtsausdruck bemerkte. »Denn ihr seid jetzt hier, um zu beweisen, dass ihr diese Welt verdient habt. Dass solche grausamen Herrscher wie Zekoll und Hardurr hier nichts verloren haben. Dass niemand das Recht hat, andere zu versklaven. Dass alle in der Lage sind, miteinander gerecht zu teilen. Hört jetzt dazu den Anführer der Scaparen, Niaff.«

Die Menge begeisterte sich lautstark. Vermutlich hörten sie lieber Leuten von ihrer Welt zu als jemandem, der angeblich von Göttern geschickt wurde, von denen bisher keiner etwas geahnt hatte.

Niaff hielt seine Ansprache kurz und bündig. Er erzählte, dass er selbst bis vor Kurzem nicht an diese Götter glauben wollte, es nun aber besser wusste. Denn selbst die alten Schriften der Scaparen berichteten darüber.

Er schloss seine Rede mit den Worten: »Die Götter können uns jedoch egal sein. Wir haben bisher nichts von ihnen gewusst, und sie werden wieder in Vergessenheit geraten, wenn wir unser Schicksal selbst in die Hand nehmen. Ich, für meinen Teil, werde niemanden anbeten, der so grausame Lebensbedingungen erschaffen hat, um sich die unsterbliche Langeweile zu vertreiben. Aber ums Anbeten geht es hier auch nicht. Es geht darum, dass jeder auf dieser Welt Schutz vor den Sonnen findet und Zugang zu Wasser erhält. Wir müssen die Stadt öffnen und Handel erlauben. Was uns Scaparen angeht, so wollen wir nicht in Decta-Verra leben, wir wollen nur die Möglichkeit des freien Handels zwischen allen Völkern. Niemand soll mehr versklavt werden.«

Die Menge stieß jubelnde Schreie aus und klatschte laut.

Niaff nickte. »Hören wir, was die Cahchtarner dazu sagen,

und im Anschluss auch die Meinung der Verraner, die außerhalb des Palastes leben. Paddin oder Elssa, wer von euch will für die Verdammten sprechen?«

Elssa stand kurz auf und forderte: »Ich möchte gern den Verdammten nach oben rufen, der es möglich gemacht hat, alle Cahchtarner zusammen dazu zu bewegen, unsere Sache zu unterstützen, damit er euch seine Einschätzung für eine mögliche Zukunft der Verdammten abgibt. Sein Name lautet Cller.«

Ich verfolgte selbst gespannt, wer das sein würde, da Elssa ihn uns noch nicht vorgestellt hatte.

Aus der Menge in den Zuschauerrängen schälte sich ein junger Mann, nur bekleidet mit dem üblichen Echsenlederschurz und einer sehr dicken Schutzölschicht. Seine wilden Haare hingen ebenso eingeschmiert bis weit über die Schultern. Sein Körper war eher hager im Vergleich zu den Gladiatorenkämpfern, aber muskulös, wie bei den meisten Verdammten. Ich hatte ihn noch nie zuvor gesehen, aber Elssa begrüßte ihn sehr vertraut.

Er stellte sich mit dem Rücken zu uns an den Rand der Tribüne, direkt vor das Energiefeld.

»Ich will es kurz machen, lange Reden sind nur was für verwöhnte Städter. Wir im Cahchtar brauchen Wasser und anständiges Baumaterial, ansonsten wollen wir bleiben, wo wir sind. Keiner kann uns zwingen, in dieser seltsamen Stadt zu leben. Wir wollen mit allen Völkern dieser Welt friedlich zusammenleben, uns frei bewegen können und – wie auch der Scapare gefordert hat – Handel betreiben. Niemand soll über uns bestimmen oder uns verbannen und schon gar nicht unsere

Kinder versklaven. Das ist eigentlich alles. Wenn ihr versprecht, dass es in Zukunft gerechter für uns abläuft, sind wir dabei!«

Cller hatte gut gesprochen, was die Zuhörer auch entsprechend bejubelten. Direkt nach ihm erhob sich Nakkon, der alte Freund von Ledinnia aus dem vierten Ring der Stadt.

»Auch ich, Nakkon, Bewohner des vierten Rings, möchte es kurz machen. Nur wenige von euch wissen, wie sehr der ehemalige Statthalter das Leben in der Stadt kontrolliert hat. Wir lebten abgeschirmt in Lebensräumen und durften uns nicht frei in der Stadt bewegen. Jeder hatte nur seine Arbeit und einen kargen Wohnraum. Damit wir nicht aufbegehrten, erhielten wir eine Droge, das Prottag, die uns nicht nur süchtig, sondern offenbar auch während der Einnahme unfruchtbar machte. Unsere Wünsche sind daher ganz einfach. Wir benötigen noch so lange Prottag, bis wir es uns abgewöhnt haben. Anschließend wollen wir frei sein, um wählen zu können, wo und wie wir leben möchten. Um uns eigene Wohnräume zu schaffen und Familien zu gründen, ohne dass uns die Sklaverei oder der Tod durch die Zhiimbous droht. Wir werden weiterarbeiten, möchten aber selbst entscheiden, welche Arbeit uns gefällt. Ansonsten sind wir einverstanden, mit euch zusammen gleichberechtigt eine Verwaltung zu bilden und uns mit allen Völkern dieser Welt auszutauschen.«

Cesszia stand nun auf. Ich musterte sie prüfend, irgendwie erwartete ich immer noch, dass Calistra wieder durch sie sprechen könnte.

»Liebe Mitbürger«, sagte sie nach einem kurzen Räuspern. »Ich möchte nun alle aufrufen, die dem jederzeit abwählbaren Rat der Sonnenwelt beitreten wollen; egal, wie viele es sein werden. Zukünftig sollen wichtige Entscheidungen nur von allen Vertretern unseres Volkes getroffen werden. Nie wieder soll die Macht in einer Familie oder gar einem Einzelnen liegen. Damit es einfacher wird, schlage ich alle Redner von heute vor und ein paar andere ehrenwerte Menschen, die uns bei diesem Umsturz behilflich waren. Bitte steht auf, wenn ich eure Namen nenne. Kairra, Mhatarv, Niaff, Paddin, Elssa, Cller, Nakkon, Ledinnia, Dorra, Braan, Gannta, Grinser und Scitch. Seid ihr einverstanden, auf dieser Welt eine Übergangsverwaltung zu bilden?«

Feierlich stimmten wir zu.

Sellina rief von unten aus der Arena: »Mein Großvater, Dukko, will sicher auch dabei sein.«

»Er ist uns willkommen«, antwortete Cesszia. »Wer noch? Es kann sich jederzeit noch jemand dazu anmelden, da längst nicht alle Bewohner unserer Welt hier in der Arena anwesend sein können. Sellina, wie wäre es mit dir?«

Doch die schüttelte ablehnend den Kopf. »Nein danke, das passt momentan nicht zu meiner Abenteuerlust und klingt viel zu sehr nach Verpflichtung. Vielleicht, wenn ich ein paar Sonnenjahre älter bin?« Sie lachte und kümmerte sich gleich darauf wieder um die Gefangenen.

Cesszia wandte sich Mhatarv zu und flüsterte: »Ich bin davon ausgegangen, dass du noch ein wenig auf unserer Welt verweilst, da du bisher deinen Reif nicht gefunden hast. Ehrlich gesagt, würde ich mich viel wohler fühlen, wenn du hierbleibst. Deine Ruhe und Besonnenheit und nicht zuletzt dein Wissen könnte uns allen helfen, damit wir friedlich zusammenwachsen.« Noch leiser fügte sie hinzu: »Vielleicht kann sogar ich an deiner Seite heilen.«

Da ich direkt neben ihnen saß, konnte ich jedes Wort verstehen.

Mhatarv warf ihr einen skeptischen Blick zu. »Du steckst wohl nicht dahinter, dass mein Reif immer noch verschwunden ist?«

Cesszia lachte. »Nein, was denkst du denn? Ich bin für den freien Willen, das solltest du inzwischen gemerkt haben.«

»Hm, solange ich diesen verflixten Reif nicht finde, kann ich ohnehin nicht weg. Außerdem interessiert es mich, was aus dieser Welt noch so wird.«

»Auch, was aus uns beiden wird?«

Der Ahne blickte sie vielsagend an. »Auch das.«

Cesszia strahlte übers ganze Gesicht, und das war nicht leicht, mit all den Farbschichten. Ich wusste das inzwischen.

Sie wandte sich wieder an die Menge. »Seid ihr mit unserem vorläufigen Verwaltungsrat einverstanden? Habt ihr noch Vorschläge?«

Außer lautes Trommeln und Klatschen war nichts zu hören. Offenbar war jeder zufrieden damit, dass alle Völker von Sillnar zukünftig vertreten waren.

»Jetzt bleibt nur noch zu klären, was wir mit dem ehemaligen Statthalter und seinen Getreuen anfangen? Am besten schlage ich ein paar Möglichkeiten vor, und ihr macht euch bemerkbar, wenn ihr meint, dass es für euch passt. Also, wer denkt, dass Zekoll und Hardurr ungestraft davonkommen sollen?«

Absolute Stille herrschte im Zuschauerraum. Ich hatte fast das Gefühl, dass die Leute aufgehört hatten zu atmen.

»Wir werten das als Nein. Wer würde sie alle einfach in der Wüste aussetzen und sie um ihr Überleben kämpfen lassen?«

Nur vereinzelt hoben ein paar Zuhörer die Hände.

Vielleicht teilten die meisten meine Sorge, dass die beiden überleben könnten und danach wieder alles von vorn losgehen würde. Doch dafür müssten sie lebendig die Wüste überstehen und eine neue Gefolgschaft sammeln. Trotzdem würde ich die beiden nie wieder unterschätzen wollen. Sie waren einfach zu durchtrieben. Und wer weiß, vielleicht würde einer der fiesen Götter ihnen am Ende noch behilflich sein?

Cesszia nahm meinen Arm und zog mich näher an sich heran. »Ihr seid also der Meinung, dass Zekoll und Hardurr den Tod verdienen?«

Es war beinahe erschreckend, wie laut die Leute jubelten.

»Aber wer von uns kann sie hinrichten? Ich könnte niemanden töten, der wehrlos ist«, sagte ich laut.

»Lasst die Zhiimbous auf sie los!«, erklangen einige Rufe aus dem Publikum.

Cesszia schüttelte den Kopf. »Wenn wir das tun, nutzen wir ihre Waffen. Ich könnte nicht den Befehl dazu geben.«

Ich winkte ebenfalls ab. »Das geht mir ebenso. Wir befragen dazu am besten den Rat, aber ich glaube, kaum einer von uns möchte das Blut dieser Verräter an den Händen haben.«

»Und was ist mit Taurres?«, fragte Cesszia. »Die meisten von euch kennen den silbernen privilegierten Sklaven nicht, aber er steht in seiner Grausamkeit Zekoll in nichts nach. Es ist möglich, dass ihn erst die Umstände der langen Gefangenschaft und die damit verbundenen Qualen zu dem Monster gemacht haben, das er heute ist. Doch wir sind aufgrund seiner schwerwiegenden Taten der Meinung, dass er für immer verloren ist.«

Die Menge erhob sich nach und nach aus den Sitzen. Die meisten wiesen mit den Daumen nach unten, andere brüllten nur: »Tod den Verrätern!«

Hilflos sah ich mich nach unseren Leuten um. Was konnten wir jetzt tun? Wir wollten, dass alle mitbestimmen konnten, und das taten sie gerade. Aber wer von uns war in der Lage, den Henker zu spielen? In den Gesichtern meiner Wegbegleiter spiegelte sich eher Ablehnung. Keiner von ihnen wirkte, als könne er das Todesurteil aussprechen. Wenn überhaupt, schien Niaff entschlossener.

Doch auch er lehnte entschieden ab. »Ich kann unsere neue Welt nicht mit einem Mord begehen«, sagte er schließlich. »Aber davonkommen lassen können wir sie auch nicht …«

Unterdessen war es unruhig in der Arena geworden. Sellina sprach sehr eindringlich auf unseren ehemaligen Gladiatorentrainer, Jossusz, ein. Der siegte scheinbar in dem Wortgefecht und trat zu uns an die Tribüne heran.

Mit donnernder Stimme wandte er sich an uns: »Ich, Torgahrt, Gott der Gerechtigkeit, gegenwärtig im Körper von Jossusz dem Gladiatorentrainer, fordere diese drei Unwürdigen zum Kampf heraus. Sie sollen gleichzeitig und bewaffnet gegen mich kämpfen. Mehr Fairness steht ihnen nicht zu.«

Vollkommen überrascht schaute ich in das Gesicht unseres ehemaligen Trainers. Mit Torgahrt wurde es anscheinend nie langweilig.

Cesszia flüsterte mir zu: »Das ist dein Vater?«

»Sieht so aus …«

»Kann er sie alle gleichzeitig besiegen?«

Ich nickte. »Genau genommen wäre es sogar die beste Lösung.« Ich wandte mich zu den anderen um. »Wie seht ihr das?«

Wieder schienen wir einer Meinung zu sein, keiner vom neuen Rat stimmte dagegen.

Laut rief ich in die Menge: »Und was denkt ihr?«

Durcheinander antworteten sie: »Lasst sie kämpfen!«, »Tod den Verrätern!« und »Bestraft sie!«

Unten stand immer noch Torgahrt in Jossusz' Haut und rief uns zu: »Als Gott der Gerechtigkeit kann ich es nicht zulassen, dass an den Händen der Bewohner Sillnars erneut Blut klebt. Ihr sollt eure Zukunft ohne Gewalttaten beginnen. Da ich als Gott aber mitverantwortlich dafür bin, dass solche Verbrecher euch beherrschen und versklaven konnten, ist es nur folgerichtig, wenn die drei gegen mich antreten. Holt die anderen Privilegierten hier aus der Arena und sperrt sie erst einmal ein. Vielleicht lassen sie sich läutern. Nur die drei Hauptschuldigen bleiben bei mir.«

Cesszia hob die Hände und beschwichtigte die Menge. »Dann soll es so geschehen. Die Arena gehört dir!«

Es wurde totenstill, bevor Braan mit seinem Bruder und den Soldaten die anderen Gefangenen in das Gladiatorenloch führten. Als nur noch die vier übrig waren, kam er noch einmal zurück und fragte nach der Wahl der Waffen.

Torgahrt antwortete: »Lasst sie selbst entscheiden.« Dann nahm er ihnen die Knebel ab.

Augenblicklich stieß Zekoll wüste Beschimpfungen aus und spuckte dabei seinem Herausforderer auf die Füße.

Hardurr jedoch musterte Jossusz abschätzend, als versuchte er, mit wenigen Blicken die Schwachpunkte an seinem Gegner zu erkennen.

Ich hatte Torgahrt schon einmal kämpfen sehen und wusste, dass keiner von ihnen auch nur die geringste Chance hatte.

Gespannt beobachteten wir, wie Braan und sein Bruder einen Haufen Waffen in die Mitte der Arena legten. Von Äxten über Speere bis hin zu Schwertern und Messern war alles dabei.

Noch bevor der Kampf begann, griff Zekoll nach einem Speer und warf ihn, ohne zu zögern, auf Torgahrt. Der reagierte blitzschnell, fing ihn spielerisch in der Luft ab und richtete ihn auf den Statthalter. »Ist das alles, was du kannst? Lügen und Ränke spinnen? Und Menschen quälen? Du bist ein Wurm in meinen Augen, und bevor ich mit dir fertig bin, wirst du dich am Boden vor mir winden, so wie es sich für rückgratloses Getier gehört«, verhöhnte Torgahrt ihn.

Fast gleichzeitig näherte sich von hinten der General. Mit beiden Händen schwang er eine Axt und zielte auf die Körpermitte von Torgahrt oder vielmehr Jossusz. Doch der duckte sich seitlich weg, als hätte er Augen im Rücken, und schleuderte den eben noch auf Zekoll gerichteten Speer in Hardurrs Schulter. Der Wurf war so kraftvoll, dass der General an den Sandboden gepinnt wurde und sich nicht mehr von der Stelle rühren konnte. Langsam schwang der Speer aus.

Torgahrt nahm dem ächzenden General die Axt aus der Hand und wandte sich wieder an den Statthalter, der sich vor Schreck nicht gerührt hatte. »Von hinten angreifen, das könnt ihr. Keiner von euch verdient es, schnell zu sterben. Ihr solltet um euren Tod betteln müssen, aber leider habe ich nicht so viel Geduld. Los, du nutzloser Parasit, gestehe den braven Leuten hier, dass du die Geschichte mit dem Ausschalter für den Schild nur erfunden hast, um Zeit zu schinden. Du siehst doch, wie mächtig wir Götter sind, wenn wir sogar die Sonnen am Aufgehen hindern können.«

Der Statthalter blickte kurz vom General zu Taurres und versuchte zittrig, an eine der Waffen zu kommen, die am Boden lagen. Doch Torgahrt warf die Axt und trennte ihm damit die Finger ab, die gerade zu einem Messer griffen.

Zekoll kreischte und krümmte sich vor Schmerzen. Ich sah rasch zu Boden und unterdrückte einen heftigen Würgereiz. Niaff nahm meine Hand und hielt sie fest. Keiner von uns konnte das mit ansehen, auch wenn wir ihnen den Tod wünschten.

Unerbittlich befragte Torgahrt Zekoll weiter. »Soll ich dir erst noch die Eier abschneiden, du Unwürdiger, oder antwortest du mir vorher?«

»Es … es war ein Trick. Ich wollte nur Zeit gewinnen. Niemand kann den Schild steuern. Bitte, ich habe das alles nur für die Götter getan. Nur um euch zu ehren.«

Torgahrt lachte so laut, dass der Sand vom Boden der Arena erzitterte. Diese Sekunde der Unachtsamkeit nutzte Taurres aus und rannte mit einem Schwert auf ihn zu. Doch Torgahrt schien seine Augen überall zu haben, er holte mit der Axt erneut aus und köpfte ihn noch im Laufen. »Ein Jammer, dass du selbst Kinder so verdorben hast, dass niemand ihnen mehr helfen kann. *Du* bist verantwortlich für seinen Tod!«

Kalte Schauer liefen mir den Rücken hinab.

Der Körper des silbernen Privilegierten zuckte noch, während sein Kopf kaum eine Handbreit neben Zekoll fiel und ihn vorwurfsvoll anzustarren schien. Mir wurde übel. Ich wandte mich ab und spürte, wie Niaff stützend meinen Arm nahm.

Cesszia flüsterte: »Er hat es nicht anders verdient. Wenigstens war es ein kurzer Prozess. Dennoch ist es furchtbar, das mit anzusehen. Vielleicht können wir aber so mit unserem Hass abschließen und Frieden finden für eine bessere Zukunft. Nie wieder soll so etwas nötig sein!«

Sie hatte recht, wir alle hatten den Todesurteilen zugestimmt, da konnten wir nun nicht einfach wegsehen.

Unten stand Zekoll mit seiner blutenden Hand und blickte hilflos erst zu Taurres' Schädel, danach zu Hardurr, der sich nicht von dem Speer in seiner Schulter frei machen konnte, weil er ihn durchdrungen hatte und tief im Boden der Arena feststeckte.

»Lasst mich leben«, bettelte nun Zekoll. »Ich kann euch von Diensten sein.«

»Halt's Maul«, keifte Hardurr vom Boden her. »Du bist und bleibst ein jämmerlicher Schwächling. Hätte ich mich doch bloß nie auf dich verlassen.«

Torgahrt musterte beide kurz, warf die Axt weit weg und rief Braan zu sich. Dann wandte er sich verächtlich wieder den beiden zu. »Ihr seid es nicht wert, in einem fairen Kampf zu sterben. Holt die Zhiimbous, ich habe keine Lust, mich mit Dreck abzugeben. Sie sollen das beenden.«

Kopfschüttelnd trat er zur Tribüne.

»Nun ist es an euch, eine bessere Welt zu schaffen als wir. Vergesst niemals, dass Macht nur eine Droge ist. Wer sie sich nimmt und nicht weise mit ihr umgeht, verliert sie schnell wieder. Sie ist flüchtig wie der Wüstenwind. Wenn ich Calistra richtig verstanden habe, setzen die Sonnen nur für die Spanne eines Tages aus. Nutzt die restliche Zeit weise.«

Er sah mich an und fügte leiser hinzu: »Wir hören bald wieder voneinander, Mädchen. Mach inzwischen keine Dummheiten. Wir Götter sehen alles.« Während er mir noch zuzwinkerte, wich die Spannung aus seinem Körper, und ein verwunderter Jossusz blieb zurück.

Mit einem Blick schien er zu erfassen, dass das Tor zu den Zhiimbous offen war, und rannte in Richtung Gladiatorenloch, wo Braan die Tür für ihn offen hielt.

Mitten in der Arena warteten Hardurr, der noch am Boden feststeckte, und der blutende Zekoll, der sich die Seele aus dem Leib schrie, auf ihre Hinrichtung.

Neben mir stand Cesszia auf und holte tief Luft, bevor sie verkündete: »So wird dies die letzte blutige Opferung auf unserer Welt sein. Möge der Tod meines grausamen Cousins, seines Generals und des Verräters Taurres uns allen eine Mahnung sein.«

Ich wollte die Augen schließen, aber es geschah alles so plötzlich, dass ich nicht wegsehen konnte. Eine mächtige Echse stapfte zielgerichtet auf Hardurr zu und verschlang ihn samt Speer. Zekoll wurde vor Schreck ohnmächtig und ebenfalls mit einem Happs vom Boden gepflückt. Auch um Taurres' Reste kümmerte sich die Riesenechse. Anschließend lief sie ohne Umwege wieder in ihren Verschlag und verschwand.

Wie betäubt saßen wir alle da. Einen Moment lang war es still. Während wir hier oben kreidebleich und starr auf unseren Sitzen blieben, sprangen die Leute in den Zuschauerrängen auf und tobten vor Begeisterung. Mir wurde schlagartig klar, dass wir noch einen weiten Weg zu einer gerechten Welt vor uns hatten. Nicht nur die Götter hatten ihre dunklen Seiten.

Epilog

Nach der *Nacht der letzten Opferung* waren – wie versprochen – die Sonnen wieder aufgegangen. Und mit jedem weiteren Tag, der inzwischen vergangen war, kam es uns so vor, als würden sie weniger stark brennen. Doch das mussten wir uns einbilden, denn so schnell konnten bestimmt nicht einmal die Götter ganze Planeten beeinflussen.

Ich stand mit Cesszia auf einem Balkon im ehemaligen Amtssaal. Zekoll hatte ihn nie genutzt, doch von dort aus konnte man über die ganze Stadt blicken. Der Amtssaal hieß nun *Markttreff* und war für jeden geöffnet. An einigen Tagen herrschte in dem Saal rege Markttätigkeit, an anderen fanden Versammlungen und Feste statt. Die Temperatur war hier nun eher angenehm. Überhaupt hatte sich schon viel verändert seit dem großen Tag, der in allen Aufzeichnungen als *Nacht der letzten Opferung* geführt wurde.

In der ersten Zeit herrschte noch viel Durcheinander, und wir alle blieben vorerst in der Stadt, um zu helfen. Doch nun kehrte etwas Ruhe ein. Die Verraner hatten sich an ihre Freiheit gewöhnt, und die meisten kamen gut ohne Prottag zurecht. Allmählich mischten sich die Völker, einige Cahchtarner und Scaparen gingen in die Stadt, ebenso wie es ein paar Städter ins Gebirge zog. Jetzt hatten alle eine Wahl und nutzten sie.

Inzwischen war am Osttor eine Handelsstraße quer durch die Wüste bis zum Kaszareh-Gebirge entstanden. Gezähmte Zhiimbous brachten über Zwischenstationen Reisende, Waren und Nachrichten zu den Scaparen und zurück über die Vorstadt, dem ehemaligen Cahchtar, bis zum Palast. Eine Technikergruppe, in der auch Lorrin mitarbeitete, bastelte an Fahrgeräten, die mittels der Energie von Scapara-Erzen angetrieben werden konnten, sodass in naher Zukunft sogar Personentransporte ohne Zhiimbous-Ritt möglich sein würden.

Alles entwickelte sich wirklich gut, und meine anfängliche Sorge, dass der Zorn und Hass des Volkes wieder solche Menschen wie Zekoll oder seinesgleichen hervorbringen konnten, hatte sich bisher nicht bewahrheitet. Doch wir, die Gründergruppe innerhalb des Verwaltungsrats, richteten darauf unsere besondere Aufmerksamkeit. Es wurde extra ein Unterrichtsfach in den Lerngruppen für Kinder eingerichtet, welches sich mit gegenseitigem Respekt und Mitgefühl beschäftigte. Wir hofften, damit zumindest zukünftig solche Despoten vermeiden zu können.

In der vergangenen Zeit hatte sich Torgahrt einmal im Traum bei mir gemeldet und berichtet, dass Calistra und der Gott des Spiels ihre Wette beigelegt hatten. Sillnar wäre auch zukünftig nicht mehr in Gefahr, zu verglühen. Im Gegenteil, über Generationen hinweg sollte sich der Planet immer mehr von den Sonnen entfernen, bis das Klima es auf ganz Sillnar erlaubte, gefahrlos am Tag draußen sein zu können. Die Wüste würde dann fruchtbarer Boden für alle möglichen Pflanzen werden.

Aber bis dahin war es noch ein weiter Weg.

Bei einem unserer vielen gemeinsamen Essen fragte Niaff Cesszia scherzhaft: »Wenn wir Sicherheit haben wollen, wie die

Zukunft von Sillnar aussehen wird, warum setzt du nicht deine seherischen Kräfte ein?«

Cesszia wurde bleich und lehnte schroff ab. »Nie wieder werde ich diese Droge nehmen, das habe ich damals schon Zekoll geschworen. Keine der vielen Zukünfte, die sie mir gezeigt hat, ist eingetroffen, und ihr ahnt nicht, wie furchtbar dieser seherische Prozess für Körper und Geist ist. Nein, nie wieder. Vergesst es einfach!«

»Eine ist doch eingetroffen«, sagte Mhatarv. »Du hast mich damals kommen gesehen und einfangen können.«

Cesszia lächelte ihn milde an. »Und ich hoffe, dass du für immer bleibst.«

Bis zum heutigen Tage hatte Mhatarv seinen Reif nicht gefunden, doch keiner glaubte mehr daran, dass er unsere Welt verlassen würde. Denn seit der *Nacht der letzten Opferung* waren Cesszia und Mhatarv ein Paar. In dieser für uns alle so entscheidenden Nacht entdeckte der Ahne, dass Cesszia es wirklich ehrlich meinte – mit ihm und mit uns –, und ließ endlich seine Gefühle ihr gegenüber zu.

Ledinnia und Dorra hingegen erzählten uns, dass sie schon lange zusammen waren. Unter Zekolls Herrschaft hielten sie ihre Beziehung geheim. Nur Cesszia wusste davon. Genauso wie Grinser und Scitch, die schon Ewigkeiten das Geheimnis ihrer eigenen Liebe hüteten. Ein anderes Paar überraschte uns alle, und zwar Elssa und Cller, der offenbar einen sehr guten Einfluss auf sie hatte.

Was mich anging, so war ich noch immer vorsichtig. Niaff wich nicht von meiner Seite und zeigte eindeutig, dass er stärkere Gefühle als reine Freundschaft für mich empfand. Bisher drückte ich mich darum, mir die Frage zu beantworten, was ich selbst wollte. Genau aus diesem Grund stand ich gerade mit Cesszia auf dem Balkon und betrachtete die Stadt.

»Wie sieht dein Weg aus, Kairra?«, fragte Cesszia mich nach langem Schweigen, in dem wir unseren Gedanken nachhingen. »Du weißt, meinetwegen kannst du hier ewig bleiben. Ich würde mich sehr freuen. Du und Ledinnia seid meine besten Freundinnen.«

»Hm, Paddin will zurück und bei den Scaparen leben. Er ist ganz vernarrt in Naantu, die Mutter von Niaff. Lorrin will mit, wenn dieses Fahrgerät fertig ist, was jeden Tag so weit sein kann.« Ich seufzte schwer. »Deshalb werde ich sie wohl begleiten, doch wir werden euch ganz häufig besuchen. Das verspreche ich. Du bist mir ebenso wichtig geworden.«

Cesszia wandte sich mir zu und sah mir in die Augen. »Was ist denn nun mit dir und Niaff?«

»Wenn ich das nur wüsste.«

»Du magst ihn doch sehr, oder?«

»Ja, er ist der einzige Mann weit und breit, der mich überhaupt interessiert.«

»Er scheint dir gegenüber dasselbe zu empfinden.«

»Ein Scaparenherz liebt viele Frauen, davor hat mich Paddin schon früh gewarnt. Und ich möchte nicht eine von vielen sein.«

Ich erschrak, als ich leise Schritte hinter mir vernahm. Niaff trat an meine Seite. »Du wirst niemals eine von vielen sein. Du bist für mich die *eine* Frau, die ich nicht teilen werde. Ich verspreche dir auch, dass du die einzige Frau für mich sein wirst, die *mich* nie teilen muss.«

»Und was ist mit Sellina?« Ich fragte das nur, weil ich nach einem kleinen Einwand suchte, denn seine Worte hatten mich berührt.

»Sellina ist seit dem Tag, als ich auf dich traf, nicht mehr meine Partnerin. Ich denke, inzwischen ist sie mit Braan sehr glücklich. Hast du das noch nicht mitbekommen?«

Nein, das hatte ich nicht. »Ich war wohl zu abgelenkt von all dem Trubel.«

Cesszia stupste mich sanft an. »Gib deinem Herzen einen Schubs und versucht euer Glück. Was soll denn Schlimmeres passieren als das Schicksal, das uns bis vor Kurzem bedroht hat? Glaube mir, seit ich mit Mhatarv zusammen bin, habe ich mehr Kraft als je zuvor. Er heilt meine Seele. Gemeinsam verarbeiten wir all diese furchtbaren Erlebnisse. Das wird bei euch auch so sein. Solange ihr einander vertraut, werdet ihr daran wachsen.« Sie zwinkerte mir noch aufmunternd zu, wandte sich ab und verließ den Balkon.

Ich schaute Niaff zögernd an, doch er nahm meine Hand und zog mich an sich. »Ich werde dein Vertrauen schon noch gewinnen. Gib mir einfach eine Chance und komm mit mir.«

Wenn Herz und Kopf eine Einheit bilden, ist der Mensch erst heil. Genau so empfand ich den Moment. Und deshalb werde ich es wagen.

ENDE

Danksagung

Diesen Platz möchte ich nutzen, um mich dafür zu bedanken, dass meine Kairra trotz widrigster Umstände und einer langen Vorbereitungszeit nun endlich das Licht dieser Welt erblickt.

Seit dem ersten Plot vor fast 13 Jahren ist viel passiert, einiges davon hat mich tief erschüttert. Dazu gehört auch der Tod meiner Mutter, die ein großer Fan meiner Romane war. Noch am Krankenbett habe ich ihr daraus vorgelesen. Wir kamen nur bis Seite 83, da die palliative Behandlung ihre Aufmerksamkeit trübte. In ihren letzten klaren Momenten musste ich ihr versprechen, Kairra zu vollenden. Das war im Oktober 2018. Lange Zeit danach war ich wie gelähmt …

Doch die gemeinsame Arbeit mit anderen Autoren, allen voran Maria M. Lacroix (mein Schreibbuddy, mit der ich schon seit Ewigkeiten gegenseitig die Texte austausche), hat meinen Schreibfluss immer wieder beflügelt. Zusammen haben wir einige Klippen umschifft, und ich bin sehr glücklich, dass wir uns jederzeit aufeinander verlassen können. Dann wäre auch noch meine wundervolle Testleserin Christine Sonek, die mich seit meinem ersten Roman begleitet. Neben vielen anderen Testlesern und treuen Fans habe ich das große Glück, in tollen Autorengruppen zu sein, sowohl online als auch real. Besonders erwähnen möchte ich hier: Celia Jansson, Andrea Eckert, Tino Falke, Nils Krebber, Brigitte Pons und überhaupt die ganzen Letterratten. Ich danke euch allen.

Doch das ist noch nicht alles, nach der ganzen Zeit hatte

ich das große Glück, ausgerechnet auf dem Tisch von Rahel Schmidt, einer wundervollen Lektorin bei Droemer Knaur, zu landen. Die dadurch mögliche konstruktive und herzliche Zusammenarbeit hat Kairra noch so viel besser gemacht. Danke dafür! 🙂

Last but not least: Millionen Küsse für meinen Göttergatten, der mich immer unterstützt. Love you so much!

Übrigens geht die Story um die Ahnen weiter. Aktuell überarbeite ich gerade mein 500-seitiges Rohmanuskript: »Der dunkle Ahne«, der viel vom Hintergrund der *Alten Welt der Ahnen* und dem *Reich der Götter* verraten wird. Ich verspreche, mich zu beeilen. Außerdem sind bereits zwei Bände erschienen (*Relax – Das Ende aller Träume* und *Yohna, Erdenkind*), in denen die Ahnen und die Götter eine große Rolle spielen.

Bleibt gesund, eure Asta 🙂